邢台民间文艺博览

民间故事

冀彤军 编著

路少河 主编

学苑出版社

图书在版编目（CIP）数据

邢台民间文艺博览．民间故事／路少河主编；冀彤军编著．—北京：学苑出版社，2024.1
ISBN 978-7-5077-6858-9

Ⅰ.①邢… Ⅱ.①路… ②冀… Ⅲ.①民间故事—作品集—邢台 Ⅳ.① I218.223 ② I277.3

中国国家版本馆 CIP 数据核字（2024）第 038291 号

责 任 编 辑：	任彦霞
出 版 发 行：	学苑出版社
社　　　　址：	北京市丰台区南方庄 2 号院 1 号楼
邮 政 编 码：	100079
网　　　　址：	www.book001.com
电 子 信 箱：	xueyuanpress@163.com
联 系 电 话：	010-67601101（营销部）、010-67603091（总编室）
印 　刷 　厂：	北京兰星球彩色印刷有限公司
开 本 尺 寸：	710mm×1000mm　1/16
印　　　　张：	53.5　本册 21.5
字　　　　数：	749 千字　本册 290 千字
版　　　　次：	2024 年 3 月第 1 版
印　　　　次：	2024 年 3 月第 1 次印刷
定　　　　价：	198.00 元（全 3 册）

《邢台民间文艺博览》编委会

顾　　　　问　睢金山

编 委 会 主 任　霍会敏

编委会副主任　马建英　路少河

主　　　　编　路少河

副　主　　编　冀彤军　李振旭　黄俊里

编　　　　委（按姓氏笔画排序）
　　　　　　　马建英　王俊静　刘重刚　孙宗新
　　　　　　　李振旭　张雪洲　苗　莉　高玉昆
　　　　　　　黄俊里　韩　平　韩　冰　睢金山
　　　　　　　甄中慧　路少河　霍会敏　冀彤军

总序一
认识邢台的书

郑一民

这是一部认识邢台的书,也是一部让人精神振奋、爱不释手的读物。

认识邢台有多种渠道,让人精神振奋、爱不释手也有许多方法,乡友路少河先生奉献给读者的法宝是《邢台民间文艺博览》。

何谓"博览"?古今中外一网打尽也。翻阅《邢台民间文艺博览》,就是一部具有这种内涵与价值的宏著。全书共三卷,一是民间故事,二是民间艺术,三是风土民情;内容涉及神话传说、风物特产、名人逸事、艺术奇葩、百工巧匠、节日习俗等,几乎囊括了人生与社会的各个领域。它所讲述的虽只是历史沉淀在邢襄大地上的物质与非物质文化遗产,却是人们认识邢台、解析邢台历史文化密码和地域民族精神特质的工具与钥匙。

俗话讲,拿来那些世人皆知的文化符号容易,若挑选出世人应知的文化符号并砌筑成放射着光芒的宝塔却很难。实现这一目的,不仅需要长期钩沉史海和田野,还要对各种史料进行去伪存真,反复比较筛选与推敲,才会使一部新著产生普及价值和时代意义。《邢台民间文艺博览》一书,通过一篇篇充满浓郁乡音乡情的故事,一项项凝聚着邢襄先人智慧与创造的五彩缤纷的民间艺术,一个个传承千百年的令人陶醉与向往的民间节日与婚丧习俗,把邢台的山川风情、人文历史、当代风貌汇聚成一个认知指南,似画卷一样图文并茂地介绍给世人,使读者犹如畅游在神奇与"乡愁"的海洋,沉浸在中华优秀传统文化构筑的宝塔与殿

堂……

在建设文化强国的伟大征程中，科学梳理总结地域民间文化各种事象并分类诠释，不仅具有地域民族民间文化史志价值和弘扬优秀传统文化的典型意义，也是在实现中华民族伟大复兴中塑造和唱响地域文化形象的战略之举。此事虽然很多地方都在做，但填补邢台这项文化建设空白的却是路少河与冀彤军、李振旭、黄俊里等诸多专家学者。他们独辟蹊径，觅"孤本""善本""珍本"于史海，汇精华与奇葩于大成，用砥砺学品和对家乡的爱，把心中的憧憬与追求化为现实，展现了当代文艺工作者勇于担当、敢于创新的品格与风采！

在国际语境中，人们把民间文化称为"人类文化之母""生发百艺之根"。一个国家，一个民族，一个省份，一个地区，文化之根在民间和传统。无论哪一个时代，没有根的营养，花树不会繁茂；不吸收外来的雨露阳光，瓜果不会香甜。今天的所谓传统，都有一个吸收、容纳、化合、凝聚的过程，没有一成不变的传统，也没有一成不变的当代。历史的花果曾经滋养过从前的人，今天的花果既要在根上生长，又要接纳与时俱进的时代风，经受过今天的雨雪风霜，吸收过今天的雨露阳光，才能使传统更茁壮、更芬芳、更辉煌！

《邢台民间文艺博览》作为一部内容厚重、解析深刻的地域民族民间文化志书范本，既是数以百计文化工作者多年发掘、整理、研究成果的荟萃，也是各位主编辛勤耕耘、升华创新的硕果。在该书即将付梓之际，主编路少河先生盛情邀我写序，欣然提笔写了上述话语，既是共勉，也是自励。

祝贺作者，祝福邢台。愿优秀传统文化的智慧与荣光在当代邢襄大地上——太行泉城，美丽邢台，不断谱写出令海内外瞩目的诗性华章！

（作者系中国民协顾问、河北省民协原主席）

总序二

民间邢台的鲜活血液

霍会敏

在邢台实施文化兴市战略,集中塑造"太行泉城、美丽邢台"城市品牌的当下,由邢台市文联、邢台市民间文艺家协会策划,路少河主编的《邢台民间文艺博览》行将面世,此乃邢台民间文艺文化史上的一件大事,很值得庆贺。

民间文艺是历史遗留下来的璀璨明珠,源远流长。民间文艺是流布久远、代代相传的民间精华,更是地域历史文化的重要组成部分。民间文艺源于生活,扎根于民众,经受了历史长河的洗涤和检验,具有极强的生命力。它通过世代传承沿袭,根植于民间深厚的土壤中,散发出特有的乡土气息,高度概括地体现了人民群众对自然、社会、生产、生活的真知灼见和深邃智慧,描绘出民间文化多姿多彩的艺术画卷,谱写出辉煌灿烂的文明篇章。

邢台历史悠久,人杰地灵,太行竞秀、百泉竞流,太行和泉水成就华北有史第一城。千百年来,人们在这块肥沃美丽的土地上,用辛勤和智慧,孕育衍生了丰富多彩的民间文化艺术,在这古老的历史长河流淌,碧波涟漪,意味深长。这些民间文化艺术,反映了邢台不同历史时期的民俗民风,体现了人们寄托着的希冀、仰慕以及对美好未来的企求。

随着时代的发展,现代科技日益发达,这种古老的民间文艺受到新文化潮流的猛烈冲击,一些民间文艺面临着传承青黄不接、后继乏人的局面。作为一名邢台人,我们有义务和责任去抢救和保护这些非物质文化遗产，让现代青年和下一代人充分认识古老的民间文化艺术的价值，从而更好地去传承和沿袭。

路少河在宣传文化部门有着30多年的工作经历，他任邢台民间文艺家协会主席时，由他首倡、发起的一件事，就是搜集、整理、编著《邢台民间文艺博览》，对邢台区域中的民间文艺做一次全面系统的集成式汇编，这无疑是对民间文艺文化传承、弘扬的一大贡献。我觉得，如果有更多的人来关注民间文艺，研究民间文艺，传承民间文艺，民间文艺这棵参天大树一定会根深叶茂，欣欣向荣。

在这套图书的编纂过程中，全市民间文艺家深入邢台各地基层一线，从民间故事、民间风土民情、民间艺术入手，详尽描写了流传于邢台地区的民间技艺、故事、演艺、工艺、谚语、民俗、节日习俗等，在此基础上编成了这套图书。这套书力求图文并茂，客观地反映邢台民间文艺深厚的底蕴，体现出古老邢台的地方文化特色。

这套图书详细描述了邢台民间文艺和各种有文化内涵的技艺，这是我所看到的记录邢台民间文艺品种最多、最详尽、最生动的一套图书。作者对每一品种都做了详明的介绍：考证了发生年代，描绘了基本情态，论证了主要特点，探索了流播地域，指明了传承情况，论述了文化价值。作者对邢台民间文艺研究的深入，令人钦佩；对家乡文化的一片深情，溢于言表。

在经济社会加速转型的时代背景下，《邢台民间文艺博览》的出版，对传承地域历史文化、促进民间文艺研究、讲好邢台故事、厚植城市精神、共建温暖之城，叫响"太行泉城、美丽邢台"城市品牌必然会有重要和积极的意义。

本书主编少河同志邀我作序，自以为才疏学浅，难堪重任，但他的一片诚挚之意和作者的奉献精神，使我大受感动，于是欣然受命，勉力为之。不当之处，还望各位贤良斧正为盼。

（作者系邢台市文学艺术界联合会党组书记、主席）

目 录

写在前面的话 /001

人物故事篇

帝王章

1. 帝尧的传说 /006
　　唐尧访山 /007
2. 秦始皇的传说 /009
　　平乡县王固村的故事 /009
　　广宗县板台集的传说 /013
3. 汉高祖刘邦的传说 /014
　　柏人城弑君未遂 /014
　　霸王营的传说 /016
4. 光武帝刘秀的传说 /017
　　刘秀与宁晋县村名 /018
　　白马救刘秀 /020
　　汉牡丹与刘秀 /021
　　南宫晒衣村的传说 /023
　　广宗洗马村的故事 /025
5. 后周太祖郭威的传说 /026
　　郭威绰号郭雀儿 /026
　　郭威重修隆胜寺 /027

6. 周世宗柴荣的故事 /030
　　敕封东山南 /030
　　柴关与周世宗柴荣 /031
7. 后赵皇帝石勒的传说 /036
8. 秦王李世民的传说 /038
　　秦王李世民与沙河村名 /038
　　九天玄女救秦王 /044
9. 后蜀皇帝孟知祥的传说 /045
10. 后蜀皇帝孟昶的传说 /047
　　孟昶与花蕊夫人 /047
11. 宋太祖赵匡胤的传说 /049
　　赵匡胤千里送京娘 /049
　　赵匡胤过贝州 /053

将相章

12. 唐朝丞相魏徵的传说 /056
　　魏徵出世 /057
　　请青天 /059

13. 唐朝贤相宋璟的传说 / 061
　　宋璟毁碑 / 061
　　宋璟墓为啥在沙河 / 063
14. 元代名臣刘秉忠的故事 / 065
15. 张文谦邢酒收大王 / 068
16. 郭守敬的故事 / 074
17. 明代良臣朱正色的传说 / 076
　　治理黄河 / 077
　　智解城围 / 078
18. 清朝谏臣魏裔介的传说 / 079

名人章

19. 张角的传说 / 082
　　冰冻广宗与火烧战台 / 083
　　送黄粮与抬黄杠 / 085
　　张角与广宗红庙村 / 086
20. 武松怒斗苟八 / 087
21. 武大郎的传说 / 089
22. 赵三多赴宴 / 090

23. 景廷宾的传说 / 092
24. 㵐水武侠申老安 / 096
　　山东送磨试夫婿 / 096
　　贤女训夫授神功 / 099
　　行侠仗义走江湖 / 100
25. 梅花拳高手申卯辰 / 102
　　拜师学拳 / 103
　　碌碡封井 / 104
　　双塔打擂 / 107
　　心慈惹祸 / 109
26. 神医扁鹊的传说 / 111
　　扁鹊拜师 / 111
　　神头村的来历 / 113
27. 樊腾凤的故事 / 116
28. 刘滋的传说 / 119
29. 三名侍卫闹赌场 / 122
30. 宋鹅池的传说 / 127
31. 豫让桥的故事 / 131

山水城乡篇

名山章

32. 北武当山的传说 / 138
33. 天台山五谷仓的传说 / 144
34. 莲花峰的来历 / 146
35. 九龙沟的传说 / 148

36. 宣务山的故事 / 150

名水章

37. 七里河的传说 / 153
38. 小黄河的传说 / 155

39. 白马河的传说	/ 156
40. 滏阳河的传说	/ 160
41. 养儿河的传说	/ 163
42. 达活泉名字咋来的	/ 165
43. 百泉的传说（两篇）	/ 167
早知有百泉，何必下江南	/ 168
百泉有海眼，白气可通天	/ 169
44. 温泉的传说（两篇）	/ 170
温泉和纺花娘娘洞	/ 171
温泉与冉子的传说	/ 172
45. 玉泉寺武僧除害	/ 175
46. 龙泉与绿水池	/ 177
47. 通源井的传说	/ 181
48. 漆泉寺泉水为啥是黑的	/ 184
49. 凤凰眼的传说	/ 186

城乡章

50. 邢台城的传说	/ 191
邢台为啥叫"牛城"	/ 191
邢台为啥叫"卧牛城"	/ 194
长街为啥分南北	/ 195
铁锔锔住牛屁股	/ 196
51. 鹿城岗的传说	/ 197
52. 英谈村的传说	/ 199
53. 王硇村的故事	/ 201
54. 件只村的传说	/ 205
55. 百虎村的由来	/ 206
56. 赵古庄的传说	/ 208
57. 河古庙的传说	/ 212
58. 太子井的故事	/ 214

神话聊斋篇

神仙章

59. 南宫塔的传说	/ 222
60. 普利塔的传说	/ 225
61. 周公与桃花女的传说	/ 226
老周公的故事	/ 227
桃花女的故事	/ 231
62. 牛郎织女的传说	/ 238
63. 八仙的传说	/ 249
张果老的传说	/ 249
吕洞宾的传说	/ 254
曹国舅的传说	/ 257
64. 白雀庵的传说	/ 263

聊斋章

65. 霍家大院的传说	/ 269
66. 前渐寺小仙庙的传说	/ 273
67. 老长沟的传说	/ 276
68. 白莲坡的传说	/ 284
69. 俩闺女蹬死大灰狼	/ 288

红色故事篇

70. 邓小平在王硇的传说　　/ 295
71. 宁都暴动的领导人董振堂　/ 298
72. 范子侠的故事　　　　　/ 300
73. 茜草花开红似火　　　　/ 305
74. 独臂英雄窦志华　　　　/ 310
75. 山口粮台阻击战　　　　/ 312
76. 夜取伪军机关枪的故事　/ 313
77. 抗日石匠韩秋锁　　　　/ 314
78. 张桃成智截军马　　　　/ 317
79. 张芥士智斗汉奸　　　　/ 318
80. 大坪村的抗战故事　　　/ 321
81. 星火燎原说驾游　　　　/ 324
82. 高庄村的抗战故事　　　/ 325

后记　邢台精神的最佳载体　　　　　　　　　　/ 330

写在前面的话

冀彤军

邢台市位于河北省南部，西倚太行群峰竞秀，东吻平原土肥水美，南有湡水环护，北有泜河相绕，总面积 1.2486 万平方千米，常住人口 790 余万。

悠久绵长的历史养育了光辉灿烂的文化。帝尧封禅、祖乙迁邢、邢侯建国、襄子采邑、沙丘密谋、巨鹿大战、刘秀登基、黄巾起义、石勒建都、义和举旗等，在邢台的历史长河中留下炫目浪花；科技英才郭守敬和著名政治家柴荣、李世民、郭威、魏徵、宋璟、刘秉忠、张文谦、魏裔介以及道教创始人张角、梅花拳祖师赵三多、景廷宾等众多人物犹如交相辉映的河汉星斗闪烁在邢台历史文化的上空；更有牛郎织女的爱情故事，周公与桃花女的美丽传说，张果老和曹国舅、吕洞宾的八仙神话，恰似芬芳美酒滋润着邢台人的精神世界；还有数不尽的秀美山川、滔滔河流、静谧村庄、弯曲小巷和星罗棋布的名胜古迹等，更以其特有的芳姿承载着美丽传说的画卷，像万紫千红的花朵装点着邢台的绿水青山。

一个城市的灵魂在于文化。民间故事是人民智慧的结晶，它或以历史事件与人物为依托，或用自然景观与人文景观相印证，人民用集体智慧与丰富想象力创作出一个个栩栩如生、脍炙人口的故事，其绽放的艳丽奇葩，盛开在邢台文化的百花苑，展示着一张张亮丽的邢台名片。

邢台是中华文明的发祥地之一。其厚重的文化积淀、丰富的文化内涵对邢台文化的发展与人们道德理念的培育和教化发挥着至关重要的引导作用。在邢台的广袤土地上，民间故事浩如烟海。它取材于民间，创作于民间，口耳相传于民间。40多年来，改革开放的旌旗漫卷邢襄大地，城乡建设、经济建设、文化建设、思想道德文明建设发生了前所未有的变化。为了适应快速发展的新形势，健康传承民族优秀文化，留住浓浓乡愁，建设新时代中国特色社会主义生态文明新城乡，在有关部门的正确领导和指导下，我们精心搜集整理出这本《民间故事》。编辑过程中，按照思想和政治的正确性、地域和人物的代表性、艺术和审美的健康性、传说和故事的可读性等原则，去伪存真、去粗取精。

采编过程中，编者发现随着社会变迁与时代进步，尤其乡村城镇化建设的蓬勃发展与普通话的普及，原先流行于民间的讲故事方式、叙述风格与20世纪五六十年代相比，发生了改变。乡村土语逐渐走向消亡，普通话得到广泛应用。因此，编辑这本民间故事集时，在语言描述形式的把握上坚持了与时俱进，随着时代的发展而发展。

民间故事流传在民间、取材于民间，个别故事难免掺杂着封建迷信色彩。编辑过程中编者曾努力做了文字处理，但为了不失掉民间故事的特有风貌，多篇作品也尽量保留了口头文学创作的原汁原味。希望读者阅读本书时，一定要站在科学立场，用批判的眼光剔除糟粕，取其精华。

编者衷心希望，这部民间故事集，能为邢台市文化事业的发展增光添彩，再绽新花。

本书内容分为四个单元：第一单元《人物故事篇》下设《帝王章》《将相章》《名人章》；第二单元《山水城乡篇》下设《名山章》《名水章》《城乡章》；第三单元《神话聊斋篇》下设《神仙章》《聊斋章》；第四单元《红色篇》。每单元参照事件和故事发生或流传时间先后排序。其中《红色篇》记录的是邢台境内抗日战争年代涌现的英雄人物与革命传说，为近代内容，故排序在书末。仅此说明。

（作者系中国民间文艺家协会会员，邢台市地方志学会原副会长）

人物故事篇

帝王章

邢台历史悠久，地灵人杰。上古时代，部落联盟首领帝尧在这里留下诸多开创山河的遗迹。夏商时期，汤的第六世孙、河亶甲之子祖乙在此建都，此后经历了秦、汉、三国、晋、南北朝、隋、唐、宋、元、明、清等历史阶段，邢台这片饱经沧桑的土地上先后有秦朝开国皇帝嬴政，汉高祖刘邦，东汉光武帝刘秀，唐太宗李世民，后赵皇帝石勒，后周皇帝郭威、柴荣，后蜀皇帝孟知祥、孟昶，宋太祖赵匡胤等，或在邢建都称帝，或在邢开创霸业，或原籍邢等。他们的出现犹如一颗颗璀璨闪烁的星辰装点了祖国历史长空，同时，也为邢台留下了脍炙人口的民间传说。这些传说故事融汇了老百姓的聪明与智慧，寄托着老百姓的希冀和愿望，经过数百年乃至上千年口耳相传和提炼加工，最终长成枝繁叶茂的民间文学绿树，留下一笔笔民间文化的宝贵遗产。

1. 帝尧的传说

尧，姓伊，名放勋。史书记载，伊放勋的父亲姓姬，名夋，他的哥哥名姬挚，唯独他改姓为伊（也有史书说他姓伊祁），取名放勋。姬挚即位担任君王后，便把陶地封给13岁的弟弟伊放勋。伊放勋15岁时，又受封唐地，号陶唐氏。姬挚在位期间"荒淫无度，不修善政"，各部落酋长便将姬挚赶下台，把姬挚的弟弟也就是本文的男主角、18岁的伊放勋推上台，成为黄帝王朝的第六任君王，史称帝尧，定都平阳。尧立70年得舜。20年后，尧老，禅让帝位于舜。尧让位28年后死去。尧在位时，命羲和测定推求历法，制定四时成岁，为百姓颁授农耕时令，测定出春分、夏至、秋分、冬至。尧设置谏言之鼓，让天下百姓尽其言；立诽谤之木，让天下百姓攻其错。帝尧生活简朴，处事恭谨，团结族人，德高望重，被后世儒家奉为圣明君主的典型。帝尧的故事在邢台流传久远，主要分布在隆尧、临城、宁晋一带。

唐尧访山

远古，太行山以东一片汪洋。

唐尧出生在山西丹陵（今长治县南），长相异常，面色赤红，眉毛八彩，身高丈余，智勇双全，为人忠厚。唐尧在帝挚属下做地方官时，曾冒死斩杀北方怪兽，平定西方九头鹰，消灭南方巨蟒，深受百姓敬服。

这年，执掌天下的帝挚"荒淫无度，不修善政"，部落酋长们联合起来，请求帝挚下台，把位置让给一位有贤能、有本领的人。帝挚想了想，自己的确没有当君王的本领，也不愿意再劳心费神干这个劳什子帝王。于是，就让酋长们帮他挑选一位有本事的贤人接替他做帝王。酋长们选来选去，相中了正在唐地当侯爵的尧。当酋长提出候选人后，朝内有个叫孔壬的奸臣表示不同意，提议说："唐尧虽然有功于国，但没有经过考验，大家还不知道他治家理国的真实本领。我听说太行山以东是一片汪洋，不能耕种庄稼，不如派唐尧前去搞个调查。如果他能够提出治理东海的良策，就把那块地封赠给他。等唐尧真的能把太行山以东治理好了，再让帝挚把帝位让给唐尧不迟。"

孔壬用的是借刀杀人计。因为太行山东侧是汪洋大海，无边无岸，想找个立足的地方都难。派唐尧去东海，他乘坐的船只要遇上风浪，还能活着回来吗？就算没有被淹死，也会饿死。倘若唐尧无功而返，酋长们必然会要挟帝挚砍掉唐尧的脑袋。执掌天下的帝挚本来就昏庸无道，听奸臣孔壬说的话似乎在理，就委任唐尧带着人到太行山东侧去做调查了。

唐尧虽然看出了孔壬设下的毒计，但他不能违抗王命，况且已经有过斩杀怪兽、降服九头鹰、歼灭巨蟒等南征北战的经历，如今咋能害怕大海呢？于是，备了一艘大船和几艘小船，装足粮食和淡水，又请调了一队骁勇善战的兵卒，从太行山东侧起锚扬帆，驶入大海。

船队在大海上航行。唐尧撑剑伫立船头，极目远眺，一眼望不到边的海水在阳光照耀下，反射出炫目光芒。船下翻卷着洁白波浪，水鸟追逐着船头"叽叽喳喳"歌唱……

唐尧指挥着船队，在大海上航行了七天七夜，还是未能找到落脚的地方。人们眼中看到的全是无边海水，耳中听到的尽是波浪拍打的声响。于是，跟随唐尧一起来的人都希望早些返航，因为一旦遭遇风浪，大家就没命了。唐尧听后，信心坚定地说："国君既然派我们来了，我们就不能空手回去。我们只要没有死，就得查个水落石出！"

这天夜间，果真刮起狂风，下起瓢泼大雨，海面掀起的巨浪足有两丈高。唐尧命人前后下锚，稳住船身。不料大风把唐尧乘坐的大船锚链吹断了。大船失去控制，像一片树叶在海上随浪颠簸。大船在海面漂泊了一夜，黎明时，风停了，雨住了，日头从东方升起来。唐尧抬眼一看，远处出现两个小黑点。唐尧惊喜地大喊："哎呀喂，那里有两座小岛。"船工和将士们谁也不相信，都说那是条大鱼或者水鸟。唐尧说："我已经观察好长时间了，鱼和鸟应该是活动的，而这两个黑点在海面一丝未动，它不是小岛还能是啥！"听唐尧说得有理，大家都高兴得欢呼起来。于是众人划桨，朝着黑点划去。越划越近，黑点变得越来越大。中午时分，大船划到了黑点近处。嘿！真有两个岛尖尖挺立水面。

大船航行到距小岛两三里远时，船底碰上了岩礁，不能前进了。船工们急得满头冒汗，唐尧却高兴得哈哈大笑，说："苍天有眼，终于让俺找见了你！"船上有人听不明白，问："船搁浅了，咋说是苍天帮助咱？"唐尧说："离岛尖两三里远船就搁浅，这充分说明这座岛的岩礁根部庞大。将来海水一旦下落，岛的面积就会变大，说不定还能变成一座山呢。"直到这时人们才明白，唐尧带领大伙来东海考察，终于有可喜的结果了！

唐尧让船工在岩礁边抛锚，稳住大船，然后乘小船划到岛前。登岛后才看清楚，原来一南一北两座岛峪的峰尖连在一起拱出海面，峰巅面积几十亩哩！唐尧命令大伙七手八脚把船上载着的稻米、淡水、行李等搬上南山头，再让人们撒网捕鱼，安灶支锅煮饭。这座藏在大海中的小岛第一次升起了人间烟火。

次日，唐尧又派出三艘小船，前往东、南、北三面查看，结果又在东北、西南两个方向各发现几座小岛。根据考察结果，唐尧制订出治理太行山东海水的规划，定名《治理东海策》。临离开这片岛礁时，跟随唐尧一起来的人在一块石头上刻下"唐尧营地"四个大字。

唐尧返回，把《治理东海策》献给帝挚。帝挚心里很高兴，当即封唐尧为"尧王"，并把这片被唐尧等人发现的山水土地赏封给唐尧，让他专心治理太行山以东的海水。

原想谋害唐尧的奸臣孔壬万万没有料到，本想找个理由害死唐尧，没想到竟让唐尧被封了王，还得了封地。因为唐尧是开天辟地头一个带领将士发现这座山的人，后人就称这座山为"尧山"。

搜集整理：杨林岗

2. 秦始皇的传说

秦始皇嬴政（前259—前210年），秦庄襄王和赵姬之子。出生于赵国都城邯郸，后回到秦国。中国古代杰出的政治家、军事家、战略家、改革家，首次完成中国大一统的政治人物，也是中国第一个称皇帝的君主。其当政期间，奠定了中国两千年政治制度的基本格局。公元前210年，东巡途中驾崩于邢台沙丘。

平乡县王固村的故事

平乡县有个村子叫王固。村南有片沙土岗子，破砖烂瓦，从来不能长庄稼。这就是历史上有名的"沙丘平台"。中国最早的皇帝秦始皇，就是被赵武灵王吓死在这儿的。有人说：秦始皇远居陕西咸阳，怎么会被吓死在这个沙土岗子上呢？这里边还有一个故事呢！

相传，秦始皇统一六国做了皇帝，称"始皇帝"。那意思就是说他是个开始，以后世世代代都要由他家的人当皇帝。可是秦始皇又是个疑心很重的人，知道自己把齐、楚、燕、韩、赵、魏六国灭了，而这些国家的人还活着呢，因此担心这些国家的人造反，就想出一个法子——"东巡"。就这样，秦始皇让公子扶苏留守咸阳，自己带领丞相李斯和近臣赵高等文臣武将巡视天下。所到之处，官接官送，人山人海，别提多威风了！

这天，秦始皇等人来到巨鹿郡（今平乡县境）。入城后天色已晚，秦始皇也困乏了。本该歇歇脚再赶路，可是秦始皇这个近50岁的人争强好胜心挺强，明明累了还硬说不累。听说巨鹿郡有十大景，就坐不住了。他让郡守带他爬到魁星楼先看"魁楼晚霞"，再到郡东看"滏堤柳阴"。秦始皇看了连声称赞。郡守见秦始皇高兴了，就添枝加叶说前边那块石头是赵武灵王坐过的。秦始皇一高兴，大步上前，对青石连拜三拜，然后仿照赵武灵王的样子坐在石头上。说来也巧，秦始皇刚坐到石头上，不知是石头放得不牢稳，还是赵武灵王要报秦始皇灭国之仇，只听"轰隆"一声，秦始皇连同石头一起掉进了滏阳河。大臣们费了九牛二虎之力，总算把秦始皇捞了上来，这位"始皇帝"才没有被淹死。别看秦始皇平时威风，这会儿可像只落汤鸡！只见他冻得牙齿直打战，怒气冲冲四处搜寻。大臣们这才明白他是在找那个巨鹿郡守呢。岂料郡守见惹了祸端，早已投河自尽了。秦始皇从卫士手中夺过一杆枪猛地向郡守跳河的水中投去，这才消了气，被大臣们搀扶回城了。可是回城没吃饭就病倒了！后来，有人说，赵武灵王在世时已算准秦始皇要到这里来，特意放块石头在那儿等着他。也有人说，那个巨鹿郡守是赵武灵王转的，专来报仇勾秦始皇魂的。经这么一惊一吓一气，秦始皇又十分迷信，当晚就做开噩梦，只要一合眼就看见赵武灵王带着巨鹿郡守手提索魂绳套他的脖子，吓得几次从床上摔下来！第二天一早，他一口饭也吃不下，嘟囔说："这里是个鬼地方，赶快离开吧。"

往哪儿走呢？那时全国才36个郡，相距都很远。如今皇帝病成这个样子，得赶快找地方调治啊！大臣们一时没了主意。还是赵高鬼点子多，他说，巨鹿郡北边40里就是有名的沙丘宫，周围都是大沙岗，中间一片红花绿草，地势又高又平，风景很好。商朝时的纣王就看中了这地方，在这儿建过"酒池""肉林"寻欢作乐。赵武灵王退位后，又在这儿建起过"沙丘宫"。后来赵王的儿子篡朝谋位把赵王给饿死在了这里。自赵王死后，这地方就被封住，谁也不让进去了。赵高这一提醒，大家都觉着有道理，沙丘宫比州县房舍好，又是帝王居所，便于皇帝静养。为此，他们也就没再跟秦始皇商量，由丞相李斯做主，大队人马往沙丘宫开拔。

到那里一看，环境果然不错。秦始皇一见，还以为回到咸阳了呢，一问才知是有名的沙丘宫，心里一欢喜，竟能下车走动了。大臣们更是高兴，簇拥着皇帝朝正殿走去。可是他们不知道这里正是赵武灵王的祠堂。迎门塑像，全是按赵武灵王生前样子制作的，身穿胡服，手握宝剑，威风凛凛。秦始皇一看，吓得"啊"一声倒在地上，不省人事了！

这可吓坏了文武百官，忙把秦始皇抬到后殿安顿，一边请医调治，一边到赵武灵王像前跪拜求饶。可是这一切已经无济于事。直到第二天黄昏，秦始皇才睁开眼睛。近臣们围拢过去，叩请皇上圣安。秦始皇不理会他们，只说了一个"笔"字。李斯明白皇帝是要笔写遗嘱哩，就把侍从们赶出去，屋里只剩下他和赵高几个人，这才将黄绫铺好，将笔递给秦始皇。当时秦始皇虚弱得厉害，哪还能写好字？只见他在黄绫上歪歪扭扭写了"传位扶苏"四个字，便两眼一瞪，腿一伸，归天走了！丞相李斯回过神来，伸手摸摸秦始皇口鼻，确认没气了，这才下令，一个人也不许放进来，屋子里的人一个也不许放出去。然后把秦始皇尸体放好，用床帏子掩住，使人分不清皇帝是死了还是睡了。再把几个内侍叫到另一间屋子。这才和赵高在秦始皇灵床前商议起后事来。

秦始皇的死，李斯和赵高并不心疼。他们忧心的是秦始皇留下的让长子扶苏继位的遗诏。因为他们一贯专横行事，平时倚仗秦始皇的信任，从来未把扶苏放在眼里。扶苏自然对他二人不满，如果真让扶苏当了皇帝，必然对他二人不利！想到这儿，赵高三角眼一瞪，做出个决断手势。李斯明白赵高要拼命了，但他还是对着秦始皇的遗诏发愁。这时赵高早点着了火，一把夺过遗诏放在火上烧了！李斯吓坏了，忙说："你……"只见赵高又拿过一段黄绫，递上笔墨。李斯这才明白，赵高这是要他伪造遗诏。李斯佩服赵高的手段，微微点点头答应。然后，仿照秦始皇笔体写上"传位胡亥"四个歪歪扭扭的大字！胡亥就是秦始皇的小儿子，还是个不懂事的娃娃。让一个小孩子做皇帝，李斯和赵高照样可以掌权。

为了防止扶苏听到消息提前登基，他们决定秘不发丧，找木匠连夜制作一辆大车，起名"辒辌车"，把秦始皇的尸体抬上车，对随从们说："皇帝在车里生活办公，不用再下车了。"用此番话打消了外人见不到秦始皇的疑心。

一切安排就绪，大家离开沙丘宫往咸阳赶路了。当时正值七月，天气炎热，刚走了一两天，车上装着的秦始皇尸体就臭了。李斯、赵高怕臭味散发出来，引起人们疑心，就到滏阳河边买了些鱼装在辒辌车上，对外说是皇帝爱吃鱼，准备带着路上吃。这样，等臭味一出来，他们便说是鱼臭了，人们也就不再疑心了。

赵高和李斯的阴谋果然得逞了，应该做皇帝的扶苏被发往外地，不懂事的小孩子胡亥被扶上皇位，史称秦二世。

秦二世登基后的第一件事就是为父皇举办丧事。然后按李斯和赵高的指使，派人到沙丘宫为秦始皇立祠。钦差们日夜兼程赶到沙丘宫，按照圣旨先把赵武灵王塑像砸了，再塑了一尊秦始皇金像。并移来一个村子坐落在沙丘宫北面，让他们世世代代为秦始皇守灵，还为村子取名"皇故"，意思是秦始皇亡故于这里。后来，这里变成一片沙碱岗子。"皇故村"的名字也因这个村的人多数姓王而改为"王故村"。后人觉着"故"字不吉利，就改为"王固村"了。

这都是明朝燕王扫北之前的事了。后来从山西洪洞县迁来的新居民仍沿用旧村名，还称王固村。秦始皇被赵武灵王吓死在这里的传说一直流传了下来。

搜集整理：李存志

广宗县板台集的传说

广宗县城西北有板台集、板台屯和西板台三个村庄，分别坐落在漳河两岸，俗称"三板台"。

公元前221年，秦始皇兼并六国，统一华夏。为了"示强威，服海内"，先后五次出巡。最后一次为寻长生不老药，出巡到了山东。他的小儿子胡亥、丞相李斯和宦官赵高随着出巡。一行人有乘车的，有骑马的，还有步行的，簇拥着秦始皇的车子浩浩荡荡向前走着。走到平原津（今山东平原县南）时，正值盛暑酷热，秦始皇染病在身，加之劳累中暑，昏迷于车上。此时，李斯心中惶惶不安，即命随从等人返回咸阳。当行至广宗县境，李斯问当地百姓："此地何名？"百姓答："沙丘郡。"

李斯大惊，忙令驭手："快走！快走！"为什么赶紧离开沙丘郡呢？因为李斯知道，想当初秦始皇"焚书坑儒"，这次出巡又把孔圣人的坟墓掘开了，只见冢壁上写着："后世一男子自称秦始皇。上我堂，跃我床，颠倒我衣裳，行至沙丘亡。"此话李斯一直记在心里，并信以为真。

当他们走到板台村旁时，汹涌的漳河水挡住去路。大家你看我，我看你，都束手无策。李斯派人试蹚河水，见深处没过了胸口。怎么办？李斯在岸边踱来踱去，心想，这么深的水，别人还好对付，身染重病的皇上怎么能安全过去呢？为难之际，河沿上走来一位老汉。李斯想，不如先问问老汉，当地人嘛，看他有何高见。于是，他把皇上渡河的难处讲给了老汉。老汉听后，笑着说："我有个办法，不知行不行。"李斯说："不妨讲给我听听。"老汉说："到村里找几块木板钉在一起，四角钉上扶手，让皇上躺在木板上，再找四个壮士抬着，水深了可以举板过顶。这么着，皇上就能安全过河了。"

李斯闻言大喜，连连说："妙哉！妙哉！我还不如你有办法呢！"谢过老汉，立即派人找木板，钉木床，四角捆上扶手，挑选八名会游泳的壮士，让秦始皇躺在板床上，轮流抬着秦始皇稳稳妥妥过了漳河，火速向大平台奔去。

事后,当地百姓为纪念此事,便把漳河东岸的村庄叫作东板抬,河西的两个小村叫成西板抬和板抬屯。时间长了,后人把"抬"简写成了"台"字,变成了东板台、西板台、板台屯。清末,东板台办起来集会,又改名为板台集,并把三个村合在一起称作"三板台"。

原载《广宗县志》

3. 汉高祖刘邦的传说

刘邦(前256—前195年),字季(亦说小名刘季),沛郡丰邑(今江苏丰县)中阳里人。父亲名瑞,兄弟四人,高祖排行老三,长兄名伯,次兄名仲,少弟名交。秦时因释放刑徒而亡匿芒砀山中。陈胜起事不久,集合县中约三千子弟响应,攻占沛县等地,称沛公,不久投奔项梁。公元前206年十月,刘邦军进驻灞上,秦王子婴向刘邦投降,秦朝灭亡。刘邦废秦苛法,与关中父老约法三章。鸿门宴后,刘邦被封为汉王,统治巴蜀及汉中一带。公元前202年,刘邦于定陶汜水之阳即皇帝位,定都长安,史称西汉。高祖十二年(公元前195年),刘邦因讨伐英布叛乱,被流矢射中,病重不起,不久去世,庙号太祖,谥号高皇帝。

柏人城弑君未遂

别看现在的柏人城是荒草丛中的土城墙,两千年前这里却是一座坚固宏伟的军事重镇。

公元前200年,在反抗秦朝的起义军中有位名叫张耳的人被项羽立为常山王,并受赠原先赵国的一部分土地,都城设在襄国(今邢台市)。

后来张耳投靠刘邦，失去封国。刘邦器重他，恢复了他的封地，立为赵王，是汉初的异姓王之一。张耳死后，其子张敖继承王位，并娶了刘邦的大女儿鲁元公主。

汉高祖七年（公元前200年），刘邦北上迎击匈奴，被围困在山西大同一带，经过贿赂单于的老婆后才侥幸逃出。途经赵国，赵王张敖迎出40里，端饭上菜，谦卑恭顺，极尽殷勤，表现出做女婿的诚意（"且暮自上食，体甚卑，有子婿礼"）。不想老丈人刘邦因为刚打了败仗，正憋了一肚子气没处发泄，耍起了他过去那一套流氓市侩脾气，撒开两腿坐在地上（古人坐姿是屈膝跪地，臀部坐在脚后跟，像个大"八"字一样撒开腿的坐姿是极不严肃、不礼貌的），嘴里不干不净，喷出一连串脏话，非常轻慢无礼（"箕踞骂詈，甚慢之"）。张敖依然逆来顺受，笑脸相迎。

张敖手下有一帮跟随过他父亲的老臣，如相国贯高、赵午，咽不下这口气，背地里对张敖说："天下豪杰并起，能者先立。今王事皇帝甚恭，皇帝与王却甚无理，请为王杀之！"没想到这位缺气性的赵王一听，急红了眼，咬破手指说："君何言之误！且先王亡国，赖皇帝得复国，德流子孙，秋毫皆帝之力也，愿君无复出口！"

贯高怪赵王懦弱，与赵午等大臣商议："君辱臣死，我等不愿受辱，赵王不干咱们干！事成后好处归赵王，事败后我们担风险！"决心干掉刘邦这个猖狂的暴发户。

第二年（公元前199年）刘邦到东垣（石家庄东）镇压韩王信的反叛，再过赵国，贯高见等到了机会，领诸位老臣到柏人城迎接，预先埋伏杀手，准备行刺。可能他们的神色不自在，引起刘邦怀疑（《汉书》中用了"心动"两个字），问："这是什么地方？"有人答："柏人。"刘邦说："柏人，迫于人。"不宿而去。贯高失去了行刺机会。

不久，贯高的仇人揭发了这件事，刘邦把赵王张敖抓起来。策划暗杀活动的几个老臣见事情败露，接连自杀。贯高愤怒骂道："赵王没参与此事而被捕，你们都死了，谁来证明赵王无罪呢！"自己上了囚车，与赵王一起到长安去辩白。贯高被鞭笞数千，被烧红的铁锥扎，体无完肤，始终坚持作证赵王张敖并不知此事。吕后为女儿着想，也劝刘邦宽恕张敖。刘邦骂道："如果张敖得了天下，还会在乎你的女儿吗？"

刘邦不信贯高口供，派贯高的一位老朋友私下询问。贯高坦率表白："天下人谁不爱自己的父母妻子？现在我家三代人将要被诛杀，我难道愿意以全家人性命去换一个赵王吗？实在是赵王不知此事，只是我们几个人自己要干的。"贯高的朋友回去把事情原委对刘邦详细陈述后，刘邦这才赦免赵王。由于敬佩贯高的忠贞仗义，刘邦连贯高一起开释。贯高说："我所以不死，为的是证明赵王无罪。现在赵王平反了，我的责任也尽到了。纵然皇帝不杀我，我背了个弑君罪名，还有什么资格再苟活世上！"割断脖颈自刎了。

刘邦到底还是不喜欢张敖这个女婿，便撤掉他的赵王爵号，贬为宣平侯。贯高小不忍而乱大谋，断送掉自己性命。唐代大诗人李白为此事还专门写诗说："万乘慎出入，柏人以为识。"

搜集整理：黄俊里

霸王营的传说

古时候，隆尧东北有条泜河。相传，项羽吃了败仗，被刘邦从南边追到泜河边。泜河水面宽阔，波翻浪涌。项羽站在河南岸四处观看，只见荒草野地，望不见人烟。前面河水挡路，后有刘邦追赶，项羽不禁仰天长叹："我项羽自起事以来，天下称雄，无人能敌，想不到今日败在刘邦手中，真是苍天绝我也！"说完就要往泜河里跳，他的儿子小王子和大将王雄、刘通死死把他抱住。

刘邦追兵的喊杀声清晰可闻。万分紧迫时，忽听有士兵喊："河水退啦。"项羽抬头看时，河面出现一个大漩涡，河里的水流被漩涡漩着往下降，不一会儿，河干见底，河床中间现出一个大窟窿。项羽来了精神，急忙领兵过了河。项羽的人马刚登上北岸，刘邦率领的追兵就追到了南岸。为了捉住项羽抢头功，刘邦的追兵"呼啦啦"跑到了河底。就在这时，河底那个大窟窿"呼呼"往外冒出了水。不一会儿，浪涛滚滚涨满河床。已跑到河底的刘邦追兵，立时被河水淹没了。

项羽见泜河重新翻起滔天巨浪，挡住了汉军，于是认为泜河一带是自己成事立业的风水宝地，便把军营驻扎在泜河北岸。为防备刘邦绕过泜河从背后袭击，项羽在泜河上修建起一座石桥，让小王子在距主营以西一里多地扎了军营，再派大将刘通在距王雄军营以东半里地扎了军营。这样无论刘邦从哪一方向过来，项羽的兵马都能够互相接应，又各有退路。后来，项羽与刘邦交战，从四个军营挑出精兵强将上战场打仗，把老弱病残将士留下。

数年后，项羽垓下一战，死在乌江，楚军垮了。而项羽留在四个军营中的老弱病残将士没人管了，就在这儿开荒种地。时间久了，人烟多了，遂形成四个村庄。人们把项羽扎营的村子叫霸王营，项羽儿子小王子扎营的村子叫小王庄，大将王雄扎营的村子叫王雄庄，大将刘通扎营的村子叫刘通庄。

从古到今，这些村子虽然经历了无数次战乱，村名一直没有改变。当年项羽在泜河上修建的石桥，人们管它叫霸王桥，至今遗址还在呢！

原载《隆尧县志》

4. 光武帝刘秀的传说

刘秀（前5—57年），字文叔，南阳郡蔡阳县人，出生于陈留郡济阳县。新朝王莽末年，海内分崩，天下大乱，刘秀在家乡起兵造反。公元25年，刘秀与更始帝公开决裂，并于鄗城千秋亭登基称帝，仍以"汉"为国号，史称"东汉"。刘秀先后平灭了关东、陇右、西蜀等地方割据政权，结束了近20年的军阀混战与割据局面。建武中元二年（57年）二月初五日，刘秀在南宫前殿亡故，庙号世祖，谥号光武皇帝。

刘秀与宁晋县村名

公元8年，外戚王莽夺取汉朝政权做了皇帝，改国号为新朝，对内横征暴敛，对外发动战争，天灾人祸逼得广大农民走投无路，于是绿林、赤眉、铜马、新市、平林各路起义军揭竿而起，势如狂飙。杀贪官、除恶霸，扶危济贫。是时，汉朝皇族刘秀也加入起义军行列。眼看新朝风雨飘摇，王莽纠集精兵40多万，对起义军疯狂镇压。当时，刘秀所率义军才数千人，双方力量悬殊，但在河北战场上，刘秀却屡败屡战，锐气不减。

这年，刘秀与王莽的军队在宁晋县北部打了一仗，终因寡不敌众，起义军又一次被包围战败。刘秀跃马舞枪，杀出重围，驱马而逃。王莽的军队穷追不舍。刘秀胯下战马因负重伤，没跑多远，流血过多，一头扎在地上，四蹄一蹬，死了。眼看着生死与共的战马死亡，刘秀心如刀绞，不禁号啕恸哭。哭罢，拔出腰刀，在地上挖个坑掩埋了战马。刚把战马掩埋，不远处尘土飞扬，追兵已近。事不宜迟，刘秀放开脚步向东南方向跑去，跑出二三里路，突然感到疲惫不堪。再跑，双腿迈不动了；再拼，身上也没了力气。难道束手就擒不成？正惶恐间，瞅见前面有片低矮柳丛。刘秀寻思，不如暂且钻进柳丛躲避一时，倘若敌人不进柳丛搜查，合当我命不该绝；假如追敌进入柳丛，我也可赢得片刻喘息机会，以逸待劳，与敌人再拼杀一阵。主意拿定，刘秀立刻钻进柳丛深处。敌人马队呼啸而至，过柳丛而未停蹄，旋即冲向前方。

王莽的军队为啥没有进柳丛搜查刘秀呢？一是战马奔腾沙尘弥漫，追赶刘秀的军队没有看清刘秀真正去向；二是他们并不知道刘秀的战马死了，这片低矮柳丛根本遮掩不住高头大马。敌人马队远去，藏身柳丛的刘秀嘘口长气，悬着的心这才落下来。

钻出柳丛，刘秀整理盔甲战袍，大步向南奔去。正走间，后面喊声阵阵。刘秀不由得大惊失色，扭头看时，认出是追捕刘秀的王莽军队因为没有看见刘秀，折了回来。他们这次发现了刘秀，放马猛追过来。刘秀加快脚步，向南一路飞奔，突然一条大河拦住去路。河面宽阔，深不见底。面前惊涛骇浪，身后敌兵追赶，刘秀不禁暗暗叫苦："与其死于敌手，毋宁投河自尽！"主意打定，疾步登上河堤，正欲纵身跳下，猛听旁边一声大喝："将军不可轻生！"循声望去，河滩站立一位鬓发皆白手执羊鞭的老汉。老汉身边放牧着一群绵羊。刘秀正欲上前搭话，老汉大手一挥说："将军不必多言，赐你大羊一只，自能化险为夷。"说罢，鞭梢一点，一只大绵羊乖乖走到刘秀面前。老汉指着绵羊说："此乃将军坐骑，过河去吧！"见刘秀将信将疑，迟迟不动，老汉着急地说："恢复汉室江山，全系将军一身，安可迟疑？"说罢再指羊鞭，刘秀低头看时，已经跨上羊背。绵羊"扑通"跃入河中，踩水如履平地，转眼游到彼岸。刘秀想答谢牧羊老汉，回眸向对岸望去，哪里还有老汉影子？再看渡他过河的绵羊，也全无踪迹。这时，一支人马从东面奔来，刘秀仔细看时，原来是自己部下，不禁喜出望外。看看天色已晚，刘秀带着起义军寻找歇息住处。片刻，来到一座村庄。村里的百姓听说是刘秀的起义军来了，纷纷跑出村子迎接，有的拿出粮食慰劳军队，有的拿出草料替军队喂马。

夜半时分，哨兵向刘秀报告，说有匹战马挣脱缰绳跑了。刘秀命令士兵："一定要把那匹马追回来！"不一会儿，又一个士兵报告："战马跑到西面村庄，老乡正拴在槽头喂养。我们要牵回来，老乡说咱们打仗辛苦，夜里喂马劳累，他愿意把马喂饱，明天一早送来，咋办？"刘秀笑了笑说："这叫一马啃两槽，老乡愿喂，就让他喂吧。"

经过休整，起义军士气大振。接下来的日子，刘秀率领起义军与王莽军队又打了几仗，各有胜负。王莽的军队退到宁晋县西北边界一带驻扎。刘秀求胜心切，趁王莽军队转移之机，率兵追杀，结果中了王莽的埋伏，被团团包围。经过一场厮杀，刘秀率兵突出重围。刘秀亲自断后，指挥军队向西北方向撤退。刘秀且战且走，不觉落在后边。因为刘秀后来换乘的战马并非良驹，脚力不济，要摆脱敌人追兵实属困难。幸好日落西山，暮色降临，刘秀正好看见不远处有座小村。刘秀策马奔去，藏在一户农民家里，侥幸逃过生死劫难。

次日黎明，刘秀辞别救命恩人，乘马赶到约定地点，查点部下，少有伤亡，且喜击毙敌人一名将官，缴获一匹战马。刘秀细看那匹战马，骨骼健壮，前胸宽阔，后臀浑圆，腕细蹄大，尾粗腰壮，耳似竹签，目如朗星，分明是一匹久经沙场的良驹。刘秀喜不自胜，当天就在居住的店中换乘良驹，跃马挥戈投入新的战斗。

公元 25 年，刘秀当了皇帝，建立东汉政权。

王莽赶刘秀的传说，在民间流传千年，成为宁晋县诸多村名的渊源。刘秀死掉战马的地方，即今日宁晋县司马（谐音）村；刘秀因马死而号啕大哭之处，村名取为嚎哭（演化为浩固）；羊背刘秀过河的地方，形成村落后取名大羊背，后改"背"为盃。前面冠以建村人姓氏，称李羊盃、赵羊盃、段羊盃、孙羊盃。刘秀说的"一马啃两槽"的村庄，如今叫东曹固、西曹固。刘秀躲避追兵藏身的村庄，如今叫小藏庄。刘秀换马的村庄，即是换马店村。

原载《宁晋县志》

白马救刘秀

有一天，王莽的追兵把刘秀撵进柏林关地界时，日头已经搁在西山顶。刘秀跑得浑身是汗，又饿又累，骑的枣红马也跑不动了。刘秀心里说，这回非得死在王莽手里了。走着走着，忽然看见一个老头儿，正在前面官道边的春白地里耕地，就牵马拐进地里。走到老头儿跟前，刘秀跪在地上求老人救他一命。老头儿打量刘秀一眼，又回头看看远处追兵，就叫刘秀躺在墒沟里，往他身上扒了些黄土，叫耕地的白马立在上面。老头儿看看露不出馅儿了，抄起犁地鞭在刘秀那匹枣红马身上狠狠抽了一鞭，那马撩起蹄子朝东北方向跑了。老头儿这才坐上木犁，掏出烟荷包儿，搭眯着眼儿嘎起烟来。不大工夫，王莽的追兵来到官道边，停马吆喝："老头儿，见到一员骑枣红马的武将往哪儿跑了没有？"老头儿也不答话，用烟袋杆儿往东北方向指了指。兵将们往东北一看，一个黑点正往前飞奔，就一窝蜂撵过去。

等到看不见追兵踪影了，老头儿磕磕烟灰，把烟袋杆儿往腰带上一别，扒开蒙在刘秀身上的土。这时，老头儿看见自己的那匹白马右后腿曲着，马蹄轻轻点在刘秀脊梁上。老头儿心里估摸，这墒沟里藏的人日后准能当大官，要不为啥哑巴牲口都不肯踩他一下？老头儿赶紧把刘秀从墒沟拽出来，给他指明了道儿，叫他赶紧逃命！

刘秀谢过老头儿，开脚往西北方向跑，跑了十几步，听老头儿在后边吆喝。刘秀扭头一看，老头儿的那匹白马拖着木犁跑了过来。刘秀只得立住脚一把揪住马缰，等老头儿跑到跟前，把马缰交给老头儿后，又撒腿往前跑。谁知跑了没几步，老头儿又在后面喊，刘秀再回头，那匹白马挣脱老头儿又撵了上来。刘秀只得立下，问咋回事儿？老头儿瞪着俩大眼，摇头说，不知道为啥。正在这时，王莽的追兵从东北方向返了回来，刘秀和老头儿都慌了。老头儿牙一咬，上前卸了牲口，把马缰绳递给刘秀，叫他骑上快跑。刘秀接过马缰绳蹿上马背，双脚一磕马肚子，白马驮着刘秀飞一样跑了。老头儿赶紧扛起木犁，连颠带跑回了家。

据说从那时起，马一停歇，右后腿就弯曲起来，蹄子虚踩地面，生怕踩疼下面的帝王。谁要不信，可留心观察，直到现在，马还保留着这个习惯呢！

原载《柏乡县志》

汉牡丹与刘秀

柏乡城北十里有个北郝村，村西头有座弥陀寺，寺院长着一株枝繁叶茂的牡丹，旁边还长着一株紫茎长叶的芍药。每逢旧历三月，两株花草相继开放，花朵大的像面盆，小的似海碗，白里透红，十分美丽。山南海北前来赏花的人络绎不绝，都说这是一株汉牡丹。岂不知这株汉牡丹，还流传着一段神奇故事哩。

相传，很早以前的一天黎明，有个拾粪老头儿挎着粪筐，掂着粪叉儿，顺着大街往西走，刚到弥陀寺山门前，阵阵清香扑面而来。老头儿一愣，抬头一瞧，嘿，两个英俊美貌的童男童女披红挂绿，手挽着手，笑模悠悠从半天空飘下来，悄没声儿降落弥陀寺。老头儿撒腿就往回跑。回到家把这事儿一说，一传十、十传百，全村轰动了，都觉得这事儿有点儿玄乎，便成群结队涌进弥陀寺找寻，结果除了寺庙里的泥胎外，其他什么也没发现。只是一片空地上有两株水灵灵、鲜嫩嫩的花草拱破土层，长了出来。于是有人猜测，这两株花草准是早晨下凡的童男童女变的；也有人说，这花草既是花神下凡，为啥哪儿也不去，专来咱们北郝村，这儿一准是风水宝地哩！于是，在大伙精心照料下，两株花草竟猛长起来。不几天蹿了好几尺高，碧绿的翠枝上长出密密麻麻的花骨朵，惹得彩蝶飞舞，蜜蜂嘤嘤，真是好看极了。

转眼几年过去了。这天，一位身穿战袍、风尘仆仆、汗流浃背的将军跃马扬鞭闯进北郝村。当时兵荒马乱的，村民们都怕事儿，家家关门闭户。将军骑马口渴难耐，走进村庄后敲门央求老乡给碗水喝。胆小怕事的村民谁敢招惹这事儿，都隔着门缝摇头摆手，劝说将军赶快到别的村找地方躲避吧。饥渴劳累的将军不禁一声长叹，说："北郝村有一景，也没庙，也没井，土地爷住在墙窟窿。"话音刚落，村外尘烟滚滚，战马嘶鸣，王莽的追兵到了。将军慌忙乘马向西急窜，正好来到弥陀寺前，遂踩上马背，"嗖"一声翻过庙墙，"扑通"跳进去，昏倒花丛中。那些花草竟然"唰"一下舒枝展叶，把将军捂了个严严实实。追兵在北郝村没有找见人，就出村向别的地方找去。

过了个把时辰，将军从昏迷中醒来，睁眼一看，发现自己躺在牡丹花丛中。数株牡丹绽放如霞，红的似火，白的像雪，将军顿觉心旷神怡，挥笔在寺院断墙上题诗一首，这才跃马挺枪而去。

北郝村人见王莽追兵走了，纷纷来到弥陀寺，见墙上留有诗句："小王避乱过荒庄，井庙俱无甚荒凉；惟有牡丹花数株，忠心不改向君王。"末尾写着"刘秀题"三个字。

读罢诗，个个惊悚。原来在弥陀寺避难的将军就是在千秋亭登基的东汉光武帝刘秀。而掩护刘秀的奇花，就是国色天香的牡丹，另一株是与牡丹相依为命的芍药。从此，汉牡丹的盛名流传开了。

1937年10月，日军侵占柏乡。住在县城的日军顾问高九中雄听说北郝村有几株神奇的汉牡丹，就想把汉牡丹连根挖走，运回日本国。1938年春，高九中雄为把汉牡丹完好无损运走，指派人在牡丹花四周挖了几丈深的坑，花根上带着碾盘大泥胎，几十个人用了半天时间，才把花草装上四轮大卡车。大卡车还没走出北郝村西口，牡丹叶子就打蔫了。

将牡丹运进县城，高九中雄指挥部下栽花、浇水、施肥，折腾了大半天，谁知没到天黑，汉牡丹枝枯叶落死了。

翌年春天，人们惊喜地发现日本军队挖走牡丹的土坑处又长出几株花芽，并逐年伸枝展叶，滋长起来。但一直到抗日战争胜利，再没有结过花骨朵。1949年春天，汉牡丹突然枝繁叶茂，花朵开得又肥又大。这年10月1日，正好是中华人民共和国成立，中国人民真正翻身做了主人。于是，人们纷纷传说，柏乡汉牡丹应运盛开，是在为新中国的诞生献礼呢！

原载《柏乡县志》

南宫晒衣村的传说

南宫城南5千米外，有一片村庄分别叫谢晒衣、刘晒衣、张晒衣、朱晒衣、郑晒衣、马晒衣，俗称"一溜子晒衣"。这些村名有啥来历？听咱给你说段故事。

据传，王莽死后，王匡、王凤等人拥立汉宗室远支亲属刘玄为帝，国号"汉"，年号"更始"。刘秀与兄刘縯属汉室贵族，在讨伐王莽时立过赫赫战功，因此对刘玄登基十分不满。刘縯公开为难刘玄，被刘玄杀了。刘秀也有当皇帝的野心，但他知道自己势单力薄，公开反对只能以卵击石，自取灭亡，因此委曲求全。皇帝刘玄昏庸无道，没有看出刘秀野心，任命刘秀为大司马，派他率兵到河北一带征战。刘秀接旨好不欢喜，率兵直奔河北。

当时河北形势复杂，贵族官僚地主力量十分强大，其中最为强大的武装是冒充汉成帝儿子、招兵买马、自称皇帝的邯郸王郎（王昌）。得知刘秀率兵到河北征战的消息后，王郎便以汉成帝之子名义到处张贴告示，通缉刘秀。又有汉武帝六世孙刘接在燕京一带起兵响应，也四处捉拿刘秀。

话说刘秀带兵来到河北，长途跋涉，水土不服，士兵病倒很多，加上初来乍到，地方割据势力围追堵截，所剩兵力不过百人。刘秀本人也中途染病，身体虚弱。这天，刘秀一行来到河北某镇，离城门老远，看见城门口围拢着许多人，刘秀对部下说："前面不远即有城镇，大家原地歇息，待我前去探听消息，顺便弄点粮食充饥。"说完，刘秀只身向城门走去。近前一看，城墙上贴着一张告示，细看时，可把刘秀吓坏了。原来是王郎发布的告示，上面画着刘秀头像，写着"谁捉住刘秀赏金千两"。就在这时，人群中一名儿童指着刘秀说："这人长得和画上画的一样。"围观人们的眼睛齐刷刷转向刘秀。护城兵一看，果然像刘秀，呼喊着追过来。刘秀见势不妙，拔腿就跑。在树林休息的士兵，见主公刘秀慌慌张张跑来，知道大事不好，顾不得收拾地上行装，簇拥着刘秀往树林里逃窜。

刘秀等人拼命跑，王郎兵士拼命追。太阳慢慢落了下去，刘秀跑着跑着，抬头看见前面一个黑影，认为是王郎的追兵呢，手持宝剑，一刀砍去，原来是被风刮断的一棵柳树，吓得刘秀出了身冷汗，顾不上擦，又接着跑。跑着跑着，天空下起大雨，前不着村，后不挨店，他们只好让大雨顺着身子流。待跑出树林时，天晴了，雨也停了，再看刘秀身边只剩下大将冯异、黄禹两个人了。三个人活像三只落汤鸡，狼狈不堪。其实，王郎追兵见天色已晚，乌云密布，又看不见刘秀踪影，追了一会儿，就收兵回镇了，吓得刘秀等人淋着雨白跑了一夜。

刘秀耷拉着脑袋丧气地说："两位兄弟，咱们要完了，天这么冷，又好几天没吃东西了，冻也得把咱们冻死，饿也饿个半死啊！"又仰头冲着苍天说："老天爷你就睁睁眼，拉我刘秀一把吧。"说也奇怪，顿时东天边升起一轮红日，抬头望去，前面现出一座村庄。刘秀高兴得叫起来："老天爷佑我！"他们三人直奔村庄而去。跑到村庄，黄禹、冯异找来粮食、柴火，生火煮饭。刘秀脱下被雨水淋湿的战袍拿到外面晾晒，自言自语："以后可不能忘记我刘秀在此晒过衣服啊！"

刘秀在河北招兵买马，很快发展到几万人，杀王郎，胜刘玄，在柏乡登基做了皇帝。后来，刘秀晒过战衣的地方，建起几座村庄，按照居民姓氏，分别有了现在的几个晒衣村。

搜集整理：齐继林

广宗洗马村的故事

洗马村，位于广宗县城北 4 千米处。相传，西汉末年，王莽篡权，汉高祖刘邦第九世孙刘秀在南阳起兵，后来做了更始帝刘玄的大司马，被派到燕赵镇守州郡。

当时，邯郸有个算命先生王郎（王昌），冒充汉成帝儿子，招兵买马，自称皇帝。为歼灭刘秀，向各郡县发出捉拿刘秀的"榜文"。

且说这天，刘秀带兵由南宫逃到广宗西北角一个村子，天色已晚，人困马乏，只好借宿一户农家。时交五更，雄鸡打鸣，吵醒刘秀，他飞身上马，向南奔去。为纪念刘秀在此一宿，刘秀称帝后，将这个村命名为"鸡更鼓"。后人因怀念刘秀兴汉之功，改村名为"吉兴古"，沿用至今。

再说刘秀往南逃到广宗城北侧沙丘时，刮起大风，飞沙走石，遮天蔽日。刘秀对天长叹："我乃汉室子孙，本想兴汉灭贼，莫非就死在王郎之手不成？"危难之际，望见附近有片密林，刘秀拨马藏入林中。不一会儿，王郎兵到，因飞沙掩埋了马蹄印痕，王郎兵将不知刘秀逃至哪个方向了，只好选定一个可能性大的方向追了过去。得知王郎兵走了，刘秀这才敢从树林钻出来。刚才风沙刮得战马满身是土，刘秀和随从也都成了土人。正好发现村西有个水坑，刘秀挽起裤腿，牵马到水坑洗了个痛快。为纪念此事，后人就把水坑叫作"洗马潭"，潭旁的村庄叫成"洗马村"。

原载《广宗县志》

5. 后周太祖郭威的传说

郭威（904—954年），字文仲，邢州尧山（今隆尧）人。自幼父母双亡，由姨母韩氏抚养成人。其生性聪敏，颇通兵法，18岁投身军伍，效力于李继韬麾下；天成元年（926年）转投石敬瑭麾下，任书记，掌军籍；此后转投刘知远部下。开运三年（946年）历任枢密副使检校司徒、枢密副使检校太保，奉命与苏逢吉等以顾命大臣职务辅佐后汉隐帝刘承祐。刘承祐即位，任郭威为枢密使、检校太尉。是年七月任同平章事，率大军西征李守贞叛乱，翌年八月凯旋。九月加官检校太师兼侍中，十月复率大军至邢州迎击契丹。乾祐三年（950年）十一月，汉隐帝擅杀功臣杨邠、史弘肇，危及郭威，遂被迫会集三军，以"清君侧，安天下"为名，回师开封。汉隐帝被郭允明刺杀后，郭威率兵进入开封，与李太后议命刘知远之侄刘赟为帝。李太后命郭威率大军北征契丹。十二月二十日，郭威在澶州被诸军将黄袍加身，拥立为帝。广顺元年（951年）创建后周，后周显德元年（954年）正月去世。去世前遗命以瓦棺薄葬，去世后庙号太祖，谥圣神恭肃文武孝皇帝，葬于河南新郑嵩陵。

郭威绰号郭雀儿

五代后周皇帝郭威，原名郭成保，一岁丧母，三岁丧父，成了孤儿，被叔叔郭和送到山西潞州姥娘家，跟舅舅过日子。

一晃五年，小成保长得相貌英俊，力大胆大。舅舅教他读书，小成保偏爱习武，拳脚刀枪一看就通，一练就会。舅舅是个庄稼人，见外甥不喜读书，就叫他上山放牛。一天傍黑，从山岭蹿下只猛虎，闯进牛群，叼起一头牛犊就跑。小成保过去从来没有见过老虎啥模样，举起牛鞭甩去，抽瞎老虎一只眼睛。老虎丢下牛犊，扭头朝他扑来。小成保燕子点水般跳到一边。老虎扑了空。小成保飞起一脚踢翻老虎，接上去一拳，"嘎吱"一声擂断猛虎两根肋条骨，痛得老虎吼叫一声逃跑了。

小成保把牛群赶回家，舅舅问他："今儿怎么回来晚了？"小成保憨乎乎地说："有只大猫要吃咱家牛犊，我跟它干了一架，太阳就落山了。"舅舅听了惊异地说："那不是大猫，是只猛虎，你能把老虎撵跑，威力可真不小，往后改名郭威吧！"打这以后，小成保就改名郭威了。

郭威还有个绰号"郭雀儿"。为啥叫"雀儿"？传说郭威十一二岁那年，新谷上场，舅舅叫他到打谷场轰麻雀。麻雀多，谷场面积大，他轰这头，麻雀飞到那头，跑去轰那头，麻雀又飞到这头。郭威两只脚赶不上麻雀飞得快，跑得浑身大汗，就是治不了这群麻雀。郭威一生气，回家做了只弹弓，衣兜装满小石子，回到打谷场往中间一坐，麻雀飞哪儿他就用弹弓射石子到哪儿，百发百中，麻雀再也不敢飞落打谷场糟害谷物了。

事有凑巧。这天郭威拉开弹弓正打雀儿，邻家小孩顾驴儿不早不晚跑来找他玩，正赶上郭威射出的石子击中顾驴儿鬓角，小孩当场断气。顾驴儿爹娘到潞州府告状，州官发签把郭威捉到大堂审问一通后，心里犯了难，若按律条应当让郭威偿命，但俩小孩没冤没仇，实属误伤；判刑吧，郭威年少不够判罪年龄；不治罪吧，顾家毕竟死了孩子，必然不依不饶。思来想去，州官想了个办法，一是罚郭威出银包赔顾家损失；二是在他脸上刺只麻雀，警告他永远记住这个教训。

因为郭威脸上刺了只麻雀，所以人们就给他起绰号"郭雀儿"。

搜集整理：何安民

郭威重修隆胜寺

连续不断的战乱，让宣务山隆胜寺破败不堪。当家和尚年老体衰，眼瞅着一座好端端的隆胜寺就要毁在风剥雨蚀中，为此哀叹不止。

这时，一位中年和尚想起已当了后周皇帝的郭威，就对住持老和尚献策："师父，你是否记得数年前，咱们寺庙曾经搭救过一位名叫郭雀儿的施主？"

住持老和尚问："弟子所言是哪位郭雀儿？"

中年和尚说："就是汪家庄人，后来被柴员外招了婿的郭威呀，难道师父真忘了此人吗？"

住持老和尚这才想起，数年前的确发生过这么一回事。

那是一个大雪纷飞的冬天。住持老和尚让中年和尚到宣务山下挑水。中年和尚挑着两只水桶刚打开山门，见一个十六七岁男子病恹恹躺倒阶前。中年和尚放下水桶，从寺里唤出住持老和尚。住持老和尚伸手指摸了摸男人鼻孔，还有呼吸，急忙与中年和尚一起把此人抬进寺庙，经过调治，终于救活此人。问其姓名，方知是汪家庄人，小名郭雀儿，大名郭威。因为上山砍柴，遭遇大雪封山，一连数天无食进腹，加上寒冷，饿昏在隆胜寺前。住持老和尚大发慈悲，让郭威在寺里住下，每日送上饭食，为他调养身体。直到冰雪融化，有了下山道路，才送郭威离开寺院。临离开时，郭威也未向住持老和尚道一个谢字。

住持老和尚忆起了郭威。

中年和尚说："此人现于濮阳做了皇帝。眼下隆胜寺遭遇艰难，师父何不前往濮阳找郭威化缘去呢？"

住持老和尚轻叹一声，说："唉！当年我们那样待他，他临走时竟连个谢字都没说，如今当了皇上，更不会认我们这些穷和尚了。"

中年和尚说："沾不沾也得去碰碰运气，只要他肯拔根毫毛，也比你我的腰杆子粗哩。"

住持老和尚沉思片刻，颔首说："阿弥陀佛，弟子所言极是，尽管看上去是佛门弟子向他化缘，实际上却是替他布施福田，这就要看郭威有无佛缘了。老衲去也！"

住持老和尚说走便走，朝行夜宿，跋山涉水，月余来到后周都城濮阳，见了郭威，把隆胜寺当下的残破光景细细数叨了一遍。谁知郭威听罢，压根儿不理住持老和尚的茬儿，光叫他住在濮阳城一座寺里，好吃好喝好侍奉，就是不给他谈修盖寺庙的事儿，弄得住持老和尚的心像吊死鬼打赤脚——上不上、下不下。

一晃过去了一年。住持老和尚几次向郭威谈论要回宣务山的事儿，郭威都不准许。转眼到了来年春天，四月初一是宣务山盛大庙会，住持老和尚说啥也不在濮阳住了，径直跑进皇宫向郭威辞行，心里话说，我回去的时候他咋也得给弄几个钱。哪知道，郭威这一次倒挺痛快，说："你要回去，就回去吧！"长短不说给他钱。住持老和尚临走那天，郭威派人给住持老和尚送来一身新袈裟和几两银子做路费，就打发他上了路。

住持老和尚一边往回走，一边在心里埋怨："郭威呀郭威，你不看僧面看佛面，僧面佛面全不看，也不念咱乡亲情，竟叫我两手攒空拳，回去咋还有脸去见弟子们？"

住持老和尚憋着一肚子气往回赶，刚进邢州地界，碰见好几班做皇工的。一打听，都说是"修宣务山寺回来的"。

住持老和尚心里纳闷儿，再往前走，碰到做皇工返回的人愈来愈多。再仔细打听，原来是周太祖郭威一年前传下圣旨，并派监工到宣务山重修了隆胜寺。

住持老和尚一高兴，腿上长了劲儿。到了宣务山下，抬头一看，嗬！从山顶到山脚，佛殿塔院，鳞次栉比。走近山门，门楣上悬挂一块金匾，是郭威亲笔题字"敕封隆胜寺"。

住持老和尚心急，想一步迈上山顶，便从后山绕近道往山上爬。刚爬到山顶，一来上了年纪，二来赶路心急，连累带激动，一口气没喘上来，死了。

隆胜寺的徒子徒孙赶紧把住持老和尚圆寂的事呈报郭威。郭威说："住持老和尚没有死，他是睡着了。"于是，颁旨聘请石匠，将住持老和尚倒地圆寂的那块山石，雕刻成一尊丈五长、五尺高、头南脚北的睡佛。打那时起，隆胜寺便传下一条寺规，凡到隆胜寺拜佛的人，一律免费提供斋饭给予周济。

原载《隆尧县志》

6. 周世宗柴荣的故事

柴荣（921—959年），邢州龙冈（今邢台）人。从小投奔姑丈郭威，被郭威收为养子。年轻时随颉跌氏在江陵贩茶。951年，郭威建立后周，委任柴荣治理澶州，其境"为政清肃，盗不犯境"。954年，郭威驾崩，柴荣继位，史称孝文皇帝。柴荣在位执政期间，整军练卒、裁汰冗弱、招抚流亡、减少赋税，使后周政治清明、百姓富庶、中原复苏。他又南征北战，西败后蜀，夺取秦、凤、成、阶四州；南摧南唐，尽得江北、淮南十四州；北破契丹，连克二州三关。在商议攻取幽州时病倒，不久去世，年仅38岁，庙号世宗，谥号睿武孝文皇帝。

敕封东山南

五代以前，隆尧县东山南村南侧的古泜河遭害。每到伏天，山洪暴发，河道总往北滚。东山南村只好总往北挪，老百姓有苦没处说。

唐朝末年，东山南村出了个柴荣，后来受封为柴王。这年，柴王回家探亲，乡亲们求他拨款治理泜河。柴王带领人马来到泜河沿看了会儿，对乡亲们说："泜河是条不透底的流沙河，咱这一片又是一马平川，河身固不住，河堤立不牢。"

乡亲们说："俗话说，做官就有搬山力，你咋连条河都治不了？"

柴王想了想，说："这么办吧，你们拿来香纸供品，我把东山南村封一封，就能保住村子。"

人们麻利（方言，形容速度快）拿来香纸供品，摆在村南头，柴王冲泜河作了个揖，说："只许山南在，不许山南坏。村南出溜（方言，指坍塌）了村北盖！"意思是说，你泜河可以往北滚，但不许把村子毁坏喽。打那以后，泜河再没有淹过东山南村。

搜集整理：颂民

柴关与周世宗柴荣

沙河市西部山区有个柴关村。相传，柴关村因后周皇帝柴荣在此筑关而得名。《旧五代史·周书》载，世宗"以唐天祐十八年（21年），岁在辛巳，九月二十四日丙午，生于邢台之别墅"。《旧五代史·后周·列传一》载，柴荣之姑母，郭威之皇后，"柴氏，邢州龙冈人"。而《新五代史·列传·周家人传第七》载，"太祖一后三妃，圣穆皇后柴氏邢州尧山人也"。古代的龙冈县即今邢台市与沙河市的合称，尧山县与隆平县合称隆尧县。由此可见，关于柴荣故里的说法，史书记载自相矛盾。至于我辈，因年代久远，后周皇帝柴荣的老家究竟啥府、啥县，的确说不清楚。因此，笔者搁置关于柴荣籍贯的讨论，只讲一段与沙河市柴关村有关的民间传说，以飨读者。

柴荣出世

据传，五代末年，邢台西边太行山里住着位大财主，人们管他叫柴翁。柴翁家大业大，衣食无忧。但俗话说，天下没有舒心人。这不，柴翁年过七旬了，独苗儿子柴守礼和夫人刘氏仍然不见生育。为此，柴翁竟郁闷成疾。

为了让刘氏怀上一瓜半籽，柴守礼四处寻访名医。这年，不知吃了哪位郎中开的草药，刘氏的肚皮渐渐鼓胀起来。说出来也许你不会相信，别的女人怀孩子十个月就能生娃，但刘氏的肚子鼓了六年，也没有生孩子的迹象。为此，柴翁的病情愈发严重起来。

这天，柴翁把柴守礼唤到榻前，爷俩正私议刘氏怀孕的事儿，屋外光线骤然暗淡下来，紧接着雷声滚滚，倾盆大雨"哗啦啦"泼将下来。暴雨中，一道闪电照亮院落，随着闪电一只碗口般火球"哧溜溜"钻进刘氏卧室。

"哎哟哟，疼死我了——"卧室传出刘氏歇斯底里的喊叫。

"老爷，老爷，夫人生了！"女佣跑进柴翁屋子报喜。

柴守礼闻讯，撇下父亲，大步流星朝夫人卧室奔去。

血泊中，一个白白胖胖的婴儿正扬手踢脚"哇哇"大哭。

雨停了，云散了，一轮红日照耀中天。再看刘氏卧室窗外那株刚被暴雨冲洗过的榕树，一朵朵榕花怒放枝头，花香溢满院落。柴守礼怀抱婴儿，望着怒放的榕花，高兴地说："孩子生于榕花盛开时节，就为他取名柴荣吧！"

与此同时，上房屋传来老家院惊慌失措的喊叫："少爷，少爷，老爷去世了！"

柴荣卖伞

埋葬了柴翁，柴家的日子一天不如一天。柴荣7岁那年，家中又遭遇天火，偌大一座庄宅和柴翁在世积攒的万贯家财焚成灰烬，柴守礼一气之下命丧黄泉。家中只丢下柴荣和母亲刘氏相依为命。刘氏编织雨伞，让不满10岁的小柴荣背到附近册井集上卖掉，换钱维持生计。岂料天旱偏刮火燎风，这年，数月滴雨未落。眼瞅着太阳晒干了茅窖，谁还肯花钱买一把派不上用场的雨伞呢？雨伞卖不出去，柴荣娘儿俩的日子愈加艰难。

这天，像往常一样，柴荣背上几把雨伞早早来到册井集上，选块空地，摆好卖伞摊子，梗起脖筋吆喝："卖伞咧——卖伞咧——"

闹市上人来人往，熙熙攘攘，但柴荣吆喝半天，仍不见有人打听伞的价格。柴荣正感无奈，远处传来乱糟糟的喊声，定睛看时，一位十六七岁的姑娘披头散发从旁边胡同跑出来，边往这边跑边哭喊："救命呀——救命呀——"

姑娘身后跟跟跄跄追着位满脸滚刀肉的醉汉。片刻，醉汉和姑娘双双跑到柴荣卖伞的摊子前。姑娘眼看要被醉汉捉住了，就绕到柴荣身后，苦苦哀求："这位小哥救我！"

柴荣见状，上前拦住醉汉，高声断喝："姑娘是你何人？为何穷追不放？"

见有人挡道，醉汉恶言叫骂："穷卖伞的少管闲事，别扫了爷爷雅兴！"一边叫骂，一边推搡柴荣。

柴荣虽然年少，但心高气傲，岂容被人辱骂？见醉汉动手推他，不由怒火中烧，从摊子上抓起一把雨伞向醉汉擂去。

醉汉见卖伞少年竟敢向他挑战，顿时性起，也从地上抓起雨伞跟柴荣打斗起来。只消片刻，摆在地摊上的几把雨伞便被柴荣和醉汉踩踏得骨断纸残，成了一堆稀烂货。

再说柴荣与醉汉打斗一个时辰未分胜负，当醉汉缓过神来再寻姑娘，哪还能寻得姑娘踪影？醉汉这才扔下柴荣，朝闹市方向追去。柴荣呢，望着遍地残伞，气得捶胸顿足……

就在这时，旁边走来两位翩翩少年，其中一位安慰他说："这位兄弟，不就是几把破伞嘛，何必气伤身体？"

"小哥有所不知，这几把伞是俺娘熬了好几个晚上一把一把制成的，本指望换钱回去养活俺娘，竟被弄成了这样，让俺回家如何向娘交代呀？"

另一位少年说："小哥不必犯难，我送你十两纹银，拿回家向你娘交差也就是了。"说话间，撩开衣袍掏出十两纹银赠给了柴荣。

柴荣执意不肯接受陌生人赠送的银两。两位少年见状，对柴荣说："要不这样吧，咱仨人年龄相仿，不如结拜为异姓兄弟。这样，你回家后可以告诉母亲，就说是结拜兄弟帮忙把雨伞全买去了。"

见两位少年这般仗义，柴荣顿生好感，答应跟二人结拜兄弟。于是，三人互通姓名，其中一位少年姓赵，名匡胤，祖上原为涿郡（今河北省涿州市）人，后唐时举家迁居洛阳，赵匡胤生在洛阳夹马营；另一位少年姓郑，叫子明，山东莱州掖县（今山东省莱州市）人。今天，赵匡胤和郑子明闲得无事，进太行山游玩，偶遇柴荣。在郑子明提议下，柴荣、赵匡胤、郑子明三人互叙年庚，撮土为香，海誓山盟，结拜为异姓兄弟。

邺城投亲

这年冬天，柴荣母亲刘氏感染疟疾，因无钱医治，性命垂危。临终前，刘氏把柴荣唤到床前，两眼含泪，断断续续叮咛："儿呀，为娘想叮嘱你一句话。"

柴荣动情地抚摸着母亲的双手，说："娘亲，孩儿听着哩。"

刘氏叹口气，接着说："儿呀，世间万事须从根儿上做起，只有吃得苦中苦，方可熬成人上人。吾儿可懂这些道理？"

"孩儿明白！"柴荣频频点头。

望着柴荣懂事的样子，刘氏不禁泪流双腮，哽咽着说："孩儿呀，为娘这次患病，感觉不同寻常，恐怕会有三长两短。咱家兴旺之日，高朋满座；如今家徒四壁，昔日那些狐朋狗友多是靠不住了。万一哪天为娘命丧黄泉，孩儿可到尧山汪家庄寻你姑母，想必你姑母会念及娘家至亲，肯收留于你。"

听罢母亲的嘱咐，柴荣泪湿衣衫，说："娘亲，孩儿明白。"

不久，刘氏病逝，柴荣披麻戴孝葬罢母亲，含泪直奔尧山，寻姑母去了。

且说小柴荣一路乞讨，朝行夜宿赶到尧山汪家庄时，方知姑父郭威数年前已带姑母到邺城投军去了。可叹小柴荣又一路颠沛赶到邺城，终于寻到姑父郭威和姑母柴一娘的住处。

再说郭威和柴一娘夫妻多年，竟未能生下一男半女，见亲侄子前来投奔，柴氏和郭威自然高兴，当即认柴荣做义子，更名郭荣。是时，郭威在军中尚是小卒吏，家境并不富裕，为贴补家用，郭威让柴荣往返江陵一带做贩卖茶货生意，有时，也推着独轮车往返山东、山西贩运硝盐。这段时间，柴荣跟姑父郭威学会骑射，还阅读了大量史书和黄老著作，后来，弃商从戎，跟随郭威吃上军饷；再后来，又跟随郭威在石敬瑭军中干事，石敬瑭称帝建立后晋，柴荣随郭威到石敬瑭部将侍卫马步都虞候刘知远麾下做事。

柴关御敌

开运三年（946年）十二月，契丹军在汉奸杜重威导引下攻陷开封，掳走后晋少帝石重贵，灭掉后晋。镇守太原的郭威见后晋亡，便与苏建吉、史弘肇等劝刘知远称帝，建立后汉。郭威因帮助刘知远称帝有功，从牙将擢升枢密副使、检校司徒。柴荣被封为大左监门卫将军。为网罗党羽，柴荣将少年结拜兄弟赵匡胤、郑子明叫到身边，共展宏图。这年，契丹军从草原攻陷太原。郭威等人保护后汉帝刘知远翻越太行，进入中原。为抵御契丹东侵，郭威派柴荣、赵匡胤、郑子明等人率兵把守黄河北岸。是时，柴荣率赵匡胤、郑子明等屯兵太行山东麓，筑砌关隘。而柴荣命令将士筑砌的这个关隘就被后人称为"柴关"。如今，柴关村西还有一条山沟称作"营房"；而赵匡胤千里送京娘的故事就发生在柴关村西山南侧高峰下，今称"京娘湖"（属武安市辖）。

这天，柴荣、赵匡胤、郑子明等人在中军帐商谈阻击契丹军入侵战事。忽有探马来报："约百骑戎狄马队翻过漫天岭，正马不停蹄朝汉军防地扑来。"

"速令沿线将士，没有我的命令，不许惊动敌军。"柴荣扔令箭给探马。

"得令！"探马退出中军帐。

"郑将军！"柴荣转身对郑子明说，"你带一干人马，翻过北山，绕到戎狄身后，见贼兵进入银河沟后，立即断其退路。"

"子明遵令！"郑子明接过令箭。

"赵将军！"柴荣喝叫赵匡胤。

"匡胤在！"赵匡胤挺直腰杆，虎目圆瞪，大声答应。

"你带一骑人马埋伏柴关川南北两翼，等我发出号令，扎紧关口，不得放贼人一兵一卒侵入中原！"

"匡胤听令！"赵匡胤从柴荣手中接过令箭。

一切安排就绪，柴荣亲率一骑人马向银河沟奔去。

时值中午，一支身穿胡服的草原骑兵摇动旌旗，踏着滚滚烟尘，挥着鬼头刀，舞着狼牙棒，由西向东窜来。柴荣勒住马嚼环，朝戎狄大声喝问："嗐！狂妄狄贼，速速报上姓名，柴某刀下不斩无名之鬼！"

契丹阵中大将头戴青铜盔，身裹羊皮袍，脚踩毡筒靴，手执狼牙棒，听见柴荣喝问，扭头问身旁翻译："面前这人喊叫什么？"

翻译把柴荣的话翻译过去，契丹大将一阵狂笑，叽里咕噜说了一串契丹话。

柴荣也听不懂敌将讲的啥鸟语。这时，敌营翻译高声喊叫："姓柴的听着，我营主帅说了，他叫稀里麻哈，来将通名！"

柴荣回应："爷爷行不更名坐不改姓，姓柴名荣是也，以后见到我只管叫柴爷爷得了！"

翻译将柴荣的话翻译给稀里麻哈，稀里麻哈气得"嗷嗷"狂叫，手举狼牙棒朝着柴荣迎头劈来。柴荣拈动银枪裹马迎战。顿时，山谷间人喊马嘶，枪来棒往，激战数个回合，柴荣佯装不敌，卖个破绽，拨马向东窜去。稀里麻哈得意地哈哈大笑，指挥众戎狄纵马急追。

柴荣边打边退，退到川口，见敌兵进入赵匡胤预先设定的包围圈，猛然勒住马缰，从腰间拔出竹筒，擦火炼石引燃药焾，一枚火弹"砰"地升上天空，炸开万朵金花。与此同时，两面山沟埋伏的兵勇纷纷跃出草丛，朝着戎狄杀来。

稀里麻哈知道中了柴荣引君入瓮计谋，急忙指挥兵马撤退。但为时已晚，郑子明率领的后汉将士早已截断稀里麻哈退路。稀里麻哈见势不妙，号令全军拼命斩出一条血路，向位于南面的令公村方向窜去。

柴荣所率后汉军大获全胜。

搜集整理：沙彤

7. 后赵皇帝石勒的传说

石勒（274—333年），字世龙，小字匐勒，羯族，上党武乡（今山西榆社）人。部落小帅石周曷朱之子，十六国时期建立后赵，史称后赵明帝，也是中国历史上的唯一一位奴隶皇帝。石勒发迹于第一次反东海王起义时，追随牧帅汲桑投靠公师藩。石勒这个姓名是汲桑替他取的。后投靠汉赵（前赵）刘渊。石勒在汉人张宾辅助下，先后灭了王浚、邵续与段匹磾等西晋在北方的势力，又吞并曹嶷。前赵平阳政变后正式与刘曜决裂，319年十一月称赵王，都襄国（今邢台市）。329年吞并关中，取上邽，灭前赵，北征代国，令后赵成为当时北方最强的国家。

石勒于319年称赵王后为何将国都选址在邢台（其中心在今信都区境），历史上还有着一段奇妙的传说呢！

相传，石勒起兵征战西晋、前赵时，手下有位谋臣名叫张宾（内丘人）。由于张宾足智多谋，石勒就将张宾封为军师。是时，石勒已占领黄河以北大部地盘。眼看该建立自己的国都了。但是该把国都选在哪里呢？石勒打算将国都选在黄河以北的邺或襄，但究竟选邺还是选襄呢？石勒一时拿不定主意。这天，石勒正在行军帐静坐，忽听帐篷外有儿童在唱童谣。石勒心想，这些儿童唱的什么呀？正在这时，军师张宾走进军帐。见到石勒，张宾说："我听到外面儿童传唱一首歌谣，特意向大王禀报。"

石勒问："儿童们唱的什么歌呀？"

张宾说："儿童们传唱的是，峭岩山飞去，穿靴走人七，力大紧跟上，为王占天下，定都在襄国。"

石勒又问："这句歌谣是什么意思？"

张宾回答："大王，儿歌中的'峭岩山飞去'，岩上无山，不正是大王的石姓嘛；'穿靴走人七'，靴字掉人七恰巧是个革字；'力大紧跟上'，革字后边紧跟个力字，不正是勒字嘛。大王，童谣唱的不正是石勒定都襄国嘛！"

石勒一听，正中下怀。

这时，张宾趁机进言："邢襄自古名地，西通太行，可依群山之险；东临平原，能聚万斛粮仓；南有黄河天堑，自然屏障；北至燕京，长城可抵外侵。定都邢襄，实乃明智之举呀。"

于是，在张宾等谋臣建议下，石勒选定邢襄建都。

搜集整理：李智文

8. 秦王李世民的传说

李世民（598—649年），祖籍陇西成纪，是唐高祖李渊和窦皇后所生次子。李世民少年从军，曾去雁门关营救隋炀帝。唐朝建立，李世民官居尚书令、右武侯大将军，受封秦国公，后晋封秦王，先后率部平定了薛仁杲、刘武周、窦建德、王世充等割据势力，在唐朝的建立与统一史上立下赫赫战功。武德九年（626年），李世民发动玄武门之变，杀死兄长李建成和四弟齐王李元吉等人后被立为太子。唐高祖李渊不久退位，李世民即位，改元贞观。649年，李世民驾崩于含风殿，享年51岁，在位23年，庙号太宗，葬于昭陵。

秦王李世民与沙河村名

一

隋炀帝杨广弑父害兄登上皇帝宝座后，大肆排除异己，残害忠良，闹得朝野上下怨声载道，隋朝将士纷纷倒戈反叛，各地农民揭竿而起。全国一下子出现18家势力较大的和64个势力较小的起义军，史称"十八家反王，六十四处烟尘"。

十八家反王中，贝州（今河北清河和山东临清一带）人窦建德实力最为强大，经过与隋兵和其他反王的浴血拼杀，控制了河北一带地盘。眼看着统率的队伍日渐强大，窦建德便萌生推翻隋朝江山、自己做皇帝的欲望。岂料，与此同时，隋炀帝麾下的太原留守李渊父子因不满杨广暴政，发动兵变。李渊率长子李建成、次子李世民、三子李玄霸（早亡）、四子李元吉率军捣毁长安，推翻隋政权。李渊在长安登基，自称唐王，国号唐，并敕封长子李建成为太子，次子李世民为秦王，四子李元吉为齐王。

民间传说，李渊的夫人窦氏女是夏王窦建德的同胞姐姐，若按亲戚论，窦建德应该唤李渊为姐夫。但在争王争霸的斗争中，甭说姐夫与小舅子，就是父子爷们也常常各不相让。为此，已怀有建立霸业、登基当皇帝欲望的窦建德，听说姐夫李渊在长安抢占了皇帝宝座，自然心怀不满，于是密谋率军攻打长安。

而此时已登基做了皇帝的李渊，尚念旧情，有心让窦建德归顺大唐，共谋霸业。他打算派次子李世民到河北寻找舅舅窦建德。

李渊麾下军师徐茂公闻知此事，以他对窦建德的了解，料定李世民此行凶多吉少。于是，让李世民带上秦琼、敬德两员猛将随行保驾，再奏请李渊修书一封，安排传令兵乘马火速急奔山东，通知齐王李元吉赶赴河北救援。

二

秦王李世民领旨后，带着秦琼、敬德各乘一骑离开长安，朝行夜宿，刚翻越漫天岭，就看见一段弯弯曲曲的长城，在落日余晖下显得一派通红。

三人骑马来到大岭口关，被把守关隘的夏王兵勇拦住。

"到哪里去？速速报上姓名！"夏王兵勇厉声喝问。

李世民说自己是夏王亲外甥，恳求过关面见夏王。

守关兵勇听李世民自报是夏王外甥，就放他们三人过了关。

天黑前，李世民、秦琼、敬德在梅岭（今沙河市新城镇冯村境内）一带，找见了夏王设在这里的中军帐，见到了窦建德。但当李世民向舅舅窦建德陈明来意，希望他归顺大唐一事后，窦建德哪肯听从，喝令左右："把李世民这个小畜生给我拿下！"

秦王李世民见舅舅窦建德不仅不买他的账，还要捉拿他，就向秦琼、敬德使个眼色。秦琼、敬德会意，拔出随身兵器，砍翻夏王帐下卫兵，跨上来时骑的战马，乘着夜色，急急向西逃去。

三

李世民带着秦琼、敬德慌不择路，急急奔逃，身后人喊马嘶，夏王带着兵马越追越近。

李世民三人正驱马奔逃，突然被滔滔湨水河拦住去路。见形势紧迫，秦琼、敬德对李世民说："主公赶快逃命去吧，我二人断后阻敌！"

李世民不答应，一定要与两位英雄同赴生死。秦琼、敬德哪肯应允，"扑通"跪下，说："末将知主公与俺二人情同手足，但唐王江山未稳，不可失去主公举鼎！"说罢，秦琼、敬德从地上跃起，挥舞兵器迎着敌人冲去。

事已至此，李世民只得沿着湨水河南岸挥泪西逃。逃出三四里路，屁股后面又响起人喊马嘶声。李世民当下明白，秦琼、敬德一定是寡不敌众，未能阻住夏王窦建德追兵。

夏王的骑兵已经追近，一位将军骑在马背上弯弓搭箭，"嗖"地射出一箭，箭头不偏不斜射中李世民臂膀。万分危急关头，一位僧人从山洼跑出，搀起李世民，快步如飞隐没山林。就在僧人搭救李世民的地方，后来建了村庄，取名救驾村（今名西九家，属綦村镇辖）。

四

再说僧人搀着身负箭伤的李世民，踏着夜色，一路南奔。来到一座寺庙前，僧人停住脚步，扭头看看无人跟踪，快速隐身寺庙，关闭山门。

僧人将李世民安顿炕上，帮他拔掉箭头，用盐水洗净伤口，撒点药粉，撕块白布做了简单包扎。李世民望着搭救性命的僧人感激不尽，说："我乃秦王，被反贼窦建德追杀，承蒙师父相救，日后定会重谢。"

僧人得知所救之人乃是秦王，急忙双手合十，说："阿弥陀佛，原来是二太子驾临。"过了一会儿，僧人眼睛一眨，想起一桩往事，说："秦王在上，贫僧不敢欺瞒，当年开山祖师建此庙时曾有预言，说数百年后，会有真龙天子在此现身，就给寺庙取名会龙寺。今日果然得遇秦王，老衲这是前世修来的福报呀！"

秦王李世民闻言暗喜，因为他对父亲李渊立大哥李建成为太子一事，早已心怀不满，并有取而代之之意，只因机缘尚未成熟，未敢轻举妄动。如今听寺僧言说其祖师竟有如此预言，自然预兆他是真龙天子，日后定能执掌玉玺，登基为帝，于是哈哈大笑，说："拿纸笔来，且让本王为你题写寺名。"

僧人自然求之不得，从佛坛拿过笔墨纸砚，双手捧到秦王面前，说："老衲先在此谢过秦王赐字。"

李世民握笔在手，饱蘸墨汁，"唰唰唰"写下"惠龙寺"三个大字。

僧人看过，急忙纠正："秦王，不是惠龙寺，是会龙寺。"

李世民将写好的字递给僧人，说："师父此言谬矣，本王承蒙恩师搭救，此等恩惠怎是一个会字了得！"

僧人听后连声念诵："阿弥陀佛，既得秦王恩赐墨宝，这座寺就叫惠龙寺吧。"

从此，西九家村南山沟里的寺庙就写成了惠龙寺。

山坡上的野鸡"咯咯"叫了。李世民担心夏王兵马到此搜寻，执意要走。无奈昨晚失血过多，浑身无力，一时竟难迈动双腿。僧人见状，就让李世民更换僧衣，暂且住下养伤。

次日，僧人拎只荆篮，到附近山头采集药草，为李世民治疗伤口，调理身体。

这天，僧人在山头采完药草，刚要返回惠龙寺，一红一黑两匹战马"咴咴"叫着驰到面前。红马背上骑着位红脸将军，三缕长髯，手握两把铜锏；黑马背上驮着位黑脸将军，络腮胡须，攥一柄春秋大刀。两位将军见到僧人先自报家门。红脸将军说："我叫秦琼。"黑脸将军说："俺叫敬德。"然后向僧人打听秦王李世民下落。

僧人害怕有诈，编瞎话说，从来没有见过叫李世民的人，说完扛着药草篮子往相反方向走去，拐进一条山沟，直到看不见两位将军影子了，这才掉转屁股跑回惠龙寺。见到李世民，僧人把刚才遇见的两位将军的相貌和名字一字不漏学说了一遍。李世民听罢，大喜过望，对僧人说："明天，你再到采药山头一趟，如能遇见两位将军，把他二人带回惠龙寺。"

按照李世民吩咐，次日一早，僧人来到采药山头，果然又见到秦琼、敬德，就把两位将军领到秦王李世民面前……

就因为这件事，僧人曾经为秦王李世民采药的那座山头，被后人称作"药山头"（在今綦村镇岳山头村）。

8. 秦王李世民的传说

041

五

李世民、秦琼、敬德三人会合一处。李世民的箭伤已经痊愈，为了抗击夏王窦建德，李世民就让秦琼、敬德以惠龙寺为根据地四处招兵买马，创建队伍。

不久，李世民招兵买马的消息让窦建德知道了。这还了得！窦建德指挥兵马直奔惠龙寺。

李世民、秦琼、敬德闻讯，带着刚招募的人马急忙向西部山区撤退。

刚撤到牛神口附近，窦建德率兵追来。李世民、秦琼、敬德见无法逃脱，拨转马头，上去迎战。

奈何窦建德兵多将勇，个个训练有素，而李世民所率兵卒都是刚招募来的，没有进行过作战训练。双方力量对比悬殊，战了没几个回合，李世民、秦琼、敬德所率兵士便被打得七零八落。秦琼、敬德在战场上也与李世民失散了。李世民见势不妙，骑马便跑。不料被窦建德瞅见，张弓搭箭，射中马腿。马失前蹄，李世民从马背摔下来，一骨碌爬起来慌兮兮逃命。

窦建德和一位部将骑马穷追不舍。李世民知道自己的两条腿跑不过四条腿的战马，慌乱中躲藏进路边一座狐仙庙。庙内的狐仙塑像后面有一个黑咕隆咚的山洞。李世民刚藏进山洞，窦建德已率兵追来，一时没有看清李世民去向。窦建德勒住马环，让部将搜寻。这位将官走进狐仙庙，在庙内转了一圈，没有发现疑点，正打算再仔细搜寻，站在庙外远处的窦建德突然大声问话："秦王哪里去了——"伴随着窦建德喊声，四面群山传来回音"秦王哪里去了——秦王哪里去了——"在狐仙庙搜寻的将官匆忙间没有听清楚窦建德喊的是啥，误以为窦建德在外面发现了秦王，告诉他秦王跑那边去了！于是，将官走出狐仙庙，跃马挺枪，指挥众兵卒急匆匆朝着大山深处追去。

秦王李世民又躲过一劫，误认为是狐仙用谎言救驾。后来，李世民登基做了皇帝，就赐给这座狐仙庙的狐仙一件黄龙袍。为纪念此事，后人便将狐仙庙西边的一座小山包取名"谎神岩"（位于綦村镇西南沟村西南）。

六

看着窦建德带着人马走远了，李世民这才爬出狐仙庙，招集残部，往南山跑去。刚跑到广阳山西南侧，夏王窦建德发现了秦王，率兵紧追过来。李世民看看已无退路，不禁仰天长啸："莫非天灭世民不成！"话音刚落，只听天崩地裂一声巨响，山崖边塌陷一个洞穴。李世民带领人马钻进洞穴。于是，后人就把李世民藏过兵的这个山洞称作"秦王洞"。

再说夏王窦建德率兵追到山洞旁。部下将士问："夏王，咱们进不进洞穴？"窦建德说："他们的人在暗处，咱们的人在明处，不可冒险！"命令将士后退十里扎寨。

见窦建德撤兵后，李世民才敢爬出山洞，找见秦琼、敬德。刚刚收拾旧部，重整好人马，徐茂公派人到山东调来的齐王李元吉队伍赶到了。两支人马兵会一处，唐军力量壮大了，便向窦建德撤退的队伍扑去。

七

窦建德见李世民有了援兵，不敢恋战，带着他的兵马往北退了十里，面前现出一座村庄。窦建德问："此村何名？"部下答："村名朱庄（今綦村镇朱庄村）。"

夏王一听，心想：朱"猪"谐音，我姓窦谐"豆"音，猪见豆就吃，这岂不是大将犯了地名吗？此处不可久留，往后再退。指挥兵马绕过朱庄，往深山退去。行了一段路，看见一条山沟。窦建德问："此沟何名？"部下回答："磨拐子沟。"窦建德暗自思忖：磨拐子沟，不正好磨我这个豆子吗？不行，赶快往北撤。撤了几里路，进入邢台县（今信都区）界，看见山沟中又现出一座村庄。窦建德再问："此村何名？"部下再答："熬峪村！（方言，'峪'发音'油'）"窦建德大惊失色，说："我这颗豆，刚离开猪嘴，就被石磨拐了，现在又要把我熬成豆油。我命休矣！"话音未落，秦王李世民、齐王李元吉和秦琼、敬德率领数千唐兵呐喊着冲杀过来，纷纷抢占山头，朝着正在山洼来回乱窜的夏王兵马，放下檑木、礌石,并用强弓硬弩乱箭齐发,结果把夏王窦建德射死了。打扫战场,唐王军师徐茂公已从太行山西边赶了过来,派人把窦建德尸体埋葬在朱庄村西一面山丘上,后人就把这座山丘称作"窦王墓"。

(注:据历史文献记载,窦建德与唐兵虎牢关一战被俘,押到太原问斩。此文记录的只是民间传说。)

搜集整理:沙彤

九天玄女救秦王

九天玄女又叫九天娘娘或玄天娘娘,本是中国古代神话中的女神,后为道教所奉,成为女仙中著名的一位。《水浒传》中,宋江江州遇救,去接老父上山,不料被官兵知觉,仓皇中逃进还道村玄女庙。玄天娘娘显灵,不仅救了宋江一命,还送他三卷天书,让他替天行道。以后,宋江归顺朝廷,领兵征辽,被辽军"太乙混天象阵"所困,宋江夜梦九天玄女传授破阵之法,大败辽军。

在沙河市后渐寺村东五指灵山顶上,也有一座玄女庙。传说隋唐时,秦王李世民与王世充争战,曾有一段少林寺十三棍僧救秦王的故事。之后,秦王李世民到少林寺拜谢还愿,路过渡口一带,又被王世充知晓。秦王率兵到来时,正中了王世充设下的埋伏。秦王沿山路逃至五指灵山下,但见四面环山,陡崖绝壁,已无出路。李世民一无粮草,二无援兵,人困马乏,不禁仰天长叹:"莫非天绝世民不成!"秦王言未尽,忽然狂风大作,飞沙走石,但闻一声巨响,山崩地裂。追赶秦王的王世充兵马陷地丈余深,后面的追兵也迷失方向,再也找不见秦王了。接着又闻听"轰隆隆"两声巨响,五指灵山东北面突现大小两座粮仓(大仓、小仓)。秦王李世民的人马有了充足粮草,逃脱危难。事后军师徐茂公掐指一算,知是五指灵山玄女娘娘显灵,撒下乾坤网,布下迷魂阵,并在秦王湖南岸、五指灵山东北放开两个粮仓搭救了秦王李世民。为感谢五指灵山玄女娘娘救命之恩,秦王李世民御赐金匾一块、金香炉一只,供奉玄女娘娘殿内。据说这些宝物在明朝某年一场大火中丢失，现在只留下这个美丽的传说。

搜集整理：沙彤

9. 后蜀皇帝孟知祥的传说

孟知祥（874—934 年），字保胤，邢州龙冈（今邢台）人。祖父叫孟察，曾任邢州郡校。孟知祥称帝后，追尊为世祖孝景皇帝。伯父名孟方立，官至邢洺节度使。孟知祥父亲叫孟道，曾任邢州郡校，孟知祥称帝后，追尊为显宗孝武皇帝。史书记载，孟知祥是晋王李克用的女婿，在后唐历任中门使、马步军都虞候、太原尹、北京留守，后担任西川节度使。唐明宗继位，孟知祥产生据蜀自立念头，遂不听后唐朝廷诏令，一度举兵造反。933 年，孟知祥吞并东川，占据两川之地，被朝廷封为检校太尉兼中书令、剑南西川节度使、剑南东川节度使、蜀王。934 年，孟知祥在成都称帝，改元明德，建立后蜀，同年七月病逝，在位 7 个月，终年 60 岁。

孟知祥原籍今信都区太子井村，其父官居山西太原，生下孟知祥。孟知祥自幼习武，酷爱结交朋友，后来被晋王李克用相中，成为李克用的女婿。孟知祥随即得到重用。后来由于战功卓著，朝廷封其为检校太尉兼中书令、剑南西川节度使，其势力愈加强大，就产生据蜀自立为王的念头。不久找了个理由，诛伐后唐大将李严的军事势力。就在这时，剑南东川节度使董璋的势力逐渐强盛起来。

对于董璋在后唐势力的不断壮大，时任剑南西川节度使的孟知祥心想，自己如果在蜀地自立为王，这个董璋必然是最为劲的对手。不如找个借口，先把董璋干掉再说，但又考虑到如果真的打起仗来，胜负难料，于是决定先写一封信试探一下董璋的态度。

孟知祥说写就写，信写好交给兵卒骑马带往东川。就在送信的兵卒走出不久，孟知祥突然意识到董璋的"董"字写成"重"字了，这让董璋看了，会让他从心里瞧不起自己！为此，心里郁郁不乐，就把这件事告诉了判官李镐。李镐自幼聪明，能言善辩，听了孟知祥的话，竟组织众将官向孟知祥贺喜。孟知祥疑惑地问："现在胜负难料，有什么喜事好贺？"李镐哈哈大笑说："大人有所不知，此乃天意呀！因为这个'董'字是草字头下一个'重'，如今大王无意中把草字头去掉了，只写了个重字，这不是'董'字无头了吗？大人呀，这是上天赐给我军必胜的预兆呀！"李镐一番话说得孟知祥心花怒放，也振奋了军心。结果，一战击败董璋。董璋认输，让孟知祥兼任了东川节度使。

这年，唐明宗李亶做了皇帝。大臣张唐英对明宗说："孟知祥不过是先皇一个亲戚，竟敢擅自诛伐李严，结交董璋，其跋扈之心太明显了，不如早日把他除掉为好。"

后唐吴任臣、蔡东藩等大臣也建议诛伐孟知祥。明宗说："朕已看出知祥的野心，无奈他的势力已发展强大，如果贸然动手，恐怕引起朝政混乱呀！还是从长计议为妥。"

俗话说，没有不透风的墙。朝廷打算诛伐孟知祥的消息很快传到孟知祥耳朵里。这样一来，孟知祥更加坚定了在四川自立为王的信念。

这天，孟知祥走在街上，迎面走来一个叫醋头的和尚，手持灯檠，每到一处就高呼："不得灯，灯便倒。"街上有人问和尚此话何意，醋头和尚笑而不答。孟知祥就挡住醋头和尚，问："借问长老，你刚才所说'不得灯，灯便倒'是何意思？"醋头和尚仍然笑而不答，只管提着灯檠一声接一声高喊"不得灯，灯便倒"，脚步不停地向前走去。孟知祥不明其意，无可奈何地摇了摇头。

孟知祥走出城门，来到郊外，看见一个人推辆独轮车，车上只载着两条盛满货物的布袋。孟知祥好奇地问："喂，你这辆车子最多能装多少袋？"推车人看一眼孟知祥，回答："最多两袋。"孟知祥听后，心头不由得涌出一种莫名其妙的惆怅。

据史料记载，934年，孟知祥在成都称帝，改元明德，建后蜀。同年七月,孟知祥病逝,在位仅7个月,终年60岁。直到这时,人们才明白孟知祥不登基为帝尚有活命、刚登基做皇帝就死了,这不正应了醋头和尚说的"不得灯(登基),灯(登基)便倒"的话吗?孟知祥死后,他的三儿子孟昶即帝位,过了没几年,后蜀就灭亡了。从孟知祥建立后蜀,到其子孟昶亡国,果然如推车人所说,后蜀最多传承了两代帝位。

搜集整理:沙彤

10. 后蜀皇帝孟昶的传说

孟昶(919—965年),初名仁赞,字保元。邢州龙冈(今邢台)人。五代后蜀高祖孟知祥第三子,被称为后蜀末代皇帝。孟昶即位初年,励精图治,兴修水利,注重农桑,实行"与民休息"政策,遂使后蜀国势强盛,将北线疆土扩张到长安。但其在位后期,沉湎酒色,生活荒淫,不思朝政。后蜀广政三十年(965年),宋军在大将王全斌的指挥下以两路兵马讨伐后蜀,包围成都府,孟昶投降,后蜀亡。孟昶被俘后受封为检校太师兼中书令、秦国公,居住汴京。不久,孟昶郁郁而终(一说被宋太宗毒死)。孟昶在位31年,享年46岁。

孟昶与花蕊夫人

相传,孟昶沉湎酒色,生活荒淫无度,连夜壶都用珍宝制成,称为七宝溺器。为了享尽帝王之乐,孟昶颁旨在蜀地广征美女,以充后宫,天天颠鸾倒凤,日日设宴舞歌,并对容貌俊秀的宫女加封赐号,让她们轮流陪他过夜。在众多后宫嫔妃中,最受孟昶宠爱的是费贵妃。孟昶为她取名"花蕊夫人"。花蕊夫人喜爱牡丹和栀子花。孟昶颁旨倾国种植牡丹，宫中开辟"牡丹苑"。每当牡丹花开，孟昶除与花蕊夫人日夜盘桓花间之外，更召集群臣，开筵大赏牡丹。当时宫中栽植的红栀子花据说是道士申天师所献，只有两粒种子，开起花来，其色斑红，其瓣六出，清香袭人。由于难得，便有人将花的样子画在团扇上，一时，全国相习成风。孟昶还命百姓在城苑上下遍植芙蓉树。于是每当芙蓉花开季节，成都沿城40里（20千米），如同铺上锦绣一般。

孟昶怕热，炎暑季节，常常热得喘不上气来，晚上也睡不安稳。为此，他让人在摩河池建筑一座水晶宫殿，用来避暑。其中三间大殿用楠木为柱，沉香作栋，珊瑚嵌窗，碧玉为户，四壁用琉璃镶嵌，再将后宫明月珠移放此处，即使夜间也珠光耀眼。整个夏季，孟昶与花蕊夫人在此夜夜逍遥。

一天晚上，孟昶喝醉，斜伏花蕊夫人香肩，一任花蕊夫人轻移莲步挽着他款款走到水晶殿前，坐在紫檀椅上。此时，皓月当空，星光闪烁，照耀得身边紫阁生辉。孟昶与花蕊夫人并肩携手，醉眼蒙眬地观赏岸旁垂柳，池畔花影。偶然间，孟昶回头看见花蕊夫人冰肌玉骨，粉面樱唇，淡青色蝉翼纱衫下面隐约围着盘金绣花抹胸，乳峰微微耸起，孟昶愈觉春情涌动，不禁把夫人揽入怀中，轻吻云鬟。花蕊夫人嘴角微微翘起，面含笑意，说："如此良宵，风景宜人，陛下何不填词一首，以壮美色？"孟昶说："卿若肯按谱咏唱，朕即填来！"

夫人说："陛下有此雅兴，臣妾岂敢不尊？"

孟昶大喜，取过纸笔，一挥而就，递与夫人。夫人素手捧笺，娇声吟咏："冰肌玉骨，正清凉无汗。水殿风来暗香满。绣帘开，一点明月窥人，人未寝，欹枕钗横鬓乱。起来携素手，庭户无声，时见疏星渡河汉。试问夜如何？夜已三更，金波淡，玉绳低转。但屈指西风几时来，又不道流年，暗中偷换。"

孟昶喜欢填词，但他的过度荒淫无序，使其最终葬送了江山。后蜀广政三十年（965年），赵匡胤麾下大将王全斌指挥两路兵马讨伐后蜀。蜀军与宋军在剑门关外大战一场，后蜀精兵被全歼。不久，宋军包围成都府，孟昶投降，后蜀遂亡。

据传，宋太祖灭掉后蜀后，侍卫们领旨前去收拾东西，居然连孟昶的小便器也收来了。那溺器是最污秽的东西，侍卫们怎么还要取来呈献给太祖呢？只因孟昶的溺器与众不同，乃是七宝装成，精美无比。侍卫们见了，十分诧异，不敢隐瞒，取回呈览。太祖见孟昶的溺器也装饰成这样，不觉叹道："溺器要用七宝装成，却用什么东西贮食呢？奢靡至此，安得不亡！"遂命侍卫将它打得粉碎。

搜集整理：无名氏

11. 宋太祖赵匡胤的传说

赵匡胤（927—976年），字元朗，后唐明宗天成年间（927年）生于洛阳夹马营（今河南省洛阳市瀍河回族区东关），祖籍涿郡（今河北省涿州市），父亲赵弘殷，母亲杜氏。赵匡胤于后汉隐帝时投奔郭威，始入宦途。后从征南唐，多有功绩。后周显德六年（959年），周世宗柴荣驾崩前任赵匡胤为殿前都点检，掌管殿前禁军。次年（960年）正月初一，北汉及契丹联兵犯边，赵匡胤临危受命前往御敌。初三夜晚，于京城汴梁（今河南省开封市）东北20千米的陈桥驿（今河南省封丘县陈桥镇）发生哗变，将士拥立赵匡胤为帝，史称"陈桥兵变"。大军随即回师京城，后周恭帝柴宗训禅位，赵匡胤登基，改元建隆，国号"宋"，史称"宋朝""北宋"。976年，赵匡胤驾崩，终年49岁，在位16年。

赵匡胤千里送京娘

广宗县城北6千米，有个村庄叫清村。清村西有个三清殿。相传，年轻时的赵匡胤在这里留下一段爱情故事。

赵匡胤是涿州人，年轻时对拳脚着了迷。只要听说谁的武功好，就一定去找人家学武功。

有一年，他骑着马找拳脚师傅路过清村，走到三清殿这儿，殿里忽然传出女子哭声。赵匡胤想探个究竟，跳下马，向殿内走去。一推门，门顶着哩！里边的哭声中夹杂着叫骂。他寻思一定不是好事，心里一急，身上一用劲，把门撞开了，只见两个男人正在调戏一个年轻闺女。那个闺女头发蓬乱，满脸泪痕。见有人来，急喊救命。赵匡胤一见这事，气得眼都红了，不管三七二十一，上去就打开了。那两个人本来心里就慌，见势不妙，拔腿跑了。赵匡胤不知内情也没有追赶，回头问吓傻了的闺女："这位大姐，这是怎么回事啊？"闺女刚开口就哭得说不出话来。赵匡胤又劝了半天，闺女才抹把眼泪，断断续续讲出事情的经过。

原来，女子是涿州一大家闺秀，名叫京娘，平时整天在家大门不出二门不迈。前几天趁父亲外出赴宴，一时兴起，带了个丫鬟到郊外散心。正想往家走时，忽然刮起西北风，只刮得天昏地暗，伸手难辨五指。时候不长，就把她和丫鬟给刮散了。京娘身不由己，也分不清东西南北了，被风兜得像驾了云一样，跟跟跄跄向前跑。风停了，京娘揉揉眼，定神一看，自己被刮到一条河岸上，清澈的河水闪着银光。她来到河边，双手捧起清凉的河水喝了个饱，又在河坡桃树下拾了几个被风刮落的桃子吃了，就朝这个村庄走来。紧走慢走，天大黑时才来到村边。这时，猛不丁从树林子里溜出两个鬼头鬼脑的汉子。高个儿见京娘一人慌里慌张赶路，便上前装作关心的样子问："小娘子，你是哪里人？"京娘见他们不怀好意，没有搭腔。矮个儿转着一对贼眼珠嬉皮笑脸说："我们是绿林好汉，这是我大哥——大寨主。想请你做压寨夫人，同享荣华富贵，你意下如何？"京娘听了破口大骂，两个家伙瞅瞅四下无人，上前堵住京娘的嘴，就把她拖到这座庙里，逼她成亲……

赵匡胤听了很是同情京娘的遭遇，说："大姐，现在家里人一定到处找你呢，你快回家去吧。"京娘问："这儿离我家多远呀？"赵匡胤想了想说："噢，有200多里路吧。"京娘听后又哭："我一个女子，又不知道路，什么时候才能走回家呀？"看着京娘可怜的样子，赵匡胤慌忙说："我也是涿州人氏，这次是外出访友。反正还没有见到朋友，我就先把你送回家吧。"京娘听面前这个搭救自己性命的人说要送她，心里踏实多了，感激地急忙给赵匡胤施礼。赵匡胤慌忙上前止住说："嗐，谁也免不了有个三灾六难的，况且咱俩又是老乡，你这样做就见外了。咱们快赶路吧。"京娘巴不得听这句话哩，赶紧点点头，跟着赵匡胤走出三清殿。

一路上，京娘骑马，赵匡胤在后边跟着，山南海北说着话儿，越说越投机，慢慢混熟了，也就无话不说了。赵匡胤虽然步行累了些，但有京娘做伴，二人说说笑笑，倒也觉得心情舒畅。

走了半个时辰，赵匡胤在后面赶着马，望着京娘的背影，心里忽然闪出一个念头：京娘人品端庄，心地善良，要是能同她结成连理，该有多好啊！可猛然一想，不妥，不妥。看我想哪儿去了，自己搭救了人家，再跟人家提这事儿，岂不是乘人之危吗？

此时，骑在马上的京娘，也想着自己的心事哩。她感激赵匡胤救了她，还送她回家，觉得他人品好，心眼憨厚，心里很喜欢他。有心嫁给他，又难以张口，越想心跳得越厉害。猛一低头，看到脚上的绣花鞋，灵机一动，有了主意，把脚轻轻一磕，鞋子掉在地上，故意惊叫："哎哟，我的鞋掉了，快给我捡起来！"

赵匡胤弯腰把绣花鞋捡在手里，正要递过去，忽然想道：要是被过路人看见，误传出去，说我……那不害了京娘吗？不行，不能用手递，可也不能在手里拿着呀！正在为难，猛地看见手中马鞭子，一拍脑门，有了！顺手倒过鞭把，挑起绣花鞋递给京娘。京娘又羞，又气，又喜。羞的是自己的想法没能实现，气的是赵匡胤不理解自己的心情，喜的是赵匡胤的人品端正。

又走了一程，眼看漳河要往东北转弯了，京娘借机说："兄长，你不是说涿州在西北方向吗？眼下漳河要往东北摆头了，往前没水了，你把我扶下来，饮饮马再走吧。"

"行，行。"赵匡胤找个高坡，勒住缰绳说，"下马吧！"

京娘身子一仄装作落马，赵匡胤怕她摔着，不得不上前托住。赵匡胤的身影映入水中，随着水纹波动，化作一条金龙，京娘非常惊讶。她小时候听母亲讲过，龙是帝王化身，今年是龙年，况且一路上谈话中得知赵匡胤的属相是龙。至此，对赵匡胤又增添几分爱慕之情。

饮完马，赵匡胤催京娘赶路。京娘吞吞吐吐地说："我有一事相求，不知兄长能不能答应？"

"有话尽管说，只要能办到的一定办。"赵匡胤当然愿意为京娘帮忙了。

"要不是遇到你这样的好人，我也就见不着亲人了。俗话说，受人滴水之恩，当以涌泉相报。我……我想和你结为百年之好，不知你……"

赵匡胤听了脸一红说："我是个穷汉，和你家相比，恐怕门不当户不对吧？"

"看你说哪里去了，我爱的不是金山银山，而是你这个人！"

"我家可是缺吃少穿！"

"只要日后咱俩勤谨些，我想日子会慢慢好起来的。"

两人越说越热乎。京娘从头上取下碧玉簪赠予赵匡胤。赵匡胤一摸身上没啥信物可赠，便将蓝衫内襟撕下一条，给了京娘。两人立下海誓山盟。赵匡胤说："我今生非京娘不娶，久后若有三心二意，就用你赠给的碧玉簪刺喉而死。"京娘说："今生今世非你不嫁，日后若有人相逼或事不从心，就用你赠的这片蓝衫为结，缢颈身亡。"

不知不觉，二人来到京娘住的村口。京娘好几天没回家了，京娘的父亲老员外早已派家人找遍方圆百里，仍然没有下落。这天，老员外正在客厅闷坐，忽听家人来报，说京娘回来了，把个老员外喜得眼角溢出泪花。京娘向二老说明自己的遭遇，又讲了赵匡胤如何救她送她。老员外感激不尽，赶忙设宴款待，并叫京娘称赵匡胤为恩兄，京娘有心将定亲的事向父亲挑明，几次话到嘴边却又说不出口，只好偷着说给母亲。俗话说，闺女亲在娘心里。老夫人叫出老员外说了这事。谁知老员外不听则罢，听后火冒三丈，说："非官非宦，找个门不当户不对的白丁穷汉，这不是活受罪吗？"他训了女儿一通，回头把赵匡胤打发走了。

京娘越想越伤心，真没想到父亲是个忘恩负义、嫌贫爱富之人。她整天哭闹着不吃不喝。一天，送饭的丫鬟偷偷告诉京娘，老员外把她许配给城里一个富家公子了。京娘听了没哭、没闹、没说一个字，当天夜间就上吊死了，用的绳子正是赵匡胤送给她的定情之物——撕成条状的那片蓝衫。

赵匡胤自从被老员外打发出门后，整天无精打采。不久，听到京娘自尽的噩信，立志永不再娶。绝望中，赵匡胤背井离乡从军走了，后来做了宋朝皇帝，有了妻室，但他仍然念念不忘京娘。直到后来得了重病，躺在床上，赵匡胤还取出碧玉簪赏看。由于一时疏忽，看后随手放在书案上。偏巧赶上早有篡位之心的赵匡义（赵匡胤的弟弟）前来探望哥哥病情。赵匡义看到书案上的碧玉簪，觉着有机可乘，便起了歹心，顺手抄起碧玉簪，刺向赵匡胤喉咙。赵匡胤正好应了自己当年对京娘许下的诺言。

原载《广宗县志》

赵匡胤过贝州

相传，宋太祖赵匡胤登基前，由河东回涿州老家时路过贝州。途中饥饿难忍，见路旁有一家张氏酒店，便进店用饭。店小二给他端来刚出笼的包子。赵匡胤吃了几口，吃出一块人的指甲，心中犯疑，接着又吃出一绺头发，顿时勃然大怒，问道："包子里放的什么肉？"店小二不敢回答。赵匡胤又吼："是不是人肉？"说罢，把包子扔了一地，并砸了锅和笼屉，转身就走。店小二急忙上前拦住说："客爷，你要等少东家来了再走！"赵匡胤说："等你少东家回来，叫他去撵我！我还急着赶路呢！"抬腿奔贝州城而去。

店家张氏有一子，年方十五，臂力过人，横行乡里。张十五回店后，听店小二一说，气得哇呀暴叫，骑马追去。在贝州城东追上赵匡胤，大喝一声："吃包子的红脸小子，慢走！"赵匡胤见来人膀阔腰圆，力大无比，就问："你就是卖人肉包子的小子？"张十五恼羞成怒，下马同赵匡胤打了起来。几十个回合，张十五渐渐招架不住，被赵匡胤打翻在地。

赵匡胤踩住张十五左脚，抓起右腿，两膀用力，把他劈作两半，然后割下张十五的头，向北扔出一里多远，落在一棵树的枝子上，把张十五的身子搭在旁边另一个树杈上，为当地除了一害。后来这里有了两个村，一个叫割项庄（一说卡八庄）、一个叫枝放头，至今演变为葛仙庄和指坊头。

　　赵匡胤杀掉张十五，进了贝州城，在一家酒店吃饱喝足，继续赶路。走到隆兴寺门口酒劲上涌，口干舌燥，就向寺院讨水喝。看门的小和尚见其衣帽不整，转身端来一碗刷锅的泔水。赵匡胤喝后觉得苦溜溜的，随口说："苦水也能解渴。"这时老和尚从禅房走出来，见是一位身材魁梧的大汉，大步流星离寺而去，忙问怎么回事。小和尚照实说了一遍。老和尚再仔细打量大汉的背影，见他龙行虎步，气度非凡，赶紧跑回寺院，泡了壶糖茶去追。一直追到12里（6千米）外一个有塔的村边才追上。老和尚上气不接下气说："阿弥陀佛，行路的君子请留步，刚才小沙弥慢待了您，罪过，罪过，贫僧送来一壶茶水，请君子止渴解乏。"赵匡胤见老和尚真心实意，接过壶，说了声："有劳师父了。"糖茶水，又甜又香，赵匡胤喝后高兴地说："这水真甜，离城多远？"老和尚没敢多说，答道："三里。"赵匡胤说："出城三里喝甜水！"从此，城里的水变得又苦又涩，吃水要到三里外去挑。这个村的水却变成甜的，因而得名茶店。

原载《清河县志》

将相章

灿烂悠久的邢台文明，培育出一大批将相人才。其中最著名的有唐代的魏徵、宋璟，元代的刘秉忠、张文谦、郭守敬，明代的朱正色，清代的魏裔介等。这些国之栋梁在不同的社会发展史上，或以忠君勤政闻名，或以体恤民意留声，或以刚正不阿、反贪倡廉而为人称道，他们的形象经过人民群众口头创作大浪淘沙般的筛选，已铸成一根根闪光的历史标杆矗立于邢襄大地。这些封建时代的将相在特定的历史条件下，做出的历史性贡献和其人格魅力，早已穿越时空，定格在邢台人心中，闪烁出夺目的万丈光芒。

12. 唐朝丞相魏徵的传说

魏徵（580—643年），字玄成，邢州巨鹿（今邢台市巨鹿县）。《旧唐书》记为巨鹿曲城人，《新唐书》记为魏州曲城人，后人也有考证说是馆陶（今馆陶县）或晋县（今晋州市）人，《辞海》记为巨鹿人。魏徵少为孤儿，家境贫寒。青年出家为道士，博览群书，知识渊博。隋末参加瓦岗军，后随李密降唐。唐太子李建成拜魏徵为洗马。李世民任魏徵为詹事主簿。李世民即位后任其为谏议大夫，后升尚书左丞。贞观二年（628年），升任秘书监。贞观七年（633年）任侍中、进封郑国公。贞观十六年（642年），被特命为太子太师，知门下省事如故。提出"兼听则明，偏信则暗"，并引《荀子》语，说"君似舟，民似水，水能载舟，亦能覆舟"，力言必须"居安思危，戒奢以俭，任贤受谏，薄赋敛租税"等。病逝后，李世民追赠他为司空、相州都督，谥号文贞。

魏徵出世

魏夫人要生孩子的消息传出去后，人们呼啦啦挤满马武庙院子。只听一位老妇人喊了声："拿米哩，拿面哩，拿鸡哩，拿蛋哩，都放到廊檐下哩！"只这一声吆喝，人们纷纷把从各自家中带来的礼物放到大庙廊檐下，足够魏夫人吃个一年半载。这魏夫人是谁？怎么跑到马武庙生孩子？怎么惊动了这么多人？这事儿还得从头说起。

魏夫人的丈夫真名叫啥，实在想不起来了。不过，他为人义长（土语，即仗义）贤良，人们都管他叫魏长贤。

魏长贤聪明伶俐，从小有志气。读书一目十行不敢说，但过目不忘假不了。到男大当婚之年，他说，国家国家，没有国哪有家？他不等家里给他完婚，就在一天夜间离家出走，来到洛阳。是时，正值北魏末年孝明帝执政。当时朝政腐败，难以实现政治抱负，他在洛阳流浪十多年，又随孝静帝北迁至邺城，就是现在邯郸临漳县曹操筑铜雀台的那个地方。

来到邺城，魏长贤总想着报效国家，谁知没人赏识他。闲着没事儿，魏长贤就常到铜雀台游玩，并触景生情吟哦曹操写的《龟虽寿》："老骥伏枥，志在千里；烈士暮年，壮心不已。"声音铿锵有力，每念一遍，都会泪洒双腮。一晃几十年过去，年近60岁的魏长贤须发皆白。就在这时，他在朝廷当大官的侄子魏收闻知了这件事儿，就把叔叔魏长贤举荐给皇上。魏长贤这才当了个屯留县令。

魏长贤文才武略，当一个小小县令岂不屈才！因此，治理屯留期间，只稍微用心，便把一个屯留县治理得井井有条，人民安居乐业，全县人都对魏长贤敬仰有加。众乡绅得知魏老爷还没娶夫人，纷纷前来提亲，多数说的是十五六岁的黄花大闺女。魏长贤志向高远，人虽年迈，但壮志未酬，无心成家，只能以"自己老了，不耽误人家青春"为由推辞。没想到众乡绅竟把他的推辞当真，认为魏老爷要找一位岁数大点儿的夫人。于是，东打听、西打听、南打听、北打听，功夫不负有心人，终于找到一个小魏长贤30多岁的寡妇。寡妇出身贫家。那年，一户名门望族大员外家的儿子病了，大员外想给儿子冲喜救命，这才将贫家闺女娶进家门。谁知，贫家闺女被娶进婆家，还没来得及与丈夫圆房，丈夫就一命呜呼。不久，大员外和老婆连气带病也双双离世。从此，寡妇就孤身一人度日。众乡绅见寡妇人品端庄，像得了宝贝一样，来给魏长贤保媒。魏长贤见众意难辞，只好答应了这门亲事。

按说60岁的魏长贤娶一个小30岁的夫人，该心满意足了，谁知魏长贤整天唉声叹气，只想国家大事，根本不把女人放在心上。魏夫人知道丈夫是好人，只当自己命苦，也不计较。一晃十年过去了，70岁的魏长贤终于积劳成疾，卧病不起。魏夫人对丈夫伺候得非常体贴周到。魏长贤心里也十分感激夫人，言谈之中才得知夫人还是一个黄花大闺女，不由得对夫人更加敬重。这一对老夫少妻就这样成了恩爱夫妻。等魏长贤病情好转，就告老还乡。

魏长贤带着夫人回曲阳老家，路经巨鹿时，心中挂记着时任巨鹿县侯的同宗兄弟魏兰根，便到衙门看望。谁知魏兰根已去世多年。魏长贤扑了空，带着身怀六甲的夫人，在大街上转悠。这天，魏长贤和夫人来到铜马镇马武庙前。马武出身低微，却是一位辅佐开国明君刘秀光复汉业的忠臣良将。魏长贤心想，何不进庙参拜一下马武神灵。于是带着怀孕的妻子走进汉将军马武祠堂。见了马武塑像，魏长贤联想到自己的身世和壮志难酬，不禁感慨万端，泪流满面，只觉神思恍惚，身子一晃就要摔倒。魏夫人见状赶紧上前扶住。铜马镇的乡亲们听说庙里有人病了，便请来医生诊治。无奈，魏长贤大志未遂，竟抛下妻子撒手去了。

魏夫人在马武庙守灵七天七夜，哭得死去活来。乡亲们纷纷前来劝说，捐款买棺，在大雪飞扬的一天埋葬了魏长贤。

此后，魏夫人就住在庙里，总觉得欠了乡亲们人情，常帮助乡亲们做些针线活儿。乡亲们见她实在，待人厚道，就常到庙里陪她做活说话，免得她一人寂寞。更有些年轻女子到庙里向魏夫人学习针线，你来我往，十分亲热。时间久了，人们从魏夫人口中知道了她丈夫的为人，对她更加敬重。你想，魏夫人要生孩子了，谁能不来探望？所以挤满了一院子人。

北周大象二年（580年）二月十八日，天空万里无云，太阳暖融融的，孩子降生了，长得很像他爹，起名徵。

魏徵长大成人后，继承父亲遗志，以出类拔萃之才，协助唐太宗拨乱反正，天下大治，国富民强，史称"贞观之治"。他当了宰相后仍然不忘巨鹿父老，每年清明节还来巨鹿县铜马镇祭祖。古本《巨鹿县志·魏相祠记》中所记"桑梓铜马"的来历，就是这个故事。

搜集整理：潘忠录

请青天

这年秋天，李世民处理完朝政，散朝时单独留下魏徵，想安排魏徵微服私访。魏徵问："去哪儿？"李世民说："有人奏报巨鹿县大旱，颗粒无收，朕想让你回家看看，赈济一下灾民。可代朕严惩贪官，任用贤能。"说完从袖中掏出一圣旨。魏徵赶紧跪下接旨，说："臣愿意前往！"

且说魏徵藏好圣旨，回府换上民服，仅带一个仆人，雇一头骡子上路了。不觉一日来到平乡县南流渠村。魏徵对仆人说："往前再走就进巨鹿界了，天不早了，先到前边店中歇歇脚，明天再进巨鹿。"

主仆行至店前，只见门旁贴半副对联写着"南流渠北流渠南北流渠流南北"，字写得很漂亮。但不知怎的，这对联只有上联没有下联。二人正观看对联，店主人迎了出来，让二位店内落座。魏徵进店后问："这副对联是谁写的？"店主人说："是本村才子赵才所写，已贴了半年，没有人能对出下联，客官如能对出下联，本店送酒一壶。"魏徵倒不缺这壶酒钱，只是想见见赵才，就叫店家去请。赵才来后，双方施礼坐定。魏徵称赞赵才这副对子的上联出得奇巧。赵才谦让。魏徵说："我对了个下联，不知好不好。"说完让店家拿来纸墨，模仿赵才字体写出下联："春读书秋读书春秋读书读春秋。"店家往门旁一贴，正好和上联配成对儿。大家赞不绝口，都说对联对得好，字也写得好。赵才对魏徵佩服得五体投地。

店家摆出酒菜，魏徵等人边吃边谈。赵才说："听客官口音离这儿不远,不知要到哪里去?"魏徵说:"要去巨鹿。"赵才说:"千万别去!你在这儿可以喝上一壶酒,倘若到了巨鹿,别说喝酒,恐怕饭也吃不上哩。"魏徵忙问:"咋回事?"赵才便说出巨鹿知县卜士仁倚仗职权、贪赃枉法、不管百姓死活、横征暴敛的事儿来。

次日一早,魏徵让仆人付了店钱,正准备上路,赵才赶来送行。赵才说:"我又写了一副对联,是送给巨鹿县衙的,你看好不好?"说着把对联拿出来,魏徵一看,上写"闲人多贤人少",下写"礼者上理者下"。魏徵说:"这副对联写得好,写出了许多衙门的毛病。如果再添几个字,就更好了。"店家一听,赶紧拿来文房四宝。魏徵提笔在"闲人多贤人少"下面添了四个字,在"礼者上理者下"下面也添了四个字。赵才一看拍手称绝,说啥也不让魏徵走。魏徵再三说自己真有急事,必须尽快赶到巨鹿,并答应办完事后立即回来,再拉呱(土语,指聊天)。赵才这才放开魏徵的手,二人挥手道别。

魏徵来到巨鹿,每到一村,只能见到妇人和孩子,却看不到男人,即便见到个男人也是残疾。为啥?因为凡是能走能动的都逃荒去了。魏徵看在眼里痛在心上。这天,他来到县衙,把骡子交给仆人,自己来到衙门口。守门的衙役跟他要钱。魏徵说:"没钱。"衙役把刀一横说:"滚!"随手关上了门。魏徵再三说明自己要告状,衙役只是不理。这时从里面走出一位穿官服的人。魏徵想这大概就是卜士仁知县了,赶紧上前说自己要告状。卜知县把手一伸说:"拿钱来!"魏徵说:"钱没有,倒有一副对联相送。"衙役接过对联交给卜知县。卜知县打开一看,上联写"闲人多贤人少多少人怨",下联写"礼者上理者下上下皆离"。卜知县两眼一瞪,喝声:"给我拿下!"众衙役一拥而上正要动手,被魏徵的仆人双手一挡,一脚一个踢翻在地。只见魏徵不慌不忙从怀里掏出圣旨,一声:"圣旨下——"吓得卜士仁赶紧双膝跪地。

魏徵早把卜士仁贪赃枉法、横征暴敛、逼死人命的事儿调查了个一清二楚。念完圣旨,将卜士仁押监候斩,并派八抬大轿请赵才当了巨鹿知县。赵才上任后和魏徵商量开仓放粮。老百姓都说,魏青天请来了赵青天。

搜集整理:潘忠录

13. 唐朝贤相宋璟的传说

宋璟（663—737年），字广平，邢州南和人。其祖于北魏、北齐皆为名宦。璟少年博学多才，擅长文学。曾随父于东川授馆舍，弱冠中进士，作《梅花赋》。后被唐朝宰相苏味道赏识，举荐进官。官历上党尉、凤阁舍人、御史中丞、吏部侍郎、吏部尚书、刑部尚书等职。唐开元十七年（729年）拜尚书右丞相，授开府仪同三司，晋爵广平郡开国公，经武后、中宗、睿宗、玄宗四帝。737年病逝于洛阳。去世后，葬于沙河县（今属信都区辖）东户村，由唐代著名书法家撰写神道碑文。清代乾隆南巡过沙河驻跸十里铺村，闻知宋墓安在沙河一事后，挥笔书写宋璟《梅花赋》并画梅花图以示对宋璟其人的赞扬。

宋璟毁碑

宋璟在广州任官，风调雨顺，五谷丰登，又盖了新瓦房，真是家家富裕，人人欢乐。第二年，宋璟调到京城当丞相去了。广州人民为了让子孙后代不忘宋璟恩德，在十字街头为他立了一块"遗爱碑"。这块碑用端州石凿成，一丈二尺高，上面刻着宋璟经略广州、教民烧瓦等事迹。

"宋公遗爱碑"立好后，广州新任都督裴迪先带着沉香、玳瑁、琥珀、珊瑚等岭南珍宝，到长安看望宋璟，以为这回宋丞相定会十分满意。谁知听了裴迪先汇报，宋璟双眉一锁，说："啊？竟有这种事儿？"沉思半天，又冷冷地说："你先去休息吧。这事儿办得不妥当，等我请示皇上后再说吧！"裴迪先扫兴地走了。一个家仆走来问："丞相，平时总不见你收人家礼物，怎么今天破例收下了？"宋璟说："人家满腔热情来了，不要弄得太难看，你把这些礼物全送到尚书省库存起来就是了！"仆人这才知道宋丞相收礼的用意。

宋璟到长生殿拜见玄宗，玄宗热情地为他赐座。恰巧裴迪先也在这里。原来裴都督在丞相面前碰了钉子，赶过来向皇上诉苦，没想到他前脚到，宋璟后脚就跟来了。看见裴迪先，宋璟直截了当地说："陛下，裴都督从广州来，说那里的人为我立了块遗爱碑，这不合适吧！"玄宗爽快地说："怎么不合适？丞相在广州是很有政绩的呀！"宋璟说："我在岭南，只做了一点点好事，就为我立碑，那满朝文武该有多少人在为朝廷效力，又代替朝廷做了多少好事，需要立多少块碑，动用多少人力物力呀！况且一个人的功绩不是靠立碑就能树立起来的！"宋璟接着说："永昌三年，武后让薛怀义为总管，北讨突厥，走到紫河，不见敌兵，竟在单于台刻碑记功，结果落得被天下人耻笑。武后当政时，名将狄仁杰任魏州刺史政绩卓著，当地人为他立了生祠，可他的孩子景辉贪暴，惹恼百姓，又把生祠推倒了。这不都是很好的例子吗？再说，陛下即位以来，带领皇子种麦，让皇后养蚕缫丝，又是为了什么呢？现在国家元气刚刚恢复，百废待举，正需要人力物力呀，怎么敢伸开巴掌浪费呢？"宋璟的一番话，像春雷一样，使玄宗和裴都督都很震动。玄宗低沉地对裴迪先说："你就按照丞相说的话办吧！他是个严于律己、说一不二的人！"裴迪先也是条耿直汉子，站起来深深鞠了一躬，心悦诚服地走了。宋璟又请玄宗下一道圣旨，告诉各州、县，以后再不准立碑、送礼了。

裴迪先从长安回到广州，张贴告示，说是奉朝廷和宋丞相旨令，要把遗爱碑砸掉。岂料，这件事让橑（地名，太平橑，位于福建）人首领黑大汉知道了。黑大汉是宋璟八拜之交的兄弟，立即敲响铜锣，聚集太平橑居住的成百青壮年，带着弓箭、鱼叉、棍棒赶来护碑。裴迪先没料到黑大汉会来这一招，只好给黑大汉解释。黑大汉根本不吃这一套。双方僵持不下，形势万分紧张。

这时，一位算命先生见双方发生争执，出来调解，说："都督行宋公命令，理所当然；黑大哥带人护碑，顺从民意。我看不如来个两全其美办法，让黑大哥把碑抬走，藏起来。都督回复朝廷，就说把碑砸了，来个瞒上不瞒下，也就算了。"

黑大汉觉得算命先生说话中听，心想，等我把碑运到橑区，看谁还敢砸！可那碑少说也有万把斤，怎能抬得动！他想起滚大树的办法，让伙伴们把树砍倒，做成磙子，将碑放在木磙上，慢慢推到橑寨。

裴迪先听了算命先生的话，觉得很不对味儿。因为他知道宋璟向来说一不二，日后知道了，恐怕要流血死人的。趁着黑大汉滚树的时候，悄悄派人搬救兵去了。不一会儿，1000多个身披甲胄、手拿刀枪的卫兵围了过来，把橑人包围在中间。正在剑拔弩张的当儿，人群中走出一位身材高大长须飘飘的人，身后还跟着五六个人。大家一看，原来是丞相宋璟到了。

原来裴迪先离开京城后，宋璟不放心，就乔装南行，一边视察州县，一边赶来广州。这时，宋璟一手拉着裴迪先，一手拉着黑大汉，说说那个，劝劝这个，又是说，又是比画。他们两人起初皱着眉头，咬着嘴唇，最后双双拉住宋璟，跪在地上哭了。宋璟松开他们，拿过长把铁锤，向石碑砸去，只听"嘭"的一声，迸出万道火花，遗爱碑被砸了个粉碎。从此，大唐朝野为个人树碑之风大有收敛。

原载《南和县志》

宋璟墓为啥在沙河

大沙河北岸的留客和东户两村中间，有座宋丞相墓，宋丞相墓埋的人叫宋璟。宋璟老家在南和，按理说，宋璟死后，尸体应该埋在南和县境，为啥会埋在沙河县（今属信都区辖）的留客和东户两村之间呢？说起来，还有一段有趣的传说呢。

宋璟在朝中当丞相时为黎民百姓办了许多好事，人们都很喜欢他。当他年老时，辞官回到东都洛阳养老。大约人老了，都会想到死。宋璟担心自己死后，当地人大兴土木为他建造坟墓，一是浪费国家资财，二会影响他一世清廉的名声。于是对身边人说："我死后，不要就地埋葬，一定要把我的尸体运回北方，葬在龙击鼓、鹰打扇、扁担开花、铁链断的地方。"不久，宋璟咽下最后一口气死了。

宋璟死后，朝廷派大将程咬金带人敲着执事锣鼓，护送灵柩往北走。走过黄河，蹚过滏阳、洺水河，走了几百里路啦，还看不见"龙击鼓"；又走了好几天，也看不到"鹰打扇"。程咬金想，宋老丞相是不是想到南和老家宋台村安葬哩！于是，又让人抬着灵柩走到南和县宋台村，仍然没有看到"龙击鼓""鹰打扇"的征兆，也看不见"扁担开花"的景致。程咬金不敢为宋丞相安葬，只好让人抬着灵柩，沿着沙河北岸再往西走。这一走便进入沙河县（今属信都区辖）境内，当走近留客村时，村里正过庙会。程咬金害怕耽搁路程，命令抬灵柩的人绕村走过去。刚离开留客村不到里把地，抬灵柩的人感到疲劳，恳求休息一下。程咬金让人们把灵柩放在路上休息。就在这时，一只老鹰叼着条蛇从天空飞过，见地上坐着这么多人，一时害怕，鹰嘴一张，"哇"的一声，将蛇从口中吐出，不偏不斜，"咚"地砸在牛皮鼓上。坐在地上休息的人见一条蛇从天空掉落到鼓面上，纷纷抬头张望，那只老鹰展着双翅还在宋丞相灵柩上空盘旋哩！就在这时，一个到留客赶庙会的老头儿，挑一根扁担朝这边走来。老人在庙会上为孙女买了朵鲜花，挑着担子走路，无处放置鲜花，老人索性把鲜花插进扁担前的绳眼儿上。程咬金看见这个，不由得乐起来，说："嘿，真他娘的巧了，刚才天空掉鼓面上一条蛇，老鹰在头顶上飞翔，老头儿扁担上插着朵花儿，不正应验了宋丞相临死前嘱咐的话吗？但是这铁链怎么就不断呢……"低头再想，既然丞相说的事已应验四分之三了，我何不用铁斧把拉灵柩的铁链砍断呢！于是，程咬金抡起板斧"咔"的一声，把铁链砍断了。然后让人就地挖坑，把宋璟灵柩埋葬了。后来，人们为纪念宋璟，又因宋璟晚年曾在东都洛阳住过，又是在东都洛阳去世的，就把宋丞相坟墓所在的村子取名"东护"（今称东户），而把东户村西边的村子取名"洛阳"（今称留客）。

搜集整理：肖岩

14. 元代名臣刘秉忠的故事

刘秉忠（1216—1274年），初名刘侃，字仲晦，号藏春散人，邢州人。因信佛教而释名子聪，任官后再改名字为秉忠。1238年初，隐居紫金山学全真道，不久，入天宁寺为僧，师父命其任书记。同年秋，跟随师父到云中南堂寺挂单。1242年，高僧海云（印简）遂携刘秉忠前往漠北藩王幕府。刘秉忠得到忽必烈赏识，收为幕府书记，历任光禄大夫、参领中书省事。至元五年（1268年），位居太保。至元十一年（1274年）八月，卒于上都南屏山庵堂。十二年（1275年），追赠太傅、仪同三司，谥文贞。成宗时，赠太师，谥文正。仁宗时，又晋封常山王。

1241年12月11日，蒙古太宗窝阔台西征途中酗酒暴毙。窝阔台的第六皇后昭慈（乃马真后）利用权术剥夺失烈门继承权，临朝称制，史称乃马真后元年。这年，27岁的刘侃接受海云举荐，入蒙古睿宗拖雷第四子藩王忽必烈幕府。在忽必烈邀请下，刘侃还俗留幕府做书记（备用顾问）。忽必烈为刘侃赐名秉忠。1246年农历七月，马乃真后将汗位交儿子贵由，登基成为大汗，史称定宗。是年冬，刘秉忠父亲——邢州都统刘润病故。藩王忽必烈让刘秉忠回邢州老家安葬。

刘秉忠的同窗好友张文谦闻知噩耗，星夜赶到邢州西郊董村刘润墓前，探望正在为父守墓的刘秉忠。这时，刘秉忠迎着凛冽寒风，跪在父亲坟前，看见张文谦后只是点头，而不说话。

张文谦在坟前站立良久，见刘秉忠呆呆地盯着坟墓，一句话不说，就关切地劝解："刘师兄，人死不能复生，你一句话不说，搞坏身体咋办？"

刘秉忠还是没有回答张文谦问话。因为他这次从漠北赶回邢州为父奔丧前，藩王亲赐黄金百两，一是让他安葬父亲，二是交给他一项任务，让他在中原物色才俊，充实智囊团。自然，刘秉忠想到的第一人就是同窗好友邢州进士张文谦。但刘秉忠深知张文谦的脾气禀性，凡是他自己没有看准或没有把握的事儿，任谁劝说，也不会顺从。倘若被张文谦自个儿认准了的事儿，就是九头牛也拉不回来。正因为谙熟好朋友性格，刘秉忠才没有一见面就把心事全端出来给张文谦听。

见刘秉忠长时间不说话，张文谦担心他还沉浸在父亡后的哀痛中，接着劝说："恩伯既已入土，你即使再思念，恐怕也不能将恩伯唤回阳世了，还是节哀顺变吧！"

刘秉忠这才看了张文谦一眼，说："师弟，你说这番话的道理，愚兄岂能不懂？这些天，我的确思念亡父，但想得更多的却是天下兴亡，是如何辅佐藩王大展宏图的大业呀！"接着喃喃自语道："文谦师弟，可曾听过藩王的故事吗？"

见刘秉忠终于开口，张文谦自然满心欢喜，回答："只知藩王是睿宗圣上拖雷正妻的第二个儿子，别的事儿不甚明了。"张文谦久居邢州，消息闭塞，对皇家事儿怎能了解那么详细？

"藩王是睿宗圣皇庄圣太后怯烈氏唆鲁禾帖尼所生第二子，生于乙亥年（1215年），比我年长一岁，比你年长两岁。我在藩王幕府听说，藩王出生那年，先祖天可汗（时人对成吉思汗的尊称）已经54岁。那天打了胜仗，天可汗正带兵饮马黄河边，听到他的幼子拖雷正妻唆鲁禾帖尼住的蒙古包内传来婴儿啼声，天可汗急忙跑去。见幼子媳怀抱一个全身皮肤褐色躁动不安的男孩，天可汗万分惊异，当即发誓，我的子孙们初生时一个个肤色皆红，唯独此孙全身褐黑，多像草原上飞翔的苍鹰呀，我一定要用草原上最好的奶妈的乳汁喂养他！"

听到这儿，张文谦不禁赞叹："刘师兄，忽必烈出生就显异象，又得到天可汗如此器重，真可称为天之骄子呀！"

"可不呗！忽必烈自幼聪明过人，11岁时就能背诵草原上流传的多首诗歌。不久，忽必烈的爷爷天可汗和只当了一年监国的父亲拖雷相继去世，忽必烈就跟着母亲一起生活。"

"忽必烈的母亲？你说的是唆鲁禾帖尼吧？"张文谦问。

"是的，是唆鲁禾帖尼。她真是位了不起的充满智慧的女性呀！"刘秉忠发自内心赞叹，"自从拖雷去世，唆鲁禾帖尼就勇敢地挑起养育幼孤忽必烈和统率军队的重任。为了让忽必烈长大后继承其祖其父遗志，唆鲁禾帖尼把目光转向中原文化。在忽必烈还是幼儿时，经常邀请学识渊博的儒士到漠北对忽必烈实施教化，让忽必烈从小耳濡目染的都是中原文化。唆鲁禾帖尼对儿子的这番培养，让忽必烈长大后对儒学和儒士产生了浓厚的兴趣，并结下深厚的感情。"

"刘师兄，你到藩王幕府几年了？"张文谦关切地问。

"自海云禅师介绍我到藩王府，屈指算来已有五个年头。"刘秉忠说。

"你感觉藩王此人咋样？"张文谦盯着刘秉忠，再问。

面对童年好友，刘秉忠推心置腹地说："与藩王相处五年，我见识了藩王的仁明英睿和治国韬略。忽必烈确是堪当大任、值得辅佐的一代豪杰呀！"

见师兄刘秉忠谈到藩王时两眼放出熠熠光芒，张文谦不禁暗暗称奇：师兄一向孤傲不拘，我与他在一起度过多年时光，从未见他对什么人佩服得这般五体投地。莫非师兄口中所说的藩王，真是一位值得结识的人物？张文谦这么想着，并没有插话。

刘秉忠接着说："藩王虽然年轻，胸怀却能囊括天下。他不仅喜欢儒学，更喜欢结交天下儒士，说话做事效法历朝汉家天子，尤其尊崇秦王李世民。由此可见，藩王绝非等闲之辈呀。"

听刘秉忠详细介绍了忽必烈的故事，张文谦不由得感慨万端说："将来藩王如能掌控天下，江山必定重振有望，苍生脱离苦海才会有时呀！"

"言之有理！"刘秉忠说，"为兄正是看准了这步棋，这才下定决心鼎力辅佐藩王！"

"对！一定要帮助藩王走好天下这盘棋！"张文谦说。

"但光我一人执此想法远远不够，必须搜罗更多的与你我志向相投之人，紧密团结在藩王周围，共同开创经天纬地的事业！"刘秉忠说。

"秉忠兄，你说得对，成就这么大的伟业，没有人才哪能成呀！"张文谦说。

刘秉忠见张文谦的思想进入了他精心设计的谈话主题，便话锋一转，说："有件事，不知愚兄说了师弟能否听得进去？"

张文谦不知刘秉忠用计，就问："啥事儿？搞得这般神秘兮兮？"

刘秉忠"嘿嘿"一笑，说："我这次到邢州来，就是打算动员你也去投奔藩王，共谋大业！"

直到这时，张文谦才恍然大悟，在刘秉忠肩上擂了一拳，说："怪不得见了我一句话不说，原来是想拉我入伙呀！"

"还是师弟了解为兄呀！不瞒你说，我这次回邢州一来为父奔丧，二来，也更重要的是受藩王委托，广聚天下饱学之士，物色治国安邦才俊，养精蓄锐，以谋天下太平！"刘秉忠说。

"好，太好了！藩王既有这般视天下为己任的胸襟，我等如不辅佐，还待何时？"

"这么说，你答应了？"刘秉忠明知故问。

"我答应去哪儿？"张文谦也明知故问。

"漠北！"刘秉忠说。

张文谦没有正面回答刘秉忠，索性卖个关子，反问："刘师兄，你说呢？"

瞧着张文谦兴奋的样子，刘秉忠仰天大笑："哈哈哈……"

张文谦也仰天大笑："哈哈哈……"

就这样，张文谦终于被刘秉忠引荐进了藩王忽必烈幕府。

搜集整理：沙彤

15. 张文谦邢酒收大王

张文谦（1216—1283年），字仲谦，邢州沙河盖里（今沙河市葛村）人。自幼聪敏，曾与刘秉忠、张易、王恂、郭守敬等人在紫金山共同研习天文、历法、算学等，为"邢州五杰"之一。后来，刘秉忠将张文谦举荐到藩王幕府，忽必烈诏命文谦掌王府书记。在辅佐忽必烈期间，多有善谏，保护百姓，富国强兵。还曾疏浚唐来、汉延二渠，溉田四十余万顷（2.6万余平方千米），人蒙其利。忽必烈拜张文谦为大司农卿后，文谦"奏开藉田，行祭先农、先蚕等礼。复又请立国子学，教谕贵胄子弟"。任御史丞时，命许衡造新历，政绩颇著。乃授文谦为昭文馆大学士，领太史院以总其事。累官枢密副使。享年67岁。赠太师，开府仪同三司，上柱国。追封魏国公，谥忠宣。

1225年，蒙古河西兵马副元帅武仙在正定反蒙归金。武仙的哥哥武贵时任邢州节度使，遂引叛兵进据邢州。蒙军多次攻取邢州，诛杀了叛臣武贵。

1229年，太宗窝阔台即位。女真族的统治已成强弩之末，金朝政权岌岌可危。值此乱世之季，邢州西部山区土匪蜂起，占山为王，不断滋扰邢州官府，只搅得邢州数任节度使寝食难安，惶惶不可终日。有些从草原到邢州任职的官员上任不足月余，因畏惧丢掉性命，而将官印、官服丢弃公堂，连夜逃遁。

1236年秋天，突然刮起一场西北风，树叶由绿变黄，脱离枝杈，飘落地面。邢州录事刘润的夫人死了。静庵村的刘氏族人从龙兴观请来道士、到天宁寺请来和尚，为亡故的刘夫人举办水陆道场。

"娘呀——娘呀——"录事刘润的公子、邢州节度使府令史刘侃披麻戴孝跪在棺前，哭得泪满双腮。

刘侃在紫金山求学时的同窗好友张文谦，担心刘侃哭坏身体，上前劝说："刘师兄，人死不能复生，伯母既已仙逝，再哭也不能把伯母哭回阳间。还望师兄节哀顺变才是。"

刘侃止住啼哭，哽咽着说："母亲的突然离世，让我明白了人生苦短、生命无常的道理。我已下定决心，葬罢母亲，守孝期满，一定要做一番不朽事业！"

"刘师兄所言极是。正因为这个世界期待着你我去探索、去奋斗，学弟这才劝师兄节哀顺变，保重身体呀！"

刘府管家匆匆跑进灵棚，对刘侃和张文谦说："邢州达鲁花赤粘马拉忽大人带着四名骑马府吏，驮着四只绵羊，前来吊唁。我等从未见过这种场面，不知道应该如何应付。"

张文谦朝灵棚外望去，果然看见邢州达鲁花赤粘马拉忽和四位文职吏员各骑一匹马、驮着四只绵羊侍立府前。

管家再问刘侃和张文谦："刘侃、文谦，你二人肚子里装的学问多，知不知道粘马拉忽大人为啥带四只绵羊前来奔丧，不会节外生枝吧？"

张文谦从小跟随父亲邢州军资库使张英在府衙长大，自然会讲蒙古语，便说："让我过去问个究竟。"说完，走出灵棚，来到粘马拉忽面前抱拳施礼，用蒙古语问："达鲁花赤大人，邢州与草原民俗不同。不知草原人亡故后，如何举办丧礼？大人今日奔丧，所带活羊是何用意？"

粘马拉忽用半生不熟的汉话说："我们蒙古是游牧民族，没有汉地所讲究的这些习俗。蒙民死后，尸体拴于马后，信马由缰，驰骋草原，绳子啥时被磨断了，断绳处即是亡魂升天福地。"

对于粘马拉忽讲述的草原游牧部落的天葬习俗，张文谦早有耳闻，只是不了解游牧部落举办葬礼是否也如邢州土著人习俗，当祭拜完毕，应将祭品的一小部分回赠来者。为了不失礼仪，张文谦又问："达鲁花赤大人，若按邢州葬礼习俗，凡亲朋好友前来吊唁时所带面食祭物，均需回赠一部分让来人返程时带走。但今日大人所带祭品是四只活蹦乱跳的绵羊，祭奠罢，是否也让大人牵走一只？"

粘马拉忽连连摆手，说："不必的，不必的！草原举办葬礼，从来没有回赠祭品一说。因刘录事与我同在府衙供职，又是要好朋友，我就带来几只绵羊，让乡亲们中午吃顿羊肉，这样做是否违犯邢州习俗？"

张文谦赶紧说："没有没有，听大人如此一讲，我们就把四只绵羊收下，无须劳驾大人再带回去了。"

粘马拉忽说："不用带走了，不用带走了，现在就可以宰杀，让大家中午吃肉！"

站在旁边的管家"扑哧"一声乐了，高声喊话："收下达鲁花赤粘马拉忽大人的活羊大祭——"话音未落，街那头风驰电掣般闯来十几位骑马壮汉，奔至灵棚前，不由分说，将粘马拉忽连同四只绵羊，拽上马背，拨转马头，呼啸而去。

邢州录事刘润府上举丧，竟让土匪掠走邢州达鲁花赤，这件事非同小可！刘润急忙安排公子刘侃守灵，带上张文谦骑马追去。

刘润和张文谦扬鞭催马，追过牛尾河、追过小黄河，追到七里河后，远远望见一箭地开外，十几名匪兵正在纵马疾驰。

"站住——站住——"刘润和张文谦一边喊话，一边猛追。到得一面山坡前，跑在前面的匪兵勒马拦在山路中间。一位首领模样的人拨转马头喊话："喂——刘大人不必追了，我等无意伤害于你，更不愿与刘大人缔结冤仇！"

刘润远远揪住马缰，试探着问："听口气，壮士莫非明月寨的义士？"

骑马人说："本人正是明月山主周铁汉。"

刘润说："周壮士，我与你平时无冤，近日无仇，为何这般害我？"

周铁汉说："刘大人所言极是，你我之间的确无冤无仇，我山寨弟兄也无意加害于你。只是战火连岁，住在山上的弟兄们已断炊数日，今天下山掳掠粘马拉忽，只要他能答应我们提出的条件，明月寨绝不伤他半根毫毛！"

刘润说："大王有所不知，你们今日是从我府上掳走达鲁花赤的，让我刘润岂能脱得了干系？当前，蒙古兵占领邢州，你们不可不识时务。我劝尔等还是将粘马拉忽速速放回，免得蒙兵大军赶来，把你们明月寨一举铲平！"

周铁汉哈哈大笑，说："我等既然落草为寇，岂有怕死之辈！刘大人应该知道，这些年来，我山寨弟兄只是劫掠官府，从未滥杀百姓。请刘大人速速回去，向邢州节度使禀报，只要他三日内将百石粮食、十坛邢州美酒送上山寨，我保证放达鲁花赤安然回到府衙。否则，定然撕票！"说完，吩咐十几名匪兵挡住路口，周铁汉带人押着粘马拉忽和四只绵羊回明月寨去了。

事已至此，刘润揣摩，仅凭他和张文谦两个人的武功，的确打不过周铁汉和十几名土匪，于是不得不悻悻返回静庵村。当刘润把事情的来龙去脉向公子刘侃陈述一遍后，刘侃叮嘱父亲和张文谦暂时不要对外声张此事。下午办完丧事，刘侃这才与父亲刘润、同窗张文谦认真商量对策，决定如此这般行事。

次日一早，张文谦骑匹快马，驮两坛十年窖藏邢酒，匆匆奔往明月山。刚拐过山嘴，守山土匪拦住去路，厉声喝问："从哪里来？到哪里去？"

张文谦拍拍马背驮的两只酒坛，说："奉大王令，上山送酒。"

匪兵让张文谦下马，黑布罩住双眼，这才牵着马，将张文谦带进明月寨。

周铁汉见张文谦只带来两坛酒，脸色一沉，训斥道："昨天不是说好带百石粮食、十坛邢酒吗？为啥只送来两坛？"

张文谦不卑不亢，说："今天，刘录事让我为大王送两坛十年窖藏邢酒，让大王先自品尝。如感觉满意，明天将十坛酒与百石粮食，送到太子井村北山下。等大王将达鲁花赤完好无损带了过去，双方一手交人，一手交货。不知大王意下如何？"

听张文谦言之有理，又见他年龄不过二十，周铁汉随口问："你先报上姓名，再与本王说话！"

张文谦双手抱拳，彬彬有礼说："在下姓张，名文谦，字仲谦，紫金山清虚子门下弟子，一介书生而已。"

听张文谦自我介绍是紫金山清虚子门下弟子，又见他敢只身闯山寨，谈吐不卑不亢，不觉心生喜欢，但又担心酒水有诈，于是说："既然刘大人有此诚意，周铁汉岂有不从之理，就按刘大人所言去办！"

张文谦再次抱拳，说："既然大王应允，明天按约定时辰到指定地点办理交割，文谦告辞。"说完，转身欲走。

周铁汉大手一挥，说："且慢，既然你送来美酒，岂有不饮之礼？"不等文谦回话，周铁汉命令护兵："拿只碗来，让文谦先饮一碗！"

张文谦已知周铁汉用意，等匪兵将坛中酒倒入碗中，张文谦端起酒碗一饮而尽。

见张文谦如此豪爽，周铁汉哈哈大笑，说："痛快！痛快！"随即下令设宴，盛情款待了张文谦一餐。席间，张文谦与周铁汉推杯换盏，言语投机。通过交谈，张文谦得知周铁汉原是富户出身，金兵统治邢州时，夺去周家田产，杀死周铁汉爹娘，这才逼得周铁汉带着家丁，啸聚贫民，占山为王，做起土匪营生。后来，草原蒙兵占领邢州，周铁汉仍视官府为仇人，这才屡次率领土匪下山，打劫官府、杀死蒙官，只搅得邢州城风声鹤唳，月无宁日。张文谦力劝周铁汉归顺朝廷，但周铁汉一时难以消除对草原兵将的怨恨，断然拒绝。见周铁汉性格倔强，再劝无益，张文谦只好作罢，说："大王既然无意归顺朝廷，文谦也就不再勉强。但有一事，文谦必须向大王陈述明白，纵观天下大势，金朝土崩瓦解已成定局，蒙军一统天下后，必然治乱求稳。到彼时，官兵一旦决心剿灭山寨，大王能否保全兄弟们安全？还望大王三思。"

周铁汉沉思良久，说："文谦所言，周某何尝未曾想过？但眼下草原蒙兵跑马圈地，血腥杀戮，邢州无辜百姓难以保命。如此朝廷，让我等怎能甘心归服？"

张文谦说："大王所言，只看到了蒙兵残忍的一面。假如我等汉人能够进入官府，参与国是运筹，不正好可以用我们的智慧，阻止鞑虏滥杀，保护天下黎民吗？"

听罢张文谦肺腑之言，周铁汉表态说："文谦哪，你刚才所言，我一定认真思量。不过，明天约定交货换人之事，不可爽约哟！"

"当然，当然。"张文谦满口答应。

吃饱喝足，周铁汉挽着张文谦的手，送出山寨。

张文谦的父亲张英时任邢州军资库使，张家又是邢州首富，为保护同窗好友刘侃一家安全，也为保护刘侃父亲刘润邢州录事官职，张文谦说服父亲张英，从自家仓库调出一百石粮食，取出十坛邢州美酒，亲自押送到太子井村西山下。然后从山大王周铁汉手中换回邢州达鲁花赤粘马拉忽一条性命。从此，张文谦与明月寨大王周铁汉结为好友。

1238年，张文谦22岁考中进士。是年，刘侃因胸怀大志，不愿久困为吏，遂隐居武安滴水岩参学全真道，不久，再入天宁寺拜在虚照禅师座下，释号子聪。1242年，刘侃追随虚照禅师云游山西大同云中寺，得遇高僧海云（印简）。海云将刘侃带到漠北金莲川藩王幕府，受到藩王忽必烈赏识，收为幕府书记，忽必烈为刘侃改名叫刘秉忠。1247年，张文谦31岁那年，被同窗好友刘秉忠引见到忽必烈幕府，得到重用。

1251年，蒙古宪宗元年，在忽必烈母亲唆鲁禾帖尼的斡旋下，可汗蒙哥颁诏忽必烈统领漠南汉地军国庶事。这时的邢州，由于连年遭受土匪侵扰，州治不整，民不聊生。刘秉忠、张文谦上书忽必烈择良吏治邢州。忽必烈准诏，于邢州设安抚司，以近侍脱兀脱为断事官、李惟简为安抚使、刘肃为副使、赵良弼为幕长。后诏回脱兀脱，安排张耕继位巡抚使。是年，张文谦再次到明月寨劝说周铁汉归降。在张文谦的感召下，周铁汉带着土匪队伍归顺朝廷，加入忽必烈统一江山大业。邢州地方志记载："张耕、刘肃等为政清廉、革弊兴利、除暴安良，不久，邢州由乱而治……"此是后话，暂且放下不表。

搜集整理：沙彤

16. 郭守敬的故事

郭守敬（1231—1316年），字若思，地方志书记载他为邢台县（今信都区）郭村人，天文学家，研创和改进了简仪、圭表、候极仪、浑天象、仰仪、立运仪、景符、窥几等十多种天文仪器；在全国各地设立下27个观测站，进行大规模"四海测量"；天文历法著有《推步》《立成》《历议拟稿》《仪象法式》《三历注式》（上中下三卷）和《修历源流》等14种105卷。1981年，为纪念郭守敬诞辰750周年，国际天文学会将月球背面一座环形山命名为"郭守敬环形山"，将小行星2012命名为"郭守敬小行星"。郭守敬在元朝时一直主持或指导天文观测和授时历的编纂等。

中国历史上，在治水方面被称为"神人"的恐怕只有郭守敬一人。为什么他被元朝皇帝称为"神人"呢？

郭守敬成功解决了大都的漕运问题，使纵贯我国东部南北长数千里的京杭大运河实现全线通航。元朝皇帝和文武百官目睹通惠河上帆影如云，盛况空前，对郭守敬更加敬重。从此凡遇到治水的事儿，朝廷必先征求郭守敬意见。

1298年，朝中有官员向元成宗铁穆耳（元世祖忽必烈的孙子）提出，在上都（今内蒙古正蓝旗境内）西北铁幡竿岭下开凿一条渠道，引山洪向南下泄滦河。这一水利工程靠近上都，成功与否关系到上都安危。因此，元成宗在决策这项工程时显得十分慎重，派人把年近古稀的郭守敬从大都（今北京市）请到上都商议。郭守敬听了水利官员的陈述和元成宗的意见，认为此渠可开，但必须先搞好规划。为了尽快拿出规划蓝图，郭守敬带领主管水利的官员每天奔波在上都西北的群山中，勘测地形，察看水情。

一天，郭守敬一行登上铁幡竿岭最高峰，发现山顶高台上树有一根高约数丈的铁杆。郭守敬问随行中人，均没有人能回答上来。这时，一位肩挑木柴的樵夫朝这边走来。郭守敬上前打问。樵夫放下担子，指着高杆说："这位官人想打听铁幡竿的事吗？说起来还有一段故事呢！"

接着，樵夫向郭守敬讲了下面一个故事：

很早以前，这一带风调雨顺，百姓吃喝富足，生活安逸。但有一年夏天，不知先民怎么得罪了龙王，一连几天刮狂风，布黑云，下起倾盆大雨，田地淹没、房屋倒塌，百姓苦不堪言。为了让老天爷停止下雨，当地百姓抬供品、设香案，祈求上天保佑。百姓的虔诚感动了天神，天神带兵降伏龙王，从空中抛下一根铁杆，树立山顶镇压洪水。就这样，铁幡竿岭就成了这座山的名字。

听了樵夫讲的故事，郭守敬豁然开朗。经过多天实地考察，终于掌握了这一带的地形、地势、河流、植被、气候等自然环境条件。经过综合分析，郭守敬提出规划河渠时，河道宽度应达到50步至70步（75～105米）。

当时，主管工程的官员对郭守敬的建议不理解，问："你为啥要这般规划设计呢？"

郭守敬说："樵夫讲的铁幡竿故事虽然是民间传说，但它告诉人们的是这一带地形地貌的情况，那就是铁幡竿岭地区每年降雨量多，易发生洪涝灾害。"

"何以见得？"主管水利的官员不解地问。

郭守敬胸有成竹地说："铁幡竿岭所处区位居大漠边缘，虽然其他地方干旱少雨，但铁幡竿岭却处于迎风坡面，地形的不同必然形成不同的气候条件。所以，我们制订渠道规划时就必须把这些客观因素考虑进去。"

听了郭守敬的解释，主管工程的官员还是不以为然，认为没有必要花那么多钱开凿如此宽广的河渠。修渠的决策权掌握在主政官员手中，具体施工时，这些人没有采纳郭守敬的建议，而把郭守敬确定的河渠宽度减少了三分之一。

结果，第二年夏天，铁幡竿岭赶上多年不遇的大雨。一连数日暴雨不停，渠水暴涨，溢出渠槽形成巨大的山洪，直泻下游。而下游河道由于设计狭窄，无法容纳来势凶猛的洪水，汹涌的洪水顿时横溢两岸泛滥成灾差点淹没铁穆耳的行宫。

为了躲避水灾，元成宗铁穆耳被迫下令向北部山冈迁移。临行时，铁穆耳坐在马鞍上回望行宫，不由得回想起郭守敬曾经讲过的话，禁不住感叹："郭太史，真神人也，惜其言不用耳！"意思是说，郭守敬真能料事如神啊，只可惜没有听从他的话。

原载内部印刷《科学巨匠——郭守敬》

17. 明代良臣朱正色的传说

朱正色（1539—1606年），字应明，号和阳，南和县朱营村人。明万历二年（1574年）进士。初次为官任河南偃师知县。万历十二年（1584年）任兵部武库司员外郎，后升任陕西按察司肃州兵备佥，不久升任甘州宪副。万历二十年（1592年）二月，时任西北宁夏巡抚的朱正色协助平息叛乱、治理黄河水患，为宁夏做出卓越贡献。万历皇帝特颁圣旨，在南和县为朱家三代人分别建立平定边疆、天恩覃敷、金吾世胄三座牌坊。现均为省级重点保护文物。

治理黄河

明代，宁夏属于边远地区，土地荒芜，人烟稀少，吐蕃不断侵扰。朱正色任督御史驻守宁夏，看到赤地千里、饥荒连天、人民受苦受难的情景后，时常坐立不安。这天，他爬到东山顶察看地形，眼看黄河水滚滚北去，东部地区却干旱绝收，眼里不禁流下泪来。

朱正色为引水浇田的事儿发了愁，一连数天茶饭不进，夜不成眠。这天，刚一躺下，梦见一位白发老翁，从天上忽悠忽悠飘下来，对他说："黄河水滔滔，水到旱自消；想引黄河水，打开东山脚！"猛然醒来，不见了老翁。他立即召集幕僚，商议制订引黄计划。大家对他的提议表示赞成。

那年，正值饥荒，人民生活十分艰苦。朱正色想到以工代赈的办法，四处张贴告示，号召民众自愿参加，并在告示上写明：东山开洞，石运河畔，浅处一车石头支付小米五升，深处一车石头支付小米一斗。当场付清，决不负约！听到这个消息，老百姓蜂拥而来，争先恐后开山凿石，很快就把东山打通了。但因地势高低不平，很难引水进田。朱正色正发愁时，忽听远处人声嘈杂，抬头一看，一伙人推推搡搡，喊着找朱大老爷打官司。朱正色把他们召到身边，问是啥事儿。原来两家地主为浇花园争占水井发生纠纷，各不相让，引起互殴，双方都有人负重伤。朱正色一听，气不打一处来，当场判决：伤员各自抬回治理。两个地主各罚水瓮二百个，三天交齐，运到河边。如不按期交货，从严治罪。所有在场的人，都感到惊奇，打架归打架，为啥要罚瓮呢？三天后，两个地主如数把瓮运来。自此以后，每逢断案，都要罚瓮，黄河边上的瓮多得堆积如山。朱正色看看差不多了，就让人把瓮底全部凿穿，一个接一个套在一起，自然形成一条又粗又圆的涵洞管。直到这时人们才醒悟，朱正色原来是为引黄河水收集瓮管呢！

闸涵修好，如期举行放水仪式。为了扩大影响，朱正色让兵士到处宣传。不出三五日，附近百姓都知道了。放水那天，人们像赶集一样来瞅热闹。当时打开闸门，并非一件易事，要跳入水中手扳闸门。一旦闸门打开，开闸放水的人如未能及时跑掉，就有被吸进涵洞的危险。因此，谁也不敢第一个往渠沟里跳。朱正色就让儿子朱时淼首当其冲跳了下去。朱正色一声令下，朱时淼猛一用力，闸门被打开了，滚滚黄河水顺着涵洞管喷涌而出，哗啦啦流进久旱的农田，人们顿时欢呼雀跃起来。

正当大家纵情欢呼的时候，有人发现朱大老爷的儿子朱时淼不见了。有人说，见他开闸门时，被水流卷进涵洞里去了。岸上的人由喜变悲，放声呼喊："时淼啊，时淼！你到哪里去了，哪里去了……"黄河岸边的哭声，惊天动地，直到天黑才停息。

从此，宁夏各州、府、县衙门，在审理官司的时候，都效法朱正色立下的刑罚规矩，按罪情轻重处以罚瓮多少。不到半年，黄河沿岸到处使用瓷瓮做引水管道引水灌田。

搜集整理：任书香

智解城围

一天，朱正色外出巡视，被敌军围困进一座小城。这座小城年久失修，不仅城墙残破，而且城内缺水少粮，情况万分危急。而敌人正一窝蜂似的围攻上来，不停骂阵。气得守城将士"哇哇"直叫，一齐向朱正色恳求，让他们冲出城去和敌人拼了吧！朱正色十分镇静，仔细观察敌人行动，心想，敌众我寡，如果硬拼，等于以卵击石，必须想个万全之策，才能转危为安。突然，他看见远处敌人帅旗上有个斗大的"哈"字。再细瞧，旗下马背上坐一位黑脸大汉，正是敌人头领哈尔木。朱正色心中一动，想出条妙计。

朱正色立即命人制作了两张各长一丈二尺的弓。然后，他身披战袍手持弓箭登上城楼，冲城下喊话："城下的贼人听着，我大明军雄兵百万，战将上千，你们几个蟊贼怎是对手？我本无心与尔等争战，可谁知你们欺人太甚，我只好奉陪了！"他手举巨弓，接着喊话："我这儿有一张弓，如果城下哪位能拉开它，我情愿献出城池，如果拉不开，赶紧退兵，免得送死！"说完朱正色两臂用力，一张巨弓被他拉成满月，然后命人把巨弓扔了下去。

围在城下的敌兵抢着拿弓，可谁也拿不动。最后，五个人一齐用力才把弓抬到哈尔木面前。哈尔木看见巨弓，不由得倒吸一口凉气，心想，城上这人何等了得？既然能把此弓拉开，说明他有千钧之力。看来城中真有能人，我等不是对手。再打就要吃亏，还是三十六计走为上计，于是下令撤兵。转眼之间，敌兵跑得无影无踪。

朱正色站在城头，不由得哈哈大笑。原来，朱正色对哈尔木早有了解，知道此人争强好斗，武功不过是程咬金的斧子就那么几下子，平时欺软怕硬，最害怕有本事的人。于是，这才对病开方，吓跑了哈尔木。

有人要问，朱正色真的有那么大力气吗？其实，他拉开的那张是竹弓，扔下城的是铁弓。

搜集整理：张立辉

18. 清朝谏臣魏裔介的传说

魏裔介（1616—1686年），字石生，号贞庵，又号昆林，俗称魏阁老，柏乡县人，清朝顺治三年（1646年）进士，四年（1647年）授工科给事中。历任左都御史、太子太保、吏部尚书、保和殿大学士、太子太傅等职。著有《兼济堂文集》。雍正年间，祀贤良祠。乾隆元年（1736年）追谥文毅。因为魏裔介入阁办理国家大事时年仅40余岁，须发皆黑，为此人称"乌头宰相"。史书记载，自宋朝欧阳修以后，魏裔介是唯一的先为谏臣，后升宰相，历职长久并"展其嘉谟"之人。

传说，一天，魏阁老独自转悠到柏乡城南关桥头。这时，有个推着满满一车瓦盆的老头儿也来到桥下，冲着阁老喊："老哥，帮个忙，推推车呗！"阁老扭头下桥，撸撸袖子动起手，帮着老汉把一车瓦盆推上了桥。

老头儿连声道谢。魏阁老见他背驼腰弯，走道不大灵便，就问："多大年纪了？家里还有谁呀？咋做这个生意？"老头儿说："今年65啦，家里就剩下俺老两口，一天不出来就没法往前混哩。"魏阁老听他这么一说，心里感觉不是滋味，便对他说："六月初一，你给我送一车瓦盆，我全收下，你可记着。"老头儿连忙答应，嘴里不住声叨念着魏阁老的家庭住址。

六月初一是魏阁老生日，名流豪绅、门生故吏都来为他庆寿。快到二八晌午，还不说上席，人们心里直犯嘀咕，难道还等什么贵客不成？

时近中午，门人报告，有个卖瓦盆的老头儿求见。魏阁老一听，非常高兴，一面吩咐马上摆宴，一面走出大门迎接。

魏阁老挽着卖瓦盆老头儿的手，径直请到大堂贵客席上，亲自斟满一杯酒，劝老头儿喝掉。老头儿抹把汗水，不敢推辞，一饮而尽。魏阁老又斟满一杯，送到老头儿面前，对大家说："这是我新结交的知己，初次见面给大家带来了一样礼物，请各位笑纳。"说着，命家人把瓦盆搬进来，每人分了一只，然后说："这位大哥家境困难，虽说他是白送给各位的，可咱怎忍心叫他空手回去？我看这样吧，按自个儿心愿，赏他些碎银子，也不枉费他一片诚心。"魏阁老说完，让家人取出十两纹银，交给卖盆老头儿。众人一看，谁敢怠慢？都掏出散碎银子，送给了老头儿。

寿宴散后，魏阁老亲自把卖盆老头儿送到门外，关切地说："有了这些银子，往后就别再卖盆了，这么大年纪，该享几天福啦。"

卖盆老头儿带好银子，推着空车，千恩万谢地回家了。

搜集整理：张胜桥

名人章

邢台钟灵毓秀，名人辈出。东汉末年，出生在邢襄的张角始创太平道，与四川张鲁所创五斗米道南北辉映，共同缔造出中华文化的根柢——道教文化；而张角所率太平军起义，更是拉开魏、蜀、吴三国争雄的帷幕。中国不朽文学名著《水浒传》塑造的文学典型武松、武大郎、潘金莲的出生地，即在清河县。此外，还诞生出农民领袖赵三多、景廷宾等众多武林豪杰。不仅如此，邢州历史上还诞生过许许多多在全国具有影响的人物，如神医扁鹊、《五方元音》作者樊腾凤、《四书辨疑》作者刘滋及清代画家宋鹅池等。他们共同绘就了一幅邢台历史人物的壮丽画卷。

19.张角的传说

张角（？—184年），黄巾起义军领袖，巨鹿（今平乡县西南）人。信奉黄老之学，通医术，初以符水占卜为人医病，信徒很多。此后又依《太平经》创立太平道，自称"大贤良师"，派遣弟子八人分赴各地传道，十余年间发展信徒数十万人，遍及冀、青、徐、幽、荆、扬、兖、豫八州。又把这些信徒分为三十六方，大方万人，小方六七千人，各立头目。汉灵帝中平元年（184年），宣称"苍天已死，黄天当立，岁在甲子，天下大吉"，自号"天公将军"，定于当年甲子日（三月初五）内外相应，同举义旗。后因唐周叛变，张角命信徒提前起义。起义军皆戴黄巾为标志，故称"黄巾军"。黄巾起义爆发后，张角与弟张宝、张梁等率众攻城略地，劫杀官吏，声势浩大，朝野震悚。所率黄巾军主力先后击败北中郎将卢植、东中郎将董卓等官军。当年，张角病逝军中。

冰冻广宗与火烧战台

卢植兵困广宗，被张角"草人借箭"气了个半死。皇上降旨，说卢植损兵折将，劳师无功，命他火速拿下广宗，将功折罪，否则逮回京师问罪。这一下把卢植急得像热锅上的蚂蚁，坐卧不安。

刘备曾是卢植的学生，看到老师急成这样子，急忙献计说："兵法云，居高临下，势如破竹。我们几次失利，是因为反贼在高处，我们在低处，我们这才被动挨打。先生不妨在广宗城楼对面搭建木台，高度超过城墙，既可观察贼人动静，又能居高临下射击敌人，不知老师意下如何？"

卢植听刘备言之有理，连说："此计甚妙，不妨一试！"

于是命兵士拆毁民房，取梁檩在城外搭建了一座三丈六尺高的木台。站在木台上，广宗城内三街六巷、人来人往，看得一清二楚。卢植命弓箭手上台射箭，霎时箭如雨下，压得城楼上的黄巾军抬不起头来。卢植见状哈哈大笑，重赏了出谋划策的刘备。

再说城内黄巾军见官兵在门外搭建起这么高的一个木台，真像一根木刺插进肉里，十分不舒服，纷纷破口大骂："卢植这老儿真他娘的混账王八蛋，弄了这么个破台子压制老子，不得好死！"

张角一见说："弟兄们，别生气了，反正骂也骂不倒敌人木台，还是省点力气想想办法吧。"

大伙儿说："有什么办法？除非能让城墙长起来，超过木台，我们就不会吃亏了。"

"长起来？"众义军的话触动了张角，他看看天色，拔出宝剑，对众人说，"我要作法，借一夜北风，帮助城墙长起来，大家听我吩咐，赶紧准备水筲，担水上城。"

众人莫名其妙，过去都听说大贤良师能呼风唤雨、法术高强，既然他叫这样做，自然会有道理。于是挑的挑、担的担，七手八脚，凡能盛水的家什都搬到城垛上了。半夜，张角披发仗剑，步罡踏斗，念念有词，不一会儿，北风乍起，乌云南移，寒冷刺骨。张角命人往城墙上泼水，霎时结下一层冰；再泼水，又冻厚一层。就这样，冻了就泼，泼了再冻，不到天亮，广宗城墙冰冻八尺有余，超过了城外木台。

第二天，官军一早起来，发现广宗城冰甲闪闪，长高许多，急忙禀报卢植。卢植一看，目瞪口呆，连说："妖法厉害，妖法厉害！"

转眼过了新年，这天正是正月十五元宵节。张角安排好部分义军值哨，密切注意官军动向，然后和众首领登上城楼观看老乡们欢度新春玩社火。这边舞狮子，那边耍龙灯，一派欢乐气氛。可守城将士个个心情沉重。为什么？眼看立春已过，气候变暖，冰雪消融，冰冻城墙必然会矮于城外木台，怎不叫人担忧？这时，突然一支起花"嗖"一声从张角耳边擦过，把他吓了一跳。起花落在城楼上还滋滋冒火呢！张角突然大叫："烧掉它！"众人好奇地问："烧什么？"张角说："当然是城外木台了。""怎么烧？""用火箭！""什么火箭？"张角手指刚才还在燃烧的起花，说："咱就造这个！"

于是，请来会制爆竹的师傅，做了很多大号起花筒，这次不是绑在木棍上，而是捆在狼牙箭上。火箭制好，第二天正好刮起东风，张角命令火箭手，将火箭瞄准城外木台，点着火捻，射了出去。瞬时，千万支火箭飞向木台，炮筒里的硫黄、火硝引燃木柱。火借风势，风助火威，大火一下子将木台包围。

再说卢植新年过后一直不见城内动静，这天正好带着刘备、关羽、张飞三兄弟登上木台观察城内情况，谁知刚爬上木台，脚跟还没站稳，万条火龙朝这边飞来，吓得他们魂飞魄散。在台上值守的士兵见大火引燃木台，个个争先恐后跑向木梯，挤成疙瘩。卢植一时竟下不了梯子。张飞急得抡起宝剑"喊里咔嚓"砍死不少挤着下梯的士兵，急忙扶卢植、刘备、关羽下了木台。来不及下台的士兵不愿葬身火海，心中一急，跟头骨碌从台上跳下来摔死了。大火越烧越凶，卢植和刘备、关羽、张飞下木台没跑多远，只听轰隆一声巨响，木台塌架了。望着余火未尽的废台，卢植大叫一声："天灭我也！"晕了过去。

搜集整理：郝宝铭

送黄粮与抬黄杠

南和县城北,自古有两个友好村,一个叫河郭,一个叫贾宋。每年正月二十一,河郭村的人要抬黄杠到贾宋村玩社火,贾宋村的人像招待亲戚一样热情地款待他们。相传,这是东汉末年,黄巾军与官兵打仗时留下来的规矩。

张角率领黄巾军起义后,汉灵帝刘宏惊慌失措,派北中郎将卢植到冀州巨鹿镇压。这时刘备、关羽和张飞正要投靠汉王朝,半道被卢植收留,跟着官军一起去镇压黄巾军。卢植带领主力攻打广宗去了,分给关羽一部分兵卒进军南和,在城北摆开战场。

关羽兵屯县城,黄巾军部将黄龙驻扎张路村,两军相距9千米,你来我往几十次交战,关羽不但没占上风,还损兵折将,气得他脸都黑紫啦。这天,突然听探马禀报,说黄巾军的粮草快用完了,内部非常恐慌。关羽马上决定,趁夜深人静,偷袭黄巾军营寨。

夜半子时,鸡不叫,狗不咬,关羽率领官兵借着月光向张路村进发。快到张路村时,停马细听,村内静悄悄的,没有一点儿响声。关羽产生怀疑,下马察看,来到村头一望,只见粮草堆积如山。再到农户打问,农夫说,黄巾军部将黄龙,傍黑时带领部分黄巾军向南去了,也不知去干啥了。关羽听了猛吃一惊,心想,一定是黄龙故意放出风来,说是缺粮短草,军心不稳,想调虎离山引我上钩。我偏偏不中他的诡计,急忙指挥兵将拨马而回。

当他掉转马头,刚走到贾宋村边,迎面过来一队人马,带有许多辎重。见此情景,关羽不敢恋战,催马绕道就走,没走几步,探马赶来报告:"黄巾营中确是空寨,粮草都是土堆伪装,前边队伍正是送粮百姓。"关羽听了又急又气,肝火直冲脑门,可又一想,眼下正值紧要关头,决不可让黄巾军得到粮草!于是大旗一摆,下令:"驱散百姓,抢夺军粮!"随着"杀啊——冲呀——"一声声呐喊,官兵与送粮黄巾军交起手来。刀光闪闪,杀声震天,尘土飞扬。正在急战,贾宋村方向忽然黑压压冲出一群人,手拿铁棒、钢叉,直向关羽杀来。不一会儿,官兵被打得丢盔弃甲，抱头鼠窜，就连关羽的马屁股也被戳了两个窟窿。多亏马儿跑得快，不然关羽的小命也会丢在这里。

原来这些日子，黄巾军只顾打仗，没有来得及筹措粮草，营中给养剩得确实不多。为了掩饰空虚，黄龙让兵卒在村前堆起一溜土堆，草席围上，写上编码，伪装得跟露天粮垛一样。同时派人到河郭一带富庶村庄筹集军粮。河郭村老百姓听说黄巾军缺少粮食，纷纷献粮，很快收集到米粮百担。为把米粮安全送给黄巾军，百姓们与黄龙商定，这些米粮，一方面由村民抬送，另一方面由黄巾军保护迎接。所以吃罢晚饭，黄龙就带领一部分人马出发了。当运粮人员路过贾宋村边，恰巧碰上关羽，双方三下五除二干了起来。贾宋村的村民，听到官兵拦截黄巾军粮饷的消息，一齐涌出村庄，向官兵猛烈扑杀。官兵被打得哭爹叫娘，死伤百人。这一天正是正月二十一日。

打这以后，河郭和贾宋的村民成了生死患难的朋友。每年这天，河郭村的村民仿照原来给黄巾军送粮的样子备下三十二杠，表演送粮。三十二名勇士各骑一匹高头大马率三百二十名村民、兵丁，以示护送，浩浩荡荡地到贾宋村去感谢支援之恩，这就叫作"送杠"。贾宋村的人呢，也以同样多的人数迎接，叫"接杠"。两村在交接的时候，还要按照太平道规矩，举行隆重仪式。年复一年，这种活动逐渐演变成民间喜闻乐见的社火。人要化妆，马要挂彩，杠上披红挂绿装饰得五彩缤纷。加上锣鼓响器，吹吹打打，十分热闹，所有人员，按照"杠谱"要求，唱着"抬黄杠，送黄粮，送给黄巾作粮饷，黄巾吃了打豪强"的歌谣，踩着鼓点，载歌载舞。抬黄杠风俗流传至今。

原载《南和县志》

张角与广宗红庙村

东汉末年，张角在巨鹿举兵起义。旬日之间，无不响应，京师极为震惊。汉灵帝先后派中郎将卢植和董卓讨伐张角，后又派中郎将皇甫嵩发兵讨伐。张角病死，皇甫嵩与张角弟弟张梁在巨鹿作战，汉军打不过，退兵休整，并侦探情报。至夜间，汉军偷袭，双方激战到申时，黄巾军伤亡惨重，三万余人阵亡，五万余人赴漳水而死，被焚烧辎重三万余车。

皇甫嵩所率汉军得胜而骄，在该村一座古庙旁犒赏三军。据传，此时张角起义军有人会法术，剪了许多纸人、纸马，吹口气即成勇士，很快发展壮大了队伍。

当皇甫嵩在该村与将士饮酒庆贺时，黄巾军铺天盖地杀来，打得汉军措手不及，死伤不计其数。幸存者都躲进庙内或在附近隐蔽。黄巾军乘胜追击，挖出隐藏汉军，切葱剁蒜般，直杀得尸骨成山，血流成河。正当汉军陷于灭顶之灾时，突然天降大雨，纸马、纸人被冲洗殆尽。庙前一战，双方将士的鲜血喷溅在庙宇墙上，染成血红颜色。于是，后人就把庙旁的村庄叫成了"红庙"村。流传至今。

原载《广宗县志》

20. 武松怒斗苟八

《水浒传》和《金瓶梅》是由明代著名小说家施耐庵和兰陵笑笑生分别创作的两部家喻户晓的长篇历史小说。书中用栩栩如生的语言，跌宕起伏的情节，讲述了近百个英雄悲壮的故事，这些故事中有些人物的原型即取材于邢台。尤其《拳打西门庆》里的打虎英雄武松、武大郎、潘金莲等小说人物，几乎家喻户晓，妇孺皆知。但故事终归是故事，而事件真相，在清河县民间却有着完全不同的描述。

在孔宋庄，全村只有一口甜水井。别的水井，水又咸又苦不能吃，吃了还会得病死掉。

那时，庄里有个大恶霸名叫苟八，是大奸臣蔡京府上大管家的叔伯侄舅子，在庄里胡作非为，无恶不作。一天，他想把甜水井占为己有，就出了个孬点子，叫奴仆在井口安了一只铁盖子，锁上把大铁锁，派两个恶奴日夜看守。庄里住的人谁要到井上担水，必须交二百文钱，不交钱恶奴就不给开锁。庄里人家家穷得叮当响，哪会有钱买水？大伙儿都很生气。

一天，大伙儿渴极了，担水桶的、抬水罐的一齐来到甜水井台边，想抢水吃。

这时，苟八领着一群家奴，手掂棍棒，气势汹汹赶来。苟八站在井台上，脚蹬铁井盖，放开破锣嗓子大叫："吵什么？井是我家的，谁也不能白吃白喝，叫你们出几个钱买水，够占便宜了。谁再吵吵，我就打死谁！"91岁的孔老汉，气得胡子撅起一拃高，指着苟八说："你胡说八道，满嘴放炮。我老爷爷在世时领着乡亲们打的这口甜水井，还是全庄人凑的钱。那时节，苟家还没有搬来呢。甜水井咋就成了你们苟家的私井？"

苟八无言答对，气了个半死，指使恶奴，上前把孔老汉活活打死了。

乡亲们害怕苟八势力，又没有钱打官司，不得不忍气吞声，刨个坑把孔老汉埋了。

苟八霸占了甜水井，许多人家不得不到外地逃活路。这件事被武二郎知道了，气得他两眼冒火星子，心里说："狗娘养的，不治治他，乡亲们就没法儿活了。"于是暗暗打定个主意。

这天早起，苟八派去守井的恶奴睁眼一看吓了一跳，原来井口的铁盖子没了，三块千斤重的石碌呈三角形支在井口上，再也没法儿下桶汲水了。恶奴叫来苟八。苟八到井台一看，嘿，谁能有那么大力气移动石碌呢？再仔细瞧，石碌缝夹着张纸条。苟八赶紧叫管家拿出纸条，一看上面写着："霸占水井，天神不容。请来二郎，才得活命！"

苟八听后，吓得浑身哆嗦，为了保住狗命，只好硬着头皮去请武二郎。磕了九个头，作了二十七个揖，好话说了九十九，武二郎这才答应把石碌搬掉，但提出一个条件，要苟八当着众乡亲面儿磕头赔礼，并保证全庄人免费吃上甜水。为了活命，苟八只好满口答应。

等众乡亲到齐后，武二郎走出人群，奔向井台，伸起右脚，放在一只石碌上，再伸出双手分别放在另外两只石碌上，喊了声："众乡亲闪开！"说时迟，那时快，随着武二郎一声"开"，三只石碌骨碌碌滚下井台三丈多远。苟八和他的恶奴们看得心惊胆战，再也不敢刁难乡亲们了。

搜集整理：冯银章

21. 武大郎的传说

武大郎，亦名武植，明代清河县武家那人；其妻潘金莲，为黄金庄人。据明代修撰的《黄金庄潘氏家谱》记载，明初武植任山东阳谷知县，人称"清官县令"，任内，因事被乡友误会，散布流言，编排情节污蔑。后被民间艺人编成唱词四处传唱。适逢明初江苏兴化人施耐庵在钱塘做官，因不满朝政，潜心著书，听到社会上已经广为流传的武植与潘金莲的故事后，在其创作的《水浒传》中以流言中的武植为原型，创作出武大郎与潘金莲乃至武松等人物形象，后又被兰陵笑笑生移花接木，创作了《金瓶梅》。正是通过这两部不朽名著，武植、武松和潘金莲成了历史闻名的艺术典型。

武大郎，讳植，孔宋庄（今清河县武家那）人，幼年家贫，只读过两年书，十五六岁时，到王化庄一家染坊学徒，工余得闲潜心攻读，加之天资聪明，过目成诵，不出几年工夫，就把"四书五经"背得滚瓜烂熟，学成后到阳谷做了县令。武大郎娶妻潘金莲，是黄金庄的大家闺秀，不仅容貌闭月羞花，而且聪明贤惠，知书达理，并时常提醒丈夫，要为官清正，不给后世留下骂名。武大郎在阳谷为官多年，严惩不法，治河修堤，教百姓种植棉花，且爱民如子，两袖清风，深受百姓爱戴。

这年，武大郎一个发小朋友家中遭了天火，家产荡然无存，就投奔阳谷武大郎处。开始武大郎夫妇对他好吃好喝招待，日子一长，由于公务繁忙，武大郎就顾不得整天在家相陪。为此，这个朋友心想："光叫我一人住这儿，也不给钱，家中妻儿老小怎么办？想当年我待你如何？真不够朋友！"该朋友又住些时日，就找到武大郎提出要回老家去。武大郎夫妇见实在挽留不住，就送他些盘缠，让他上路了。一路上武大郎的这个朋友越想越气恼："也罢，你不仁，也别怪我无义！"于是连写带画，卖起武大郎的"臭报"来，把相貌堂堂的武大郎画成"三尺高的矬子"，把在阳谷做知县说成卖烧饼。还编歇后语"武大郎攀杠子——上下够不着""武大郎玩夜猫——什么人玩什么鸟"等等。编了这些话觉得还不解气，又在潘金莲身上打主意，硬是颠倒黑白把潘金莲说得一无是处，污言秽语不堪入耳。他走一处，贴一处，从阳谷县到清河县二三百里地，武大郎的臭名一下子传开了。当他回到家，见被天火烧毁的宅基上盖起了新瓦房，又惊又喜，问妻子才知，原来是武大郎派人送来银钱修盖的。他后悔莫及，一连扇了自己好几个耳光，二话没说照原路返回，去揭"臭报"。但为时已晚，被他编排的武大郎的糗事，早已被文人编进书里。后世不明真相，人云亦云，使武大郎、潘金莲蒙受了不白之冤。至今武家那武姓和黄金庄潘姓为之不平，对丑化他们的言行深为忌讳。前些年，武家那（原孔宋庄）来了两个"举葫芦头儿的"，一开场演猴爬竿，说："上！来个武大郎攀杠子！"话音刚落，人群里呜号一声，砖头、瓦块朝场子投去，这两个"举葫芦头儿的"又跑到黄金庄演"大闹狮子楼"，刚演到潘金莲出场，就被潘家人上台打了一顿。

关于武大郎、潘金莲其人，武家那武姓人家一直承认是他们的先祖，至今有武大郎墓在，墓前有碑；黄金庄与武家那是地挨地的邻村，武氏和潘氏世代都以老亲相论。

原载《清河县志》

22. 赵三多赴宴

赵三多（1841—1902年），字祝三、祝盛，广平府威县（今邢台市威县）沙柳寨人，自幼习练梅花拳，并成为一代宗师。同治十三年

（1873年），梨园屯民众与教民因玉皇庙地产发生纠纷，长期得不到解决。梨园屯以阎书勤为首的"十八魁"请赵三多出面相助。光绪二十三年（1897年）二月，赵三多在梨园屯集会之日组织弟子三千多人摆会亮拳，向教民示威。不久，赵三多将梅花拳改名为义和拳，并于三月再次聚众梨园屯，拆毁教堂，武装冲突中杀死教民两名。次年八月，率义和拳弟子在蒋家庄祭旗起义，拉开义和团运动帷幕。同年九月，率义和拳弟子焚毁红桃园、第三口等村教堂，准备攻打赵家庄教堂时，遭到直隶、山东两省官兵镇压而失败。随即率义和拳部分骨干北上，在运河两岸和滹沱河以北传播火种。光绪二十五年（1899年）四月，在正定大佛寺秘密召开各路义和团首领会议，发出"神助拳·义和团"揭帖，推动了义和团运动在直隶、山东、山西等地区的迅猛发展。光绪二十六年（1900年）四月，在枣强卷子镇再次掀起义和团运动高潮，并在"助清灭洋"的同时开展"均粮"斗争。是年六月，率义和团经南宫、威县攻打焚毁临清小芦教堂、红桃园教堂和小里固教堂。是年九月，义和团在威县侯家村被官军包围。突围后，转移隐蔽于广宗一带伺机再起。同年四月，景廷宾在巨鹿厦头村聚众发动龙团大起义，宣布"扫清灭洋"。赵三多传帖聚众，秘密联系义和团旧部两万余人前往巨鹿响应，在广宗县件只村血战失利，隐蔽到巨鹿县姬家屯，不久被捕，押解南宫监狱，绝食七日而亡。

清朝末年，赵三多率领义和团杀洋人、灭赃官，队伍迅速壮大。清政府看到义和团已难用武力镇压，便采取利用、收买手段对付义和团。

清光绪二十四年（1898年）秋，在山东巡抚袁世凯授意下，清政府地方官汇集中兴集（今威县干集，原属山东冠县），动员地主豪绅邀请赵三多赴宴，意在劝说他不要再与朝廷为难，也不要再与洋人对抗。一位乡绅将请帖送至赵三多家中。赵三多看后，当即答应赴宴。乡绅走后，赵三多召集义和团首领商议："我如果不去，好像咱义和团怕了他们；若应邀，我们应该怎么办？"大将姚文起站起，慷慨激昂地说："既是邀请赴宴，理当应允，但三多兄要慎重考虑，千万别上他们的当，受他们的骗！"赵三多说："姚老弟所言有理，我到那儿一定见机行事，保证做到一不受金钱利诱，二不受官职迷惑。"

第二天，赵三多腰挎虎头七星剑，身骑酱色长鬃马，直奔中兴集。还距老远，就看见中兴集村边大旗飘荡，锣鼓喧天。赵三多来到村边，跳下马，地方官员和众乡绅迎面走来，打头的是位穿黄衣、戴猪尾巴帽、胖头大耳朵的官员。赵三多判断，此人定是知府洪用舟。二人客套话过后并肩前行，众官员、乡绅紧随在后。走进宴会厅，洪用舟将赵三多让至上座，首先开口："今请赵首领来此，诸位甚为欢迎，久闻赵首领宽宏大量，智勇双全，请您来此别无他意，我只代献一点皇恩。"说着，其属下将500两白银放上桌面。接着宣读圣旨，命赵三多为廪生，随即将备好的黄马褂披在赵三多身上。最后，奉上一块上书"直良可风"的金匾。

　　足智多谋的赵三多当即料到，他们这是在用金钱、官职和虚名拉拢自己。"我才不上你们的当哩！"赵三多心里这样想，但按照传统礼仪，遇到这种场合，必须当众致谢。于是，赵三多说："白银我不用，义和团所到之处，百姓送吃、送穿，夹道欢迎；我出身贫寒，没念过书，更不能胜任廪生头衔；至于黄马褂，我穿惯了粗布衣，穿此不能领兵打仗；'直良可风'金匾我更不能要，我家住的是茅屋，进屋还需低头，不然会碰上门框。在此，我承蒙皇恩浩荡，并多谢大人美意。"这时知县何世箴插话："我马上给你修建瓦房悬挂金匾。"话音刚落，知府洪用舟面露杀机，示意众乡绅退场。赵三多见大势不好，趁众乡绅在场的机会，高声喊道："众官员、乡绅，我有要紧事，必须马上告辞！"说完，手提虎头宝剑，大步流星走出宴会厅。众官员一时目瞪口呆，不知所措。

原载《威县志》

23. 景廷宾的传说

　　景廷宾（1861—1902年），号尚卿。直隶广宗县东召村人，武举，第十一代梅花拳传人。曾被推举为广宗县联庄会总团头。光绪二十七年

（1901年），清王朝与八国联军议和，签订《辛丑条约》，指令各地分摊"教案赔款"，广宗应赔两万吊钱，知县魏祖德欲乘机自肥，所定赔额超过上述规定征收数额的两倍，景廷宾遂率联庄会团勇到广宗城外示威抗议。翌年二月，直隶总督袁世凯派兵到广宗镇压抗洋捐斗争，在东召村残杀400多名群众，激起民变。是年四月，景廷宾在巨鹿县厦头寺聚众，以"官逼民反""反清灭洋"号召起义，得到直隶、山东、河南三省二十多个州县民众响应。由于朝廷派官兵镇压，起义军主力在件只镇战役中被击溃。景廷宾冲出重围，转移成安县境，试图重整队伍继续斗争。是年六月十五日，因奸细告密，景廷宾在临漳县郭家小屯被官兵抓捕，当月二十四日被凌迟处死于威县西关刑场。

相传，一天，景廷宾在家和本村秀才刘永清等人商量壮大联庄会、抗洋差、对付官府事宜。忽然一位联庄会员提着红缨枪，大步流星进门禀报："回禀景举人，村头来了两个身穿官服的骑马人，身后还跟着十几名卒子，都带着刀枪，来到了村口，要你亲自去迎接。"

景廷宾抬起头，漫不经心地问："你们没问他们是啥人，来干啥的？"

"问来着。一个说是顺德知府如松，一个说是前任知县王宇钧，说是找景举人商谈议和事哩。"

景廷宾说："哼！黄鼠狼给鸡拜年，没安啥好心。"然后转身对刘永清说："永清，你先去给他们洗洗尘，杀杀他们的威风，再来见我。"然后凑近刘永清耳边，如此这般交代了一番。刘永清心领神会说："知道了。"转身迈开虎步，走出景家大院。

原来攻打东召村那天，清兵劫走大量财物、牲畜。这一仗清兵的头目真正领教了景廷宾的厉害。事后，清军当官的差人请来顺德知府如松和前任知县王宇钧，以找景廷宾议和为由，其实是来打探消息，摸摸景廷宾的实底，再做打算。

且说刘永清来到村口，看见知府如松，把大刀往道中央一插，拱手道："不知道知府大人驾到，有失远迎，我们联庄会团总景举人让我来为各位接风。"

如松在马上装模作样地问："你是什么人？"

"刘永清！"

刘永清是清朝最后一科秀才，也是扫清灭洋、农民起义倡导者之一，又是景廷宾的军师和助手，人送外号"刘大胆"。上次东召一战，七个骑马持刀的清兵把他包围中间，本来要捉活的，到头来却被他用大刀砍下马来，硬是突围了。在这样的猛将面前，如松等官员哪里敢摆臭架子呢？如松急忙翻身下马，拱手还礼，说："原来是刘军师，久闻大名！"

"我们景举人在家正跟部下议事，请知府大人随我暂到陋室小歇。我随后禀报景举人。"

"好，好。"如松一行跟着刘永清，穿街过巷，来到一个牲口棚院。槽头上几匹腰圆膘肥的骡马正在"嘎巴嘎巴"吃草料。如松还未弄清怎么回事，刘永清指着桌椅说："请大人在此小歇片刻。"如松一看这场合，立刻愣了，疑惑地问："刘军师，这是——"

刘永清指着一匹瘦骨嶙峋的马说："知府大人是问这匹马吗？这匹马叫瘦骨龙。东召之战，景举人杀得清兵抱头鼠窜，骑的就是这匹马。府台大人不远百里到此，我想趁此机会，让您饱饱眼福，观赏一番。"

如松这才如梦初醒，感觉刘永清是在有意耍他，脸色由青变红，由红变紫，正在想退没退的时候，瘦骨龙见到生人，突然摆头甩尾，两眼一瞪，鬃毛竖起，长啸一声，一双前蹄跃起，朝着如松扑来。那气势要不是缰绳拴着，非把这伙人踏成肉泥不可。

"啊，妈呀！"如松、王宇钧等人吓得头发参了起来，脸色蜡黄，你拥我挤，窜出马棚。

刘永清两手一拱，哈哈大笑："两位大人受惊了，这匹马性情不好，请多多担待。不如离开这马厩，到院子里稍等，我这就去禀报。"说罢走出院子。

如松、王宇钧吓得面面相觑，两颗脑袋像秋后的茄子耷拉下来。

刘永清向景廷宾汇报了马棚待客经过，景廷宾满意地说："杀了他们的威风，也该让他们看看咱的威风了。"随即传令联庄会员，手执长矛、大刀等兵器，从屋门口站到大门外。然后让刘永清传话，只准如松和王宇钧进来，其余随从留在门外等候。

刘永清像押解犯人一样，把如松、王宇钧领进来。如松看见联庄会员个个虎背熊腰，昂首挺胸，目光炯炯的样子，情不自禁地摸下脖子，暗暗叫着自己名字："如松啊如松，此地可不是顺德府大堂，说话可要有点分寸。"

如松来到门口，景廷宾起身相迎。客套话后，如松想让王宇钧先开口，哪知王宇钧心里正敲小鼓儿哩。尽管如松连连向他递眼色，王宇钧只是摇头。如松无奈，只得开口说："景兄，卑职是想……"

景廷宾见如松说话吞吞吐吐，便说："府台大人，我景某为人你是知道的，喜欢胡同里扛竹竿——直来直去。有什么话只管说吧。"

"啊，啊！"如松干咳两声，"此次卑职是奉命而来，想和景兄议和。只要景兄解散联庄会，官方愿赔偿东召村民一切损失。对景兄的抗差事，我担保概不追究……"

景廷宾胸有成竹地说："追究我倒不怕，解散联庄会也不难。要想议和，一要拨银三千两，让百姓修房盖屋；二要官方出钱在东召村修盖祠堂，起庙会，纪念死者；三要豁免全部洋差。"

"好、好，我做主把东召村的洋差全部免掉。"

"慢着！"景廷宾正言相告，"中国人不能纳洋差。既然不合理，就不能只免东召一个村的，应将全县以及府台大人所辖之地的洋差全部豁免。我景某抗差为的是贫苦百姓，不是为了一个东召村。"

"这个……"如松面露难色，他本想只要给景廷宾点甜头，不再追究他的抗差一事，事情就有望得到解决，没想到真的交涉起来，竟会这般棘手。正当他不知如何是好时，景廷宾接着说："还有一事请教府台大人，你在断案时遇到杀人——"

"偿命！"如松未加思索，脱口而出。

"对，这才叫秉公执法。请问府台大人，官兵为洋人派差，血洗东召，杀了那么多无辜百姓，难道这么多条人命不该洋人偿还吗？"

"啊，这个……"如松悔恨自己不该不假思索说出"偿命"二字。

"这个……"景廷宾学着如松腔调，站起身，运了运气，背剪双手，两脚踏着用巴砖（注：旧时农村常见的正方形砖）墁的屋地，来回踱步。如松低头一看，吓得脸儿都黄了。只见景廷宾脚踏过的巴砖，一块块成了碎瓣。景廷宾边踱步，边叹气说："可怜啊可怜，如今朝廷腐败无能，中国地面怎能容得洋人践踏？当官不为民做主，却摇着尾巴变成洋人奴才……"

"景兄，卑职是奉命行事，力不从心啊，你所提出的条件，我们只、只能带回……"

景廷宾已看出如松没有诚意，抬手把八仙桌一拍说："既然不敢做主，你来此又有何用！"随着话音，"哗啦"一声，八仙桌散了架。原来景廷宾武功超人，一怒之下，还没觉着用劲儿，八仙桌就吃不消了。

"景兄，不，景……大……人，卑职这就、就去禀报，改、改日再会。"如松两腿发抖，话不成声，拱手后退。

"好，永清，送客！"

"是！"

如松带着随从灰溜溜离开东召村，回到顺德府挨了上司一顿撸，吓破了胆，从此落下"稀屎涝"，卧床不起，医治无效，不到半年就死了。

搜集整理：常磊

24. 湡水武侠申老安

沙河市中部丘陵区有个三王村。清朝道光年间，出了位武侠申老安，与附近的白错村清朝武进士蓝翎侍卫郝上庠是同时代好友，武功高强，行侠仗义，在中太行东麓具有较大影响。

山东送磨试夫婿

这年春旱，寸草不生。尤其山东地面因发生蝗灾，更是赤地千里。

为保活命，山东灾民成群结队逃荒太行山区。

三王村北的后河湾即是山东通往太行山区的必经之路。

这天，年仅16岁的申老安在后河湾刨地，听得有人"哎呀"一声摔倒路旁，申老安扔下镢头，跑过去察看，竟是一位姑娘。

"姑娘，姑娘！"申老安朝着姑娘喊道。

姑娘蠕动下身体，气若游丝地说："大哥，救救我……"

见姑娘穿着破衣烂衫，身旁还扔着只讨饭碗，当即断定姑娘是饿昏迷了。申老安来不及多想，把姑娘往肩上一背，跌跌撞撞回到家中。经过灌米汤、喂红薯，姑娘终于睁开眼睛。申老安一看，姑娘长得真俊，细眉毛，双眼皮，高鼻梁，咕嘟嘴，天仙似的！申老安自然欢喜得不得了。

见申老安目不转睛地看她，姑娘俊俏的脸蛋微微一红，有气无力地问："这是啥地方？"

申老安说："是俺家。"

"小女子姓冯名英，家居山东，落难至此。承蒙大哥相救，日后定当涌泉相报。"言语间，姑娘往起站身，因乏力，又一头栽倒。

"冯姑娘，你想干啥？"申老安赶紧把冯英搀扶炕边，满怀关切地说。

"这位大哥，多谢救命之恩，还是让我快快离开你家吧。"冯英苦苦哀求。

"你现在就想离开俺家？"申老安略显吃惊。

冯英点了点头。

"哎呀，凭你现在这样子，咋赶得了路呀？"申老安说。

冯英用狐疑的目光瞅瞅申老安，说："大哥是个男人，我是女子，住在你家，多有不便。"

申老安这才意识到一定是刚才多看了她几眼，被冯英误认为自己是歹人了。"嗨！申老安呀申老安，你今天干了件啥事呢？难道想趁火打劫不成？不！我不是那样的人，绝对不干下贱事，绝不能再让姑娘多心了。"申老安一边暗自埋怨，一边后退几步与姑娘拉开距离，诚心诚意地说："冯姑娘，俺明白你心思了，其实俺不是你想象中的那种人。俺叫申老安，保证不会对你非礼的。要不然这样吧，这几天呢，你就放心住俺家，等啥时候康复了，随时可以离开。"

"如果这样，你住哪儿？"冯英扑闪着好看的睫毛将信将疑。

"我？晚上住邻居家呗。"说罢，申老安转身要走。

经过一番对话，冯英已经看出眼前小伙子的满腔诚意，抬头细瞧，小伙子与她年龄相仿，方脸盘，浓眉毛，膀阔腰圆，仪表堂堂。冯英对申老安顿生爱慕之意，便说："我已看出你是位好人，信得过你，不必搬别人家住了。"

"那你……"申老安问这话时，心跳得十分厉害。

"就按你说的话办，我在你家先住几天。"冯英恢复元气后，说话磊落大方。

申老安自然欢喜。

吃罢晚饭，申老安将炕头让给冯英，自己把铺盖搬到门外。冯英执意不让申老安睡门外，说："你要是不到屋子里睡觉，俺就不住你家了。"

申老安无奈，不得不把铺盖搬回屋子。是夜，两个人一个炕上，一个地面，一觉睡到天亮。如此数天，夜夜如此。冯英确信申老安是位忠厚仁义之人，对他越发敬重起来。月余，冯英康复，向申老安吐露心事，愿与他结为百年之好。申老安自然应允。但冯英同时提出，自己要先回趟山东，向父亲禀明此事，征得父亲同意后，即刻捎信过来。申老安虽然有意挽留冯英，又怕她不允，只好点头，送冯英离开三王村。

光阴荏苒，一晃就是半年。就在申老安日思夜盼心急如焚的一天，有人捎来口信，让申老安择日前去山东求婚。申老安大喜过望，问捎信人："冯英有没有说让我去时带些什么礼物？"捎信人说："冯姑娘说了，山东啥也不缺，就缺磨面用的石磨，去时带两扇磨就行了。"

申老安诚实憨厚，当即跑到黄磨山，购得两扇石磨，驮上骡背，一路向山东走去。这天，太阳落山时，申老安来到一座山前，只见峰峦巍峨，怪石叠嶂，一条小路穿峡而过。申老安问把守山关的人，方知该处地名"一线天"，峡长百余丈，峡宽仅容一个人或一头牲畜，根本无法让骡背驮着两扇石磨过去。咋办？申老安想了想，将每扇重约100斤（50公斤）的石磨取下骡背，夹在两个胳肢窝，手牵骡子，平平稳稳走到一线天尽头。岂料，冯英和她父亲冯老汉早已等候在那里。见申老安俩腋窝各夹一扇石磨，冯英忍俊不禁，"咯咯咯"地笑了，边笑边对父亲说："爹爹，我说申老安是老实人，你老人家还不相信。看看咋样，女儿说得没错吧！"

冯老汉赶紧让申老安把两扇石磨放下，哈哈大笑说："贤婿，真乃好贤婿！女儿呀，为父同意你们的婚事啦！"

贤女训夫授神功

申老安除了种庄稼，还有一个业余爱好，就是打拳练武。三王村没有好拳师，所以申老安开始学武并没有拜过师。他凭着脑瓜灵活，逢集赶会只要瞅见打拳卖艺的，就蹲在旁边观看，一看就是半天，回到家后自己揣摩演练。天长日久，竟把小红拳套路打得像模像样。与冯英结为夫妻后，申老安这个业余爱好仍未改变，稍有闲暇，便在院子里玩枪弄棒。每逢此时，冯英便站一旁观看，并不时抿嘴儿偷乐。时间久了，申老安心生疑窦："俺媳妇不会是在取笑我吧？"夜间躺进被窝，申老安问冯英，冯英仍然笑而不答。后来，村里传出流言蜚语，说申老安的老婆瞧不起申老安练武功。申老安觉得丢了面子，心里恼火。这年农历二月初二，按照当地习俗，家家户户在宅院摊大鏊子煎饼。冯英入乡随俗，也在院子里用三块砖支起铁鏊子，烧火摊绿豆小米面煎饼。像往常一样，申老安操根短棒在院子里练武，冯英又是忍不住窃笑。清朝年间，男权主义盛行，一位血气方刚的汉子，咋能忍受老婆三番五次用蔑视的神情取笑！平素对冯英百依百顺的申老安这次急眼了，不由分说抡起木棒，冲到冯英背后，瞄准媳妇脊梁捶去。说时迟，那时快，就在木棒即将落到冯英身上的一刹那，端坐铁鏊前摊煎饼的冯英将手中煎饼刀往背后轻轻一拨，嘿，申老安竟像枚羽毛似的被扔出丈余远，重重摔到街门外。申老安不由得暗叫奇怪，难道媳妇还会武功？转念又想也许是意外吧，如果我提前防备，媳妇一定不会占到便宜。为了试探冯英究竟会不会武功，申老安设下一计。

这天，冯英在院子里的水槽边浣洗衣衫。申老安扛扇磨面糊用的手拐小石磨（20余斤，即10余公斤），踩着靠房邻家梯子攀上屋顶，悄悄踏上自家屋檐，举起小石磨朝着低头浣衣的冯英砸去。看似没有任何防备的冯英在小石磨砸上头顶的瞬间，棒槌往头顶一挡，小石磨竟掉转头朝上飞来，"嗵"一声砸到申老安脚面，申老安"哎呀"一声从房顶摔了下来。说时迟，那时快，冯英挺身跃起，张开双臂，一把将申老安抱入怀中……申老安身材魁梧，自身重量200余斤（100余公斤），加上空中落体惯性，少说也有上千斤重量，但接住申老安的冯英却像没事人似的。

申老安这才明白媳妇冯英原来是位身怀绝技的奇女子。他羞惭地从媳妇怀中挣脱出来，"咕咚"跪倒在地，心甘情愿拜媳妇为师。见丈夫心悦诚服了，冯英这才把申老安挽起，一脸严肃地规劝他："夫君呀夫君，习武之人，要以武德为重，以礼待人，万万不可妄自尊大，更不能人前炫耀，还不可恃强凌弱为虎作伥，也不能为非作歹欺压良善。你真的能做得到吗？"

"能，能！我一定听夫人教诲！"申老安连连点头。冯英这才将实话告诉丈夫，她家在山东是祖传三代梅花拳世家，父亲便是名震冀、鲁、豫三省的冯神拳。同时表示，只要肯虚心学武，她一定将从父亲身上学到的梅花拳真功悉数传授给丈夫申老安。

行侠仗义走江湖

申老安得到媳妇冯英梅花拳真传后，为了百尺竿头更进一步，经常找白错村郝上庠比武练艺，相互切磋。

白错村位于三王村西南两千米处，两村之间有座青石桥。为了不受外界干扰，申老安与郝上庠比武过招的地点常选在青石桥上。说来奇怪，两个人每次在桥头比武，如果站在石桥中间，即使从日出打到日落，也难分胜负；倘若站在偏向三王村的桥东头比武，申老安每次都是赢家；

假如站在偏向白错村的桥西头比武，郝上庠回回打败申老安。

道光十一年（1831年），清朝廷在各州县张贴榜文招考天下豪杰。申老安和郝上庠做伴赴京赶考。行至涿州地面，天色渐晚，恰巧路边有家客栈。申老安和郝上庠二人在店门前的柳树上拴牢坐骑，走进客栈。店里已提前坐着一位穿丝绸裯满脸横肉的少年和一位马童，二人边喝酒边胡论乱侃吹大话。申老安和郝上庠选靠窗位置坐下，吆喝店小二端酒上菜，对饮起来。酒至半酣，又走进一位老翁和一位年轻女子。老翁手拎胡琴，弯腰驼背，面色蜡黄；女子十六七岁，身段苗条，脸蛋圆润，眉秀目朗。一看就知是卖唱父女。这时，申老安瞅见穿丝绸少年酒杯停在唇边，两只老鼠眼盯住姑娘的身子滴溜溜转个不停。申老安不由得窃笑，因事不关己，也未再理会。酒足饭饱，申老安和郝上庠上楼歇息。

时交半夜，一泡尿把申老安憋醒。他穿上衣裤走出客房，小解罢，忽闻对面客房传出"救命"的呼声。申老安系好裤带，过去看个究竟。只见昨晚遇见的卖唱老翁倒在血泊中，穿丝绸裯的少年正撕扯卖唱姑娘的衣裙。"人面兽心的无耻之徒！"申老安一个箭步冲入室内，挥拳打翻恶少。恶少见有人坏了他的好事，一骨碌爬起，大喊："马童！马童！赶快到县衙搬救兵去！"然后抱头鼠窜。申老安岂肯善罢甘休，撩开虎步追出去，一直撵到荒郊野外，逮住恶少，拳头雨点般打去，只打得恶少连连求饶："这位爷，小子是保定知府三公子，饶了我吧。我已让马童喊捕快去了。如不放我，捕快过来你就跑不掉了！"听恶少自称保定知府公子，申老安害怕万一打出人命，定会连累官司，也会耽误好友郝上庠进京比武考期。于是收回拳头，快步跑回客栈，叫上郝上庠，收拾行囊，匆匆逃离客栈。二人本打算逃离涿州城，岂料慌不择路迷失方向，跑了半天，竟又跑回原处。这时，马童带着十几名捕快从涿州城方向追杀过来。眼看难以逃脱，申老安朝郝上庠后背猛推一掌，说："此事与你无关，快快逃走赶考去吧！"

郝上庠说："我逃走，你咋办？"

申老安说："我去诱开他们，你快逃离此地，免得耽误考期！"

郝上庠也是忠义之士，看一眼申老安，说："古人都知道为朋友两肋插刀，危难关头，我岂能苟且偷生！"

"我的本领你又不是不知，岂能被他们擒获！"申老安再推郝上庠一掌。

郝上庠了解申老安武功，莫说眼前十几名县衙捕快，即使御前侍卫，也未必能打得赢申老安。让郝上庠放心不下的不是申老安逃不出魔掌，而是怕他因此失去求取功名的机会，所以坚持说："我要与你一起对付他们。我走了，你还如何赶考去呀？"

申老安怒吼："我本无意仕途。这次进京只想为你助威。既然发生此事，申某人今生今世决不再踏入官场半步！快快去吧！"说完，申老安头也不回朝着越走越近的捕快大步流星迎上去。

后来的故事，自然免不了一场血战。直到瞅着郝上庠跑得看不见了，申老安这才卖个破绽，纵身跃起丈余高，施展轻功踩着捕快们头顶"噌噌噌"逃出包围圈，隐身黎明前的夜色。

再说郝上庠离开涿州，走进京城，经过校场比武，考中辛卯恩科武举。道光十八年（1838年），再中戊戌科武进士，被道光皇帝选为御前带刀侍卫，后御赐山东曹州镇总兵。

自从那次涿州救美之后，武侠申老安浪迹江湖，终身未仕。

搜集整理：沙彤

25. 梅花拳高手申卯辰

申卯辰，清末民初沙河县丈八村（今沙河市明德村）人，袁世凯当政时担任过沙河县（今沙河市）衙巡长，武功过人，爱仗义行侠，打抱不平，在沙河一带传说颇广。

拜师学拳

中太行山东麓有一条横穿两省三县（指今沙河市、永年区和武安市）的季节河，当地人呼之为洺河。

丈八村是顺德府沙河县（今沙河市）南部的一个自然村落，南面与永年县（今永年区）境的郝家庄、通头等村相连，而永年县（今永年区）的郝家庄和通头村就位于洺河北岸。溯洺河而上，就是永年县（今永年区）邓上、邓底、辛庄等村。

清朝末年，丈八村申卯辰正值少年。这天，他撵着一群牛到洺河边放牧。时值暮秋，落英遍地。牛群在河滩草地上尽情啃食树叶和杂草。

挂在天上的太阳不知不觉偏西了。申卯辰看着天色不早，扬起牛鞭，一声吆喝，将牛群聚拢在一起，准备回村。就在这时，一只个头硕大的野狼"呜呜"低叫着从一片茂密树林中蹿出来。

申卯辰见状，吓得高声喊叫："撵狼呀——撵狼呀——"

听见申卯辰喊叫，野狼扒开牛群，调转头朝申卯辰扑来。万分危急时，河堤处有人大喝："可恶畜生，不得伤人性命！"随着喝声，一位30岁左右的壮汉三步并作两步跃到申卯辰面前，飞起一脚朝野狼踢去。野狼十分狡猾，就在壮汉踢来的一刹那，屁股一撅，调转头，闪着绿莹莹眼睛，张开血盆大口，龇着两排尖利白牙，朝壮汉反扑过来。壮汉不慌不忙，挥拳朝着野狼击去。大凡野狼，头部最为坚硬，因此，壮汉虽然一拳打中了野狼脑袋，但野狼并没有被击倒，反过来两只前爪搭上壮汉肩膀。壮汉迅疾张开五指"噌"一下卡住野狼咽喉，再猛地一旋，将野狼重重摔翻在地上。野狼仍不示弱，翻身跃起，再向壮汉扑去。壮汉瞅准野狼扑离地面的瞬间，运足力气飞起一脚，重重踢在野狼要害部位。野狼哀嚎一声，在河滩上翻了两个跟头，爬起来，夹着尾巴逃跑了。望着狼狈遁去的野狼，壮汉拍打一下刚才搏斗时沾上衣襟的沙尘，然后走到申卯辰面前，和蔼地问："小伙计，刚才没有伤着你吧？"

刚才一幕，早已让申卯辰看得目瞪口呆。这时见壮汉主动跟自己搭话,申卯辰激动地回答:"大叔,谢谢你了。今天要不是你及时出手相救,我这条小命恐怕已经没有了!"

壮汉微微一笑,说:"不用谢。这地方河宽林密,常有野兽出没,今后放牧多加小心一点喽!"

"俺记住了。但不知大叔姓啥叫啥,家住啥村?"申卯辰天真无邪地问。

"俺叫郭清源,永年县(今永年区)辛庄村的。"壮汉如实告诉申卯辰,并说,前些天他住在永年县后马营(今永年区裴家营)向一位裴姓拳师学练梅花拳,今天返回老家恰巧路过此处,遂发生了刚才的一段故事。

听壮汉郭清源说他在永年县后马营学练梅花拳,申卯辰抱拳施礼,恳求说:"郭大叔,我也想学习梅花拳,你能不能教我呀?"

郭清源沉思片刻,答复说:"想学梅花拳是件好事,但要遵守梅花拳弟子规矩,不得淫邪偷盗,不得谋反作乱,不得仗势欺人……这些规矩你能遵守吗?"

"能!我一定能!"申卯辰信心百倍地回答。

郭清源看了看站在眼前的英俊少年,满意地点了点头,说:"那好吧,等我回到永年问过师父后,再正式答复你。"语毕,郭清源撩开大步向着辛庄村方向走去。

此后的半年时间,申卯辰为了能学练梅花拳,几乎天天往辛庄村跑。经过对申卯辰心性品行的一番考验,这天,在永年县(今永年区)后马营裴老拳师首肯下,郭清源终于收申卯辰为梅花拳十六世弟子。

自此,无论寒来暑往,不避狂风雨雪,申卯辰几乎每天晚上从丈八村走到十五里开外的永年县(今永年区)辛庄村向郭清源学练梅花拳。经过刻苦练习,申卯辰终于练就一身绝妙武功,成为冀南著名的梅花拳师。

碌碡封井

话说申卯辰拜永年县(今永年区)辛庄村郭清源为师习练梅花拳,风雨无阻,苦学数年出师后,已长成膀阔腰圆、英俊魁梧的一条大汉。

这年大旱，枝叶干枯，夏秋庄稼无收。申卯辰家中断了炊。为了谋生，他邀了本村几位好友结伴做起"拉脚"（中太行东麓方言，指推车贩运）生意。他们用独轮小车到丈八村西十几里远的寨山购买石灰，推到东部平原区的永年、鸡泽、曲周一带卖掉；用卖石灰赚的钱在当地兑换成硝盐，再推回沙河丘陵或山区卖掉。如此倒腾一番，能赚到几文钱，可供养家糊口。

这天，申卯辰与伙计们各推一辆盛着石灰的独轮车去曲周县卖灰。正赶路饥渴时，抬头看见半里远处现出一片绿荫。

"是座村庄。"伙计中有人说。

申卯辰一只手推着独轮车，腾出一只手在眼上搭个凉棚，往前一望，果然有缕缕炊烟从绿荫中盘旋升起，绿荫上空飘着一团乳白色的云彩。"走，先把灰车推到这个村，歇歇脚再赶路。"申卯辰对伙伴们说。

数辆满载石灰的独轮车"吱吱呀呀"推进了这个村子。

村头墙壁上浓墨写着两个大字：曹庄。

申卯辰和众人走进曹庄，在一户人家门前停下。申卯辰让一位伙计上前敲门讨水喝。

敲了半天门，这户人家的大门才"吱呀"一声拉开。门缝里挤出一只泛着油光的脑袋，问："谁敲俺家街门呀？"

申卯辰急忙上前客气地说："掌柜的，俺们都是过路人，口渴了，想讨口水解渴。"

油光脑袋斜着眼瞅了申卯辰等人半天，阴阳怪气地说："想讨水喝？那边有井，喝去吧！"

申卯辰往旁边一看，不远处果然有眼水井。于是，申卯辰和气地对油光脑袋说："掌柜的能否借我们水桶一用？"

"俺家的水桶不外借！"说完，油光脑袋往回一缩，两扇大街门"咣当"一声闭上了。

"这是个啥玩意儿，越富越抠唆呢！"刚才敲这户街门的伙计骂了句脏话。

申卯辰心里虽然也不高兴，但他没有言语，只是不声不响地走到那眼水井边，瞅见距井口不远处放着三只碾谷用的碌碡。每只碌碡足有100多公斤重。申卯辰让伙计们帮忙将三只碌碡推到井口边。他运足力气，先将一只碌碡揽在怀中，再用两只手分开各掀起一只碌碡，再往中间一揽，三只碌碡呈三角形交叉着将井口封了个严严实实。干完这事儿，申卯辰招呼伙计们离开这户人家，到另一户穷人家喝饱了水，然后推着独轮车，离开曹庄，哼着"愣格哩格愣"小调，朝曲周县城走去。

申卯辰等人在曲周县城很快卖完石灰，兑换成硝盐。下午，他们推着盐车在返回老家途中再次路过曹庄，看见大户人家门前的吃水井旁围了不少看热闹的人。

申卯辰等人停下盐车仔细打量，原来曹庄的人围着那口井上封着的三只碌碡正议论纷纷呢。

"哎呀呀，谁能有这般大力气，一下子用三只碌碡把井口给封住了呀？"

"这三块大石头可不好分开呀，闹不好往井里掉落一只，咱村这眼水井就报废了呀！"

"那可咋弄呀？大东家，这是你家的吃水井，还是赶快花钱雇人把井口的碌碡搬走吧。"看热闹人群的目光全盯在油光脑袋身上。

油光脑袋头上直冒汗，一时也想不出好办法。于是，他就高声对看热闹的人群说："这仨碌子（碌碡）每只少说也有200来斤（100公斤），咱村哪会有人搬得动它呀？事到如今，我只好出钱了，谁要能把井口的三只碌子搬开，我情愿掏十吊现钱。谁来试试哪？"

这时，一直站在人圈外看热闹的申卯辰，慢慢挤进人群，走到井边，看了一眼封在井口的三只碌碡，又看了一眼油光脑袋，说："掌柜的，让我来试巴试巴（方言，试验）。"语毕，骑马蹲裆式往三只碌碡前一站，两脚叉开扎在地上，将一只碌碡抵在屁股后，两只手牢牢抓住胸前两只碌碡，"嘿"的一声，三只碌碡纷纷被甩离井口五尺多远。井旁瞧热闹的村民一时惊呆了。当缓过神来，大伙儿纷纷要求油光脑袋向申卯辰等人支付刚才承诺的价钱。

申卯辰见此，朗声一笑，说："各位乡亲，给钱的事儿今天就免了，日后，我等灰贩再路过贵村，万望能施舍口凉水，让我等解除一时口渴，在下也就感恩不尽了。"

直到此时，油光脑袋才明白，原来是这几个推车卖灰的汉子为报不让喝水解渴之仇而搞的恶作剧。但他心里虽然明白了这件事的原因，却没敢当面点破，而是将申卯辰等人礼让进家，好好招待了一番。

从此，曹庄村的人便与沙河县（今沙河市）丈八村申卯辰等人结交成了朋友。

双塔打擂

这天，申卯辰和一帮伙计各自推着卖灰独轮车到永年县（今永年区）双塔一带卖灰。在买主门前刚卸完灰车，就看见四五匹骏马各驮一位少年由东向西走去。其中一位十六七岁的少年骑一匹雪团似白马，一袭丝织白袍，眉清目秀，模样英俊。买灰主人告诉申卯辰说："那位骑白马的少年名叫刘达，是附近小寨刘万顷财主的三公子。刘家虽是当地有名富户，但为人和善，不仅年年出资修桥铺路，还常常周济穷人。因此，远近百姓都称刘万顷为刘大善人。"

"他们这伙人干啥去呀？"申卯辰问。

"附近双塔镇今天逢集，刘公子也许是到双塔集上玩耍去呢。"刚刚买下申卯辰石灰的买主接着告诉申卯辰，"听说最近有位黑大汉在双塔集大道中央摆下擂台，邀请过往赶集人登台打擂。如赢了，黑大汉便将行人放过去赶集。如不会武术或不敢登台打擂，就需交三文过路钱。否则，他的手下人便不放人过去。你们返回沙河时一定要绕道，千万不要从双塔集上经过。"

申卯辰听了微微一笑，说："这个黑大汉莫不是在拦路行劫吧，我偏要到双塔集上去长长见识！"说罢，招呼伙计们推着独轮车直奔双塔集而去。

双塔镇位于永年县（今永年区）广府城东北部，清朝末年，在平原区尚属于一个较大的镇子。当申卯辰一行推着独轮车刚走到双塔镇口，果然瞅见前面高搭着一个擂台。擂台底下黑压压的一片看客。再瞧台上，站着位黑脸大汉，横眉立目，双手叉腰，两条腿像两根木柱般站在擂台中间，吹胡子瞪眼吼叫："各位看客听好了，今天双塔逢集，我在这儿设下擂台。如果有人敢上台与我比武，把我打输了，我认他做干爹，且放他过去。如果打不过我，就交上几个铜钱，也可放你过去。如不交钱，我这只拳头不会认人。哈哈哈！"说完一阵狂笑。

　　黑大汉在擂台上狂喊了一阵子，见无人上台与他交锋，便挑衅地弯腰从擂台下面的看客中提溜上一个人。这个人吓得尿了一裤裆，在擂台上磕头作揖哭着哀求："黑爷爷饶了我吧，我从来没有学过拳脚，怎敢与黑爷爷打擂？放我一条性命吧。"黑大汉见状，更加狂妄，哈哈大笑一通，手一扬，把刚才抓到台上的看客掼到擂台下。就在这时，一位白袍少年从人群中"噌"地蹿上擂台，厉声喝道："休得无礼，让我与你切磋！"

　　申卯辰看时，此少年正是刚才半途见过一面的刘达。再看擂台，黑大汉斜眼瞅一下白袍少年，见他不过十六七岁的样子，身体十分柔弱，便轻蔑地一笑，说："何处来的黄毛小儿，也敢登台与黑爷比武？怕是活得不耐烦了吧！"

　　白袍少年往起一挺胸脯，说："擂台比武，不论大小。小爷行不更名坐不改姓，我姓刘，名达。请前辈先出招吧！"

　　黑大汉闻言也不谦让，后退一步，挥起双拳直冲刘达面部打来。

　　少年刘达并不怯场，在黑大汉双拳挥来的一刹那，身形一晃，轻轻躲过了黑大汉的重拳。

　　黑大汉见一招未占便宜，随即再次举拳，直捣刘达胸肋。

　　白袍少年刘达见黑大汉双拳打来，只轻轻伸出一只手揪死黑大汉手腕，借着黑大汉扑来的惯性轻轻一拽，黑大汉收脚不住，竟一头栽到擂台栏杆上，惹得台下观众一片哄笑。申卯辰也不由得为白袍少年高声喝彩。

　　黑大汉一万个没想到今天不上三个回合，竟栽到一位少年手下，顿觉丢了面子，于是从裹腿上"嗖"地拔出利刃，恶狠狠地朝着白袍少年刘达刺去。刘达与黑大汉赤手打擂，压根儿没提防黑大汉会用暗器伤人，结果被黑大汉用短刀刺伤臂膀，鲜血染红了衣袍。

站在擂台下观战的申卯辰见状，不禁怒喝一声："擂台比武，岂能用暗器伤人，我来也！"随着话音，一个箭步飞上擂台。

黑大汉正举着短刀打算向白袍少年再度刺去，见半路杀出个程咬金，情急中转身挥刀朝着申卯辰砍来。

申卯辰腾空飞脚，踢中黑大汉手腕，"当啷"一声，黑大汉手中的尖刀被踢飞，"嘣"的一声，牢牢插入横在擂台顶的木梁上。

黑大汉见状，心里先自发怵。但众目睽睽下，也不好意思服软，只好强打精神，与申卯辰对打起来。一时间，双塔集大街前的擂台上，拳来腿往，打得天昏地暗，日月无光。大约半个时辰后，黑大汉渐渐体力不支。申卯辰见状，虚摆一个招式，黑大汉误认为申卯辰露出破绽，疾步向前急攻。岂料，申卯辰刚才摆出的是梅花拳中的败式，此式是专为引诱敌人而设计的。因此，当黑大汉猛攻的一刹那，申卯辰"呼"地侧转，运足铁砂掌硬功重重击在黑大汉脖颈上。黑大汉一个狗啃屎扑倒擂台上，半天也未能再爬起来。

见一掌击倒了黑大汉，申卯辰情知闯下塌天大祸，趁着人群混乱的当儿，飞身跳下擂台，招呼同来的伙计们，推着独轮车"吱吱呱呱"地跑出了双塔集。

心慈惹祸

且说申卯辰打败黑大汉，离开双塔镇，往西刚行二三里路，走到一处小河湾时，猛听身后传来一阵嘈杂的马蹄声。循声望去，五个壮汉手持大刀直奔过来。

"哎！哪里走！"为首的骑马壮汉奔到申卯辰等人面前，厉声吆喝。

"各位壮士，咱们平日无冤近日无仇，且素不相识，光天化日之下，为何拦截我们？"申卯辰将独轮车停下，与来人讲理。

"少啰唆，我等奉黑爷密令，特意赶来取你等性命！"五个骑马人一边说话，一边挥舞大刀朝申卯辰等人杀来。

申卯辰已知来者不善，善者不来，今天要不舍命抗击，恐怕伙计们都会惨遭非命。只见他"噌噌"几下，将独轮车拆散。原来，梅花拳弟子们所用的独轮车不仅是一种运载工具，如遇战事，只需把车子拆散，其车把、车梁、车轮都会变成一件件兵器。申卯辰将兵器一一分发给伙计们，自己手中攥一只带着刀刃的车把，在空中抡得呼呼作响，与五个骑马人厮杀起来。

骑马人仗着骑在马上，不停地挥刀向申卯辰砍杀。申卯辰巧妙地利用地面优势，不消片刻挥刀将为首战马的一条马腿削断。为首的壮汉"扑通"一声栽下马来。申卯辰把带着刀刃的车把往前一挺，用刀尖抵住壮汉咽喉。

"要死还是要活？"申卯辰厉声喝问。

"好汉饶命，好汉饶命。"被刀封住咽喉的首领苦苦求饶。

"饶命可以，赶快喝叫你的人马停止杀人。"申卯辰说。

"弟兄们，别杀了，快快住手，快快住手！"为首的壮汉喊叫着，让其他几个正跃马拼杀的汉子停止了战斗。

申卯辰这才让倒在地上的壮汉站起身来。

谁知这个壮汉刚站起来不大一会儿，又"扑通"跪在地上，恳求说："在下感谢壮士的不杀之恩，但不知壮士姓啥名谁，家住何方，日后定当报答。"

申卯辰朗声说道："我非虎狼之辈，岂有不敢通报姓名之理。我本姓申，名叫卯辰，家住沙河县（沙河市）丈八村！"

听申卯辰报出姓名，为首的壮汉又在地上磕了几个响头，然后翻身上马，扬长而去。

申卯辰虽是敢作敢当的英雄好汉，但无奈双塔集上的黑大汉却是地痞无赖。不久，黑大汉以沙河县（今沙河市）丈八村申卯辰私通响马为由，将申卯辰告到官府。并在一个寒风呼啸的日子，黑大汉亲引官兵到丈八村捉拿申卯辰。多亏同村的卖灰伙计提前得知消息，传信给申卯辰。申卯辰自知无力抗衡官府，趁着月黑风高，逃出丈八村，此后一直隐居在太行山深处。

搜集整理：沙彤

26. 神医扁鹊的传说

扁鹊（前407—前310年），姬姓，秦氏，名缓，字越人，又号卢医，春秋战国时期渤海郡郑（今沧州市任丘市）人。由于医术高超，世人称其为神医，并借用上古神话中神医"扁鹊"的名号称呼他。少时拜长桑君学医，尽得其医术禁方，擅长各科。在赵时为妇科，在周时为五官科，在秦时为儿科，名冠天下。秦太医李醯术不如而嫉之，乃使人刺杀之。扁鹊奠定了中医学的切脉诊断法，开启了中医学先河。相传著有中医典籍《难经》。内丘县建有扁鹊庙。

扁鹊拜师

这天，有个年轻人来请扁鹊治病。扁鹊把脉一号，对年轻人说："你得的是头风病。药倒有，只是药引子难寻啊。"

年轻人问："是什么药引子呢？"

扁鹊说："是人脑子！"

年轻人一听说要用人脑子做药引子，吃了一惊，心想这去哪儿弄呀？只得愁眉苦脸往家走。半路，碰见个串乡的老郎中，就拦住老郎中，说了自己患的病。老郎中问他："你这头风病找人看过吗？"

年轻人说："找扁鹊看过，他说要用人脑子做药引子，我没法，只好不治了。"

老郎中摇了摇头，说："用不着找人脑子，只弄十来个旧草帽煎汤喝下就行了。只是要记住用被人戴了好多年的旧草帽才顶事。"

年轻人便按照老郎中说的话做了，真的药到病除。这天，他出门又碰见扁鹊。扁鹊见年轻人生龙活虎的，完全看不出生病的样子，就奇怪地问："你的头风病好啦？"

年轻人笑答："是啊，多亏一位老郎中给治好的。"

扁鹊忙问："吃的什么药，拿啥做的药引子？"

年轻人说："用旧草帽煎汤。"扁鹊一听，连忙问老郎中住哪里。年轻人便告诉了他。

第二天，扁鹊背个小包裹，来到老郎中家中拜师做了学徒。一学就是三年。

这天，老郎中为人治病出门了。扁鹊同师弟在家炼药。这工夫，门外来了个大肚子病人，只见他肚大如鼓，腿粗得像檩条。病人说是特地找老郎中治病来的。老郎中不在家，师弟不敢接待，叫病人改天再来。病人苦苦哀求："求求先生给俺治治吧！俺家离这儿远，来回跑一趟不容易！"这时扁鹊出来了，见病人确实病重，不可迟延，就说："我来给你治吧。你拿二两砒霜，分两次吃，保管药到病除！"病人接过药，连声道谢，走了。

病人离开后，师弟埋怨说："你不知道砒霜有毒吗？那人吃了闹出人命咋办？"

扁鹊说："这人得的是膨胀病，必须用毒攻，这叫以毒攻毒。"

师弟说："治死了，谁担当得起？"

扁鹊笑着说："不会，出了事由我担当。"

再说大肚子病人拿着药走到村外，正巧碰上老郎中回来了，忙上前向老郎中求医。老郎中一看病人，就说："你这病容易治，买二两砒霜，分两次吃。"病人听了，把手一伸，说："二两砒霜，你徒弟已拿给我了，也叫我分两次吃。"

老郎中听罢，暗暗纳闷："我这个验方除了好友护国寺道人，还有谁知道呢？我还没有传给徒弟呀！"回到家，责问两个徒弟："刚才大肚子病人的药是谁给的？"师弟指着扁鹊说："是师兄，我说那药有毒，他不听，充能哩！"扁鹊在一旁不慌不忙地答道："师傅，这病人得的是膨胀病，腹中有毒，砒霜也有毒，以毒攻毒，病人吃下肚有益无害。"

"这是谁告诉你的？"老郎中追问。

扁鹊老实回答："护国寺老道人，我在他那里学过几年。"老郎中才明白，眼前的人就是出了名的神医扁鹊，不由得上前一把抓住扁鹊的手说："哎呀呀，扁鹊哪，你已经名声远扬了，咋还到我这才疏学浅的人手下当徒弟呀，真对不起你哪！"

扁鹊说："老先生，人的才能有高有低，就是再出名的人也有所短呀。我没有的东西，可你有，我就应该向你学习。行医人和行医人都是一样的呀！"

老郎中听后感动得直掉眼泪，当即把治头风病的家传秘方告诉了扁鹊。

搜集整理：张少英

神头村的来历

神头村，位于内丘县南赛乡西南部，鹊山（太子岩）东南麓，扁鹊庙南侧。已列入中国传统村落名录。

相传，春秋战国时代的扁鹊周游四方，给人治病。这天，扁鹊路过赵国，正好遇见赵简子得了怪病，一连五天，不省人事，满朝文武，人心惶惶。这时，听说名医扁鹊到这儿行医，朝中一位大臣就把扁鹊请进宫中。

来到赵简子床前，扁鹊为赵简子号了号脉，看了看他脸色，弯下身又听了听赵简子呼吸，说："大伙儿不必惊慌，君王患的是血脉病。古时，有个小国的君王就得过这种病，一连七天七夜啥也不知道，苏醒后还对人说了许多古怪话。现在，君王得的也是这种病。大家不要给他乱吃药，过不了三天，自己就会好的！"

等了两天多，赵简子果然慢慢清醒过来，看见身边侍候他的人，神气地说："刚才我到玉皇大帝那里去了一趟，在天宫和各路神仙逛游了一番，又是跳舞，又是唱歌，可痛快了……"他这情景和扁鹊说的一模一样，大臣们就安下心来，对扁鹊更加佩服。赵简子病好以后，为报答扁鹊恩情，就把中丘蓬山一带的四万亩土地赏赐给扁鹊。从这儿以后，扁鹊就在中丘居住下来，种庄稼，采药材，给人治病。

一次，扁鹊从虢国宫前路过，见一大堆人正在埋人，扁鹊说："这个国真怪，我走过多少地方，只见过埋死人的，今天怎么埋活人呢？"

扁鹊的话让管丧事的大官听见了，就没好气地说："你是什么人？太子死了，人们心里正在难受，你却说起风凉话来？"

扁鹊一听埋的是虢国太子，赶忙赔礼说："我不知道，是我的不对。不过，太子确实没有死。你们要是不信，就把棺材盖打开，听听太子的耳朵，还有响声；再仔细看看，太子的鼻孔还在张合哩。假如你们还不信，再摸一下太子大腿根，一定还发热呢！"

管丧事的大官把扁鹊的话告诉了虢君。虢君大吃一惊，让人把棺材盖打开，先听太子耳朵，再看太子鼻孔，又摸太子大腿，真和扁鹊说的一模一样，于是问扁鹊："你怎么说得这么准，到底是怎么回事呢？"扁鹊说："太子得的这种病叫'假死病'，跟真死了一样。好的医生能治好此病，不好的医生乱治一气，就毁啦！"

扁鹊一番话，把在场的人说得心服口服。虢君赶忙让扁鹊给太子看病。

扁鹊看过太子神色，号了脉，让弟子给太子扎针，不大会儿，太子便苏醒过来。接着，扁鹊又开了药方，让太子慢慢调治。没出半月，太子的病完全好了。从此，人们都说扁鹊能把死人救活，称扁鹊为"神医"。

扁鹊给太子治好病后，太子感到在朝内没啥意思，征得虢君同意，就和扁鹊到蓬山采药，还下村给人治病。这天，走到半路，太子突然感到肚子疼得要命。扁鹊给他看了一下，说得的是"绞肠痧"，就让太子躺在一块石头上，给太子开肠破肚，用山沟里的水洗净肠子里的脏物，治好了太子的"绞肠痧"。至今，人们还把扁鹊给太子开刀的地方，叫作"洗肠沟""捞肠沟"。

扁鹊走过的地方越来越多，治好的病人越来越多，名声越来越大。这一下子可把秦国一个医官气坏了。

这个医官，平时骄傲自大，老陷害有本事的人。如今，听本国老百姓都在传扁鹊治病如何厉害，名声把他盖住了，心里很不是滋味。

这年夏天，扁鹊领着两个徒弟到秦国都城咸阳行医。那个秦国医官见时机来到，暗地在店堂收买到两个坏小子，一个是满身横肉的铜牙蝼蛄，一个是长身尖骨的七寸蝎子。

第二天，接受密令的七寸蝎子和铜牙蝼蛄打着请医旗号，来到扁鹊门前。

七寸蝎子说："扁鹊师父在家吗？"

扁鹊的徒弟赶忙走出去开门。

七寸蝎子说："俺爹俺娘都70多了，夜个（方言，指昨天）晚上突然得病，听说师父看病挺准，所以专程来请您。"

"什么村的？"

"城南三里湾。"

扁鹊光想着给人治病，哪想会有人暗害他呢？听来人说找他去治病，就对徒弟说："治病要紧，咱俩赶快去吧！"

徒弟说："师父，你已经两天两夜没合眼了，还是让我去一趟吧！"

扁鹊说："两个病人，还是咱俩一起去的好！"

说话间，扁鹊领着弟子，跟着七寸蝎子往城南走去。出了南城门，刚走近一座小桥，事先藏在暗处的铜牙蝼蛄猛地从桥洞蹿出来，拔出短剑，刺向扁鹊心窝……

神医扁鹊在秦国被暗害了。人们十分难过，特别是中丘蓬山一带的人，个个泪流满面，心里难受。为了表达对扁鹊的思念之情，大伙儿商议出一个办法，挑选几个精明能干（的）人，爬山过河，赶到秦都咸阳，设法把神医扁鹊的头取回来，埋在了蓬山脚下九龙河畔，把蓬山改名"鹊山"；在鹊山东麓盖了座扁鹊庙，立了块石碑，记录下扁鹊在世给人看病的事迹，还把每年三月初一定为祭祀扁鹊的日子。从此，焦子村、郎家庄也就合成一个村，改名"神头"村了。

搜集整理：杨文志

27. 樊腾凤的故事

樊腾凤（1601—1664年），字凌虚，顺德府唐山（今邢台市隆尧县）西良村人，为人嗜学，精通易术，不屑于科举入仕。明朝末年义兵四起，他决心闭户潜修，研究音韵学，编著《五方元音》上、下两卷，约于顺治十一年至康熙十二年（1654—1673年）间出版，多方翻印，版本众多，成为规范清代官话的工具书。现在，樊氏初版《五方元音》很难看到，常见者一为年希尧增补改定的《重校增补五方元音全书》，一为赵培梓增补改定的《剔弊广增分韵五方元音》。

樊腾凤是个好开玩笑的人。一天傍晚，他对村里的几个戏迷说："今日个（方言，指今天）顺德府唱好戏哩，咱看戏去吧。"几个戏迷摇头说："俺不去，咱这儿离顺德府百十来里地，走到那儿天就明了，还看啥戏？"樊腾凤笑嘻嘻地说："只要你们愿意，我保证让你们今日个能看上戏。"有个戏迷说："你若真有那本事，我跟你去看戏，就怕你是吹大话。"经他这么一说，戏迷们都说愿意跟樊腾凤去看戏。问他有啥办法，樊腾凤说："既然大家都愿意看戏去，那咱就去。不过有个条件，你们都得听我的。"戏迷们说："行，只要能看上戏，你说咋办俺们就咋办。"

樊腾凤搬过两条长板凳，让戏迷们坐在上面，嘱咐说："都闭上眼，没有我的话谁也不许睁眼！""听你的。"戏迷们坐在板凳上，全都闭上眼睛。樊腾凤说："都不许动，不能睁眼，咱瞧戏走了。"话刚说完，戏迷们就觉得好像在半天空驾云一样，耳旁呼呼风响。还没等弄清楚咋回事，樊腾凤说："睁开眼吧，到了！"几个戏迷睁开眼，全愣住了，傻呆呆地你看着我，我看着你。原来他们已坐在离家百十来里地的顺德府戏台下。望望戏台，瞧瞧周围人群，戏迷们都以为是在梦中，要不，咋会一眨眼就来到顺德府呢？看出大家的惊疑，樊腾凤给他们每人一巴掌，戏迷们摸着脑袋"嘿嘿"傻笑，这才相信眼下这事是事实。

台上精彩的唱腔，使戏迷们顾不得再想刚才的奥秘。当戏迷们伸长脖子，瞪着眼被台上的戏迷住时，樊腾凤悄悄回来了。

戏唱完，人们走得差不多了。几个戏迷还在左喊右找带领他们来看戏的樊腾凤呢。这时，樊腾凤正在家躺在炕上睡大觉哩，他们在顺德府怎么能找着呢？没办法，戏迷们只好扛着板凳步行往回走，等回到家时已是第二天晌午了。

几个戏迷被樊腾凤捉弄了一番，心里不服气，就商量着给他出点难题，看他怎么办。晚上，戏迷们合伙去找樊腾凤，见面就说："樊先生，明天给我帮忙做活儿吧！"樊腾凤知道他们是故意找碴儿的，但也笑嘻嘻答应了他们。戏迷们都笑了，心想：看你樊腾凤怎么办，是帮他，还是助我？

送走众人，樊腾凤关上屋门，用水和了堆泥，捏了很多泥人。捏好后，对泥人说，明天你去谁家，他去谁家。安排妥当，蒙头睡起觉来。

天刚亮，张三起床后，见樊腾凤已来到他家。张三高兴地往屋里请。樊腾凤说："别歇着了，赶紧干活儿吧！"张三却笑道："甭着急，我还得去借些家具才能做哩。"说着向外走去。其实张三并不是去借家具，而是去找李四说樊腾凤到他家干活儿的事儿了，让李四到他家去找樊腾凤，给樊腾凤出点难题。谁知，张三刚进李四家门就愣住了，因为他看见樊腾凤正在帮李四搬砖哩。张三上前抓住樊腾凤说："刚才你还到我家说帮我做活儿，咋又跑他这儿了呢？"樊腾凤只是傻干，笑而不语。

李四着急地说："你刚才说什么？樊腾凤刚在你家干活儿？别瞎说了，他在这儿干了一袋烟的工夫了，看我这墙都垒这么高了，都是樊腾凤搬的砖。"

"这怎么可能？明明他刚才到我家去了，怎么你李四家还有个樊腾凤呢？"张三不解地说。

李四知道张三是实诚人，对张三说："咱俩这就到王五家看看。"说罢拽着张三向王五家跑，来到王五家发现也有一个樊腾凤。正当他仨傻愣神时，又有两人来到这里，都说他们家也有一个樊腾凤。几个戏迷顿时傻了眼。有人建议去樊腾凤家看看，当他们推开樊腾凤家屋门时，樊腾凤躺在炕上还"呼呼"睡大觉哩。这回,人们都知道樊腾凤是个身手不凡的人了。

后来,樊腾凤的神奇传进皇上耳朵里。皇上怕樊腾凤以后成事造反,准备把他铲除掉。这天,樊腾凤被召进皇宫,皇上说:"樊腾凤,听说你本事不小,能钻进这只罐子吗?"樊腾凤望了望口小肚大的罐子,点头说:"行!"身子摇了摇钻了进去。见樊腾凤钻进了罐子,皇上马上命令护卫把罐口堵住,再让将士抡起铜锤把罐子打碎。大将举起铜锤"嘭"一声把罐子砸成一堆瓷片。皇上捋着胡子笑了,心想,樊腾凤你就是再能,这下也活不成了。谁知往地上一看,罐子虽然被砸碎了,并没有樊腾凤的踪影。皇上忙问大臣:"谁看见樊腾凤哪里去了?"

众大臣都不敢言语,只有一个奸臣巴结道:"陛下,他是钻进这罐里了,我亲眼见的。"

皇上也确实亲眼看见樊腾凤钻进了罐子,可眼下罐子碎了,人却没有踪影,于是生气地说:"你们给我喊,看他答应不。"手下大臣齐声喊:"樊腾凤,你在哪里?""哎!我在这儿,我在这儿呢……"每一块碎瓦片都在应声。皇上和大臣都吓坏了,皇上慌忙命令大将们:"快把这些瓦片捣成碎末!"大将们棍棒齐下,碎瓦片变成粉末了。皇上心想:"我再叫你,看你还能不能答应!"当皇上命手下人再喊樊腾凤时,所有粉末都应了声。这下皇上像霜打的茄子——蔫了,不由得自语道:"樊腾凤,真是仙人呀!"皇上话音刚落,梁头上跳下一个人,跪在皇上面前,口称:"谢主隆恩!"皇上一愣神,细瞧,竟是樊腾凤跪在地上谢恩。皇上奈何不了他,只好由他去了。

樊腾凤从京城回到家,心中总觉闷闷不乐,他想,当今皇上这样嫉贤妒能,要这昏君还有啥用?他就和本村的高唐、高殿及周村的小和尚等人,拥戴大干言村赵二舍当了皇帝,自封为军师。自封"皇上"的赵二舍在大干言登基坐殿时,被他哥哥赵渔砍掉人头,吓得樊腾凤等人出溜跑了。

不久,皇上得知赵二舍的军师是樊腾凤,就张贴布告捉拿樊腾凤。为了逃避清政府捉拿,樊腾凤躲进早已准备好的地窖。因为樊腾凤本来就是位秀才，躲在地窖也没啥事儿，整日不是写就是画。

到清政府换了皇上，大赦天下，不再捉拿樊腾凤时，已经过去三年了。这期间，樊腾凤在地窖编写出一本《五方元音》字典。没多久，樊腾凤病倒了。临死前，他对家人说："我死后，你们把棺材放在坟墓边儿，不要埋。等啥时见到从南边大道上有让驴骑着的戴铁帽的人过来，再将我入土埋葬。要不，咱们家后代就不出大本事人了。"

樊腾凤死后，家人按照他生前嘱咐，把他的尸体放在坟坑边儿，专门等有让驴骑着的戴铁帽的人过来。三天过去了，这天晌午，南天边飘来一朵乌云，下起瓢泼大雨，乡亲们都劝樊腾凤家人，赶快把死人埋了吧，因为都以为樊腾凤临终前说的是胡话。在众人的催促下，大家冒雨把樊腾凤埋了。就在人们往家走时，突然有人说："快看，大道上过来个啥？"人们抬头望去，都愣住了，因为真的出现了一个让驴骑着、头上戴铁帽的人。原来，这是周村一个人从内丘赶集买了头小驴驹儿，又买了口铁锅，正往隆尧周村老家赶路。半道下起大雨，毛驴驹子太小，遇上淋头雨，毛驴驹子一步也不肯往前走了。没办法，周村人只好背着小驴驹儿赶路。但又腾不出手拿集上买的铁锅，此人只好把小铁锅扣在头顶。就这样，这个赶集人就成了樊腾凤临终时说的，让驴骑着的戴铁帽的人了。

原载《隆尧县志》

28. 刘滋的传说

刘滋（1632—1697年），字霖苍，任县留垒村（今任泽区留垒村）人。顺治十八年（1661年）进士。康熙九年（1670年），出任江南绩溪县知县。后因父丧，回乡守制。三年后除服，补任苏州吴县知县。康熙二十年（1681年），因功升任刑部云南司主事，再升刑部员外郎，调任礼部主客司郎中，不久奉命提督山西学政，任山西按察司佥事。此前，曾以绩溪知县职任江宁同考官。康熙二十九年（1690年），典试云南，又提督山西学政三年。康熙三十五年（1696年）春，积劳成疾。次年，病故，享年65岁。著有《四书辨疑》。

清朝顺治十八年（1661年），刘滋上京会试，中了进士，不久，被派到江南当主考官。消息传出，江南士林议论纷纷，尤其那些文人墨客，听说刘滋不过是位进士，又是北方人，更加从心里轻慢他。

刘滋刚到江南，官吏们一面在衙前迎接，一面指着门上半副对联说："刘老爷，不知谁写了这半副对子贴到这儿来了，都怪小子一时疏忽，没有撕掉。小子这就去把它撕下。""慢！"刘滋摆手制止，走上前细瞧，只见半副对联上写着：江南地，多山多水多秀才。

刘滋看罢，心里已明白，这分明是你们几个学子串通起来刁难本官。看来我这个主考大人今天要先当一番学生了，于是吩咐左右："笔墨侍候！"一官吏立马捧上笔墨纸砚，只见刘滋将笔蘸饱，挥笔写出下联：北国景，一天一地一圣人。

字迹潇洒，对仗工整，词意也压倒上联。众人讨了个没趣，对刘滋敏捷的才思感到惊叹。

刘滋安顿好后，换上便服，带着书童，前去拜访附近住着的同科进士张生。主仆二人信步街上，只见仨人一伙五人一群指手画脚谈论着什么。刘滋上前探听，听得有人夸新来的学政大人如何才思过人，如何信手续联等等。而多数书生议论的则是："刘滋这个北方佬儿，也许一时凑巧，未必就有真才实学，这次考试不会出什么过难的题目，无非《三字经》《千字文》之类罢了。"

刘滋听后自言自语："看来这个江南学政不好当，一定要让这些持有地域偏见的儒生心服口服。"

科举第一天过去，应试秀才们见主考大人没有出题，考场正中悬挂一把剪刀、一根旧棒槌。

第二天仍然如此。

到了第三天，秀才们等不及了，几个胆子大的考生去找刘滋，打听考试出题一事。没想到刘滋漫不经心地说："题目早已出好，就放在考场上，你们答好卷子了吗？"

几个秀才赶忙返回考场，转着圈儿寻了半天，还是没有瞅见考题放在哪里。大家你瞅瞅我，我瞅瞅你，都摇头说，不晓得哪里放有考题。参加考试的秀才们不得不商量一番，决定一齐去找主考大人刘滋当面问个明白。

看见这些江南秀才走进屋子后，刘滋慢慢起身，轻描淡写地说："你们一定是来问我考题放在哪里的吧？那我就告诉你们，我今天为大家出的考题就是考场放着的那把剪刀和那根棒槌。"

听刘滋如此讲话，秀才们你看看我，我看看你，谁也猜不透是什么意思，只得请教："刘大人，学生们顽愚，难破此题，还是请大人点题，告诉答案吧。"

刘滋扫视一眼低头不语的秀才们，声音清晰地说："剪子和棒槌合在一起，意思即是'起剪（翦）破（颇）木（牧）'，乃几位古人的名字，吴起、王翦、廉颇、李牧是也。《千字文》曰：'起翦颇牧，用军最精。'我是让诸位论述一下这几位古人的用兵之道。这个题目并没有出《三字经》和《千字文》，可你们还是未能答上来。我们北方人并不比你们南方人差吧！"说罢，放声大笑。秀才们一个个羞得脸上发烧，低头不语。其中一个叫彭定俅的秀才聪明过人，是众秀才中的佼佼者，只见他跨前一步说："大人，学生有一联，至今未对出下联，恳求大人续上。"

"但讲无妨。"

"一群孤雁，平地高飞。"

好一个别扭句子，明明是一群，反说孤雁，既然平地，却又高飞。此子出语不俗，定非他人可比。刘滋沉思一下说："两条独龙，干河戏水。"

彭定俅接着说："一群孤雁，平地高飞，展翅千里远。"

刘滋不假思索接上："两条独龙，干河戏水，腾身万丈高。"

彭定俅听罢，跪地拜服，连声说："大人绝对，我等无地自容。"

刘滋上前搀扶起彭定俅说："后生可畏，前途不可限量啊！"

据说那次科举，彭定俅得了第一名。后来在刘滋教导下中了状元，官至山西提督。彭定俅不忘恩师,为官清正,执法森严,这才引出一部脍炙人口的历史巨著《彭公案》。

原载《任县志》

29. 三名侍卫闹赌场

清朝道光年间,继沙河县(今沙河市)白错村戊戌科进士郝上庠授蓝翎侍卫住进京城提辖院后,道光二十一年(1841年),窑坡村石清吉和东下河村秦虎翼同年考中辛丑恩科进士,二人授蓝翎侍卫后也居住在提辖院。

据说,提辖院不远有个赌场,开赌场的老板称"腕爷"。因赌场设在皇城根儿,一来二去,腕爷结交下许多官宦权臣,势力十分显赫。一时间,京城大小官员见到腕爷都要请安,即使个别吃了熊心豹子胆的主儿,也不敢在腕爷面前耍横。

就是这么个茬儿,竟让新授蓝翎侍卫秦虎翼撞上了。

秦虎翼长辈在老家东下河村开有煤窑,家资颇丰,自从秦虎翼钦定蓝翎侍卫住进京城后,渐渐染上赌博嗜好。这天,秦虎翼闲来无事,怀揣银票信步迈进赌场。

腕爷开的赌场好气派,屋子宽敞,摆设豪华,赌具齐全。腕爷端坐柜台,两只手各攥一对锃光发亮的乾坤球"哗嘟、哗嘟"转动,微眯双眼,悠然地欣赏赌场大厅摆放的十几张赌桌,因为这是他的摇钱树、聚宝盆,是他拥有巨大财富的金海银山。

此刻,每张赌桌旁都坐有四五个身穿长衫短褂的体面人物。各人面前有的摆着铜杆烟袋、水烟壶,有的放着飘溢出清香的上好龙井茶。这些人一边抽烟品茶,一边摆弄牌九。单看气场,这些人似乎不是在赌钱,而是在品茗弈棋……

秦虎翼过去来过这地方,与腕爷也算熟悉,所以进门后,先向腕爷打声招呼，然后逐张桌子巡视一遍，见大厅左侧有张赌桌旁只坐着三个人在垒牌。"到那儿去。"秦虎翼暗自思忖着朝那张赌桌走去。

"请坐请坐，这儿恰巧三缺一哩……"首先跟秦虎翼说话的是位脸上长满麻子的赌客。该赌客脸上的麻子十分奇特，拳头般两个圈麻子占满鼻梁两侧的面孔，每个大号麻圈中又布局规则地排列着五个梅花瓣样的小号麻子，每个梅花瓣样的小麻子片上还生长着三个黑色麻点。瞅着麻子赌客的脸，秦虎翼忍俊不禁。

"笑啥哩，兄弟？笑俺脸上长的麻子是不？俺脸上的麻子名贵着哩，这叫梅花麻，每个麻圈都是钱套子。不信，试一把看看……"麻子赌客向秦虎翼开着善意的玩笑。

"兄弟，来玩钱的吧？是，就下注子，不是待边瞅着！"麻子赌客侧面是位白净面皮长条脸赌客。他抬眼皮瞟瞟已在赌桌对面落座的秦虎翼，显得有点不耐烦，一边"哗啦、哗啦"洗牌，一边催促麻子和坐另一侧——也就是麻子对面的黑面皮赌客快报下局赌注。

秦虎翼黄毛鸭子初下水，有点不知深浅。本来应该在旁观察他们赌几局后再下注，但终究没能耐住性子，从怀中掏出一张银票放上桌面，说："我下十两！"

"十五两！"麻子赌客对面的黑面皮赌客随着秦虎翼话音也报出赌注，只不过比秦虎翼多了五两银子。

"三十两！"麻子赌客显得豪爽，出手阔绰，报的赌注比黑面皮赌客多出十五两，比秦虎翼多出二十两。

"好！好！"白净面皮长条脸赌客显然是庄家，嘴里一边说"好"，一边不停地往桌子上码牌九。片刻，白净面皮长条脸赌客"嘿嘿"干笑两声说："俺今天咋是臭手，一连输了三局。"言毕，从长袍下摸出三张银票，一张十两，一张十五两，一张三十两，分别推到秦虎翼、黑面皮赌客和麻子赌客面前。"赌场上玩钱就是玩胆，不敢下大注，咋能赢大钱呢……"麻子赌客像自语，又像说给秦虎翼听。

秦虎翼没有言语。

赌桌上一阵骰子"哗啦、哗啦"声过后，轮着黑面皮赌客坐庄了。

"我下二十两！"白净面皮长条脸赌客十分谨慎，下了个中注。

"尿包，我下三十两！"麻子赌客开玩笑似的咒骂长条脸赌客一句，又下一个大注。

"我下十两。"秦虎翼下的仍然是小注。

"啊？我咋也成了臭手？"又是一阵牌九声后，黑面皮赌客认输，从怀中掏出三张银票按各自所报注数一一兑现。

骰子在赌桌上再次响过，轮到麻子赌客坐庄了。

"我下三十两！"长条脸赌客说。

"我也下三十两！"黑面皮赌客接着说。

"我还下十两。"秦虎翼下的赌注仍然是十两。

这一局麻子赌客赢了。他将其他三位赌客各自面前的银票划拉过来，朝秦虎翼一笑，说："刚才俺说得没错吧？咱脸上的麻子就是套钱哩！"

洗牌、抛骰子，几局下来，秦虎翼暗自盘算，觉得面前三位赌客不像有诈，于是将悬着的心放下。就在这当儿，麻子赌客已将骰子扔入赌盘，骰子在赌盘内"哗啦啦"旋转数圈后停在一个点上，轮不到麻子坐庄。接下来秦虎翼扔骰子，只见那骰子抛进赌盘只旋转两三圈就停止了。一看骰子的点数，恰巧轮到秦虎翼坐庄。

"我下五十两！"黑面皮赌客第一次下了大注。

"小黑子，今天你敢下五十两，奶奶的，我就敢下一百两！"长条脸赌客言毕，从怀中掏出一张银票拍上桌面。

麻子赌客十分稳健，从怀中摸出鼓囊囊的一只钱袋子，"咚"一声掼上赌桌，瓮声瓮气地说："俺今天舍命陪君子，豁出去了，下一锭元宝！"

大家下完注，接着洗牌、摸牌、扔牌。不消片刻，秦虎翼输了，输得很惨！他不仅将费了半天劲儿赢的银子全输掉了，还倒贴一锭元宝和一百两银子。秦虎翼顿时傻了眼，先会儿离开提辖院时压根儿没有想进赌场豪赌，只不过心头闷倦，来此小小玩上一把散散心，岂料一晚上没到头，就输掉一锭元宝和一百两银子。他翻遍衣袍，身上没带那么多银票，只好将随身携带的银票全部放在赌桌上，并恳求柜台边剔牙的腕爷作保，放自己回提辖院取银票回来接着赌。

124

秦虎翼满怀着再取银票返回赌场一决雌雄的信心，刚踏进提辖院大门，便与同县同科进士同是蓝翎侍卫的石清吉撞了个满怀。

"年兄，走路着急忙慌，干啥呀？"看见秦虎翼走路慌慌张张的，石清吉便问。

"年兄，不瞒你说，我刚才下赌场，几局牌摸下来，输惨了！"秦虎翼将赌场经过一五一十向石清吉诉说一遍。

听完秦虎翼的话，石清吉猛拍一下他肩膀，说："虎翼呀虎翼，你钻了人家设的套子啦……"接着石清吉向同窗道破赌场恶人设套的伎俩。听罢石清吉的话，秦虎翼后悔不迭地问："石年兄，你看这件事如何处理才好？"

石清吉想了想，说："秦年兄，我倒有个主意，但你必须依我一件事。"

"啥事？说吧。只要年兄能帮我消解这口窝囊气，莫说依你一件事，就是百件千件我也依你……"秦虎翼表态。

"那好。我也不让你依我百件千件，只依一件即可。这就是在我帮你把输掉的银子捞回后，自此你不要再涉赌场赌钱了，要为国为民干一番事业才成呐……"

"年兄，我听你的！"秦虎翼发誓。接着石清吉向他秘传了扔骰子的诀窍。然后二人携手返回提辖院，又邀上前科进士蓝翎侍卫沙河县（今沙河市）老乡郝上庠。于是，三位提辖联袂携手走进腕爷开设在皇城根儿的赌场。

闲言少叙。当三位提辖踏进赌场时，大厅中央十几张赌桌旁的赌客鏖战正酣。大厅左角赌桌旁的麻子、黑面皮、白净面皮长条脸三位赌客正眼巴巴地盼着秦虎翼到来呢。

秦虎翼、石清吉、郝上庠三人进入大厅散开距离。石清吉假装寻找合适位子下注，郝上庠向另一赌桌走去。秦虎翼仍回原处，从怀中摸出元宝和一百两银票一一分给三位赢家。

麻子、黑面皮、白净面皮长条脸三位赌客连声不绝夸赞秦虎翼是条汉子，果然不食其言，云云。

秦虎翼不露声色重抓骰子扔入赌盘。怪哉，又是轮到秦虎翼坐庄。

"我下一百两！"

"我下二百两！"

"我下一锭元宝！"

麻子、黑面皮、白净面皮长条脸三位赌徒如法炮制，并将赌注各翻了一番。

此刻，石清吉和郝上庠装作旁观的样子与秦虎翼呈三角形分别站在麻子、黑面皮、白净面皮长条脸三位赌徒身后。

石清吉向秦虎翼递个眼色，秦虎翼会意。"嗖"的一声从怀中掏出一张一千两黄金的大额汇票，说："在三位朋友刚才下的注上，我每注再加三百两白银！"

秦虎翼声音不大，却使麻子、黑面皮、白净面皮长条脸三位赌客着实吃惊不小。但按赌场规矩，也不便明讲什么，只好小心翼翼奉陪。

"好哇，我赢……"麻子赌客的"了"字还未出口，他放在赌桌下边的另一只手早被一只铁钳般的大手牢牢攥住。麻子赌客"哎呀"大叫一声，扭头见是一副陌生面孔，正要撒泼骂娘，没提防石清吉抓着麻子赌客的手腕子"嗖"一声跃上桌面。

白净面皮长条脸赌客和黑面皮赌客见状纷纷从腰间拔出牛耳尖刀，正要跟石清吉拼命，只见郝上庠和秦虎翼抢先一步将他俩掀翻在地。一直端坐柜台后剔牙品茶观阵的腕爷，见大厅左侧出了事，双手托着四只乾坤球踱了过来。

"啥事呀？搞得鸡飞狗跳的……"腕爷说话时，两只眼珠子在石清吉和郝上庠二人身上骨碌碌转动。

"腕爷，刚才这小子赌牌耍奸！"秦虎翼与腕爷相识，抢先开口。

"你血口喷人，有什么凭据？竟敢败坏我赌场声誉，砸腕爷我的饭碗！"说这话时，腕爷面露杀机。

"腕爷，赌场规矩是公平竞技，不得耍奸。你看此人手腕上……"拎着麻子赌客站在赌桌上的石清吉说话间将麻子赌客的手腕举向空中，麻子赌客手腕上竟拴有一块磁石。石清吉又轻轻一跺脚，赌桌上的赌盘没有动，盘子中一枚骰子"嗖"地飞到石清吉另一只手上。石清吉将这枚骰子举向众多赌客，说："大家瞧瞧，这枚骰子有六个点的这面也是磁石。

大家可以评评理,像这种赌博伎俩,不是愚弄人是啥?"

见石清吉当场戳穿麻子、黑面皮、白净面皮长条脸三人骗术,腕爷也不好再说什么。当时有认识石清吉和郝上庠的主儿悄悄告诉腕爷,今天闯赌场的三位全是京城提辖院蓝翎侍卫,并且他们仨还是直隶沙河县(今沙河市)同乡呢。听如此说,腕爷方知今日遇上了硬茬儿。于是反回头劝石清吉、郝上庠、秦虎翼三位爷快快放下麻子、黑面皮、白净面皮长条脸三位赌客,并让赌输者将所输银两如数奉还秦虎翼。

据说,从此之后,秦虎翼不仅戒掉赌博恶习,还成了国家栋梁之材……

搜集整理:沙彤

30. 宋鹅池的传说

宋鹅池(约1515—1586年),名登春,字应元,号海翁,晚年更号鹅池,明代真定府冀州新河县六户村人。少年聪颖好学,喜爱作画。30岁时,妻子儿女俱丧,遂弃家远游。北出居庸,南涉扬子,西越关陕,东泊沿海,踏遍晋魏吴蜀楚,勤于吟诗撰文作画,广交文友,晚年寓居江陵天鹅池(今湖北石首天鹅洲)。宋鹅池一生诗作甚多,著有《宋布衣集》三卷,被收入《钦定四库全书》,存诗265首,文32篇。还有100多首诗作散见于历代刻抄印本和地方旧志。清康熙二十三年(1684年),时任新河县令王培,为表彰宋鹅池功名,在六户村树碑镌文,碑曰:明布衣宋鹅池先生故里。

这年青黄不接的春天,家家户户缺粮断顿,揭不开锅了!人们就到财主钱有才家借粮。可是,钱有才不但不借粮给穷人,还连打带骂把借粮的人轰出门去。

这天，宋鹅池下地干活，刚走到钱有才家门口，人们一下子围过来，让宋鹅池去找钱有才求情，想办法借点粮食。

宋鹅池说："我去试试吧，也许……"

没等宋鹅池说完，有人气愤地说："要是再不借粮，咱们就去抢！"

宋鹅池劝说："不用抢，不用抢，大家好好等着，我这就去！"说完，从一位老奶奶手中拿过一只篮子，走进钱有才家门。

见宋鹅池也来借粮，钱有才问："你家也没粮食啦？"

宋鹅池说："钱老爷，我家前天就断炊了，一粒粮食也没有哇！"

钱有才眯着眼，奸笑说："嘻嘻，你不是能写会画吗？你写呀？"

"老爷，我写个'米'字不能下锅呀！"

"那你就画呀？"

"我画张烙饼也不能充饥呀！"

"噢，所以就来求我。行喽，我借给你！"

宋鹅池躬身施礼道："多谢老爷！"

钱有才接着说："不过，你得先给我写幅字。"

宋鹅池问："写字？写什么字？"

钱有才说："中堂，给我写幅中堂！"

宋鹅池爽快地说："中堂？行喽！我这就给老爷写！"

宋鹅池在桌子上铺开纸，拿起笔，蘸饱墨，只见他顿、抬、拉、挑，飞、舞、转、扫，一会儿写好了一幅五言绝句草书。

"好，好，好字！"钱有才似懂非懂地夸赞，转而又问，"鹅池，你写的这是……"

宋鹅池放下笔，念："东家望发日，富贵盈晚秋，成群马骡跑，满囤谷米流！"

钱有才大喜道："好！好！太好啦！成群的骡马，满囤的粮食，大吉大利呀！哈哈哈！管家，贴起来！"

接着，钱有才又问："鹅池，你借多少哇？"

"钱老爷，不多不多，一篮子就行。"

"一篮子？"

"秋后，还你一口袋。"

钱有才顿失喜色，悻悻地说："不行！我家连一篮子也没有啦！"

"那就借我一碗。"

"一碗？"

"一小碗！"

"一小碗？"钱有才思忖片刻，说，"嗯，这还差不多。咱说好喽，刚才你说的，秋后还我一口袋！"

宋鹅池满口应承："行，行，一口袋，一口袋！"

管家贴好中堂，领着宋鹅池走出屋。钱有才站在屋子里欣赏中堂字，美美地念着："成群马骡跑，满囤谷米流，流……哈哈哈……"

管家找了一个带豁口的小茶碗，走进粮库，从囤尖舀了一碗谷子，递给宋鹅池。

宋鹅池端着一碗谷子，高高兴兴地走出门，来到乡亲们面前。人们一看，就借来一小碗，这够谁吃呀？于是，个个垂头丧气，就要纷纷散去。宋鹅池连忙劝阻："别走哇，大家都别走哇！"他见走在最后的是那位老奶奶，唤道："老奶奶，给您的篮子，我给您借来了，快接着，接着！"说罢，宋鹅池站在台阶上，举起小茶碗，向一侧倾斜，小茶碗豁口处就开始流出了谷子，一粒、两粒……

老奶奶赶紧拿过篮子，双手捧着，一粒粒谷子全落进篮子里，抬头向上看去，惊喜地说："谷子，谷子，全是谷子！"

宋鹅池说："不，那不是谷子，是小米、米、米……"说着，碗里流出的谷子全变成黄澄澄的小米，就像房檐流水一样，流淌不止，一会儿就流满了篮子。

乡亲们一看，一小碗谷子装满了一篮子小米，便都跑回来，有的端簸箕，有的撑口袋，站在小碗底下高高兴兴地接米。宋鹅池高举着倾斜的小碗，小豁口的米像山涧小溪，像悬崖瀑布，"哗哗"流个不止。

这时候，钱有才还在欣赏中堂，嘴里念着："满、囤、谷、米、流，哈哈哈……"笑了一阵，他又狂喜地大喊："满了，就给我流！流！流……"就这样，他念了一遍又一遍，说了一回又一回。

管家在粮库里,眼看着谷囤里的谷子一点点下沉,越来越少,不一会儿,满满一囤谷子只剩半囤了,急忙前去禀报。

正在赏诗的钱有才一听,兴致顿消,赶忙来到粮库,登上板凳,踮起脚尖,双手扒着囤檐,伸长脖子低头一看,啊,连半囤也没有了!他跳下板凳,咬牙切齿地说:"宋鹅池!你、你、你……"突然,想起那首诗,暗自思忖:"谷米流?马骡跑?跑……"渐渐悟出诗中奥妙,急忙命令管家:"赶快到马圈去,看看马,还有骡子,都拴好了没有!"管家懵懂地问:"马?骡子?"钱有才呵斥道:"还愣着干吗!快去呀!去晚了,全都跑啦!"

再看宋鹅池,还站在台子上举着小碗,小米还在不停地往下流着。乡亲们接了一簸箕又一簸箕,装了一口袋又一口袋,人们端着、扛着,欢声笑语四散走开。

钱有才跑到宋鹅池跟前,吼道:"宋鹅池,你、你还我的谷子!"

宋鹅池端着一小碗谷子,不以为然地说:"我还呀!咱不是说好了吗,我还,还你一口袋!"

钱有才说:"一口袋?一口袋不行!"

宋鹅池:"那就两口袋!借你一小碗,还你两口袋,还不行吗?"

钱有才气得不知说什么才好:"不行,你、你……"

突然,大街那头跑来十几匹骡马,有黑骡子、白骡子,有红马、黄马,有的还带着小马驹。钱有才一看,正是自家的骡马,赶紧指使管家:"截住!截住!都给我截住!"

管家和钱有才一同跑去,伸开双臂拦截。一群飞奔的骡马踢倒管家,撞翻钱有才,"咴咴咴"欢叫着,尥着蹶儿,蹦着蹄儿,一溜烟跑向村外。

搜集整理:宋增贵

31. 豫让桥的故事

豫让桥，位于邢台市北关桥北行 1.5 千米处（今泉北大街路西），该处立有石碑，上书"豫让桥"三字。原碑为清朝同治年间立。该处原有一座石板小桥，名"豫让桥"。传说是战国初期晋国义士豫让刺杀赵襄子的地方。今已无存。只留下一段悲壮的历史故事。

传说，战国初年，晋国智伯智瑶、韩康子韩虎、赵襄子赵毋恤、魏桓子魏驹几家卿大夫掌控晋国大权。后来韩虎、魏驹与赵襄子联合杀了智伯，灭掉智氏宗族，从此形成三家分晋局面。按说，智伯被杀死也就算了，但赵襄子却把智伯的头骨涂上漆做成尿盆，往头骨中撒尿进行侮辱。智伯的家臣豫让听说后气愤不过，痛哭流涕地说："我的主人死了，你还这般侮辱，我一定要为主人报仇！"

豫让先把自己打扮成囚徒，怀揣匕首，来到城里，混入赵襄子住的地方。然后装扮成掏厕所的杂役，专等赵襄子进茅坑拉屎时刺杀他。这天，赵襄子急着拉屎，刚走到茅坑前，顿觉心慌意乱，赶紧派人进茅房搜查，结果搜出了豫让。

赵襄子问："你是何人？为何身藏利器，想刺杀我吗？"

豫让毫不隐瞒，说："我叫豫让，是被你杀害的智伯的家臣，今天就是来为我主人报仇的！"

跟在赵襄子身旁的护兵齐声呐喊："杀死他！杀死他！"

赵襄子向卫兵们摆了摆手说："智瑶这人着实可怜，他死后也没有留下后代。豫让本是一名家臣，现在还想着替主人报仇，的确够得上是位义士呀！我就放了你吧！"

豫让也不道谢，扭头就走。没走出几步，赵襄子又把他叫住，问："今天我放了你，咱俩能不能化解前仇呢？"

豫让说："你放我，是你对我的私恩，我不会忘记。但为主子报仇的事儿，我也不会忘记！如果有机会，我还会杀死你！"豫让想了想，又说："我现在已被你捉住了，你要想让我不杀你，除非今天先把我杀了。"

听了豫让的话，赵襄子向他摆了摆手，说："我既然答应放你走了，还能不守信用吗？你走吧！"

豫让回到家，躺在床上翻来覆去也想不出用啥办法才能为智伯报仇。老婆见他发愁，就劝他投靠韩魏任何一家，好歹谋个差事算了，别再老想着去为死去的主子报仇了。听老婆如此劝他，豫让一跺脚离开家门。为了不让人再认出他，豫让剃掉胡须和眉毛，用火漆涂在肉皮上，像生满疥疮一样长了满身疙瘩，然后到闹市讨饭，再次寻找刺杀赵襄子的机会。

豫让离家出走后，老婆到城里四处找他。一次听到了豫让讨饭说话的声音，循声走近，辨认了半天，摇摇头走开了。老婆走后，豫让心想，我的面容虽然改变了，但声音还没有改变，这不行，我一定改变声音。他便找来几块烧红的木炭吞入咽喉。从此，声音变得嘶哑起来。

多年后的一天，赵襄子骑马来到一条静静流淌的小河边。回想起当年刺杀智伯的事儿，赵襄子无限感慨地对左右的人说："在河上建座小桥吧，我要让这座城池渐渐四通八达起来。"不久，桥建好了。赵襄子选个好天气，驾车前来观看。此时的豫让也打听出赵襄子要来看桥的消息，便怀揣匕首，装成一具死尸，直挺挺躺在桥下等着赵襄子的马车过来。

再说赵襄子坐着马车刚驶近新桥，辕马突然停住马蹄嘶鸣起来。车夫不知出了啥事，扬鞭在马屁股上狠抽了几鞭子。辕马仍然不肯迈步。随行大臣张孟谈见了，对赵襄子说："臣昔时曾闻好马不陷主人，莫非桥下藏有刺客？不如派人到桥下检查一番才是！"赵襄子派卫兵到桥下搜查。不大会儿，卫兵回来报告："桥下未发现刺客，只有一具死尸。"赵襄子说："新建成的桥，下面咋会有死尸？此人必是豫让无疑！"当即让人把"死尸"抬到桥上辨认，果然是豫让。赵襄子气得大骂："上次，我破例赦免了你，今天又来行刺于我，我岂能饶你不死。左右，把他斩了！"豫让忽然放声恸哭，泪水与血水混合着从眼眶涌流出来。见他这样，卫兵们就问他："你是不是怕死？"豫让说："我不是怕死，痛心的是我死后，再没有肯替我主人报仇的人了！"赵襄子问："那你原先曾侍候过一位姓范的人，后来姓范的被智伯灭了，你为啥不替范氏报仇，却忍辱偷生侍候智伯？如今智伯死了，你又为何一定要替他报仇呢？"

豫让回答："君臣相处之间应讲'义'字。君待臣如手足，臣即侍君似心腹；君待臣若犬马，臣必侍君若路人。先前我所侍范君仅按普通人待我，我也就按普通人侍他；但智伯不同，我跟随他数年，智伯一直按国士之礼待我，如今我就必须以国士的身份为智伯尽忠。难道我说的话不对吗？"

赵襄子沉默许久，说："我虽然非常敬重你的为人，但我不会再赦免你了！"说着解下佩剑，让豫让自刎。

豫让接剑在手，对赵襄子说："自古道'忠臣不忧身之死，明主不掩人之义'，上次你放了我，我已经十分感激了。这次我压根儿就没想活。只是杀你未能成功，我心中怨气不灭。我死前，恳求大王再恩准我一件事儿。"

赵襄子问："你还有何话要讲？"

豫让看了赵襄子一眼，说："大王能不能脱下衣袍，让我用刀砍几下，以示我报仇决心，如此，死而无憾！"

听了豫让的话，赵襄子又敬佩又感动，立即脱掉锦袍，让卫兵递给豫让。豫让把赵襄子的锦袍放在桥上，怒目圆睁，看着锦袍就像看着赵襄子一样，跳一下砍一剑，跳一下砍一剑，连砍了三剑，说："今天，我可以到九泉之下面对主公了！"说完横剑自刎，令在场的人唏嘘不已。

豫让死后，为纪念这件事，人们便把豫让自刎的这座小桥称作"豫让桥"。

搜集整理：无名氏

山水城乡篇

名山章

32. 北武当山的传说

北武当山，旧名老爷山，古称五明山、北武当、小金顶等。位于沙河市西部蝉房乡与武安市交界处，海拔 1437 米。据传，古时武当真君坐在沙河地，双脚放在武安境。宋代前，山巅建有玄帝庙，内祀真武大帝。现为河北省风景旅游名胜区。

一

很早以前，这地方有个净乐国。净乐国国王有四个太子。大太子和二太子在与邻国争夺土地的战争中相继阵亡。国王晚年只剩下三太子和四太子。三太子膀阔腰圆，威武勇猛，性情刚烈，为人仗义。四太子机智聪敏，胸藏韬略，处事稳健。两个太子在国民中都享有极高威望。

这天，三太子乘马到郊外狩猎，举头碧空如洗，白云舒卷；俯首草长莺飞，万紫千红。突然，一只野兔从山坳跑来。三太子弯弓搭箭，瞄准野兔"嗖"地一箭射去。箭落处，野兔滚几滚跌下山坡。三太子纵马朝野兔跌下的方向奔去。

"且慢，那是我的野兔！"不远处传来银铃般的断喝。

循声望去，一匹枣红马从对面山林蹿来。马背上驮着一位火球般的少女，年龄十六七岁，头上贴有金灿灿的头饰，上身披大红缎斗篷，下身穿灯笼绿绸裤，面若桃花，眼含秋波。三太子不禁暗自称奇："嘿！哪儿来一位妙龄姑娘？"

此刻，骑在马上的少女也瞅见三太子。见他身材魁伟，相貌英俊，浑身上下洋溢着咄咄逼人的青春气息，少女两只乌黑发亮的眼睛不由得看呆了。

"喂！兔子是俺射的，咋说是你的？"三太子向少女辩解。

"不必多言，下马瞅瞅便知！"说话间，少女纵身跳下马背。

"看看就看看，分明是我刚射出的竹箭。"三太子也从马背上跳下。

一对青年男女双双走进草丛，寻见了兔子。嘿！草丛中做垂死挣扎的野兔身上竟然射中两枚竹箭。

三太子一时不知说啥才好。

不等三太子说话，少女抢先把兔子和自己的竹箭捡起，挑逗地说："来呀，有本事过来抢呀！"说完，嬉笑着纵马奔去。

三太子顿时喜爱上了这位任性活泼的少女，纵马追去。眼看追上了，少女扭头朝三太子射出一箭。三太子肩膀一歪，将利箭叼在口中。就这工夫，少女"咯咯"笑着跑远了。知道追下去也追不上了，三太子轻轻叹气，低首细瞧箭杆，上面镌刻着"碧霞"两个秀丽小字。

二

自从狩猎邂逅碧霞，三太子害了相思病，一心想找机会再见碧霞一面，向姑娘倾诉衷肠。但他虽然知道姑娘芳名，却不知姑娘家住何方。如何才能见到彩云般飘逝的姑娘呢？三太子终日茶饭不思，睡眠不香，天长日久竟形销骨立。就在这时，净乐国老国王身染重病，危在旦夕。老国王害怕一旦升天，三太子与四太子会为争夺王位发动战争，从而让百姓遭殃。于是，按照先皇传下的长子承袭制规矩，论大排小，欲把王位让给三太子。三太子呢？此时正一心想着美妙的碧霞，哪有心思考虑继承王位！见三太子不愿继承王位，老国王又找四太子商量。四太子胸怀韬略，早有施展才华治理国家的志向，皆因担心越过三哥承袭王位，会让朝中大臣非议他蓄谋篡位。为此，听到父王让他承袭王位的话后，故意谦让，也说自己无意继承王位。瞧两个太子都不愿意继承王位，净乐国国王一时愁得病情加重。

三太子见父王为挑选王位继承人的事整天愁眉不展，病情加重，同时也看出四太子虽有继承王位之心却又不愿明说的心思，便心生一计，说："父王呀，你老人家因选王位继承人的事愁病了，我看俺弟兄俩反正得有一人来当国王。为了减轻父王病痛，就让俺俩抓阄儿吧。"

躺在病榻上的国王见三太子言之有理，就同意了他的建议。

当着父王面，三太子制出两只阄儿，对四太子说："弟弟，这两只阄儿，只有一只写有文字，另一只空白。谁若抓住空白阄儿，谁就是王位继承人。咱兄弟俩谁也不得反悔。你说中不中？"

四太子想，反正论资排序我也当不了国王，不如就依哥哥的话。哥哥抓住了呢，就让哥哥当国王；万一哥哥没抓住，我就有当国王的指望。想到这儿，四太子也就点头说："中！"

在国王见证下，三太子让弟弟先抓阄儿。四太子挑选了一只阄儿，展开一看空无字迹。三太子见状，当即宣布："弟弟已成了净乐国王位合法继承人，我就不再抓了。"

四太子见自己成了王位继承人，美滋滋地向父王行了跪拜大礼。国王也将传国玉玺交给了四太子。

三太子见一切安排妥帖，骑上白马，离开皇宫，云游天下，寻找心爱的碧霞姑娘去了。

等三太子离宫走远，四太子从父王手中要过刚才未曾展开的另一个纸阄儿，嘿，上面也是空无一字……

三

且说这天，三太子云游到一座山前，但见悬崖万丈，峭壁峥嵘，奇花斗艳，浓香袭人。为观景致，三太子纵身下马，挽缰步行。突然，断崖畔响起"呼呼"风啸，定睛望去，一条丈余长、碗口粗的蟒蛇吐着血红信子向这边凶猛扑来。三太子慌不择路，向旁边逃去。蟒蛇在后穷追不舍。三太子跑到断崖边，低头沟谷幽暗，云蒸霞蔚，深不可测。仰望峭壁峥嵘，刀劈斧削，光滑难攀。生死关头，三太子从崖畔拔掉一根胳膊般粗的苦莲树，骑马蹲裆准备迎战。

蟒蛇气焰嚣张，摆动蛇头，瞪圆双眼，蛇信子在嘴边翻卷伸缩，蟒身猛地一跃，丈余长的蟒身死死缠住三太子躯体。三太子临危不惧，挥起尚未被蟒蛇缠缚的双手与它展开生死搏斗。激战数个回合，三太子瞅准空子，抓住蟒蛇七寸，拼命攥紧。蟒蛇被卡得喘不过气来，渐渐放松蟒身。三太子仍不甘休，用脚踩住蟒尾，双手卡紧蟒喉，正欲撕成两截。

山上突然传来"哈哈"笑声:"真乃英武之士,快快手下留情!"循声望去,一位鹤发童颜的道长身穿八卦袍,手握拂尘,挺立山巅向这边喊话。

三太子有点不情愿地说:"蟒蛇这厮好生可恶,几乎害我性命,道长为何劝我放它生路?"

道长飘然来到三太子面前,一挥拂尘,说:"此蟒乃贫道观中豢养之物,怪我一时疏忽,还望壮士放归山林。"

见道长态度恳切,三太子松开双手。被三太子攥得喘不过气来的蟒蛇见有了逃生机会,"哧溜溜"蹿进灌木丛中。

望着放跑蟒蛇的三太子,道长自我介绍:"贫道号紫微真人,意欲收尔为徒,不知意下如何?"

三太子自从离开净乐国,四处云游半年多了还未曾寻见碧霞,眼下正愁无处可去,听道长这么一说,自然欢喜,跪拜在地,口称:"师父在上,请受徒儿一拜!"

紫微道长微微一笑,挽起三太子,说:"贫道观你战蛇,胸中自藏勇武敢当之气,故赐尔道号武当。"

三太子倒身再拜,说:"从今往后,弟子道号即称武当是也!"

紫微道长撩开衣袍,从腰间摘下一把宝剑,赠予武当,说:"此乃淬火三年精炼而成的神剑。今赠徒儿,望能认真习武,精练剑术,以圆道果。"

从此,武当便在山上向紫微道人学习剑术。不知不觉三载有余。这天,紫微道人对武当说:"徒儿,你的剑术已炉火纯青,今日该下山传道去了。"

听师父如此交代,武当再次跪拜,说:"师父,徒儿在此学剑虽过三年,但剑术与师父相比仍然九牛不及一毛,师父还是不要让徒儿下山为好。"

紫微道长将武当挽起,语重心长地说:"观此世上,哪有不离开师父的徒弟呢?徒儿今日下山,云游四海,弘扬善道,拯救苍生,此乃学道之本意呀。"

武当不敢违抗师命,辞别紫微道长,腰悬宝剑,跨上白马,恋恋不舍地下山去了。

四

这日,武当来到小西天(今奶奶顶),只见丹崖耸立,祥云缭绕,泉鸣幽谷,鸟戏绿林,一处天然修行所在。武当欲在此结观建庐,便将宝剑插上峰巅做下标记,然后下山募化建观资财去了。岂料武当前脚刚走,后脚便有一位道姑云游至此。该道姑不是别人,正是武当久寻未遇的泰山大员外石守道之女碧霞。碧霞性情豪爽,说话办事不让须眉。父亲见管束不了野性十足的女儿,就把她送到清虚道长门下。碧霞在清虚道长门下学道三年,也开始云游天下参道访友,这才来到小西天。见此山光秀丽,景色诱人,碧霞也萌生结庵念头,却瞅见山峰已插有一支宝剑。

"是谁在此插的剑呢?"碧霞低头细察,剑柄刻有"武当"二字。"管它是谁的宝剑,仙姑既想在此结庵,岂容他人侵占!"这样想着,动手拔剑,连拔两次也未能将剑拔出。碧霞既是清虚道长门徒,岂有不通玄法之理!只见她调皮一笑,将脚上一只绣花鞋脱下放在剑旁,念声:"疾!"说时迟,那时快,刚才还岿然不动的宝剑"噌"地飞了起来。碧霞灿烂一笑,说:"让我把鞋子埋于剑下,看插剑人返回,有何话可讲!"语毕,将绣花鞋穿上剑尖,仍将宝剑插回原处。

数日,武当骑马兴冲冲地返回小西天,寻见插在岩石上的宝剑,正欲拔出,耳畔传来碧霞姑娘怒喝:"大胆道士,竟敢随意翻动仙姑灵物!"

时隔三年,武当一时没能认出碧霞,不假思索地说:"这是我的宝剑,拔它碍你何事?"

碧霞斜睨武当一眼,厉声喝问:"你的宝剑?为何插在此处?"

见姑娘蛮不讲理,武当有点生气,问:"你是何人?为何用这般口气讲话?"

就在说话的当儿,碧霞已认出面前英俊男子就是三年前与她同射一只兔子的人。碧霞"咯咯"乐了,说:"我认出来了,你就是三年前跟我抢兔子的人。但我一直不知道你叫啥名字呢。"

武当也认出道姑正是他三年前邂逅并让他害过相思病的姑娘。但此时的武当既已皈依道门,心中早已抛弃了儿女情长。面对碧霞,武当老实说："俺叫武当，如今是紫微真人门下弟子。"

碧霞说："噢，原来是紫微师伯门徒。俺现在是清虚道长弟子。按辈分，该称你道兄了。武当道兄，不知你咋来到此地？"

武当便将当年如何为了寻她抛弃王位、如何战蛇巧遇紫微真人、又如何来到小西天选址打算建观等等，一股脑讲了一遍。直听得碧霞唏嘘不止。但此时的碧霞也已修成道果，儿女情长在她心中同样荡然无存，有的只是忘却性别后融入大自然闲云野鹤般的情怀。

听罢武当讲述，碧霞淡然一笑，说："实不相瞒，是小妹先选中的这座仙山。既然道兄想占，小妹理当退出。"

武当说："的确是为兄先选中此山的，现有宝剑为证！"

碧霞浅浅一笑，说："请道兄拔出宝剑，一瞅便知。"

武当上前将插进岩石的宝剑拔出，剑尖果真挑着一只女人的绣花鞋。

武当虽然知道碧霞暗中做了手脚，仍然大度地一笑，说："既是仙姑先占此山，道兄去也！"语毕，将宝剑用力抛出，一道白光向南飞去。武当跃马朝着宝剑飞去的方向追去。

且说被武当抛出的宝剑闪着白光向南疾飞，飞到小西天（今奶奶顶）南边十几里外的另一座山峰前时，牢牢插上一面峭壁。武当骑马撵着飞剑追到山前，将马拴在一座耸入云端的石柱上，在此建成一座道观。从此，武当修道的这座山峰便被称作"北武当山"。武当拴马的石柱被唤作"拴马桩"。

再说碧霞，自从占下小西天，越想越觉得自己做得不对，没有道兄心胸宽广，为此常怀内疚。选个风清气爽的日子，碧霞驾辇赶到北武当山，向武当道兄赔礼道歉。武当宽宏大量，不仅原谅了碧霞，还与碧霞结成志同道合的千年道友。

据民间传说，武当、碧霞两位神仙由于经常在一起切磋玄理，你来我往，日久天长，竟在北武当山与奶奶顶之间轧出一条两米宽的车辙印。时至今天，凡到北武当山和奶奶顶游览观光的驴友，仍可寻见当年两位神仙交往的仙迹，如拴马桩、插剑岩、滴水崖、磨针沟等。

搜集整理：沙彤

33. 天台山五谷仓的传说

天台山，位于临城县中部西竖乡境内，西端与赞皇县交界。因山林挺拔参天，顶平如台而得名。该山质地为震旦系石英砂岩，夹有页岩等。山势峻峭，翠柏成林，风景秀丽。天台山卧佛为临城古八景之一。主峰海拔599米。1990年开发为旅游景区。天台山五谷仓，像五只荆条编织的大粮囤。传说这是当年轩辕黄帝和蚩尤作战时的军粮库。那五只荆囤，一囤盛的是小麦，一囤盛的是小米，一囤盛的是黍稷，一囤盛的是稻谷，一囤盛的是杂豆，所以统称"五谷仓"。

相传，轩辕黄帝同蚩尤大战，发明了指南车，破了蚩尤迷雾阵，很快取得胜利。军粮一点儿也没用，仍旧存放在天台山中。黄帝派了五个金甲力士日夜守护，严防盗贼抢劫。

也不知过了几朝几代，天台山下一座村庄有个财主名叫贪无厌，家财万贯，仍不知足。他把天台山区的山林土地统统霸占为己有，连轩辕黄帝那五大囤军粮也说成是自家的。远近村庄百姓田无一垄，只好给财主当佃户。

佃户中有个小伙子叫忠良，长得五大三粗，身强力壮，俊眉俏眼，聪明伶俐，并且心眼好，忠厚善良，就因为家贫如洗，28岁了还没娶上媳妇。忠良老母在堂，年过古稀。母子俩租种贪财主三亩薄田，每年秋后交完租子，家中空缸碰空瓮，糠糠菜菜度营生！一年大旱，碌碡不翻身，交不起租子，贪财主把忠良抓去放牛。忠良赶着牛群天天到天台山去放，他围着五谷仓转圈儿，牛吃着鲜草，忠良就爬到树上采摘野果，赖的自己吃了，好的装在衣袋带回家给老母亲吃。

冬天到了，山草干了，树叶落了，野果找不见了，忠良心里好着急呀！肚子饿得咕咕叫，他却不觉得，心里只想着家里老母亲还饿着呢，采不来野果，拿啥让老人家充饥呀！忠良越想越难过，坐在五谷仓根的一块大石头上"呜呜咽咽"地哭起来。他一边哭一边叨念:"娘啊,您老人家一定饿了吧?一定在等着孩儿摘野果吧?可我采不着呀!这可咋办呀……"忠良哭得昏迷了过去。

迷迷糊糊中听见有人轻轻呼喊:"忠良醒来!忠良醒来!"忠良睁开眼,四下看看,没一个人影,只见五谷仓的仓眼开了,碗口大一个口子"突突"往外直冒米,眨眼工夫,黄黄的小米流出一大堆。忠良一见,好高兴哟:"哈哈!这下可不缺俺娘的饭了!"可惜没带个布袋来,拿啥盛呢?忠良搓着两手想办法,想呀想呀,想出来了,他把套裤脱下,撅根葛条扎住裤脚,装了两裤腿米。可那米还是"突突"往外冒个不停。咋办呢?要是流到山沟不就糟蹋了吗?好好的粮食怎能糟蹋了呢?得想个法子把仓眼堵住呀!用啥堵呢?忠良找了块不大不小的枕头形石头,塞进仓眼,又用铁锹铲了两锹稀牛粪,将仓眼糊了个严实。然后扛起两裤腿小米,赶着牛群高高兴兴地回家了。

忠良回到家,忠良娘吃惊地问:"哎呀,我的儿,你从哪儿弄到这么多米来?"忠良一五一十地把事情经过对娘说了。娘合手念道:"阿弥陀佛,这是神仙可怜咱穷人,救咱不死啊!"

忠良点火做饭,熬了碗金黄金黄的小米饭,正要双手捧给娘吃,不料贪财主带着管家闯进门来。贪财主长袍马褂、顶子帽儿,葫芦形脸上一张血盆大嘴几乎占去一半儿,八字胡子一撅一撅,绿豆眼睛一斜一斜,看见忠良碗里的黄米饭,顿时阴沉了脸:"穷鬼,哪儿来的米?是偷我家的吧?"

"我哪儿是偷你家的,我是从天台山弄来的!"忠良分辩道。

"天台山上哪儿有米呀?"

"是从五谷仓流出来的呀!"

"啥?竟有这种事儿?"

"真的,谁还哄你!"忠良把采不到野果、如何发愁啼哭、五谷仓如何开口流米又如何堵糊仓眼的事儿,学说了一遍。贪财主听了又惊又喜:"噢——是真的!是真的!那好啊,咱到山上运米去!"贪财主随即又板起面孔说:"我说你是偷的我的,还是偷的我的!因为天台山属于我,五谷仓也属于我嘛！"说罢，吩咐管家将忠良裤腿里装的米扛走了。

贪财主回府套了三辆马车，叫忠良头前带路，吆吆喝喝前往五谷仓运米去了。到了山上，只见五谷仓根到处都是稀牛粪，山坡上也遍地是稀牛粪，山沟也灌满稀牛粪，怎么找也找不见那塞仓眼的枕头形石头了。找了半天找不见，贪财主仍不死心，仍旧按着忠良指点的地方找呀找，找呀找，一不小心，跌下灌满稀牛粪的山谷。

贪财主在稀牛粪中手脚挣扎，蹬弹着"哇啦哇啦"惊叫。那些管家、赶车的站在沟岸"哇呀哇呀"喊着，一个个搓着双手，跺着脚，可谁也不想去救贪财主。贪财主越陷越深，最后连那圆葫芦脑瓜也看不见了，只是偶尔从陷下去的地方"咕噜咕噜"冒气泡儿，再后来连气泡儿也不冒了。

搜集搜理：庞清漳

34. 莲花峰的来历

莲花峰，即内丘县蓬山之主峰。在内丘县城西偏北7.5千米处，上有白云洞。《山海经》云："山形如蓬，故名蓬。"旧志载："其山形盘旋交杂，外圆中虚，山巅有窍大如盘，朝瞰出，云气为城市楼阁，或与唐山相连四十余里，如长虹，然，日出乃解。"也有称蓬山为鹊山、蓬鹊山的。

据说很早以前，有一位名医叫扁鹊。自从救活晋国赵简子后，名声越来越大。后来赵简子为报答扁鹊救命之恩，在蓬山一带赐封四万亩良田给扁鹊。从此，扁鹊就在封地居住，种庄稼，种草药，为人治病。

一年夏天，扁鹊带着徒弟子阳、子豹上山采药。究竟走过几道岭，翻过几架山，也记不清了。天已正午，日头挺毒，火辣辣的，没有一丝风，师徒三人口干舌燥，就找水喝，可是这一带没有山泉，真是个鬼地方。三人口渴得实在顶不住了，俩徒弟一屁股坐在石头上喘粗气，扁鹊摘下草帽扇着风，也没法儿……

突然，一股清风从西北刮来，凉爽了许多，不到吸袋烟的工夫，山路旁低洼处，突然雾气腾腾出现一泓清澈见底的山泉，里面还长了一棵亭亭玉立的莲花，鲜艳夺目。看到这一奇景，扁鹊师徒又惊又喜，没顾上多想，跑过去"咕咚、咕咚"喝了起来。几口水下肚，汗一下子没了，顿觉凉爽了许多，精神头也足了，异口同声地说："老天有眼，真是神水啊！"

顷刻间，一股白气腾起，水池里鲜艳的莲花不见了，竟有一位妙龄少女立在面前，俊眉俏眼，聪明伶俐，上前向扁鹊施了个礼，开口道："我叫莲花，是西王母的外甥女，以前您曾救过我母亲，让我双目失明的母亲重见天日。现在母亲年迈，在菩萨岭看见你们师徒遇难，特派小女前来搭救，以报厚恩！"

俩徒弟被闹蒙了，你看看我，我看看你，谁也不敢相信自己的眼睛。扁鹊心中有数，稍一回想，噢，确有此事，于是，几个人攀谈起来……小女莲花不住地夸扁鹊是神医。扁鹊笑着说："没想到还会遇见你来解难。"莲花姑娘害羞地低下头说："我是按老母亲吩咐做的，但还有一事，就是应母亲之托，做您的干女儿，伺候您一辈子，来报答救母之恩！"扁鹊高高兴兴地认下了这个干女儿。

从此，莲花姑娘就跟随扁鹊到处行医采药，伴随在扁鹊左右。后来，扁鹊在秦国咸阳不幸遇害，是莲花姑娘把消息传给这一带的人。人们千里迢迢跑到咸阳，将扁鹊的头偷偷抱回，葬于蓬山脚下。莲花姑娘在扁鹊墓前哭得天昏地暗，不知哭到啥时辰，泪都哭干了，再回天上也不可能了，但她不愿享人间香火，在墓前磕了三个响头，一句话没说，化作一股青烟，飞向蓬山。不一会儿，这座山上突起一座很高很高的山峰，远远望去像一朵含苞欲放的莲花，与扁鹊墓遥遥相对。

这时，人们才知道那个姑娘原来是位仙女，一齐跪下磕头。从那以后，莲花峰的故事就传开了。

搜集整理：贾成惠

35.九龙沟的传说

沙河市九龙沟元代已建有庙宇。明清皇帝亲临祈雨祭祀并多次敕封修缮。九龙沟两侧的陈硇、彭硇因居赫山双顶，被皇帝封为"天乙""太乙"。现存庙殿庙宇巍峨，规模宏大，造型别致。九龙沟风景名胜颇多，被誉为冀南旅游奇观。2009年，依存在九龙沟的沙河九龙祭祀仪式被公布为河北省重点非物质文化遗产保护项目。2023年，沙河市列入国家传统村落集中连片保护示范县（市）。其中环绕九龙沟的彭硇、陈硇、杜硇、马峪、杏花庄、安河等均列入中国传统村落名录。

据传，元朝延祐年间，陕西汉中府小侣村有位叫杨九思的举子进京赶考落榜，无意回家，携带盘缠转道邯郸游玩散心后，打算再到沙河县（今沙河市）宋璟墓等名胜处赏玩。是时，正值盛夏，酷暑熏蒸，烈日暴晒。杨九思头挽书生髻，肩背书卷囊，迈出邯郸地界，浑身冒汗，口渴难忍。恰逢此刻，一位白发苍苍腰弯背驼的老妪，挑着两桶水从面前经过。杨九思仔细看时，老妪挑的两只水桶口沿上各蒙一方白布。杨九思向老妪作揖，求饮凉水解暑。老妪听后，神色先是一怔，看清面前是位书生后，轻轻叹口气，将水筲放下，撩开桶口白布，舀出一瓢凉水，又神色惊慌地四处瞅瞅，确认再无他人时，这才将水瓢递给杨九思，急急地说："赶快喝下，千万不可让人瞧见……"听了老妪的话，杨九思感到十分诧异，"咕咚、咕咚"喝下凉水后，问："这位老妈妈，小生刚才只不过求瓢凉水解暑，您老人家为何神色恐慌，又言害怕别人瞧见呢？"

老妪见问，重重叹口气说："客官有所不知，并不是老身吝啬得连瓢凉水也不愿送客官解暑。老身实有难言之隐呀。多年前，老身还是位姑娘，三媒六证嫁到附近村。谁知在俺身怀六甲那年，丈夫染瘟疫死去。冬天，俺生下一个暮生子。从此，立志守寡。为了养活儿子，俺臂挎竹篮，走村串户，沿街乞讨。就这样一直将儿子养大到十五岁。为了给儿子娶媳妇，俺自卖自身到财主家为奴，苦挣苦熬三年，用辛苦换来的血汗钱为儿子娶了媳妇。谁知，娶进门的是位刁妇。过门后，对俺恶言恶语打骂相加。更难以忍受的是儿媳妇洗澡冲凉用水，也吩咐俺到三里外的井台上挑，呵斥俺说，挑水要挑干净水，半途不许陌生人饮用。并吩咐俺在两只水筲上各蒙一块布头，免得咳嗽时前面筲中溅进唾沫，放屁时崩进后面筲中屁味……唉！老身今年七十岁了，这辈子活得苦哇……"老妪说着号啕大哭。

听罢老妪的话，杨九思不由得心中大怒，仰天发誓："苍天在上，我杨九思若能化作神龙，必先抓了这位不贤不孝之妇！"

送走老妪，杨九思继续赶路，老妪的不幸身世和非人遭遇，让他心中愤懑。走到沙河县（今沙河市）褡裢店村南，杨九思突然胸闷气短，眼冒金星，"扑通"摔倒路旁。与此同时，晴朗天空乍起乌云，一道闪电划过，暴雨"哗啦啦"倾泻下来。雷鸣电闪中，杨九思霎时幻化成一条黑龙，腾空而起，飞到老妪家中抓起刁妇向西飞去。

黑龙抓着刁妇，鲜血不停地滴在地上。于是，自褡裢店村南西行，经南掌村南至永年县（今永年区）邓上村北之间，杏花庄村西至九龙沟一带的黄土地上呈现一条十几丈阔的红土断层，当地百姓称其"红土路沟"。

再说大雨过后，赫山一带村民上山时，瞧见山坡上躺着一具无头女尸。不久又发现赫山峡谷峭壁上悬挂一颗妇人头颅。于是，人们就在赫山下的山沟中建起一座龙王庙，在褡裢店村南也建起一座龙王庙。因传说中的黑龙为杨九思幻化，所以人们便将建在峡谷的龙王庙唤作"九龙庙"，该峡谷自然也就称"九龙沟"了。

搜集整理：沙彤

36. 宣务山的故事

宣务山位于隆尧县城西北约 6 千米处，其北峰称宣务山，南峰称尧山。整条山脉呈西南至东北走向，最高峰海拔 156.9 米，东西长 1500 米，面积 4.2 平方千米，相传为唐帝尧始封之地。山顶原有魏武定三年（545 年）彭乐碑记载：惟兹宣务，陶唐采封。

传说老辈子时，隆尧县山口镇没有山，这一带年年春旱秋涝，老百姓吃不饱，穿不暖，穷人到处逃荒要饭。

山口村有个叫宣务的穷孩子，听人说太行深山有位老道人熟读易经玄学、精通天文地理，宣务下决心寻访这位高人，请他指点如何能让家乡脱离灾难，家家过上好日子。

宣务带上娘为他蒸的十斤面窝窝头上路了，爬过九十九座山，踏过九十九条河，问了一百单八个人，终于在太行深山一座茅屋里拜见了这位白发白须的道人。宣务刚要向老道人说明来意，老道人摆手说："孩子，你的来意我早已知道了，你千山万水找我，是想让乡亲们过上好日子。可是为了乡亲们过上好日子，你肯不肯冒着生命危险去做一件事呢？"

宣务回答："我肯！为了乡亲们过上好日子，死也心甘情愿！"

老道人说："好！盘古开天辟地时，本来要在你家乡凸出一座山的，因为有个地妖偷走一块金石头藏在黑水洞，所以那座山至今还被压在地底长不出来。你如果有本领到黑水洞夺回金石头，地底的山就能冒出来，有了山，就会变成交通要道，路通了，乡亲们就能过好日子了。"

宣务说："请师父告诉我怎样才能杀死地妖，夺到金石头。"

老道人说："这就要看你的智慧了。"说完闭上双目不再讲话。宣务只好拜别老道人，返回家乡。

宣务到处打听黑水洞位置。他走遍了太行山的沟沟坎坎，三年时间磨破三十六双鞋，最后在一个山谷找到一处常年往外流黑水的地方。凡是黑水流过的地方，寸草不生。宣务想起老道人说的"黑水洞"，断定地妖就住在这里。

找到了地妖居所，宣务回家向乡亲们说明要杀地妖、夺到金石头、让大家过好日子的事情。许多小伙子自告奋勇跟宣务一起去杀地妖。宣务选了几位身强力壮、胆大智高的伙伴，带上刀枪、锨镐、绳子和干粮，来到那个山谷。

在冒黑水的地方掘地四五尺，发现一个井口大的洞。他们把绳子拴在一棵树上，几个小伙子顺着绳子下到洞底。只见洞底黑水齐腰深。几个人蹚水来到一片空地，水中蹿出几条毒蛇。宣务和伙伴们举起刀枪砍杀毒蛇，突然听见一声大吼，一个披头散发、面色漆黑的地妖伸出鹰爪来抓宣务。宣务大喊一声："大伙一齐上，跟这个坏家伙拼了！"几个人把地妖团团围住，刀枪、锨镐一齐上。冷不防，地妖的利爪抓住宣务左膀。宣务急忙后退，被地妖撕下一片肉来，鲜血流了一身。宣务一时性起，抡起大片刀，旋风般朝地妖砍去。地妖抵挡不住，嘴里喷出黑水迷住宣务眼睛。伙伴们怕宣务吃亏，一齐帮着围攻地妖。

宣务虽然迷了眼，仍然不顾死活砍过去，正中地妖肚皮。只见地妖的肚子被划开，肠肚子流了出来。伙伴们趁机一顿乱砍，杀死了地妖。宣务冲进地妖巢穴，找到金石头，举起金石头高喊："我们找到金石头了，乡亲们就要过上好日子了……"说完一个趔趄倒在地上死了。

看宣务死了，伙伴们都痛哭起来。一个伙伴说："宣务为乡亲们过上好日子杀死地妖，夺到金石头，大家不要哭，我们要继承宣务的决心，完成他的誓言！"大伙抬起宣务的尸体，走出黑水洞，回到家乡，把金石头安放村头。只听一声巨响，闪出一片火光，地上长出一座东北至西南走向的山脉。从此，这地方有了山，有了水，五谷丰登，人们过上了好日子。

为了纪念宣务的功劳，人们就把这座山叫作"宣务山"。

搜集整理：齐占强

名水章

邢台西衔太行，群峰竞秀，奇崖叠嶂，沟壑纵横；中载丘陵，梯田层层，河湖点缀，风光如画；东吻平原，沃野广袤，良田万顷，黍稷飘香。在这块美丽广袤的土地上，一座座山、一条条河与古老的人文建筑交相辉映，用无声的语言承载着悠久的历史文明，孕育出一个个脍炙人口的民间故事。这些丰富多彩的传说，浓缩着邢台人的聪明智慧，寄托着一代代邢台人的希冀与渴盼，阐述着一辈辈邢台人对美好理想的探索与追求。青山不老，绿水长流。美丽动人的传说故事和广袤无垠的邢襄大地相互拥抱，水乳交融，共同谱写出邢襄文化发展延续的历史壮歌。

37. 七里河的传说

七里河，源于信都区西部山区马河川西侯峪，呈西北至东南流向，全长 52 千米，流域面积 325 平方千米。流经信都区马河、西黄村、大贾乡、南石门乡，从南大郭乡的贾村与李村乡之间穿过，市区以上汇水面积 330 平方千米，河长 46 千米，行洪能力 300 立方米/秒。上游牛庄村建有总容量为 900 多万立方米的东川口水库。据清·康熙《邢台县志》记载："七里河即百泉河之上游也，以在城南七里，土人呼为七里河。"清·道光《顺德府志》记载："七里河即为百泉河之上游也，以在城南七里，土人呼为七里河，以下合百泉，又名百泉河。"

很早以前，七里河是一条常年流水的河，两岸绿树成荫，河水清澈，有鱼有虾。河水像油一样肥，流到哪里，哪里的庄稼就长得好。不知何时何代，生活在七里河两岸的人身在福中不知福，不爱惜粮食了，常有人用馒头给孩子擦鼻涕，还有人用油饼给孩子擦屁股，到处糟蹋粮食。

没想到，这事被玉皇大帝知道了，派一位神仙到这里查访。

神仙变成一位讨饭的老太婆，衣衫褴褛，颤颤巍巍地走到东部平原区一户人家门口喊："大爷大娘，给我一口东西吃吧。"这家女主人出来说："你不早来，我刚把一只馒头给孩子擦了屁股。"神仙又走到另一家讨饭，主人说："俺刚把一张油饼给孩子擦鼻涕后喂狗了。"神仙走过几个村庄，看到大街上到处扔着干粮。神仙又沿河边往西，走到山区查访，看到山里人虽然打了许多粮食，但家家户户省吃俭用，对人和蔼亲近。

神仙回天宫向玉皇大帝做了汇报。玉皇大帝听后大怒，立即派神仙带领河神、风神下界处理此事。

且说河神来到山区与平原交界处的姚平村北，把拐杖插进滚滚东流的河水，河水立即顺着拐杖钻入地下暗暗向东流去。河水不愿暗流，河神就安慰说："河水河水别发愁，四十里外再出头。"结果，七里河水从姚平到邢台城南这一段变成了暗流，直到四十里（20千米）外的百泉才冒出头来。从此以后，七里河水渗下去的这一段便成了干河。

风神呢，来到七里河边，风扇一扇，刮起大风，把平原段七里河两岸的树木、花草、庄稼刮光了，原来富饶的景象不见了，变得干枯荒凉。眼看人们无法生活了，鸡、狗都急了，和人们一起跪到神仙面前，请求给点粮食吃。

神仙想，人糟蹋粮食，鸡、狗并没有错误，于是便给它们留下些粮食，并嘱咐："你们不要把粮食给人吃。"狗没听神仙的话，把粮食给人吃了，神仙就罚它吃人屎；鸡不让人吃它的粮食，人们恨它，不但吃它的蛋，还把它杀了吃肉。兔子见鸡、狗都有粮食吃，也跪到神仙面前求情，神仙就把麦苗给了兔子。狗见兔子吃了能长出麦粒的麦苗，心里不满意，见了兔子追上去就咬。

由于七里河成了干河，两岸庄稼长不好，常常三年两不收。粮食少了，人们再也不敢乱糟蹋了。

搜集整理：陈玉明

38. 小黄河的传说

《山海经》记载的黄河古道，发源于陕西潼关，流经豫北、冀南、冀东等地，最后汇入渤海。而在邢台城内，也有一条发源于信都区火石冈一带的"小黄河"。这条小黄河自南大郭乡南大郭村偏西进入邢台市境，经京广铁路西侧转北，至达活泉路北穿过铁路，经襄都区北缘至高庄桥与牛尾河交汇，再流出区境。该河跨邢台市境长约9千米，为天然形成的泄洪河道。

相传，邢台城内的小黄河，古代是条害河。每遇山洪泛滥，小黄河里的水溢出河道，淹没农田，冲塌房屋，为顺德府百姓带来数不尽的灾难。

明朝，顺德府出了一个叫王本固的人，在朝中当了尚书。这年，皇上颁旨派王本固到豫北、冀南一带巡视黄河古道的疏浚工程。王本固接旨后，带着一干人马，先来到豫南黄河工地。民夫们光着膀子拉土的拉土，铲泥的铲泥，个个累得腰弯背驼，热汗淋淋。突然，一个拉土老汉跟头趔趄栽倒在王本固面前。王本固赶紧把老汉扶起，关切地问："老人家，老家是哪府哪县？"

老汉有气无力地回答："俺是顺德府人。"

王本固听说是老乡，又问："家里都有什么人？"

老汉重重地叹口气，说："唉！甭提啦，俺原有一个儿子，去年被官府派丁修黄河累死了。今年，官府又给俺家派丁，没法子，我不得不来充个人数。可惜岁数大了，管修河的官儿又克扣工钱，不让吃饱饭。咱这些干重活儿的人哪里还有力气呀！"

听了老汉的话，王本固问老汉："那你们为啥不趁夜间跑回去呀？"

老汉苦笑一下，说："跑回去？你真是吃了灯草，想得轻巧。咱这些干活儿的民夫哪有回家的盘缠呀！"

王本固深表同情，当天下午，将随身带的几十个元宝交给做饭的伙夫。让他蒸馍时，一只馍裹一锭元宝。开饭时，王本固监督着为顺德府的河工每人发了只馍。然后让管治河的官员用鞭子把顺德府的民夫们全打跑了。且说，民夫们怀揣馍馍离开黄河工地，半路上饥饿了，掰开馍馍吃时，才发现每只馍里包着一锭元宝，正好够他们回家的盘缠。

　　后来，有人把这件事告知了皇上。皇上问王本固："究竟咋回事？"王本固说："黄河经豫北流入冀南，再汇入渤海。中间在顺德府滋了条岔，叫'小黄河'。小黄河常年洪水横流，冲毁了不少农田，影响了地方向朝廷应缴的钱粮。我派他们到顺德府治理小黄河去了。"皇上将信将疑，派钦差跟着王本固到顺德府察看。当时正值夏天多雨季节。王本固带着钦差来到顺德府，登上城西门楼。恰巧碰上阴天，只见浓云滚滚，电闪雷鸣，暴雨倾盆。城西边的洪水顺着河床咆哮着，浊浪滔天，丈把高的浪头一次又一次撞击着城墙。钦差吓得心惊胆战，哆哆嗦嗦地问："哪里来的这么大的水呀？"王本固说："这就是小黄河的水，你看多厉害！要不是这样，我绝不会让顺德府民工到这儿来治理黄河的！"钦差大人一听，说："我回去一定向皇上如实禀报，你们顺德府人以后不必到豫北治理黄河了，能治理好家门口的小黄河就不简单了。"

　　因为明朝尚书王本固为家乡办过这么一件好事儿，邢台人就把这个故事世世代代流传了下来。

搜集整理：沙彤

39. 白马河的传说

　　白马河，古名漆水、冯水，在任泽称蔡马河、圣水河。源自信都区雀寨山和灵霄山。两支源流交汇于龙门村后，向东南流至张安北，折向东北至南青山，再到西青山一带入内丘县境，流经郭家庄、东青山，又由胡里村西转入信都区境。又折向东南，经京广铁路后，转东北方向，在薛家屯村北往东入任泽境，流经大屯乡、永福庄乡，在古大陆泽遗址入北澧河。全长70千米，流域面积485平方千米。

相传，很早以前，这里原来没有河，只有一个住着百十户人家的小村庄。村里有兄妹两个，哥哥叫龙贵，妹妹叫翠云，父母双亡，兄妹俩以牧羊为生。

这天早上，哥哥龙贵和妹妹翠云赶着绵羊，到村北放牧。走了四五里路，把羊圈到一块地上，龙贵就到树林中打柴，妹妹翠云看到遍野开满鲜花，蹦蹦跳跳四处采起花来。

突然，天边飞来大块大块的乌云，霎时遮住太阳，天地变得昏黑一团，天上隆隆作响，像是敲响千万面大鼓。龙贵一看不好，跑出树林，大声呼唤："妹妹——妹妹——"此时，翠云采花已跑到老远的地方，看到突变的天象，早已吓呆了。狂风撕拽她的衣服，飞沙迷住她的眼睛，她寸步难行，只是哭喊："哥哥，快来救我——"隐约听见妹妹翠云的哭声，龙贵拼命循声跑去。一道耀眼的白光闪过，紧接着"咔嚓嚓"一声惊天动地的巨响，天崩地裂，暴雨倾盆，一股恶水倾天而泄。原来，天宫的王母娘娘见这一带百姓日子过得美满，赛过了天堂，心生嫉妒，从头上拔根簪子，在通天河堤上扎了个小窟窿眼儿，要放水淹没这一带百姓。暴雨一直下了九天九夜才渐渐小了，这地方变成一条波翻浪涌的大河。龙贵被冲到河南岸，翠云被冲到河北岸。

可怜的小龙贵疯了一般每天在河边来回奔跑，呼唤着妹妹："翠云——翠云——"

叶落花开，春去秋来，一晃几年过去了。再说河北边的小翠云长成了大姑娘，不但模样美丽，针线活儿也做得非常好。经她手绣的鲜花，牡丹见了也会羞红脸；经她手织的锦缎，彩云见了也会赶快飞。住在附近的姑娘都跑来跟翠云学针线活儿。翠云虽然和乡亲们相处得非常和睦，但每当夜深人静，望着天边皎洁的明月，常常流下思念哥哥的泪水。

这天，翠云和姐妹们做伴外出剜野菜，刚到半路，迎面横冲直撞跑来几匹高头大马，翠云躲闪不及，摔倒路上。骑在马上的一个肥头大耳的家伙，跑到翠云面前挥鞭就要打，可他低头一看，举起的胳膊又放下来，冲着翠云"嘿嘿"奸笑。原来，这个人姓胡，是位侯爷，平日倚仗权势无恶不作，今日游山玩水，寻花问柳，没想到在这儿碰见了美貌的翠云。侯爷犹如野猫见了鱼似的，流着涎水围着翠云直转圈。他突然眼珠一瞪，说："大胆民女，竟敢拦侯爷马头，左右还不赶快给我抓走！""呼啦"一下，围上来几个恶奴，把翠云绑缚上马背，带回侯爷府。

当天晚上，侯爷把翠云叫到堂前，奸笑着说："小娘子，你惊撞侯爷，犯下弥天大罪，现有两条路任你选。若答应嫁给我，有穿不尽的绫罗绸缎，享不完的荣华富贵。若不答应，哼，我就把你深锁侯门，终生为奴。"翠云听了冷冷一笑，说："荣华富贵如粪土，千斤难买我的心；侯门深深似水火，要想成亲万不能！"侯爷恼羞成怒，唤来家奴，把翠云毒打一顿，锁进水牢。从此，翠云落入魔窟，掉进火坑，受尽人间万种罪。

每到夜深人静，翠云常爬到窗口，仰望明月，呼唤哥哥龙贵。这天，一只喜鹊从天边飞来，听见翠云撕心裂肺的哭声，不禁在水牢上空盘旋多时。瞅见喜鹊，翠云急忙仰首哀求喜鹊替她捎书一封，告诉河南岸的哥哥，快来救她逃离虎口。喜鹊"喳喳"叫了几声，从空中飞下，衔起翠云写的血书，扑闪着翅膀向河南岸飞去。

且说河南岸的龙贵，也长成了英俊的小伙子。这天，龙贵正在地里收拾庄稼，听见头顶传来喜鹊叫声，抬头一看，一只喜鹊在他头上盘旋。龙贵一招手，喜鹊飞落他手上，嘴里吐出一个布条，两腿一挺，累死了。龙贵展开布条一看，原来是妹妹捎来的血书。看完血书，龙贵不禁泪满双腮，把血书紧紧捂在胸口，冲着河北岸大声呼喊："妹妹，哥哥一定会救你的！"

龙贵伐木造了条小船，带上干粮向河北岸划去。滔滔大河风猛浪急，龙贵的小船像片树叶，一会儿被抛上高高的浪尖，一会儿又被甩入深深的河底。

整整跟风浪搏斗了三天三夜，第四天早上，龙贵终于来到河北岸。龙贵爬上岸就四处打听妹妹的下落。人们都说："不知道。"他又跑到城里，人们也说："没见过。"半个月过去了，妹妹仍然杳无音信，出门时带的干粮早已吃完，龙贵只好一边打柴，一边继续沿河寻找。

一天傍晚，龙贵挑了满满一担柴路过侯府，走到门口，听里边吹吹打打十分热闹，便想走近多看两眼。恰巧，侯爷的大管家正站在门前，见龙贵挑得一大捆柴火，眼珠一转，喊："站住！老百姓看侯爷的大门要挖眼的！念你是外乡人，把柴火当罚钱，给我挑后院去！"龙贵上前与他争辩，几个恶奴把龙贵团团围住。龙贵知道无处讲理，再说还要赶路找妹妹，于是强压怒火，挑起柴火担子向后院走去。这时，天色已黑，龙贵把柴火放在后院，提着扁担正欲返回。忽然，后院传来阵阵哭声。龙贵不由得朝着哭声走去，来到窗前，轻声问："是谁在哭？为什么被锁在这里？"里边无人回答。过了一会儿，龙贵又说："你不要怕，我叫龙贵，也是受苦人，为了救妹妹刚从河南边……"龙贵的话还没说完，里边传来惊呼："哥哥，我是翠云呀！"听到妹妹的声音，龙贵又惊又喜，急忙从窗户眼儿伸进手，说："妹妹，妹妹！"翠云挣扎着爬到窗前，一把拉住哥哥的手，抽泣着说："哥哥，妹妹可把你盼来了。"院子深处，传来阵阵巡夜的梆声。龙贵急忙止住悲痛，说："妹妹，此处不可久留，我们必须马上逃走！"说着，用扁担撬开窗户，把妹妹翠云从水牢救了出来。

兄妹俩悄悄穿过大院，来到后花园，拐了几道弯，撞见喝醉酒要回房睡觉的侯爷。侯爷看见有人，大声问："什么人？竟敢私闯侯爷花园！"并喊手下恶奴围上来。龙贵抢起扁担跟他们打起来。这时，侯爷抽出宝剑，冷不防朝龙贵后心刺去。翠云看见，惊叫一声："哥哥！"龙贵猛一转身，剑尖划破了他的衣服，他飞起一脚，踢飞侯爷宝剑，接着一扁担砸在侯爷头上，当场结果了侯爷性命。然后，拉起妹妹翠云钻出后花园角门，向田野跑去。

身后，恶奴们牵着猎犬，打着灯笼，在大管家带领下紧紧追赶。

不一会儿，翠云跑不动了，龙贵背起翠云继续跑。

恶奴们亮着灯笼火把，离他们越来越近。

龙贵背着翠云拼命向前跑着，忽然前面传来阵阵波涛声。

这时，追兵就要赶到，情况万分危急。

龙贵对翠云说："妹妹，赶快藏身树丛，我去把他们引开。"

翠云坚决地说："不！还是哥哥藏起来，我去把他们引开。"

"不行！还是妹妹藏起来！"

翠云一把抱住哥哥，痛哭说："哥哥，我们谁也不再跑了，生，咱在一起生，死，咱在一块死。"

龙贵双眼流泪，抱着浑身是伤的妹妹，冲着茫茫夜空大声呼喊："天啊！你为什么将我们兄妹活活拆散？河啊！你为什么阻拦我们回家的路？地啊！我们兄妹为何让天地不容？"悲切的呼声，像滚滚惊雷，震天动地，直冲云霄。

突然，从夜空的银河中飞下一匹白马，流星般落到龙贵和翠云面前。兄妹一看，不禁惊喜，向白马跑去。

恶奴们在大管家驱使下"嗷嗷"叫着冲上来。龙贵急忙把翠云抱上马背，自己也跳上去。就在这时，听大管家喊道："放箭！别让他们跑了！"霎时，箭如雨点般射来。

白马身上中了两箭，疼得一声长嘶，四蹄踩地，一声天崩地裂的巨响，滔滔河水扑面而来。大管家和恶奴们全部葬身水中。白马驮着龙贵、翠云腾空而起，向河南岸飞去……

后人为了纪念这个美丽的故事，就为白马搭救龙贵、翠云兄妹的大河起名"白马河"。

搜集整理：杨耀芳

40. 滏阳河的传说

滏阳河，古称滏水，源自邯郸市彭城镇釜山南，因山下有温泉，名滏口，河名由此而来。流经邯郸、邢台、衡水、沧州4市，最后在献县城与滹沱河汇流，入子牙河。全长403千米，流域面积20539平方千米。是冀南地区具有防洪、灌溉、排涝、航运等综合功能的骨干河道，至今部分河道仍有航运功能。该河道自邯郸市鸡泽县起，在平乡县张桥村西进入邢台市域向北，经平乡镇、油召乡、节固乡，在重义疃西北进入任泽，经辛店镇、天口乡、邢家湾镇，在邢家湾村东流入巨鹿县，途经东郭城、西郭城、南盐池、北盐池等，从小张庄、河北庄中间穿过，往北流入隆尧县西范村西，再沿东北方向经莲子镇、牛家桥乡、千户营乡，在枣驼村入宁晋县，经耿庄桥、东汪镇、侯口乡，在曹伍庄村南入新河县，流经荆家庄乡、白神首乡、新河镇，在郜宋张砖村东南出境，进入冀州区。在邢台市域流经5县、15个乡镇，水段长120.5千米，流域面积14420平方千米。

相传很久以前，东方是一望无边的大海，海底有一个水晶般的世界。

霸道蛮横的老龙王坐在宝椅上，龙子龙孙分列两旁，正兴高采烈享受着山珍海味，畅饮着琼浆美酒。殿下还有美人鱼在歌舞。在这醉人的龙宫里，唯有坐在龙王身旁的小白龙闷闷不乐。他是龙王的三太子，今年18岁，过腻了海底生活，更厌恶独断专行的父王。他曾听祖母说过另有一个"人间"世界，总幻想着到"人间"看看。

这天，小白龙趁大家沉浸在幸福中，悄悄离开海底，游上海面。人间的景象立时吸引了他："呀！这就是人间哪，这里的一切都是海底所没有的。"小白龙爬上岸，在海边奔跑……不知不觉已到两更天了，一点也不想再回海底世界，躺在沙滩上进入了梦乡。忽然，一位姑娘向他慢慢走来，站在离他不远的地方哭泣。他揉了揉眼睛，见姑娘十六七岁。小白龙问："姑娘，你从哪里来？""我从东方来，走了两万多里路，到这儿求龙王发发慈悲，给我们那片地儿下点雨。"姑娘含泪说。

姑娘名叫玉仙，家住隆平县东边，那里接连几年大旱，颗粒未收，饿死的人不计其数。玉仙的双亲相继去世，失去亲人的玉仙姑娘伤心极了，整天坐在干裂的土地上哭啊哭。一天，她再次哭晕过去，迷迷糊糊觉得有位老婆婆扶起她，说："孩子，人死不能复生，要想使人们摆脱灾难，我有个办法，只怕你没有这个决心。"玉仙姑娘听了说："只要能救家乡、救亲人，让我做什么都可以！"

"那好，你吃了这个，就不用吃东西了，永远也不会饥饿了。"说完话，老婆婆给了她一颗黄豆粒大小的红东西，接着说："离这儿约两万里的地方有片大海，海里有个龙王，掌管下雨，能救这儿的生灵。但老龙王善恶不分,能把他请来比上天还难。但他的三儿子——小白龙心眼好,也许能帮助你。去吧,孩子。"说完不见了。玉仙醒来,竟是个梦,手里还真有老婆婆送给她的东西,她想:那位老婆婆一定是位神仙。于是,她把那东西吃下去后,就向东走去。

翻过一座座高山,渡过一条条大河,穿过一片片森林……历尽千辛万苦,玉仙终于来到大海边。

小白龙听了姑娘的诉说,心想:这位姑娘心眼真好,叫人喜爱。可一转念,叹口气说:"唉!我就是你要找的小白龙。受苦的姑娘啊,我有心搭救你们,可是,我该怎样办呀?我的父王是从来不做善事的。"听了小白龙的话,玉仙姑娘不再啼哭,瞪着一双闪着泪花的大眼睛怔怔地望着海面。

"龙宝珠,父王的龙宝珠。"小白龙忽然欢叫起来。玉仙姑娘就问:"有办法了吗?"小白龙点点头说:"你在这儿等着,我去去就回!"说完钻进海里。

海底死一般静寂,水族都睡了。小白龙来到龙王睡觉的地方。龙王酒醉未醒,正打呼噜睡得香哩!他轻轻唤了两声,见没回音,就走近床边,瞅见龙宝珠滚在枕边闪闪发光。小白龙偷出龙宝珠,返回岸上。见小白龙来了,玉仙姑娘急忙跑过来。小白龙拉住玉仙的手说:"姑娘,宝珠拿到了,为了万物生灵,咱们走!"他们手拉手来到隆平东部。这儿的土地旱得龇牙咧嘴,他们见了急忙用宝珠降了雨。大家见下雨了,都高兴得跳起来。小白龙违背了父亲的旨意,知道返回大海后将受到处治,所以瞧着美丽的玉仙姑娘,露出恋恋不舍的神情。聪明的玉仙姑娘看出了小白龙的心思,含情脉脉地说:"王子,你就甭回去了,和我一起种地去吧!"

小白龙羡慕人间生活,为了玉仙姑娘,也为了大地生灵,决心留下来。这件事震怒了老龙王,为了惩罚小白龙,将小白龙化成一条弯曲而干涸的小河。玉仙姑娘见小白龙变成了河,想起小白龙的好,想起小白龙对人们的恩德,想起小白龙对自己的情意,眼泪再也憋不住了,坐在河边日夜痛哭起来,直哭得天昏地暗,泪水化成滔滔大水,注入这条河。

她也投入河中，不知去向。从此，这条河就有了清澈的水，而且还有鱼儿游来游去。

由于这条河抚养着两岸的千家万户，当地人便亲切地称它为"抚养河"。多少年过去了，慢慢被人们讹称为"滏阳河"。

搜集整理：牛君霞

41. 养儿河的传说

养儿河源于中太行东麓，流经邢台市境域的沙河市白塔镇和新城镇，南折进入邯郸市武安境域，再东折汇入邯郸市永年区的洺河，流入冀南大平原后汇入滏阳河……

沙河市下元村东南有座山叫王母山（也叫黄磨山），山上有块一丈见方的巨石，石上有马蹄的印痕，尽管历经了多年风雨，仍然清晰可辨。据当地百姓传说，这块巨石是宋代巾帼英雄穆桂英大破天门阵时留下来的。王母山下的养儿河村曾是穆桂英生杨文广的地方。当年与辽军争战，杨六郎天门阵受阻，派遣杨宗保到穆柯寨借降龙木以破天门阵。岂料杨宗保在穆柯寨前与穆桂英一场恶战，因武艺不敌而被穆桂英掳上山寨招了亲。杨六郎不知内情，率兵到穆柯寨前讨战要人。穆桂英因从未与公爹谋面，自然两不相识，加上言语不和，穆桂英便在两军阵前将杨六郎走马活捉。此事恰被杨宗保瞅见，宗保急喊："快快放下此人，那是你公爹！"穆桂英听后，又羞又慌，急忙将杨六郎掼在地上。至此，杨六郎方才晓得自己今天一战竟败在儿媳手中。羞惭之下，片言未讲，拾枪上马返回营中，坐在帐内，只等杨宗保归来，定斩逆子不饶。为甚？因为堂堂宋营三关大元帅，竟被未出茅庐的年轻姑娘打败了，还被走马活捉。况且打败与活捉自己的竟然是自己的儿媳妇，这实在让人太没面子了。就为这事，杨六郎决心要斩杨宗保。上面一段文辞，就是古戏文《辕门斩子》的故事梗概。戏文还说，多亏了八贤王、老寇准和佘太君等人大力周旋，最终不但让杨宗保娶了穆桂英，还让穆桂英当上了统率三军的领兵元帅。于是乎，穆桂英登台拜帅，统领兵马，奋力攻打天门阵。据说，这个天门阵由敌寇韩昌率兵摆设。该阵摆设的地点就在今洺河南岸的临洺关一带，临洺关距养儿河20多千米。是时，韩昌所摆天门阵按五行八卦摆设而成，每个阵法都设有阵门、阵眼、阵脚、阵胆，并且大阵套小阵，子阵套母阵，共有一百单八阵。各阵之间错综复杂，相互交织，十分厉害。但领兵元帅穆桂英是黎山圣母的高徒，为破天门阵，专程拜访了黎山圣母，并得赠破天门阵的兵器——降龙木。同时，还聘请任道安、杨五郎等宋朝著名将官，在多位宋营武将的倾力帮助下，终于在已身怀六甲的情况下，打破天门阵，战败贼寇韩昌。韩昌见势不妙，冲出天门阵，跃马直向西北方向逃窜。穆桂英瞅见韩昌从天门阵逃跑了，哪肯善罢甘休。只见穆桂英扬鞭催马穷追不舍。韩昌跃马逃到石北口，从石北口涉过洺河，再窜至北峭河、常顺河，转过河头，绕过王母山，就进入养儿河湾。穆桂英身怀六甲，双腿夹紧坐骑，手拎兵器，直追韩昌而来。穆桂英追韩昌赶到王母山的西山脚下，胯下战马刚踏上山顶那块巨石，突然感觉腹部疼痛难忍。穆桂英预感要分娩了，勒紧马嚼环，打算让战马停蹄。岂料战马因为急速快跑的惯性所致，急停时竟打了个立柱。于是，穆桂英战马曾站立过的那块巨石上便留下一个马蹄印。而穆桂英呢，就在王母山下的三道江河边生下杨文广。穆桂英见生下了婴儿，顺手将穿在身上的战袍撕掉一角，将婴儿麻利包裹一下，交给旁边一位打柴的樵夫，随即投入战斗。且说樵夫收下穆桂英所生婴儿后，眼看着穆桂英骑马杀敌远去了。为了把婴儿抚养成人，同时也为了让穆桂英日后方便找见儿子，他就在河边建起一座茅屋，一边抚养婴儿，一边等待穆桂英归来。该次战事结束后，穆桂英果然派人赶到这里把儿子领走了，并为在王母山下所生的儿子取名杨文广。为纪念这件事情，人们便把穆桂英生子的河流和樵夫所居住的地方统称为"养儿河"。

搜集整理：沙彤

邢台历史上因平地出泉无数而得名，被誉为"百泉之城"。据水文资料记载，百泉泉域包含百泉和达活泉两大泉系，总面积3843平方千米，包括邢台市、内丘县、沙河市及邯郸市的部分地区。达活泉为邢台百泉之首。达活泉泉系主要有达活泉、白沙泉、紫金泉、野狐泉和莲花泉。此外，邢台太行东麓还有温泉、漆泉等也十分有名。今选编几篇与泉有关的民间传说故事，以飨读者。

42. 达活泉名字咋来的

邢台市信都区有一个因泉而名的公园——达活泉公园。据文献记载，达活泉公园的开凿历史可以追溯至汉光武帝时期，距今近2000年。宋代李昉《太平御览》卷五十三记载："郦元注《水经注》曰，蓼水出襄国石井冈，冈上有井大如轮。隋《区宇图志》云，此井光武营军所凿，傍有丛荆棘生，皆蟠紫如人手结，云是光武系马处。"《太平御览》在记载石井岗词条下还有补充记述。"又曰：石勒时天旱，沙门佛图澄於此冈，掘得一死龙，长丈余，济之以水，良久乃苏。寻祭之，龙腾空而上天，雨即降，因名龙冈。"2011年，达活泉被评为省"五星级公园"，并荣膺省"十佳公园"称号。达活泉内有园中园，是为纪念元代科学家郭守敬而设的郭守敬纪念馆，也是全国最大的郭守敬纪念馆。

相传以前，达活泉这地儿有一眼山泉。泉旁住着一户达姓人家。户主姓达名旺，年过六旬，膝下只生一女，名唤珍姑（编者按：当地也有传说姑娘名珍珠，该文均用珍姑为名）。

珍姑18岁时已经长得亭亭玉立，瓜子脸，双眼皮，细眉毛，红嘴唇，出落得水仙似的，四里八乡小伙子人见人爱。

这年，达老汉在泉旁种了一亩菜，经常和女儿珍姑汲泉水浇园。这天，从鹿城岗方向跑来一只野狼，到泉眼处饮水时，看见了正在汲水浇园的珍姑和达老汉。

野狼特有灵性，一旦发现食物，会立即啸聚同类共捕美食。据说，野狼一旦结成群，便有一只野狼充当头狼，用嚎叫的方式进行调度指挥，其他野狼分头行动，其中有奋不顾身冲锋陷阵的狼尖兵，有执行包剿任务的狼主力，还有故意落在后边执行断后救援任务的野狼。那天，到泉旁饮水的野狼就是一匹头狼，当它发现达老汉父女时，毫不犹豫地昂起狼头引颈长啸："呜——呜——"。瞬时间，又有四只野狼从不远处一片密林中蹿来，数束绿莹莹的狼眼盯着达老汉和珍姑娘。

见情况危险，达老汉大喊："珍姑快跑！"随后掂起挖土用的镢头劈向野狼。

野狼势众，根本没有把达老汉放进眼里，其中三只野狼"呜—呜—"嚎着扑向达老汉，另一只野狼扑向珍姑。

珍姑吓得拔腿就跑，"哇哇"大哭。

万分危急关头，正在追赶珍姑的野狼"咕咚"栽倒地上。紧接着，扑向达老汉的三只野狼也栽倒两只。达老汉正感到纳闷，一位英俊猎人挺一口朴刀挺身挡在达老汉与野狼之间，手起刀落，砍下扑过来的野狼的脑袋。

站在高处作调度指挥的头狼见势不妙，四蹄腾空，连蹿带跃，逃进密林深处。

猎人搭救了达老汉父女性命，达老汉自然感恩不尽，问："请问壮士尊姓大名？"

猎人说："俺姓牟名安，老人家叫俺牟安吧。"

达老汉见牟安武艺高强，人也长得英俊潇洒，有意将女儿珍姑嫁给牟安为妻。

这时，年方妙龄的珍姑也相中了猎人牟安，只是羞于开口。

达老汉看出了女儿心事，问牟安："牟壮士可曾娶有妻室？"

牟安苦笑着说："牟安出身贫寒，四季以狩猎为生，哪会有人介绍媳妇。"

达老汉大喜过望，扭头问女儿："闺女，你可愿意让牟壮士当你丈夫？"

珍姑双腮飞红，羞答答说："女儿婚事，全听爹爹做主。"

达老汉当即把牟安领进家，跟老夫人讲明来意。老夫人对牟安也十分满意，让老头子择个吉日，为两个孩子把婚完了。

达老汉说："择日不如撞日，不论丁卯，今日最好。"说完，和老夫人一起布置花堂，让女儿珍姑和牟安拜堂成亲。

不知不觉到了腊月。这天，珍姑到顺德城府前街购买年货，无意中被张尚书的公子张天恒瞅见了。张天恒本是眠花宿柳之徒，当即心生歹意，派家奴暗中跟踪，探知珍姑的家庭住址，次日派人前去提亲。无奈此时的珍姑已嫁于牟猎人为妻，达老汉自然不会应允。尚书公子张天恒就派人活活打死了达老汉，霸占了达老汉的菜园和泉水。然后派人四处捉拿珍姑和猎人牟安。珍姑和丈夫牟安得到消息，连夜逃进深山。张天恒见一时抓不到珍姑，就将泉水拓宽成池塘，修建起一座花园。

后来，猎人牟安和珍姑夫妇死在深山里。据说，自从牟安和珍姑死后，他们曾经汲水浇灌菜园的那眼山泉就干涸了。直到张天恒也死了，这处水塘才又咕嘟咕嘟冒出水泡，汇成了碧波荡漾的湖水。后人为了纪念达老汉和珍姑，就为这处水塘取了个"达活泉"的名字。

搜集整理：沙彤

43. 百泉的传说（两篇）

明代成化本《顺德府志》记载："百泉在城东南八里，水自平地出，其脉甚多，盖澧水上源也。"百泉泉系位于市区东南百泉村周围，主要有百泉、狗头泉、黑龙潭、葫芦套、七里河泉、华庄泉、珍珠泉、银沙泉、和尚泉、石羊泉、小儿泉等。提起邢台的"百泉",有多层含义,既是邢台众多泉水的总称,指百泉泉域,也是泉域中具体的泉水名称,即邢台东南百泉村周围的泉眼。

早知有百泉,何必下江南

百泉村保存着一块清朝皇帝题写的御制金匾,上面写着"千里秋成"四个字,还流传着乾隆"早知有百泉,何必下江南"的佳话。

究竟怎么回事,听我慢慢道来。

清朝乾隆庚午(1750年)秋,乾隆皇帝为勘察民情,巡视各地,到南方巡视一圈,秋天返回北京紫禁城,途经顺德府地境,先在沙河县(今沙河市)十里铺梅花亭休憩,手定了一本干枝梅花图。离开十里铺梅花亭后,在浩浩荡荡的御林军保护下,走进顺德府城东南郊外的百泉村。乾隆皇帝骑在马上举目一看,平地"咕嘟咕嘟"冒出无数泉水,水浅处遍生茂密芦苇。方圆五百余亩的湖面上水鸟飞翔,鹭鸶啼啭。

乾隆急唤跟随他一起下江南的大臣和坤,说:"和爱卿!"

和坤翻身下马,甩甩袍袖跪在马前:"喳,奴才在。"

乾隆说:"赶了这么长路程,怎么又回到江南了?"

"启禀皇上,此地不是江南,是直隶顺德府百泉村境。"和坤说。

"顺德府境内还有这么美妙风景,让朕下马瞅瞅。"乾隆说。

和坤俯身马下,让乾隆踩着脊背下马后,挽住乾隆胳膊,绕着百泉湖岸欣赏水乡风光。只见湖面有多处"咕嘟嘟"冒水泡的泉眼。秋阳明丽,秋水清澈见底,一群群鱼儿啄着水草游来游去。乾隆从地面捡起一块石子投去,"咚儿"激起一圈圈向四周扩散的涟漪。再看湖边,绿柳成行,白杨倒影,风光不亚于江南,于是信口说道:"早知有百泉,何必下江南?"古代皇帝金口玉言,乾隆说过的话从此在百泉村一带流传下来。

再说那天,迎接乾隆皇帝的顺德知府站在东城门外左等不见皇帝,右等不见皇帝，坐立不安时，探马跑来禀报："报告知府大人，万岁爷已经到了百泉，正在那里看风景呢！"

闻知乾隆皇帝停马百泉观看风景，知府当即让衙役备马，火速赶到百泉村，对里长说："快快找几张上好宣纸，备下笔墨。"

里长问："你不赶紧迎接万岁爷进顺德府，让俺村准备笔墨纸砚干啥？"

顺德知府说："我一看你就是个庄户主儿，没吃过猪肉，没有见过猪走吗。你没听人说，乾隆喜欢到处题字的事吗？前几天在沙河县（今沙河市）十里铺还画过梅花图，听说万岁爷还要抄写唐朝丞相宋璟写的《梅花赋》哩。快、快找纸墨笔砚来！"

里长岂敢怠慢，找来纸墨笔砚，在村头刚摆下书案，和坤和几十个侍卫保护着乾隆走进百泉村。

顺德知府带着里长和村民跪在村头山呼："万岁！万岁！万万岁！"

乾隆为了表示亲民，向人们挥了挥手说："众乡亲平身吧——"

"起来，都起来！"和坤狗仗人势，耀武扬威喝叫。

这时，顺德知府起身捧来纸笔，恭请皇上为百泉村御笔题写几个字。

乾隆兴致很高，毫未推辞，扭头叫一声："和爱卿！"

"喳！"和坤甩袖跪下。

"取朕的笔墨纸砚。"乾隆诏曰。

"喳！"和坤从侍书郎手中要过御笔、御墨和黄绫，铺展在百泉村头书案上。乾隆饱蘸御墨，"刷刷刷"写出"千里秋成"四个大字。其意是百泉秋天的美景，千里之内唯此最佳！

百泉有海眼，白气可通天

老辈人说，百泉湖有"海眼"，通着地下海呢。还说海眼里有条老鲶鱼，形状像传说中的龙。这年，百泉村一个会潜水的年轻人想进"海眼"探个究竟，于是找来几名伙伴，抬一捆绳子，来到百泉湖边。跳进百泉湖，没游出多远，觉得有一股强大吸力把年轻人"呼噜"吞没了。

站在湖边的小伙子们紧紧抓着绳子，看着放在湖岸的一盘绳子一圈圈展开，伸进水中。不大会儿，几丈长的绳子用完了，还在往下拉动。湖边拉拽绳子的人们立即派人回村又抬来几捆绳子，与先前的绳子接牢头，也不知连续接了几条绳子，放入水中的绳子终于不动弹了。又过了一会儿，绳子在湖面剧烈抖动起来。这是潜水年轻人与湖岸上的人事先定下的拉人信号。几个小伙子一齐"吼嗨、吼嗨！"喊着号子，把潜水年轻人拉出湖面。我的个娘嘞，只见潜水年轻人头上、身上裹满海带。小伙子们把潜水年轻人拽到岸边，帮他剥掉缠裹身上的海带，问："伙计，海眼究竟咋回事？"

潜水年轻人说："海眼深得很哩。究竟潜下多深俺也不知道。后来看见两盏明晃晃的灯照俺，俺想，不会是水怪吧。举起柴斧瞄准两盏明灯砍去，斧头还没有挨着明灯哩，旁边漂来一团海带就把俺的身子缠住了。怪兽张牙舞爪扑近了，俺才看清是条大鲶鱼。俺的斧子当时还没有被海带缠住，猛的劈向大鲶鱼，扑！斧头劈准了鲶鱼嘴。大鲶鱼一张嘴喷出一股白气。俺心里发怵，就摇动绳子，被你们拉了上来……"

年轻人这次潜水探险，虽然没有测量出海眼到底有多深，但探明了海眼附近长满海带。从那天起，每年夏天，百泉村西平地或者村东湖面，不定时会冒出一股白气，直蹿天空。时至今日，百泉人仍管这种自然现象叫"通天白气"。久而久之，当地人总结出一个气象规律，凡是哪天出现了通天白气，不出三天准会下雨，简直比天气预报还准。

搜集整理：沙彤

44. 温泉的传说（两篇）

邢台市信都区西部山区与沙河市交界处有座朱庄水库。没有修建朱庄水库前，这条峡谷叫汤南闯。汤南闯有一眼自然泉，常年沸水喷涌，热气蒸腾。因此当地人便把这眼泉叫作"温泉"。每年都有顺德府、广平府、大名府，甚至彰德府的人慕名来山泉洗浴癣疥之类皮肤病。据说，不管患了多少年的皮肤病，洗几次就能痊愈。按常理说，邢台这地方处于北方，每到冬天应该格外寒冷，但到过温泉的人都知道，温泉不仅从来没有结过冰，即使寒冬腊月，人泡进水中，片刻就能将皮肤烫得通红。究竟怎么回事？笔者今天为读者讲两个美丽的传说。

温泉和纺花娘娘洞

很久以前，母子二人逃荒来到汤南闯。母亲年过六旬，儿子不满20岁。那时的汤南闯方圆几十里没有人烟。母子便寻处山洞，垦荒撒种，安家居住下来。每天，儿子上山挖野菜，母亲在家煮饭，日子虽不富裕，过得倒也安适。

到了冬天，山上没有了野菜。母亲说："儿哎，寒冬腊月挖不到野菜了，你不如上山砍些柴，挑到孔庄集上卖，攒够钱了买辆纺车，让为娘在家纺线卖掉赚钱。等咱时光过得好了，为你娶个俊媳妇。"儿子点头称是。

汤南闯两岸高山陡峭，绝壁峥嵘，人迹罕至，砍柴时根本寻不见道路。儿子为了多挣钱，每天都要踩着悬崖，拎着柴斧出门，砍柴到日头西坠黑暗扑下来时，再把柴火扎捆挑到山下。如此苦干了一年，终于攒到钱为娘买了辆纺花车。

又是一个寒冷刺骨的冬天。山洞口小，石壁潮湿，母亲身上生了疥癣。儿子脸上长满紫泡，手背长了冻疮。母子二人一天到晚痛苦万分。

咋办？为了多挣钱为娘治病，儿子数九寒天仍然天天坚持上山砍柴。这天太阳落山，儿子挑着柴担下山时，饿得头昏眼花，脚下一滑栽落悬崖。

再说，儿子的母亲在山洞等不来儿子，自然彻夜无眠。天刚麻麻亮，母亲强撑病弱身躯，拄根荆条棍子，摇摇晃晃走出山洞，呼喊着儿子的名字四处寻找。终于在山崖下找见了儿子的尸首，顺着儿子的鲜血望去，不远处长出一眼冒着热气的山泉。母亲来到泉边，一阵头晕跌进泉水，身上的癣疥顿时痊愈了。这天半夜，儿子给母亲托了一个梦，说："娘哎，儿子没有能耐，活着的时候无钱给娘治疗癣疥，死了让孩儿用这满腔热血为娘治疾，以报娘养儿之恩吧。"后来，砍柴儿子的母亲也死了。后人为纪念这件事，就把砍柴儿子和母亲居住过的山洞取名"纺花娘娘洞"。

民间也有传说，温泉是母亲见到儿子惨死后，日夜啼哭的眼泪化成的。而今温泉和纺花娘娘洞俱在。不知读者对这个传说信也不信。

温泉与冉子的传说

《山海经》记载："汤山，汤水出焉，此汤能愈疾，为天下最。"明代成化本《顺德府志》记载："汤山在县（指古代沙河县）西北七十里，下有温泉可以愈疾。"清代康熙本《沙河县志》记载："温泉在汤山下，延袤亩余，池深丈许，四时水如沸，癣疥诸疾，浴之立效。"清代康熙本《沙河县志》还记载孔子之高足"冉子有癞疾，曾驻居于温泉寺浴之"。

上述记载均有史可考，而我今天讲的是道听途说的故事，可信其有，可说其无，充作茶余饭后谈资而已。

到邢西游玩过的朋友都知道朱庄水库，赫赫有名的汤山温泉就坐落在朱庄水库淹没区南侧。再往南走5千米便是载入史册的老子春秋战国时隐居修行的广阳山。跨过沙河市境域即进入邯郸市武安县境，有一条涌流武安市境域的滏阳河，相传即是春秋战国时代的黄河古道。

据说，春秋时代的大学问家孔子周游列国时常常居无定所。这年，搀着孔子周游列国的冉子身上生了癣疥，奇痒难忍。孔子想起《山海经》记载"汤水愈病天下最"的文字，便带着冉子跋山涉水来到广阳山，告诉冉子："翻过广阳山就是汤山，温泉就在汤山脚下，你可自去浴疾。我要上山拜访在此隐居的智者老聃。等你身上癣疥何时痊愈，再到广阳山上找我。"

"恩师保重，弟子去也！"冉子拜别孔子，翻过广阳山，看见不远处露出红墙一角，原来是座破败寺庙，门楣上镌刻"温泉寺"三个苍劲大字。

太阳即将落山，别处再无住户，冉子拾级而上，轻扣寺门："宝刹可有人否？"

庙门"吱呀"响处，闪出一位光头和尚，上下打量冉子一番，问："施主何方人士，扣响僧门又为何事？"

冉子拱手施了个儒家大礼，说："学生冉求，久患癣疥，喜闻汤山温泉浴疾天下最，慕名前来浴疾，想借宝刹一床，小住几日，不知长老能否应允？"

温泉寺僧人原为富户儒生，因求取功名落榜，从此立志不染仕途，遁入释门，隐居汤山脚下温泉寺，终日青灯黄卷，潜心修行。此刻，听扣门人自报姓名"冉求"，当即手捻佛珠说："阿弥陀佛，施主莫非鲁国夫子孔丘之高足冉子？"

冉子再次拱手施礼说："在下正是冉求。"

老和尚高兴地把冉子请进寺庙，让冉子居住在温泉寺。次日，老和尚亲自领着冉求来到一处占地面积一亩多的泉水边。只见水面热气滚滚，烟雾升腾。冉子嗅到一股硫黄味道。

老和尚说："这就是《山海经》记载的温汤，也叫温泉。水温很高。小心烫伤。每次浸泡一个时辰，连续数日癣疥即可消矣。"

冉子脱衣下水，按照老和尚指点的方式濯洗癣疥。

再说孔子目送弟子冉求离开后，徒步登上广阳山，走到山腰，看见块方方正正岩石两侧各坐一位白眉白须仙风道骨的老者。岩石上刻一只棋盘，放着黑白两色棋子。两位老者各盯面前棋盘，全神贯注弈棋。其中一位白须白眉长者是他前几年在黄河之滨曾经相遇过的哲人老子，另一位长者孔子未曾谋过面。

孔子按照周礼侍立观棋。头顶上有两只紫燕飞来飞去。孔子也不知道侍立了多久，两位老者这才收住棋子。未曾谋过面的长者看了孔子一眼，对老子说："你与万世师表孔丘在此论道，为兄去也。"说完便无影无踪。

老子拉住孔子的手,登上另一处山岩,遥望面前,浊浪滚滚。老子说:"记得上次在黄河边我说过的话吗?"

孔子深施一礼,说:"恩师教诲,学生岂能忘怀。那年得遇恩师时,恩师还为东周守藏史。是恩师让学生知道了什么叫'上善若水'的真实含义。师说水善利万物而不争,处众人之所恶,此乃谦下之德也;故江海所以能为百谷王者,以其善下之,则能为百谷……"

"后来,咱还见过一次面,我又说了些什么?"老子继续问。孔夫子答:"第二次聆听恩师教诲时,恩师已经辞官回到故乡宋国沛地隐居。记得那次,弟子想求恩师引荐为守藏室官吏,遭到恩师拒绝。恩师又教学生懂了何为仁义,不仅要做到心思中正而无邪,愿物和乐而无怨,兼爱众人而不偏,利于万民而无私,还必须做到剔除迂腐,道法自然,顺天应人。"

老子拈须颔首说:"孔丘,上次咱二人一别十数载,听说你在北方已经被称为大贤才,屈指算来,你今年应该51岁了吧,可知何谓天道?"

孔子一拜在地,说:"弟子不才,虽精思勤习,终未入大道之门,还请恩师赐教。"

老子说:"欲观大道,须先游心于物之初……物之初,混而为一,无形无性,无异也。"

孔子说:"观其同,又能获得什么快乐?"

老子道:"观其同,则齐万物也……可把生死看作不过像昼夜黑白一样的自然规律;如果能把祸福、吉凶、贵贱、荣辱都当作自然规律,那么你便做到了天人合一,心无旁骛,其乐不就在其中了吗。"

孔子如梦初醒。多年来,为了推销自己的治国理念,他周游列国,费尽千辛万苦,却得不到列国君主重用。哪如老子道法自然,天人合一,顺天应人而治天下的处世观。孔子求仁义、传礼仪之心顿消,如释重负。

老子接着说:"道深似海,高大似山,遍布环宇无处不在,周流不息无物不至,求之而不可得,论之遥不可及!道者,生育天地而不衰败、资助万物而不匮乏;天得之而高,地得之而厚,日月得之而行,四时得之而序,万物得之而形矣。"

孔子闻之心旷神怡，不禁赞叹："阔矣！广矣！无边无际！吾在世五十一载，只知仁义礼仪，岂知环宇如此空旷广大矣！"

听完老子讲经论道，孔子说："吾三十而立，四十而不惑，今五十一方知造化为何物矣！"并慨然喟叹："我日日求道，不知道即在吾身！"

相传，孔子与老子第三次论道的地点，就在汤山温泉边的一处山崖上。后人为纪念这件事，就把老子与另一位仙翁下棋的岩石称作"棋盘石"，而把孔子聆听老子讲道的山头称作"夫子崖"。这些地名、山名和冉子在温汤浴愈癣疥的故事都被后人采编进了地方史志。

搜集整理：沙彤

45. 玉泉寺武僧除害

玉泉寺，因玉泉而得名。位于邢台市信都区皇寺镇境内。濒临河北省通往山西省的交道要道。据古本《邢台县志》记载："皇寺原名黄寺店，村内有玉泉寺。据传元末顺帝北逃，曾宿此寺。玉泉寺遂有皇北逃寺之称。"

玉泉寺旁边有一眼自然山泉，人称玉泉。玉泉四周有石砌护栏，石铺的环池匝道，池岸垂柳成荫，蝶舞花香，鸟语虫鸣，恰如仙境。池中有一个圆亭，四周低栏相围，岸畔有桥可通亭台。池边立有一座石牌坊，上写"喷玉"。池西北侧立着两尊和真人高矮差不多却没有头颅的石像。有人说本来就没有头，因为从来没有人见他俩有头；也有人说，曾经有过头，后来被人砍了，看，脖颈还有茬口呢！究竟咋回事？村子里的老人说，原来，这两尊石像是王八精变的，曾经长着头，后来让玉泉寺的武和尚给砍了。

先说王八精是怎么变成石头人的。

很早以前，玉泉池住着两个王八，从小在池水中游戏玩耍。泉水很有灵气，池水中整天饮水作乐的两只王八心术不正，时间长了就修炼成精，常施邪招，让玉泉池里的水变化无常。比如，王八精高兴了，就让泉水随便流，把附近村庄淹了。如果王八不高兴了，就搬块石头把泉眼堵死，不让泉水流了。有时还偷偷爬上岸，变幻成人形，花天酒地，偷鸡摸狗，欺男霸女，让邻近村庄住的人家饱受苦难。王八精的恶作剧愈演愈烈，附近住着的百姓实在忍无可忍了，只得熏香叩头，上奏玉皇大帝。玉皇大帝闻言大怒，立即传令，钦点二精化为石头，不得再变成活人。那天，二精寻欢作乐后正醉醺醺返回水池，刚走到池边，玉皇大帝的杏黄令旗已到，两只王八眨眼幻化成两尊石像。

再说石像的头为啥是被武僧砍的。

且说，两个幻化成人形的王八虽然被玉皇大帝钦点成了石人，但玉皇大帝一时疏忽，忘记了收回两只王八精气神。于是，被点成石人的二王八体内还残存着妖气。又经过多年吸收玉泉池蒸发的天露气息，慢慢恢复妖气，又能变成人形了。这天，俩家伙商量，光站在池边当尊石人不行，听说玉泉寺院子里有棵乌柏，上面藏有宝物。如果能把宝物盗到手中，他两个石人便可得到真气，兴许还能占山为王，称霸天下。两个石家伙说干就干，挑了个风高月黑天，鬼鬼祟祟溜进了玉泉寺。

那时的玉泉寺已经远近闻名，香火旺盛。寺里长住100多位和尚。有老衲，有童子，有文和尚，也有武和尚。住在寺里的所有和尚除了打坐诵经、参禅修行外，其中的文和尚业余时间经管寺庙杂事和种粮种菜；武和尚业余时间习拳舞棒，兼职夜间巡逻守护寺庙。玉泉池南畔原有一处校场，每当武和尚演练武艺时，经常吸引得附近村民过来观看。

据说，玉泉寺武和尚的教头是一位身高力大、武艺超群的胖和尚。这位胖和尚一跳能跳出两丈远，一蹦能蹿上房顶。手中那口大刀，两个年轻人合力也抬不起来。这天，武术教头胖和尚夜间正在寺院巡逻，突然嗅到一股血腥味。胖和尚瞪圆铜铃般大眼一看，有两个鬼家伙正在乌柏树下蠢蠢而动。胖和尚大吼一声："大胆妖孽，看刀！"

吓得两个石家伙顿时灵魂出窍，撒腿跑出山门，站立池边，装作没事人似的，其实两条石腿还在下面筛糠般哆嗦。胖和尚见状，心中早已明白，看见俩石像的狼狈状，也就不再管了。

两个石妖却贼心不死。他们知道胖和尚道行高，如果与他硬打是打不过的。要想盗得乌柏上的宝物，就得先灭掉胖和尚！

又是一天晚上，月淡风轻，万籁俱寂。又轮到武术教头胖和尚巡夜。忽然听见暗处有嘀咕声，胖和尚睁大圆眼一看，原来又是两个王八精幻化的石像在咬耳朵。其中一尊石人说："先淹寺，后淹村，黄寺一带不留人。"好家伙，你两个石像原来秘密商量放玉泉池水淹掉寺院，冲死和尚，淹没村庄，再盗宝逃走的事。再看二位石像正朝池边走去。胖和尚意识到事不宜迟，否则后果不堪设想，一个箭步冲上去，没等两个石头人反应过来，一道白光闪过，"咔嚓"砍掉了两个石人的头颅。

玉泉寺院保住了，黄寺村保住了。只是两个石人从此没有了头。

沙彤根据《玉泉禅寺》载翁振军先生记录
《玉泉寺武僧除害》文章改写

46. 龙泉与绿水池

绿水池村，位于沙河市柴关乡境内。2016年列入中国传统村落第四批保护名录。

相传，很早以前，绿水池一带荒山野岭，植被繁茂，遍地野兽。山下只住着一位老头儿和他十二三岁的小孙女绿英。

这年，从年头到年尾没有落过半点雨，山上长的野柿子、酸枣、核桃、杜梨等，凡是能结果子的树全被旱得卷了叶儿；鲜花呀、野草呀也全部枯死了。住在山下的祖孙俩家中没了粮食，灶火断了炊烟。

这天，爷爷带着小孙女绿英到山上寻找可以吃的野菜。祖孙二人刚刚走到鬼子砸半山腰，见天上飞一只黑色羽毛的老鹰。老鹰不停地在一块悬崖上空盘旋着，鹰嘴里还不停地发出"呜呜"的叫声。

祖孙俩不由得朝老鹰盘旋的山崖望去。那里峭壁陡立，雾气腾腾。老爷爷看了半天，也没有瞅见什么。还是孙女绿英年少眼明，看见悬崖峭壁上好像爬着一只什么东西，老鹰正是冲着那只爬行的东西尖叫哩。

"爷爷，你看，在左边那块大山岩旁边，对，就是长着荆蓬的石岩，看见了吗？那是什么东西？"

老爷爷手掌遮在眼上，朝孙女指点的方向望去。

"绿英，爷爷眼花，还是看不清呀！"老爷爷看了半天，还是没有看清。

老鹰仍不停地叫着，并一次次扑扇着翅膀朝着悬崖上爬动的东西俯冲，尖利的鹰爪子狠狠地向下抓着什么。

大约过了多半个时辰，在老鹰用利爪一阵紧似一阵的猛扑猛抓下，原先在山上不停蠕动的东西突然从山崖上滚落下来，滚到祖孙二人面前。

"爷爷，是条小白蛇。"绿英指着滚落面前的东西，不由惊呼。

"是条受了重伤的蛇。一定是被老鹰抓的。"爷爷一边说，一边把受伤的白蛇捡起来。

见猎物被老汉捉住了，老鹰扇动着翅膀向老爷爷猛扑过来。老爷爷咋会怕老鹰呢？只见他挥起柴刀朝猛扑下来的老鹰砍去。老鹰见抓不到爷爷，又害怕被柴刀砍伤，只好"呜呜"叫着向远处飞去。

老爷爷再看手中白蛇，被老鹰抓得遍体鳞伤，全身上下软绵绵的，看样子要死了。

"爷爷，咱们救救这只可怜的白蛇吧，要不，它就死了。"绿英充满爱怜，有点担心地说。

"绿英，救这只受了重伤的蛇，必须采到千年灵芝草。找不见灵芝草，咱拿啥去救小生灵呢？"爷爷说。

"爷爷，咱一定要找到灵芝草，救活这条小白蛇！"绿英语气坚定地说。

"好吧，咱就到山上碰碰运气去！"爷爷答应了孙女绿英的请求，将小白蛇放进荆篓。祖孙二人往深山爬去。

爬呀，爬呀，也不知爬了几道川，趟过几条河，终于来到一座更高的大山面前。但这座大山被浓浓雾气包围着，别说寻找灵芝草，就连对面的峭壁也看不真切。

"灵芝草，你在哪里？快快出来让我们找到吧，帮助我们救活这条小白蛇——"面对四面群山，绿英亮开喉咙，高声喊叫。

四面大山似乎听明白了绿英的话，纷纷用回音帮助绿英姑娘喊起来："灵芝草出来吧——，灵芝草出来吧——"

突然，云雾散去，太阳出来了，整个大山被阳光照耀得五彩缤纷。绿英举目远眺，嘿！果然功夫不负有心人，对面不远处峭壁上，一株碗口般大小的山灵芝正向绿英姑娘招手呢。

爷爷对绿英说："孩子，你在山崖下等候，让我上去把灵芝草摘下来。"

绿英说："好嘞，爷爷小心点。"

爷爷说："爷爷爬了多半辈子山，不会有事的。"说完，把装有受伤小白蛇的荆篓交给绿英，将柴刀往腰间一别，双手扒着岩缝向长灵芝草的险崖攀去。

攀呀，攀呀，不知攀了多长时间，就在爷爷即将攀到灵芝草旁边时，刚才抓伤小白蛇的老鹰出现了。只见它"呜呜"叫着朝爷爷头上扑去。爷爷一手挥舞柴刀抵挡老鹰，一手抓着岩石努力接近灵芝草。就在老爷爷抓住灵芝草的一刹那，危险发生了。老鹰的利爪突然啄着了老爷爷的眼睛，疼得老爷爷"嗷"的一声惨叫，咕噜噜掉下悬崖。绿英急忙大步奔向爷爷时，爷爷已经死了，但他手里还牢牢攥着那株灵芝草呢。

绿英年龄小，一时搬不动爷爷尸体，只好用柴刀在山地上挖了一个坑，草草埋葬了爷爷。然后，把爷爷用生命换来的灵芝草用石块研碎，喂进小白蛇口中，再将灵芝草汁液涂抹在小白蛇受伤的躯体上。小白蛇得救了。绿英又把小蛇放归山林。

就在这天夜间，绿英姑娘做了个梦。梦见一位白衣少年站在她面前说："谢谢你，善良的小姑娘，我是住在这儿的井龙王的儿子小白龙。今天出井游玩，不慎遇到黑鹰怪，遭遇黑鹰怪毒爪，幸亏得到你祖孙二人舍命相救，这才保住了我的性命。我一时感到无以回报，请姑娘说出一个心愿，我一定帮你实现！"

绿英睡梦中说："我们山里人一向都是尽想着别人安危，即使办了好事，也从未想要什么回报，你还是回去吧。"

白衣少年诚恳地说："小妹妹，我知道你心地善良，做好事从来不求回报，但我也不是一个无情无义，知恩不报的人。因为是你和你的爷爷搭救了我性命，我如果不有所表示，必然会与不仁不义畜生为伍。所以，你一定提出一个要求，让我去做了，也算再帮助我完成一个心愿。"

见白衣少年说的是肺腑之言，绿英说："我看你也不必回报我个人什么了，如果你真的是井龙王的儿子，一定会有找水的本领。这样吧，你能在山下抓出一个水池，也算帮助生活在这一方的老百姓办了一件有意义的好事。"

听了绿英姑娘的话，白衣少年的神色稍微有些迟疑。

绿英见状，急忙说："依我看，不必为难你了，你就回去吧！"

白衣少年急忙摆手说："绿英姑娘误会了我的意思。因为天宫玉帝有旨，让太行山一带大旱三年，谁也不能私自帮助人间找到水源。违令者斩！"

听了白衣少年的话，绿英淡然一笑说："那就更得请公子回到你爹爹井龙王身边去了，免得得罪了玉帝，让你全家受到牵连。走吧！"

听了绿英的话，白衣少年顿时鼓足勇气说："绿英姑娘把我看扁了。我既然说满足姑娘的愿望，岂能失信于人！我去也！"说完，白衣少年飘然离去。绿英姑娘醒来，原来是南柯一梦。

次日早晨，天还没明，晴朗的天空突然响起轰隆隆的雷声。片刻，一道闪电直扑下来。"嘎刺刺，刷啦啦"，随着一声声惊天动地的巨响，一条山沟里突然腾起冲天尘雾。尘雾散尽，沟壑间出现一条巨大水池。说也奇怪，水池的形状呈现出龙头状，有龙鼻、龙须、龙首、龙爪，还有龙尾。池子里清水荡漾，水甜如蜜。原来，井龙王的儿子小白龙为报答老爷爷和绿英祖孙的救命之恩，违抗御旨私自下凡帮助人间挖水池的事让玉帝知道后，玉帝对小白龙说："你如果真的愿意抗旨挖池，朕也不再阻拦你。但你这一去必然有去无回，葬身人间！"

小白龙不惧玉帝恐吓，毅然决然兑现了对绿英姑娘的承诺，用龙身砸出了这眼水池。后来，绿英姑娘死了，水池边住上了人家。为纪念绿英姑娘，后人将村名称作"绿水池"村。

搜集整理：沙彤

47. 通源井的传说

沙河市西部山区有个村儿叫通元井。2019年，通元井村被公布为第五批中国传统村落，2022年又被公布为河北省历史文化名村。

过去的通元井不是这样写的，而写作"通源井"。因为村里有眼"龙拱井"。为啥叫龙拱井呢？

相传很早以前，这地儿没有村庄，东山坡有片地儿叫"老庄窝"，由于十年九旱，山光岭秃，沟涸河干，住在老庄窝的人每年庄稼都是种一葫芦打两瓢，甚至把籽种搭进垄沟里。后遇连旱三年，大地冒烟。老庄窝家家户户粮缸空了，水缸干了，眼睁睁看着孩子老婆就要渴死饿死了，真是叫天天不应，喊地地不灵。咋办？族长把老庄窝全村人召集起来，号召男女老幼齐上阵，同心协力找水源。

开始挖了好几处地儿，怎奈山前坡地土薄石厚，那时候还没有炸药，光用铁镐、铁锨咋能挖得动岩石！

老庄窝的人选了一处又一处，打井打了七七四十九天，还是找不见水源，个个愁得没办法。

这天，天庭轮值的小白龙巡天查岗飞过老庄窝时低头瞅，看见了老庄窝人的凄惨景象，顿生恻隐之心，回到天宫禀报了老龙王。老龙王批准小白龙降雨人间。得到老龙王允许，小白龙兴冲冲邀请风婆、雷公、电母、雨神前往老庄窝一带行云播雨时，风婆到玉帝面前把老龙王让小白龙到老庄窝一带行云播雨的事告了密。玉帝大怒，说："好大胆的老龙王，竟敢不通过我下旨就让小白龙到人间播雨。让天下人知道了还不尽说你好而骂我独裁！"当即传御旨给老龙王，让老龙王撤回让小白龙行云播雨的指令。

此刻，小白龙带着雷公、电母、雨神已经飞到老庄窝上空，听传令天神宣读玉帝旨令后，小白龙当即知道是风婆到玉帝面前告了密，因为他通知了风婆、雷公、电母、雨神后，唯独风婆没有跟他一起来。小白龙对风婆告密的行为恨得咬牙切齿，但事既至此，他必须想出对策。按照玉帝旨意，带着雷公、电母、雨神返回天庭吧，太行山东麓的黎民百姓多数会在大旱之年死去。如果不遵从玉帝旨意，玉帝不仅会惩罚小白龙，小白龙的爹老龙王也可能被免职或打入天牢，就连跟随他来的雷公、电母、雨神也会遭受牵连。思前想后，小白龙决定牺牲自己一条龙命，救活老庄窝一带黎民百姓。为了不连累雷公、电母、雨神，同时也想惩罚告密的风婆，小白龙让雷公、电母、雨神返回天庭，面见风婆，说小白龙已经知道风婆告密的事儿了，回到天庭一定会杀死风婆。大约人间天上凡是喜欢告密者，一是贪图赏钱，二是贪生怕死。听了雷公、电母、雨神的话，风婆果然害怕。因为风婆在天庭权小势微，忌惮龙王家族的庞大势力，就问雷公、电母、雨神："咱四个小神可得抱团儿呀，你们给老婆子我参谋参谋，看应该咋办呐？"

电母说："咱老姐儿俩都是女神，让我悄悄告诉你吧，小白龙是条心肠柔软的少年龙，只要你到老庄窝去与小白龙见上一面，勇于承认错误，再设法把小白龙哄回天庭，估计小白龙对你的怨恨就消除了……"

风婆相信了电母，前往老庄窝了。但她万万没有想到，天上人间最能让人上当的正是那些平时让你信得过的人，关键时刻，就是你信得过的人把你推进了火坑。

闲话少叙。小白龙见雷公、电母、雨神离开后，立即幻化人形，走到汗流浃背挖井的老庄窝人面前，说："父老乡亲们，你们不要再挖井了，一会儿会有一条龙飞来，为你们找到水源。"

老庄窝人不相信。小白龙又说："你们不信我的话不要紧，但你们暂时离开这地儿，龙挖井可不是闹着玩的，溅起的石头砸伤你们了咋办？你们可是谁也没在天官投资人身保险呀！"

老庄窝人对小白龙的话将信将疑。这时候族长站出来说："反正咱们找水七七四十九天还未能找得见水，就听陌生小伙子一回吧。"说完，领着人离开时，小白龙又说："大家慢走，我的话还没有说完，你们先回老庄窝抬出锣鼓到南山坡等着，只要瞅见刮风，就用力敲打锣鼓，响声越大越好。直到有巨石从天空掉落，锣鼓声音方可停止。"

按照小白龙的吩咐，人们跑回老庄窝，把锣鼓抬到了南山坡。

大约一个时辰，果然起了山风。老庄窝的人在南山坡"咚咚锵锵"敲响锣鼓。猛然，一块巨石从天空摔落地面。仔细看时，巨石的形状活脱脱像一位老婆婆。因为巨石是被大风刮下来的，老庄窝人就把这块巨石叫成了"风婆婆"。

天上掉下"风婆婆"的同时，一条白龙从天上"刷啦啦"飞向刚才挖井的山坡，天崩地裂一声响，一股雪白水柱冲上天空。接着，带着遍体鳞伤的白龙腾空飞起，直奔东山。老庄窝人赶紧朝着小白龙溅起水柱的山坡跑去，那地儿果然呈现一口奇特的井，清凌凌的泉水在井底下"咕嘟嘟"冒着白泡往上翻，不一会儿溢出井口，流向干涸荒芜的山岭和田野……

老庄窝人感到神奇，顺着小白龙"拱井"受伤后向东飞行的路线寻去，在东山坡找见一堆龙骨头。于是，老庄窝人将小白龙死去的东山称作"脱骨山"。

老庄窝一带有了水，能按季节播种收获了，人们的生活也有指望了。后来，住在老庄窝的人把房屋建到了"龙拱井"周边。老庄窝渐渐成了遗址。

明代万历年间，住在"龙拱井"周边的人把这地儿建的一片庄宅称"獂獠井庄"。某年，獂獠井庄人到县衙交钱粮，时任知县不会写"獂獠"二字，便根据"龙拱井"的传说将村名改写为"通源井村"。20世纪90年代，又被改写成"通元井村"，沿用至今。

搜集整理：沙彤

48. 漆泉寺泉水为啥是黑的

漆泉,县西八十里,寺左有井,汲水饮之。其色如漆。

——清·康熙本《沙河县志》语

沙河市西部山区有座漆泉寺,寺址东侧有眼井,阔不足两米,深不足一丈。但你千万别小瞧这眼水井,漆泉寺的得名可是由它而来。因为漆泉寺周围无论井还是塘里的水都镜子一样清凌凌的能照见人影儿,唯独这眼井底的水漆一般黑,为此,人们管这眼井叫漆泉,建在漆泉旁边的寺唤作漆泉寺。但你如果把水汲出井口,捧在手心再看,那水与别处的水一模一样,不仅清澈如碧,可照人影,还水质甘甜。

为啥这眼井里的水看上去漆黑呢?我给读者讲一个道听途说的故事。

相传很早以前,广阳山一带除了一眼望不到顶的高山,就是无边无际的原始森林。这天,不知从哪儿来了位和尚,绕着广阳山转了半月,见山西侧山沟流水淙淙。细瞧,山沟周边汇聚着九座山岭犹如巨龙,都把龙尾伸进这条沟边。和尚会看风水,当即断定此处是九龙回首之地,于是盘膝坐在地上,诵念阿弥陀佛。

这天,一位猎人口渴下山饮水,看到老和尚坐在泉边念经,却听不清楚老和尚嘟嘟囔囔念的是啥。猎人看了一眼老和尚,喝了几口泉水,转身离开了。

次日,猎人再次来泉边饮水,见老和尚依然坐在泉边念经。猎人心想,这个老和尚真怪,为啥还坐在这儿念经呢。猎人仍然没有和老和尚说话,喝饱水,再次绕过老和尚,狩猎走了。

第三天,猎人再到泉边时,见老和尚还坐在老地方念经。受好奇心驱使,猎人走近老和尚问:"老师父,你每天坐在这儿嘴里哪哝的是啥呀?"

老和尚头也没抬，回答："经。"

"经？经有啥好念的？"猎人感到茫然。

老和尚停止念经，抬眼看看猎人，缓缓地问："小伙子，你每天拿着猎枪干啥呢？"

猎人疑惑地说："这还用问吗，上山打猎呗！"

"打猎，打啥猎？"老和尚佯装不知，继续追问。

"打兔子、野狼、野猪，反正只要不是人的动物，看见啥打啥！"

老和尚合掌说："年轻人，看样子你今年大约二十四五岁吧，15岁上你跟随你父亲上山打猎，不谈你父辈和你父辈的父辈，就是你自己也打猎十几年了吧？每年死在你手上的生灵往少说也不下百只。但你想过没有，你口里虽然说不打人，却不知十几年来死在你手下的生灵，都与人的性命一样呀！"

听老和尚如此说话，猎人不高兴地说："你这个老和尚，如此讲话就不对了。方圆几十里内，谁不知道我是善良猎人，你咋说我打猎伤害的是和人一样的性命呢！"

老和尚伸手一指身边山泉，说："年轻人，请你先去这眼山泉喝口水，咱俩再理论。"

猎人过去没到这眼山泉喝过水，走过去低头一瞅，嘿！泉水咋是漆一般的黑色。猎人心想，此处荒山野岭，杳无人烟，一定是老和尚见俺常来饮水，心怀不满，往泉水中投进什么东西了。想到此，猎人十分生气，快步奔到老和尚面前，厉声责问："老头儿，你念你的词儿，俺打俺的猎，你凭什么把泉水弄成漆黑颜色？"

老尚淡然一笑，说："泉水本无色，万相心中生。水还是原来的水，只不过你心存黑暗而已。"

猎人不相信老和尚的话，低头再瞅山泉，里面的水依然漆黑如墨，生气地说："泉水明明变成了黑色，你却说仍是原来的水，想糊弄人不是？"

老和尚示意："请你掬捧水一看便知。"

猎人弯腰掬起一捧泉水，细看与其他地方的水一样清澈透亮，品尝

48. 漆泉寺泉水为啥是黑的

185

一下，无任何异味。猎人咧嘴一笑，不好意思地说："老师父，我错怪你了。"

老和尚说："不，你没有错怪老衲，因为你用肉眼看到的泉水的确漆黑如墨，捧进手中看到的水清碧无瑕，如果再把水放在红色器皿，你看到的水就是红色。水还是水，性质没有变化，只不过随着存水环境颜色的变化，水的颜色也就变化无常。这个道理说明了什么？说明泉水本无色，境移色不同，菩提本无树，都因杂念生。世界万事万物，如果仅凭人的肉眼和感觉，是不可究竟真相的，唯有透过事物表相，才能看到事物的本来面目。小伙子，这便是老衲坐禅诵经的道理呀！"

听罢老和尚一席话，猎人如梦初醒，扔掉猎叉，匍匐在地说："承蒙师父开示，我愿放弃狩猎，跟随师父念经。"

老和尚为猎人摩顶受戒，收猎人作了开山弟子。

老和尚圆寂后，弟子在他当猎人时饮水的山泉旁建起一座寺庙，取名漆泉寺。

搜集整理：沙彤

49. 凤凰眼的传说

巨鹿县阎疃镇王庄村西北有条宽四五十米、深不足三米的浅沟。沟两岸各挖一眼深两丈的水井。两眼水井隔沟相望，均不知始建于何年。说来奇怪，两眼水井尽管相距不远，水质却明显不同。位于北边的井水甘甜如蜜，而位于南边的井水随着天气的变化而变化，有时甘甜，有时苦涩，让人琢磨不透其中的奥秘。

传说很早以前，王庄村一带还没有人烟，举目望去，四野尽是白茫茫的盐碱荒滩。这年，朝廷颁诏从山西移民到河北定居的人成群结伙来到这儿，想在这儿安家。但四周不是盐碱荒滩，就是含有大量卤盐的水洼，别说长庄稼，就是喝口凉水也又苦又涩。如此贫瘠荒凉的地方，咋住人呀！从山西过来的人都不愿意在这儿安家，纷纷转移到其他地方了。就在这伙山西人中间有位姓王的小伙子，没有跟随其他人离开，而选了一块稍微平坦些的地方，垒了间土坯房，居住下来。从此，姓王的小伙子早出晚归，清除盐碱，开垦荒滩，种上五谷杂粮。他饿了挖点野菜吃，渴了喝口咸凉水，由于土壤中含有盐碱，水中含有卤盐，因此辛苦劳作两年，仍然种一葫芦打两瓢，收的粮食填不饱肚子。

这年春天，小伙子正在锄地，猛听见不远处传来"叽叽喳喳"的鸟儿惊叫声，抬头望去，不远处麦垄间，一只凶猛的老鹰伸着利爪正在撕扯一只长着漂亮羽毛的小鸟。"叽叽喳喳"的惊叫声正是从小鸟口中发出的。

小伙子想也没想，抢起锄把朝老鹰砸去。老鹰被小伙子的锄把砸中翅膀，哀鸣一声飞上了天空。小伙子跑过去，把长着漂亮羽毛的小鸟捧在手心。见小鸟的腿受了伤，小伙子从地堰边找到中药草，嚼碎，将药汁涂在小鸟伤腿上，然后把小鸟放在地上，继续锄麦子。过了大约半晌，麦地锄完了，小伙子正要过来看看受伤的小鸟，小鸟竟扑棱着翅膀飞上小伙子的肩膀，尖尖的嘴巴轻啄小伙子的耳朵，"叽叽喳喳"叫着，似乎表示感谢呢。小伙子轻轻抚摸一下小鸟的羽毛，说："小鸟呀，你要是能飞就飞走吧，千万别再让老鹰抓住了。"小鸟用尖嘴又啄了下小伙子的耳朵，这才恋恋不舍地飞走了。

这天晚上，小伙子做了个奇怪的梦，梦见一位穿着漂亮花裙的小姑娘翩翩来到面前，说："王大哥，感谢你搭救了我的性命，我想报答你的救命之恩。请你提出要求，我一定会满足你。"小伙子心地善良，过去做好事从来没有奢望回报，于是说："咱俩素不相识，我也不记得曾经帮助过你什么，现在怎么能随便接受你的报答呢？"小姑娘说："昨天你救了我一命，我必须报答你，不然我就成了忘恩负义之人了。"睡梦中的小伙子感到好奇，就问："你是哪里人，叫什么名字？"小姑娘说："这是天机，不可泄露，你只管提要求就是了。"小伙子见说服不了小姑娘，自己不提要求呢，小姑娘就不离开他。没办法，想了想，小伙子说："既然你非要我提要求不可，那我就随便说了。办到了呢，就算你为今后居住这地方的人办了件好事。办不成呢，我也不会埋怨你。"小姑娘说："王大哥尽管说就是了。"小伙子说："俺也不向你提别的要求，你如果真有能耐，就帮俺在这儿找一眼能冒出甜水的井，让这里的人利用甜水浇灌庄稼，养活一方百姓。"听了小伙子的话，小姑娘的表情犹豫了一下，说："王大哥，能不能再换个别的要求呢？"听刚才还信誓旦旦承诺要办一件事报答自己的小姑娘转眼变了卦，小伙子有点不高兴了，说："算了吧，你还是离开这儿吧。因为我压根儿就没有指望你的什么报答。"小姑娘知道小伙子误会了自己，急忙说："王大哥，啥也甭说了。明天上午，你到地里，只要看见有鸟儿落脚，就在那块地儿往下挖，泉水肯定是甜的。"说完，小姑娘转身不见了。小伙子一觉醒来，原来是南柯一梦。开始，小伙子还不敢相信梦是真的，因为两年多来，他已在周边挖了不知多少眼井，没有哪眼井的水不是咸的。梦中小姑娘的话真能应验吗？但转念又想，万一梦想成真了呢？怀着将信将疑的念头，小伙子吃罢早饭，扛起锄头下地了。天近中午，果然一只羽毛漂亮的鸟儿从彩云间飞落下来，飞到小伙子头顶盘旋三圈，最后落在土沟北岸，"叽叽喳喳"叫了一阵子，展翅飞走了。小伙子急忙用锄头在小鸟刚才落翅的地方挖井。挖呀，挖呀，不知挖了多少天，挖到两丈余深时，一股清凌凌的泉水"咕嘟咕嘟"冒了出来。小伙子弯腰掬水喝了一口。嘿！真是既清凉又甘甜。小伙子高兴极了，从此便用这眼井里的水浇灌庄稼和生活饮用，日子一天天好起来。不久，小伙子娶了媳妇，生下孩子。孩子又生了孩子……渐渐地，这地儿就成了一座小村庄。因为小伙子姓王，后代们就把小村庄叫成了王庄村。

  不知又过了多少年，小伙子老了。王庄村的人都叫他王爷爷。这天，王爷爷又做了个梦。梦见一位奇丑无比面目狰狞的老太婆，对他凶狠地说："想当年，你破坏了我的好事，用锄把砸伤我的翅膀。君子报仇，十年不晚。今天夜间，我就施法术毁掉甜水井，让你的子孙后代永世不得吃上甜水！"说完，老太婆不见了。王爷爷吓出一身冷汗，天未亮，披上衣服跑到甜水井边汲上一桶水，喝一口，果然又苦又涩。王爷爷放下水桶坐在井边号啕大哭。王爷爷的哭声感动了白云，白云在天空缓缓舒卷；

感动了大地，地上草木在微风中瑟瑟颤抖；感动了百鸟，百鸟扑棱着翅膀在蓝天飞旋。片刻，天空飘过一朵五彩祥云，一只巨鸟扑扇着翅膀从彩云间翩翩飞下来。巨鸟在王爷爷头顶盘旋三圈，突然说起话来："王大哥不必悲伤，昨晚是凶狠的老鹰报复你，把甜水井变苦了。现在，我再为你的子孙后代找一眼甜水井。但你一定教育后代，千万不要破坏大自然植被，不要砍伐树木，不要胡乱排放污水。唯有坚持长远，井水才能永远是甜的。"说完，巨鸟落在沟南岸。这时，王爷爷看清巨鸟只长着一只眼睛，就好奇地问："鸟呀鸟呀，你为啥只长一只眼睛呢？"巨鸟的表情稍微迟疑一下，叹口气说："唉，啥也甭提啦！"王爷爷固执地说："你要是不肯告诉俺，俺就不让你再为俺找甜水井了。"见王爷爷执拗得不行，巨鸟只好告诉他说："我是王母娘娘身边的凤鸟。当年，你从鹰爪下救过俺性命，为报答救命之恩，我就献出一只眼睛，变成沟北岸的甜水井。昨天，老鹰知道了这件事，夜间把我丢在沟北岸的眼睛啄食了。所以，井水变苦了。"听凤鸟如此一说，王爷爷说啥也不让凤鸟再为王庄村献眼找井了。凤鸟说："王大哥，我在这儿帮助找井，不单单是为报答你一个人的恩情，而是要尽最大努力帮助这儿的乡亲们。现在，我的鸟龄已经老了，在升入仙班之前能将两只眼睛全部奉献给有恩于我的人间，我的心才会得到安宁，我这一生才算过得完美。王大哥，你就成全我吧。"说完，巨鸟伸出巨爪在沟南岸刨了一阵，长鸣一声飞走了。

  目送凤鸟飞远，王大爷立即叫来村里的人，在凤鸟刚才落脚的地方挖井。数天，果然又挖出一眼甜水井。后来，王爷爷死了。王爷爷的孩子，以及孩子的孩子，也死了。不知又过去了多少年多少代，也不知后辈中的哪一代，砍光了王庄村的树木，破坏了自然环境。一场洪水，盐碱泛滥成灾。从此，沟南岸的甜水井发生奇妙变化。每当刮南风时，井水苦涩难咽。南风一停，井水马上变甜。直到今天，依然如此。

  因为王庄村这两眼井是传说中凤凰落脚点出的"井穴"，又传说是凤凰两只眼睛变成的，所以人们就管这两眼井叫"凤凰眼"。

搜集整理：沙彤

城乡章

邢台的广袤土地上分布着许许多多的城镇和村落，几乎每个城镇和村落都承载着或优美、或凄婉、或悲壮、或神奇的传说故事。它们有的取材于真实的历史事件，有的依托当地的自然或人文景观，经过数百年乃至上千年口耳相传，成为一个个如珍珠翠玉般闪烁着传奇色彩的故事。这些故事不仅为长年累月辛勤劳作的百姓提供了茶余饭后消遣解闷的谈资，也成为草根阶层教育子孙和传承民俗风情的乡土教材。

50. 邢台城的传说

邢台旧城，位于邢台市京广铁路东侧襄都区。城北为团结东路（原北围城路），南接建设东路，东为邢州路（原东围城路），西为新华北路（原西围城路）。中兴东路（原马路街）从中部东西穿过。总面积约4.7平方千米。历史上由内城、外城组成，均有城墙和城门（外城又称皋、阁）。内城为古邢台政治中心。外城即所说的"邢台好南关"，是人口密集的商业区。多种文献记载，商祖乙都城和邢侯国都城建在西南隅。近年对城东南隅发掘勘探，认定该段城墙至少不会晚于汉代。旧城格局清晰，地面可见城墙残迹。城内古街道遗迹仍可辨清，大部分街巷名称仍沿用古名。

邢台为啥叫"牛城"

邢台城开始不叫"卧牛城"，而称"牛城"。为啥这样说呢？这与一个美丽的传说有关。

很早很早以前，这地方土肥水美，草木茂盛，有飞禽，有走兽，就是没有人烟。一天，不知从哪儿来了一男一女小两口。见这儿的土壤肥得攥一把能从指缝儿流油，清凌凌的水喝一口甜得像蜜糖，小两口一合计，就在这儿垒了间草屋，住下了。从此，夫妻俩起早贪黑犁地种起庄稼来。

当时，小两口没喂牛，每次犁地，丈夫在前面拉犁，妻子在后边扶杖。从春天忙到秋天，收获的粮食仅够填饱肚子。第二年，小两口生下一对龙凤胎，妻子因照管俩孩子，不得不靠丈夫一人用镢头刨地种点庄稼。这样一来，收获的粮食不够吃了。咋办？丈夫天天想，夜夜盼，希望自家能有一头牛帮助犁地，那该有多好呀！

这天，丈夫正坐在地头发愁哩，一头小牛犊突然从树林中一瘸一拐跑出来。小牛犊身后紧追着一只土豹子。显然，小牛犊的腿被土豹子咬伤了。为了搭救牛犊，丈夫想也没想，抡起镢头一边呐喊，一边朝土豹子砸去。因为当时住在这地儿的人不多，土豹子也许还没有见过这么胆大的人，疑惑地眨了眨豹眼，扭头窜回树林。丈夫急忙把小牛犊抱进怀中，从山坡采来药草，嚼碎，把汁液涂抹在牛犊受伤的腿上，然后把牛犊放归山林。这天夜间，丈夫做了一个奇怪的梦。一头老黄牛站在他身边，说："善良的年轻人，你今天搭救了我儿子性命。请你提出条件来，我要报答你的恩情。"丈夫感觉奇怪，一只老牛咋会开口说人话呢？他心里这样盘算着，就对老牛说："我现在正需要一头牛帮我耕地哩。"老牛说："这件事儿好办。我就帮你把山坡上的地全犁一遍。"说完，老牛飘忽不见了。丈夫睁眼看时，原来是南柯一梦。

次日天明，丈夫心里惦记着昨晚做梦的事儿，扛起镢头到山坡查看，转悠了一天，根本没见有啥动静。太阳落山了，丈夫回家吃完晚饭，心里还是撂不下做梦的事儿。妻子见丈夫心不在焉，就问他："今日咋的啦？一天到晚精神恍惚的？"丈夫就把昨夜梦境向妻子学说了一遍。妻子听后"扑哧"笑了，说："噫——你这是想牛想得犯瘾症了，哪有那么好的事儿哩！快睡觉吧。"听了妻子的话，丈夫就躺进被窝儿，但脑子里仍翻来覆去想着梦中牛的话。半夜，他再也睡不着了，披衣下炕，手提镢头往山坡上走去。刚到山坡根儿,听见坡上传来牛拉犁的"呼呼"声,借着朦胧星光往山坡一瞅,果然有头老牛正拉着犁"吭哧、吭哧"犁地呢。丈夫轻轻咳嗽一声,老牛飘然不见了。次日,丈夫再到山坡上察看,一大片土壤果然全变成暄的了。

丈夫当下心里明白,这是神牛在报答自己救小牛犊的恩情哩!

日月如梭,光阴似箭。小两口生下的龙凤胎眨眼长到五六岁了。这天夜间,丈夫又梦见老牛来到面前,眼里噙着泪说:"我是天河山的牛神,本想一直帮你家耕地,但这件事儿让七里河的老鳖精知道了,它禀报了玉帝,状告我不守神仙规矩,私自帮凡人干活儿。玉帝传下御旨,召我回天宫去了。"丈夫抱住牛头,恋恋不舍。老牛又说:"我走后,你不必悲伤。明天,你再到山坡上去,那里有头小牛犊等着你。你可以把它抱回家。养大后,让小牛帮你耕田。"说完,老牛不见了。第二天,丈夫来到山坡,真有一头小牛犊在那儿啃草哩!丈夫欢天喜地把小牛犊抱回家,好草好料喂养起来。嘿!这头小牛极有灵性,尤其对龙凤胎姐弟更是亲近得不得了,每次见到小姐姐和小弟弟都摇牛头刨蹄子,还伸出牛舌头在小姐弟手上、脸上亲热地舔来舔去。姐弟俩也十分喜爱小牛,天天到山坡割最嫩的草喂它。小牛长大了,能拉犁干活儿了。但丈夫和妻子谁也舍不得让小牛到山坡上拉犁。一家人对小牛的爱深深感动着小牛。好几次,小牛主动跑到山坡上,将牛头钻进犁地用的牛套中,表示要为主人出力干活儿,但每次都被丈夫牵回家。小姐弟俩仍然每天为小牛割最嫩的草,喂最好的料。

就这么又过了一年多。不知谁走漏了消息,七里河的老鳖精知道了牛神儿子小牛住在小夫妻家。老鳖精心想:牛要是帮凡人做农活儿,不就显出我老鳖精懒惰了吗?我一定不让牛神的计划得逞。这年夏天,老鳖精让天下起了大雨,搅动得七里河水涨了一丈多高,溢出河床,将小两口辛辛苦苦建造的房子泡进水里。小两口一看大水淹了房子,急忙一人抱一个孩子,牵着牛,向高台转移。跑到高台一看,台顶地方太小,只能站下两个人。这时,小两口如果各抱一个孩子站到高台上,完全可以躲过水灾,但那样做,小牛就会被洪水冲走。咋办?丈夫和妻子谁也没跟谁商量，一齐将各自怀中的孩子放在小牛背上，把小牛推到高台上。刚办妥这件事儿，一个浊浪打来，把夫妻俩冲走了。洪水还在一个劲儿往高台上猛冲。姐弟俩吓得"哇哇"直哭。小牛急得直摇牛头。不消片刻，又一个更凶猛的浪头扑向高台。就在水浪快要淹没高台的一瞬间，小牛突然高昂牛头，"哞——"的一声长啸，驮着姐弟俩腾空飞了起来。小牛飞呀、飞呀，飞了很久，见滔天洪水无边无涯，根本没有落脚的地方。小牛心想，我也不能永远这么飞下去呀，这小姐弟俩还饿着肚子呢！怎么办？小牛犊为报答小姐弟恩情，就按落云头，从天空飞下来，将自己的身子变幻出一座城，让姐弟俩住进城里。说来也怪，小牛幻化的这座城，有牛头、牛肚、牛蹄、牛尾，中间还可瞅见"牛肠"哩！再后来，姐弟俩长大后，各自成了家，生了子女，子女又生了子女，城里住的人渐渐多了起来。为了纪念小牛的救命之恩，姐弟俩去世后，他们的后裔就把这座城叫作"牛城"。

邢台为啥叫"卧牛城"

邢台开始的别名叫"牛城"，为啥后来改称"卧牛城"了呢？说起来，也有一个美丽的传说。

不知又过了多少年多少代，牛城里的房子越来越多，居住的人口越来越稠。又是一年夏天，连着下了七七四十九天雨，闹得滚滚山洪包围了牛城。眼看奔涌不息的洪水呼呼往城墙上蹿，住在城里的人都害怕了，纷纷跑到城墙上躲水。但洪水并没有停歇的意思，仍一股劲儿咆哮着，将翻卷的浊浪泼上城墙。躲在城墙上的人个个吓得哭爹喊娘，乱作一团。眼看洪水就要蹿上城墙了。突然，远处翻滚的浊浪间亮出一个小黄点儿。

"大家快看，那边过来个啥？"有人指着远处浊浪中的小黄点儿让大家辨认。

小黄点儿越来越近，眼尖的人看清楚了，惊呼："水上游来一头黄牛！是头黄牛！"话音未落，一头黄牛踏着翻腾不息的波浪，鼻子里喷着粗气，游到了城墙前。只见它牛腰一弓，四蹄腾空，身上挂着水珠，"噌——"地蹿到城墙上，牛屁股一歪，头南尾北卧了下来。城下的洪水仍在不停地往上涨。卧在城墙上的牛弯着脖子圆瞪牛眼，朝着洪水，高昂牛头，"哞——"的一声长鸣。嘿！城墙"呼"地往上长了一丈多高。洪水再涨，牛就再叫。每次洪水往上涨八尺，牛叫一声城墙往起长一丈。鏖战了半天，洪水没劲儿往上涨了，牛也就不再叫了。最后，洪水乖乖退了下去。等大水完全退去后，城墙上躲水的人们回头再找黄牛时，嘿，这神家伙早跑得不知去向了。人们纷纷议论，说是神牛搭救了牛城百姓。为了感谢神牛救命之恩，人们便把牛城改名叫"卧牛城"。因为搭救牛城百姓的神牛当时是头南尾北卧在城墙上、弯着脖子、瞪圆牛眼叫退洪水的，所以，后人为牛城做雕塑时，就把神牛雕塑成弯着脖子、高昂牛头的卧牛样子。

长街为啥分南北

邢台城府前街东侧有条古街道，现在的名字分别称"南长街""北长街"。其实，古代这两条街分别称"南肠街""北肠街"。有人说，这两条街就是神牛的肠子。但牛肠子应该是整根，为啥分成南、北两截了呢？

相传，神牛搭救牛城百姓后，更加惹恼了七里河老鳖精。老鳖精千方百计想把神牛治死。怎样才能治死神牛呢？老鳖精一时也思谋不出好办法。这年农历十月十八，火神庙过庙会。老鳖精变幻成一个赶庙会的妇人，扪一荆条篮红柿子到清风楼前假装卖柿子，等待机会。天快晌午，一个人倒骑着毛驴从西边"吧嗒、吧嗒"走过来。老鳖精变的妇人见机会来了，提起柿子篮迎着骑驴人走去。"这位大叔，俺是从山里来赶庙会卖柿子的。天快晌午了，还没能卖出一颗。俺想挪到东城门去卖。大叔行行好，让俺把柿子放在你的驴背上，帮俺把柿子驮到东城门吧。"

骑驴老头儿见是一位山区妇人求他帮忙，就说："把柿子搁上来吧。"

妇人就把装满柿子的荆条篮放到毛驴背上。现在的人都知道，邢台古城的"肠街"就在清风楼东边。因此，驮着柿子的毛驴要想走到东城门，必须从"肠街"中间踩过。而老鳖精变的妇人装在篮子里的柿子是一座座小山。老鳖精施展妖法，让小山先变成柿子。当骑驴老头儿骑着毛驴刚踩住牛肠子，老鳖精念动咒语，柿子突然变得小山般沉重。其实，骑驴老头儿不是别人，就是广宗县的张果老。他开始没有留心妇人是老鳖精变的。这会儿，突然觉得毛驴背上驮的东西沉重了不少，再看驴蹄子，已经踩住了牛肠子。张果老马上意识到中了妖怪奸计，急忙提起毛驴缰绳，让小毛驴腾空飞起来。但为时已晚，牛肠子早被张果老的毛驴踩扁了。从此，卧牛城的肠街就分成了南北两截。

铁锅锅住牛屁股

七里河老鳖精想害死卧牛城的神牛想得要疯了。这次，终于想出一个狠毒绝招。神牛之所以有灵气，就是肠道通顺，如果让神牛不能拉屎撒尿，不就把神牛憋死了吗？

不知又过去多少年，牛城的城墙旧了。北城门（旧称牛水门，附近有牛尾河）上垒的砖出现裂缝。这天，老鳖精变成一个锅匠，挑着担子一路吆喝着来到北城门："锅大家伙——锅大家伙——"

住在北城门附近的人先拿出一口破锅让锅匠锅。锅匠看了看，说："这家伙太小，不锅！"

又有人从家搬来口裂纹大瓷缸让锅匠锅，锅匠还是说："这家伙还是小，不锅！"

这时，十几个壮汉从牲口棚抬过来一只摔成两半的大石槽让锅匠锅，锅匠仍然摆着手说："这家伙还是有点儿小，不锅！"

围着看热闹的人见锅匠这也不锅那也不锅，就不满意地说："让你锅锅你嫌小，让你锅石槽你还嫌小，这北城门早就坏了，你给锅锅吧！"

锅匠一听，高兴地说："我就等着有人说这句话哩！"说完，从工具兜掏出金刚钻，在城墙上"哧啦、哧啦"钻了几个眼儿，然后用一只大铁锔把城墙锔住了。

原来，被老鳖精锔住的北城门是神牛的屁眼子。牛屁眼儿被锔住了，神牛也就不能拉屎撒尿了，不久神牛被憋死了。

从此，卧牛城的神牛不能显灵了。

据说，元朝时，在邢台天宁寺当和尚的刘秉忠曾留下预言：有朝一日，神牛还会显灵，还要为牛城百姓创造福祉。刘秉忠把他的预言刻在赵孟頫书撰的《虚照禅师塔铭》上。预言说："东一箭，西一箭，一锅金银全不见。要想见，神牛犁地，秃妮子送饭。"究竟啥意思，后人猜去吧。

搜集整理：沙彤

51. 鹿城岗的传说

鹿城岗位于邢台市信都区西北隅的营头岗东北（属于元庄村地境）。明成化《顺德府志》记载："鹿城岗，在县西北二十里，俗传邢侯欲筑城于此。立标已定，夜有一鹿衔标于今城。"

传说，关于鹿城岗的得名，当地流传着一个美丽的传说。很早很早以前，这地儿住着姐弟俩。姐姐美丽端庄，贤淑善良，弟弟英武漂亮，诚信仗义。一天晚上，姐弟俩坐在一起聊天儿。姐姐说："我心灵手巧，一夜能纳一双鞋。"弟弟听了不以为然，说："那算什么本领？我一夜能在山岗上筑一座城。"姐姐不信，批评弟弟："我一夜不睡觉，纳制一双鞋，是人力能够办得到的事情。而你一夜筑一座城，无论如何是完不成的。咱们说话做事应该讲诚信，能做到的事儿就说，不能做到的事儿不说。如果压根儿无法完成的事儿，你却说能够办成，结果没有办好，就会失信于人。咱姐弟俩应该努力做讲诚信的人。"听了姐姐劝说，弟弟不服气地说："姐姐，我刚才讲的话是真的，如果不信，咱俩可以打赌！"

姐姐问："咋个赌法？"

弟弟说："我要一夜间把城筑起来了，姐姐就把你做的这双新鞋让给我穿。"

姐姐一听笑了，说："我本来就是为弟弟做的鞋，无论弟弟输赢，这双鞋做好后都是送弟弟的。但是如果你赌输了呢？"

弟弟说："任凭姐姐处罚。"

姐姐爱怜地对弟弟说："姐姐也不会罚你别的，只要你从此往后能实事求是，别再论大话说假话就沾。"

弟弟点头答应。于是，姐弟俩打了赌。

天黑了，星星高高地缀在夜空，月牙升到树梢上。姐姐坐在月光下一针一线纳鞋。弟弟呢，肩扛锨镐等工具到荒坡筑城。

天上的月牙转到了西山后。姐姐做好了一双鞋，咬断线头，朝东天边一看，启明星升了起来。姐姐心想："我把鞋做好了，弟弟的城筑得咋样了？我不如到荒坡上看看去。"这样想着，姐姐迈步来到荒坡。哟，弟弟的城墙刚筑到一半儿。"为啥进度这样慢呀？如果一夜未能筑起这座城，让别人知道了，会议论弟弟不诚信的。弟弟一向不是这样的人呀？"姐姐睁大眼睛再仔细瞅时，见有一只小鹿正围绕弟弟膝前跑来跑去啃草。弟弟因为担心伤着小鹿，不得不放缓铲土筑城的工作。当姐姐明白弟弟是为了保护小鹿才不得不放缓筑城的事儿后，被弟弟的善良深深打动了。为了帮助弟弟实现夙愿，姐姐就躲在黎明前的黑暗处，用手捏住鼻子"咯咯哒——"学了几声公鸡打鸣。民间传说，凡是仙精鬼怪都惧怕阳光，因为鸡鸣预示天快亮了。绕在弟弟身边的是只小鹿精，听到鸡鸣，小鹿精撒开蹄子跑走了。就这样，赶在太阳升起前，弟弟筑成了一座城。后人为纪念这件事，就将这座山岗称作"鹿城岗"。

搜集整理：沙彤

52. 英谈村的传说

英谈村，位于信都区路罗镇西部，居民中以路姓为主。村中保留寨墙六门和路姓最兴盛时期的四堂建筑：贵和堂、德和堂、汝林堂、中和堂。清一色的红石楼建筑和丰富的黄巢文化与周边的青山绿树相互映衬，英谈村犹如一幅水墨画点缀在太行山下。2010年以来，英谈村先后被公布为中国传统村落、全国历史文化名村、景观村落和重点文物保护单位。

一

相传，某年三月初三，王母娘娘在天宫过寿诞，邀请各路神仙为她祝寿。老伴过生日，玉皇大帝心里高兴，亲自到南天门迎接前来为王母娘娘祝寿的各路神仙。站在南天门当守卫的门将石狮子见各路神仙见到玉皇大帝后纷纷俯身参拜，他也学着各路神仙的样子频频欠起屁股致礼问候。就在这当儿，一直被坐在石狮子屁股下面的金蟾子趁石狮子再次抬屁股施礼的空当儿，哧溜一下跑出来，一溜烟儿跑下南天门，径直下凡到曹州府一户人家投胎去了。这就是后来起兵造反的黄巢的前世来历。因为黄巢是天宫金蟾子下凡投胎转世，所以他的长相就和蛤蟆一样，额头前突，嘴巴翘起，就连说话的声音也是"哇呀、哇呀"的。

二

黄巢既是天宫金蟾子投胎转世，所以尽管其貌不扬，但天资不凡，绝顶聪明，少年时代到京城一考就考中了文武状元。皇上听说一位名叫黄巢的举子考中了文武状元，就有心把女儿嫁给黄巢做夫人。皇上心里虽然这么想，但儿女婚姻大事，也得跟皇后商量商量才能定夺。于是，皇上就让内侍官把黄巢叫进后宫，让皇后相看。谁知皇后娘娘一看黄巢长得蛤蟆头、青蛙脸，咋看咋不顺眼，嘴一扁，说："咱闺女是金枝玉叶皇家女儿，咋能把一棵鲜花插在这泡牛粪上！"皇后娘娘一句话否定了这门亲事。你想，黄巢是何等样人？咋能忍受得了这般羞辱？一怒之下，离开皇宫，走到城门口，从怀中掏出毛笔，蘸饱墨，叉开腿，昂起脑袋，"唰、唰、唰"，一阵龙飞凤舞，将一首诗写在城墙上，扔下毛笔，扬长而去。

这时，一些识字的人围上来，其中一人高声念着："待到秋来九月八，我花开后百花杀。冲天香气透长安，满城尽带黄金甲。"念诗的人刚念完，突然高声喊叫："哎呀呀，这首诗中透出一股阴森森的杀气呀！"听念诗人这么一喊，旁边的人都怕招惹是非，"呼啦"一下跑了个精光。

再说黄巢，在城墙上题完诗，扔下毛笔，走出长安城，回到山东曹州府老家。

当时，黄巢的老家山东出产硝盐，黄巢就在山东购买大量硝盐，组织起一支百人队伍，用独轮车推着硝盐运到山西卖掉；再从山西买山麻、核桃，运回山东赚钱。黄巢一边借贩硝盐为名招聚人马，壮大队伍，一边为造反积累财富资本。

再说黄巢从山东往山西贩运硝盐，必须经过太行山下的龙门川。龙门川在哪儿？就在今天的英谈村东不远处。这年夏天，黄巢带着贩盐队伍走进龙门川，口渴了，瞅见不远处有座寺庙，吩咐伙计们停车，到庙里找水解渴。黄巢跟着伙计们走进寺庙。

寺庙里住着位跟黄巢年龄不相上下的和尚。黄巢问和尚："这座寺庙叫啥名？"

和尚说："叫龙门寺。"

"如何称呼师父？"黄巢又问。

"贫僧俗名李万盛，释号卞律，是这座寺院的住持僧。"和尚又答。

就这样，黄巢与龙门寺的住持卞律认识了。交谈中双方情投意合，走进大雄宝殿，插上三炷香，跪在佛像前，磕头盟誓，结拜成了干兄弟。

黄巢与和尚卞律既然结拜了干兄弟，自然无话不谈。黄巢将自己如何刻苦攻读圣贤求取功名、如何考中文武状元、皇上如何欲将公主下嫁与他、皇后又如何以貌取人对他污辱、他一气之下离开京城，回老家干起贩卖硝盐勾当的经过，竹筒倒豆子般向卞律讲了一遍。卞律也把他如何攻读诗书、考中进士后又如何被高官儿子冒名顶替、自己一怒之下出家当和尚的事儿,向黄巢讲了一遍。末了,卞律说:"这种世道,昏君当权,岂能让你我胸怀大志之人有出头之日!依我看,不如以你手下贩盐伙计们为班底,咱扯旗造反吧!"

黄巢说:"兄长之言正合吾意!"

于是,黄巢就让贩盐伙计们把硝盐推进龙门寺,存放起来。然后带着大家向西边走去。

三

却说黄巢、卞律带着贩盐队伍一路向西,不一会儿来到一块平坦石台边。黄巢登上石台,向大家发布起义造反命令,接着调兵遣将,任卞律为军师。黄巢当年点将的石台位于英谈村东,当地百姓称这块石台为"点将台"。

在"点将台"点完将,黄巢就以讲道为名招兵买马,囤积粮草。不久,黄巢聚众造反的事儿让朝廷知道了。朝廷派官兵到龙门川围剿起义军。黄巢便在龙门川一带与前来抓捕他们的官兵展开无数次流血战斗。为此,龙门川一带就留下许多与黄巢起义有关的村名、地名,如"血道沟""讲道口""血落峪""大营村"等。而人们又把黄巢、卞律等英雄安营扎寨、商谈军务的地方,叫成了"英谈村"。

搜集整理:沙彤

53. 王硇村的故事

王硇村,位于沙河市西南部。相传,明代镇京总兵、四川成都府两岗村王得才为皇室押运"皇纲",途中遭遇响马劫掠不敢进京面君,潜入此处隐居立村,取名王硇,沿用至今。村内建有四川风格古石楼群,颇具特色。2012年以来，先后被公布为中国传统村落、中国历史文化名村和中国最具魅力休闲乡村。

相传，明朝永乐时，全国范围内阶级矛盾相对缓和，但由于国家支出过大，赋役征派繁重，有些地区发生了农民流亡与起义。

这天，一支神秘队伍由南向北走来。马蹄过后，升起一溜黄尘。

马背上一位少年，不时扬起皮鞭，狠狠抽打马屁股。狂奔的马儿加快了奔驰速度。白马驮着少年涉过滏水、穿过邯郸，终于瞅见前面一支驱车前行的队伍。

队伍有百余人，三个人押一辆车，每辆车上载四五只木箱。从马匹拉车的姿势和车轮轧地发出的"吱呀"声以及押车人肩背箭囊、腰悬利刃、挺着长矛大刀，表情凝重的形貌上判断，车上木箱内一定装有"硬货"。

这的确是一支运送"硬货"的队伍。但他们所送的不是一般"硬货"，而是从南方拉来、到北京城向永乐皇帝进贡的"皇纲"。

押运"皇纲"的头领名叫王得才，祖籍四川成都府两岗村。王得才年方二十四五岁，细高身材，黑盔黑甲，长方脸儿，浓眉环眼，三绺长髯，仪表堂堂，气宇轩昂。坐下一匹膘肥体壮的炭黑马，马背横担两把镏金紫铜锏。王得才一边驱马前行，一边嘱咐押送"皇纲"的将士："我们已进入河北地境，此处多有响马，大家谨慎行事！"

在护送"皇纲"的队伍中，还有一位重量级人物必须一表。此人姓吕名显，原籍山东聊城，略通武术。那年朝廷武场科考，王得才恰与吕显同场比武，吕显输给王得才。此后，王得才升任总兵，而吕显只在成都府捞了个都尉职衔。由于王得才在官场或武场均压过吕显一头，吕显就对王得才怀恨在心。这次，朝廷让王得才押运"皇纲"，成都府的知府呢，派吕显担任押运官，跟随王得才进京办理交割事宜。

且说王得才正与押送"皇纲"的将士说话，一直在身后急追猛赶的骑马少年匆匆赶来，见到王得才，气喘吁吁地禀报："王总兵，大事不好。"

王得才勒住马嚼环，问："出了甚事？快快讲来。"

骑马少年说："方才得到派往东路的探马报告，山东方向正有一支数百骑武装向此奔来。为首者骑枣红战马，红盔红甲，肩披红色斗篷，看模样极像威震中原的女响马唐赛儿。"

"唐赛儿？她是怎么知道咱们押送'皇纲'的呢？"王得才心生疑窦。因为从四川往朝廷押送"皇纲"是件绝密事情，至于押送"皇纲"的启程时间、经过路线、送达地点，即使成都府衙高层官员，知根明底的人也不多，更何况家居山东的唐赛儿了。她究竟是如何清楚自己动向的呢？王得才百思不得其解。但在战场上，疑窦归疑窦，大敌当前，必须首先应对敌情。因此，王得才急急传令，让兵将一边做好迎战准备，一边催马急行赶路。

护送"皇纲"的马队加快了前进速度。又行了十几里路，一位身穿红盔红甲的女将果然骑匹枣红马，手拈红缨枪，率领数百人马拦住去路。

"咦！何处响马？光天化日之下，竟敢拦截朝廷皇纲！"王得才跃马上前，手揾双锏，厉声喝问。

"尔少言语，吾乃山东义军唐赛儿是也！当今朝廷昏庸无道，横征暴敛，搞得民不聊生，怨声载道，吾乃替天行道。识趣者，丢下所运财物，尚可饶尔等性命。否则，尔等人财俱亡！"骑在枣红马上的女将唐赛儿英气逼人，毫不示弱。

王得才知道今天遭遇的强盗势力远远大于官兵。但作为大明臣子，就得效忠朝廷，保护"皇纲"安全，而不应考虑个人安危。于是，他大吼一声，跃马举锏，直取唐赛儿首级。

唐赛儿岂是等闲之辈？只见她将枣红马轻轻一掠，手拈银枪，"噌噌噌"雨打残荷般刺来。

黄粱古道，一黑一红两匹战马犹如两条出水蛟龙，腾挪闪跃，马蹄飞扬；骑在马上的一男一女两位战将铜锏对银枪，锏身碰枪杆，一个犹如青龙出海，一个好似猛虎下山，一个极像银蛟摆尾，一个宛若青蟒出洞，只打得天昏地暗，日月无光。

此刻，王得才指挥的官军与唐赛儿率领的响马，各站在己方阵营，

53. 王硇村的故事

203

守住阵脚，摇旗呐喊助威。一时间，空旷的原野上呐喊震天，战马咴咴，旌旗摇曳，一派肃杀气氛。

唐赛儿看看一时难以取胜，伸出纤手放近唇边"吱——"打了声呼哨。听到主帅号令，站在四周观战的响马"呼"地蜂拥而上，与王得才所率护送"皇纲"的官兵混战起来。

王得才所率官兵不足百人，而唐赛儿所率响马约千人之众。双方兵力尽管悬殊，但王得才并不怯阵。因为他知晓属下官兵训练有素，年轻力壮，个个武艺超群。而唐赛儿所率响马多为农夫，缺乏实战经验。为此，黄粱古道上，唐赛儿所率响马义军与王得才所率官兵从中午打到太阳落山，仍然不分胜负。

就在这时，一直跟随在王得才身边的吕显突然跃马飞奔过来，边跑边喊："成都来的将士们，我们不是响马对手，赶快扔下贡银逃命去吧！"

与响马杀成一团的成都兵卒，见己方阵营副帅吕显发出逃生命令，慌乱中难辨真假，挥刀砍翻身边响马兵，纷纷逃散了。

听见吕显如此喊话，王得才方知队伍中原来隐藏着一个最大的奸细。怨不得山东响马唐赛儿会得知朝廷押运"皇纲"的消息哩。王得才正这般想着，唐赛儿已然挺枪刺来；王得才举双锏刚架住唐赛儿银枪，吕显却从背后朝他杀来。直到这时，王得才才明白中了吕显借刀杀人的诡计。他不得不掉转马首，旋风般抡起双锏，一边力战唐赛儿和吕显，一边冲出重围，带着数名亲随，向着沙河方向逃命。

就这样，由王得才负责押运的"皇纲"被山东唐赛儿抢走了。

再说王得才逃出重围，马不停蹄，半夜间来到一个只住着几户人家的村庄，便和几位亲随找户人家暂居下来。王得才情知被响马抢去"皇纲"非同小可，朝廷一定会派人抓捕他问罪。但当时兵荒马乱，朝廷一时片刻也不会找见自己。尽管如此，还是放心不下，尤其对陷害他的小人吕显更是恨得咬牙切齿。为了打探外面消息，同时也为了抓捕吕显，王得才让亲随打探吕显下落，一定要割掉吕显首级，方解心头之恨。是时，按照王得才吩咐寻找吕显的亲随为了不让旁人发现行迹，常常天未明出村，半夜后返回。一次，外出寻找吕显的二人半夜回家时，碰见当地一位农民随口问道："你们半夜干啥去了？"寻找吕显的二人中的一人开口就说："我们去找吕……"就在他口中那个"显"字还未出口，另一人赶紧接过话头说："我们半夜去找驴了。"从此，这个村庄就有了一句关于村名来历的歇后语"半黑夜没驴——正招（谐音正找）村"。

不久，到外面寻找吕显的人终于在山东东昌府一带碰见了这个小人，放出一支暗箭，将吕显射死了。

闻知吕显死了，暂住正招村的王得才这才长舒一口恶气。为了躲避朝廷追查，就将亲随安置居住在正招村，他和夫人双双逃至上郑村，不久转移到太行深山的一个山砶，在此垦荒种田，砌房垒院，创建家园，自此，这地儿就诞生出王砶村。

原载吉林人民出版社《太行川寨——王砶》冀彤军著

54. 件只村的传说

件只村位于广宗县城东北偏北 17.5 千米处。《广宗县志》记载：该村于明永乐二年（1404 年），贾、吕、郭等姓由山西洪洞县迁此定居，明末称件只镇。民国二十六年（1937 年）称件只村。

传说，明太祖朱元璋有 14 个儿子皆封为王。到他 65 岁时，太子朱标病死。朱元璋见四子朱棣很有才华，想传位于他，但按"传嫡不传长"的封建制度，只得传位于太孙允炆。

朱元璋死后，允炆即位，改元建文。允炆登基后，铺张挥霍，骄奢淫逸，把朝廷内外弄得乌烟瘴气。允炆怕叔父们反对，便纠集奸臣残害忠良。

当时，燕王朱棣屯兵燕京（今北京），建文帝派长兴侯耿炳之带兵抄拿。燕王出兵抵抗。这样南兵与燕兵（也称北兵）在河北南部进行了长达三四年的战争，互有胜负，战死者不计其数。

南兵来自江南一带，见村就烧，不论人畜鸡犬，斩尽杀绝，真可谓"青磷白骨，触目惊心"。老百姓见南兵这般惨无人道，遂奋起反抗。

当时，件只村是个较大村镇，究竟叫啥名字，现已无据可考。在南兵的烧杀下，这个村镇只剩下姬、侯、范三姓人家躲进地窖，人和牛加在一起共八口，幸存下来。三姓三家在战后废墟重建家园，耕织劳动。为了使子孙后代牢记建文帝的残暴，便把"人"与"牛"组成"件"字，上"口"下"八"组成"只"字，合起来就是件只村了。

燕王朱棣于1403年攻占南京，建文帝在乱军中失踪。朱棣登基，改年号永乐，大力倡导发展生产，恢复经济，又着手从山西往河北、山东、河南一带迁民。从此，件只村居住的人口逐渐增多。清朝中叶，已发展成一座小镇。

件只村于民国初年办起集会，故该村又易名为件只集，后集市逐年缩小，1937年恢复"件只"村名至今。

原载《广宗县志》

55. 百虎村的由来

百虎村，今称百虎社区，隶属于信都区辖，位于钢铁街道办事处机关驻地西南3千米处。该村原名亚家营，村民自古传承武术。据地方志书记载：清咸丰年间，顺德知府朱鸿绪途经该地，其女被响马抢走，亚家营村几十名拳手将其女救还。知府朱鸿绪遂将亚家营村名改称"百虎村"。

邢台城南有条七里河，河道两岸树木茂密，郁郁葱葱，远远望去像两条绿色长龙，自西向东蜿蜒而去。

传说，清朝年间，这一带不是水淹就是干旱，常闹灾荒。附近有一帮人便干起打家劫舍的营生，为首的叫张三愣和李四棒槌，聚起二三十人，经常出没在七里河两岸，不仅过往客商深受其害，也搅得周边村庄百姓不得安生。七里河北岸有一个亚家营村，住着百十户人家。为了保家强身，从外地请来会拳棒的师傅，教年轻人练习武功，那伙强人便不敢进这村骚扰了。

乾隆年间，顺德知府朱鸿绪带着女儿从七里河经过，知府骑马，女儿坐轿，刚走进林木密处，只听一声呼啸，跳出十几个强人，为首的正是李四棒槌，叫嚷着："留下买路钱才能放行。"朱知府随身带的四五个护卫，与李四棒槌等匪人三说两说交起手来。这四五个人哪是强人对手，两三个回合败下阵来，急忙簇拥着知府骑马向七里河北岸逃去，知府的小姐却落入强人之手。李四棒槌虽然没有劫得银钱，却抢到一位年轻貌美的女子，当然也算是很大收获，说要送给张三愣做压寨夫人。李四棒槌让两个喽啰抬着小轿向密林深处去了。

且说知府的人马，一会儿跑到七里河北岸的亚家营村，几位兵丁累得上气不接下气了。他们便在村头一座小庙停下来，暂作休息。这件事很快传进了亚家营村。亚家营村的人早就恨透了这伙强盗，听说他们抢了知府小姐，光天化日之下抢人，那还了得！工夫不大，亚家营村聚起30多位武功好的年轻人，由拳棒师傅带领，拿着刀枪顺七里河急匆匆向密林深处追去。不到半个时辰，找到了强盗聚集的地方。见20多个强人正兴高采烈饮酒，两个头目坐在上首，知府小姐在一旁嘤嘤啼哭。亚家营的壮士们按捺不住心头怒火，一齐吆喝着冲过去，很快就把几个强人打翻在地。两个响马头儿见势不妙，带着残兵败将惶惶如丧家之犬，拼命冲了出去。剩下的人纷纷跪地讨饶，表示从此不再做伤天害理的事情。亚家营的壮士们训斥了他们一番，救出小姐，让强盗们一个个散去。然后，亚家营的人收拾了响马们丢弃的枪棒，让知府小姐重新坐上轿子，两位壮汉抬着，胜利返回亚家营。

这时，朱知府等人在庙里正等得心慌哩，亚家营的壮士们顺着七里河边兴冲冲地回来了。他们把小姐交给了知府。朱知府对壮士们大加赞

55. 百虎村的由来

赏，问："村子里像你们这样会武功的人还有多少？"亚家营的人答："有近百人。"朱知府不禁赞叹："真像百只虎呀！"从那时起，亚家营村就改名"百虎村"了。知府为表谢意，给该村盖了七间瓦房，赠送大匾一块，上书"圣世纯良"四字。现在瓦房尚存，木匾已经没了。

搜集整理：马又宸

56. 赵古庄的传说

赵古庄，原称赵孤庄，位于邢台市西北部6千米处，属信都区南大郭乡辖。据清道光七年（1827年）《邢台县志》记载："赵孤庄，县西北二十五里，传说程婴匿赵武处。"当地流传着一则感人的古代贤臣义士"托孤救孤"的故事。

说起赵孤庄，就离不开春秋时期的"赵氏"。赵氏是赵朔的妻子。赵朔是晋国灵公朝中大臣赵盾的儿子。某年，朝廷发生一起谋杀晋灵公的政治事件。起因是晋灵公昏庸无道，宠信奸佞屠岸贾，蓄意谋杀晋国勋臣赵盾。但事情还未办成，消息传到赵盾同族兄弟赵穿耳中。赵穿未等屠岸贾等人动手，就在桃园将晋灵公刺杀了。晋灵公死后，晋成公执掌朝纲。数年，晋成公、赵盾先后死去。晋景公继帝位。晋景公也是昏君，即位不久，也被屠岸贾巧言蛊惑，再次宠信了屠岸贾。

屠岸贾得势后，仍然对已经亡故的赵盾怀恨在心。一次，屠岸贾闻知赵盾儿子赵朔的妻子赵氏怀胎有孕。为了斩草除根，屠岸贾千方百计寻找机会，打算灭掉怀有身孕的赵氏。这年夏天，下了一场雨，山东梁山的山体出现滑坡，从山上滚下的石头堵塞了河道。屠岸贾乘机向晋景公进谗言："已经死去的赵盾生前曾让其堂兄弟杀害灵公，这次山体滑坡堵塞河道，是苍天对陛下不为灵公报仇雪恨的警告。望陛下遵从天意，诛杀赵氏，以追究赵家杀害灵公之罪。"

听了屠岸贾的话，晋景公一时拿不定主意，向大将韩厥请教如何处置。韩厥说，数年前赵穿刺杀灵公的事与赵盾没有任何关系，如以此事问罪赵盾的儿媳妇，恐怕会引起文武百官非议。晋景公又问大臣栾书、郤锜，二人因事先受了屠岸贾贿赂，均不敢正面回答晋景公问话。于是，晋景公就派屠岸贾带人到赵府去向赵氏问罪。

韩厥听到消息，连夜跑到赵府，向赵盾的儿子赵朔报告了屠岸贾要来问罪的事儿，劝他快快逃走。赵朔心地无私，心想，如果我真的逃跑，让屠岸贾抓住了，浑身是嘴也难以分辩曲直了，遂决定不逃，只是拜托韩厥，请他保护好自己怀有身孕的妻子赵氏。韩厥答应了赵朔。二人一起走进内宅见到赵朔的妻子庄姬。庄姬的父亲就是已故（的）晋成公，按辈分，晋景公应该称庄姬"姑姑"。赵朔含着热泪对庄姬说："看来，咱二人夫妻缘分已经到头了。倘若我死后，夫人生下的是女儿，就取名赵文；生下的是男丁，就取名赵武。当今世道，文人无用，武可报仇呀！"语毕，让韩厥和门客程婴带着怀孕的庄姬连夜逃进王宫躲避起来。

次日天刚放亮，屠岸贾果然带着卫兵闯进赵府，将赵氏满门抄斩，一百余口被杀。最后清点人数，唯独不见赵氏庄姬。这时有人报告，听街上人讲，昨晚见从赵家驶出一辆马车进王宫了。屠岸贾知道，一定是庄姬听到消息后逃脱了。于是，追进王宫向晋景公询问庄姬下落。晋景公碍于亲戚情面，就对屠岸贾说："庄姬是朕姑姑，是成公的女儿，就免了吧！"屠岸贾说："听说庄姬怀有身孕，如果生下的是男孩，定斩不饶，否则后患无穷！"晋景公畏惧屠岸贾权势，答应："庄姬如果生的真是男孩，就除掉他！"

几个月后，庄姬果真生下一男婴，对外假说生的是女孩。屠岸贾派一个妇人进宫验看，庄姬说，女孩已死。屠岸贾不信，亲带女仆遍搜后宫。庄姬情急之下，只好把婴儿藏进罗裙，双腿夹住。对天祷告："老天要绝赵氏血脉，儿当啼哭；不该绝，儿当不哭！"当屠岸贾的女仆搜查庄姬内宫时，什么也没搜着，婴儿也没有啼哭！屠岸贾还是不信，猜想庄姬一定是把孤儿送出宫了，就张贴告示：报赵氏孤儿实信者，赏千金；窝藏不报者，全家处斩！并加紧盘查宫门。

且说赵家有两个心腹门客，一个是送庄姬进宫的程婴，另一个叫公孙杵臼。二人向庄姬探听消息时，庄姬单写个"武"字送出。二人知是生男，大喜。转念一想，庄姬虽然一时骗得过屠岸贾，终究难免败露，只有将孤儿偷出，养在外地，才能确保孤儿安全。二人就商议如何才能把赵氏孤儿偷出宫来。

商议结果，程婴将自己新出生的儿子交给公孙杵臼，假冒赵氏孤儿，再由公孙杵臼抱着假孤儿藏到首阳山，然后程婴出面告发，最后把偷真婴的重任委托给大将韩厥。

商量已定，程婴把亲生儿子交给公孙先生，并对韩厥说出此计，公孙杵臼抱起假赵氏孤儿藏到首阳山了。

过了十几天，程婴估计公孙杵臼已经藏到首阳山，就去告发。屠岸贾让程婴带路，率领三千兵士直奔首阳山，搜出了假孤儿。公孙杵臼一见程婴，假意千"小人"万"小人"地咒骂程婴忘恩背主。程婴故意装出羞愧样子。随后，屠岸贾杀了公孙杵臼，亲手摔死了假孤儿。程婴自然心如刀绞！

再说晋国都城的人，都知道司寇屠岸贾带领兵马去首阳山搜查孤儿去了，宫门盘查放松起来。韩厥趁机挑选心腹，扮作江湖郎中，身挎药箱，药箱上贴一"武"字，混入宫中。庄姬见后已知来意，就把孤儿裹好，放进药箱，婴儿哭起来。庄姬拍拍药箱说："赵武，赵武！我一门百口冤仇，都在你一点血泡身上了。出宫之时，切莫啼哭！"话音刚完，赵武立马停住哭声！走出宫门，也无人盘查。韩厥得了孤儿，如获宝贝，藏在密室，找个奶娘养着，即使本家人，也不知道这事。

屠岸贾回到都城，拿出千金，重赏程婴。程婴不肯接受，要求用这些钱埋葬赵氏一家尸骨，尽点赵氏门客情分。屠岸贾允许。程婴买棺造墓，厚葬了赵氏全家。

葬完赵氏一门，程婴向屠岸贾谢恩。屠岸贾要留他做官，程婴不肯，哭着说："小人一时贪生怕死，做下忘恩背主的不义之事，已经没有脸面再见晋国百姓了。从此隐姓埋名，远走他乡。"屠岸贾也不强留。程婴悄悄来到韩厥家，韩厥把赵氏孤儿和奶娘交给程婴，程婴把赵武认作儿子，收拾收拾，带着奶娘，出了晋都绛城，取东北方向，过上党，翻太行，来到邢国孟山脚下，安顿下来，一心抚养赵武长大成人。他们藏匿的山庄，后世就称作"赵孤庄"。

三年后，晋景公把国都迁到新绛。一天夜里梦见赵氏祖先向他讨还血债，吓得一病不起，新麦没下来（指五月前）就死了。晋厉公即位后因昏庸无道被臣下毒死。晋悼公即位，厌恶奸臣，拜韩厥为中军。韩厥私下对悼公说："赵氏对晋国有大功，却遭冤枉，被杀100多口，臣民愤怨，至今不平。听说现今只有赵氏孤儿赵武还活着。"晋悼公命令韩厥秘密将赵武找回。韩厥领命，驾车到孟山迎接程婴、赵武来到新绛，晋悼公把二人秘藏宫中，对外诈称生病。

第二天，韩厥率百官进宫问安，屠岸贾也在场。群臣问，悼公患的什么病？悼公说是"心病"。接着问："赵氏祖上对晋国有大功，为何绝了他的后代？"群臣说："赵氏灭门，已在十五年前。如今主公即使追念赵氏功劳，也无人可立了。"悼公从帐后叫出程婴、赵武，二人拜见群臣。韩厥说："这位小将军就是赵氏孤儿赵武。而十五年前杀死的孤儿本是程老义士亲生儿子。"并把搜孤救孤的故事讲了一遍。屠岸贾早已魂不附体，瘫倒地上。悼公发令，将屠岸贾推出斩首，并命韩厥、赵武率兵包围了屠家，抄家灭族，报了十五年前的血海深仇！

除奸以后，悼公命赵武代替屠岸贾任司寇，并归还赵氏家产，任命程婴为军正。程婴谢绝说："我本赵氏门客，当初没有殉葬，是因为赵氏孤儿还未成年。现在赵氏已经复官报仇，我怎能自贪富贵，让公孙大哥独自死去啊？我追公孙大哥去也！"说完拔剑自刎！晋国君臣十分感动，赵武将程婴与公孙杵臼厚葬一起，取名"双义冢"。赵武郑重服孝三年报答二人搭救之恩。

后来，赵武的曾孙赵襄子建立赵国，在赵孤庄修建赵氏祖庙。

现在，邢台赵孤庄还在，当年赵武练武的校场还在，养马的马场还在，无声地诉说着遥远的往事。韩厥去世后，也安葬在赵孤庄正北10千米的内丘县吴村，坟丘极大，是省级文物保护单位。

搜集整理：陈玉明

57. 河古庙的传说

河古庙村，位于平乡县政府驻地东南 12.4 千米处，有东河古庙、西河古庙两个村庄。老漳河纵穿南北。相传该庙建立历史悠久，原名郡王庙，庙内有一古钟，有钟响"九州、四县、两省头"（附近三个"三州"村和平乡、广宗、邱县、曲周四县、河北与山东两省）之说。历代文人墨客曾在此挥笔题咏。明永乐年间，姚、郭、宋三家由山西省洪洞县迁此定居，商定村名为河古庙。

传说从前，老漳河边有座庙，庙里住着一个老和尚和一个小和尚。老和尚释名法通，90 多岁了，腰不弯，背不驼，耳不聋，眼不花，就是心眼不好，贪财好色，不守本分；小和尚释名忠慧，心眼实诚，勤谨善良，从小死了爹娘，无依无靠，这才出家当了和尚。在庙里，忠慧担水、劈柴、烧火、做饭，啥活都干。尽管这样，只要有一点点不合老和尚心意，就会被老和尚法通又打又骂。

这天，忠慧清早到井台担水，灌满一筲，去灌另一筲。等灌满第二筲，拿担杖挑水时，发现第一次灌进筲里的水少了一半儿！左看看，右看看，四下没人，忠慧就倒掉半筲水，重新从井里汲了一筲。回头去挑原先灌满水的筲时，怪哉，这只筲里的水又是只剩下一半儿了！忠慧心里纳闷：这是咋回事？莫非碰见神啊鬼啊的了？他把这半筲水泼了，再去汲水，一边从井里往上绞水，一边偷眼看另一筲水到底会发生啥故事。这回看清楚了，原来是一个 10 来岁的小孩在筲边玩哩。只见小孩脸蛋红扑扑的，细皮薄肉的，一双乌黑的眼珠滴溜溜乱转，头上扎根小辫，辫梢扎条红头绳，正用一双又白又嫩的小手捅筲里的水哩。见小孩挺讨人喜欢，忠慧高兴了，放下筲，说："你这个小孩真调皮！谁让你把水给我弄洒了？"

小孩笑眯眯地说："我见你一个人怪臊得慌（方言，寂寞），想跟你玩会儿。"

忠慧说："你是哪儿的人呀？我咋没有见过你呀？"

小孩歪着头，故意逗忠慧："今儿个不对你说，赶明儿我还到这儿找你。"

忠慧答应明儿跟他一块玩。小孩一蹦三跳走了。

再说老和尚法通在庙里等忠慧挑回水做饭。如按往常情况，忠慧这么大工夫两担水也应担回来了，今儿个这么晚了咋还没回来呀？心里疑疑惑惑的。等忠慧一回来，就问："咋今儿个这担水担了这么长时间呀？"忠慧不愿意说跟小孩约好去玩的事儿，就掏个瞎话说正打着水，把筲掉井里了，捞筲耽误了时间。老和尚不信，要打忠慧。忠慧怕挨打，只好说了实话。

老和尚眼珠子转悠了一阵，心想，这地方没有村庄，哪儿来的小孩？听说人参成了精，就能变成小孩和大人一块儿玩，说不定附近有人参哩！就对忠慧说："我给你一根针，纫上一条红线，赶明儿小孩再到井台上找你玩时，你把针别他衣襟上。听我的话，往后就不打你了。不听我的话，回来揍死你！"

忠慧不知道老和尚啥意思，第二天跟小孩玩时，真的把红线针偷偷别在小孩衣襟上。小孩见忠慧把红线针别在了他身上，不高兴地说："不跟你玩了，你心眼不好。"说完飞快地跑了。

忠慧回去，老和尚问他，事儿办得怎么样了？忠慧一说，老和尚挺高兴，找了张铁锨，就往庙外边走去。他在野地里找哇找哇，终于发现草窝里有棵人参，叶子上还缠着红线哩！老和尚顺着人参棵用铁锨往下挖，真的挖出一棵人参果！老和尚高兴坏了，拿回去支上锅煮起来。他怕忠慧在跟前坏事儿，就支使忠慧到远处去拾柴火。

一会儿，人参煮熟了。老和尚想请他那些狐朋狗友一同吃人参，成佛成祖，永享清福。于是，关上庙门出去了。

老和尚刚走，忠慧回来了，一进庙门就闻着一股喷香的味道！香得他直流哈喇子。忠慧心想，师父做啥好吃的呢，咋就这么香？见锅里冒热气，就把锅盖掀开，见里边煮着棵萝卜，香味就是从萝卜身上冒出来的！忠慧馋得饺不住啦，忘了师父知道后要打他的事儿，伸手从锅里捞出那棵煮熟的萝卜，尝一口，香得舍不下了，就三口两口把萝卜吃进肚子了。他害怕师父回庙后跟他不行（方言，不能饶他），索性端起锅把煮萝卜的汤沿着庙泼了一圈儿。就在这时，老和尚回来了，见庙门开了，心想八成有人来了！他怕人参让别人偷吃了，赶紧往庙里跑。谁知还没进庙门，那座庙早已离开地面，晃晃悠悠飘到半悬空了，忠慧也随着庙上了天。老和尚想抓住庙角，一手抓空，"咕咚"摔了个跟头，小命也丢了。后来这里住了人家，村名就叫成了"河古庙"。

搜集整理：刘同聚

58. 太子井的故事

信都区西部丘陵区有个太子井村，境内山岗起伏、水源奇缺，是信都区历史上有名的干旱区。说起这个村村名的来历，还与春秋时期的赵襄子有关呢。

赵襄子名毋恤，是晋国卿士赵简子的儿子。毋恤生来聪敏，胸怀大志，就因为母亲出身卑微，赵简子就不肯重用毋恤。但作为公子的毋恤对父亲赵简子的偏见似乎从不挂在心上，常带着几人到邢州西部山区行围打猎，借此消遣时光。

这年，赵简子想从诸多儿子中挑选一人担当将军重任。于是，选定日子，把儿子们召集在一起，让谋士姑布子卿挨个儿为儿子们看相。因为赵简子平时心目中没有重视过毋恤，所以这次看相也就没让人通知毋恤。

毋恤因为不知道这件事，所以就在其他公子到父亲赵简子住处等着让姑布子卿看相的那天早上，骑一匹马到丘陵区狩猎去了。刚走到半道，碰见坐着马车急急赶往父亲住处的姑布子卿。姑布子卿认识毋恤，知道这位骑着马要去打猎的少年也是赵简子的儿子，于是，对毋恤说："哎，你父亲不是通知你们弟兄几个集中到他住处去的吗？你咋在这时候还要出去狩猎？"

听了姑布子卿的话，毋恤只是礼貌地向姑布子卿拱了拱手，笑着说："也许父亲已有安排吧，因为我没有听人讲过这件事。"说完，告别姑布子卿，骑马向前走了。

姑布子卿怀着满腹疑窦，坐着马车来到赵简子住的地方。这时，赵简子的好几个儿子早已齐刷刷地恭候在那里。

见姑布子卿到来后，赵简子就让他为在场的儿子们挨个儿相面。姑布子卿自然不敢违命，逐一为在场的几个儿子看了相，最后轻轻叹了口气，说："实不敢欺上，从面相上论，今天在场的几位公子中没有一人堪当将军重任呀！"

赵简子大为诧异，不无担忧地说："这可如何是好？照你这般说来，我赵氏一门不是再无后继之人了吗？"

姑布子卿突然想起半道上碰见的毋恤，就说："主公莫慌。刚才半路上，我碰见一位英俊少年，不知是不是主公的公子？"

听姑布子卿这么说，赵简子知道他所指的少年一定是毋恤，于是说："你所说的一定是犬子毋恤吧？他的生母身份卑下，岂有担当将军的福分！"

姑布子卿说："主公欲成大事，用人时岂能以出身贵贱论之？"

赵简子听姑布子卿说得有道理，就派人到丘陵区的猎场寻找毋恤。

正值秋初季节，骄阳似火。毋恤带着狩猎人马追赶猎物跑得人马俱渴，但四周竟没有山泉小溪。毋恤就张弓搭箭，祷告苍天。祈祷完，铁箭飞出，落在一处山洼。毋恤让人就地掘井。掘下去不到一丈深，泉水喷涌而出。众人饱饮一通。

回头再说赵简子派去的人在狩猎场找见毋恤，并把他带回赵简子住处。

姑布子卿见到毋恤，当即恭贺："这就是主公要寻找的将军呀！"

赵简子听后仍不以为然，说："生母既然卑下，他怎能贵为将军呢？"

姑布子卿说："将军自古以来都是上界星宿下凡之人，生身母亲虽然地位低下，但其本人日后必定显贵。"

听了姑布子卿的话，赵简子还是将信将疑。后来，与诸子深入交谈，经过认真甄别，见毋恤果然最为贤良。

为了进一步考验毋恤，赵简子再次把诸公子召集在一起，说："我在常山顶上藏有宝符，你们都去找，谁先找见它，我就赏赐给谁。"

听父王这样说，其他公子纷纷乘坐快马登上山巅寻找宝物。结果找了半天，个个空手而归。唯独毋恤骑着马登上常山顶，向四周一看山形地势，马上明白了父亲的用意，回来后对赵简子说："孩儿已得到宝物。"

"宝物何在？"赵简子问。

毋恤回答："父王已有攻取代地（今河北蔚县）的打算，但进攻代地必须先占领常山。只有占领常山这边有利地形后再进攻代地，代地可取也！"

听了毋恤的话，赵简子不禁吃惊。因为攻取代地是他长久以来的梦想，毋恤的回答当然令他满意，于是认为毋恤是唯一可以委以重任的人，遂废掉太子伯鲁，改立毋恤为太子，并把古邢国封给毋恤作为采邑地。

毋恤既然当了太子，他当年在邢州西部丘陵区掘过的那眼井，自然被叫成了"太子井"。后来，太子井周围住上人家，形成村落，村名也跟着叫成了"太子井"村。

公元前475年，赵简子病故，毋恤继赵氏卿位，史称襄子，故毋恤又称赵襄子。

赵襄子继赵氏卿位后，便与晋国智伯、韩康子、魏桓子并称四卿。是时，实力较强的智伯乘机将晋敬公掳于帐下"挟天子以令诸侯"，号令赵、魏、韩三家归顺自己，企图窃取晋国政权。魏、韩两家实力小，胆也小，不敢招惹智伯，就同意把地盘割让给智伯。但赵襄子不甘任人摆布。智伯自然不高兴，就联合魏、韩讨伐赵襄子。赵襄子见硬碰硬打不过智伯和魏、韩，就带着人马跑进晋阳城（今太原市）。下令兵士和百姓轮流守城。坚守了一年多的时间，智伯见一时攻不下晋阳城，就在汾河上游掘了个口子，放水淹城。赵襄子心想，这样死守城池也不是长久之计，就暗中派人出城，找到魏、韩两家，对他们说："智伯这人胃口大着呢，现在联合你们魏、韩，一旦吃掉我们赵家，下一个要吃掉的就是你们魏家和韩家的其中一个。依我们看，咱三家不如联合起来，先把智伯干掉，把晋国瓜分了吧！"

魏、韩听赵襄子派来的使者言之有理，于是和赵襄子联合起来，一举抓获智伯。接着赵、魏、韩三家瓜分了晋地，各自建立起国家。

晋阳战役后，赵襄子雄心勃勃，开始以战略家的眼光瞄向中原大地，却苦为太行山阻隔。为了谋取更大霸业，赵襄子毅然决然把国都迁到他当太子时的采邑封地襄国（今邢台）。赵国疆域扩大，国家实力强盛，终于让赵国跻身"战国七雄"之一。

搜集整理：沙彤

神话聊斋篇

神仙章

邢台神话不同于大众神话。多数故事以大自然景物为依托，或有历史建筑、金石碑刻相印证。如此，广泛流传的邢台神话故事更让人感到扑朔迷离，同时具备了吸引人、感染人、教育人的无穷魅力，起到了保存传统习俗、传承优秀民族文化的潜移默化的作用。如描述青年爱情悲欢离合的牛郎织女故事、讲叙冀南婚俗起源的周公与桃花女的传说，还有八仙人物曹国舅、张果老等彪炳史册的记载等，都用各自的艺术魅力装点着邢台的人文历史，讴歌着邢台人民追求真善美的精神。

59. 南宫塔的传说

南宫塔，也叫普彤塔，位于南宫市城区西北1.5千米的北旧城村普彤寺内。塔为9层，八角实心砖，高33米，底部直径5米，基高5米。南面设石围门，中间有一砖井，井盖置石佛。第一、第二层东西两面设盲窗，一至四层南北面设佛龛，五层以上四面均设佛龛。塔身侧面成拱形，每层出檐，檐下置斗拱，第八层斗拱外出桄头，每层各悬挂不同音色风铃。唐代《修塔碑记》载，唐贞观四年（630年）大耳禅师主持对塔进行重修。此后，历代均有过重修。1982年，南宫塔被河北省人民政府公布为省级文物保护单位。

据传，很久以前，南宫一带是汪洋大海。后来海水干枯了，泥沙沉淀成辽阔大地，一条鲤鱼被泥沙埋在地下，用脊背驮着地壳。这是条神鱼，太阳落山入眠，鸡鸣三遍苏醒，醒后翻身大地颤动，闹"地震"；吐水，洪水泛滥，闹"水灾"。洪水来自两个像水井的"海眼"，一个在南宫，一个在冀州。地震毁坏了房屋，洪水吞没了庄稼……这一带老百姓可真吃了苦！

这年，一对美丽的狐女来到这里。狐女是孪生姊妹，都是17岁，生得一样聪明，一般美丽，并肩一站，像一对初开的并蒂莲。可是她俩不知道谁是姐，谁是妹，因为一出生便失去父母。二人常常为此苦恼，只好彼此称呼，你叫我静妮，我唤你伶妮。

长大了，静妮和伶妮都想学着做些事情，但做什么呢？一日，姐妹俩来到赵州，躲进树丛，见鲁班师傅一夜之间修起了"石桥"，心中非常羡慕，于是，一齐找到鲁班，要拜师学艺。

鲁班见二女心诚志坚，便答应收她俩做徒弟。拜完师，该姐妹互拜时，俩人难住了，谁是姐，谁是妹呢？

鲁班问明原因，充满智慧的眼睛一亮说："有了。南宫和冀州有两个'海眼'世代为患，你俩现在过去将它们堵上。先堵上的人为姐，后堵上的人为妹。"说着，从怀中掏出一卷纸，展开，是两座宝塔图样，接着说："我设计的一座是南宫塔，一座是冀州塔，将塔垒在'海眼'上，就能把神鱼镇住。这事我本想亲自去干，现在就交给你俩了。"并叮嘱："必须天黑后动工，赶在鸡鸣三遍前竣工，否则，神鱼醒来，前功尽弃。"

静妮和伶妮接过图纸，欣然而去。伶妮来到南宫，很快找到那口水井似的"海眼"。夜色很浓，神鱼大概早已入眠，她搬砖运土，急急忙忙填起"海眼"来，填呀填……"海眼"竟像个无底洞，仍听到下面"哗哗"水响。伶妮犯了愁，像这样堵法，何时才能填满"海眼"呢？于是，坐在地上，双手托腮想啊想，终于想出办法。她不等"海眼"填满，便在上面垒塔了。

冀州的静妮半夜时分便填好"海眼"，直填得土石冒了尖，水儿四处溢……她擦擦汗，接着垒塔。

她一心堵死"海眼"，压住神鱼，使八方百姓不再遭难。至于和伶妮谁是姐谁是妹，听天由命吧！她感到浑身有使不完的劲儿。汗水湿透衣服，她不顾；累得气喘吁吁，她不歇。鸡叫头遍，一座冀州塔修好了。淡淡星光下，宝塔耸立，直刺夜空。静妮脸上露出自豪的微笑……她跑啊跑，来到一条河边，脱下衣服洗净，晾在树上让夜风吹着，便下河洗澡去了。

澡洗得好痛快！疲劳解除了，才上岸穿衣重新来到塔前。抬头一看，不禁大吃一惊：啊，塔尖不见了！静妮造的塔尖哪儿去了呢？

原来在南宫造塔的伶妮，修好塔身，鸡就叫了。这时，她又犯愁：如果我和静妮同时修好宝塔，自己咋能当上姐姐呢？灵机一动，悄悄跑到冀州……趁静妮下河洗澡的当儿，背起塔尖就走，安放在自己造的"南宫塔"上。由于夜间心慌手乱，塔尖放得有些歪。可不细看，同塔身倒也浑然一体。伶妮胜利地笑了。

天亮了，鲁班带着静妮来了。既然伶妮的南宫塔先造好，就当了姐姐。静妮的冀州塔少了个尖，就做了妹妹。伶妮望着静妮，得意地笑着。静妮虽然认出了自己造的塔尖，但没有说破，也默认了。

鸡叫三遍，鲁班望着耸立的"南宫塔"拈须微笑说："神鱼就要醒了，你们造的姊妹塔能不能压住神鱼翻身呢？"话音未落，地下传来一阵轰鸣，声音越响越大，像天上滚动的沉雷。大概神鱼被两座宝塔压住，翻不了身，吐不出水，在地下发怒了。它发威，它怒号，它挣扎……地壳微微颤抖一下不动了。神鱼筋疲力尽，再也无力蠕动了。师徒三人一阵欣喜，再细看时，南宫塔身上竟然裂开一道缝。

鲁班急忙用铁箍将塔锢住。用斧头一敲，塔身发出"空、空、空"的声响，他脸色一沉说："这塔垒得快，可惜里面有假！"

伶妮的脸"腾"地红了。来到冀州，见塔身完好无损。师傅同样用斧头敲了敲，高兴地夸赞："妹妹这活儿做得比姐姐实在！"伶妮惭愧地低下头，终于鼓足勇气，向师傅承认了错误。鲁班听了，叹口气说："孩子，造塔镇神鱼，是千年大计啊……你这么一造假，减少了宝塔寿命，迟早一塌，附近百姓又要遭殃啊！"

至今，南宫和冀州这对"姊妹塔"依旧巍然屹立。果然冀州塔没尖，南宫塔尖有些歪，塔身上还有一道裂缝，用巨大的铁箍锢着。

千百年来，两座塔堵住了两只"海眼"，镇住了神鱼，使这一带不再遭地震和水灾。人们永远感激鲁班和他的两个徒弟。但也有些担心，于是，这地方世代流传着一句话，说："倒了南宫塔，大水淹到冀州洼！"

原载《南宫县志》

60. 普利塔的传说

普利塔又名万佛塔，位于临城县临城镇临泉路绿岭广场南 140 米处，南 40 米为普利塔遗址。该塔始建于北宋皇祐三年（1051 年），塔身为砖砌结构，高 33 米，9 层，塔身是正方形，底边长 7.12 米，逐层递减。塔底基较高，外壁四周砖刻 974 尊佛像，内壁砖刻 40 尊佛像，故又名"万佛塔"。旧志载，宋徽宗下晋阳驻于此，命宰相蔡京书"爽亭"二字于碣上，今已废。每层四角旧有玲珑铁钟一挂，"普利梵钟"为古临城八景之一。2001 年，普利塔被国务院公布为全国重点文物保护单位。

传说，普利塔建成时，专门请了戏班子，一连唱了十多天戏。最后一天唱《白蛇传·状元祭塔》，随着舞台上状元的跪拜，塔身竟然摇晃起来。看戏的人以为感动了神灵，吓得四散奔逃。

混乱中，一个鹤发童颜、体格健壮的挑担老头儿不慌不忙地来到塔下，放下担子吆喝："扒大家伙，扒大家伙！"大伙一看这老头儿坐在塔下，忙喊："扒盆的，还不快走，这塔斜了！"老头儿微微一笑，拍拍塔身说："没事，没事。塔不倒，塔不倒！"说也怪，刚才还左右摇晃的塔竟一动不动了。人们觉得很惊奇。

过了一会儿，有人拿出破壶、破碗、破盆让他扒，他嫌小，不扒。又有人问："那盔、罐、锅、瓮呢？"老头儿也说不扒。众人说："庄稼人过日子，还有什么再大的家什？看来你的活儿做不成了。"老头儿微笑说："有大的、有大的，我特意来你们这儿做一宗大活儿。"

一位年轻后生半开玩笑半认真地说："想做大活儿，这不，塔裂了个缝，你扒得了吗？"

听了这句话，老头微闭的眼睛开了，捋捋胡子笑道："这个买卖还差不多！"

人们一听这话，有的说老头儿吹大气，有的说老头儿是个疯子，也有人觉得老头儿有点儿来头。这时有个财主以讥笑的口吻说："扒盆的！咱们可都是上岁数的人了，说话得算数，你今天若能把塔扒好，我的万贯家产全给你。要是扒不好，我可不依！"

一些老头儿老婆儿们也凑过来诚心诚意地说："你若能扒好塔，我们天天给你烧高香。"

年轻人不信这些，说是大白天说梦话。

老头儿看了看大家，抱拳拱手道："各位父老兄弟，万贯家产我不要，千年古塔不能倒；记住五月二十八，年年岁岁来拜庙。"说罢，挑起担子，飘然而去。这天半夜，人们睡梦中听见塔上传来"叮叮当当"的响声，整整响了半夜。随后一声巨响，惊醒了睡梦中的人们，大家以为塔倒了。天蒙蒙亮，人们纷纷来到塔下，惊喜地发现，大塔的裂缝用铁耙子扒得牢牢的。人们大声喊叫："塔扒好了！塔扒好了！"这时，塔顶升起一股白气，一会儿化成一朵祥云，扒盆老头儿足踏祥云向人们招了招手，飘然离去。直到这时，人们才明白老头儿原来是神仙变的，便一齐跪下磕头。

这天正是农历五月二十八日，为纪念神仙老头儿修塔之功，立这天为庙会，流传至今。

搜集整理：王海珍

61. 周公与桃花女的传说

桃花女的故事在邢台流传历史久远，地域较广。元代已有《桃花扇》杂剧，明清小说更是大肆描述渲染。从古至今，邢台、沙河两县就流传着两个版本的桃花女与周公的神话传说，主要线索虽然大同小异，但又各有特色，并都有真实村名或地名相互印证，共同演绎着冀南婚俗起源的虚幻与真实。

老周公的故事

相传，桃花女是信都区大黄庄尹定的闺女，名叫尹桃花。17岁那年得了一本天书后，能算能破，比老周公本事还大哩。

且说，老周公手下有个书童叫尖彭。有一回，老周公算出尖彭某月某日某时某刻要死，尖彭挺害怕，哭着到大陈庄他二叔家告别。恰巧石柱娘在场，对尖彭说，那年她儿子石柱曾让老周公算卦算得石柱要死，后来，让桃花女给破了，保住了儿子性命，并劝说尖彭不如也去找一下桃花女。尖彭怕死，找见桃花女哭得泪人儿似的。见尖彭哭得可怜，桃花女就教给他"破"的方法，也救了尖彭一命。尖彭心里十分感激桃花女。但也因为桃花女连续两次破了老周公的卦，让老周公恼羞成怒，决定设计以娶亲为名，暗中害死桃花女。于是，老周公派尖彭将婚帖送给了桃花女，并定于三月十四迎亲。

桃花女一看红帖就明白了，人家娶亲都拣黄道吉日，老周公怎么选个黑道凶日？这不是想害我又是什么？她想了一会儿，就对尖彭如此这般说了一套法术，叫尖彭回家准备去了。

再说尖彭因为受过桃花女恩惠，正想寻找机会报答桃花女呢，如今见桃花女要他在周公娶亲时帮忙，当然愿意，暗暗回到老周公身边准备去了。

老周公施的是"连环计"，事前在娶亲的必经之路上、家中、院子里都布置了凶神精怪，单等桃花女前来送死。

娶亲的日子到了。老周公准备得挺排场，前头是炮手（三眼枪），跟着是三角旗、黄绫伞、各种执仗、鼓乐、食箩，随后两面大铜锣，最后面才是老周公坐的红轿以及婚礼管事人尖彭坐的蓝轿和其他帮忙的人。

迎亲队伍一出伍钟村，老周公就命炮手点响三声炮，意思是通知精怪做好准备。队伍到了大黄庄东阁门外，桃花女娘家人早等候在老柿树下，树上还拴着匹马。见周公人马到了，桃花女娘家人截住说："管事人先回去，不能进村！要不，甭想接亲！"周公本想叫尖彭在路上帮忙加害桃花女，见任家人不许尖彭进村，没办法，只好叫尖彭回去了。

尖彭下了蓝轿，桃花女一个远门哥哥端着只托盘，上面放一壶酒，一只杯，给尖彭敬了三杯酒。尖彭端起酒杯，嘴里说着"敬天、敬地、敬人君"，往空中一泼。大黄庄人递过马缰绳，尖彭翻身上马返回伍钟村了。

三声炮响，迎亲队伍来到桃花女家门前。任定设宴招待接亲人等，然后让几个姐妹从闺房扶出桃花女。只见桃花女头顶一方红布遮住脸面，身穿大红催长衣，腰带上拴面小铜镜，怀抱一个络线用的撑子，上挂两个小瓶，脚穿黄套鞋，迈着碎步走出家门。家门口停着三顶轿，桃花女上了老周公来时坐的红轿，吩咐娘家人在轿顶扣只竹筛子，石柱背插利剑，一手托木匣，一手扒轿杆。老周公换乘尖彭来时坐的蓝轿，女方送亲的管事人上了大黄庄准备的轿，一行人吹吹打打地离开了大黄庄。

眼看着前边不远来到了桃花冈，老周公在蓝轿里默念咒语，拘来一只马蜂精，率领一群小马蜂黑压压一片向红轿飞来。快接近时，马蜂精看见轿上有个"千里眼"，放出万道光芒，金箭一般晃得马蜂精眼花缭乱，马蜂精招架不住，领着小马蜂们败下阵去。

老周公见一计未成，瞅瞅要下冈了，咳嗽一声，给后边轿夫使了个暗号，轿夫猛地颠起轿来，忽上忽下，左仄右歪，想把桃花女颠晕，回家后好偷她的天书。石柱一看，扒住轿杆，一运气，使了个"千斤坠"功夫，牢牢压住轿，轿再也颠不起来了。见二计又失败了，老周公再念动咒语，调集各处正在"归煞"的五鬼在路上拦轿害桃花女。

话说，抬着桃花女的花轿来到七里河乱石滩，一块石头忽地变得又高又大，像座小山般向桃花女坐的红轿压过来，这是无头鬼的"煞"附在石头上，想砸死桃花女。石柱一见来势凶猛，抽剑一劈，"吱呀"一声，无头鬼的"煞"跑了，石头"哗啦"倒了，又变成七里河滩原来的河卵石。石柱怕"煞"再起来，从木匣拿出一方红纸，上面描着喜字、金花，贴在石头上，接着又往前走。

花轿来到七里河阳坡草地，一条五花蛇刺溜钻出来，吐着血红信子想要吞吃桃花女。这是吓死鬼的"煞"变的。石柱眼疾手快，一挥剑把五花蛇斩为两段。

花轿上了黄土道，道边长着棵歪脖老枣树，曾有一个寡妇吊死在这棵树上当了吊死鬼。老周公把这个"煞"附在树上，单等桃花女的红轿从树下经过时，吊死桃花女。桃花女在轿里用腰带上的"照妖镜"一照，照出树是凶煞，忙喊："石柱哥快砍！"石柱一剑劈下树枝，又抽出一张红喜字纸贴在树上，吊死鬼"煞"也"哎哟、哎哟"不能动弹啦。

娶亲队伍又往前走了二三里，路边有眼井。淹死鬼单等"归煞"时找个替死鬼，听见外面吹吹打打，"呼"一下从井筒冒出来，披头散发扑向红轿。桃花女扬手打出一道黄表纸符，把"煞"顶回井里。石柱赶紧在井台上又贴一张金花纸镇住了淹死鬼。坪前不远有盘石磨，老周公拘一个屈死鬼"煞"藏在这里。还没等屈死鬼动手，桃花女的照妖镜早把它照出来，石柱上前贴张喜字纸也把它镇住了。

老周公埋伏的五鬼都没能害死桃花女，气得牙根疼，心里说："村外就剩一招了！"

伍钟村西有片黄土岗，平展展的，没种庄稼。老周公的蓝轿刚过去，眨眼工夫身后摆了个"九曲黄河阵"。他按震、巽、离、坤、兑、乾、坎、艮8个方位，用384根竹竿、木棍密密麻麻地插了一大片，每根竹竿或木棍顶上点一支蜡烛。

桃花女的红轿被挡住了。石柱一看，心里说，这是什么阵呀？中间的缝有宽有窄，窄的连轿都过不去，万一碰倒竹竿，准得叫火烧死，他不知道咋走才好。桃花女早算出这是"黄河阵"，阵里布着64条道，隐藏着黄河九道湾，走错一步，水火相激，风雷相助，人全得死掉。她在轿里翻开天书，找到破阵法，就指点石柱开路闯阵。

桃花女在轿里说"往左拐"，石柱就往左领；桃花女说"往右拐"，石柱就往右领。宽处过轿还容易，遇到窄处，桃花女使了个"缩骨法"，把人、轿都变小了，然后从竹竿缝里钻过去。就这样，花轿在黄河阵里七拐八转，足足串了九里路，才转出"黄河阵"。

这一下，老周公在轿里可坐不住啦！

花轿来到老周公家门口。桃花女见大门外地面上撒了一圈白大灰，

61. 周公与桃花女的传说

229

门两边还放着两盏瓷油灯，靠门框各立一个"杆草把儿"，"杆草把儿"中间还用红纸裹着。她心里直想笑，心说：老周公呀老周公，你心眼儿不好也怕别人出坏呀？你这是"卫门子"，点"长明灯"设"把门将军"，怕俺把妖怪带到你家呀！俺才没那坏心眼儿哩！不过得提防着他点儿。

这时迎亲送亲的人都停在了大门外。尖彭从周公家走过来，给了桃花女一张柳木弓，三支桑木箭。桃花女在轿里张弓搭箭，冲着门扇左射丧门，右射吊额，中射白虎，又闯过了这一劫。

老周公下了轿，叫人把桃花女的轿对准大门口，石柱想跟进去，可"把门将军"把门口堵得一点缝也没有。门槛里放着一只马鞍子，这是白马星化身。门头暗放一块黄米糕。老周公从红轿里扶出桃花女，跨进门，伸手向上摸了下年糕——这是通知白马星张口咬人的暗号。白马星看见暗号，猛地跳起来，龇牙咧嘴要咬桃花女，一片红光火焰（蒙脸红）晃得它找不到桃花女的头脸。正在这时，听见"呼啦啦"从上边撒下来一地草料，白马星只顾低头吃草料了，桃花女趁机从它身上跨了过去。原来，撒草料的就是提前回去的尖彭，是按照桃花女吩咐准备的。

老周公扭头一看，桃花女下轿时穿的是黄套鞋，这鞋不但能破他的黑道日，还能"妨女婿"。这可不好，赶紧叫人铺好红毡，叫桃花女踩着红毡走到院子当中摆放的天地桌前，准备拜天地。

天地桌上，除了放着香、烛、蜡台外，还放着斗，斗里插一杆"戥子"（意思是"等着斗一回"）。老周公在天地桌下暗藏着昴星、蚰蜒精、蝎子精，等桃花女站好，二人刚拜了"天地"，老周公一跺脚，昴星化作一只金鸡，正准备啄桃花女。桃花女亮出怀中抱着的"撑子"，"撑子"立时变成两个飞转箭轮"嗖嗖嗖"向外射箭。吓得鸡精躲在天地桌下不敢出来了；这时，尖彭又撒了一把五谷杂粮，金鸡只顾低头吃米去了。蚰蜒精、蝎子精还没有出动，就被照妖镜照住，"撑子"上的"吸妖瓶"冒出一道青烟把它们吸进瓶子里，化成血水了。

拜天地也没害死桃花女，老周公只剩下最后一招了。他算出桃花女是属兔的，属卯，主东方。要是桃花女入洞房后，面向东坐，就与属相相克。他故意把洞房安在西套间，炕沿朝东，只要桃花女一坐上炕沿，立时就得死。众人把桃花女扶进洞房，桃花女扫了一眼，跳上炕，面朝西墙角，坐下不动了！

周公见费尽心思使用的连环计都叫桃花女一一破了，他再也不装新郎了，变出一把斩仙剑向桃花女砍来；桃花女也摇身一变，成为一把宝剑鞘与剑相迎。（二人是真武大帝宝剑下世，周公是剑，桃花女是剑鞘。）二人杀出洞房，杀出村庄，杀过七里河，直杀得天昏地暗……

从那以后，邢台一带男婚女嫁时，迎亲的不能走回头路，为的是避五鬼；遇到怪石、怪树、井、磨要贴红喜字镇邪；夫家门外撒白灰是"卫门子"，门两边放灯、杆草捆儿；新媳妇顶"蒙头红"、穿"催长衣"、抱"撑子"，腰里掖"照妖镜"、脚上穿"黄套鞋"；下轿射箭，进夫家门跨马鞍，新郎"摸糕"（谐音"高"），新媳妇进门"踩红毡"（意思是日子越过越暄）；天地桌上放升和秤（改"斗"为升，改"戥"为秤，取谐音"成"）；进门、拜堂"撒草料""撒五谷"改成"撒红绿纸屑"；新媳妇上炕面冲墙角坐……这些都是取个吉利热闹罢了。桃花女走黄河阵的故事，后来演变成正月初五"串黄河"乡艺。这些风俗一直传承到如今。

搜集整理：陈玉明

桃花女的故事

一

很早以前，有一个放牛穷孩子名叫周公。周公日子过得穷，心量也狭窄。这天，周公撵着牛在山坡上放牧，看见不远处小溪边仰面躺着一个穿红肚兜的光屁股小孩。一只凶猛的老鹰站在小孩身边，嗓子里发出低沉的"咕噜"声，正伸出尖利的爪子向小孩抓去。周公从地上捡块石头"嗖"地投向老鹰，不偏不斜击中老鹰翅膀。老鹰"呱——"飞走了。周公急忙向小溪奔去，还没跑到溪边，穿红肚兜小孩一个"鹞子翻身"跳进潺潺涌流的溪水。寻不见小孩，周公牵着牛回家了。

这天夜间，周公梦见一位老婆婆来到床前，说："俺是盆水（村名，今属沙河市册井镇辖)坑里的老元(乌龟),你今天搭救了俺儿子性命,我特意赶来报答你的救命之恩。明天上午,一群白天鹅从你放牛的山坡上空飞过,领头的天鹅翅膀上驮有天书,你只需用石头击中天鹅,就会得到天书。有了天书,你就能成为凡界能掐会算的神人。"说罢,老婆婆飘然离去。

次日,周公依照梦中老元精的嘱咐,早早把牛赶到山坡上。半晌午,头顶果然传来天鹅叫声,仰头一瞅,嘿,一群白天鹅排成人字形"呱呱"叫着向前飞呢!周公从山坡捡块石头,"嗖"地朝领队的白天鹅投去。

白天鹅被石块击中翅膀,"扑啦啦"掉下一部天书,哀鸣着向远方飞走了。

周公赶快跑过去,捡起白天鹅丢下的天书,书皮上写着"上卷天书"四个字。周公来不及多想,急忙把天书抱回家不分昼夜地读起来。不久,周公成了当地有名的算卦先生。按照《上卷天书》上讲的方法算命,周公不仅能算人的食禄贫贱,还能算人的生死时辰、荣辱祸福,百算百验,从来没有发生过差错。

二

再说大山那边有条桃花溪,溪边住着位名叫桃花的闺女,人们都叫她桃花女。这天,桃花女到溪边浣洗纱裙,一只受伤的白天鹅突然从空中跟头不浪跌下来。桃花女急忙跑过去把白天鹅救起来,见白天鹅翅膀上驮三部《下卷天书》,桃花女就将受伤的白天鹅连同《下卷天书》一同抱回家。以后的日子,桃花女每天太阳出来上山采药,太阳落山回家为白天鹅疗伤。数天后,白天鹅伤势好转。这天,桃花女正在炕头做针线活,白天鹅忽然跑进屋,开口说起话来:"我是玉皇大帝身边的灵鸟,这次受玉帝派遣,驮天书前往落凤山碧霞宫献宝,没想到遭遇盆水河老元精暗算。幸遇姑娘相救,今日伤已痊愈,须回天庭复命。临走前,我没有其他东西报答姑娘救命大恩,只有一部《下卷天书》馈赠给你,请姑娘一定熟记在心,日后定有用途。"说罢,展翅飞走了。

眼看白天鹅飞走后,桃花女拿起《下卷天书》日夜研读起来。数月过后，桃花女不仅料事如神，还能为人免灾解厄。桃花女生性善良，从来不爱人前炫耀，因此，很少有人知道她会算命解厄术。

再说周公，自从掌握算命术后，天天为人算命赚钱，穷日子渐渐富裕起来，还收了一个叫彭祖的徒弟。

三

且说这天，住在通源井（村名，今属沙河市册井镇辖）山上的石婆婆来找周公算卦。石婆婆说："俺老头子去世早，膝下只有一个独生儿子石留柱。半年前，留柱到外地做买卖，至今没有音信。俺心里放不下这事儿，特意找先生算一卦，看俺儿子啥时候能回来。"

听了石婆婆的话，周公掐指一算，大惊失色，对石婆婆说："你儿子正往家赶路哩，只不过半途会有丧命之灾。恐怕老人家今生今世再也见不到你儿子了！"

石婆婆一听，号啕大哭，说："周公先生，你发发慈悲，看能不能想个法儿搭救俺儿子性命呀？"

周公说："此乃天命，我实在无能为力呀！"

四

石婆婆只得万分失望地离开周公，悲悲切切走到半道儿，遇见年轻俊俏的桃花女。桃花女见石婆婆哭得伤心，就问："老婆婆遇见啥愁事儿了，哭得这般伤心？"

石婆婆看了桃花女一眼，哭着说："唉，俺不跟你说了，跟你说了，你也帮不上这个忙。"

桃花女好奇地问："老人家可别小瞧俺呀，究竟碰到啥解不开的疙瘩事儿，给俺讲一下，兴许俺能帮你一把呢。"

于是，石婆婆便将儿子石留柱如何外出做买卖半载未归、自己如何去找周公算卦、周公告诉她儿子必死无疑等，一股脑儿讲给了桃花女。

桃花女听罢石婆婆声泪俱下的哭诉，掐指一算，说："老婆婆不必悲伤，你儿子在回家途中的确遇有灭顶灾难，但并不是没有破解办法呀。"

听桃花女说儿子石留柱还有活命希望,石婆婆"咕咚"跪在地上哀求:"姑娘快快搭救俺儿子性命吧,如能救俺儿子一条命,俺娘俩即使给你当牛做马也心甘情愿。"

桃花女搀扶起石婆婆,说:"老人家不必这样,我答应帮助就是了。"桃花女再掐指算了算,对石婆婆说:"明天上午天阴有雨。当雨下得紧密时,你找一只你儿子在家穿过的旧鞋,用鞋底拍打门槛,边拍打鞋底边呼唤儿子名字,不停地呼唤半个多时辰,你家留柱就能平安归来。"

听罢桃花女指点,石婆婆千恩万谢回到家,依计而行。

且说次日清晨,本来极晴朗的天空,未过巳时,西北山头飘过一朵云彩,一会儿成了两朵、三朵,不消片刻,彤云密布,疾风呼啸,暴雨倾盆。石婆婆赶紧抓起儿子穿过的一只旧鞋,在门槛上边用力拍打,边呼喊:"留柱我儿快回家!留柱我儿快回家!"

五

再说石婆婆的儿子石留柱,半年前跟着一伙人到河南做买卖。时运不济,开始从温阳县往河南贩粉条,当他把粉条装上船过黄河时,船到河心,河水暴涨,装载粉条的船被波浪打翻在河里了。艄公虽然把商客搭救上了岸,但那条船连同石留柱托运的粉条全被黄河水卷走了。失去货物也就失去了做生意的本钱,再说人已过了黄河,返家的路费也没有了,石留柱只好讨着饭往家赶路。就这样,石留柱在路上走了半年多。这天,遇见四五个同乡,石留柱便和乡亲们一起前行。距家半里远时,这伙人走进一条山沟。突然下起雨来,那雨越下越大,狂风"吱溜吱溜"刮个不停。恰巧沟崖下有孔窑洞,有人提议:"雨下得这么紧,咱们不如进窑洞暂避一时,等雨停了再赶路。"众乡亲觉得此话有理,纷纷钻入窑洞避雨。

谁知那雨越下越猛,开始还能分清雨点,片刻后犹如倾倒了水缸,只听得"哗哗"一片响声。山洪也从沟沿涌流下来,到处一片流水撞击崖壁的巨响。见雨下得这般猛,钻在窑洞的人更不敢回家了。

就在这时,和人们一起钻在窑洞里的石留柱隐约听见老娘呼唤的声音。"俺娘喊俺回家哩!"石留柱对身边人说。

"留柱,瞎说个啥呀!咱这儿离家半里多路呢,就算你娘唤你,下这么大的雨,洞外又有这么大的山洪,咋能听得见呢?"身旁人纷纷劝石留柱说。

隐约中,石留柱仍然觉得老娘在不住声地呼唤自己的名字。"不行!让我到洞外面仔细听听。"石留柱一边说,一边钻出洞口,老娘唤他名字的声音似有若无,时断时续,听不真切。石留柱只得离开土洞往远处多迈出几步。就在这时,身后的窑洞由于承受不住山洪的强烈冲刷,"哗啦"一声塌陷了。避身洞中的乡亲全被埋了进去,只有石留柱一人侥幸逃了条活命。石留柱吓得拔腿就跑,一口气跑进村。到得门口,见老娘坐在门前,正一边往门槛上摔鞋底,一边呼唤他的名字呢!

"娘——"看见亲娘,石留柱大叫一声跑过去。

看见冒雨跑回家的儿子,石婆婆顿时悲喜交加,一把拽住儿子,左看右看,瞧也瞧不够地说:"留柱啊,真的是俺儿子吗?你娘不是在做梦吧?"

石留柱用手抚摸着老娘皱纹纵横的脸,说:"娘,俺是你的儿子留柱呀,俺真是石留柱,回家了呀!"接着,石留柱讲述了刚才窑洞历险的事情,并说同行的几个伙伴全部葬身土洞里了,因为自己听到娘的呼唤声,才幸免一死。

听罢石留柱讲述,石婆婆知道是桃花女搭救了儿子的性命。不过再一思量,觉得周公为儿子算命说留柱必死无疑,现在儿子平安无事回来了,这就说明周公算的卦不准。周公既然没有为儿子算准卦,理所应当将卦钱退还她。

六

次日,石婆婆跑到周公家讨要卦钱。刚到周公门口,碰见周公的弟子彭祖。彭祖问石婆婆:"老人家昨天刚来这儿算卦,今天又来干啥呀?"

石婆婆就将周公如何算她儿子必死、她如何半路碰见桃花女、桃花女如何教给她方法搭救了儿子性命,一五一十地向彭祖说了个清清楚楚,明明白白。

235

彭祖听得目瞪口呆，有点不相信地说："老人家一定是讲梦话吧，俺师父算卦铁嘴钢牙，从来不出差错的。"

"你不相信，俺也不跟你费口舌了，这就去找周公退还卦钱！"说罢，径直走进周公家。

见到周公，石婆婆说明原委。周公又为她占了一卦。占罢卦，再审天书，天书上依然写着石留柱"必遭土掩而死"。但石婆婆为何找自己索要卦钱呢？一定是死了儿子，石婆婆气糊涂了，这才做出如此反常举动。想到此，周公宽慰石婆婆说："我知道你儿子死于非命，但你千万要想得开，过于悲伤会搞坏你老人家身体的。"

石婆婆本是来向周公讨回卦钱的，没想到，周公仍然一口咬定她儿子死于非命。这下气得她七窍生烟，拽住周公衣袍就往外拖，决心把周公拽到自己家去看个究竟。就在这时，石留柱也到周公家找老娘来了。看见老娘拉着周公往外走，石留柱叫了一声："娘，你老人家和周先生推推搡搡的，究竟为啥事儿呀？"

听到有人叫娘，周公抬头一看，竟是石婆婆的儿子石留柱活生生地站立面前。周公一下子像泄了气的皮球，软绵绵地瘫倒在地上，只好让一直在旁边看热闹的弟子彭祖赶快给石婆婆退还卦钱。石婆婆走后，周公问彭祖是咋回事，彭祖告诉周公，石婆婆的儿子是让桃花女用破术搭救的性命。

周公有点妒忌地问："桃花女的破术从哪里学来的？"彭祖想了想，说："具体的事儿俺也搞不清楚。只听人传说老师你得到的是《上卷天书》，记载的只是算命法。而桃花女得到的是《下卷天书》，不但写有算命法，还记载着如何破的方法呢！"

彭祖一番话将周公气个半死，心想："我一定设法把桃花女《下卷天书》搞到，这样我就掌握既算卦又能破的本领了！"于是，周公对彭祖说："彭祖呀，你是我最得意的弟子，师父委托你去找桃花女，代我向她求婚，看她愿不愿意做我的媳妇。"

彭祖领命，来到桃花女家，如此这般对桃花女言明了周公的意思。

桃花女掐指一算，知道周公让彭祖前来求婚不怀好意，但也算出自己此生只得嫁周公为妻。此乃定数，不可违逆。于是，爽快答应了这件事儿。不过，也做好了防范。

七

出嫁日子到了。桃花女怀揣一面铜镜，又以新媳妇到婆家纺花织布为由，让伴娘带上织布机"撑子"；花轿来到门前，让人在花轿前绑一块生肉，并让人找只筛子扣上轿顶。做好上述准备，新娘上轿时辰到了。只见桃花女穿着漂亮嫁衣，面含微笑，走向花轿。就在桃花女刚要钻进花轿的刹那间，周公暗藏房顶的长着四只眼的怪兽猛冲下来，扑向花轿。看见怪兽，桃花女将轿顶筛子轻轻一扣，怪兽便被罩进筛子啦。

花轿继续前行，转到一处山嘴旁，周公暗藏山林的白虎蹿向花轿。桃花女让轿夫把事先挂在轿杆的生肉扔出去。看见生肉，老虎调转头咬肉去了。花轿乘机闯过山嘴。

接下来，桃花女又一一破了周公设在路上的"火焰山""断头桥"等路障，顺利来到周公家。

到得周公家，桃花女下了花轿，刚迈进门口，冷不防影壁墙射下三支毒箭，幸亏桃花女事先揣在怀中的铜镜，碰到毒箭一一挡了回去。然后，房上蹿下一匹咬人马，桃花女又让人撒出事先准备好的香喷喷的"草料"，咬人马看见草料也不思谋咬桃花女了。

周公呢，见桃花女心地善良，心胸又如此宽阔，不仅一一破了自己陷害她的法术，还没有向别人道破他的阴谋，给他留足了面子，心里对桃花女暗生敬意。于是，在彭祖见证下，与桃花女携手拜天地、入洞房。从此，沙河西部山区男婚女嫁，便保留下桃花女出嫁时所开创的习俗，且沿用至今。

搜集整理：沙彤

62. 牛郎织女的传说

牛郎织女,为中国古代著名的汉族民间爱情故事,也是我国四大民间传说之一(其余三个为《梁山伯与祝英台》《孟姜女哭长城》《白蛇传》),从牵牛星、织女星的星名衍化而来。周代《诗经·小雅·大东》:"维天有汉,监亦有光。跂彼织女,终日七襄。虽则七襄,不成报章。睆彼牵牛,不以服箱。"其中出现了有关织女、牵牛星宿的记载,长期以来被文史研究者认为是牛郎织女传说的萌芽和胚胎。《月令广义·七月令》引南朝梁殷芸《小说》:"天河之东有织女,天帝之女也,年年机杼劳役,织成云锦天衣,容貌不暇整。天帝怜其独处,许嫁河西牵牛郎,嫁后遂废织纴。天帝怒,责令归河东,许一年一度相会。涉秋七日,鹊首无故皆髡(kūn),相传是日河鼓与织女会于河东,役乌鹊为梁以渡,故毛皆脱去。"而邢台境内流传的《牛郎织女故事》,其情节更为生动曲折,并有自然山水、村名等景物做证,读起来更加亲切感人。

一

八百里太行山中段有座高山,古人认为该山特别高,鸟飞不到,猴爬不上,整天云遮雾罩的。当地人说,那是上天的桥,就起了个名儿叫"天河梁"。相传天河梁再往上,就是天宫啦!风清夜静的时候,碰巧还能听见仙乐哩!

天河梁下,有两座小山村。靠北边的村儿也没个正经名儿,因为坐落在一条浅沟里,就随便叫成"峪里",住着十几户人家;靠南边的村儿住着二十几户,因为村南有个水池子,村名儿就叫"南天池"。俩村儿距离八里地,当中分界的山口盖了个石头券门,就叫"南天门",也就算是南天池村的皋啦!

峪里村有个小伙子,爹娘早死了,十七八啦,跟着哥嫂过日子。因为从十二三岁就给各家各户放牛，大伙儿都叫他"牛郎"。

牛郎这孩子有点傻。咋傻？整天话不多，光知道干活儿。嫂子叫他吃赖的，他也不吭气儿，就是饭量有点儿大，一个顶俩。嫂子骂他"傻吃"，总也看不上他。

每天一早，牛郎吃罢饭，带上两个糠菜团子，一个水布袋，把放牛鞭往肩膀头儿一搭，站在村口石头上，朝村里一吆喝"嘀嘀……"，各家各户的老牛、小牛踢踢踏踏从圈里跑出来，到牛郎跟前集合。牛郎就赶着这群牛到天河梁吃草。

牛郎对牛可亲哩！哪道坡上有草并长得嫩，他就往哪道坡赶；哪个沟的水清，他就往哪个沟赶。夏天给牛赶牛虻，冬天叫牛晒太阳。还给牛起了大号：大黄、二黄、白鼻、花脸……好像牛就是他的孩子。牛对牛郎也很亲，常常对他摇摇尾巴，舔舔手。他说的每句话，牛们好像能听懂似的。牛郎把牛放得腚大腰圆，油光滑亮的，乡亲们都夸牛郎是个好小伙儿。

牛郎放牛挺苦焦，一出去就是一天，也没个人说话，孤孤单单的。他常想，要是牛能说话，该多好呀！

一天晌午，牛郎很是饥饿，靠在一块石头上打盹儿，他家的老牛忽然开口说话："快回家吧，你嫂子在家偷嘴吃哩！"牛郎又惊又喜，把牛安置好，一溜小跑回家，嫂子正烙白面饼哩！猛见牛郎回来，没好气地嘟囔："傻吃鬼，真会赶饭，拿张饼挺嗓吧！"牛郎总算吃了顿好饭。

老牛是牛，咋能说人话哩？原来，这头老牛是天上的金牛星，它见人间干旱，田苗都死光了，不忍看人间受苦，就偷了天仓五谷种撒到人间，犯了天条，被打落凡间，投胎转世成牛，到了牛郎家，在人间受苦。

又过了几天，刚半前晌，老牛又对牛郎说："快回去吧，你嫂子又做好吃的哩！"牛郎跑回家，他嫂子一愣："不在山上放牛，你咋半道回来啦？"牛郎说："水布袋漏了，回来换个布袋。"嫂子白了他几眼，没啥话说，又叫他碰上好饭，饱饱吃了两碗猫耳朵。

62. 牛郎织女的传说

239

二

经过几出事，嫂子越发看不上牛郎了。三天两头指桑骂槐给牛郎闹别扭，还在牛郎的哥哥跟前指责牛郎，撺掇男人和牛郎分家。

牛郎的哥哥挺老实，心眼儿里舍不下兄弟，可又惹不起老婆，没办法，只好去请舅舅分家。

舅舅一来，嫂子就哭天抹泪地数落牛郎："门楼头，凹凹儿脸，等吃饭了拣大碗。这份家业都叫他吃光啦，家里没有他的份啦！"

舅舅说："天要阴，雨要下，爹要死，娘要嫁，哥嫂要分家，二外甥你要啥？"

牛郎想：嫂子整天治我，再待这个家里也没啥意思啦。房子、地都给哥哥留着吧，就老牛跟我亲，我舍不下，就要这头牛吧。就给舅舅说："牛吧！"

嫂子一听高兴了，心想这回可把小牛郎除治了，以后再也没人管她偷嘴啦。舅舅有点心疼："二小吔，往后你在哪儿住吔？"牛郎说："山里吧。"说罢，牵着老牛离开家，舅舅喊也喊不住。

出了村儿，牛郎对老牛说："咱往哪儿走呀？"老牛说："往南走吧，南边有山、有水、有草、有树，到南边安家去吧。"

牛郎跟着老牛走啊走，绕过天河梁，翻过吊板吊，下了白格叠，顺着山坡来到山清水秀的清溪沟。这里溪水哗哗流，溪边草又青又嫩，最稀奇的是山当间儿还有一块平地，正好种庄稼。老牛说："就在这儿安家吧！"牛郎说："中。"砍了柴草，搭个窝棚，住下了。

第二天，牛郎正思量咋开荒种地的事儿，忽然一只白鸽"咕咕"叫着飞来，慌慌张张飞到牛郎身边，后边紧紧追着凶恶的老雕。眼看就要追上了，牛郎拿出牛鞭"嗖"地向老雕抽去，把老雕赶跑了。白鸽得救啦，冲着牛郎点了三下头，绕牛郎翅膀扇了三扇，飞了三圈，依依不舍地离开了。

在这片地方住了没几天，牛郎跟老牛叨咕："老牛大哥，你说这地方四周都是高山，孤孤单单就我一个人，除了跟你说说话儿，连个做伴的人也没有，多闷得慌呀！"

老牛说："你是想娶个媳妇吧？"

"是啊！"

"好说，赶明儿就是七月七，后半晌天上仙女要到南天池洗澡。你把那件红衣裳偷来，有个仙女会追你，她叫织女，就是你媳妇。不过还她衣裳时，你千万别还那条白绫裙儿！"

"好吧。"牛郎记下了。

三

第二天吃罢早饭，牛郎兴冲冲翻过两座山，来到南天池边，藏在一棵老椴树后边，等着天上仙女来。左等不来，右等不来，心说，老牛哄我傻小子哩！正胡思乱想，东北角半天空有一串小白点在晃动，越晃越近，越近越大，看清啦，原来是八九只白鸽在飞。牛郎泄气啦，正想离开，突然那群鸽子飞到池子边，落在北岸石头上，扑闪几下翅膀，就地一转圈儿，变成几个大闺女！这可把牛郎惊呆啦！他躲在老椴树后，大气不敢出一口。

牛郎隔着草缝偷偷数了数，一共9个仙女，个个长得挺好看，有穿红的、有穿绿的、有穿蓝的、有穿紫的……腰间都围着条白绫裙，花花绿绿的，可鲜亮哩！只见那个穿绿衣裳的喊叫："姐妹们，快脱衣裳啊！"几个仙女十分麻利地脱下衣服，叽叽喳喳跳进池子里，玩起水仗来。

牛郎从小到大，只见过老牛、大山、石头、树，哪里见过光屁股大闺女！哎呀，仙女们那胳膊腿呀，圆鼓鼓、嫩生生，就像刚从水里捞出来的藕瓜一样，水灵灵的；那肉皮白得呀，像雪、像画、像白玉石；仙女们披散开头发，乌黑锃亮，油光光的。仙女们在池子里有蹲的、有坐的、有躺的、有立的，还有弯腰的；洗头洗脸、洗胳膊、洗腿；又说、又叫、又打、又闹，"咯咯咯"的笑声银铃一样好听。仙女们在池子里玩耍，清亮透绿的池水被她们搅得颤悠悠直晃动。看着可美气（方言，高兴、得意）啦！

牛郎看入迷啦！幸亏还记着老牛的话，蹑手蹑脚溜到北岸，抓起那身红衣裳白裙儿拔腿就跑！响声惊动了仙女们，仙女们慌忙上岸穿衣裳，就地一转身又变成白鸽飞上了天。

织女上岸晚了一步，一看没了自己的衣裳，又见牛郎抱着衣裳正跑，就大声喊："还俺衣裳，还俺衣裳，你咋偷俺衣裳哩？"

牛郎一转身，织女赶紧蹲水里，说："快给俺衣裳！"

"给你衣裳？那好说，你得给我做媳妇！你要跟我，我才给你衣裳！"

织女原来就是牛郎那天搭救的白鸽。这时织女也认出了牛郎。咦？原来是救过她命的小伙子。那天她独自飞出南天门到清溪沟玩耍，被老雕追赶，幸亏这小伙子打跑老雕，她还没有报恩哩。她见牛郎挺老诚、挺和气，就说："好吧，俺答应你，你给俺衣裳吧！"

牛郎把红衣裳给了织女，然后按照老牛嘱咐，没给她白绫裙儿。把白绫裙儿偷偷藏到房后山缝里，外边还堵了块长石头。白绫裙儿是白鸽的翅膀，没有翅膀就飞不上天。8个仙女飞回南天门，见织女没有跟上来，冲着清溪沟喊："五妮儿，快回来吧，南天门要关门啦！"

织女说："关就关吧，我要跟牛郎配夫妻，不回去啦！"

四

织女跟牛郎回到窝棚，牛郎把老牛指给织女看，说，它就是我从小到大相依为命的伴儿。织女拍拍老牛的背，算是行个见面礼。老牛眉开眼笑朝她看，好像说："就是这个新媳妇。"

织女见窝棚挺小，又没什么家当，就扯下一块衣襟，吹口仙气。呼！窝棚变成大瓦房，青砖瓦舍的，家具样样有，可把牛郎高兴蒙了。

又过了几天，牛郎领着织女到西沟、北沟到处转转，那叫不上名的花呀草呀遍地都是，织女觉得比天上还新鲜。她见北沟粉土坡、白崖套一带长着大片桑树林、槲树林，就捎话给天上姐妹带回天蚕籽，撒在林子。天蚕吃了桑叶、槲叶，不久就变成白白胖胖的蚕宝宝。织女就教当地人养蚕、缫丝、拐丝、织绸。慢慢地，太行山一带农村除了摘果子、刨药材，也学会养蚕织绸了。大伙儿都夸牛郎娶了个好媳妇。牛郎哩，自从有了织女，干活儿更勤快啦，不种地的时候，就牵着老牛光找好地方放。北沟有个水簸箕，石台上有好几个大石坑，正好存水，就成了牛郎的饮牛盆，老牛渴了就到那儿喝水。

两口子男耕女织，和和美美，过得挺带劲儿。一年后，织女生下个小小子儿，起名黑丑儿；又过两年，又生下个小妮子儿，起名白丑儿。一家人快快乐乐过光景。夜里，孩子们吵闹着要听故事，织女就指着天上的星星，给孩子们讲天上的事情……

日子过得真快。转眼三月三到了，王母娘娘在天宫召开蟠桃会，各路神仙都去给王母娘娘拜寿，张玉皇也领着8个闺女去了。王母娘娘数过来数过去，就是不见五外孙女，问张玉皇："五妮儿呢？"张玉皇说："五妮儿下凡配牛郎啦。"王母娘娘说："牛郎是个啥人吔？你去下凡考考他，他没本事你就别认他这个女婿，把五妮儿带回来。"

张玉皇哪敢怠慢，回到宫里准备准备，就要下凡。

你要问，张玉皇咋知道织女下凡呢？他咋不去抓织女呢？这里边有段隐情，得先表一表。

五

想当年，天上空寂寂的，本来没有人烟，后来有本事的人升天变成神仙，天上才热闹起来。天上神仙多了，都觉得自己有能耐，谁也管不了谁，一盘散沙乱糟糟的。时不时还拉帮结派，吵包子打架，闹得乌烟瘴气。王母娘娘先升天，住在瑶池石屋，见天堂闹成这样，实在看不下去，就对众神仙说："你们谁也不服谁，还是叫我女婿上天管管你们吧！"

她女婿是谁？就是张玉皇，在凡间姓张，人称张玉皇。张玉皇原本是邢国张家庄里正，官职大小就像今天各个村儿的村主任。你想想，一个村儿该有多难管呀？东家长，西家短，吵嘴打架是常事儿，摁下葫芦浮起瓢，管好太不容易啦！可张里正却把张家庄管得邻里和睦，家家安宁，老少喜欢。就为这，王母娘娘才想起让她女婿上天管管这群散仙。

一听说上天，张里正倒没啥，想到天上斗斗这群神仙，显显手段。可他老婆和9个闺女都不干了。她们嫌天上冷清，不热闹，不能男欢女爱，不能生儿育女，坚决不上天。张玉皇好说歹说，末了答应女儿可以定期下凡，生儿育女。9个闺女这才跟着张玉皇上了天，当了仙女。

前几天众仙女变白鸽下凡洗澡，当天张玉皇就知道五仙姑配了牛郎。他思量9个仙女上天来住也不容易，成天价在机房织云锦，打扮天空，挺枯燥的，下凡新鲜新鲜也没啥，就没有向王母娘娘报告。

这回王母娘娘叫他下凡考牛郎，他不敢不去，心里也担心真把那个傻小子考住了，于是事先给织女通了信儿。然后，张玉皇换成平民打扮，下凡来到清溪沟，见了牛郎就说："你想当我的女婿，得给我办三件事，办成了就当我女婿，办不成我就把织女带走。"

牛郎说："老泰山，你说吧，办哪三件事？"

织女爹说："头一件，天河梁下有两捆荆柴，你拿门后边那根扁担，把它们挑到北沟里。"

织女听到她爹的话，偷偷告诉牛郎："那根扁担是蟒蛇，你捏住七寸地方，往下捋三下，它就不能伤害你啦；两捆荆柴是两只老虎变的，你用扁担戳它们三下再挑，路上不管听到什么都不要回头，到了北沟往地上一放，后退七步，就没事啦！"

牛郎照着织女教的，捏住扁担七寸，往下捋了三下，就到天河梁去了，找到两捆荆柴，朝中间狠狠戳了三下，一头穿一捆荆柴，"吭哧、吭哧"往北沟走。走着走着，背后一会儿狗叫，一会儿虎吼，牛郎全当没听见，不回头，不停步，一个时辰，才走到北沟。牛郎放下荆柴，抽出扁担，后退七步，回家了。

织女爹张玉皇到北沟一看，哎哟，两捆荆柴变成两只石头老虎，一只卧在白格叠里，现在叫"卧虎山"；一只趴在北沟东沿，现在叫"老虎栈"。北沟两边山壁上各有一个扁圆窟窿，当地人叫"扁担眼"，现在都还哩。扁担眼下有个像鞋底一样的水坑，传说是牛郎挑两座虎山太沉，一脚踩成的，现在叫"鞋潭"。

牛郎办成了头一件事，张玉皇说："还得办第二件事。"

第二天，张玉皇说："牛郎，咱房后有棵小柿树，你把它砍倒扛回来吧。"

牛郎想："这有啥难？"拿起柴刀就奔房后，照着树身就砍。你说怪不？平时砍一棵树"咔咔"几下就撂倒了，今天砍树，一砍一个白印，还"当当"冒金星，就是砍不断。这是咋回事儿？

他正发愁，织女笑盈盈走过来，轻轻说："傻小子，你当真是棵树呀？这是俺爹的金耳勺，我帮你吧！"说着从头上拔下金簪子，在树身上划了一道圈儿，对牛郎说："照着印儿砍吧！"

牛郎照着印儿，抡起柴刀，"唡、唡"几下把树砍倒了。至今，柿子树身上都有一道圈印，下半截跟上半截树干的树皮不一样，据说那印儿就是牛郎砍的。他把树扛到院子里，织女爹一看，说："别高兴得太早了，还有第三件事哩！"

第三天，织女爹对牛郎说："今天咱爷俩藏老猫（邢台方言，发音'母'），我藏了你找。找不着，我就把织女领回天宫。"

"中噢！爹，你藏吧！"牛郎说。

织女爹来到院子里，嘴里嘟哝了两下，脚一跺，人没啦！这叫牛郎到哪儿找去？可把牛郎难住啦！

织女不愿意离开牛郎，悄悄告诉牛郎："俺爹已变成毛毛虫，藏在门前椿树眼儿里，你从下往上拃七拃，用指头堵住虫眼儿说'爹，你认我做女婿不？不认，我就把你闷死在里边'，爹就认了。"

牛郎开始找了，起初装作不知道，这里找找，那里找找，最后找到了椿树上那个虫眼儿，用指头肚堵住虫眼儿，大声说："爹，你认我做女婿不？不认，我就把你闷死在里边！"

张玉皇在树眼儿里不吭气儿。牛郎又喊一遍，他还是不吭气儿。一会儿，实在憋不住了，喘着气儿喊："认啦、认啦，好女婿，快放我出去吧！"牛郎这才把指头挪开。直到现在，椿树都好长虫眼儿，就是那时候张玉皇留下的。

张玉皇从虫眼儿爬出来回天宫了，见了王母娘娘，说："牛郎本事可大哩，我都叫他给制住了，就让他跟织女配夫妻吧！"

王母娘娘听说五外孙女婿这么有本事，也挺高兴。再一想，反正九个外孙女都织锦，一替一天轮流值班布云彩，只要不耽误干活儿就行啦，也就不再追究织女下凡的事儿了。

六

且说牛郎和织女生下的小小子儿黑丑儿长到8岁上，老牛病倒了。老牛临死前对牛郎说："我的罚期到了，就要升天了。我死后，你把我的皮剥下来，紧急时候能派得上用场。"说完老牛就死了。全家人很伤心，照着老牛的话做了，把老牛好好埋葬在它常喝水的饮牛盆北。老牛的眼珠子化作一个圆圆的山谷，现在那地方就叫"老牛眼"；老牛的阴门化作一座山崖，现在叫"天下第一牝"。

常言说，天上一日，地上一年。一晃，织女下凡已是第九个年头了。当年牛郎救她时，她把头点了三点，翅膀扇了三扇，绕他飞了三圈，就是要报牛郎九年恩。她虽然喜欢牛郎，但也想爹娘和姥姥；她虽然喜欢黑丑儿、白丑儿，但想着自己终究是天上的星宿，用云彩打扮天空才是自己的本职工作，眼看着下凡期限到了，她不能为了男女私情耽误天宫大事，得赶紧想法儿回天上去。

六月六，看谷秀。谷子秀穗的季节，太阳挺毒，是农村人晒被褥的日子。织女把家里的衣服被褥都拿出来晒，趁机对牛郎说："俺那件白绫裙儿你压哪里啦？快找出来晒晒吧，别让它沤了！"

傻牛郎没多心儿，心想织女跟自己都过了八九年了，还能飞了？再说，他也不知道白绫裙儿是织女的翅膀。老牛又没明说。于是他就转到房后头，搬开长石头，从山缝里掏出那件白绫裙儿给了织女。

织女把自己的红衣裳、白绫裙儿晒到门前草坡上，越看衣裳越想爹，越看衣裳越想娘，越看衣裳越想众姐妹，越看衣裳越想姥姥！回天庭的心思更强了。

织女的白绫裙儿是仙衣，又在石缝闷了九年，潮湿不济的，不好晒，一晒晒了三七二十一天。

七月初一这天，牛郎去香炉山砍荆柴，黑丑儿、白丑儿在石瓮边捉小鱼儿。织女一看时机到了，麻利换上红衣裳、白绫裙儿，登上屋东边一架小山梁，身子一拧，就地打个旋儿，变成一只白鸽子，扑闪扑闪翅膀飞上天啦！

这情形正好叫玩耍回来的黑丑儿、白丑儿瞧见，哭着跑着撵到小山梁。他俩咋能撵上呀？又不会飞，只好眼巴巴望着娘飞走了。后人在俩小孩望娘的小山梁盖了个亭子，起名叫"望娘亭"。孩子的眼泪摔成五瓣儿，就变成地上的牵牛花儿，所以牵牛花儿也叫黑丑儿、白丑儿。

　　牛郎正在香炉峰下砍柴，猛觉心里"咯噔"一下，东北风里还带着孩子的哭声，他知道不妙，赶紧挑起柴担，顺着大十八盘奔回家。

　　回到家，见俩孩子正坐在山梁上哭，边哭边喊娘。牛郎想起老牛临终前说的话，急忙找来俩架筐，把孩子装进去，一头一个，披上牛皮，两脚腾空飞上了天！

　　织女在前边飞，牛郎在后头追，孩子在筐里喊，弄得织女一步三回头，越飞越慢，眼看就快撵上啦！

　　孩子的喊娘声惊动了天庭，王母娘娘正在南天门等着织女回天庭，见牛郎快要追上织女了，连忙从头上拔下银簪，朝中间一划，二人之间出现一道银河，越来越宽，越来越宽，波浪滚滚，水雾腾腾，牛郎飞不过去了。

　　牛郎低头一看，装孩子的架筐里正好放着牛扣角（三角形牛鞦），抓起来朝河东岸抛去。牛扣角"扑列扑列"飞过银河，落到织女身边。

　　看见牛扣角，织女知道是牛郎的物件，就从怀中掏出一把金梭，扬手投向河西岸，一溜火光飞过天河，落在牛郎身边。

　　就这样，牛郎织女一个在河东，一个在河西。孩子在河西哭，织女在河东哭，从初一到初七，一直哭了七天七夜！直哭得昏天黑地！

　　他们的哭声感动了王母娘娘。王母娘娘孤身一人，能体谅孤男寡女的苦处，便叫使唤丫头青鸟——喜鹊去传信儿，允许牛郎织女逢七相会。青鸟得了令，怕忘了，一边飞一边默念："七七七七……"当见到牛郎向他传信儿时，把王母娘娘让他们夫妇"逢七相会"，误传成"七七相会"，把见面的日子定死了。

七

　　王母娘娘得知青鸟传错了信儿，害得自己的外孙子、外孙女受苦，就罚普天下的青鸟每年七月七到天河去搭桥，让牛郎织女踩着它们的头见面。并允许牛郎织女夫妻俩见面后多待几天，一直到七月十六再分开。牛郎追织女的时候披着牛皮，只会上天，不会下天。没法儿，只好留在天河西边，变成一颗星。黑丑儿、白丑儿变成两颗小星星，站在牵牛星两侧。织女抛过来的梭，也变成了星星。而牛郎抛到天河东岸的牛扣角，变成了三颗排列成角形的星星。

  牛郎织女的故事不知道传了几百代。直到如今，每年七月初，银河吊角的时候，从初一到十五的半月时间里你看不见地上的青鸟——喜鹊，七月十六能看到喜鹊，头顶也是秃的。人们说：这半月里喜鹊都飞到天上给牛郎织女搭桥去了，头顶秃是被牛郎织女踩的。这半月好下雨，那是牛郎织女的眼泪！晚上你抬头往天上看，正头顶有一条东北至西南走向的白星带，那是王母娘娘用银簪划出的银河，又叫"天河"；天河东岸有颗大星星特别亮，那是织女星；织女星东北不远有三颗星，用线连起来像张弓，是牛郎投过去的牛扣角，叫牛鞅星；织女星东南有四颗小星星组成一个下宽上窄的四角形，据说是织布机，织女整年在为天空织云彩哩！天河西沿也有一颗大星星，那是牛郎星，又叫牵牛星；牛郎星两边各有一颗小星星，那是牛郎织女的两个孩子，好像牛郎用扁担挑着，所以一大二小三颗星合起来又叫扁担星；扁担星上方稍远处有一堆小星星，组成一个两头尖的枣核形，那就是织女投过来的织布梭子，叫梭星。天河上不断有流星滑来滑去，划出条条银线，那是金梭在穿线织云彩。七月初七，天一擦黑，据说12岁以下的闺女藏到葡萄架下静静地听，还能听见牛郎织女说悄悄话哩！如果葡萄架下有水井，听到的声音会更真切！

  因为牛郎织女的故事发生在太行山天河梁一带，这一带的人就把牛郎老家峪里叫作"牛郎峪"，把牛郎织女住的地方叫成"牛郎庄"。附近的山也叫成"天河山"。现在成了风景区。

搜集整理：陈玉明

63. 八仙的传说

八仙的传说起源很早，八仙人物有多种说法。有汉代八仙、唐代八仙、宋元八仙，所列神仙各不相同。至明吴元泰《八仙出处东游记》始定为：铁拐李、钟离权（汉钟离）、吕洞宾、张果老、曹国舅、韩湘子、蓝采和、何仙姑。即使《八仙出处东游记》描述的八仙人物，其出生地与所处时代也不尽相同。最初见于史籍且确有其人的，是初盛唐时道术之士张果。五代宋初，关于吕洞宾的仙话传说流传甚盛。民间传说、元杂剧等与道教神仙相互演衍，使八仙故事的内容更加丰富多彩。八仙人物中的张果、曹国舅也被附会为邢台境内人，吕洞宾的故事与邢台也有着千丝万缕的联系。

张果老的传说

一

隋朝年间，广宗县张固寨有个种菜的人叫张果，经常骑着毛驴到邢州城卖菜。每次摆好菜摊，人们都抢着买他的鲜菜，特别是张果培育的紫根韭菜。官府管伙食的采办也争抢张果卖的菜，但常常是白吃白拿，张果敢怒而不敢言。

一天，张果卖完菜回家，走到南和县善友桥，见一个瘸子躺在桥面上挡住去路。二人争吵起来后，张果这才知道眼前这个与他争吵的人就是大名鼎鼎的铁拐李。张果马上拜铁拐李为师，学习法术。数月，张果返回张固寨，叔叔骂他不务正业，放着菜园不管。张果也不分辩，径直走到菜园，纵身跳入井中，身子一晃，井水外溢，把满园蔬菜普浇了一遍。叔叔转怒为喜。这年夏收，村中三户人家请他帮忙割麦子，他都一一答应了。后来，有人见三户人家的麦地都有张果，心中纳闷，回家看个究竟，推开门，张果躺在炕上正睡觉哩！

张果卖的紫根韭菜属天下第一菜品，所以不仅卖得快，而且价钱高。邢州城的地痞妒忌他，想方设法抢占他的摊位。结果不管地痞去得多早，每次都是张果先到一步。地痞觉得奇怪，问张果："你家离邢州城多远？"张果答："七八十里。"地痞说："好家伙，你走得这么快，真成神仙啦！"张果往北一指，说："我不是神仙，神仙在北边哩！"大家往北一看，再扭头看张果时，已不见了人影。据说张果去了邢州城西的仙翁山，他的家乡张固寨至今还保存着张果井、张果菜园、上驴台、张果老坟等古迹。

原载《广宗县志》

二

相传，张果老成仙之前在张尔庄村西种着一亩芝麻。一天，他正在锄芝麻，从西边过来一位白胡子老头儿和一位黑胡子老头儿。俩老头儿走到张果老地边说："这块地的芝麻长得真不赖，能打一石二！"

张果老说："你们没种过地，瞎说个啥。"

俩老头儿说："不信咱打个赌吧。"

张果老说："打赌就打赌，要是真能打一石二，我白送给你！"

"好。俺俩住在顺德府西街道南的大红门里。秋后见。"俩老头儿说说笑笑走了。

快秋收了，张果老的芝麻棵棵长得像小树，谁看见谁说："张果老今年种的芝麻成事了。"

收完芝麻，张果老一过秤，不多不少，正好一石二，于是心想，那俩老头儿说得真准。已经打了赌就得守信用。没法儿，张果老只得让驴驮着一石，他肩上背上二斗，给俩老头儿送去。

张果老来到顺德府，左打听右打听才找到西街道南的大红门。仔细一看，俩老头儿正在门内下棋哩。张果老把驴拴在门外树上，走进去，站在一边，看他们下棋。

俩老头儿好像没有看见张果老，自顾自地走棋。地上放着一筐桃子，二人边下棋边吃桃，把桃核都吐在了地上。

六月天，张果老挑着芝麻走了几十里路，又渴又饿，想要个桃子解解渴，又不好意思，就在地上捡了些俩老头儿没啃净的桃核，背转身啃起来。

俩老头儿下完一盘棋，筐里的桃子也吃完了，张果老也啃了很多桃核。黑胡子老头儿扭头看见了他，问："干啥的？"

张果老擦擦嘴说："不记得了？今年春天咱们打的赌。俺种的芝麻真的打了一石二，我给你们送来了。"

黑胡子老头儿说："守信用、守信用，走，看看你的芝麻。"仨人走出街门，张果老一看，傻眼了，拴驴的树没了，小毛驴变成了一堆骨头，扁担也沤成灰了，连个芝麻粒都没有。张果老呆了半天，自言自语地说："我就看了一盘棋的工夫，外边咋变成这样了。唉！别的不可惜，就可惜我那头小毛驴了。"黑胡子老头儿笑着说："放心，我治活你的毛驴。"说完，朝那堆驴骨头上"噗"地吹了口气，那堆驴骨头慢慢儿变成了一头活驴。张果老觉得奇怪，但心里挺高兴。

黑胡子老头儿说："你这个人挺讲信用，大老远送芝麻的情谊，我二人领了。"

张果老要走了，俩老头儿送了他老远。张果老骑着小毛驴，走啊走啊，看着路边的房屋、村庄都变样了，不知道是什么地方。停下来仔细辨认，心想：一年三百六十天，我天天到顺德府卖韭菜，走这条路还能转向？再说，这头小毛驴也认路，到底咋回事儿？张果老想了半天，认为没错，就一直往前走。

张果老骑着驴来到张尔庄村边，抬头一看，咋看咋不像，心想，莫非真的走错路了？这时，村里走出一个拾粪老头儿。张果老看了几眼，不认识。就问老头儿："这是张尔庄吗？"老头儿说："是张尔庄，错不了！"

张果老又问："你是哪村里的？"

老头儿说："我就是张尔庄的。"

张果老觉得奇怪了，我在这个村儿生活20多年了，只离开一天，咋就不认识了，于是又问："这村儿里有个叫张果老的人吗？"老头儿说："有。我小的时候听爷爷说过。"老头儿不愿多说，转身走了。

张果老骑上毛驴，朝家走去。到了门前，卸下驴鞍，小驴还跟从前一样，一直走进驴圈。张果老站在门口看了半天，推门进去，一眼看见院正中的大石桌，才敢相信这就是自己的家。可桌边围着一群人在吃饭，一个也不认识。

正吃饭的一个小女孩问："叔叔，你找谁？"

张果老说："这是张果老的家吗？"

大人们一听，都睁着大眼说："张果老是俺祖爷爷，你是谁呀？"

张果老没吭声，慢慢退出家门，牵上小毛驴，骑在屁股下面走了。从此，再也没回来。

搜集整理：杨成苏

三

也许你听说过张果老骑驴经过赵州桥时留下驴蹄子印的故事，也许你听说过张果老骑驴踩出邢州城南长（肠）街、北长（肠）街的传说，但听说过张果老与邢州古顺酒的传说吗？啥？当真没听说过？那好，就让笔者姑妄说之，看官姑且听之。

话说，张果老没有修成神仙之前，一直住在广宗县张固寨村，以种菜为生。因为张果老种的紫根韭菜鲜嫩水灵，不仅中看还好吃，所以每次把韭菜驮进邢州城，不出半天，就卖个精光。日子久了，张果老掌握住规律，每次出门前，身上只带两只烧饼，在邢州城卖完韭菜，恰巧时值中午。张果老圪蹴（方言，蹲着的意思）在小摊前买碗羊杂碎汤泡着烧饼吃个肚儿圆，骑上小毛驴，赶天黑前"踢踢踏踏"返回老家广宗县张固寨。

这年的这天，张老果骑着毛驴，驮着紫根韭菜到邢州城卖菜，刚卸下菜驮子，还没来得及摆摊，一团团乌云屎壳郎滚蛋似的从西天边儿涌了过来，片刻黑云压城，暴雨如注，邢州城变成一片汪洋。城里住着的人见雨下得大，都不出门买菜了。

张果老为避雨，牵着毛驴走进火神庙，将驮子上的韭菜放在山门洞地面。中午，腹中饥饿了，张果老就把出门前带的两只烧饼干嚼着吃了。本想等雨停歇后，无论卖不卖得掉韭菜，都要骑着毛驴返回广宗。谁知那雨一直下到天黑，不但不停歇，反而疯了似的越下越大。晚饭没得吃了。半夜时分，张果老的肚子饿得"咕咕"叫，他从驴驮子上薅下一撮韭菜嚼着充饥。

那雨可着劲儿下了三天三夜，仍然不见停下雨点。火神庙山门洞灌进了水，驮子里的韭菜经水一泡，叶蔫了，根烂了，没法再用来充饥了。

读到这儿，看官会说，你这个编书人胡咧咧哩，张果老既然是八洞神仙之一，咋没有腾云驾雾飞回广宗呀？聪明的看官还真问到紧要地儿了。可惜，那时的张果老还没有修道成仙。既然不是神仙，就不得不跟咱们凡夫俗子一样，无法忍受饥饿的折磨。但张果老毕竟命中注定日后是列入仙班的人，人生十字路口，自然会得遇贵人或奇事。你看，就在你向我问话的当儿，饿得饥肠辘辘的张果老突然嗅到一股醇香气味。张果老皱着鼻子贪婪地深吸一口，说："真香！"但这股香气从何处飘来？张果老弯腰从山门洞顶上看到地面，终于瞅见一股清澈透亮的汁液从庙廊前一条破麻袋中渗流出来。麻袋内装有何物？张果老好奇地走过去，揭开麻袋口一瞅，嘿，里面盛满善男信女拜庙时丢下的馒头、点心之类的祭品。因为连着下了几天雨，庙祝回家后未能及时返回庙宇守庙，袋子里盛的食物受潮变热后发酵了，酵液汩汩流淌出来，醇香气味正是这股汁液挥发出来的。张果老经不住醇香味道诱惑，从庙殿找了只破碗，从地上舀了点儿汁液，舌头舔了舔。嘻！这不就是传说中夏朝国君杜康发明的酒嘛！张果老喜出望外。天亮雨住后，他扔掉霉烂的韭菜，从麻袋里舀出一碗发酵的食物，骑着毛驴返回广宗了。

且说张果老回到老家，如法炮制，将发酵谷物兑入白水，反复试验，但品尝后总感觉味道不如邢州火神庙尝过的汁液酒香纯正。难道地理位置不同，或者水源有别，所酿酒的味道也会有差异？张果老便到邢州城西郊寻到一眼水质甘甜的山泉，重新酿制纯粮酒，结果发现酒品的高低，

63. 八仙的传说

253

不仅与水质有关，也与酒窖土质所含微量元素有关，更与窖藏时间长短有关。经过多次试验，张果老终于研制出酒味醇正、入口绵软、酱香浓郁、杯满不溢的邢酒。

就在张果老研制邢酒成功的那天，两位路人翩然来临，其中一位还是个瘸子，拄着根拐杖。张果老上前抱拳施礼问："请问二位客官姓甚名谁？何方人士？因何至此？"来人摇着芭蕉扇介绍："我乃汉朝钟离权，他是东晋铁拐李，今天到天河山赴牛郎织女两口子设的宴会，因嗅到与众不同的酒香，一路寻酒到此！"

张果老听后，十分高兴，安排仆人到肉铺买了二斤卤肉、一条熏鱼、半斤花生米，陪着钟离权、铁拐李喝了个酩酊大醉。趁着酒意，钟离权告诉张果老，他和铁拐李已经悟道成仙，这次到邢州就是想邀张果老同他们一起去共享神仙快活。当时的张果老正醉心于酿制邢酒，尚无修仙之意，就婉言谢绝。见张果老仙缘未到，钟离权拱手告辞。此后，便有了张果老受尽磨难、终于悟道成仙的故事。钟离权、铁拐李和张果老的神仙队伍到唐代时，又先后加入吕洞宾、韩湘子、蓝采和、何仙姑；宋代，宁晋县延白村的曹国舅在沙河县（今沙河市）封峦寺出家修道时受到吕洞宾点化，也加入仙班。至此，钟离权、铁拐李、张果老、吕洞宾、韩湘子、蓝采和、何仙姑、曹国舅，神话传说中的八洞神仙人物凑齐。这天，钟离权突然忆起张果老未当神仙之前所酿的美味邢酒，遂鼓动其他神仙，一起降临仙界山，取来邢酒，八洞神仙开怀畅饮。如此，又演义出一段醉八仙东海斗龙王的"闹海"故事。因为历史上的邢台曾被称作"顺德府"，所以后人就把"邢酒"更名为"古顺酒"。此乃后话，笔者不再聒噪。

搜集整理：沙彤

吕洞宾的传说

一

古代的㴲水南岸，四周尽黄沙，遍野少绿色，尤其普通店村北一带，更是黄沙茫茫，举目苍凉，为此，人称这一带为"小荒凉"。后来，兵家在这儿筑起一座烽火台，派兵卒日夜看守。再后来有人在此建起店铺。于是从南北"官道"过往的行人或进京赶考的举子走到这儿，都要打尖休息。又因为当时的店家常用小米饭做主食，很受食客喜爱。久而久之，烽火台附近的"小荒凉"名字逐渐被"小黄粱"三个字取而代之。

据民间传说，八仙之一吕洞宾未出道前曾是一名上京赶考的举子。这天，他肩背行囊，手拎雨伞，上京赶考途中来到小黄粱。吕洞宾让饭铺伙计为他煮了一锅小米饭，然后斜倚一块石头上歇息。

这时，神仙钟离权云游到小黄粱，见吕洞宾眉宇间透出仙气，知道他日后定会列入仙班。钟离权便幻化成老翁，走到吕洞宾面前，规劝吕洞宾看破红尘，放弃功名，跟着他去修道。听了钟离权的话，吕洞宾很是不以为然，说："举子读书十年寒窗，所盼就是金榜题名，尽享荣华富贵。如果像你那样都去参道修仙，终生清贫，人生还有何意思……"吕洞宾说着说着困乏了。钟离权微笑一下，塞给他一只游仙枕。吕洞宾很快进入梦乡。

金碧辉煌的京城，摩肩接踵的人流，尔虞我诈的商人，自恃清高的举子，弹冠相庆阿谀奉承的官员，浓妆艳抹妖冶妩媚的女子，纷纷攘攘从吕洞宾身边走过。吕洞宾踌躇满志进了考场。三场考罢进入殿试，面见君王，被钦点为头名状元。皇上下诏留吕洞宾在朝参政。吕洞宾官运亨通，几年后晋升为一人之下万人之上的一品宰相。吕洞宾一生仕途得意，家业兴旺，妻妾成群，子孙满堂，听不完的谄媚夸赞语，享不尽的荣华富贵景。就在吕洞宾官运亨通达到登峰造极时却乐极生悲。由于宫廷权臣之间相互倾轧，吕洞宾稍不留神中了宦官贼党奸计。皇上革去吕洞宾官职，将他发配岭南充军。与此同时，又将吕洞宾株连九族满门抄斩，所有家财收缴国库……是时，正当寒冬腊月，大雪纷飞。吕洞宾足系铁镣，颈锁囚枷，单衣赤足，饥寒难忍，行至一条波翻浪涌的河边，河面只有一座三尺宽的独木桥。吕洞宾亦步亦趋踏上独木桥，刚走到桥中间，身后传来虎啸，一只白额吊睛斑斓虎张牙舞爪向他扑来。吕洞宾拔腿就往前跑，又觉前方冷气森森，怪风嗖嗖，一条粗如碗口长约丈余的毒蛇正朝他吐着血红信子。陷入人生绝境，吕洞宾惊出一身冷汗，不由得惨叫："快来人救命呀！"醒来竟是一梦。再看身旁锅里煮着的小米饭尚未熟透。老翁依然安坐身旁望着他微笑。吕洞宾不由得长叹一声，似问老翁又似自语："刚才所经历的一切，难道就是我今生今世的追求吗？"老翁笑而不答，将自己的宝物"游仙枕"赠送吕洞宾，让他用此枕再去如法炮制，化度世上有缘众生。望着钟离权洞察一切自然幽默的微笑，吕洞宾恍然大悟，立即参拜钟离权为师父，跟随钟离权离开小黄粱出家修道走了，数年后终于成为八洞神仙之一。为此，邢、邯两地多处建有吕祖庙，并诞生出多条有关吕洞宾修道成仙的传说。

二

普通店小黄粱因是传说中吕洞宾得道成仙地，所以历代皇帝巡游至此都有碑石记载，香火十分鼎盛。

据传，清朝乾隆皇帝下江南时驾幸小黄粱、拜谒吕洞宾神像时突然来了睡意，让侍从铺床搭被，躺在吕祖庙睡了一觉。睡梦中，吕洞宾告诉乾隆："此处乃是吾得道成仙的洞天福地。"乾隆梦醒返回京城，传旨动用国库银两，拨到黄粱吕祖庙，为吕祖重建庙宇，再塑金身。

皆因乾隆皇帝在圣旨上没有写清楚"小黄粱"的具体位置，官差向"黄粱"发送银两时，误送到了南行25千米处的邯郸县（今属邯郸市丛台区）黄粱村。而黄粱村的人因早就知道了有关吕祖修道的传说，就顺水推舟将原来的黄粱村更名为"黄粱梦"，并演义出一段"吕祖化度卢生的故事"。此是后话，按下不表。

再说乾隆皇帝颁发圣旨的同时，还按照他在小黄粱睡梦中所看到的吕祖模样，御笔画出一幅"睡公图"，传旨让邢州知府在易县凿刻了一尊"睡公仙人像"，打算安放在"小黄粱"。无奈负责操办的朝廷命官，此前已将重修庙宇的官银错拨到邯郸县（今属邯郸市丛台区）黄粱梦，而邯郸县（今属邯郸市丛台区）黄粱梦的村民也用那批官银修建起了庙宇。木已成舟，负责具体操办事情的朝廷命官害怕朝廷怪罪，私下找到邢州知府，双方串通好，将错就错瞒哄朝廷，让易县石匠找人将凿刻好的

"睡公像"用马车拉到邯郸黄粱梦睡公庙安放供奉。岂料仙意难违，当运送石像的马车行驶到沙河县（今沙河市）普通店小黄粱附近时，装载石像的马车陷进沙窝儿走不动了。押送石像的差官见状，从附近村找来几十名壮汉，牵来五六匹骡子，组成八套（八匹马拉一辆车）马车，在漫漫黄沙古道上马车"咿呀"行进，从早晨走到太阳落山，前进了不足二里路。当行驶到普通店"卢生祠"旁时，八匹骡马齐刷刷跪卧沙滩不走了。押送石像的官差只好让人马在小黄粱饭铺暂住一宿，次日再做计议。谁知次日天刚蒙蒙亮，小黄粱饭铺门前竟停放了四五辆满载石灰的柴车。拉石灰的人自称是南北掌二村的人，并说是小黄粱一位白胡子老翁向他们预订的石灰，讲明是建小黄粱"吕祖庙"用的。说话间，又来了几辆拉着砖和木料的车子，撵车人也说是送往小黄粱建吕祖庙的。更为奇怪的是，无论拉灰的人，还是送砖的人，把灰和砖卸在地上，分文不收，就撵着车返回了。事已至此，押送石像的差官只好向邢州知府请示，邢州知府又向具体操办筹建睡公庙的朝廷命官汇报。经过磋商，便让普通店村人在小黄粱另建起一座睡公庙，同时把乾隆皇帝御制的"睡公像"安放进庙堂。

从此，沙河市普通店村就有了一座小黄粱睡公祠。

原载《沙河风物与传说》

曹国舅的传说

曹国舅，史书记载为宁晋县延白村人。祖父是北宋开国王曹彬，父亲是吴王曹玘。曹氏祖上自曹彬之父曹芸以上世居宁晋，曹芸的父亲及以上曹氏诸人死后均葬于延白村曹氏祖茔，后世迁居灵寿。但曹彬却让其五子曹玘居住宁晋，守护宁晋县曹氏祖坟，以示不忘根本。曹玘后来被仁宗封为吴王，曹玘之女应诏入宫被宋仁宗册封为皇后。如此，曹皇后之长兄曹佾便成为曹国舅。被后世尊奉为道教八洞神仙之一。从古至今，沙河境内流传着许多有关曹国舅的故事。

一

宋朝的吴王名叫曹玘,原籍宁晋县延白村。相传,曹玘生有一个女儿,两个儿子。次子曹珍;女儿最大,名叫曹颖;长子曹佾,亦叫景休。曹颖生来聪明伶俐,能说会道,就是长了一头疥疮,一年四季不是流脓就是淌血。你想,吴王家既有钱又有势,还能请不到有本事的大夫为女儿治疾?但说了恐怕你也不信,吴王请遍了周边有名的大夫,就是治不好女儿头上的顽疾。吴王很不甘心,每次带兵打仗,都带着长子曹佾和女儿曹颖,凡走到一个地方,就向人打听有没有能治疥癣的郎中,或有没有能治疥癣的偏方。一次,与金兵交战来到沙河县(今沙河市)西部,吴王带着长子曹佾和女儿曹颖刚走到一个名叫胳膊湾的小山村,突然遭到金兵郎将军的伏击。混战中,吴王敌不过金兵首领郎将军,带着宋兵逃跑了。因为逃得匆忙,没来得及带走长子曹佾和女儿曹颖。自此,曹佾与姐姐曹颖就住在胳膊湾。曹佾在这个小村儿娶了媳妇,然后和长着一头疥癣的姐姐一块儿住。

因为曹佾后来成了神话中的八仙之一,所以他和姐姐曹颖住过的这个胳膊湾村儿,便被后人改名"曹家湾"。

二

那时,胳膊湾村儿只住着曹、侯两姓。曹佾娶了媳妇,姐姐曹颖疥癣满头成天价流脓淌血,谁见了谁恶心。尤其曹佾的媳妇,尖酸刻薄,从不把大姑子当人看待。不论冬天夏天,总让曹颖睡在草屋,没让她吃过一顿饱饭、穿过一件新衣。不仅如此,还天天让曹颖到西山葛针沟放牛。

曹颖的弟弟曹佾见姐姐受老婆的气,虽然看在眼里气在心上,但因惧怕老婆,常常敢怒不敢言,只是在暗地好言劝慰姐姐。

再说曹颖长到十五六岁了,虽然身段苗条,心地善良,但是因头上长着疥癣,心里也总感觉低人一头。心里尽管知道弟妹虐待自己,但为了让弟弟安心,只好以泪洗面,从来不在人前声张。

见大姑子整天不多言不多语，曹佾的媳妇误认为大姑子软弱好欺。为了不让曹颖闲着，她让曹颖每天放牛时，一边放牛，一边搓麻绳。

曹颖仍不言语，每天牵着牛，拿着麻皮来到山沟，把牛赶到草肥的地方吃草，她站在一旁抖开麻皮搓绳。突然一阵风刮来，曹颖手中的麻皮飞起来，她猛逮一下没逮住，麻皮挂到葛针钩上了。曹颖急了，搓不成绳不说，麻皮乱成一团，回去又得挨弟妹打骂，咋办？望着一阵阵的风，曹颖说："东一阵风，西一阵风，都来帮我搓麻绳！"这一说不要紧，地堰边儿竟长出一片长着一根直葛针和一个倒钩葛针的酸枣蓬。曹颖就把麻皮挂在倒钩酸枣树上。刚把麻皮挂好，还真的是东一阵风西一阵风刮起来。风一住，挂在葛针上的麻皮全搓成了绳。曹颖把麻绳从葛针枝上一条条摘下来，高高兴兴拿回家交给了弟妹。弟妹见麻皮搓完了，再看麻绳搓得又光又细又匀，就每天交给曹颖一把麻皮。不管给多少，曹颖都能按时搓完，搓的绳都是又光又匀又结实。见大姑子曹颖每天都能按要求搓完麻绳，她就天天往上加码。大姑子曹颖呢，无论她加多少，不仅能搓完，还都搓得光溜溜的。她再也找不到说大姑子坏话的借口了。

这年，宋仁宗下诏天下选妃，让各地方官先为预选出来的美女画张像，送进皇宫让他初选。听说这信儿，曹颖想到宫中去当娘娘。

曹佾的媳妇听了，调侃曹颖说："就你这满头疥癣的丑模样，还想进宫当娘娘？不是想好事儿想得疯了吧？"

曹颖说："弟妹不相信我能当上娘娘？"

弟妹扁了扁嘴说："你要能当娘娘，上轿前我用身子给你当垫脚石！"

曹颖说："此话当真？"

弟妹说："说话算数！"

曹颖说："你输定了！"说完，找来画匠，让画匠照着自己的模样画了张像。你猜这张像是咋画的？脸蛋和身材都是照着曹颖的真模样画的，唯独头上的疥癣，曹颖让画匠画成了一头乌油油的青丝。弟妹见画上的曹颖天仙似的，就说："你这可是犯了欺君大罪呀！闹不好，咱全家都要受牵连哩！"

曹颖说："一人犯事一人当，这事儿不关弟弟和弟妹事儿。"随后托人把画像送进汴梁。住在汴梁城的宋仁宗见到曹颖的画像一眼就相中了，传旨沙河知县火速将曹颖送进宫中当娘娘。

擎着旗罗伞扇，敲着铜锣皮鼓，吹奏笙箫笛子，抬花轿的队伍刚进胳膊湾，立即有人跑到曹家报信儿。曹佾的老婆听说大姑子曹颖真被选中了娘娘，吓了一跳，急忙跑到曹颖屋子结结巴巴地说："惹祸了，惹大祸了！"

曹颖问："弟妹着的哪门子急？一切好好的，你咋说惹祸了？"

弟妹说："还不都是你惹的祸，皇上把你选中娘娘了，花轿抬到门前了！"

曹颖说："这有啥惹祸的？你出去把凤冠霞帔接进来不就是了。"

"哎哟哟，你看你满头疥癣，万一让皇上看出来，不仅你活不了，咱全家也要丢掉性命的！"

她们二人在屋子里拌嘴，迎接娘娘的花轿已来到门前，锣鼓不停地敲，喇叭可着劲儿吹，后宫太监在门外高声吆喝："请曹娘娘更换凤冠霞帔喽——"

弟妹见与大姑子再吵下去已无济于事，心想：既然到了这节骨眼上，只好听天由命啦！于是，煮了一锅小米饭，让大姑子曹颖吃饱饭再出门上轿。不一会儿，曹颖吃饱了，对弟妹说："去把凤冠霞帔拿来吧。"弟妹这才走出门，接过凤冠霞帔，返回屋，帮曹颖穿好霞帔，拿起凤冠要往大姑子曹颖头上戴时，看了看她一头疥癣还在往外流着脓血，如何能戴凤冠呀！弟妹正犹疑哩，大姑子曹颖一把从嫂嫂手中夺过凤冠说："还愣啥神？快快跟着我上轿去吧！"

见大姑子曹颖从自己手中夺过凤冠就往外跑，弟妹只好快步跟了出去。

抬花轿的轿夫们见曹娘娘出来了，赶紧拉开轿帘。曹颖突然脑袋一甩，十几年来一直粘在头上的疥癣突然闪着金光掉到地上。弟妹低头一看，竟是一只金壳篓。突然"噗"的一声，大姑子曹颖嘴里把一口小米饭"唰啦啦"吐在地上，满地滚的都是珍珠玛瑙。弟妹一见，急忙弯腰去捡地上的金壳篓和珍珠玛瑙，曹颖乘机踩住弟妹脊梁，腿一抬上了花轿……

三

曹颖成了大宋皇帝的妃子娘娘，她的两个弟弟曹佾和曹珍自然成了地位显赫的国舅爷。曹佾被称为"大国舅"，曹珍被称为"二国舅"。

大国舅曹佾心地善良，为人正直；二国舅曹珍却自恃帝室亲戚，结交一帮恶少，逞强横行，经常到乡村抢夺民女，霸占百姓良田。大国舅曹佾竭力规劝弟弟，曹珍不仅不听，反而把哥哥曹佾看成专门与他作对的仇人。

一次，二国舅曹珍看上一位进京赶考的秀才的老婆，并设计绞死秀才，把人家老婆霸占了。

被曹珍绞死的秀才的冤魂飘飘悠悠来到开封府，见了正在审案的包公，向包拯诉说冤情。包公是何等样人，眼睛里岂能容下这等不法之徒，传令张龙赵虎速速下去办案。

二国舅得知包公追查此案的消息后，急忙回家把秀才妻子投进院子中央的一眼水井里。恰巧此事被大国舅曹佾瞧见。曹佾设法把秀才妻子搭救出来，并放她逃走了。秀才妻子一路跑到开封府，见到包公大喊冤枉。包公升堂审案。秀才妻子因为不知道救她的人是大国舅曹佾，还以为是曹佾和他弟弟曹珍一块想害死她呢。于是，就将曹佾、曹珍弟兄二人如何害死她丈夫又如何把她投进井里的事向包公告了状。

包公本来就是眼里揉不进沙子的人，听说国舅爷倚仗权势欺压民女，早气得黑了脸。但包公毕竟是包公，虽然气黑了脸，却没有对外声张。而是装起病来，让人告诉曹国舅，让他进开封府探望。等曹国舅走进开封府衙大门，包公将他引入公堂，然后将秀才妻子叫出来当面对证。曹佾搭救秀才妻子的时间是半夜，自然不会再有第三个证人，因此，虽然长着嘴，也辩解不明白。见曹佾答不上来，包拯将大国舅曹佾监禁起来。然后设法把二国舅曹珍也骗进开封府，让秀才妻子面诉冤情后，也将二国舅押入监牢。

但包拯毕竟是包拯，不久便查明杀害秀才和妄图加害秀才妻子的真凶是二国舅曹珍，与大国舅曹佾无关。于是，将大国舅曹佾放出监牢，并决定用虎头铡铡死二国舅曹珍。就在这时，曹娘娘听说了这件事，亲自跑进开封府，给二弟求请。包拯自然不听曹娘娘的话。曹娘娘搬来皇上宋仁宗。宋仁宗亲自向包拯求情，在皇权压制下，包拯不得不法外开恩，从大牢中放出了二国舅曹珍。

再说，大国舅曹佾走出开封府大牢，既可恼弟弟曹珍的不争气，又可叹皇帝倚仗权势草菅人命的不公，越想心里越生气，说："天下之理，积善者昌，积恶者亡，这是不可更改的。我家行善事，累积阴功，才有今日之富贵。如今弟弟积恶至极，虽然明里逃脱了刑典制裁，暗里怎能逃掉天网恢恢。一旦祸起萧墙，必然家破身亡，到那时想扮成黄狗溜出东门都是不可能的了。我深深为有这样的家庭而感到耻辱！"一气之下，曹佾将家中财物悉数周济给贫苦百姓，辞别家人，来到他曾经住过多年的沙河县（今沙河市）胳膊湾西边不远处大安山下的一座寺庙，改名曹仁，潜心修起道来。

这天，神仙汉钟离和吕洞宾云游大安山，见到曹国舅，问他："你在这里修炼什么？"

曹国舅答："其他的无所作为，只是为了修道而已。"

二仙问："道在哪里？"

曹国舅指指天。

二仙又问："天又在哪里？"

曹国舅又指指心。

汉钟离笑道："心即天，天即道，你已经洞察悟道之真谛了。"于是授他《还真密旨》，令他潜心修道。

不久，在汉钟离、吕洞宾引领下，曹国舅在沙河县（今沙河市）大安山寺羽化升天，成了八洞神仙之一"曹国舅"。

四

国舅爷曹佾羽化升仙了。沙河西部这座寺庙的僧人把信儿捎给了皇后娘娘曹颖。听说弟弟曹佾死了，曹颖急忙邀上宋朝大文学家石介，以降香为名，乘御辇，离开京城，一路朝行夜宿，赶往大安山为长弟奔丧。

这天，曹皇后乘御辇走到少年时曾经住过的胳膊湾村儿，她有心回旧家看一眼，便让人停住御辇。曹皇后跳下辇，走到胳膊湾村头往村里一瞅，村子已经盖成一大片，早已不是原来模样了。曹皇后不由得一阵伤心，突感内急，就跑到地堰下小解。谁知刚蹲下的这块地堰正是她当年搓麻绳酸枣葛针挂麻皮的地方。曹皇后虽然不记得这地方了，但当年帮过她忙的葛针们却记着往事哩。曹皇后小解完，抽起裙子就要离开，那些帮她挂过麻皮的葛针恋恋不舍，用倒钩葛针钩住了曹皇后衣裙。曹皇后哪里知道这些酸枣棵子的想法，见葛针钩住了衣裙，便伸手把钩她衣裙的葛针钩掰直了。自此，这一带酸枣棵长的刺钩都变成了直针。

由于皇后娘娘曹颖到大安山寺降香时，御辇路过胳膊湾村儿，后人就把村名改称"御路村"了；又因为曹国舅在这个村儿住过，胳膊湾历史上还叫过"曹家湾"。

再说，曹皇后带着宋朝大文学家石介，离开胳膊湾，一路南行，过五里碑，往西拐就到了大安山下的寺庙。石介当即为出家的曹国舅题写碑文。曹皇后也为弟弟上了香，返回皇宫，恳请宋仁宗为大安山寺赏赐封号。从此，位于沙河县（今沙河市）大安山下的寺庙就有了正式的名字"封峦寺"。

现在，宋朝大文学家石介撰文记载这件事迹的石碑还在。不过碑文所记主人公不是曹佾，而是曹仁，这些都有待金石爱好者再做深入考证。至于故事真假，还是由读者诸君自做评判吧。

搜集整理：沙彤

64. 白雀庵的传说

相传，南北朝时期，南和县瓦固村出了个妙庄王。妙庄王无子，只有三个闺女。大闺女的驸马是头名状元，二闺女的驸马是天官之子，唯有三闺女，年长十八，还没有婆家。

三闺女的名字叫妙善，人称"三皇姑"。三皇姑自幼聪明伶俐，知书达理，父王母后爱如掌上明珠，一心想给她招个称心如意的驸马，可是找来找去，三皇姑都瞅不上。

为这事儿，三皇姑心里十分为难。同意吧，实在违背心愿；不同意吧，违旨抗婚，又怕父王怪罪。只好说："父王要为孩儿招驸马，必须应许孩儿三件事！"

妙庄王说："别说三件，就是十件八件，父王也没有不允的道理，尽管说吧！"

三皇姑说："我要招降龙伏虎将，敢除暴来能安良；我要那天边星星和月亮，让人间日夜都明亮；我要那王母娘娘做大媒，寺庙修行做洞房。若依我这三件事，爹爹任选驸马郎；倘若短缺一件事，我宁死也不配鸳鸯。"一席话，说得妙庄王无法对答，心想：看来小奴才是铁心要出家当尼姑啦。好，我就也给她出三道难题，叫她出家不成！

妙庄王说："我儿莫非真要出家为尼？"

三皇姑说："正是女儿意愿。"

妙庄王说："那你也得答应我三件事，若有一件办不到，死也别想出家为尼！"

妙善说："父王请讲，女儿在下恭听。"

妙庄王说："皇宫御宴摆三天，三天需要面三石，皇仓里头有小麦，一夜把它磨成面，要是短我一两面，要想出家难上难！"

妙善二话没说，跑进磨坊，抱起推磨棍，一遭儿一遭儿推开磨啦。可她从小是娇生惯养的金枝玉叶，哪里推过磨呀！只见她咬着牙，推一遭儿，磨碎天上一颗星；推一遭儿，磨灭地上一盏灯。熬过一更到二更，熬过二更到三更，熬过三更到四更，眼看推到五更天，三石小麦还差得远。她又困又累，紧抱推磨棍坐在磨道"呜呜"哭开啦。哭声惊动了阎罗殿的小鬼和判官，呼啦啦一起跑来帮她推磨了，推得石磨滴溜溜转，筛得白面像雪片，不到鸡叫东方亮，三石白面堆成山。

第二天一早，妙庄王过来一看甚感蹊跷。接着提出第二件："皇宫里三石谷子掺芝麻,一夜给我分两搭;芝麻里不准有谷子,谷子里不准有芝麻。芝麻榨油佐御膳,小米要做'金捞饭',一夜要是办不到,要想出家来世见!"

妙善二话没说,坐在大堆芝麻谷堆前,一粒一粒分开拣。拣一粒芝麻,天上熄去一颗星;拣一粒谷子,地上灭去一盏灯。熬过一更到二更,熬过二更到三更,熬过三更到四更,眼看到了五更天,芝麻谷子还没拣出一大升。她坐在芝麻谷堆前又"呜呜"哭开啦。哭声惊动了蚂蚁和鸟雀,成群结队赶来啦,鸟雀叼谷子,蚂蚁拉芝麻,不到鸡叫东方亮,谷子芝麻两分家。

天亮后,妙庄王一看,更感蹊跷,立马提出第三件:"明天父皇摆御宴,请来文武和百官;百官御宴要赏花,寒冬腊月到御园;你要能让开百花,父王准许你出家。"

妙善二话不说,挑起桑木扁担枣木桶,来到八角琉璃井,一担一担挑开水啦。挑一担水,淋湿天上一颗星;浇一株花,淋灭地上一盏灯。熬过一更到二更,熬过二更到三更,熬过三更到四更,眼看到了五更天,甭说御花园里花不开,连个花骨朵都没结。她坐在八角琉璃井边,再次"呜呜"哭开啦。哭声惊动了花神,立刻传令百花仙子走出花厅,红裙水袖一甩,御花园立马百花盛开。

一大早,妙庄王一看傻了眼,再也没招儿了,只好答应三皇姑到白雀庵出家为尼。

白雀庵在白佛村,离南和县城近10千米。当时,庵里住着五百尼姑。三皇姑住进白雀庵后,妙庄王下了一道圣旨:只许她打柴担水、推磨捣碓、擂鼓撞钟,带发修行。

金乌落,玉兔升,转眼过了几个酷暑和寒冬。这天,妙庄王接到密报,说三皇姑住的白雀庵男女混杂,有几个尼姑同附近白雀寺的和尚鬼混。妙庄王一听火冒三丈,心一横下了道圣旨:火烧白雀庵!

妙庄王命人带领五百御林军,手持五百火杖连夜赶到白雀庵点燃熊熊大火。顿时,白雀庵成了一片火海。可怜五百尼众,让大火活活烧死了。

地上的火光，人间的哭声，惊动了佛国值日星官韦驮，他把三皇姑从墙里托到墙外，才免遭一死。

三皇姑不敢停歇，顺着大路朝前走，走到信都区双楼村前，歇歇脚，倒了倒鞋壳篓的沙土继续朝前走。据说，双楼村南一溜儿仨土疙瘩，就是三皇姑从鞋壳篓倒出的三堆黄沙。

三皇姑走呀走呀，走到尧山歇了歇脚，继续朝前走。走呀走呀，走到内丘县神头歇了歇脚，继续朝前走。不知走了多少天，来到苍岩山下。眼望高山，三皇姑心头想起五百个无辜死去的师姐师妹，不由得泪如雨下，放声痛哭。哭啊，哭啊，哭声惊动了太白金星，派山神化作一只斑斓猛虎将三皇姑驮上了苍岩山。

再说被活活烧死的白雀庵五百冤魂，一齐去阴曹地府找十殿阎君告状。阎君命无名火神用阴火去烧妙庄王。不久，妙庄王患了怪病——人面疮，经御医多次调治也不见好转。眼看性命难保，妙庄王让人在各州县张贴皇榜，寻求名医。

在苍岩山修炼成菩萨的三皇姑，得知父王病重消息后，化作云游道人，到南和城揭掉皇榜，走进皇宫。

妙庄王见道人言称能药到病除起死回生，便问："你有何仙方妙药能治好寡人怪病？"

道人说："不需金、不需银，只需儿女孝顺心；治好病并不难，要用亲生儿女手和眼。"

妙庄王一听大失所望，长叹一声瘫在床上，说："就是我死了，也不能伤害儿女们性命啊！"

道人说："我主善哉！万岁乃当今一国之主，救你一命，就是救了黎民百姓。女儿个个通情达理，况且，失去手眼也绝不会有性命之险，还请万岁三思！"

妙庄王转念一想，此话有理，就召来大闺女和二闺女商议。两个闺女你看看我，我看看你，谁也不肯舍出自己的手和眼。这时候，妙庄王才想起贤惠孝顺的三闺女来。他想，要是三闺女在，肯定会舍手眼给我治病的。可惜，三闺女被一把火烧死在白雀庵了……想到这儿，妙庄王后悔不迭，不由得痛哭流涕。

文武百官见妙庄王痛哭失声，个个吓得不知所措。只有道人心中明白，上前一步说："万岁不必忧愁，若思念三公主，只管到苍岩山去寻找吧。"说罢，飘然而去。

妙庄王这才恍然大悟，原来是神人前来点化他，不禁龙颜大悦，命朝中老臣杨杰前往苍岩山寻找三皇姑。老杨杰来到苍岩山，向三皇姑说明来意。三皇姑二话没说，剜下一只眼、剁下一只手放在香盘上，交给老杨杰，让他速速带回宫去。老杨杰不敢怠慢，星夜返回皇城。

就在这时，妙庄王的病情加重了，看见三皇姑血淋淋的手和眼，好似五雷轰顶，吓出一身冷汗。说也怪，不消半个时辰，脸面平复如初啦！

妙庄王对三皇姑舍身救命的义举感激不尽，降旨敕封三皇姑为全手全眼观音菩萨，不料传旨官误传为"千手千眼"。这就是如今全国各地寺院千手千眼观音菩萨的来历。

原载《南和县志》

聊斋章

聊斋，借用清代小说家蒲松龄文言短篇小说集《聊斋志异》(简称《聊斋》，俗名《鬼狐传》)的名字。因为，蒲松龄在其所著《聊斋志异》中，或者揭露封建统治的黑暗，或者抨击科举制度的腐朽，或者反抗封建礼教的束缚，具有丰富深刻的思想内容。其中大部分作品以描写爱情为主题，通过花妖狐魅和人的恋爱，表现了强烈的反封建礼教精神。所以在民间产生了广泛影响。历史上，邢台境内（重点是农村），也流传有许多与《聊斋志异》所描写的鬼狐变人、神怪鬼仙相似的故事，这些故事多数借用仙怪传说，宣扬人性的真善美，鞭挞封建礼教与封建社会制度的邪恶，具有一定的正面教育意义。又因为这些传说借用了鬼怪之类的艺术形象，因此或多或少沾染有迷信色彩。因此，读者在阅读本章内容时，一定要坚持科学唯物主义的无神论观念，剔除糟粕，取其精华，去伪存真，吸取民间故事的健康营养成分。

65. 霍家大院的传说

功德汪村有座占地面积硕大的霍家大院。霍家大院的霍姓始祖霍银原居相邻的良庄（也写作梁庄）。大约清朝乾隆年间，霍银迁居功德汪村。霍银后辈中有位名叫霍老开的人。到霍老开辈上，霍家尚不富裕。但霍老开秉性敦厚，为人友善。那年，为维持生计，霍老开到羊鼻子窑（今武安市郭二庄煤矿前身）为窑主看大门。

霍老开心地善良，平素进庙就磕头，见佛就烧香，尤其同情穷人。在羊鼻子窑看门期间，凡临近羊鼻子窑的邑城、赵店、册井、武安城等村镇过庙会，霍老开都要与人换班，赶庙会，瞧稀罕，每次赶庙会，只要看见讨饭的，就施银舍钱。一次，霍老开到武安城赶庙会，讨饭的人多，霍老开只要看见讨饭的，就施舍一枚铜钱。不一会儿，身上的钱就施舍得仅剩一文了。霍老开摸了摸压在束腰带里层的一枚铜钱，心想，今天说成啥也不施舍了，我还要留着中午喝碗羊汤吃个烧饼充饥呢。就在这时，路边一位满头癞疮、脸上沾满脓血的年迈乞丐，挂一根荆条杖，颤颤巍巍地走过来，伸出长满黑皴的手，哀求："大善人，施舍一文钱吧。"

见乞丐年迈，又如此可怜，霍老开顿时忘记身上只剩下一文钱吃中午饭了，毫不犹豫地从束腰带里抠出铜钱，给了老乞丐。老乞丐接过铜钱，也不道谢，竟转身而去。霍老开呢，因为向乞丐施舍了最后一文钱，不得不饿着肚子走几十里山路返回羊鼻子窑。

这年秋末，中原遭遇兵乱，每天都有彰德府、广平府的难民携儿带女，推着装满锅碗瓢勺和破烂铺盖的柴车，成群结队从羊鼻子窑前经过，再踏上通往山西的崎岖山路。

这是一个没有星星也没有月亮的晚上。为羊鼻子窑窑主看大门的霍老开瞅着天色已晚，料想不会再有人到矿上拉煤或办事了，于是草草洗了把脸，展开铺盖卷，甩掉臭鞋，正要躺倒睡觉。就在这时，羊鼻子窑大门"咚咚"响了。霍老开急忙趿拉上鞋，跑到大门后，问："谁呀？天这么晚了，矿上早歇班了。"

大门外有人答话："门内善人，俺是前往山西逃难的，口渴了，想进煤窑讨碗水喝。"

霍老开自然不便拒绝，拉开门，见门外站着一主一仆。主人膀阔腰圆，面若重枣，卧蚕眉，丹凤眼，留一绺长髯；仆人年轻，个头稍矮，肩搭一只生意人出门常带的山麻线编织的褡裢。

霍老开把主仆让进屋子，从灶台温罐（陶制保温罐）中舀两瓢水，递给陌生人。

仆人喝罢水，把碗往灶台一放，说："俺主仆二人家居广平府临洺关南街口，主人是临洺关有名的大财主，都叫他二爷；俺姓周，人们唤俺仓儿。为避兵乱，今天逃往山西解州。出门时，主人让俺背来几十锭元宝，眼下实在背不动了，想把元宝存放你处。等俺何时返回，再从你这儿取走，不知你意下如何？"

霍老开听陌生人说欲将贵重的元宝委托自己看管，顿感此事责任重大，万一遭歹人抢去，自己即便身上长着一百张嘴，也解释不清楚。于是，说成啥也不干这事。见霍老开执意推辞，面若重枣的主人就说："我知道你心思，是害怕万一把元宝弄丢了，不好向俺交代。这不妨事，我有言在先，日后即便丢了元宝，我也绝不会找你讨要。另外，万一日后我主仆遭遇不测，这些元宝就归你所有了。这下，总该放心了吧。"见二人言语恳切，霍老开只好应允。

话休繁叙，送走主仆二人，霍老开在屋地刨坑，把元宝埋进去。为了慎重，他往坑里填满土，用脚踩实，上面洒了水，弄得跟原来屋地一般无二。为了替主仆二人守护这笔财宝，从此，霍老开不再赶庙会，也不出远门了。

光阴荏苒，三载岁月眨眼即逝。无论刮风下雨，霍老开每天搬只凳子坐在羊鼻子窑门口，眼巴巴盯着山西方向，盼着存放元宝的主仆早日归来。但一等不来，二等还未来，又等了大约半年时间，掐指一算，主仆二人离开羊鼻子窑的时间少说也过去三四载了。莫不是主仆逃难途中真的遭遇不测？霍老开放心不下，向窑主请了三天假，直奔临洺关。

且说霍老开来到临洺关，向人们打听名叫"二爷"的财主时，被问话的人纷纷摇头说："从来没有听人说过临洺关还有个叫'二爷'的大财主。"连续走访三天，转遍临洺关大街小巷，仍然一无所获。这天晚上，霍老开实在累了，斜倚在临洺关南门皋下休息，不知不觉睡着了。一阵接一阵的鸡叫声把霍老开吵醒，抬头一看，东天边吐出一丝鱼肚白。透过黎明前的朦胧夜色，霍老开无意中瞅见皋顶建有一座神庙。霍老开平素见庙就磕头，遇佛就烧香，此刻怎能错过这个敬拜神灵的机会。只见他睡意全消，站起身，抻展衣袍，弹落霜尘，撩开大步，直奔阁楼顶上。迈进庙门，睁眼环顾，只见庙坛上端坐的神像头戴紫金冠，身穿皂罗袍，眉似卧蚕，面若重枣；身边侍者身材稍矮，赳赳雄风，气宇轩昂。嘿，真是踏破铁鞋无觅处，得来全不费功夫。神台上端坐的神仙，不就是三

65. 霍家大院的传说

271

年前在羊鼻子窑将元宝托他保管的主人吗！侍立一旁手执偃月刀的护法神将越看越像当年那位仆人。再抬头细瞅，神像头上高悬一块木匾，上书"关圣帝君"四个镏金大字。哎哟喂！原来那年托付自己看管元宝的主人竟是关公关老爷呀！再一细想，可不呗，《三国演义》中，关公不就是皇叔刘备的二弟，被民间称作"关二爷"吗？而为关二爷扛大刀的仆人就姓周名仓！那天的仆人不就自报家门说姓周，人唤仓儿吗？临洺关，临洺"关"，正值"黎明"时刻在此地见到了关二爷。那天将元宝给他的不是关二爷还能有谁！霍老开这才恍然大悟，原来是关公赐他元宝哪！怪不得找遍临洺关也打听不到名叫"二爷"的大财主。霍老开急忙在关公神像前连连叩首，又转身跑到皋下买香箔，在关公神像前焚烧一通，万般感谢关公老爷赐金大恩。

再说霍老开从临洺关返回羊鼻子窑不久，窑主因家庭变故，不能开办煤窑了。这时，窑主已欠下霍老开两年多的工钱，还没有给他结算。窑主手里没了钱，就将窑场存放过散煤的地面上的浮煤估算一下，最多不超吨把重。然后折价，充作了霍老开两年看门的工钱。霍老开平时为人仗义，明知窑主有意克扣工钱，也不分辩，就将残煤底子接下来。窑主见一切打整完了，卷铺盖离开羊鼻子窑回家了。窑主走后，霍老开打扫残煤，谁知扫掉上面一层浮煤，嘿！下面竟是一个深达数丈的山沟。沟里填满乌光闪亮的煤块。霍老开见存煤过多，便雇人挖煤，挖了一年有余，才将窑主丢给他的残煤底子挖完。这下又发了一笔意外之财。先前，有传说中的关公送给他几十锭元宝，加上这次窑主结算工钱折算给他，让霍老开挖了一年才卖完的存煤的残煤底子所挣的钱，两笔意外之财，让霍老开一下子成了富甲一方的大财主。于是，从霍老开辈上，便在功德汪村建起一座气派、豪华，占地面积数顷的霍家庄园。

搜集整理：沙彤

66. 前渐寺小仙庙的传说

相传，很早以前，莲花峰（旧《沙河县志》称东五指山）下住着位小伙子。这天，小伙子上山砍柴，无意中看见一条小蛇不知被什么东西咬伤。小伙子当即放下柴刀捡起小蛇，从山坡薅把药草，嚼成汁，涂在小蛇受伤部位。一切弄好，把小蛇放归草丛。

这天夜间，小伙子梦见一位年轻貌美、身穿洁白纱裙的姑娘飘然来到床前，笑吟吟地说："这位哥哥，你岁数也不小了，到娶媳妇成家年龄了。"

小伙子睡意蒙眬中轻叹："姑娘有所不知，俺爹娘去世早，抛下俺一人，一晃就是20多年，家贫如洗，会有谁家姑娘愿意嫁给俺当媳妇呀！"

白衣姑娘温柔一笑，说："哥哥不必悲伤，你为人正派，心地善良，何愁寻不到媳妇？"

睡梦中的小伙子只是把头摇得像个拨浪鼓。

见小伙子没有信心，白衣姑娘又说："这样吧，明天早晨鸡未叫前你到莲花峰下。那里有间茅屋，你在屋前连叫三声'白姑娘开门'，就会有姑娘出门见你。她就是你今生今世的媳妇。"

听白衣姑娘如此讲，小伙子"嘿嘿"笑得睁开了眼睛。嘿！原来是南柯一梦。一缕月光透过门缝射进屋子，恰如为他牵系姻缘的红线。高兴过后，转念一想，刚才不过一场梦而已，何必当真？但又想，万一梦想成真了呢？这样翻来覆去，睡意全跑光了。看看天还未亮，小伙子穿上衣服，从墙角抓过柴刀，直奔莲花峰下。

时值八月，草长莺飞，满山葱翠。小伙子披月色，踩碎石，在荆棘丛生的山路上摸索前行。大约半个时辰，来到莲花峰下，只见怪石嶙峋，峭壁峥嵘，一条丈余宽的石缝从山顶裂到山脚。石缝两边灌木丛生。小伙子正犹豫间，望见不远处有片茂密树林，林深处果然有间茅屋。

小伙子岂敢怠慢，匆匆上前轻唤："白姑娘开门！"话音刚落，茅屋亮出一缕烛光。

"白姑娘开门——"小伙子再喊。

茅屋里传出"窸窸窣窣"的穿衣声。

小伙子大喜,双手捧在嘴上,放开喉吼高喊:"白姑娘开门——"语音未落,柴门"吱呀"拉开,一位身穿洁白纱裙的姑娘亭亭玉立面前,朝小伙子躬身道个万福。小伙子慌兮兮作揖还礼。

小伙子说:"在下冒昧,请教姑娘芳名,为何流落至此?"

白衣姑娘语未出唇,扑簌簌滚下两串亮晶晶的泪珠。她一边悲啼,一边说:"奴家本姓白,祖居苏杭,因遭变故,只身逃难到此,正愁无处安身。夜间偶拾一梦,神人告诉奴家,有位小哥前来相会,让奴家闻声开门。这不,还真的遇见了哥哥。"

听白衣姑娘如此一讲,小伙子感觉与他昨晚的梦一模一样,心里也就不再怀疑。他把自己晚间的梦境向白衣姑娘学说了一遍,最后,含羞问:"俺家就住附近,昨晚也做了个与你相同的怪梦。梦中人让俺今天来这儿相媳妇,果然见到姑娘。不知姑娘有意给俺当媳妇不?"

白衣姑娘双腮绯红,羞答答地说:"只要哥哥不嫌弃,奴家愿与哥哥结为夫妻。"

如此,小伙子将白衣姑娘领进家门,恩恩爱爱过起日子。后来,为浇园方便,小两口在山坡掘出两眼泉水,四季不涸,清澈无比。不知何年何月,小伙子和白衣姑娘同一年同一天去世。后人为纪念小伙子和白衣姑娘,就在双泉旁建起寺庙,取名"清泉寺"。

不知又过了多少年多少代,大约到了明代吧,清泉寺旁住了人家,后来形成后渐寺、中渐寺、前渐寺三个自然山庄。关于创建清泉寺的一对小夫妻的故事也渐渐为人所知。

这年农历四月初八,适逢沙河城过庙会。前渐寺村一位姓蒋的后生挑一担子槐莲籽油到沙河城赶庙会。他在庙会上转悠半天,突然头脑昏沉,睡意袭来。姓蒋的后生便来到一座小仙庙前,顾不得多想,和衣靠在小仙庙墙根不知不觉睡着了。他做了一个奇怪的梦,梦见一位身穿洁白纱裙的姑娘款款向他走来,轻弯腰肢,笑盈盈地说:"这位小哥,你是前渐寺的人吧?"睡梦中,蒋姓后生回答:"是的,俺老家住在山旮旯前渐寺。"白衣姑娘说:"你不要再睡觉了,快把油挑子担到城南关门口,那里有人等着买你的油呢!"蒋姓后生睡梦中问:"你是何人?咋知道城南关门口有人买俺的油?"白衣姑娘启齿一笑,说:"我早年也在前渐寺附近住过,还在清泉旁边建过寺庙呢。你不必多问了,快做生意去吧。"蒋姓后生一愣,睁开眼,哪里还有什么白衣姑娘?蒋姓后生将信将疑,从小仙庙墙根站起,扭头朝庙堂一瞅。嘿,刚才梦见的白衣姑娘咋跟庙堂雕塑的小仙一模一样呀!蒋姓后生不敢怠慢,快步迈进小仙庙,倒身叩拜,边拜边说:"仙家姑姑在上,今天,如能卖完两篓子油,回到俺村,一定在俺村建座小仙庙,把仙家姑姑请回老家,年年四月初八为仙家姑姑唱大戏。"祈祷毕,蒋姓后生站起身,挑着两只油篓子直奔沙河城南关。到得南城门,正赶上南城门外过大兵。这些大兵行军打仗一个多月了,奉命驻守沙河,守护境西长城垛口。一时间驻扎了这么多兵,带兵的将军正愁没地方寻找卖油人买油炒菜做饭呢,猛抬头瞅见蒋姓后生挑着两只油篓子过来。经询问,蒋姓后生不仅卖油,家里还开着油坊哩。将军一下子乐了,当即让蒋姓后生把一担子油全卖给了兵营,还让他马上回村,多组织些人榨油,榨出的油全卖给当兵的。因为平原区兵荒马乱,原有的榨油户都不干了,而当兵的人多,用油量大,因此,将军让蒋姓后生随便定油价,将军也不克扣油钱。如此干了几年,蒋姓后生发了大财。他不食在沙河城小仙庙许下的诺言,在前渐寺村口建起一座小仙庙,派人到沙河城将小仙神请进前渐寺村,再按照沙河城为小仙神过庙会的日子,也确定每年四月初八为小仙神举办庙会、唱大戏,以表感谢。如今,前渐寺村与沙河城仍然是每年农历四月初八同一天过庙会。

话说,1937年七七事变,日军兽蹄踏进沙河县(今沙河市)。在中国共产党领导下,前渐寺一带开辟成抗日根据地。又是草长莺飞的季节,侵华日军从沙河县(今沙河市)丘陵区几座炮楼纠集反动武装,对抗日根据地进行"大扫荡"。这年春天,八路军一位首长住进前渐寺村。敌人不知从哪儿得到情报,纠集三四十个日伪军,扛着枪,抬着炮,到前渐寺村"围剿"。敌人的队伍走到前渐寺村附近,却无论如何寻不见村庄位置，敌人看在眼中的尽是蒿草和一望无际的森林。搜了半天山，结果也没能找见前渐寺村。天黑前，不得不灰溜溜撤了。于是，又有人传说，是小仙庙的小仙神使用障眼法，把前渐寺村遮掩住了，这才保护了八路军干部。从此，前渐寺村的村民更加崇拜小仙庙的小仙神。

搜集整理：沙彤

67. 老长沟的传说

邢台市西南部与邯郸市接壤的丘陵地带有座寨山（亦称镇山、活山、禾山），西南与邯郸市武安市交界，东南与邯郸市永年区接壤，北岸即沙河市境。寨山脚下有条发端于磨石岗的土沟。沟长1500余米，宽100余米，深数丈，两侧黄土断崖长满灌木与藤萝，当地人称"老长沟"。这个流传地域极广的聊斋故事，就发生在老长沟及周边地域。

一

很早以前，位于永年县（今永年区）洺河南岸的油村居住着一位名叫王镰把的人，会接骨术，能为产妇接生，还懂巫术。其中，接骨术尤为出神入化，声闻永年、沙河、武安三县（市）。

先说王镰把的接骨术究竟有多神。

大家知道，寨山自古生产优质石灰。某年，一位在"窝坑"（土语，石灰石生产场地）刨烧灰石的人让巨石砸断腿骨。伙计们把伤者抬到王镰把家。王镰把在伤者腿上摸了摸，问："疼不疼？"

伤者龇牙咧嘴地说："哎哟哟，疼、疼死俺了——"

王镰把继续在伤者腿上捏摸，并不停地问："疼不疼？"

伤者一直喊："疼！"等他喊疼的声音稍微减弱，王镰把攥准受伤部位猛一用力，"咔嚓"一声响，再问伤者："还疼不疼？"

伤者动弹下伤腿，咧嘴一笑："嘿！不疼了。"

王镰把说："咋还不起来！"

伤者犹豫，不敢站立。王镰把再喝问："看你个尿样儿，怕啥哩，站起来！"

伤者往起一站，嘿，能走路了。

再说王镰把的接生术。

众所周知，大凡女子怀胎，少则七个月，最多不会超过九个月。但某村某户某媳妇怀孕十多个月了，肚皮胀得鼓似的，仍不见生娃。孕妇一天到晚在家哭啼，丈夫被搞得寝食不安。眼看媳妇肚子一天天鼓胀，丈夫牵头毛驴把媳妇驮到王镰把家。谁知王镰把只瞄了孕妇一眼，就说："不能回家了，快放床上躺着……"丈夫哪敢怠慢，急忙将孕妇搀扶床上。王镰把从沸水锅取出医具，双手在孕妇肚皮上一揉，孕妇痛得打滚喊叫，喊声未落，婴儿"呱呱"落地。事后，丈夫问王镰把："王大夫，你咋这般神呢？"

王镰把"嘿嘿"一乐，说："恁媳妇怀孕还不足八个月，你咋说十多个月了？"

丈夫"嘿嘿"憨笑，说："俺娶的是黄花大闺女，她从不来红时计算哩！"

王镰把笑得更开心了，说："女人怀孕，若从经前算起，应为九个月；若从经后计算，加上两头不就是十个月嘛。只不过，你心粗，多计算了一个月。"

"俺媳妇在家不生，到恁家咋就生了呢？"丈夫说。

王镰把说："在恁家，你把媳妇当宝贝供着，一连数月不让她动弹，婴儿在母腹得不到运动，瓜不熟透，蒂自然不会掉落。今日，你牵着毛驴驮着媳妇颠簸了十几里山路，这么一晃荡，本已成熟的瓜儿，哪有不掉把儿的理儿！"

经王镰把如此一说，小两口恍然大悟。

王镰把还精通巫术，会拿妖捉怪。不知何年，沙河、永年、武安一带发生了怪事。凡新生女婴，皆双目失明。仔细观察，女婴两只眼球不知被何物挖去，只剩下黑洞洞两个肉窟窿，一时间闹得人心惶惶。王镰把得知这件事后，便挨门挨户寻找即将生育孩子的人家，告诉他们："你家媳妇快生育了，能不能让我诊一下脉，看生男还是育女？"将要生育婴儿的人家自然乐意，纷纷让王镰把为孕妇诊脉。经过筛查，王镰把选中一户将要生女婴的人家，备下"镇物"（土语，民间传说能降伏妖孽的法宝），在孕妇生育前一夜，潜入孕妇卧室。

  时交三更，鸡未叫，狗未咬，星未落，月未升，孕妇顺利产下女婴。就在这时，关得严严实实的两扇门突然轻微响动一下，一股极细弱的风"刺溜"挤进屋子，钻入产妇被窝。说时迟，那时快，藏身暗处的王镰把将镇物"呼"地抛向怪风降落的地方。只听"哎哟"一声惨叫，王镰把把手伸进产妇被窝，往外一拽，双手一拧，指间发出"哎哟哟"的痛苦哭喊。王镰把怒斥："看在你修炼多年的份儿上，今天拧断你一条腿，暂且饶你性命，滚吧！"刚松开手，一溜黑烟"刺溜溜"挤出门缝跑了。

  一传十，十传百，凡预测即将生女婴的人家纷纷找王镰把拿妖捉怪。每一次，王镰把抓住妖怪，不是拧断一条腿，就是撅断一只胳膊，再把妖怪放生。这年秋天的一天，王镰把又被一户生女婴的人家接去。时交酉时，孕妇即将临盆，肚子里突然传出声音："王镰把，你也忒狠了，想把俺全家赶尽杀绝呀！"

  王镰把知道钻进孕妇肚子里的妖怪道行不浅，就对着孕妇肚子说："不是我要蓄意治你，是你们这些妖孽惨无人道，蓄意加害百姓。你们如能改邪归正，我便不再收拾你们了。"

  妖怪在孕妇肚子里说："人妖从来不属同类。你说我加害人类，难道你们人类没有加害兽类吗？我们吃人肉吃的是带血生肉；而你们人类吃我们时一块块把肉割下，烧火煮熟了吃。你说谁更残忍？"

  王镰把知道钻进孕妇肚子的妖怪善辩，就说："我知道你是老妖，不想与你斗嘴。如果你不从肚子里出来，看我如何收拾你！"

  老妖在孕妇肚子里"嘿嘿"冷笑，说："俺今天就是不出来，看你有何办法！"

  王镰把一听，知道今天遇上了硬茬儿，就拿出看家本领，在香案前点燃三炷香，跪下祷告一番，随后，从怀中掏出一粒仙丹交给孕妇，说："快把这粒仙丹吞下。"

孕妇一口把仙丹吞进肚子。片刻，老妖在孕妇肚子中"嗷嗷"怪叫："熏死俺了，熏死俺了！"

孕妇感到肛门膨胀，"砰"地放了个响屁，一股黑烟从孕妇屁股后冒出来。王镰把伸手攥住老妖，两根手指插进老妖双眼，说："你也不看看俺是谁，竟敢与俺斗法！"就完，将老妖抛进院子。老妖化作一团黑旋风溜了。

俗话说，常在河边站，哪有不湿鞋。这天，王镰把遇上了麻烦事。

二

深秋季节，万木萧索。这天夜间，王镰把睡觉中被一阵马蹄声吵醒。片刻，有人叩门："王先生睡觉了吗？"

王镰把一贯视患者为亲人，无论刮风下雨，不管黑夜白天，只要有人问诊，来者不拒。只因这天，他在一户人家守护产妇，刚赶跑一个妖怪，实在困乏了，因此，听见敲门声，随口问："哪个村儿的？患的啥病？"

门外人答："俺就住在附近，俺家老太君患眼疾，疼得不能成眠，特意让俺请大夫过府一趟。"

"这么晚了，明天去不行吗？"王镰把说。

"不行呀大夫，俺家老太君百多岁了，在家正疼得寻死觅活哩！你要不及时赶去，恐怕耽误人命哩！"门外人把话说得十分凄楚。

王镰把心地善良，听说患者是位百岁老人，于是答应："你在门外稍候，等我收拾医具就走……"

闲话少叙。王镰把拎着药箱走出家门，果然有辆红鬃马驾辕的大车停在门口。车夫30岁上下，皂色衣裤，脚踩一双圆口白底布鞋，白净面皮。见王镰把拎药箱走出家门，车夫殷勤接过药箱，躬身做了个请的姿势，说："王大夫，请吧！"

王镰把坐进大车，车夫一挥马鞭："嘚儿，驾！"

车轮轧着朦胧夜色"咯吱、咯吱"向前滚动。刚出村口，车夫在马背上"叭"地甩个响鞭。红鬃马撒开四蹄，风驰电掣般飞奔起来。

坐在车内的王镰把听见耳旁风"呼呼"作响，心中不免产生怀疑，撩起窗帘往外一看，团团浓云在眼前翻江倒海般涌流。再瞅大车，距地面已有十余丈高。"糟糕，我中了妖怪诡计了！"王镰把身上不禁惊出冷汗，想逃脱，无奈置身高空，哪里还能脱得了身？事已至此，王镰把索性把心放入肚中，佯装不知，待见机行事。

三

"吁——"，车夫刹住车，把王镰把搀扶下来。

嚄！偌大一座豪华气派的庄园。青砖瓦舍，红漆大门两侧各悬一盏"胡"字灯笼，两只卷毛石狮各蹲大门一侧。"的确大户人家。不过方圆几十里的村庄我都走遍了，咋不知这是哪个村儿，谁家庄园呀？"王镰把暗自嘀咕。

两扇红漆大门"吱咛"拉开。一位小厮恭迎出来，对王镰把说："老夫人在厅堂候着哩。"

见小厮接住王镰把，车夫悄然退去。

小厮带着王镰把迈进红漆大门，穿过青砖墁地的天井院，面前出现五间阔大的屋子。屋内燃烧着獾油灯烛，照耀得如同白昼。

"王郎中来了？请吧。"厅堂靠墙放张条几，条几前摆着紫檀木八仙桌，桌子左右各放一把罗圈太师椅。一位年过百岁的老夫人身穿绸缎端坐椅上，指着另一把椅子示意王镰把落座。

王镰把既然通巫术，又走南闯北见识广，胆子大，也就不卑不亢坐在老夫人指定的座位上。再看老夫人，只见她两眼黑乎乎的，的确是个瞎眼婆。

王镰把壮了壮胆，问："敢问老太君，听赶车人说让俺到府上来为太君治疗眼疾？不知您的眼疾患于何时？"

老夫人面无表情，说："下人不会说话，老身虽然害有眼疾，但是还有七八个徒儿徒孙的胳膊腿受了重伤。大夫既然来了，请先为徒儿徒孙疗伤去吧。"

王镰把说："那就不耽搁了，让我先去瞅瞅患者吧。"

"也好。小厮子，把王郎中请到东厢房吧。"老夫人也不谦让，让小厮把王镰把带了出去。

王镰把跟在小厮身后，七弯八拐走了一段路，眼前尽是琉璃瓦罩顶的豪华屋子，每个屋子前都有卷棚画廊，画廊的每根柱子上各悬一盏"胡"字纱灯。王镰把越发感到今天进了魔窟，落入魔掌。他平时虽然学过土遁术，但身边看不见一丝土缝，土遁术难以施展。事已至此，王镰把不得不硬着头皮挨近东厢房，听得屋内传出一片鬼哭狼嚎。踏入东厢房门，见炕上、地面、床边横七竖八趴着八九个缺胳膊断腿的光屁股小孩儿。看看眼前的伤者，想想刚才堂屋见到的双目失明老人，这不正是月余来曾经被自己教训过的那些狐怪吗？王镰把害怕了，咋办？不能坐以待毙，环视四周，见没有可供逃跑的地方。正发愁间，瞅见宅院西南角有间茅房。茅房里会不会有土缝可供逃生呢？于是，王镰把对小厮说："这几个孩子确实伤得厉害，不过我有办法医好他们。"

"既然如此，就请王郎中治疗吧。"小厮说。

"只是患者较多，治疗需要较长时间，我担心手术进行中憋尿了，会影响治疗效果。"

"那你先到茅房撒泡尿吧，肚里没尿不就得了。"小厮说。

王镰把等的就是这句话。听小厮说完，王镰把假装解裤带，朝茅房跑去。小厮紧随身后，盯着王镰把走进茅房，这才侍立茅房外守候。

且说王镰把并无屙屎撒尿之意，走进茅房转圈儿看了一遍，竟没有发现露出泥土的地方，不禁暗暗叫苦，突然鞋底硌了一下。弯腰脱掉布鞋，竖起鞋壳篓往掌心一磕。嘿！竟磕出一把尘土。王镰把大喜，攥着尘土走出茅房，朝天空一扬，念动咒语，黑沉沉夜空骤然"咔吧吧"炸响一串雷声。再睁开眼，哪里还有什么金碧辉煌的庄园，四周尽是陡立的黄土断崖，茂密灌木丛中蓬着一个阴森森的洞口，一只狐狸尾巴还在洞口晃悠哩。再看周围环境，竟是侯庄村南老长沟。

次日，王镰把挑来两捆麦秸，塞满狐精洞，点着火。浓烟滚滚，火光熊熊。可怜一洞修炼千百年的狐怪，竟被麦秸火烧得死的死、残的残。几只没被烧死的狐精也逃之夭夭。

四

一把火烧了老长沟狐仙洞，王镰把担心遭残余的狐怪报复，就搬到武安县赵店村，开一间杂货铺，卖起针头线脑来。

赵店村只有一条街，虽然谈不上繁华，也有几家酒肆、肉铺、杂货店、中药房排列两旁。附近十几个村庄的人缺东短西时，常携儿带女到赵店村赶集。

王镰把开的杂货铺设在赵店村大街中间。

不知又过了多少年，一个逢集日，王镰把正在杂货铺张罗生意，听得大街上传来叫卖声："卖火烧！大火烧！"

街上有妇人问："卖火烧的，多少钱一个？"

卖火烧的人高声回答："一个钱五个，好吃不贵！"

那时，赵店集上卖火烧，都是五个钱一个，这个卖火烧的人咋一个钱卖五个呢？

王镰把正犯嘀咕，听见街上有人再问："卖火烧的，你姓甚名谁？家住啥村儿？"

卖火烧的人朗声回答："老汉姓胡，家住北京（当时邯郸大名称北京）胡家巷磨拐子胡同。"

王镰把听卖火烧的人自报家门，说住在北京胡家巷磨拐子胡同。这么远的路程，咋一天能赶到赵店来呢！王镰把隔门缝一瞅，见卖火烧的人是位白胡子老头儿。再细瞅，识破老头儿是只老狐狸精。这时，卖火烧的老汉已将一篮子火烧卖完。凡买到火烧的食客，只要掰开火烧，便有一道火光从烧饼中飞出，朝着王镰把的杂货铺飞来。王镰把见势不妙，拔腿窜出店铺，慌兮兮逃命。霎时间，武安县赵店村一条街被熊熊大火烧成断头路。到中华人民共和国成立前，赵店村还是半条街。

五

离开赵店村，王镰把落脚寨山脚下，搭间茅棚住进去，以垦荒种庄稼谋生。

王镰把无钱购置牲畜，就让一只鸡和一条狗拉犁。每次耕田，王镰把一手攥锥，一手掌鞭。鸡飞低了，攥起铁锥在鸡身上攥一锥，说："攥一锥，遥天飞！"狗跑慢了，抡起鞭子在狗身上抽一鞭，喝叫："抽一鞭，往前蹿！"尽管如此，鸡还是飞不高，狗依然跑不快，一天到晚耕不了几分田。这日，天刚扑明，王镰把怀抱鸡、手牵狗再次来到山坡。刚走到地堰边，昨天放在梯田的犁杖竟"呼呼"犁起地来。王镰把见犁杖前空无一物，却能自动耕田，知道遇上了妖怪。他没有声张，伸手攥住犁杖，那犁拽着王镰把快速朝一处断崖边飞去。王镰把识破妖怪诡计，高举牛鞭，用力朝犁砣甩去。"叭"一声，犁砣前面"哇呀呀"一串惨叫。

　　这次，王镰把甩的是花鞭，鞭梢碰上妖怪，自动挽成套索，将妖怪套住了。一不做二不休，王镰把索性将皮鞭抡起，瞄准山坡石头，用尽平生力气"嘿"地猛甩下去。被缠在鞭梢的妖怪疼得哭爹喊娘，哀求饶命。王镰把厉声呵斥："何方妖孽，竟敢加害于俺？"

　　被王镰把甩得半死的妖怪说："不瞒王郎中，俺本是老长沟修炼千年的狐怪，因害眼疾，听说用一百只初生女婴眼球做药引，可医好俺的眼疾。这才发生盗挖女婴眼球的事情。万没想到你从中干扰，让俺好事难成。于是，俺设计骗你进入洞府，岂料又被你逃脱，放火烧了俺家室，烧死俺一家数十口。也算俺命大，逃离老长沟，搬到北京胡家巷磨拐子胡同居住。数年前，探知你移居赵店，俺又变成卖火烧的老汉，想把你烧死，又让你逃脱。刚才，想把你摔死山沟，以雪灭族之恨，无奈，又被你识破妖术。王郎中呀，俺算服你了。这次如果饶俺不死，老妖与你新仇旧恨一笔勾销。从此改邪归正，潜心修炼，以求正果。"

　　听妖狐说得悲切，王镰把动了恻隐之心，手腕一抖，解开套索。谁知妖狐使的是脱身计，见鞭梢解开，竟伸出利爪，直取王镰把面门。情急之下，王镰把再抡牛鞭，瞄准妖狐"叭叭叭"连甩三鞭。

　　妖狐疼得一溜烟往洺山逃去，边跑边喊："天不怕，地不怕，就怕油村王镰把——"

　　从此，这个聊斋故事在洺河两岸流传下来。

搜集整理：沙彤

68. 白莲坡的传说

太行山东麓有一面相对平坦的山坡。周边的石头无论大小，崖壁无论高低，都呈现褚红色或青褐色，而这面山坡的石头却是白玉色。远远望去，整面山坡形貌恰似一朵含苞待放的莲花，而山坡四周纵横交错伸向蓝天的一个个洁白如玉的石柱，又似一支支娇嫩欲滴的莲花瓣。同时，山坡四周枝繁叶茂的绿树又如荷叶一般层层烘托着位于中心地带的白玉莲花。因此，当地人便把这面山坡唤作"白莲坡"。夏秋季节，每逢傍晚，夕阳西坠，晚霞吐丹，整座红枫山好像一只昂首扬冠，挺立洁白如玉的莲花上展翅欲飞的金凤凰。其情其景，让人望之不由得击节赞绝。

从白莲坡拾级而下，会发现许多大小不一的庙群。当地人管这片小庙群叫仙家庙。为何如此称呼呢？这里还有一段鲜为人知的故事呢！

相传，很早很早以前，红枫山一带还是崇山峻岭，古树茂密，杂草丛生，荒无人烟。这天，一位举子进京赶考途中不慎迷失方向，误入荒山野岭。太阳落山了，举子还未能走出深山。正当他不知如何是好时，瞅见不远处山坡下有三间茅舍，一缕炊烟正时断时续从茅舍顶端袅袅升上天空。

"哟，这里一定住有人家，待我前去询问一下道路也便是了。"举子一边思忖，一边朝茅舍走去。近了，隐约听见茅舍内传出年轻女子的"嘤嘤"啜泣声。

荒山野岭，孤舍一处，这家女主人跟谁生气呢？举子迈步茅舍檐下，只见窗纸破旧，柴门虚掩，室内传出的哭泣声一阵高过一阵。

踌躇片刻，举子轻轻走到门前，屈起食指，轻轻叩响门扉，大声朝屋里喊话："喂，这家主人，能允许我借问一下路径吗？"

举子的喊话并没有止住屋内年轻女子的哭泣。

举子再度叩门，再次喊话。

大约又挨过半个时辰，天色越来越暗淡。举子由于长途跋涉身体疲惫，只觉口干唇燥，声音不由得渐渐低沉。以致后来，举子竟斜倚柴门昏然睡去。

睡梦中，举子依稀觉得自己被一位年轻女子拽了起来，并跟随女子走进茅舍。

室内陈设简陋，迎门垒只灶台，灶台上摆放着锅碗瓢盆，灶台下放只风箱；再看墙角，盘有土炕，炕上铺一床绽出花絮的棉被。一位白发苍苍的老婆婆病恹恹地蜷缩在棉被里，枕边放着一只破旧的泥陶痰盂。

见举子进门，老婆婆有气无力地问："白莲，带进屋子的人是谁呀？"

被婆婆唤名白莲的女子轻声回答："是位上京举子，因迷失道路，来到咱家门前，看样子，像是病了。"白莲一边说话，一边扶举子坐到炕沿上，然后转身往灶火上放了只砂锅，舀半瓢水倒进锅里，倒水时还发出"哗啦啦"的声响。白莲又擦火炼石点燃木柴，撙进灶膛，"呼嗒、呼嗒"拉起风箱来。

借着火光，举子仔细打量眼前这位心地善良的女子。只见她年纪不过十八九岁，身材窈窕，相貌秀丽，尤其那张艳若桃花的脸盘，朱红色嘴唇，弯弯的柳叶眉，哎哟哟，真是位美如天仙、世间少见的俊俏姑娘呀！

举子正看得发呆，白莲姑娘已把烧开的水用碗盛到面前，微启朱唇，说："客官，请把这碗水喝下，暖暖身子吧。"

举子赶紧从白莲手中接过水碗，浅浅抿了一口，然后又两眼直直盯着白莲瞅个不够。

白莲被举子看得害起羞来，后退半步，低声问道："客官姓甚名谁？家居何方？为何落魄至此？"

举子见问，轻轻放下碗，叹了口气，说："小生姓韩名宁，祖居邯郸临鄴，本是中医世家。那年，知县老爷患了怪病，四处遍访名医，均难痊愈。知县老爷就在城门贴榜，悬赏求治。家父身怀绝技，斗胆揭了榜文，并用针灸穿刺，三天便医好知县老爷顽疾。当家父按照榜文讨要赏银时，岂料知县老爷竟以家父为其医疾手法过于简单，成本过于低廉为由，赖着不付赏银。家父据理争辩，知县老爷倚仗权势将家父逐出县衙。

家父气愤不过，回家后郁郁寡欢，不治身亡。不久，家母相继去世，丢下小生孤身一人。因无法生活，遂寄居嫡亲叔叔家。在叔叔家只待了半年，婶母心生厌恶，百般嫌弃。为此，婶母和叔叔经常吵架，有时还打得死去活来。婶母每日让小生挑水劈柴不说，还让小生彻夜推磨，碾米磨面，并限定夜推一石粮，磨不完粮食，不给饭吃。这天，小生思念双亲，心中凄惨，不由得暗暗落泪。就在这时，从磨棚旁路过的婶母瞅见小生伸手擦抹眼泪，便挥舞磨杵，把小生逐出家门。万般无奈，小生只好寻到教过自己私塾的先生家中。私塾先生待小生情如父子，每日教小生温习功课，研读诗文，勉励小生振作精神，刻苦读书，求取功名，不觉三年。今年朝廷秋闱，小生从亲友家借得盘缠，辞别恩师，离开临鄣，到长安应试。谁知进入温阳，迷失方向，误入此地，幸遇姑娘相救，小生感激无限，日后若有机会，定当涌泉相报。"言毕，韩宁欲起身作揖，岂料，刚刚站起，又一屁股跌坐炕沿。

白莲急忙挽住韩宁，轻声说道："韩公子连日赶路，身体疲劳至极，依小女子看来，韩公子不如在寒舍暂住些时日，待体力恢复后再进京赶考不迟。"

这时，躺在炕头的老婆婆也相劝说："莲儿既有挽留之意，公子就不必再推辞了。再说，家中有我与莲儿二人，公子只管住下不妨。"

韩宁看看天色已晚，外面又是荒山野岭，只好向白莲和老婆婆致谢说："谢谢婆婆和白莲姑娘美意。"

正在这时，屋外传来阵阵急促的脚步声。

白莲姑娘一把拽住韩宁，将他塞进炕洞。与此同时，门外闯进一位彪形大汉。瞅见大汉，白莲吓得浑身颤抖，紧紧搂住炕上的母亲，可怜巴巴地望着壮汉哀求："家母身染重病，恕小女子不能跟随马哥下山。万望马哥再宽恕小女子几日如何？"

"不行！不是马哥不宽容于你，你也得体谅我的难处。我是大王手下将官，大王既想娶你为妻，命我前来，你岂有不从之理！上次接你，你言说母亲患病，求我宽限几日，如今已经宽限你一个月了，还有何话可讲？白莲姑娘，不是马哥有意跟你作难，这次未来之前，大王已经给我立下军令状，如果仍然不能接你下山，大王会将我碎尸万段。因此，无论你今天说得多可怜，马哥也得把你弄下山，好向大王交差！"说完，名叫马哥的壮汉欲上前拽白莲。

躺在炕上的老婆婆死死拖住女儿不肯放手。就在壮汉与老婆婆各自拖着白莲来回拉扯时，老婆婆由于体力衰弱，在与壮汉争夺女儿的过程中，眼前一黑，一头歪倒在女儿怀中。

白莲在壮汉胳膊上狠狠咬了一口，壮汉刚一松手，白莲不顾一切扑向母亲，放声恸哭："娘——娘哎——"

壮汉见状，不停地搓手，连连叹息："这可叫我如何是好，这可叫我如何是好！"

白莲哭得天昏地暗，哭了足足一个时辰，突然转过身，"咕咚"跪倒在壮汉面前，死死拉住壮汉衣襟，哭求道："白莲心里知道马哥是位好人，心肠善良。今天，我母亲已病成如此模样，马哥就再行一次好，让白莲为母亲把病治好后，任凭马哥和大王将白莲如何发落，要死要活，白莲绝无怨言……"语毕，白莲又向马哥连连磕头作揖不止。

听了白莲撕心裂肺的哭诉，马哥表情犹豫不决，长叹连声，反复自语："马哥真的不是有意难为你，大王已经给我立下军令状，今天不把你弄下山，大王必定把我杀死；如果把你强抢下山吧，你母亲又病成这般模样，身边无人照料，必将惨死无疑。哎呀呀，这件事真的是难为死我了。"

"马哥、马哥，你就发发慈悲，容我再侍候母亲几日。马哥的大恩大德，白莲没齿不忘呀！"白莲又失声号啕起来。

山砠传来一声声野鸡的啼鸣，天快亮了。马哥的脸色黑得发紫，只听他大声呵斥："白莲，我已经跟你讲得十分明白了，今天不是你下山，就是我死掉，你到底下不下山？"

"只要母亲病未痊愈，白莲誓死也不下山！"白莲意志坚定地说。

马哥同情地看了白莲一眼，又看了看昏死炕上的老婆婆，长叹一声，说："罢了，白莲哪，马哥今天就顺你的意了，但你必须趁天亮前，带着母亲离开此地。"

白莲以为马哥要强行拉她下山,如果那样的话,自己宁可一头撞死。岂料,马哥非但没有强行拉拽,反而告诫让她和母亲逃生。白莲有点不解地问:"马哥,我和母亲逃走了,你回去又该如何向大王交差呀?"

马哥犹豫片刻,悲怆地说:"白莲姑娘,你和母亲赶快逃生去吧,至于我,今天就成全你母女了!"语毕,从腰间抽出利剑,"唰"的一声,向自己喉管割去⋯⋯

一直藏身炕洞的举子韩宁望着眼前一切,吓出一身冷汗。就在这时,伴随着声声鸡啼,一轮红日慢慢爬出东山。山野醒了,天色亮了。韩宁环视四周,发现自己竟蜷缩在岩石旁一个小山洞里。再看身边重峦叠嶂,树木森森,一匹银白色鬃毛的野马倒在不远处的断崖边,殷红的鲜血从白马脖颈上"咕咕"向外涌流⋯⋯

韩宁甚觉奇异,知道昨晚遇上了仙怪。由仙怪之间发生的故事,联想到知县老爷和自己的叔叔、婶母,韩宁不由得连声叹息世态炎凉,人情冷暖,简直仙怪非如呀!为纪念狐、马二仙,韩宁在山坡下用石板垒砌起两座仙家庙⋯⋯

搜集整理:沙彤

69. 俩闺女蹬死大灰狼

很早以前,有一个心地善良的娘拉扯着仨闺女过日子。大闺女叫门钉锦儿,二闺女叫门鼻儿,三闺女叫笤帚疙瘩,当时只有五六岁。

一天,娘到姥娘家串亲戚,临行前嘱咐三个闺女说:"娘走后,你们关好门儿,千万别让生人进咱家。"说完,娘往姥娘家走了。

姥娘住的村子并不远,娘本该下午回来的,但仨闺女左等右等也等不来。太阳落山了,夜幕降临了,天也黑咕隆咚了,还不见娘回来。姊妹仨生怕娘回家路上发生意外。就这样,等呀等呀,一直等到大半夜,忽然听见敲门声。

仨闺女走到门后,隔着门缝儿往外一瞅,外面喊开门的不像一个人,虽然身上披着件夹袄,但夹袄外却长着灰色的毛,脚下尽管穿着鞋,腿杆子细得像麻秆儿。仨闺女心里不由得犯疑。这时,站在门外的人一边敲门一边朝屋里喊:"大闺女门钉锦儿开开门。"

大闺女听了,问:"敲门的是谁呀?"

门外人答:"俺是你娘呗!"

大闺女说:"听声音咋不像俺娘?"

门外人答:"声音咋的不像?"

大闺女说:"俺娘说话声音细,你说话的声音咋这么粗?没有俺娘说话好听。"

门外人答:"走到半路刮大风,吹得老娘喉咙疼,声音咋的能好听!"

大闺女说:"俺还是不能给你开门,你说说俺二姊妹的名儿叫啥。"

门外人答:"大闺女大闺女不懂事儿,二闺女门鼻儿快开门。"

原来就在大闺女门钉锦儿隔着门缝儿与门外人对话时,二闺女门鼻儿已瞅见门外人脑袋上毛茸茸的,屁股后面还拖着条长尾巴。于是,二闺女门鼻儿就对门外人说:"门外人你尾巴长,看样子不像俺的娘。"

门外人答:"屁股后是条束腰带,二闺女门鼻儿甭瞎猜。"

二闺女门鼻儿又说:"俺娘头发梳得光,不像你满头灰毛长,嘴巴没有你的尖,双腿比你腿硬朗。"

门外人说:"二闺女二闺女胡嘟囔,风吹娘头毛发长,冻得老娘嘴巴往前噘,两腿抽筋儿才摇晃。"

二闺女门鼻儿说:"俺娘牙齿没你长,咋看你也不像俺的娘,不给你开门!"

门外人见大闺女、二闺女都不给开门,就喊三闺女笤帚疙瘩:"大妮儿二妮儿娘白养,还是三闺女笤帚疙瘩心疼娘。"

三闺女笤帚疙瘩毕竟年龄小,还不懂事,又因为一天没见到娘了,想得慌,见两位姐姐都不给开门,就说:"两位姐姐闪开缝儿,我给咱娘开开门。"

69. 俩闺女蹬死大灰狼

门外人听了，知道三闺女好对付，就喊三闺女笤帚疙瘩："笤帚疙瘩最贤良，赶快开门接亲娘。"

三闺女笤帚疙瘩急忙上前，打开屋门，见这个人与娘长得就是不一样，于是问："娘呀娘，你老脸上咋还长着毛哪？腿上咋也长有毛呀？"

其实，刚才门外喊话的人根本不是仨闺女的娘，而是一只大灰狼。原来，在娘回家的路上，大灰狼趁天黑，娘看不清它的真面目，就假装成好人与娘一路同行，当问清了娘住哪个村、家中还有谁之后，就把娘给吃了，然后，装扮成娘的模样儿，前来喊门。目的是想再把仨闺女吃掉。此刻，见三闺女笤帚疙瘩看出了它的破绽，就编瞎话说："你姥娘怕我脑袋冷，给了我一顶皮帽子戴；怕我身上冷，叫我穿上皮袄和皮裤。"

三闺女笤帚疙瘩思娘心切，对大灰狼的话也就没有再怀疑，放大灰狼进了屋子。

大闺女门钉锦儿想点着灯看个究竟，大灰狼不让点灯，说："点灯浪费油，不如夜黑头。"

二闺女门鼻儿上前帮助大灰狼脱衣裳，想近前摸一摸，看到底是不是娘。大灰狼说："娘今儿累得慌，穿着衣裳睡天亮。"完说就展开被窝儿让三闺女笤帚疙瘩先钻进去，大灰狼随后也钻进了被窝儿。

过了一会儿，大闺女门钉锦儿听见大灰狼在被窝里"咯嘣、咯嘣"嚼东西，于是问："娘啊、娘啊，吃啥哩？"

大灰狼在被窝里说："俺正吃红萝卜哩。"

大闺女说："能不能叫俺尝一尝？"

大灰狼说："给你一个。"说完将一个细长的东西递给大闺女门钉锦儿。

大闺女一摸："哎呀，我的娘耶，是根手指头！"原来，大灰狼在被窝里已将三闺女笤帚疙瘩咬死，正在吃小妹妹的手指头哩。大闺女门钉锦儿急忙把小妹妹的手指头递到二闺女门鼻儿手中。二闺女摸到小妹妹的手指后，吓得一哆嗦，但还是沉住气问："娘啊、娘啊，你刚才吃的是啥哩？"

大灰狼说："俺半路从菜地拔了棵胡萝卜，刚才吃的是胡萝卜。"

二闺女门鼻儿听大灰狼被窝里还响着"咯嘣、咯嘣"的嚼东西声，就问："娘哎娘哎，你现在吃的是啥耶？"

大灰狼说："俺从你姥娘家带回些柿饼，正吃柿饼哩。"

二闺女说："能不能叫俺尝一点儿？"

大灰狼说："给你一个。"说完将一块扁东西递到二闺女手上。

二闺女一摸，嗐，原来是小妹妹的耳朵。

这时，大闺女、二闺女已经明白，睡在身旁的是只大灰狼，现在大灰狼已经把三妹妹吃了。于是，大闺女忙蒙起被子，用嘴对着二妹妹的耳朵说："咱俩咋办呀，快想办法逃出去吧……"

二闺女门鼻儿点了点头。

大闺女首先开口说："娘呀娘，俺要撒尿。"

大灰狼说："炕上尿！"

"炕上有炕神。"

"屋地上尿！"

"屋里有灶神。"

"滚出去尿！"

大闺女连忙打开屋门，从墙旮旯摸着井绳，跑到院子里，踩着梯子上了房。不一会儿，二闺女学着姐姐的样子，也是那么说，那么做，姊妹二人双双逃出险境，上了房顶。之后，姐姐二人站在房顶上高喊："花花绿绿好看，花花绿绿好看！"

大灰狼听见后，赶紧跑到院子里，也要上房看热闹。但它一连上了几次都从梯子上摔了下来。姊妹俩就把井绳系下来，让大灰狼捆住自己的腰。姊妹俩齐声说："俺俩提着你上房！"

大灰狼想到房顶上看"花花绿绿"，就用绳子缚牢自己的腰，让站在房顶上的大闺女门钌锔儿、二闺女门鼻儿在房顶上提它上去。

大闺女门钌锔儿、二闺女门鼻儿姊妹俩见大灰狼中计，就齐心合力把大灰狼提到半空，然后猛一松手，把大灰狼蹾到地上，痛得大灰狼不停地惨叫。姊妹俩再用力往上提起大灰狼，再松手把它摔下去，再提，

69·俩闺女蹾死大灰狼

再摔，一直把大灰狼蹾得七窍流血，气断身亡了。

就这样，大闺女门钌铞儿和二闺女门鼻儿凭着智慧和胆识，不仅为娘和三妹笤帚疙瘩报仇雪恨了，也为当地百姓除了一害。

搜集整理：沙彤

红色故事篇

1937年，七七事变。这年10月15日，侵华日军占领了邢台；11月，八路军一二九师先遣支队在张贤约等人率领下挺进邢西，进入邢台县（今属都区）、沙河县（今沙河市）和内丘县；12月，一二九师三八五旅七六九团深入临城县西部山区开展抗日活动。邢台的抗日斗争全面开展起来。到1945年8月抗日战争胜利，以京汉铁路（今京广铁路）为界，邢台地区先后建立了太行山抗日根据地（铁路西）和冀南抗日根据地（铁路东）。在中国共产党和八路军的领导下，抗日烽火燎原邢襄大地，抗日军民同仇敌忾，抗战故事英勇悲壮。这些红色故事遍布邢台，有的被赋予了传奇色彩，但其仍然是邢台人民保家卫国、抵抗外辱的艺术写照，是邢台人民英勇顽强、不怕牺牲、为翻身求解放用生命和鲜血谱写出的一篇篇气贯长虹的壮丽篇章。

70. 邓小平在王硇的传说

1945年春，八路军的一支部队进驻沙河县（今沙河市）王硇村进行战前整训。训练之余，战士们常常主动帮助房东挑水、劈柴、打扫院子和街道。有时，还到梯田和乡亲们一起点种玉米、豆角。因此，乡亲们都亲切地称八路军战士是"子弟兵"。

这天早晨，王大娘肩膀上扛着半口袋谷子，牵头毛驴"嗒、嗒、嗒"地向街中碾棚走去。一位穿八路军干部服装的人从巷子深处迎面走过来。见到王大娘后，军人操着浓重的四川话说："大娘，干啥子去呀？"

王大娘乐哈哈地回答："今天，子弟兵帮俺点种玉米去了，俺到碾棚碾些米，中午收工后，给子弟兵做小米捞饭吃。"

军人满面笑容地说:"谢谢你对子弟兵的关怀。大娘,我来帮你拿口袋吧!"军人一边说话,一边从王大娘肩上接下盛着谷子的口袋,扛在肩膀上,与王大娘一起向碾棚走去。

二人来到碾棚,军人熟练地牵过毛驴,和王大娘一起为驴搭上套,把谷子铺平在碾盘上。当毛驴拉着碾子绕着碾道"嗒嗒"地转开圈儿后,军人和王大娘唠起了家常。当听王大娘谈起王砌村王姓的祖先原是四川人时,军人显得格外兴奋,说:"哎哟喂,原来四百年前咱们还是巴山蜀水的老乡哩,怪不得一进这个村儿我就感到格外亲切!"

毛驴踩着小碎步,走着它只要走下去就永远无尽头的碾道。碾盘上,谷子被不停转动的碾砣轧得绽开了皮儿。王大娘暂停了话头儿,从地上端起簸箕从碾盘上撮起被碾子轧绽了皮儿的谷子,麻利地倒进扇车斗。军人见状,急忙上前抓起拐把,动作娴熟地转动起扇车来。

随着军人匀速摇动扇车,谷糠从扇车另一端飘飞出来,金黄的小米"唰唰"地流进预先放置在扇车旁边的簸箩里……

"大娘,部队住在你家几天了?"军人与王大娘继续拉着家常。

"住了五天了,子弟兵们可好了,说话和气、干活勤快……"王大娘由衷地夸赞着子弟兵。

"大娘,你可不能只夸赞子弟兵呀,这些娃儿们如有啥子地方做得不好,你也可提意见批评他们嘛!"军人真诚地说。

"哎哟哟,看你这同志说的,子弟兵们就是不错嘛,如果真有孬的地方,我也不会昧心夸赞他们呀。"王大娘说。

"哟哟,那就不对事情了嘛。昨天,我看到一位战士到你家井窖挑水,你怎么就拦着不让他挑呀?"军人笑模悠悠地看着王大娘的脸说。

王大娘的脸微微一红,显得不好意思地说:"敢情这件小事儿让你瞧见了呀?"

"我恰巧从你家门口路过,无意瞅见了嘛。"军人真诚地说,"大娘,你能不能把实情对我讲一讲呢?"

王大娘歉意地一笑,说:"其实也没啥大不了的事儿。咱王砌村地处山区,水源奇缺,加上去年整个冬天没有下雪,春天到现在了还没有落雨，各家各户生活用水稀缺短少，为此就把水看得金贵了些，平时打一桶水都是先涮菜再洗脸，洗罢脸的水还要端来饮牲口。而那位年轻的子弟兵住俺家这几天，哪都好，也没少帮俺出力干活儿，就是特爱干净，爱洗涮，有事没事就要打一桶水洗衣服、洗脸，洗罢脸的水就'哗'地泼地上了。看着这么多水浪费了，俺心疼被扔掉的水，又不好意思对那位子弟兵明言，这就发生了昨天那档子事儿。其实，过后想了想，那是俺的不对，子弟兵帮咱老百姓打鬼子，多少人流了血，有的人还献出了生命。俺呢，怎么连那点水都舍不得让子弟兵用呢？怨都怨俺这个人太自私了……"王大娘说这番话时显得十分自责。

"大娘呀，这件事情做得不对的不是老乡们，而是我们八路军战士呀。是我们不了解地方实际，关心老百姓生活做得不够呀！"那位军人满面真诚地向王大娘做着检讨。

就在这天晚上，那位军人特意组织召开了住在王硇村的八路军干部的会议。会上，重新学习了毛泽东同志为八路军制定的"三大纪律八项注意"，重点讲了部队进驻太行山沿线缺水农村，一定注意节约用水和保护水源的纪律。

次日一早，这支在王硇村进行了为时五天战前休整的八路军部队离开村子奔赴前线了。王大娘送走战士们回到家，见炕头上放着一封信，撕开信封一抖搂，"当啷"一声，一枚银圆掉落地上。王大娘急忙捡起银圆，展开信纸一看，见信纸上写着：

王大娘，半月前我还是保定师范学生。刚参加八路军就来到王硇村参加整训。因我尚未了解八路军纪律，浪费了大娘的备用水源。昨天，首长找我谈话了，今天就要上前线了，因为没有时间向大娘当面道歉了，只好送上一块银圆，略予补偿。

一二九师小战士

望着攥在手中的银圆，王大娘的眼泪"唰"一下子模糊了双眼，口中喃喃地说："子弟兵，真是咱老百姓的子弟兵呀！"

事情过后，王大娘转念一想，又觉得有点对不住那位送银圆的小战士，千不该万不该向那位军人讲出小战士浪费水的事情。再说，小战士不过多用了自己家几桶水，咱咋能要人家一块银圆呀！为了将银圆归还小战士，同时，也为了找到那位不知姓名的军人，当面数落他两句，埋怨他不该给个棒槌当针纫，因为她的一句话就去批评小战士，而今竟让她心里有了这么多的不安。为了找到那支曾在王硇村驻扎过的部队，王大娘每天守候在村口，只要碰到从村边路过的八路军部队，就向他们打听小战士和那位军人的下落。但过往部队都不知道当时进驻王硇村的部队番号，更不知道小战士和曾给王大娘推过碾子的那位军人的姓名。于是，有人猜测说，那位四川籍军人是不是当年的一二九师政治委员邓小平同志呢？

原载吉林人民出版社《太行川寨——王硇》冀彤军著

71. 宁都暴动的领导人董振堂

董振堂（1895—1937年），字绍仲，新河县人。中国工农红军将领，宁都起义领导人之一。曾任红五军团军团长。他随西路军转战河西走廊，后在甘肃省高台县牺牲。毛泽东同志在追悼会上高度评价董振堂是"坚决革命的同志"。2009年9月，董振堂被中共中央宣传部、中共中央组织部等评选为"100位为新中国成立做出突出贡献的英雄模范人物"。

董振堂出身于农民家庭。13岁入小学，19岁考入冀县中学，22岁考入北京清河陆军学校。1920年秋，25岁的董振堂进保定军官学校深造。毕业后，闻冯玉祥不以门径取人，重实际，重人才，就参加了冯玉祥部队。

蒋、冯、阎中原大战后，董振堂被收编为国民党第二十六路军二十五师七十三旅旅长。1931年，蒋介石命令第二十六路军南下江西

"剿共"，企图让这支杂牌军与红军互相残杀，两败俱伤，坐收渔利。董振堂接受了共产党的宣传，坚信只有投奔共产党、投奔红军才是光明的前途。于是他与赵博生一起召开进步军官秘密会议，共商弃暗投明大计，同时在部队中扩大共产党和红军的政治影响。经过周密组织、发动，并与毛泽东、朱德、叶剑英等中共领导人取得联系，于1931年12月14日，率领二十六路军举行了已经载入史册的"宁都武装起义"，率领1.7万多名官兵浩浩荡荡开进中央苏区参加了红军，成为我国现代武装革命斗争史上一次震惊中外的伟大事件。

宁都起义后，二十六路军被改编为中国工农红军第五军团，董振堂任副总指挥兼第十三军军长。这支部队按照毛泽东同志的建军原则，经过教育改造，迅速成长为一支真正的工农革命武装。董振堂指挥红五军团英勇杀敌，节节胜利，威震敌胆，战功卓著。根据他的表现和功绩，1932年3月，何长工介绍他加入中国共产党；5月，他被提升为第五军团军团长；12月，中央政府授予他红旗勋章；1934年1月，当选为中华苏维埃中央执行委员。

在王明"左倾"机会主义路线领导下，第五次反"围剿"失败。1934年10月，红一方面军离开江西革命根据地，北上抗日。艰险的长征途中，董振堂率红五军团担负着全军后卫的重任。一路上，红五军团历尽千辛万苦，克服重重困难，出色完成了掩护中央红军安全北上的任务；1935年1月，董振堂率部在乌江边布防警戒敌人，保卫党中央召开了遵义会议。2月，他指挥五军团在赤水牵制敌人兵力，掩护一方面军四渡赤水。之后又在金沙江阻击敌人，浴血奋战9天9夜，保障了全军胜利渡过金沙江。1936年1月，红五军团奉命同红四方面军三十三军合编，改称红五军，董振堂任军长。

1936年10月，张国焘擅自将五、九、三十军以及四军和三十一军调集到黄河东岸清远县一带，准备渡河西进，"建立河西根据地""打通国际路线"。董振堂坚持党中央正确路线，反对西进，坚持北上。在电台被张国焘分子控制的情况下，他亲笔写信，派警卫队长高志中率领12名骑兵，日夜兼程冲破敌人七道封锁线，送到毛主席和朱总司令手里。党中央得知情况后，几次电令东返，但是，西路军军政委员会主席陈昌浩坚持张国焘路线，继续挥师西进。1937年1月1日一举攻占高台县城，俘敌千余人。正当高台人民庆祝翻身解放，组织自己的政权和武装时，马步芳纠集八倍于我之敌（2万余人）包围了高台。董振堂指挥3000多名战士和全城民众，昼夜血战，打退敌人无数次进攻。在敌众我寡，红五军损失严重的危急时刻，西路军总部又命令董振堂死守高台。董振堂只得命令部队："坚决守住高台，誓与高台共存亡！"

自1月18日起，敌人兵力不断增加，攻势越来越猛。在董振堂指挥下红军战士们用大刀、长矛、石块和敌人英勇拼杀，坚守阵地。19日，红军部队伤亡惨重，形势十分危急。20日凌晨，敌人倾其全力攻城。守城军民前仆后继，与敌人展开了殊死争夺战。在紧张搏斗的时刻，被收编的民团中有坏分子乘乱打开城门，让敌人蜂拥而入，高台失守。董振堂带着两名警卫员和一名司号员跳下城墙，又被敌人包围。他左腿负伤，半跪在地上，双手轮番射击，最后弹尽，壮烈殉难。

原载《邢台概览》边守正主编

72. 范子侠的故事

范子侠，1908年出生于江苏省丰县大史楼村，曾在天津东北军随营学校学习。毕业后参加国民党军队，历任参谋、连长、营长、团长等职。1937年七七事变后，范子侠奔赴太原加入牺盟会。10月，在新乐、行唐一带打起抗日义勇军旗号抗击日军。1938年初，国民党政府将义勇军命名为冀察区游击第二路军第二师，委任范子侠为副师长。不久，范子侠升任第二路军副指挥兼二师师长及豫北二区指挥官。1939年11月20日，在八路军总部和刘伯承、邓小平、聂荣臻的关怀下，范子侠毅然将部队易帜为"平汉抗日游击纵队"，宣布脱离国民党冀察战区，接受八路军的指导，同年12月加入中国共产党。1940年2月，率部转移至山西武乡一带抗日。5月，率部参加了刘、邓指挥的白晋铁路破击战，协同总部特务团、三八五旅等全歼敌一个警备大队，破毁铁路50余千米，炸毁桥梁50余座。战役结束后，平汉纵队在榆社接受检阅，与晋冀豫边纵、771团合编为一二九师新十旅，范子侠任旅长。1942年2月12日下午，范子侠率部在柴关村东南山坡上指挥作战时，不幸壮烈牺牲。其遗体先安葬在册井镇白庄村西。中华人民共和国成立后，移葬到邯郸晋冀鲁豫革命烈士陵园。

一

初春的天气，乍暖还寒。位于抗日根据地的王硇村显得一派热气腾腾。

"聚的，房子拾掇妥了吗？范司令的部队一会儿就来。"王硇村党支部书记王谈和问新上任的妇救会主任马聚的。

马聚的是出嫁到王硇村的年轻媳妇，20多岁，高挑个儿，齐耳短发，长长的刘海下长着一副椭圆脸儿，大眼睛，细眉毛，嘴唇棱角分明，说话时腮上显出两只似有若无的小酒窝儿。这时，马聚的正在用麻绳绑缚笤帚，听见村文书王谈和问话，马聚的回答："我已经安排人挨家挨户拾掇去了，估计差不多了。"

"你再挨户检查一下，用柴火把炕烧热，免得战士们夜间被冻着。"王谈和叮嘱。

"好哩！"马聚的拿着绑好的笤帚向大街跑去。

天近中午，一支部队雄赳赳气昂昂地开进王硇村。

带队的是位朴实的青年将领。王谈和与将领身边的人见过面，知道他叫李迅，是范司令部队五团政治处主任。这时，李迅向青年将令介绍说："范司令，他叫王谈和，是王硇村党支部书记，过去帮过部队不少忙。"

"谢谢你，王谈和同志。"范司令与王谈和亲切地握手。

王谈和忙不迭地将手在裤子上蹭干净，双手紧紧攥着范子侠的手，无比激动地说："范司令，昨晚听县委丁书记说部队要进驻王硇，天扑明儿俺就安排乡亲们收拾住处了。范司令，俺们早就盼着你们到来哩！"

范子侠谦和地笑笑，说："感谢乡亲们，给你们添麻烦了。"

"哪能说麻烦，没有八路军在前方抗日打仗，老百姓咋能过上安稳日子呀！"王谈和发自内心地说。

"王谈和同志，你和乡亲们的心情我十分理解，但一定注意不要让乡亲们过于破费，更不要因为部队的到来，扰乱和影响了乡亲们正常生活。"范子侠语重心长地说。

就在王谈和与范司令说话的时候，王硇村的王四妮、王立荣、王新君、王立全等党员纷纷赶来。妇救会主任马聚的也带着十几名妇女赶来向王谈和汇报："房子全部拾掇完毕，土炕烧热了，战士们随时可以入住。"

见到越聚越多的乡亲，范子侠司令员异常兴奋，挥着大手说："乡亲们呐，你们是抗日军队的坚强后盾，王硇村是抗日根据地的钢铁堡垒。今天，我亲眼见证了人民对八路军的爱戴和支持，这些情景是我过去在国民党军队时不可能看到的。为此，我坚信，我和我的部队加入八路军队伍的路子选对了，选准了，我们要坚定不移走下去。乡亲们呐，我们是人民子弟兵，一切为了人民的根本利益。因此，部队在这儿驻防期间，如有什么地方做得不到位，或有战士做得不好的地方，你们千万不要客气，一定要向做错事或做得不够好的战士指出来，让他们改正。你们这样做了，就是对战士们的爱戴，就是对八路军部队的最大支持。大家说好不好？"

"好——"在场的党员和群众见范司令讲话如此豪爽、真诚，纷纷拍手叫好，心想，在这个战火纷飞的年代，范司令每天率领战士们东拼西杀，浴血奋战，但他心里还如此装着老百姓的利益，惦记着乡亲们，在这样好的首长带领下，这支部队不打胜仗才怪呢！

二

文献记载：1942年2月，日寇纠集重兵对太行、太岳抗日根据地发动疯狂的春季"大扫荡"。为了粉碎敌人"扫荡"阴谋，晋冀鲁豫军区政委邓小平同志在反"扫荡"战役打响前，带领工作组到六分区视察工作，安排部署反"扫荡"任务。是时，六分区党委驻沙河县（今沙河市）柴关村，并组建了前方指挥部。一旦发现敌人"扫荡"部队进山，前方指挥部即率兵正面迎击进犯之敌。再安排沙河基干团迅速转至敌后，相机打击敌人，掩护六分区首脑机关转移，保护边区群众。范子侠司令员坚持留在前方指挥部，而让分区其他领导带着机关人员转移并保护邓小平等领导人的安全。

六分区得到报告，盘踞沙河县（今沙河市）的日伪军将于2月11日大举进犯六分区。10日，六分区党委下令，分区机关夜间转移。为了进一步掌握敌情，更加有力地阻击进犯之敌，分区党委决定10日夜间袭击距六分区根据地最近的功德汪据点。范子侠司令员觉得任务艰巨，亲自率领一个连的兵力夜间直扑功德汪炮楼，抓了"舌头"。八路军对功德汪炮楼的突然袭击让驻守县城的敌人始料未及。次日上午，当驻守沙河城的日伪军进犯到册井一带时，又中了范子侠司令员所率小分队的埋伏，进犯之敌被打得晕头转向，不敢贸然前进。直到12日下午，"扫荡"抗日根据地的敌人才得以向柴关进犯。此时，沿线群众已经安全疏散，分区机关也安全转移。敌人好不容易扑进柴关，却扑了空。气急败坏的敌人不得不离开柴关，到四周山上盲目搜索。

已经连续作战几昼夜的八路军战士也感到了极度疲劳，范子侠司令员下令在柴关村做饭休息。不料先前已经撤离柴关的一股敌骑兵在山上转了一圈没有发现目标后，又窜回了柴关。范子侠司令员当即指挥部队抢占村边小河对岸山头，保护返回村的群众再次疏散。八路军部队刚涉过河，敌骑兵已飞驰到柴关村口。八路军战士们边开枪还击敌人边抢占制高点。

敌人又被打退了。部队和群众都没有受到损失，只有范子侠司令员连中敌人3弹。战士们把范司令抬到柴关村包扎。疏散到村外的群众听说范司令受了伤，纷纷返回村说："范司令是为保护我们才受伤的，救护他要紧。"大家都盼望范司令很快好起来。谁知范司令伤了左肩胛大动

72. 范子侠的故事

303

脉，虽经包扎，鲜血仍然涌流不止。尽管这样，范司令还一直关心着分区机关、部队领导和群众的安全，眷恋着工作，一再嘱咐要把敌情尽快报告邓政委，说："我们该好好整顿地方武装，我们的地方武装的战斗力还真差得远哩。"他说身上冷，要烤火，大家赶紧找柴火。火生起来了，但敬爱的范司令已流尽最后一滴血。这年，范子侠司令员才34岁……

三

腊月根儿下在地面的积雪还厚厚覆盖着王硇村，四周群山好像被苍天盖上洁白孝衣，漫山遍野的树木枝杈倒悬着冰凌坠，像是大树流出的悲伤泪水。

因为柴关是八路军与日伪军交战的前沿阵地。范子侠司令员的遗体不能久留柴关，被抬到附近一座山洞，不久护送到王硇村。成殓那天，平汉纵队秘书长朱穆之带着范子侠司令的生前好友、边区政府参议员、沙河县（今沙河市）白错村郝季甄先生及一二九师司令部一些高级首长赶来了。王硇村的乡亲们按照当地的最高葬礼习俗为范子侠司令整容、穿衣、净面、装棺。

农历二月二十六（1942年4月11日），王硇村的乡亲们和部队指战员一起抬着范司令灵柩来到白庄村西岭上。这里已经聚集了从高庄、安河、獐獠沟、柴关、魏庄、刘庄、白庄、通源井等村庄闻讯赶来的干部和群众；还有从太行山抗日根据地边区政府、沙河县委、抗日县政府等部门闻讯赶来，参加追悼会的首长和领导，共有3000多人参加范司令的安葬仪式。

安葬仪式上，朱穆之秘书长悲痛地说："从子侠同志的死，我也得到了更进一步的启示，没有一个人是不死的，但是一个人可以死得像一个人、一个英雄，也可死得像一头猪、一条狗。子侠同志像一个人、一个英雄那样地死了。在抗战大道上，已不知铺上了多少像他这样英雄的鲜血，还不知要再洒上多少这样的鲜血。中华民族和人类要洗去几千年来的苦难，只有靠这些血肉来冲刷，那我们何必怜惜自己的血肉呢……"

墓地周围一片悲泣，一片惋惜，一片思念。

白云为之低垂，青山为之肃立，河流为之呜咽。在范子侠司令不畏牺牲的革命精神鼓舞下，巍巍太行燎原起熊熊燃烧的抗日烽火！

搜集整理：沙彤

73. 茜草花开红似火

一

茜草，本是一种草本植物，但中太行东麓深山区有个村落却叫"王茜"。据地方志书记载："明朝永乐二年（1404年），王氏一家应诏从山西洪洞县迁此开荒种地，占产立庄，打出水井。次年，井旁长出茜草，故命村名为王茜。"

1931年"九一八"事变，日本侵华战争爆发。1937年7月"卢沟桥事变"，侵华日军的战火沿京汉铁路向南蔓延。1937年9—11月，八路军一二九师先遣支队从山西省和顺县松烟镇出发，翻过漫天岭，到达太行山东麓，开辟抗日根据地。为了领导和指挥抗战，一二九师先遣支队、三八五旅一三团、中共沙河县委、沙河县（今沙河市）抗日民主政府、县武委会、县中心监狱、八路军战地医院等机关先后进驻王茜村。

王茜村西不远有条幽深的山沟，里面住着位猎户。这天，猎户到山上打猎，瞅见一只土豹，开一枪，没有击中。受到惊吓的土豹掉头朝猎户扑来。猎户扭头就跑。土豹在后面一蹿一蹿追赶。慌乱中，猎户摔落悬崖。

就在这时，山坳深处走出一支头戴八角帽红五星的队伍。队伍里一位挎盒子枪的军人瞅见有人跌落悬崖，挥手命令队伍停止前进，对身边女战士说："小王，过去看看有救吗？"

八路军女战士小王跑到猎户身边，摸摸他胸口，毫不犹豫将嘴唇贴到猎户嘴上。片刻，猎户苏醒了，见是一位年轻女战士口对口为他做人工呼吸,眼眶里顿时滚出一串晶莹泪珠。

猎户苏醒了,挎盒子枪的军人对小王说:"部队在前面休息,你照顾好伤员,马上归队!"

"是,首长!"小王向挎盒子枪的军人行了个军礼。

挎盒子枪的军人这才指挥队伍继续前进。

小王掀开猎户的裤管,见他腿部有瘀血,就从十字包内取出酒精棉球,在猎户瘀血的部位轻轻涂抹,问:"疼吗?"

猎户吸溜着凉气,用力摇了摇头。

"家住哪儿?"小王问。

猎户指指山沟那边:"不远,在那儿……"

小王朝猎户手指的方向望去,山沟那边密林中果然露出茅屋一角。

"家里有人吗?"

"有,俺、俺老婆……"

小王登上沟堰,双手卷成喇叭筒状,朝山沟那边喊话:"喂——猎户家有人吗——"

山沟那边传出"汪汪"的狗吠,接着绿树丛中闪出一位穿绛色破衣的女人:"喂——你是在喊俺吗——"

"你家男人摔伤了——"

不一会儿,猎户女人带着猎狗,来到这边。

"骨头没事,就是腿部出现瘀血,刚才为他敷了药。我必须马上返回部队。你自个儿把男人弄回家吧。"小王叮嘱猎户女人,"到山上挖点儿茜草根,用酒煎服,养几天就会好的。"

猎户女人忽闪着的大眼睛里充满感激,连连点头……

猎户木讷,没有说"谢谢",只是望着小王追赶部队越走越远的瘦小身影,紧紧攥住拳头,狠狠擂在心窝上……

二

1942年是太行山抗日根据地最艰苦的岁月。为消灭抗日有生力量,日伪军将构筑在丘陵区的十几座炮楼里的兵力纠集起来,对根据地进行大"扫荡"。

这天,猎户一早到山上打猎,刚踏上一架山梁,瞅见山那边隐隐约约晃动着一面膏药旗。

"不好!日本兵一定是冲着王茜村去的。我得把消息传给他们。"怎么个传法儿?到王茜村送信儿显然来不及了。更何况,万一敌人撵着屁股追来,岂不是我把敌人引进了村子?不,不能往村子方向跑。

就在这时,日伪军在十字路口停住了脚步,似乎在辨认哪条路可以通到王茜村。

也许是为了保护抗日干部的安全,也许是只想着报答八路军女战士的救命之恩,至于猎户当时心里想的究竟是什么,后来的人压根儿不会知道。反正那天发生的故事是,猎户开始并没有被日伪军发现,是他主动迎着日伪军走了过去,距离日伪军大约百丈远时,"噢——"的一声长号,扭头朝着王茜村相反方向跑去。

日伪军发现了猎户,"嗷嗷"叫着追上去,一边追,一边"砰砰"放枪。

凭着熟悉山路与周边环境,猎户在山谷中一口气跑出六七里路,累得实在跑不动了,才放慢脚步。结果,被日伪军抓住了。接着,猎户在敌人面前究竟说了些啥,后来许多党史材料的介绍都是写文章的人凭想象编出来的。因为,真实故事其实很简单,那就是猎户被日伪军用刀(是军刀还是刺刀,现在也不好考证了)"咔嚓"削掉了脑袋。据说,敌人削掉猎户的脑袋后,猎户的身躯在山坡上挺立好长时间,才轰然倒下……

三

猎户被进山扫荡的日伪军砍掉头颅的那天,县委和县抗日民主政府领导正在村里研究工作。听见枪声,马上停止会议,安排机关干部带领群众往山沟转移。

八路军女战士小王刚生女婴,听到日伪军进村扫荡的消息后,主动担负起带领群众安全转移的任务。半路上,小王认出猎户女人:"哎,你咋也在这个村儿?"

"俺把纳好的军鞋刚送这儿,就听说鬼子来了。"猎户女人大口喘着气,见小王怀中抱着婴儿,马上把婴儿接过来,说,"让俺抱孩子,俺比你力气大!"

小王带着十几位老乡钻进一个石洞。洞口长满三四尺高的茜草。

日军搜山的马蹄声和嘈杂的脚步声已隐约可闻。

藏身山洞的人个个提心吊胆,几位胆小的吓尿了裤子。小王的心情也万分紧张,一旦被日伪军发现,甭说往洞里扔炸弹,就是在洞口点把柴火,也能把洞子里的人全熏死。

偏偏这个时候,猎户女人怀中的婴儿"哇哇"大哭起来。婴儿凄厉的哭声揪紧了山洞里每个人的心,气氛更加紧张。

人群出现骚动。

万分危急中,小王劈手从猎户女人怀中抱回婴儿,撩开衣襟,把奶头塞进婴儿口中。战争年代缺乏营养,小王没有奶水。婴儿吐出奶头,哭得更响了。

山洞外,日伪军搜山的马蹄声和踩动乱石的"哗啦"声交织在一起,清晰地传进山洞……

山洞里,婴儿的哭声越来越响,越来越带劲儿……

小王的额头渗出细密的汗珠。搜山的敌人正在步步逼近,躲避战争灾难的老乡个个惊恐。紧要关头,小王毫不犹豫地伸手摁住了婴儿的嘴巴……

四

月光静静地洒在中太行东麓千条万道山梁上,小溪卷着纤细浪花毫无声息地穿过一片长满茜草的湿地向前方潺潺流淌。王茜村恢复了往常的宁静,初生婴儿般躺在老爷山空旷苍茫的怀抱中。

这天,抗日独立营、区干队和民兵们到外地执行战斗任务刚走,猎户女人背着猎枪慌慌张张跑进村子,告诉大家,一群荷枪实弹的日伪军正朝着王茜村方向移动。此时此刻,因失去孩子心情过于悲伤、加上战争年代营养不良的八路军女战士小王正病恹恹地躺在老乡家的土炕上。

咋办?留在村里的只有十几位年轻的女人和年迈的婆婆及不懂事的

孩子，如不马上转移，后果不堪设想！

你说咋办？土炕上躺着显然不能再和村子里的人一起往山沟逃跑的八路军女战士小王！

性命攸关，何去何从，两难问题摆在山村女人面前。猎户女人没有犹豫，当即招呼几位女人卸门板、制担架，七手八脚把八路军女战士小王抬了上去。

日伪军进山"扫荡"的子弹，在山村上空"嗖嗖"乱飞。

几个女人抬着八路军女战士穿街越巷，慌乱转移。刚到村口，发现日伪军迎面走来，边走边朝村子这边开枪……

出村的路已被敌人卡死。猎户女人当机立断，从肩头摘下猎枪，对抬担架的女人们说："姊妹们，咱山里人不懂大道理，只知道老祖宗一代代讲'滴水之恩，当以涌泉报还'。小王同志是为了让咱大家活命才失去孩子的。今天，咱们就是舍掉性命，也得把小王同志安全转移出去！"

"对！山里人不能做对不住人的事儿！"抬担架的女人们纷纷表态。

"好！大家听我的。我手中有猎枪，到村口拦截鬼子，护送小王的事儿就交给恁几个了！"猎户女人端起猎枪朝村口跑去。

村口传来猎枪与步枪的激烈交火声。

其他女人抬着八路军女战士小王，穿小巷，蹚山溪，从另一个方向跑出村子，钻进深山密林……

片刻，村庄方向没有了枪声……

狂风乍起，乌云密布，四面群山被吞进无边黑暗。"轰隆隆"几声炸雷，"劈刺刺"数道闪电，黑黝黝的天空被撕开口子，倾泻下万条雨鞭。

1945年8月，侵华日军宣布无条件投降，抗日战争胜利了。猎户一家因为从未在王茜村住过，况且猎户又死在自己女人之前，以至于中华人民共和国成立后，当地人民政府为因保护八路军战士而壮烈牺牲的猎户女人建立纪念碑时，竟无人能说出她的真实姓名……

搜集整理：沙彤

74. 独臂英雄窦志华

窦志华，原名肖林，山西平定人，瘦高挑，身高一米七，因幼年患小儿麻痹症导致右臂残疾。但他聪明好学，能用左手写字且速度极快，打枪射击百发百中，堪称文武全才。

约于1938年，窦志华21岁时调到隆平县做抗日工作，历任第六区区长、第二区区长、县大队连指导员等职。因为窦志华足智多谋枪法又好，让许多鬼子、汉奸和叛徒都成了枪下鬼。为此，搞得盘踞这一带的日伪军好生头疼。

1941年冬天的一天，窦志华带领地下党员毛尔寨人杨中堂和舍落口人白狗在舍落口开展抗日活动时，汉奸向驻孔千户营岗楼的日本兵告了密。日本兵带着伪军快速赶到舍落口村，严密包围了窦志华、杨中堂、白狗三人正在商量工作的院子。

听到消息时，窦志华三人已没有向外转移的时间了。幸好院里事先挖有地洞，三人快速钻进地洞。但这个地洞只有一个出口，是个闷洞。在汉奸带领下，日伪军很快找见了地洞口，把窦志华三人堵在洞里。

"窦志华，出来吧！缴枪不杀！"日本兵在洞口大声喊叫。

躲在地洞里的杨中堂吓坏了，浑身颤抖；白狗胆儿还大点儿，比较镇定。

窦志华从腰间拔出三颗手榴弹，鼓励两个人说："有这三颗手榴弹，就能保住咱三条命。谁也不要怕，跟着我，咱们冲出去！"说话间，窦志华把一颗手榴弹扔出去。"轰！"一声巨响，堵在洞口的日本兵散开了。窦志华拉起杨中堂和白狗立即冲出洞口，站到院子里，又一颗手榴弹扔到房顶上，房顶上的敌人也吓跑了。三人踩着梯子上了房，从房顶跳到外面，再朝北跑。日伪军早就听说过窦志华厉害，知道他手里还拿着一颗手榴弹，又知道窦志华打枪百发百中，因此谁也不敢蛮追。就这样，窦志华三人不一会儿就跑到了安全地带，剩下的一颗手榴弹还没有派上用场呢！

1942年夏天，日伪军驻宁南县特务机关派来两个武装密探，刺探抗日武装行踪，绑架杀害抗日军民。上级党委命令窦志华除掉这两个坏家伙。

这天深夜，窦志华带一名队员经过乔装改扮后，来到这俩坏家伙经常出没的杜家庄。趁他们正在一户村民家中吃喝之际，一人一个将他们抓获，拉到村外处决了。

1942年冬天的一个傍晚，窦志华和杨中堂从杜家庄到梅庄开展抗日工作，半路被日本密探发现。当时梅庄村有个小饭铺，窦志华和杨中堂打算在这儿吃晚饭。到饭铺后，里面闲杂人员挺多，有人问窦志华："窦区长从哪里来，有啥事？"窦志华预感情况不妙，立即转移到地下党员魏杰三家。就在他们刚离开饭铺不久，两个化装成地下党的日本密探跟踪到饭铺找他。饭铺里闲坐着一位名叫四兰贵的人，是魏杰三的外甥，他知道窦志华与舅父的关系，又误认为这二人是组织上派来的，便说："我领你们去找吧。"

四兰贵到了舅父家就喊："窦区长来这儿了吗？"说着，就带着两位日伪密探进了北屋门口。

当时窦志华、魏杰三和杨中堂正在堂屋谈工作哩，听说有人找，魏杰三赶紧迎出门。窦志华躲在堂屋门后，杨中堂躲在另一扇门后。魏杰三是老地下党员，经验丰富，一眼认出外甥领来的两个人不是自己的同志，便说："窦区长刚走，你们没碰见吗？"日本密探问："朝哪个方向走了？"魏杰三答："顺街朝北走了。"两个密探往北追去。

窦志华和杨中堂马上离开魏杰三家，出门往南走。就在这时，敌人发现了窦志华和杨中堂，转身追来。窦志华在走下坡路时，不慎脚踩了自己的棉大衣，摔倒在地。他急忙拔出手枪做好应战准备。两个密探追过魏杰三家门口，向东拐去，因为窦志华匍匐在路上，密探顺着路往前看去，竟没有发现人影，也就不追了。当他们返回时，窦志华已经钻进坡下的芦苇地。敌人虽然怀疑窦志华钻进了芦苇地，也不敢贸然钻进芦苇地追捕。

由于战争环境恶劣，1943年冬，窦志华生病住进孔家庄。孔家庄为保护窦志华，在一个漆黑夜晚把他抬到梅庄堡垒户王爱臣家。王爱臣的母亲像呵护亲儿子一样日夜照料他，但窦志华终因病情恶化，不幸牺牲。窦志华的遗体被埋葬在梅庄村南。

中华人民共和国成立后，窦志华被当地政府隆重迁葬，新址在隆尧县牛桥村东三华里的大堤东，墓地用土堆成，方圆数十米，青松翠柏环绕。2011年，政府出资对墓地重新修葺。每年清明节，附近村庄都组织学生到烈士墓祭奠英雄，对后代进行革命传统教育。

搜集整理：黄俊里

75. 山口粮台阻击战

1937年10月18日，中共隆平县委在柏舍村成立"冀南抗日游击队"。时有游击队员21名，配备长枪11支，手榴弹9枚。为了扩大抗日影响，打击日军嚣张气焰，中共隆平县委书记、抗日游击队队长张子政和大家商量，决定袭击日军驻扎的山口粮台。

10月25日，游击队提前奔赴山口南边的里村等待战机。28日晚，得到侦察员报告，山口粮台的日军部队多数返回柏乡县城，只有少数人留守。游击队指挥部认为这是难得的打击敌人的有利时机，便对袭击行动做了周密部署。10月29日拂晓，游击队乘虚而入迅速占领粮台。当游击队和群众搬运粮台物资时，驻柏乡县城的60多名日本兵乘汽车返回山口救援。得知消息，游击队分散隐蔽在山口村北的山坡坑道和棉花地。等日军靠近后，游击队采取麻雀战术打一枪换一个地方。附近村民听见游击队与日军交火的枪炮声后，纷纷赶来助战。村民们有的拿土枪、有的举木棍、有的把鞭炮放进铁桶点燃迷惑敌人、有的擂鼓呐喊助威。游击队与日伪军的战斗从拂晓一直打到下午四五点钟，直打得日伪军晕头转向。这股侵华日军搞不清游击队虚实，不敢恋战，慌忙放弃山口粮台，爬上汽车向柏乡县城狼狈逃窜。

这次战斗，击毙日军2名，缴获日军20多条步枪，10桶汽油，500多件军大衣，及大米、罐头、带鱼、干菜等物资。抗日游击队牺牲一名战士。这是冀南军民对日作战面对面打响的第一枪。战斗的胜利极大鼓舞了隆平、尧山一带人民的抗日热情，各村青壮年纷纷报名参加游击队。冀南抗日游击队很快发展到100多人。

搜集整理：黄俊里

76. 夜取伪军机关枪的故事

1945年，刚过阴历年，我方打入敌人内部的地下工作者密报，伪军队伍里有一位当班长的王尹村人和一名士兵因与伪大队长不和，想弃暗投明，归顺八路军。地下工作者还说，这名伪军班长愿意做内应，帮助八路军摸进伪警备大队营房，窃取一挺轻机枪，作为见面礼。

得到消息，郝玉珂又通过其他内线人员，对准备弃暗投明的伪军班长和那位士兵做了详细调查，确认情报可靠后，决定行动。

郝玉珂一时未能联络上县大队，临时选派有作战经验的三区区长张耀庭（莲子镇人，曾任隆尧县副县长）带队，由公安科侦察员国川、一区中队长宋平安和指导员张桃成（东柏舍人）三名机智勇敢的年轻干部组成战斗组。

正月初六半夜，张耀庭和二区中队长韩书堂带领部分队员埋伏北门外接应。让隐藏城内的两名地下工作者用绳子将国川、宋平安、张桃成三人拽上北城墙，控制住北门卫兵，再冒充伪军大摇大摆往南门里路西的警备大队部走去。

十字街岗楼上的哨兵喝问:"口令!"

地下工作者对答如流。

哨兵又问:"干什么的?"

地下工作者故意骂骂咧咧,说:"老子今天手气不好,玩钱输了,回队部睡觉。"

哨兵见问不出破绽,就放国川、宋平安、张桃成等人过去了。

有惊无险。国川、宋平安、张桃成等人顺顺当当摸进伪军警备大队部,直奔熟睡了一屋子伪军的营房,从墙角掂出一挺机枪,带领两名弃暗投明的伪军,转弯抹角,退出城外。

张耀庭明人不做暗事。得了机枪这个稀罕宝贝,想马上试一试。让会使机枪的游击队员端起机枪"哒哒哒哒"朝城里打了两个点射。睡梦中的伪军霎时被惊醒,乱作一团。

丢了机枪,伪军警备大队长无法向主子交差,派人捎信儿给郝玉珂,愿意用20支步枪换回那挺机枪。那年月,"土八路"游击队能有一挺机关枪,可是难得的重型装备。郝玉珂岂肯答应!

随后,抗日军民在莲子镇搭戏台召开祝捷大会,唱了一天秧歌戏。

搜集整理:韩壮

77. 抗日石匠韩秋锁

邢台沙河与邯郸武安两市交界处有个台上村。台上村有座黄磨山,生产石磨历史悠久,远近闻名。因此,当地涌现了许多石匠。民国末年,台上村韩秋锁就是黄磨山一带较出名的石匠之一。

大约1939年深秋的一个夜晚,韩秋锁正在家中打磨石匠工具,一位农民装束的人,腰间束条土布毡带,到台上村找他,见面就说:"秋锁,忙乎啥哩?"

几年前，韩秋锁在附近村做石匠活时结识此人，因此放下工具，说："稀客呀，找俺有事？"

来人环顾四周，见无他人在场，靠近韩秋锁，压低嗓音说："你看这狗日的侵占了咱们家乡，咱不能眼睁睁遭狗日的们作践，更不能眼看着父老乡亲受难而不管呀！"

韩秋锁憨厚地说："管，当然要管！你说咋个管法？"

来人说："沙河县（今沙河市）独立营在山区已经建立，我是抗日独立营地下联络员。为了破坏日伪军事设施，我想让你带头组建一支抗日石匠队。一旦革命需要，就把石匠队拉上去。"

"好咧！"韩秋锁满口答应。

不久，韩秋锁凭着在石匠中建立的崇高威信，在台上村和河头村组建起一支30多人参加的抗日石匠队。韩秋锁担任抗日石匠队队长。

从此，在沙河县（今沙河市）独立营和沙河县（今沙河市）游击队指挥下，韩秋锁带领抗日石匠队的队员们多次参加破铁路、毁石桥、砍断敌人通信电话线杆等抗日行动。

1940年7月，沙河县（今沙河市）抗日游击队奉命深入敌后活动，抗日斗争进入白热化。当时，满载侵华军需品的火车每天经过沙河铁路大桥，对抗日革命造成巨大威胁。太行山抗日根据地首长命令沙河县（今沙河市）独立营配合太行一分区新一一一旅展开平汉路破袭战。战斗打响前，必须先炸毁沙河铁路大桥，切断敌人运输线。

接到上级指示，沙河县（今沙河市）独立营营长周金铭派侦察员秘密潜伏平汉沙河铁路大桥附近勘察地形。经过一番侦察，独立营首长摸清了平汉沙河铁路大桥位于城南大沙河上，始建于1902年，是一座钢结构大桥，桥长595米，共有18孔。桥墩全部用青石和混凝土浆砌制而成，四周光溜溜的，根本无处安放炸药。并得知沙河铁路大桥两端各驻有日军护桥队，安装着探照灯，间隔几分钟，探照灯就朝着大桥上上下下扫射一遍，照耀得如同白昼。桥下稍有动静，护桥日伪军就能够及时发现。因此，炸毁铁路桥的难度较大。这时，沙河县（今沙河市）独立营营长想起台上村石匠韩秋锁，立刻派通讯员骑马到台上村把韩秋锁驮到独立营营部，问韩秋锁有没有解决办法。

听罢营长周金铭对沙河大桥结构的简单描述，韩秋锁马上想出计策，请战说："首长同志，把在铁路桥墩上凿炮眼的任务交给俺吧！"

1940年7月下旬的一个夜晚，韩秋锁带领抗日石匠队几名队员，以急行军速度赶到大沙河南岸，潜伏在河边密林中。夜深人静，韩秋锁与抗日石匠队的队员们匍匐前进，泅渡桥下，搭起人梯。欲凿炮眼时，韩秋锁突然意识到，如果用铁钻在桥墩上凿炮眼，"叮叮当当"的响声必然会惊动守护铁路大桥的日伪军。

"不能蛮干！"韩秋锁暗示大家停止作业。

"队长，咱们的人已来到桥下，时间不等人，你说咋办？"石匠队员们盯着韩秋锁焦急地说。

这时，一列满载军需品的火车从桥上风驰电掣般开过，车轮摩擦铁轨发出震耳欲聋的"轰隆隆"的巨响。韩秋锁马上有了主意，说："伙计们，俺有办法了。等火车开上大桥时，咱们抓紧时间凿炮眼，火车驶出大桥，立刻停止。"大家一听，确实是好办法。于是，每当火车驶近大桥，桥身发出"轰隆隆"的巨响时，等候桥下的石匠们迅速抡铁锤、砸铁钻、挖桥墩。干了半个时辰，终于完成任务。后半夜，沙河县（今沙河市）独立营的爆破战士们怀揣炸药包潜伏桥下，放上炸药。等又一列日伪火车轧上铁路大桥轨道时，爆破战士点燃导火索，一声巨响，铁路大桥被炸成两截，满载侵华军需品的火车"轰隆隆"地栽入波翻浪涌的大沙河。

又是一个伸手不见五指的夜晚，韩秋锁再次接到去褡裢火车站附近砍断日伪铁路沿线通信电话线杆的任务。

那天，石匠队员每人腰间别一把柴斧，踏着茫茫夜色来到铁路边。透过夜幕望去，一根根电话线杆像一把把杀人魔剑似的耸立在黑黢黢的夜空。韩秋锁让石匠队员每人摸准一根电话线杆，一声令下，队员们挥起斧头，将一根根电话线杆砍倒了。打算撤退时，韩秋锁瞅见土崖边还竖着一根电话线杆。他想把最后一根电话线杆砍倒，走近后才发现，这根电话线杆栽在一处断崖上，人的双脚根本无法站稳。韩秋锁有点不甘心，一手搂紧电话线杆，一手抡起柴斧砍伐。电话线杆刚被砍到一半儿，竟然"咔嚓"一声断了。倒下的电话线杆"砰"地砸在韩秋锁腿骨上。见队长负了伤，抗日石匠队的队员们背起韩秋锁跑回台上村。韩秋锁在家养伤期间，曾让家人到临洺关请名医疗伤。战争年代由于医疗卫生条件有限，加上营养跟不上，韩秋锁的骨伤多次治疗多次复发。后来，韩秋锁加入中国共产党。土改那年，韩秋锁在台上村担任农会主任。中华人民共和国成立后，韩秋锁是台上村第一任村干部。1953年6月，韩秋锁终因腿伤感染，殁于家中，时年45岁。

搜集整理：沙彤

78. 张桃成智截军马

张桃成是隆尧镇东柏舍村人。抗日战争时期参加隆平县抗日游击队，担任隆平县抗日政府县长张芥士的警卫员，后任第一区区中队指导员。他机智勇敢，胆量过人，在当地流传着很多关于张桃成的抗日故事。

且说，柏舍村东有一条隆平县城至邢家湾的公路。这是日军企图防控冀南抗日军民的重要交通干线。一次，张桃成奉县长张芥士指示回柏舍村办事，走至路边，远远看见一名伪军骑着匹高头大马从北向南疾驰。他知道这是日伪军情报人员，于是想把他截住，缴获敌人情报。

恰巧，北柏舍村的阎凡子背只粪筐在公路上捡牲口粪。张桃成紧走几步来到阎凡子跟前，说："老阎，把你的粪筐、粪叉借我用一下。"阎凡子知道张桃成是抗日游击队的人，借东西肯定有用场，二话没说就把粪筐、粪叉给了他。

张桃成判断柏舍村离邢家湾不过十几里路，骑马送信用不了多长时间，于是就到路边任家坟等候。

任家坟长着几株枝叶繁茂的柏树，里面有数座坟墓，平时少有人来，正好在此隐藏。张桃成在里面休息了一会儿，探出身子向南瞭望，远远看见魏村北边路上腾起一股烟尘。他估计是送信的伪军返回了，就背起粪筐走出柏树林，装成拾粪人沿着公路慢慢向北走，听马蹄声响来到身边后，猛一转身以迅雷不及掩耳之势揪住马笼头，掏出手枪，喝令伪军下马。

送信的伪军被突如其来的变故吓呆了，乖乖下马，跟着张桃成走进柏树林。在柏树林中，张桃成向他讲了八路军优待俘虏的政策，并让他和自己互换了衣服，一起向游击队驻地西店子村走去。

缴获了日军军马的张桃成非常高兴，穿着伪军服装骑在马上，让俘虏跟在后面走。刚走到西店子村边，在村头放哨的游击队员远远看见一个穿着伪军服装的人骑马向这边走来，"砰、砰、砰"开了几枪。吓得张桃成一边喊："不要开枪、不要开枪，我是张桃成！"一边跳下马。这时放哨的队员也认出了张桃成，走上前，问："伤着了没有？""幸好虚惊一场，并无大碍。"张桃成得意地说。

进村后，张桃成把俘虏交给队部审讯，并向首长汇报了缴获军马的经过。游击队首长对他智截军马的大智大勇的行为进行了表彰，同时对他骄傲大意、不注意安全的行为进行了批评教育。

张桃成智截军马的故事在当地很快流传开来。

搜集整理：黄俊里

79. 张芥士智斗汉奸

柏舍村是隆平县（今隆尧县）城南一个集镇，距县城仅六七华里。日军侵占隆平县城后，老百姓日常不敢进城去，柏舍村的集市倒比以前热闹起来，饭馆、粮食店、杂货铺开了好几家。城南一带的老百姓买卖东西都转移到这里。在城里住的汉奸伪军也趁机到这里吃喝、勒索老百姓，老百姓敢怒不敢言。

1943 年初冬的一天，隆平县抗日政府县长张芥士带着两个警卫员来到东柏舍村，找村长张老廷商量工作。张老廷是共产党安排的两面村长，即表面上应付敌人差事，暗里为八路军办事，为抗日做了很多工作。

张芥士首先询问了村里的情况，向张老廷交代了近期需要完成的任务，然后问张老廷有什么困难。

张老廷说："困难我们能想办法克服，但有一件事乡亲们想请你帮忙。"

张芥士的老家就在东柏舍村，听乡亲说有事相求，忙问："什么事？直说吧。"

"这些日子，城里的汉奸、皇协军经常到村里饭店白吃白喝，还到集市上要这要那。"张老廷气愤地说，"特别是两个年轻点的汉奸，还对村公所的人骂骂咧咧，我们实在受不了这窝囊气啦，想请八路军教训他们一下。"接着，张老廷又把这两个人的年龄、长相等特征说了一遍。

张芥士说："这事好办，让乡亲们等消息吧！"

过了几天，两个小汉奸又到柏舍村饭馆要酒要菜，大吃大喝。这时，张老廷悄悄派人把消息报告给了正在附近一带秘密活动的张芥士。

且说，两个小汉奸在饭馆吃饱喝足了，借着酒劲又把张老廷臭骂一顿，然后骑上自行车，哼着小曲，摇摇晃晃出了十字街北口，向县城方向走去。

当两个小汉奸走到北柏舍村东的显化寺村南时，看见前面有三个穿着棉长袍的人走在路中间，就猛按自行车铃铛想让路中间的人让道。谁知前面走的仨人理也不理，继续占着道不躲让。小汉奸怒骂："浑蛋，听不见铃铛响吗？你们不给老子让路，想找死呀？"

仨人好像还是没有听见，继续不紧不慢走路。

待两个小汉奸骑着自行来到仨人跟前时，仨人突然回头扭住两个小汉奸的自行车把，从棉袍下掏出手枪对准他们，厉声喝道："举起手来！"俩小汉奸吓得"扑通"一声跪地求饶。原来，走在路上的仨人就是化装成赶集群众的张芥士和他的两个警卫员。张芥士见两个小汉奸如此胆小，就让警卫员把他们带到北柏舍村审问。

张老廷和显化寺、北柏舍的村长以及这仨村的群众听到张芥士县长抓住小汉奸并要在北柏舍村审讯的消息，都赶来看热闹。当人们看见这

319

两个平时耀武扬威、不可一世的家伙在张县长面前吓得直打哆嗦的狼狈样子后，个个感到好笑又解气。

张芥士县长见聚集的人越来越多，就大声宣布："这两个汉奸在这一带打骂群众、敲诈勒索，仗着日本侵略者势力为非作歹，已经不知道自己是中国人了，抗日政府决定杀了他们！"

两个小汉奸吓得面无人色，急忙向站在旁边的张老廷求救："张村长，你快替俺俩求求情吧，我们再也不敢了！"

张老廷装作非常同情的样子，连忙走到张芥士身边说："县长，这俩人我认识，没干过啥大坏事，刀下留情吧，我愿意担保他们。"显化寺、北柏舍村公所的人也过来求情，说愿意保释这两个年轻人。

张芥士用眼睛环视一下四周，威严地说："这两个人替日本侵略者做事，本应该处死。但你们几个村长都愿出面保他们，我就看在大家面子上，这次可以不杀，给他们一个戴罪立功的机会，如果再敢为非作歹，再让我捉住，就非杀不可！"接着，又问两个小汉奸："你们还敢不敢再欺负老百姓？"

"不敢了，再也不敢了。"

张芥士说："好吧，这次暂且饶过你们。你俩是哪个村的？父亲叫什么名字？"当其中一个说出自己父亲的名字后，张芥士知道他父亲也在伪军做事，就把这个小汉奸叫到跟前说："我认识你爹，回去传信给他，我是抗日政府县长张芥士，让他今后和我们建立联系，日本人啥时出城扫荡，他必须提前到显化寺报信。"

小汉奸又是作揖又是点头，连连说："保证做到，保证做到……"

从此，两个小汉奸再也没敢到柏舍村来。其他汉奸伪军到柏舍村敲诈勒索的也少了。那个父亲也在伪军做事的小汉奸，还让其父亲给抗日政府秘密送过几回情报呢。

搜集整理：张记军

80. 大坪村的抗战故事

一

1937年七七事变，拉开了中国全面抗战的序幕。战火一刻不停沿着京汉铁路（今京广铁路）向南燃烧。同年11月，驻守山西省和顺县松烟镇的八路军一二九师先遣支队100多名连营以上干部在张贤约等人率领下，跨越太行山，挺进邢台县（今信都区），再由邢台县山区进入沙河县（今沙河市），并把先遣支队总部设在大坪村。在八路军一二九师先遣支队帮助下，大坪村率先建立起民主政权和民兵自卫队组织，成为八路军扼守太行山根据地的钢铁堡垒。

八路军一二九师先遣支队作战指挥部在大坪村的设立，像一支钢浇铁铸的红色楔子插在冀南平原进入太行山的入口，拦腰切断了盘踞京汉铁路褡裢车站日伪军企图长驱直入根据地大肆烧杀掳掠的通途。

侵华日军当然不会甘心。1938年，刚过罢正月，大坪村四周山野还覆盖着残雪。大约农历二月二十八这天，东山头放哨的自卫队员瞅见御路方向走来一群扛着膏药旗的蝗虫般的队伍。自卫队员大喊一声："不好！"随手扳倒了山顶的信号树。

驻守大坪村的八路军先遣支队队长张贤约得到情报，马上安排乡亲们迅速转移。同时组织100多名先遣支队干部和大坪村自卫队员，埋伏在村东山下，张开包围圈口袋，等待瓮中捉鳖。

老阳儿（土语，指太阳）一寸寸地向中天升起，白云一朵朵地往山顶团聚。埋伏在路边灌木丛的八路军先遣支队干部和大坪村自卫队员，忍受着早春凌厉彻骨的山风，强忍着碎石挤肉硌骨的剧烈疼痛，眼巴巴盯着进山"扫荡"的日伪军越走越近、越走越近，终于走进包围圈……

先遣支队队长张贤约一声令下："打！"顿时，手榴弹的爆炸声、石雷的轰鸣声，响彻山谷。《大坪村志》记载这次战斗："缴获大量枪支，弹药，军用物资。战斗结束，约三百名敌人成了俘虏……"

二

大坪村东阁门北边，有一栋上下两层、每层七间的二层式石楼。这栋石楼是抗日战争初期太行山根据地中心银行旧址。

1937 年至 1945 年，大坪村是太行山根据地沟通冀南根据地沙南、鸡泽、永年等平原县的要塞。是时，分布沙河县（今沙河市）丘陵区及平原区的几十个地下交通站，凡是在敌占区搞到食盐、药品、布匹、纸张、油墨后，先送到大坪村，再从大坪村转移到西山根据地。为了粉碎侵华日军"坚壁清野"扼杀根据地抗日力量的阴谋，太行山根据地印制了只能在根据地范围流通的"边区票"和"冀南票"。但地下交通站的同志在敌占区购买物资时又必须使用"伪钞"。为了解决敌我双方钞票的兑换问题，1938 年至 1939 年 11 月，太行山根据地把"边区票""冀南票"与"伪钞"相互兑换的中心银行设在大坪村。这样一来，无疑让大坪村在太行山抗日根据地的地位更重要了。于是，敌人把"扫荡"太行山根据地的第一目标锁定为大坪村。

1939 年 11 月 16 日后半夜，日伪军出动 300 多人，从邢台县（今信都区）出发，经沙河县（今沙河市）孔庄、溅凹，翻过西山崖，偷偷包围了大坪村。幸好，驻守大坪村的八路军一二九师先遣支队干部和中心银行的同志得知情报后，带领群众进行了安全转移。因此，敌人包围大坪村后，我方人员并没有伤亡。但日伪进村后却烧毁了八路军存放在 17 户农家中的未来得及转移的药品、棉布、食盐、纸张、文具、染料等物资，还烧毁了 400 多间民房、抢走了 35 头牲畜……

大坪村在抗日战争中付出了沉重代价。

也就是这次敌人"扫荡"后，中心银行转移到西部深山区的王茜村。但大坪村仍然是抗日前沿。八路军、独立营在围堵日伪军进山"扫荡"的多次战斗中，总指挥部仍然设在这个村子。

三

1940年春，日伪军沿着沙河县（今沙河市）中部丘陵区，从南至北陆续构筑起几十座炮楼和据点。其中，在刘石岗、御路、上关等进出太行山区的交通要道附近，一次性构筑起十几座炮楼。尤其刘石岗村东北方向的山岭上，成对角线构筑了五座炮楼，打起仗来，五座炮楼的火力可以互相交叉支援。而在樊下曹村附近，也构筑起两座同样可以火力交叉的炮楼。

刘石岗、樊下曹两村炮楼群的建成，严重威胁着太行山根据地的抗日工作。

为拔掉日伪安插在沙河县（今沙河市）中部丘陵区的碉堡、炮楼等钉子，1940年6月，八路军一二九师三八五旅、新一一旅等发起武沙战役，作战指挥部设在大坪村，主攻目标即刘石岗村的五座炮楼和樊下曹村的两座炮楼。6月20日夜10时，担任主攻任务的七六九团从大坪村出发（文献记载从与大坪村相邻的渡口村出发），包围了刘石岗炮楼；三二团包围了樊下曹据点。由于刘石岗五座敌炮楼工事坚固火力可相互交叉，激战一天，八路军未能顺利摧毁敌人工事，战斗一直打到晚上，进入胶着状态。凌晨，坐镇大坪村指挥全盘战事的八路军首长正在为战斗不能速战速决发愁，一位八里庙村的小画匠满头大汗跑来，向首长报告，盘踞三王村的伪治安军第十一集团军司令高德林正在调度人马，准备天亮后增援刘石岗敌人。指挥作战的首长当即命令八路军一二九师一四团、沙河县（今沙河市）独立营和沙河县（今沙河市）游击队黎明前埋伏在高德林伪军的必经之路。

21日上午，太阳高高挂在天上，光芒四射，显得那么的刺眼。没有风，山路旁的灌木、野蒿不动也不摇，但在不动不摇的灌木和野蒿下却埋伏着一支等待敌人自投罗网的抗日武装。

大约10点钟，高德林果然骑马挎刀带着600多名伪军朝刘石岗和樊下曹两个据点方向气势汹汹地扑来。岂料等待他的是八路军、独立营、游击队布下的地雷阵和一场血与火的拼杀。这次战斗，打死打伤日伪军160多人。混乱中，高德林骑马逃脱……

据《大坪村志》记载："1938年至1945年，武沙战役、沙永武战役期间，八路军一二九师一三团、一四团、沙河县（今沙河市）独立营、区干队、游击队等总指挥部多次设在大坪村。"铁血染红了大坪村的山、大坪村的水、大坪村的每一块石头、大坪村的每一寸土地……

搜集整理：沙彤

81. 星火燎原说驾游

据文献记载，抗日战争年代，临城县驾游村曾是冀西十三县抗日政府总指挥部驻地。走进驾游村，举目可见悬挂在多座石头房门口的"冀西抗日政府指挥部""冀西报社""八路军一二九师指挥部""一二九师兵工厂""太行一分区司令部""冀西党校""冀西军训处""冀西惩审处""临城县独立营""临城县特务连"等标志牌。每块标志牌背后，都大写着一串感天动地的革命故事。

1937年11月，北平师范大学教授杨秀峰（后任冀南行署主任、晋冀鲁豫边区政府主席，中华人民共和国成立后任高等教育部部长等）根据党中央和北方局指示投笔从戎，深入太行开辟冀西抗日根据地，率先在临城县组建起冀西抗日游击队。首批游击队员即以驾游村白云禅寺武僧和周边村庄武术爱好者为班底，不久，发展到1000多人。杨秀峰担任冀西抗日游击队司令员、杨克冰担任政治部主任、鲍夫担任中共临城县委书记兼独立营政委。为了有力打击敌人，冀西抗日游击队在驾游村创办了"兵工厂"，60多名民兵组建起"抗日区干队"，队长名叫贺孟山。

为了保卫冀西抗日机关和兵工厂，驾游村的民兵们在东山顶垒起一间石房，栽下信号树；在驾游村口大槐树上挂起一口铁钟。队长贺孟山将驾游村民兵分成三组，24小时轮流放哨，一旦发现敌情，立刻扳倒信号树；在村口大槐树下值哨的民兵望见信号，迅速敲响铁钟，向驻扎村内的冀西抗日机关报告敌情。这天夜间，恰巧轮到队长贺孟山在东山顶值哨。午夜，一队日本兵在汉奸带领下，从一条隐秘山沟偷摸上山，走近民兵放哨时遮风挡雨的石房。当贺孟山发现情况时，日本兵已经包围了信号树。贺孟山急中生智，从背后拔出大片刀，一边怒吼着砍杀敌人，一边用火炼石乘机将预先堆放在山顶的干柴点燃。熊熊火光照亮了东山顶。在驾游村口放哨的民兵望见山顶的火焰，立即敲响信号钟……驻守驾游村的冀西抗日机关干部听到报警迅速藏匿文件，安全转移。

贺孟山凭借武功，在东山顶奋力砍倒五六个敌人，又倚仗着熟悉地形地物，纵身跳下山沟，脱离危险。

搜集整理：沙彤

82. 高庄村的抗战故事

一

高庄村地处沙河市浅山区与丘陵区接壤处。村南有一条过道（方言，指巷道），过道中矗立着一栋青石砌墙灰砂浆捶顶、坚固结实的传统民居。据说，这座高宅大院的原主人名叫牛华，民国时期属于高庄村数一数二的富户。抗日战争爆发，牛华目睹日伪军所到之处烧杀抢掠的惨状，对侵华日军恨之入骨。1939年10月，沙河县抗日县政府进驻高庄，准备创办沙河县抗日高小。牛华闻知消息主动腾出宅院，让抗日政府当作了抗日高小课堂。

一个秋风萧瑟的日子，抗日高小师生正在上课，村外突然传来"啪啪"的枪响。一位放哨的区干队员匆匆跑进学校："日本鬼子开（方言，指走）到五里碑（村名）了，老师们，赶快带领学生转移吧……"

时任抗日高小训导主任的刘西箴、总管胡先录、教师淮军及刘晔夫妇马上停止上课，组织40多名学生，带着课本、文具向山沟转移。刚走到高庄村西猪山腰,眼尖的学生瞅见日伪军从西北边彭硇方向露出了头,正蝗虫般朝这边蠕动。

"老师,快看!"学生指着远处山路说。

训导主任刘西箴瞅见敌人,当即改变路线,命令两位女教师带领学生朝另一条山沟转移。其他男教师和他留下观察敌人动向,一旦发现情况不利,他们就朝另一方向跑,设法引开敌人保护学生。于是,抗日高小的教师们分成两组,女教师带领学生奔向另一条山沟,男教师藏身石岩后,盯着越走越近的日伪军。

这天,从彭硇方向杀来的日伪军攻击目标可能锁定了高庄村,因此,当敌人从刘西箴几位男教师藏身的石岩旁走过时,竟没有发现他们。

这次有惊无险的故事结局还算完美。

二

抗战年代的高庄村中间一株枝繁叶茂的老槐树旁,有一座并不显眼的普通宅院。院墙是石头垒的,天井院是石板墁的,就连灶台也是用石头砌的。就在这所普通小院,抗战年代曾发生过不普通的故事。

1942年2月初,正是农历辛巳年岁尾。没下雪,气候干冷。从山沟窜出的西北风"呼呼"吼着,驻守高庄村的区干队员身上的衣裳本来就穿得单薄,经西北风一吹,每个战士都感觉到彻骨的寒冷。

日伪军为达到扑灭太行山抗日火种的目的,采用梳篦战术发动了冬季"大扫荡"。高庄一带成了敌人"扫荡"与我抗日军民反"扫荡"拉锯战的主战场。

2月10日左右,驻守沙河县(今沙河市)柴关川的八路军一二九师新十旅范子侠部与进山"扫荡"的日伪军打了一场遭遇战,把进犯之敌打回巢穴。打完仗的战士们还没来得及喘口气,沙河县抗日县政府又接到情报,说2月12日前后,盘踞全呼、石岗、御路等据点的敌人又要进犯太行山根据地。11日晚,暂住深山区王硇村的八路军一二九师新十旅旅长范子侠得到情报当机立断,决定与驻守高庄村的抗日县政府和区干队取得联系,相互配合,狠狠打击进犯之敌。

是夜，范子侠将战马交给警卫员牵往柴关村，通知驻扎柴关村的八路军战士做好战斗准备。然后，范子侠带着两名战友翻山越岭摸黑来到高庄村。就在这座普通宅院，范子侠和抗日县政府及区干队同志们一起研究部署了抗日工作。一切安排就绪，天麻麻亮了，范子侠没顾得上合眼，动身赶往柴关村指挥八路军部队作战。

那天的天气是什么样子，有云还是无云，刮风还是没有，现在已无人能忆起了。实际情况是：那天，沙河县区干队奉命堵在了高庄通往御路村炮楼的方向，范子侠率领八路军固守在柴关川出口。

天近中午，没有战事。下午，敌人向柴关川扑来。在范子侠指挥下，八路军重创了进犯的敌人。战斗打到下午三四点钟，得知沿线群众全部安全转移后，范子侠才指挥部队撤出战斗。

敌人乘机扑进柴关村，见没有人，随即气急败坏地离开。撤到山顶上观望敌情的范子侠见敌人离开柴关村走远了，便下令战士们抓紧时间回村，造炊补充体能，缓解连续作战的疲劳。谁知，行军锅刚支好，在村头值班的哨兵发现一股本已撤离柴关村的敌人骑兵突然掉转马头转了回来。

哨兵向村子里的八路军官兵发出信号。范子侠迅速指挥部队向附近山头转移。刚到半山坡，就与敌人交上了火。敌人被打退了，部队和群众没有受到损失，但范子侠司令员却被敌人的子弹击中臂膀，因抢救无效，壮烈牺牲。从此，高庄村这所普通宅院便留下了八路军一二九师新十旅旅长范子侠部署沙河县（今沙河市）军民团结抗战的最后身影。

三

高庄村流传着许多脍炙人口的抗战故事。其中，流传最广的是武侠牛金荣的传说。

牛金荣，乳名小麦的，清朝末年生人。少时练过梅花拳（当地人称"花拳"），为人行侠仗义，疾恶如仇，专爱打抱不平，被乡亲们尊为"光棍"（方言，指有权有势者不敢招惹的人）。民国初年，天门会、白莲教、红枪会等各路会匪云集沙河县（今沙河市）丘陵区争夺地盘，抢人、抢钱、抢粮，各自拉杆子壮大队伍。这天，白莲教匪纠集三四十人窜进高庄村抢粮。牛金荣得知消息，马上召集十几位练武的伙计直奔白莲教匪抢粮的那条街。赶到时，白莲教匪有的扛着粮食布袋、有的挟着铺盖包裹、有的牵着耕牛骡驴羊等刚走出巷道。牛金荣大喝一声："哪里来的老杂（方言，指歹徒或匪人）？还不快把东西放下！"

三四十名白莲教匪仗着势众，挥舞大刀、长矛"呼啦啦"围过来。牛金荣对练武人说："伙计们抄家伙，打老杂呀！"带头抡起春秋大刀杀向白莲教匪。其他练武人有的拿长矛、有的舞砍刀、有的举棍棒一齐吼喊着冲上去与白莲教匪展开搏斗。双方打得难分难解，血肉横飞，哭爹喊娘。

白莲教匪首见高庄村人越聚越多，心里发了怵，高喊："快撤退呀——"白莲教匪纷纷抛下抢劫的东西，抱头鼠窜。牛金荣等人穷追不舍，一直追到红土坡（位于高庄村南）下，直到追不上了方才罢休。经过与白莲教匪一场血战，从此再没有土匪胆敢窜进高庄村滋扰。

1941年前后，抗日烽火在高庄村一带熊熊燃烧。为了保家卫国，牛金荣毅然加入国民党抗日队伍。由于少年时代练过武术，艺高胆大，聪明机智，到国民党部队不久得到长官赏识，专门对牛金荣进行了枪弹训练。牛金荣在已经掌握武术的基础上又学会双手打枪，百发百中。这年秋天，长官带着牛金荣登上一座山包，说："金荣，都说你练成了百发百中枪法，能打给我看不？"牛金荣说："打枪百发百中算不得能耐，我可以一枪击中天上飞鸟。"长官不信，说："你要是真有这能耐，我报请司令长官提携你。"说话间，一排大雁从远方飞来，牛金龙拔出盒子枪朝头顶一举，"砰"一声，随着枪响，一只大雁"扑棱棱"跌落下来。长官亲眼见到牛金荣的神枪绝技，突然心生妒忌，返回军营，不但没有向司令长官举荐牛金荣，反而不再重用他了。牛金荣一气之下，离开国民党部队，回高庄老家隐居起来。

1942年，就在日伪第三道封锁线在沙河县（今沙河市）丘陵区筑建不久，抗日区干队一位名叫老唐的人叛变革命，逃进功德汪炮楼当了个小头目。老唐在抗日机关接触过大量抗日文件、机密情报，他的叛变给沙河县（今沙河市）抗日工作带来重大损失。于是，沙河独立营、县游击大队和二区（驻册井、高庄等地）抗日区政府多次指示抗日除奸队抓捕老唐。但狡猾的老唐每次进出功德汪炮楼，都带着伪军做保镖，从不单独行动。这给锄奸工作带来一定难度。这天，地下工作者到高庄村找见已经脱离国民党队伍逃回家乡隐居的牛金荣，说："小麦的，俺想让你干桩事儿，敢干不？"牛金荣说："啥事儿？说出来先让俺听听。"地下工作者就把抗日政府的锄奸计划向牛金荣讲述了一遍。牛金荣听罢一拍大腿说："只要是支持抗日的事儿，俺就敢干。三天后听消息吧！"

这天晚上，旷野一片漆黑。牛金荣只身摸近功德汪炮楼。

"谁？"在炮楼顶站岗的伪军发现了牛金荣。

牛金荣压低嗓门说："俺，高庄村小麦的。"

高庄村小麦的带领村民痛打白莲教匪的故事，早已在沙河县（今沙河市）丘陵区传得妇孺皆知，人人都知道他参加过国民党部队，不是共产党八路军，也不是抗日游击队。于是，炮楼上站岗的伪军说："小麦的，你大半夜跑炮楼来，想干啥？"

牛金荣说："你进炮楼对老唐说，高庄村小麦的有重要情报送给他。"

站岗的伪军把牛金荣的话传给了正在打牌的汉奸老唐。狡猾的老唐害怕有诈，先登上炮楼向下瞅了瞅，见只有牛金荣一人，这才走出炮楼站得远远地问："小麦的，你送的是啥情报？扔过来给俺瞅瞅。"

牛金荣说："我的情报装在肚子里，不可以让旁人听见。你过来，我对着你耳朵说。"

汉奸老唐不知是计，走近牛金荣。牛金荣趁机反剪住老唐胳膊，用盒子枪戳住他的后脊梁："不许喊，跟我走！"

老唐知道拗不过牛金荣，也不敢喊叫，乖乖地跟着牛金荣离开炮楼，走进一条山沟。牛金荣说："老唐，你这个卖国求荣、认贼作父的叛徒，我奉抗日县政府指示，今天就地处决你……"

搜集整理：沙彤

后记

邢台精神的最佳载体

路少河

由邢台市文联、邢台市民协策划的《邢台民间文艺博览》即将与大家见面了。当读完这套图书的初稿，我沉浸在书中所描述的邢台美妙的民间故事、独特的民间技艺、特有的民俗风情之中，不但深感邢台这片土地的神奇和美丽，更为自己家乡文化的博大精深而骄傲和自豪。

邢台地处冀南，西接太行之形胜，东连齐鲁大地之广袤，属于华北平原的一部分，由于这里是古黄河的流经之地，是中华民族的发祥地之一，所以也产生了大量的、丰富的、属于这一区域的原生态文化，其民间故事、民间风俗和民间工艺特色最为鲜明，形态最为古老，文化积淀最为深厚。

邢台民间文艺有一个积累沉淀的过程，是邢台人民的成长轨迹，是邢台的背景色彩，是深入到骨子、浸透到血液里的东西。邢台民间文艺根在传统，因历史而厚重，因历史而丰富。几千年来，邢台人民不仅创造了光辉的英雄业绩，而且创造了独特的地域文化，培植了"土厚水甘，人物产于其间者多实少浮，民俗淳厚，人心古朴。质厚少文，气勇尚义。丈夫相聚游戏悲歌慷慨。男勤耕稼，女修织纫，急公后私，尚于周恤，燕赵慷慨之风犹存"（《顺德府志》）的独特风俗。演绎出了勤劳朴实、善良忠厚、无私奉献的卧牛精神，坚韧不屈、百折不挠、艰苦奋斗的太行精神，崇尚科学、开拓创新、求真务实的郭守敬精神，灵动清澈、生生不息、活力无限的百泉精神等。而这一切，都体现在邢台的民间文艺、民俗文化和特殊技艺之中，形成了邢台独有的文化遗产，也正是有了这些民间文艺的填充，才使得人们庸常的日子充满了诗性，变得意味深长。它们就是邢台精神与邢台风土民情的最好载体，是邢台这片土地的灵魂，是邢台独具特质的、时代人民共同营造的精神家园；彰显着邢台独特的气质和魅力，是一种独特的、能够增强邢台人民凝聚力、归属感和认同感的精神动力源泉。

这套图书努力从各种民间文艺中，去挖掘属于邢台人民创造的、适应社会精神需求的活态文化，让这些根植于民间的瑰宝更真实地展示出来。这也是我们当初为什么要做这项工作的一个初衷，现在，它基本实现了这样的一个目的，读着这些稿子，我的心也释然了。

编撰一套全面反映和展示邢台民间文艺的图书，是我2014年9月任邢台市民协主席时就有的一个心愿，力争为保护、传承和发展邢台民间文艺事业做点实实在在的事。这些年以来一直都没有停止过，不管工作怎样变动，不管有多少困难。我一直认为自己在做一件很有意义的事，甚至是一件很高尚的事。更有幸的是，在搜集、挖掘、整理编辑过程中，让我更多地接触和认识了我市研究邢台历史文化的冀彤军、李振旭、黄俊里等老师，同时也被他们深深地感动着。他们不但是辛勤的耕耘者，更是默默的奉献者。从他们身上，我感受到三点感人之处：一是参与搜集、挖掘、整理、编辑本套图书的专家学者，都把研究民间文艺作为人生的一大追求，只争朝夕，乐此不疲，其求索和奉献精神难能可贵；二是这些老师学者不畏艰险，顶酷暑，冒严寒，在邢台西部山区、中部平原以及东部接近齐鲁大地的几个县开展"民间文化长征"，其艰苦卓绝之奋斗精神，令人感佩，值得称道；三是他们不以文化使者的身份居高临下，而是根植于民，与农民群众交朋结友、称兄道弟，成为百姓的贴心人，这种密切联系人民群众的精神和实践值得称颂。

这套图书的出版既有利于展示邢台人民创造的文化瑰宝，也有助于我们进一步认识邢台文化，也将极大增强邢台的文化实力和竞争力，增强邢台人民的文化自信。

这套图书收集、编纂的内容力求全面、系统、广泛，虽然题材并不

能涵盖或穷尽邢台的山山水水，风土人物，民间艺术，难免有遗珠之憾，但每一篇文章好比是一扇扇的窗，从中可窥见邢台人文精神的内涵和深度。为更直观地把民间文艺做成一个区域名片，书中选择了一些图片，力求从形式上文图并茂，内质上尽善尽美。

这套图书的问世，得到了河北省民协、邢台市委宣传部、邢台市文联等部门的大力支持和帮助，得到了郑一民主席、杨荣国主席、睢金山主席、霍会敏主席等领导的亲切关怀和指导。郑主席、杨主席从一开始就对本书的编撰大纲提出了建设性意见，睢主席从项目筹划到经费落实倾注了很多心血，霍主席更是给予多方关注和重视，经常召开会议进行调度和安排，并亲自为该书撰序。这套图书的问世，也得益于社会各界和广大民间文化人士的倾情支持。在此，谨致以崇高的敬意和真挚的感谢。

文化是民族的血脉，文艺是人民的精神乐园。愿邢台民间文艺这颗融民间传说文化、民俗风情文化、手工艺文化于一体的宝贵明珠，代代传承，更加璀璨！

（作者系邢台市文联原二级调研员、

邢台市民协名誉主席、

邢台市书协主席）

邢台民间文艺博览

民间艺术

李振旭 韩平 编著

路少河 主编

学苑出版社

图书在版编目（CIP）数据

邢台民间文艺博览.民间艺术/路少河主编；李振旭，韩平编著.—北京：学苑出版社，2024.1
ISBN 978-7-5077-6858-9

Ⅰ.①邢… Ⅱ.①路… ②李… ③韩… Ⅲ.①民间艺术—介绍—邢台 Ⅳ.① I218.223 ② J12

中国国家版本馆 CIP 数据核字（2024）第 038281 号

责任编辑：任彦霞
出版发行：学苑出版社
社　　址：北京市丰台区南方庄 2 号院 1 号楼
邮政编码：100079
网　　址：www.book001.com
电子信箱：xueyuanpress@163.com
联系电话：010-67601101（营销部）、010-67603091（总编室）
印　刷　厂：北京兰星球彩色印刷有限公司
开本尺寸：710mm×1000mm　1/16
印　　张：53.5　本册 9.5
字　　数：749 千字　本册 133 千字
版　　次：2024 年 3 月第 1 版
印　　次：2024 年 3 月第 1 次印刷
定　　价：198.00 元（全 3 册）

《邢台民间文艺博览》编委会

顾　　　问　睢金山

编委会主任　霍会敏

编委会副主任　马建英　路少河

主　　　编　路少河

副　主　编　冀彤军　李振旭　黄俊里

编　　　委（按姓氏笔画排序）

马建英　王俊静　刘重刚　孙宗新

李振旭　张雪洲　苗　莉　高玉昆

黄俊里　韩　平　韩　冰　睢金山

甄中慧　路少河　霍会敏　冀彤军

总序一
认识邢台的书

郑一民

这是一部认识邢台的书，也是一部让人精神振奋、爱不释手的读物。

认识邢台有多种渠道，让人精神振奋、爱不释手也有许多方法，乡友路少河先生奉献给读者的法宝是《邢台民间文艺博览》。

何谓"博览"？古今中外一网打尽也。翻阅《邢台民间文艺博览》，就是一部具有这种内涵与价值的宏著。全书共三卷，一是民间故事，二是民间艺术，三是风土民情；内容涉及神话传说、风物特产、名人逸事、艺术奇葩、百工巧匠、节日习俗等，几乎囊括了人生与社会的各个领域。它所讲述的虽只是历史沉淀在邢襄大地上的物质与非物质文化遗产，却是人们认识邢台、解析邢台历史文化密码和地域民族精神特质的工具与钥匙。

俗话讲，拿来那些世人皆知的文化符号容易，若挑选出世人应知的文化符号并砌筑成放射着光芒的宝塔却很难。实现这一目的，不仅需要长期钩沉史海和田野，还要对各种史料进行去伪存真，反复比较筛选与推敲，才会使一部新著产生普及价值和时代意义。《邢台民间文艺博览》一书，通过一篇篇充满浓郁乡音乡情的故事，一项项凝聚着邢襄先人智慧与创造的五彩缤纷的民间艺术，一个个传承千百年的令人陶醉与向往的民间节日与婚丧习俗，把邢台的山川风情、人文历史、当代风貌汇聚成一个认知指南，似画卷一样图文并茂地介绍给世人，使读者犹如畅游在神奇与"乡愁"的海洋，沉浸在中华优秀传统文化构筑的宝塔与殿

堂……

在建设文化强国的伟大征程中，科学梳理总结地域民间文化各种事象并分类诠释，不仅具有地域民族民间文化史志价值和弘扬优秀传统文化的典型意义，也是在实现中华民族伟大复兴中塑造和唱响地域文化形象的战略之举。此事虽然很多地方都在做，但填补邢台这项文化建设空白的却是路少河与冀彤军、李振旭、黄俊里等诸多专家学者。他们独辟蹊径，觅"孤本""善本""珍本"于史海，汇精华与奇葩于大成，用砥砺学品和对家乡的爱，把心中的憧憬与追求化为现实，展现了当代文艺工作者勇于担当、敢于创新的品格与风采！

在国际语境中，人们把民间文化称为"人类文化之母""生发百艺之根"。一个国家，一个民族，一个省份，一个地区，文化之根在民间和传统。无论哪一个时代，没有根的营养，花树不会繁茂；不吸收外来的雨露阳光，瓜果不会香甜。今天的所谓传统，都有一个吸收、容纳、化合、凝聚的过程，没有一成不变的传统，也没有一成不变的当代。历史的花果曾经滋养过从前的人，今天的花果既要在根上生长，又要接纳与时俱进的时代风，经受过今天的雨雪风霜，吸收过今天的雨露阳光，才能使传统更茁壮、更芬芳、更辉煌！

《邢台民间文艺博览》作为一部内容厚重、解析深刻的地域民族民间文化志书范本，既是数以百计文化工作者多年发掘、整理、研究成果的荟萃，也是各位主编辛勤耕耘、升华创新的硕果。在该书即将付梓之际，主编路少河先生盛情邀我写序，欣然提笔写了上述话语，既是共勉，也是自励。

祝贺作者，祝福邢台。愿优秀传统文化的智慧与荣光在当代邢襄大地上——太行泉城，美丽邢台，不断谱写出令海内外瞩目的诗性华章！

（作者系中国民协顾问、河北省民协原主席）

总序二

民间邢台的鲜活血液

霍会敏

在邢台实施文化兴市战略，集中塑造"太行泉城、美丽邢台"城市品牌的当下，由邢台市文联、邢台市民间文艺家协会策划，路少河主编的《邢台民间文艺博览》行将面世，此乃邢台民间文艺文化史上的一件大事，很值得庆贺。

民间文艺是历史遗留下来的璀璨明珠，源远流长。民间文艺是流布久远、代代相传的民间精华，更是地域历史文化的重要组成部分。民间文艺源于生活，扎根于民众，经受了历史长河的洗涤和检验，具有极强的生命力。它通过世代传承沿袭，根植于民间深厚的土壤中，散发出特有的乡土气息，高度概括地体现了人民群众对自然、社会、生产、生活的真知灼见和深邃智慧，描绘出民间文化多姿多彩的艺术画卷，谱写出辉煌灿烂的文明篇章。

邢台历史悠久，人杰地灵，太行竞秀、百泉竞流，太行和泉水成就华北有史第一城。千百年来，人们在这块肥沃美丽的土地上，用辛勤和智慧，孕育衍生了丰富多彩的民间文化艺术，在这古老的历史长河流淌，碧波涟漪，意味深长。这些民间文化艺术，反映了邢台不同历史时期的民俗民风，体现了人们寄托着的希冀、仰慕以及对美好未来的企求。

随着时代的发展，现代科技日益发达，这种古老的民间文艺受到新文化潮流的猛烈冲击，一些民间文艺面临着传承青黄不接、后继乏人的局面。作为一名邢台人，我们有义务和责任去抢救和保护这些非物质文

003

化遗产，让现代青年和下一代人充分认识古老的民间文化艺术的价值，从而更好地去传承和沿袭。

路少河在宣传文化部门有着30多年的工作经历，他任邢台民间文艺家协会主席时，由他首倡、发起的一件事，就是搜集、整理、编著《邢台民间文艺博览》，对邢台区域中的民间文艺做一次全面系统的集成式汇编，这无疑是对民间文艺文化传承、弘扬的一大贡献。我觉得，如果有更多的人来关注民间文艺，研究民间文艺，传承民间文艺，民间文艺这棵参天大树一定会根深叶茂，欣欣向荣。

在这套图书的编纂过程中，全市民间文艺家深入邢台各地基层一线，从民间故事、民间风土民情、民间艺术入手，详尽描写了流传于邢台地区的民间技艺、故事、演艺、工艺、谚语、民俗、节日习俗等，在此基础上编成了这套图书。这套书力求图文并茂，客观地反映邢台民间文艺深厚的底蕴，体现出古老邢台的地方文化特色。

这套图书详细描述了邢台民间文艺和各种有文化内涵的技艺，这是我所看到的记录邢台民间文艺品种最多、最详尽、最生动的一套图书。作者对每一品种都做了详明的介绍：考证了发生年代，描绘了基本情态，论证了主要特点，探索了流播地域，指明了传承情况，论述了文化价值。作者对邢台民间文艺研究的深入，令人钦佩；对家乡文化的一片深情，溢于言表。

在经济社会加速转型的时代背景下，《邢台民间文艺博览》的出版，对传承地域历史文化、促进民间文艺研究、讲好邢台故事、厚植城市精神、共建温暖之城，叫响"太行泉城、美丽邢台"城市品牌必然会有重要和积极的意义。

本书主编少河同志邀我作序，自以为才疏学浅，难堪重任，但他的一片诚挚之意和作者的奉献精神，使我大受感动，于是欣然受命，勉力为之。不当之处，还望各位贤良斧正为盼。

（作者系邢台市文学艺术界联合会党组书记、主席）

目 录

第一章　民间美术

第一节　剪纸 / 002

第二节　神码 / 010

　　一、内丘神码 / 010

　　二、隆尧神码 / 011

第三节　烙画 / 013

　　一、木板烙画 / 013

　　二、纸质烙画 / 015

第四节　葫芦画和蛋壳画 / 017

　　一、葫芦画 / 017

　　二、蛋壳画 / 021

第五节　玻璃画和内画 / 023

　　一、沙河市玻璃画 / 023

　　二、内画 / 024

第六节　掐丝画和麦秆画 / 025

　　一、掐丝画 / 025

　　二、麦秆画 / 026

第七节　泥塑 / 028

第八节　面塑 / 030

第九节　彩绘 / 033

第十节　农民画 / 035

第二章　民间技艺

第一节　烧造技艺 　　　　　　　　　　　　　　／040
　　一、邢窑白瓷烧造技艺　　　　　　　　　　／040
　　二、贡砖烧制技艺　　　　　　　　　　　　／045
　　三、红陶烧制技艺　　　　　　　　　　　　／047
　　四、盆景烧造技艺　　　　　　　　　　　　／048

第二节　雕刻 　　　　　　　　　　　　　　　／050
　　一、石雕　　　　　　　　　　　　　　　　／050
　　二、玉雕　　　　　　　　　　　　　　　　／053
　　三、木雕　　　　　　　　　　　　　　　　／056
　　四、竹雕　　　　　　　　　　　　　　　　／059
　　五、核桃雕刻　　　　　　　　　　　　　　／062
　　六、牌匾雕刻　　　　　　　　　　　　　　／063

第三节　编织 　　　　　　　　　　　　　　　／066
　　一、柳编　　　　　　　　　　　　　　　　／066
　　二、毛线编织　　　　　　　　　　　　　　／068

第四节　土布纺织 　　　　　　　　　　　　　／070
　　一、威县土布纺织技艺　　　　　　　　　　／070
　　二、巨鹿手织汉锦技艺　　　　　　　　　　／071
　　三、沙河市四匹缯布纺织技艺　　　　　　　／073

第五节　刺绣 　　　　　　　　　　　　　　　／075
　　一、刺绣　　　　　　　　　　　　　　　　／075
　　二、老虎枕　　　　　　　　　　　　　　　／076
　　三、虎头鞋缝制　　　　　　　　　　　　　／077

第六节　其他手工技艺 　　　　　　　　　　　／079
　　一、沙河豆面印花技艺　　　　　　　　　　／079
　　二、葫芦拼接　　　　　　　　　　　　　　／080

三、孔明锁制作技艺　　　　　　　　　　/ 081

四、秸秆扎刻技艺　　　　　　　　　　　/ 083

五、线装书制作技艺　　　　　　　　　　/ 084

六、宫灯制作技艺　　　　　　　　　　　/ 086

第三章　民间乡艺

第一节　社火乡艺　　　　　　　　　　　　/ 090

一、泽畔抬阁　　　　　　　　　　　　　/ 090

二、南鱼龙灯　　　　　　　　　　　　　/ 091

三、黑城牛斗虎　　　　　　　　　　　　/ 092

四、西张村跳世平　　　　　　　　　　　/ 094

五、龙化迎火神　　　　　　　　　　　　/ 095

六、崔路闹元宵　　　　　　　　　　　　/ 097

七、划旱船、跑驴舞、拉碌碡　　　　　　/ 098

八、临西县西马村跑竹马　　　　　　　　/ 100

第二节　庙会乡艺　　　　　　　　　　　　/ 102

一、尧山庙会　　　　　　　　　　　　　/ 102

二、神头庙会　　　　　　　　　　　　　/ 104

第四章　民间鼓乐

第一节　鼓舞　　　　　　　　　　　　　　/ 108

一、秦王破阵鼓　　　　　　　　　　　　/ 108

二、招子鼓　　　　　　　　　　　　　　/ 109

三、黄巾鼓　　　　　　　　　　　　　　/ 110

四、鸳鸯鼓　　　　　　　　　　　　　　/ 111

五、长信排鼓　　　　　　　　　　　　　/ 113

第二节 民乐 /115
  一、太平道乐 /115
  二、妙义清心歌 /116

第五章 民间戏曲

第一节 地方戏剧 /120
  一、威县乱弹 /120
  二、威县乱弹推偶戏 /123
  三、南路丝弦 /125
  四、隆尧秧歌戏 /126
  五、临城南调 /128
  六、沙河皮影戏 /130
  七、临西二呼噜 /131
  八、任泽区吵吵戏 /133

第二节 地方曲艺 /134
  一、威县梨花大鼓 /134
  二、徘徊村扇鼓腔 /136

后记 邢台精神的最佳载体 /138

第一章
民间美术

第一节 剪纸

【起源传承】

邢台各区县都有剪纸艺术,人们称之为刻纸、窗花或剪画。创作时,有的用剪刀,有的用刻刀,其载体是纸张、金银箔、树皮、树叶、布、皮、革等片状材料。邢台民间剪纸起源于何时已不可考。在旧时农村,人们常常把剪纸技艺高低作为品评媳妇灵巧或笨拙的标志,农村妇女自然成了剪纸工艺的民俗传承人。

邢台剪纸是民俗活动的重要一项,而丰富的民俗,则为剪纸创作提供了自由驰骋的广阔天地。举凡岁时节令、居住、服饰、诞生、成年、婚葬、寿筵,都在剪纸中得到了反映。

以岁时节令为例,正月初一家家贴窗花,一派喜庆气氛;正月十五闹花灯,灯上要贴剪纸,更加绚丽引人;三月清明,祭品上要摆放剪好的烧纸,表达怀祖之情;五月端午,剪贴"五毒虫"贴在小孩子的鞋上,以避疫病;七月七日乞巧节,姑娘们相聚在一起,剪花样、赛智慧。即使祭奠亲人的节日,也用五色纸剪成寒衣,或做成衣、帽、鞋、被种种式样,在门前或坟地焚烧,寄托生者对亡人的哀思。再从红白喜事来看,结婚时,大门两边要贴上大红双喜字,在陪送的嫁妆上用《鱼儿扑莲》《麒麟送子》《鸳鸯戏水》等大型剪纸覆盖,作为装点,枕头、手帕上的绣花,也是以剪纸为底样绣成的;送殡仪仗中的纸幡、摇钱树、金山银山、轿车大马等,都是用纸剪刻糊制的。

【艺术特点】

剪纸是一种扎根民众之间,与人民生活紧密关联,为千家万户增色添喜的民间艺术形式。这些极普通的剪纸作品,虽不像珍珠翡翠那样华贵辉煌，却牵动着每个人的心灵，伴随着千家万户的生活，具有牵心动魄的艺术魅力。在剪纸艺术天地里，邢台各地农村的能工巧匠尽可以凭借他们的想象剪裁出理想的一切，以形传神，表达出巧意、新意、美意。邢台剪纸的风格，总体来说，具有北方地区粗犷、雄壮、简练、纯朴的特点。

邢台民间剪纸的题材大都是人物、动物、草木花卉，通过谐音、象征等手法，构成寓意性的艺术画面。如《龙凤呈祥》《凤凰戏牡丹》象征婚姻的美满与神圣，《刘海戏金蟾》象征爱情的真挚，《柿子和如意》表示四时如意、平安幸福，《喜鹊登枝》寓意喜上眉梢、喜事盈门。

邢台剪纸的体裁格式，根据民俗与实用需要，因物因事制宜。最常见的是窗花，其尺寸大小根据窗格的具体情况而定，小的寸许，精致灵巧，稚趣横生；大者有四角、六角、八角呼应的"团花"，素雅大方。再比如欢庆春节或操办婚事都要贴"全窗花"，即剪出柿子、如意、牡丹、佛手、莲花、桂花、笙等，祝愿新娘子心灵手巧、早生贵子、美满幸福。

【代表人物】

1. 巩春华

巩春华，女，1979年9月出生，邢台市南宫市人，中国民间文艺家协会会员，北京民间文艺家协会会员，河北省民间文艺家协会会员，"河北省民间工艺美术大师"，邢台市民间文艺家协会理事，2015年邢台市"十大感动网络人物"，2017年河北省最美文化能人。

图 1-1-1　巩春华剪纸作品

巩春华10岁开始学习剪纸，到北京务工后，在北京电子科技学院艺术系完成了美术绘画和电脑设计学习，其剪纸水平得到了更大的提升，其作品多次在全国剪纸大赛中获奖或被中国剪纸博物馆收藏。2010年10月，作品《贺文联》在中国美术馆展出；2011年6月，作品《全心向党》在北京首届"同仁堂"杯大赛上获得了金奖；2015年2月，作品《冬奥之光照中华》获中国剪纸优秀奖；2016年10月，作品《爱的传递》入选"行孝道·善家风"天津西岸剪纸艺术展。其作品于2014年、2015年、2016年连续三年获得邢台市文艺精品创作繁荣奖。

2019年10月1日，中华人民共和国成立70周年，巩春华作为一名"新社会阶层人士代表"参加了国庆群众游行，走过天安门广场，接受党和国家领导人的检阅。

2. 郭现强

郭现强，男，1975年6月出生，邢台市任泽区人，邢台市民间文艺家协会理事，石家庄美术家协会会员，河北省民间文艺家协会会员，"河北省民间工艺美术大师"，河北省民俗文化协会剪纸委员会理事，中国民间文艺家协会会员。

郭现强自幼酷爱书画，主攻山水花鸟，2006年后专心创作剪纸。他汲取前人和名家之长，把书画与剪纸相结合，形成了自己独特的剪纸艺术风格。他对所剪人物和事物的细节把握到位，运用刀剪如梭行流水，剪纸作品线条细腻，巧夺天工。郭现强打破了传统剪纸的单红色，根据情景的需要，金色、蓝色、黑色等色彩完美组合，相得益彰。在题材上与时俱进，从传统到现代，包括人物、动物、花鸟、书法等，开启了剪纸艺术的新篇章。

郭现强多次参加国家级大赛并获奖。2011年，郭现强获得"艺术中国·全国艺术新人金奖"；2013年，其作品《伟人》入选"丰碑颂——纪念毛泽东诞辰120周年全国邀请展"；2016年，其作品《梅兰竹菊（一）》获得"三秦杯"全国剪纸邀请赛金奖；2017年，其作品《梅兰竹菊（二）》获"潼关杯"全国剪纸邀请赛金奖；2017年12月，其作

图 1-1-2　郭现强剪纸作品

品《春色》《岁寒三友》入选第三届中国（深圳福田）剪纸艺术展。郭现强的《竹子》四条屏被国家美术馆收藏，《梅兰竹菊》四条屏被中国剪纸博物馆收藏。2018年10月，其作品《溪亭客话图》在"盛泉杯"大美荣城全国艺术展中获得"最佳剪纸艺术作品"奖；2019年1月，其作品《和谐新社会》在第七届中国剪纸艺术节暨全国剪纸优秀作品展中获得"优秀奖"，并被中国蔚县剪纸博物馆收藏；同年，其作品《大吉祥》在泰国艺术设计厅展出，荣获一等奖，泰国亲王颁发证书，作品被泰国艺术设计厅永久收藏；2019年8月，其剪纸扇子《猫趣》入围由河北省文化和旅游厅举办的"2019河北文创精品展"；2019年9月，其作品《聆听》入围由文化和旅游部、中国旅游协会举办的"全国红色旅游文创产品和红色旅游演艺创新成果展"；同年10月，郭现强被邢台市评为"2019年度邢襄文化之星"；同年12月，郭现强荣获第二届河北文艺贡献奖。

3. 赵会庆

赵会庆，男，1963年3月出生，邢台市信都区人，大学学历，"中国非遗研培计划"天津美术学院第三期普及培训班（剪纸艺术）结业，现任邢台市信都区文化馆馆长，中国工艺美术家协会会员，中国书画研究院理事，"河北省民间工艺美术大师"，邢台市美术家协会、民间文艺家协会常务理事，信都区美术家协会主席。

图 1-1-3　赵会庆剪纸作品

赵会庆从事剪纸艺术30余年，剪纸作品简练古拙，善于变形，刀法娴熟泼辣，具有鲜明的个人艺术特色。其作品在市级以上权威大展中获奖近百次，数件作品照片入编《中国民间艺术通鉴》《中国剪纸艺术名家大典》等书，其艺术简历被收录于《中国书画家大典》《世界艺术大典——中国艺术》中，其本人先后被授予"河北省民间工艺美术大师""河北省民间工艺美术家""中国民间剪纸工艺大师""邢台市文化手工艺领军人物"等荣誉称号。

赵会庆1995年获"河北省民间剪纸艺术博览会"剪纸艺术一等奖，2006年获"首届民间艺术高层论坛"全国剪纸艺术银奖，同年5月获"晋冀鲁豫首届民间艺术节"剪纸艺术一等奖，2007年获"首届中华民风民俗书画工艺品大展"优秀奖，2010年获"中国喜迎上海世博会公益书画展"银奖。

4.任书恒

任书恒,男,1979年7月出生,邢台市南宫市人,"邢台市民间工艺美术大师(剪纸类)",邢台市民协会员,南宫市美术家协会会员。

2009年偶然接触剪纸,任书恒就深深爱上了这门民间工艺,四处拜访民间剪纸艺人,学习工艺剪纸的制作,取各家之长,融会成了一整套适合自己的独特的剪纸技术,包括剪纸的设计、剪刻以及装裱。任书恒于2009年6月成立了凤朝阳剪纸工作室。自此以后,在维持生计的同时,他刻苦钻研,不断进步,在继承传统手法的基础上,不断创新,做到了"千剪不断,万剪不乱"。其作品工法自然,线条流畅,风格独特,人物剪纸形神兼备,山水景物栩栩如生,制作的古代名画剪纸,气势磅礴,线条流畅自然,画面层次分明,疏密得当。任书恒应聘于南宫市职

图1-1-4 任书恒剪纸作品

教中心，主管非遗进校园工作，依靠自己积累的经验和总结的剪纸刀工"十六字"指导方法，先后传授幼师、微机、数控等专业学生90多人，创作优秀作品300余幅，传承了技艺，拓展了学生的技能。其工作室培育剪纸艺人30余人，其中有10余人成为职业剪纸艺人。

5. 刘三冰

刘三冰，男，1957年3月出生，邢台市内丘县文化馆美术工作者，河北省美术家协会会员，河北省民间艺术家协会会员。

刘三冰剪纸具有典型的北方纸具特征——构图粗犷浑厚，刀法单纯简练，意象醇厚豁达。其作品题材内容与农业、农村、农民生活密切关联，有春播、夏锄、秋收、冬藏的生产过程，有村民饲养的鸡、鸭、猪、牛、羊等动物，有百姓喜闻乐见的老虎、猴子、狮子、牡丹、荷花、梅花、麦、谷、稷等动植物，有五谷丰登、连年有余、福寿双星等喜庆文字，有人们耳熟能详的《穆桂英大破天门阵》《抬花轿》《包青天》《牛郎织女》等戏曲故事和民间传说。20世纪90年代初，他的剪纸作品《土神》获陕西省美术家协会授予的"东方剪纸大赛优秀奖"。1997年，刘三冰赴西班牙展演剪纸艺术；同年，其作品《扫盲》获中国民俗协会颁发的"中国民间艺术大奖赛三等奖"。2015年，其创作的剪纸连环画

图 1-1-5 刘三冰剪纸作品

《扁鹊传说故事》3 册由河北美术出版社出版。2016 年，其创作的剪纸组画入选"中国丝绸之路剪纸艺术展"。

6. 董丽敏

董丽敏，女，1968 年 12 月出生，邢台市隆尧县人。受外祖母和母亲影响，董丽敏自幼喜爱剪纸，其作品具有浓郁的地方文化特色，尤其擅长剪历史人物；同时，其作品具有剪裁彩绘兼施，线条简洁流畅，形象传神生动的特点。2018 年，董丽敏剪纸作为礼品赠送给参加全球李氏恳亲大会的来宾。

图 1-1-6　董丽敏剪纸作品

第二节 神码

一、内丘神码

【起源传承】

内丘神码是汉族百姓信仰祭祀用品，属于年画的一种，起源于人们对自然神灵的崇拜。春秋时期，人们直接将祭祀的神灵像画在石壁或墙壁上。后来石雕和泥塑神像，使神像保存得更完好、更持久。隋唐时期，邢窑白瓷兴起并逐步走向昌盛，内丘一带开始烧制白瓷神像。随着造纸术和雕版印刷术的发展与广泛传播，内丘神码完成了从画像、石雕、泥塑、烧制到手工刻板印刷的演化，到明清时期达到鼎盛。内丘神码是内

图 1-2-1　内丘神码

丘及附近地区的年俗、民俗和民间信仰的重要载体，显示了人类敢于驾驭万物万神的精神，作为华夏农耕社会遗存下来罕见的原生态文化艺术，被誉为"中国木刻版画的活化石"，不仅是邢台市非物质文化遗产，也于2006年6月成功入选河北省第一批非物质文化遗产项目。

【艺术特点】

内丘神码具有浓郁的乡土气息和地方特色，形式上可以分为小、中、大三类，张贴的位置和方向有严格的规定；内容上分为自然神、生活神、儒释道神，多以驱灾辟邪、纳福迎祥为主题，构图均衡饱满，造型丰富多变，线条抽象简洁，极具装饰性与古拙感；用杜梨木、梨木等材质较硬、柔韧适中的木板雕刻成版，用白线纸、黄粉连纸、红色蜡光彩纸进行印染，多采用黑、红、黄、绿作为主色调，色彩单纯明快，凸显出喜庆祥和的节日气氛。

【代表人物】

魏进军，男，1959年8月出生，邢台市内丘县人，系内丘神码第十四代传人，能全部掌握神码整套刻、印工序。2008年，他被认定为河北省非物质文化遗产内丘神码代表性传承人。

二、隆尧神码

【起源传承】

隆尧一带的木版印刷品神码，亦称"纸码""百份"等，约始于明代后期。隆尧民间神码的产地，主要集中于北楼、东良、双碑一带。相传当年北楼村张老龙到武强批发年画、神码贩卖，后因弥补品种之缺，自刻自印自销。后北楼村出现四五家刻坊，最多时全村有几十户人家从事印刷活动。

在隆尧县广大农村，每逢春节来临之际，家家户户都要在家中庭院贴上印有喜神、财神等民间诸神的神码。它们点缀着迎新除旧的节日气氛，寄托着农民避灾纳福、逢凶化吉的祈愿和对美好生活的向往。

【 品种内容 】

隆尧民间神码有大小两种形式，彩色、黑色较多。小神码为单人神，其面积最大仅有10厘米×18厘米，主要以井神、喜神、仓官、南海、财神、八仙等民间诸神为主；大神码主要包括家堂、全神、天地神、灶王等民间诸神，最大面积一般不超过50厘米×40厘米。隆尧神码内容以各种传统神像为主，除此之外，又出现了"鸡神""猪神""车神"等新的神灵，在表现车神的神码中，已有吉普车、拖拉机、轿车等纹样。由此不难看出，隆尧神码在不断求新发展，其中蕴藏着民俗、宗教、神话等多种艺术内涵。

图1-2-2　隆尧神码

【 艺术特点 】

隆尧神码印制方法较为简便。首先在梨木或杜梨木上雕刻出不同纹样的神像，刷上墨即可刷印。小神码主要是用淡黄、浅红等色纸，刷印一次即成；大神码主要用纯白纸，要根据色彩的不同，每一色印一次。隆尧神码的艺术风格虽起源于武强年画，但又在长期发展中形成了自己的风格，色调比武强年画更趋单调，以适应成本低廉、薄利广销的需要。小神码构图饱满，线条苍劲而古拙、粗犷浑厚，给人一种既神秘又有力度的艺术感觉；大神码色彩纯净艳丽，简洁明快，装饰意味较浓。

第三节 烙画

一、木板烙画

【艺术特点】

烙画又称火笔画,中国传统艺术珍品,用火烧热烙铁在物体上熨出烙痕作画。烙画创作在把握火候、力度的同时,注重"意在笔先、落笔成形"。烙画不仅有中国画的勾、勒、点、染、擦、白描等手法,还可以烫出丰富的层次与色调,具有较强的立体感,酷似棕色素描和石版画,因此烙画既能保持民族传统绘画的风格,又可达到西洋画细致的写实效果,具有独特的艺术魅力,给人以古朴典雅、回味无穷的艺术享受。

【代表人物】

卢金芳,男,1961年12月出生,邢台市开发区人,中国工艺美术家协会会员,"河北省民间工艺美术大师","河北省民间工艺美术家",河北省民间文艺家协会会员,河北省美术家协会会员,河北省书法家协会会员,邢台市美术家协会会员,邢台市书法家协会会员。

卢金芳自幼酷爱绘画,艺趣广泛,师从天津画家王连桂先生学习绘画,有扎实的美术功底。1989年,开始自学烙画,在继承传统烙画基础上勇于探索,大胆创新,中西合璧,彩烙并用,将国画、油画等技法融于烙画。其烙画作品古朴典雅,清秀率真,风格独特,别出心裁。1999年,作品《雄鹰》荣获庆祝新中国成立五十周年邢台县首届民间艺术展一等奖;2001年,作品《童年的回忆》荣获河北省民间手工艺品大赛一等奖;2005年,作品《母爱》荣获河北省首届民俗博览会金奖;2008

年，烙画作品《少妇》荣获邢台市首届手工艺品展览会一等奖；2009年，作品《等候》荣获北京市书法绘画摄影大赛一等奖；2011年，作品《山妹子》荣获邢台县第二届民间艺术展一等奖；2013年，作品《山色秀美》荣获天津市第三届农民工艺术节手工艺术优秀作品奖；2014年，作品《山村记忆》荣获第四届中国国际民间艺术精品博览会优秀奖；2016年，作品《踏雪》荣获第十二届中国（深圳）国际文化产业博览交易会全国烙画艺术作品展金奖；2018年，二十幅烙画作品收入中国邮政《启航新时代——庆祝改革开放四十周年》"大型文献类珍藏邮册"，作品《白云山仙境图》荣获邢台市文艺创作繁荣奖，作品《云山仙境》荣获庆祝改革开放四十周年天津市京东民间艺术展银奖，作品《牧牛》荣获河北省文化创意设计大赛入围奖；2019年，三幅烙画作品入选"中国梦·烙画情"中国（安次）烙画艺术与文化产业展览会。30年来，卢金

图 1-3-1　卢金芳木板烙画作品

芳烙画作品销往全国各地，数百幅绘画精品和烙画精品被国内外企业及个人收藏。

二、纸质烙画

【艺术特点】

纸质烙画是在传统木板烙画的基础上，借鉴中国画的笔墨技法和审美标准，运用电烙铁、打火机、喷火枪等工具直接在各种纸上作画（包括宣纸）。烙画时，通过对烙铁速度、温度和角度的精确把握，运用火与纸的巧妙融合，采用中国画的勾、点、拖、擦、铺、皴、渲等技法，使作品既有中国画"黑白灰"的墨韵，又有西洋画"光面体"的神采，演绎出纸质烙画的神奇。山水、人物、花鸟、书法都能用独特的烙画艺术技巧达到"用烙铁画中国画"的艺术效果。

【代表人物】

赵健国，男，1954年5月出生，邢台市襄都区人。从部队退役后，他转业到邢台拖拉机厂工作。工作之余，赵健国热爱画画，画猛虎、画绿竹、画人物；他热爱根雕艺术，到太行山区寻找树根，经过细心加工，雕刻出一个个动物、人物，千姿百态、栩栩如生。2009年起，赵健国开始在纸上实验烙画，先用铅笔画出草样，然后小心谨慎地在纸上烙。如果烙时间长了，纸张就被烫糊了；如果用力太轻了，纸张上就不留痕迹……困难可想而知。经过苦练，经过失败，赵健国终于攻克难关，掌握了纸上烙画的技巧。

2010年，赵健国萌生了一个想法——将水浒人物烙成纸画。他查阅资料，认真思考，反复推敲，悟出了各个人物的艺术形象。经过两年的不懈努力，克服了重重难关，终于在纸上烙成了几张大型画像；之后，又烙了一百零八张个性鲜明的人物肖像并装订成册。这些烙画形象逼真，形态各异，活灵活现，栩栩如生。

图 1-3-2 赵健国纸质烙画作品

第四节　葫芦画和蛋壳画

一、葫芦画

【起源传承】

葫芦作为大众喜闻乐见的吉祥物，自古以来陪伴着人们的生活，可以食用，可以作为生活器皿，也可以做生产工具。另外，因为葫芦和"福禄"谐音，在传统社会，人们往往在建筑构件中装饰葫芦，以祈求生活富贵。在现代社会，葫芦的观赏性和实用性又有了更大的拓展，艺术表现形式也是丰富多样，如烙画、压花、雕刻、彩绘、漆艺等等。

葫芦雕刻作品，和其他民间手工艺制品一样，是以贫苦手艺人走街串巷维持生计的方式存在并延续下来的。手艺人大多文化水平不高甚至大字不识一个，具备的无非是灵活的头脑和对生活的丰富体验，但他们取之不尽的民间题材和赋予作品的人性与个性，不仅给人们带来把玩的快乐，还产生了一定的文化价值和艺术价值。

由于现代艺术的进一步繁荣，葫芦雕刻得到大力推动和发展，创作方法多样，表现形式更为丰富，多以写实性手法表现花鸟鱼虫、祥瑞走兽、人物山水、戏剧经典、神话传说等，寓意与富贵、长寿、子孙繁盛等密切相关，文化内涵极其丰富。

雕刻葫芦是中国葫芦文化的重要组成部分，以前的作品多为手工刀具雕刻，随着电动雕刻工具的改进和推广，葫芦雕刻图案更加精细和具有立体感，雕刻的动物、人物表情生动，精致细微，毛发可见。

【艺术特点】

葫芦雕刻，显而易见就是用专业的刻刀在葫芦上雕刻文字或图案，利用葫芦本身的材质、特有的外形，表现作者对生活的情感和感悟，展示自身创作技法。葫芦雕刻的特征是在立体型的葫芦的表面完成作品，因此雕刻图案可以是单面的也可以是立体的，形成了一种独特的艺术表现形式。

【代表人物】

1. 王刚

王刚，男，1968年4月出生，湖南省邵阳市人，葫芦雕刻艺人，"邢台市工艺美术大师"。业余时间酷爱葫芦雕刻艺术，于2013年正式创办枕匏轩葫芦雕刻艺术工作室。自号枕匏轩主。幼时即酷爱书画，潜心笔墨，临池不辍。后与葫芦结缘，全身心投入对葫芦艺术的探索中，潜心于葫芦雕刻，从技法着手，吸取百家之长，取长补短，不断创新，并逐渐形成了自己独特的艺术风格。多次参加山东、天津等展会并屡次获奖，被《中国葫芦艺术作品集》收藏刊登，其作品多被同道及国内外葫芦爱好者收藏。

图 1-4-1　王刚葫芦画作品《达摩问禅》

2. 许国强

许国强，男，1972年2月出生，邢台市襄都区人，邢台市美术家协会会员，邢台市民间文艺家协会会员，与上海珩丞文化发展有限公司签约，烙画艺人。

图 1-4-2 许国强葫芦画作品　　图 1-4-3 张西兰葫芦灯罩　　图 1-4-4 张西兰葫芦罐

3. 张西兰

张西兰，女，1972年6月出生，邢台市信都区人，毕业于邢台学院美术系。自幼喜爱绘画，师从刘文林先生，后受教于赵立民老师、李清洲老师，现为河北省美术家协会会员。2010年起喜爱葫芦文化，开始潜心研究葫芦制作工艺，创作出一系列葫芦作品，用葫芦雕刻、葫芦烙画、葫芦彩绘等工艺技法制作出优美的葫芦摆件、葫芦把件、葫芦挂件等传统工艺作品，又在传统工艺基础上研制出一系列精美的葫芦灯、葫芦毛衣链、葫芦茶叶罐等既有装饰性又有实用价值的葫芦产品，并多次在全国级的展览中展出，获得2015年第十届中国文化产品交易会工艺美术优秀奖。

4. 崔刚毅

崔刚毅，男1983年6月出生，邢台市沙河市人，2007年毕业于河北大学工商学院国际经济与贸易专业。2014年创办沙河市葫芦种植示范基地。2016年创办邢台护禄旅游开发有限公司，培育20多个葫芦品种，创新多项制作工艺，获得葫芦去瓤机、新材料内胆葫芦容器等三项国家技术专利；将葫芦销售到天坛、北海、鸟巢等著名景

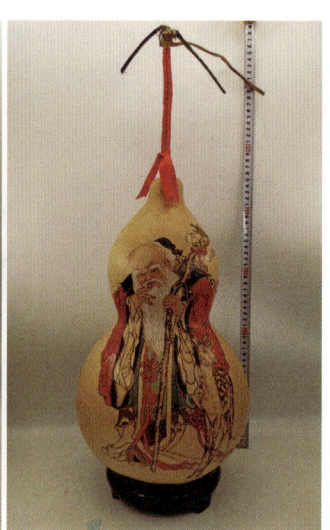

图 1-4-5　崔刚毅葫芦画作品《茶》　　图 1-4-6　崔刚毅葫芦画作品《八仙赐福》　　图 1-4-7　崔刚毅葫芦画作品《寿星》

点；与多家著名景区合作共建国内首家葫芦主题公园"护禄园"，内设园艺长廊、工艺展厅、主题餐厅、美术馆、绘画馆等八大葫芦主题板块，目标是形成一个中国优秀文旅品牌。2019年被评为河北省葫芦工艺非物质文化遗产传承人。

5. 孙朝剑

孙朝剑，男，1975年2月出生，邢台市平乡县人，邢台市民间工艺美术家。自幼酷爱美术，受中国国画艺术影响，对绘画产生浓厚的兴趣，自学绘画。2009年接触到葫芦烙画，自此以烙画为主，潜心研绘。其作品采用"火绘工艺"将葫芦的木制

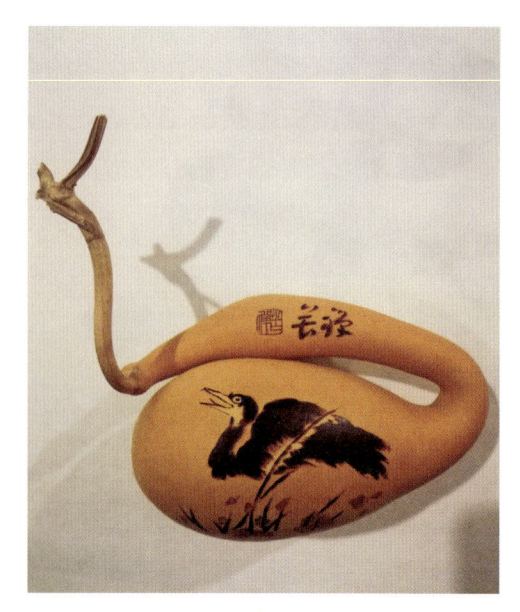

图 1-4-8　孙朝剑葫芦画作品

材料与中国传统的烫画技法相结合，以烙铁代笔，运用国画的白描、写意、工笔等手法，在葫芦上创作出不同韵味的人物、山水、花鸟、走兽等作品，形成独特的艺术风格，给人耳目一新、不媚不俗的感觉，成为一种集拙朴自然和高雅精美于一体的民间艺术品，具有极高的欣赏价值和收藏价值。其葫芦烙画作品接地气，受欢迎，其制作的自行车产业图标、历史文化、人物故事葫芦烙画被当地政府馈赠友人。

二、蛋壳画

【起源传承】

远在明清时代，民间在婚庆、祝寿、祝福喜得贵子时为图吉祥如意，就有了赠送红皮鸡蛋的习惯，后来又在鸡蛋上画上花鸟鱼虫和脸谱等图案，经过长期演变，工艺逐步提高。如今，人们将鸡蛋钻孔掏空，在蛋壳表面雕刻精美图案，最终形成了有较高欣赏价值的艺术珍品——蛋雕艺术品。

【艺术特点】

蛋雕是一种具有收藏价值和欣赏价值的精美艺术品。它融绘画与雕刻于一体，先在蛋壳上绘画图案，再运用阳刻、阴刻、线刻、浮雕、镂空、镶嵌等多种复杂多变的雕刻技法，创作出蛋雕艺术品。蛋雕作品主要有两种：一种是用雕刻刀在表面颜色较深的蛋皮壳上雕刻人物、山水、花鸟等图案，类似于美术中的素描；另一种是选用质地较厚的鹅蛋壳、鸵鸟蛋壳作为材料，以浅

图1-4-9 于迎年蛋壳画作品

浮雕或镂空的手法进行雕刻，作品给人赏心悦目的感觉。

【 代表人物 】

于迎年，1963年12月出生，山东省枣庄市人，河北省摄影家协会理事、邢台市摄影家协会理事，2017年被评为"邢台市民间工艺美术大师（雕刻类）"。他自幼酷爱美术和雕刻，自1986年参加工作以来，自学篆刻和蛋雕。2008年创作的"福娃"系列蛋雕作品广受好评；2017年参加国际工艺品比赛，荣获蛋雕作品三等奖。在长期的艺术创作实践中，于迎年不仅摸索出了挑选鸡蛋、处理蛋壳的门道，还练就了短短几秒钟就能刻出五六刀线条轮廓的娴熟刀功；经过不懈的努力，无论是蛋壳表面的浅雕，还是穿透蛋壳的镂雕，无不纤毫毕现，雕工细腻，线条流畅，层次分明，作品惟妙惟肖，令人叹为观止。

第五节 玻璃画和内画

一、沙河市玻璃画

【艺术特点】

玻璃画就是在玻璃上雕刻各种图案和文字,立体感较强,可以做成通透的和不透明的,也可以彩绘之后再加胶,防止颜色脱落。

【代表人物】

侯春娥,女,1968年1月出生,邢台市沙河市人,沙河市宝石来玻璃有限公司总经理。她凭借顽强的意志和大胆的创新精神,率先提出了"将产业玻璃艺术化,将艺术玻璃产业化"的口号并付诸行动,使宝石来艺术玻璃在沙河的玻璃深加工市场乃至全国的艺术玻璃市场站稳了脚跟。侯春娥在玻璃中注入现代文化元素,尝试将古人的绘画技巧和今人的调色风格相结合,把名师张大千的泼墨泼彩绘画技法应用于玻璃表面的荷塘和山水之上,效果奇特,得到了专家和客户的一致好评。在大力发展艺术玻璃的基础上,她又开始着手策划创建中国最大的玻璃文化创意产业园。

图 1-5-1 侯春娥玻璃画作品

二、内画

【起源传承】

内画是我国特有的传统工艺，它的产生起源于画鼻烟壶。内画的画法是以特制的变形细笔，在玻璃、水晶、琥珀等材质的壶坯内，手绘出细致入微的画面，格调典雅、笔触精妙。现代内画艺术源于京派，分为京、冀、鲁、粤、秦五大流派，其中尤以冀派内画规模最大、发展最快、影响最大，已入选国家非物质文化遗产保护名录，冀派内画的发源地——河北衡水，还被文化部命名为"中国内画之乡"。

【艺术特点】

内画具有布局巧妙、线条优美、意境深远、色彩雅丽、气韵生动的艺术特点。

【代表人物】

李瑞，女，1987年5月出生，邢台市信都区人，现为衡水习三内画艺术有限公司画师。自幼对绘画有浓厚的兴趣，2008年初开始接触内画，后入衡水习三工艺美术学校学习，主修山水画，经诸位老师的精心指导，内画技艺有了长足进步。2010年，在衡水市残疾人艺术作品展览中，其内画作品被评为铜奖。2014年，在邢台市第三届残疾人职业技能竞赛展示展演中，其作品获得优秀奖。她勤奋好学，刻苦钻研，绘制了大量优秀的内画作品，逐渐形成自己的独特风格——作品画工精细，设色清秀，意境幽远，深受群众喜欢。

图 1-5-2 李瑞内画作品

第六节　掐丝画和麦秆画

一、掐丝画

【艺术特点】

掐丝画是一种传统的纯手工工艺制品，是利用氧化铝和天然颜料（彩砂）在木板、塑板或金属板上作的画。画面主色调与底色采用现代新技术及配色技巧，画面清晰，构图新颖，色彩丰富艳丽，粒粒彩砂晶莹剔透，闪闪发光。它既有工笔画的精巧细致，又有油画的实景质感，也有水彩画的空灵透明。掐丝画主要有绘画、掐丝、着色、上漆和装框五道工序，每道工序都由手工完成，这就要求制作者不但要技术娴熟，还必须要有一定的绘画基础和审美能力。

【代表人物】

杨延刚，男，笔名杨彦刚，1978年5月出生，邢台市平乡县人，邢台市民间文艺家协会会员，平乡县景泰蓝工艺传承人。杨延刚自幼喜爱

图1-6-1　杨延刚掐丝画作品

美术，从事景泰蓝掐丝珐琅画制作已有近20年时间，心灵手巧，精益求精。早年于北京制作传统的景泰蓝珐琅器，后来在传统景泰蓝掐丝珐琅器制作基础上独创一套平板景泰蓝掐丝珐琅画制作工艺，历经十几年磨炼，技艺日臻成熟；之后，到全国各地教授新型平板景泰蓝掐丝珐琅画制作技艺，学生遍布大江南北，有效地传播和发扬了景泰蓝工艺这项国粹。杨延刚的事迹被各大媒体报道，作品远销各地，深受大众喜爱。

二、麦秆画

【起源传承】

麦秆画是中国独有的特色工艺品之一，中国民间剪贴画的一种。麦秆画源于春秋战国时期，据考古发现，自秦朝起，麦秆画就被作为高档饰品，悬挂于殿堂楼阁、豪门贵舍之中，后多用作宫廷饰品。东汉初年，隆尧人视麦秆画为接福迎祥之草，把利用麦秆的自然光泽、纹理和质感创制出来的麦秆画贡奉朝廷，作为宫廷专用工艺品，悬挂大雅之堂，成为"天下一绝"。明清时期，麦秆画制作趋于兴盛。

【艺术特点】

麦秆画具有光泽透亮、装饰效果好、艺术感染力强等优点，制作出的人物、花鸟、动物栩栩如生，活灵活现，给人以古朴自然、高贵典雅之美。其用料安全环保，形象生动逼真，不但有很高的艺术价值，同时还有较高的欣赏、收藏价值，是"中华一绝，民间瑰宝，国际金奖，艺术珍品"。麦秆画制作工序十分复杂，整个制作工序全凭手工完成。需先将麦秆浸泡、熏蒸、漂洗，然后剖开整平，再进行熏烫，充分利用麦秆本身的自然光泽和质地，结合温度的高低变化，对熏烫部位分轻重缓急灵活处理，技术上吸收融合国画、版画、剪纸、烙画等诸多艺术手法，使麦秆表面形成深浅不同的层次和色变，之后再经剪、裁、印、贴等工序，才能制作出既古朴典雅、富丽堂皇，又惟妙惟肖、栩栩如生的艺术作品。

图 1-6-2　董磊麦秆画作品《平面压花——春、夏、秋、冬》

【 代表人物 】

董磊，男，1981年11月出生，邢台市隆尧县人，2007年被评为"邢台市民间工艺美术大师（麦秆画类）"。2009年，其作品《平面压花——春、夏、秋、冬》荣获第七届中国花卉博览会（山东展区）平面压花类金奖；2019年，其作品《相伴》和《腾飞》荣获第九届中国花卉博览会展品类（插花花艺平面压花）铜奖。

第七节　泥塑

【起源传承】

彩塑是以黏土加上纤维物、河沙和水揉合成的胶泥为材质,在木制的骨架上进行形体塑造,阴干后填缝、打磨,再着色描绘的民间手工艺术作品。在邢台市开发区柴家庄、沙河市白塔、任泽区沙岗等仰韶文化遗址中均发现了彩陶片。自东汉明帝永平十年(67年)佛教经西域传入邢台,并在南宫城建立了华夏大地上第一座寺庙——普彤寺,彩塑佛像艺术随之传入。邢台历史上有开元寺、天宁寺、净土寺、玉泉寺、封峦寺、普利寺等知名寺庙,客观上促进了宗教彩绘造像艺术的发展。同时,道教等其他宗教也开始"立像传教",同样留下了精妙绝伦的彩塑佳作。为丰富物质生活和精神生活,民间出现了彩塑泥人工艺品。现存邢台民间彩塑可以分为寺庙神像彩塑和儿童玩偶彩塑两大类,最初是为满足民间祭祀的需要而产生的。明清时期,民间彩塑广泛流传,塑造大大小小的各种神像和玩偶是彩塑艺人的生存需要。民国年间和中华人民共和国成立后,彩塑玩偶继续在邢台城乡集市上流行。"文革"之前,城乡寺庙中都有彩塑神像,集市上售卖的彩塑泥人和彩塑小动物受到儿童们的喜爱。90年代后,随着各种新式玩具的出现,农村集市上已很少能见到彩塑玩偶。随着宗教信仰自由政策的恢复,20世纪八九十年代,城乡寺庙得到修复和重建,彩塑神像逐步增加,出现了一批民间彩塑艺人。

【艺术特点】

彩塑造型整体感强,形态优美生动,以形写神,形神兼备,色彩浓郁艳丽,色调明快。

图 1-7-1　刘丽军泥塑作品《牧童》　　　　图 1-7-2　夏媛媛软陶手塑作品

【代表人物】

1. 刘丽军

刘丽军，男，1963年3月出生，邢台市襄都区人，中国工艺美术家协会（泥塑）会员。从小酷爱绘画艺术，师从邢台县（今信都区）文化馆王连贵、张忠信老师。改革开放后，以做家具、搞装修为经济基础，学习泥塑、面塑、古建彩绘等传统民间艺术。20世纪90年代后，一直从事民间寺庙彩塑，作品遍布邢台、任泽、南宫等地，并到承德、河南、内蒙古从事彩塑工作。2014年被评为"邢台市民间工艺美术大师（泥塑类）"。

2. 夏媛媛

夏媛媛，女，1991年8月出生，邢台市平乡县人，软陶手塑师，邢台市民间工艺美术家。利用互联网，开微景观小店，在网上销售成品并接受私人订制。其作品个性、时尚、新颖，适应市场需求，受到人们的青睐。

第八节　面塑

【起源传承】

面塑是中国特有的一门民间艺术，俗称"捏面人""面花""花食""花馍"。起源于汉代，已有2000多年的历史。

面塑首先出现在以面食为主的北方。在农村的大小节日和各种庆典时，人们都要用发酵的面团做出自己喜欢的各种样式的花馍，如石榴、荷花、蝴蝶、龙、凤等，蒸熟以后再点染颜色。经过不断地发展，独立的面塑艺术从食品中分离出来，自成体系。做面塑的面团不发酵，并采取了防腐、防裂措施，颜色也不再是点染，而是揉进面团里，这使得面塑的观赏性更强了。旧社会的面塑艺人"只为谋生故，含泪走四方"，挑担提盒，走村串乡做面塑，深受人们喜爱，但其作品却被视为一种小玩意儿，登不上大雅之堂。如今面塑艺人受文人艺术和学院派的影响，其作品风格、题材都有了很大变化，由街头制作的民间玩意儿，发展为案头陈设的艺术作品。2016年，面塑艺术收入邢台市级非物质文化遗产代表性项目名录，正式走入了艺术殿堂。民间面塑艺人发扬了传统彩塑的艺术特点，面塑作品形象生动，更加精细。

【艺术特点】

色彩鲜艳、简洁明快、质朴敦厚，令人爱不释手。

【代表人物】

1. 郑龙彪

郑龙彪，男，1985年10月出生，邢台市平乡县人，毕业于廊坊师

图 1-8-1　郑龙彪面塑作品　　　　图 1-8-2　毛巧英面塑作品

范学院雕塑系，现为廊坊市众甫雕塑有限公司艺术总监，三合堂面塑艺术馆馆长，平乡县美术家协会副主席，平乡县面塑、泥塑非物质文化遗产传承人。

2. 毛巧英

毛巧英，女，1971年4月出生，邢台市任泽区人，任泽区面塑代表人物，邢台市民间文艺家协会理事。师从北京著名艺人"面人汤"的亲传弟子李保春，在面塑艺术上逐步形成自己的独特风格，并在面料配方、着色等方面具有独到的研究，曾获河北省首届民间技艺表演赛优秀奖，曾作为邢台电视台春节联欢晚会邀请嘉宾、任泽"艺台秀场"邀请嘉宾，展演面塑技艺。其作品特点是不褪色、不变形、不皲裂，可以永久收藏；塑造内容广泛，包括各类历史人物、电视动漫人物、动物、花卉、鸟类、大型塑像，特别是对现场人物的捏塑有独到之处，模仿得惟妙惟肖，堪称一绝。

3. 毛少辉

毛少辉，女，1973年6月出生，邢台市任泽区人，邢台市民间文艺家协会理事。自幼向姐姐、父亲学习面塑技艺，擅长塑造花鸟虫鱼、十二生肖、古代人物，形象逼真，栩栩如生，色彩鲜艳，别具一格。其作品细微精致且易于保存，受到群众喜爱，曾被多家媒体宣传报道。

第九节　彩绘

【起源传承】

中国建筑彩绘可以追溯到2000多年前的春秋时代，到隋唐时期开始大范围运用。作为两次建都、三次封国、建制一直未中断的古城，邢台城在历史上自然有不少古代建筑。古代官府建筑的梁枋、柱头、窗棂、门扇、雀替、斗拱、墙壁、椽子、栏杆等处往往施以彩绘，官家寺庙道观建筑也进行彩绘装饰。这种时尚影响到民间，彩绘艺人对民居、戏楼、祠堂、寺庙、道观进行彩绘装饰，大大丰富了人们的精神生活。在信都区柳林村考古发现，金代富户的墓室内已有彩绘壁画；祁村的元朝墓室内也曾发现彩绘壁画。邢台、沙河一带古村落的清朝民居建筑有精美复杂的彩绘，此时的民间彩绘工艺达到鼎盛时期。民国以后，彩绘用料日益增多，彩绘作品更加鲜艳靓丽。中华人民共和国成立后，为配合宣传工作需要，农村墙体彩绘增加，彩绘内容突出劳动群众形象。

【艺术特点】

民间彩绘具有色彩鲜艳、线条简练、形象生动、简明易懂的特点。

【代表人物】

1. 张肥仲

张肥仲（1905—2002年），男，邢台市任泽区人，擅长画家谱神案、壁画，在当地知名度很高，作品深受百姓喜爱。

2. 李六军

李六军，男，1958年5月出生，邢台市南和区人，自幼爱好绘画。17岁时，因画安全用电宣传画崭露头角，继而以家具烙画闻名遐迩，随后又以仿古建筑彩绘声名远播。

李六军以自己独到的审美取向，在继承中发展，逐步形成了构图严谨、形象生动、雅俗共赏、色调鲜明的彩绘风格。他先后为北京香山饭店、天津水上公园、邢台郭守敬纪念馆、邢州文苑等多处的亭台轩榭、长廊楼阁进行了彩绘。尤其是为郭守敬纪念馆绘制的1786幅彩绘图案和百余幅形神毕肖的郭守敬人物彩绘，以其匠心独具的设计和精湛的彩绘艺术赢得了参观者的叹服。

图1-9-1 李六军彩绘作品

第十节 农民画

【艺术特点】

农民画是通俗画的一种，系农民自己制作和自我欣赏的绘画和印画，风格奇特，手法夸张，有东方毕加索之美誉，其范围包括农民自印的纸马、门画、神像以及在炕头、灶头、房屋山墙和檐角绘制的吉祥图画。现代农民画一般是在纸面上绘制乡土气息浓厚的绘画作品。在20世纪70年代，各县文化馆培训了一些喜爱绘画的"农民画家"。这些受训者中的一部分在农村坚持绘画，运用农民喜闻乐见的表现手法，绘画农村常见的雄鸡、喜鹊等物象，创作寄寓美好生活理想的作品，成为农民文化生活的精神食粮。

【代表人物】

1. 赵清士

赵清士，男，笔名一丹，1949年5月出生，邢台市柏乡县人，中国民间文艺家协会会员，河北省美术家协会会员，河北省工笔画协会会员，河北美术学院客座教授，"河北省民间工艺美术大师（工笔画类）"。

他自幼酷爱美术，自学至今，专攻工笔花鸟，尤擅牡丹。他在继承传统技法的基础上，结合西方光学、色彩、素描、透视等艺术表现形式，糅合中西技法特色，"以西润中""古今结合""构线与没骨相结合"，层层积染，形成了自己独特的画风。其作品施笔严谨精湛，色彩绚丽多姿，栩栩如生，形神兼备，达到了"响亮、清俊、厚重、灵逸、纯真"的艺术境界。其所画牡丹，以花形美丽，结构扎实，门瓣、覆瓣开合有情，色彩典雅为特点，并擅长以构图技巧来强调牡丹花头如歌若舞的形态和去势，连叶子的翻转折叠、枝干的长法都具有传情达意的妙用。

作品《回归》荣获全国"纪念香港回归十周年中华书画作品大赛"特等奖，作品《富贵高节》荣获全国新闻界美术展览一等奖，作品《国色天香》荣获第二届相约香江中国工笔画交流展优秀奖。2016年作品《高洁》入选

图1-10-1 赵清士工笔画作品

《第二届中国书画人才海选获奖作品集》。2017年在石家庄市、邢台市举办两次百幅工笔牡丹画展，中央电视台书画频道予以专题报道。2019年作品《中朝友谊情深似海》荣获中、朝、韩书画名家国际交流展金奖。

2. 谭电兴

谭电兴，男，号墨源道人，1970年4月出生，邢台市威县人，中国美术家协会会员。1988年中学毕业后，师从道教画梅泰斗龙梅真人墨道人，主攻画梅，兼学山水风景绘画等。也曾在赵信芳、周秉公、施云翔、李振东等多位老师门下求学问道。擅长画"龙梅"，作品以书入画，构图内敛外张，画面苍雄大气而不失文雅，把龙的精神融于梅花的品格之中，凸显了道文化的深奥玄机。2014年获得河北省首届农民书画展一等奖，2016年携梅花作品《龙凤呈祥》参加百姓春晚活动，2019年梅花作品参加南开大学百年校庆书画展。

3. 李太石

李太石，男，字灵轩，1942年9月出生，邢台市广宗县人。其父亲

图 1-10-2 李太石绘画作品《公鸡》

20世纪20年代毕业于天津美专,中华人民共和国成立后为广宗县中学美术教师。由于家庭氛围的耳濡目染,他自幼便喜爱书画。1961年生活困难时期从高中回乡从教;1976年,到公社电影队工作。从教期间,经常到县文化馆参加绘画培训。从事电影放映工作后,主攻幻灯片绘画,配合当时形势,按政策要求开展宣传工作。工作之余,绘画影壁、中堂等农民画,擅长画松鹤、喜鹊、猛虎、雄鸡等民俗画,作品深受当地百姓喜爱。

第二章
民间技艺

第一节 烧造技艺

一、邢窑白瓷烧造技艺

【起源传承】

邢窑是中国白瓷的发祥地,是一个庞大的窑区,内丘、临城、信都区的窑址均为邢窑不可分割的组成部分。遗址主要位于邢台市内丘、临城两县和信都区境内的太行山东麓丘陵与平原交界地带,集中在临城县西双井以南、信都区西坚固以北长约 60 千米、宽约 30 千米的狭长地带内。从考古调查和已经发现的遗址来看,邢窑的烧造始于北齐,发展于隋、初唐,兴盛于盛唐、中唐和晚唐前期,唐末和五代转入低潮,其后又复兴于宋,延续至金,前后长达近千年,元以后白瓷烧造消亡。唐和北宋时期,邢窑是名副其实的官窑,有内丘出土的专门为皇家定烧的带款器皿为证,款识有"盈""大盈""翰林""官""王""药""弘"等,与史书记载相一致。

唐代以后,邢窑瓷器装饰艺术上改变了以往以素面为主的格局,出现了陶塑、瓷塑、刻花、印花、贴花,同时黄釉瓷、黑釉瓷、酱釉瓷、青花瓷等相继问世。至此,邢窑白瓷出现精彩纷呈的局面。

自 20 世纪 80 年代开始,随着邢窑考古发掘工作的进行,临城、内丘一些瓷器研究者和民间匠人潜心研究邢瓷烧造技艺,逐步恢复了邢白瓷的生产。

【工艺特点】

邢窑最著名的工艺是匣钵盛装烧制。从考古发现看,邢窑烧制白瓷的匣钵根据所制器物的不同而变化,其形状有桶、盒、盘、盆、漏斗状等多种形制，可反复使用。匣钵的应用是邢窑的首创，也是精细白瓷烧制成功的重要原因。

邢窑首创的隋代透影白瓷，是邢窑白瓷中的珍品。这种瓷器胎体极薄，胎、釉浑然不分，透光性能极强。经化验，这种瓷器的胎料和釉料中均含有较高的氧化钾成分，因此瓷器细腻洁白、玲珑剔透。氧化钾等材料的使用，在我国古陶瓷生产中绝无仅有，这一发现填补了我国陶瓷史上的一项空白。邢窑白瓷胎体坚硬细薄，叩之声清悦耳，釉面光润，釉色洁白、干净而微闪青灰或淡黄色，有"类银类雪"之誉。邢白瓷极少装饰，器品以碗、壶、盏托、瓶、罐、钵、盒、瓷俑等生活用器为大宗，造型玲珑别致。

【 代表人物 】

1. 张志忠

张志忠，男，1963年11月生，邢台市临城县人。国家级非物质文化遗产（邢窑陶瓷烧制技艺）代表性传承人，"河北省工艺美术大师"，"河北省陶瓷艺术大师"。河北邢瓷瓷业有限公司艺术总监，邢台市邢窑研究所所长，邢台学院客座教授，中国古陶瓷学会会员，中国陶瓷工业协会会员，中国陶瓷工业协会陶瓷艺术委员会常务理事，河北省陶瓷艺

图 2-1-1　张志忠《早春》　　图 2-1-2　张志忠《福如东海》　　图 2-1-3　张志忠《圆梦》

术专业委员会副主任委员，河北省文物考古学会理事，河北省博物馆学会理事，河北省收藏家协会顾问，河北省工艺美术协会常务理事，邢台市政协委员，邢台市工艺美术协会常务副会长。

自1980年参加工作以来，张志忠先后在临城县第一瓷厂美术组、河北省邢窑研究组、临城县文物局、邢窑博物馆从事邢瓷的恢复研究工作。在中国古代陶瓷鉴定与研究领域有诸多成果；在陶瓷原料配制、成型、烧成，特别是传统拉坯、利坯工艺方面技术娴熟，经验丰富；在陶瓷艺术创作方面亦有颇多成果。2013年获"中国陶瓷历史名窑恢复与发展贡献奖"，2014年被河北省陶瓷玻璃协会授予"河北省陶瓷行业突出贡献科技工作者"荣誉称号。

张志忠的作品多次在省级和国家级陶瓷大赛中获奖并被多家博物馆收藏。《葫芦瓶》获中国第九届陶瓷创新评比银奖，《一代天骄》获中国首届"大地奖"（艺术陶瓷类）陶瓷作品评比金奖，《星雨》《追梦》分获中国第二届、第三届"大地奖"（艺术陶瓷类）陶瓷作品评比金奖，《圆梦》获（2013）中国民间工艺美术品博览会金奖，《天使》获第十届中国陶瓷设计评比银奖，邢窑《翰林罐》被中国工艺美术馆收藏。

在邢窑研究方面，张志忠成果丰硕，先后发表《邢窑工艺技术研究》《邢窑隋唐细白瓷研究》等20余篇论文，还出版《千年邢窑》《邢窑研究》《中国邢窑》《邢窑》等多部著作，被业内誉为"邢窑研究恢复第一人"。

2. 国英

国英，男，1963年3月出生，邢台市隆尧县人，"河北省工艺美术（陶瓷）大师"，邢台学院美术与设计学院教师。1986年毕业于江西景德镇陶瓷学院美术系设计专业。

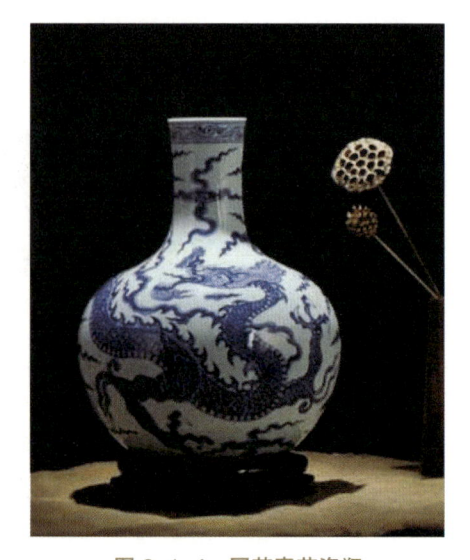

图 2-1-4　国英青花瓷瓶

3. 姚远

姚远，男，1988年4月出生，邢台市内丘县人，河北省民间文艺家协会会员，河北省美术家协会会员，邢台市民间文艺家协会副主席。2012年7月毕业于天津美术学院雕塑专业，获学士学位；2015年7月毕业于天津美术学院美术学专业，获硕士学位；现就职于邢台市群众艺术馆，从事邢窑创作与研究；2017年组织并参加2016国家艺术基金人才培养资助项目"邢窑白瓷工艺传承与创作培训班"，同年12月参加河北美术学院非遗陶瓷烧制研培班，多件作品被河北美术学院收藏；2018年8月策划并参加国家艺术基金"邢窑白瓷艺术"（内丘站）巡回展；2019年3月策划并参加盛世器象——"邢窑白瓷

图 2-1-5　姚远白釉窑具茶台

图 2-1-6　姚远白釉葵形香薰盏

图 2-1-7　姚远邢瓷作品《白釉兽首辟雍砚》

艺术"（西安）文献展。2014年，作品《生命密码》入选第十二届全国美术展览，获河北省美术展览银奖；2017年，作品《支撑》参加"邢窑白瓷工艺传承与创作"成果展；2018年8月，作品《多足砚》参加国家艺术基金"邢窑白瓷艺术"巡回展；2018年9月，作品《多足砚》入选"2018冀瓷大师作品展"；2019年10月，作品《邢窑玉兔脉枕》获邢台文创和旅游商品创意设计大赛二等奖。

4. 耿辉敏

耿辉敏，男，1981年10月出生，邢台市内丘县人。因年幼时患病，耿辉敏失去了听力和说话能力。在父亲的支持下，他进入邢台市特教学校学习，后来考入山东聋哑大学学习。上学期间，他学会了绘画、剪裁、缝纫、雕刻等多项技艺，并以优异成绩毕业。2014年，耿辉敏进入内丘县弘传邢瓷陶瓷有限公司工作，开始参与邢白瓷原料配方的研究。他跑遍内丘所有原材料产地，搜集原材料试烧瓷器，尝试了解其特性。经专家指导和多次试验，在2015年7月成功烧制出了仿古邢白瓷产品，经鉴定与古邢窑白瓷瓷片理化成分基本一致，其釉质得到了省科技厅组织的专家鉴定认可，从而研制出了仿古邢白瓷原料配方。但是，由于烧制温度曲线的复杂性，使他烧制出的产品出现了开裂、变形、釉色不一等问题。为了全面恢复邢白瓷传统烧制工艺，他又南下磁州窑，北上定窑，向老师傅虚心求教学艺，整夜蹲守在窑旁，陪同老师傅烧窑。功夫不负有心人，在多次试验的基础上，他终于掌握了邢窑白瓷的烧制升温曲线。

2017年，耿辉敏荣获"邢台市民间工艺美术大师（陶瓷类）"荣誉

图 2-1-8　耿辉敏邢瓷作品《白首相依》　　图 2-1-9　耿辉敏邢瓷作品《葫芦瓶》

图 2-1-10　耿辉敏风清气正茶具 　　　　图 2-1-11　耿辉敏邢瓷作品《双头孩儿枕》

称号；2019 年 4 月被评为"河北省工艺美术大师（陶瓷类）"；2019 年 5 月，耿辉敏带领公司员工共同研究、复兴、创新的"内丘邢白瓷"被审核认定列入河北古代贡品保护名录。

二、贡砖烧制技艺

【 起源传承 】

临清贡砖烧制技艺是一种古老的手工技艺，始于明永乐初期。明成祖朱棣为了迁都，用了 10 多年时间在北京大兴土木，营建皇家宫苑城池，为此特地在临清设立官窑，烧制建筑用砖。临清官窑分布于今运河两岸的山东省临清市和河北省临西县境内。明中叶之后，临清砖成为建筑皇宫的主要材料。贡砖生产一直延续至清代中叶，前后达 500 余年。2008 年，山东临清贡砖烧制技艺收入国家级非物质文化遗产代表性项目名录。2010 年，临西贡砖烧制技艺收入邢台市非物质文化遗产代表性项目名录。

【 艺术特点 】

临西贡砖质地好，色泽适宜，形状各异，不碱不蚀，敲击有声。烧制工艺十分复杂精细，有碎土、澄泥、熟泥、制坯、晾坯、装窑、焙烧、出窑等 18 道工艺流程。首先选取黄河淤积的"莲花土"，经过碎土、过

图 2-1-12　临西贡砖

筛后，选出没有杂质的精土放入池中浸泡。浸泡时间需要一年，过滤出细泥膏后，经过人或牲畜的踩踏，去除泥内气泡。然后，经过饧泥、摔泥过程，放入砖模内用板拍打成坯。脱坯后，晾晒风干，装入土窑。装窑后的砖坯，用豆秸或棉秆烧30天左右，再用水慢慢洇窑，然后出窑。制成的贡砖包括副砖、券砖、斧刃砖、线砖、平身砖、望板砖、方砖、脊吻砖、刻花砖等，一般每块在25公斤上下，重的可达三四十公斤。成砖后，要经过严格的检验，用黄表纸封裹，搭船运至通州张家湾码头，经过再次检验合格后，陆路转运京师。

【 代表人物 】

陈建磊，男，1983年5月出生，邢台市临西县人，临清贡砖烧制技艺传承人。据陈窑村《陈氏族谱》记载："大明嘉靖年间，陈氏始祖陈清与李姓人家在此立窑数座，为皇上烧贡砖。"河北省文物局组织勘探人员在陈窑村发现明清时期旧窑址20余座，陈窑村烧造贡砖的历史得到有力佐证。陈建磊在2015年开设了临西贡砖厂，开始利用考究的贡砖制作工艺生产青砖、异型砖，其产品被中国老字号文化研究中心认定为"明清贡品"。厂内有传统贡砖技艺技术人员70余名，传统烧制工具30余套，在坚守贡砖的传统烧制工艺基础上，不断进行开发，使贡砖生产技艺有所传承、有所发展。临西贡砖产品已广泛用于聊城古城、正定古城、青州古城、蓬莱阁、济南大明湖、成都杜甫草堂等全国各地古代建筑的维修。

三、红陶烧制技艺

【起源传承】

红陶是颜色呈土红色、砖红色或褐红色的陶器。在陶器烧制到一定程度后，将窑内火焰的性质控制为氧化焰，在氧化焰气焙烧下，陶土中的金属铁大部分转化为三价铁，还原比值低，烧成的陶器即呈现红色。红陶是中国最早的陶器品种之一，在原始社会的新石器时代各个文化中最为普遍。河北徐水南庄头遗址、江苏溧水神仙洞遗址出土的中国最早的陶器遗物主要是红陶，距今10000多年。母系氏族社会繁荣时期的仰韶文化、马家窑文化、马家浜文化、大溪文化等，人们生活中使用的陶器，红陶占很大比例。

邢台市任泽区一带历史上为大陆泽腹地，地质历史上沉淀了大量的红色黏土地层，是制作烧造陶器的良好原料。几百年来，任县吴铁庄（今任泽区吴铁庄）形成了一个烧造传统生活用品的制陶产业，产品销售遍及周边各县。

【代表人物】

王青雪，男，1969年1月出生，邢台市任泽区人，邢台市民间文艺家协会会员。王青雪从11岁时就跟随父亲学习手工制陶技艺，至今已有40余年，熟练地掌握了

图2-1-13　王青雪红陶烧制作品

陶品的制作烧造技术。近几年来，在烧造传统生活用品的同时，他着手学习设计烧造笔筒、茶叶罐、蛐蛐罐、兰花盆、小泥塑等十几个新品种，新品种均达到了较高的艺术水准，受到专家的高度评价和市场的青睐。2018年，王青雪红陶制作技艺相继被县、市文化部门列入非物质文化遗产名录。2019年9月，他受邀参加河北省文创和旅游商品创意设计大赛；10月，其作品入选任泽区"非物质文化遗产"展览会。

四、盆景烧造技艺

【起源传承】

据考证，中国盆景起源于7000多年前的新石器时代。3000多年前的殷商时期，筑台掘池，营造"囿苑"供帝王游览，邢台市广宗县大平台附近一带即为商纣王的离宫"囿苑"所在。秦汉营建宫苑时，筑土为山，开始进行山水创作。六朝时期，开始生产彩陶和黑陶花盆。魏晋南北朝时，发展成以山水为主题的人工山水园。唐朝时，文化艺术空前繁荣，山水画名家辈出，造园受山水画的影响，发展到以诗情画意融入园林造景的阶段，而画家又将园林山水技法缩小到盆栽和盆景中来。盆景在唐朝时已经形成。宋朝是继唐朝以后盆景艺术大发展的时代，已有盆景专著问世，盆景艺术已达到相当高的水平。元朝时，已有微型或小型盆景出现。明清两朝，盆景更加盛行。现代社会，盆景已经风靡全球。

我国在20世纪70年代后期，随着人们生活水平的提高和改革开放的进行，盆景制作逐步得以恢复和发展，盆景艺术日益普及与发展。

【艺术特点】

广宗县沙丘平台盆景具有盆小典雅，釉色鲜亮，装饰件灵活多变，突出田园情趣的特点。

【代表人物】

张跃士，1968年5月出生，邢台市广宗县人，邢台市民间文艺家协

图 2-1-14　张跃士盆景烧造作品

会会员，邢台市工艺美术家协会会员，"邢台市工艺美术大师"，邢台市非物质文化遗产传承人，高级陶艺师。1986年进入广宗县工艺美术厂当学徒工，并于同年在邢台市工艺美术培训班学习。1987年后从事模型、盆景装饰件的设计工作；业余时间跟随父亲张建勋（原广宗县工艺美术厂厂长、高级工艺美术师）学习国画、泥塑、雕刻等技艺。2003年广宗县工艺美术厂破产后，回乡创办沙丘美陶坊，继续生产盆景装饰陶瓷工艺品，其产品曾荣获"轻工部优秀设计二等奖""轻工部旅游产品百花奖"。2004年利用本地沙土为原料成功试制出本地陶泥，2005年成功试制出仿古烟熏瓷釉，2016年盆景装饰件制作技艺被评为市级非物质文化遗产，2017年张跃士被评为邢台市非物质文化遗产传承人。2018年在河北美术学院学习陶艺捏塑技术，其作品《扇形竹屋》《牧童骑牛》《仙人对弈》获邢台"紫金山杯"文化创意设计大赛入围奖。2019年两次赴景德镇跟随景德镇陶瓷大学陆小泥老师学习陶艺及青花绘制，其"陶娃系列"荣获邢台"德龙杯"文创和旅游商品创意设计大赛二等奖，盆景装饰件制作技艺被列入省级非物质文化遗产名录。

第二节 雕刻

一、石雕

【起源传承】

"依山凭险",东临古黄河和大陆泽的地理位置,邢台成为"山水形胜"之地。因此,邢台历史上曾经两次建都,三次封国,自隋唐后一直是府路州城。自东汉永平十五年(72年),西域高僧迦摄摩腾和竺法兰指导在邢台南宫城建成普彤寺以来,佛教在邢台历史上几度兴盛,邢台大地出现了不少著名的寺庙道观。一些历史人物也看中这片灵山秀水,亡故后葬于邢台古地。筑城池、建官署、修寺庙、葬坟墓,都离不开石雕制品。长期开山凿石,雕凿石制品,邢台石匠练就了高超技艺。

后赵时期,赵王石勒定都襄国,修建襄国城(今邢台),城墙可卧牛;石勒在襄国城大兴土木,建造了一系列宫殿、寺庙、学府和御苑。当时建筑城墙和宫殿的主要材料为砖石,大批的石雕匠人参与了襄国城的建筑,修建了华丽无比的宫苑。后赵时期,佛教兴盛,石勒对西晋的寺庙进行了扩建,称襄国中寺。之后,各朝代又在邢台城建设了开元寺、净土寺、天宁寺等寺庙。邢台各县市著名的寺庙有信都区的玉泉寺、圣水寺,内丘县的且停寺、扁鹊庙,沙河市的漆泉寺、封峦寺,临城县普利寺等,寺庙道观中有经幢、佛塔、佛像、石碑等,这些雕刻体积大小不同,风格不同,形式多变,有较高的艺术价值和历史研究价值。明清时代,邢台石雕制品开始广泛使用,走进寻常百姓家。邢台乡村,尤其是信都区、沙河市、临城县和内丘县的乡村,普遍使用石碾、石磨、石磙、石臼、石槽等生产生活用品和石门墩等建筑构件。民国时期和中华人民共和国成立后,石雕工艺继续发展。改革开放后,由于生产力的日益提高和人们生活方式的变化，石雕制品减少，石匠越来越少。

历经时代风雨，始建于春秋时代的内丘县且停寺，建于唐代的沙河市漆泉寺，建于北宋的沙河市封峦寺，建于北宋的内丘县扁鹊庙，兴盛于唐代、元代的邢台开元寺，仍残存不少石雕精品。现保存于内丘县扁鹊庙的汉代镇墓兽"四不像"石刻和邢台市襄都区唐代道德经幢为国家级保护文物，隆尧县大唐祖陵唐代石雕大气浑厚，足见盛唐遗风。

【 艺术特点 】

不同时代的邢台石雕，艺术特点不同。概括来说，汉唐石雕大气厚重，明清石雕图案丰富、雕刻精细、注重细节。

【 典型代表 】

1. 信都区石雕

张东村是信都区石雕的代表村，该村位于邢台城区西北郊，村西北有丘陵岗坡，出产适宜雕刻的石灰石。自明朝初年，村民就开始从事石雕，距今已有600余年历史。石雕代表人物有张登阁、张登高、荣更申、张庚新、荣桂森、李科义、张庆、张贵福、张文、张玉福、张富贵、张文密、张大贞、张牺牲、张玉堂、张成温、张成亮、张连、张海军、李海、李新庆、荣保山、张增辰、张军虎、荣文朝、张乐、张贵堂等。邢台市达活泉公园的石桥、石亭、观星台，复建清风楼的石雕构件，复建火神庙的石雕构件，修复开元寺的石雕构件，郭守敬故里碑楼，信都区会宁镇北尚汪村田麻痒大院石雕构件等邢台市区和近郊的古建石雕构件，均由张东村石匠雕刻大师用张东岗优质大青石雕刻。张东村祖传石雕种类有石桥构件、石塔、龙柱、各种型号的石狮子、二龙戏珠、园艺构件、石桌、神像、花鸟走兽、香炉、上马石、拴马石、猪槽、牛槽、石墩、石磨、门墩石、鼓门墩、天地桌、各种大小石碑（包括纪念碑、烈士碑、庙碑等）、石牌坊、长廊、历史人物神像、石凉亭等。

由于时代发展变化，进入21世纪以后，张东村从事石雕的人数大为减少。其中，张增辰的雕刻厂规模最大。他继承传统石雕技艺，并且将传统技术与现代手法相结合，雕刻作品受到用户青睐。

2. 尧山石雕

隆尧尧山石质呈青色，坚而不脆，韧而不疏，冀南大地到处可见用尧山石料所建的古桥、碑碣、石刻、石雕，形成了以尧山为中心的"尧山石刻群"。尧山石刻始于汉代，兴于北魏，盛于唐宋。赵州桥的石头全部是从尧山一带所运，当地民间流传着"修了赵州一座桥，吃掉尧城半架山"的说法。历史上有唐帝庙碑、大无影碑、小无影碑；还有唐代遗留下来的宣务山石窟，该窟佛像雕刻极为精美生动，刀工细腻，堪称盛唐珍品。隆尧石雕的种类很多，作品种类有石碑、门墩、桌凳、建筑装饰物等，图案有佛像、人物、花卉、文字、吉祥动物等传统题材，不论何种石雕作品，都富有民间传统艺术的魅力和浓厚的生活气息。新时代的石雕艺人对传统的石雕工艺进行了继承、发展与创新，吸收了木雕、绘画等技艺之长，运用高科技手段，以当地盛产的青石为主原料，辅以大理石、汉白玉等名石珍品，雕刻成千姿百态的现代工艺品。在保持与发扬传统雕塑艺术之精华的基础上，又赋予其现代雕塑的时代气息。如今，石雕作品已形成十大系列，近千个品种。主要生产石狮、石桌、石碑、石雕摆件，销往本省其他地区及山东等地。

3. 沙河石雕

沙河石雕文化历史悠久，该市册井乡北盆水村的明代佛造像石窟和刘石岗乡渡口村宋、元年代的广阳山石窟是太行山区不多见的珍贵古迹。石窟中的石刻造像多有不同程度的毁损，但从遗存的石刻上仍可看出古代石匠和画师制作石像的灵动线条与栩栩如生的造型，彰显出古代沙河能工巧匠超凡脱俗的艺术想象力和雕刻技艺的炉火纯青。韩森其，男，1991年6月出生，邢台市沙河市人。从小喜欢绘画，初中毕业之后想从事和绘画有关的职业，在父亲朋友介绍下，辗转来到雕刻之乡河北曲阳的雕刻学校学习雕刻，在那里接受了三年专业系统的培训，学习了有关

图 2-2-1　韩森其石雕作品

雕刻的知识。三年学成归来之后，在父亲的帮助下，开办了沙河市腾远石材雕刻厂，在实践中继续学习钻研，将学校学习的理论知识和实践相结合，继续学习浮雕、影雕、线雕、木雕、玉雕等工艺，又陆续参与了沙河市南掌烈士陵园纪念碑建设、南掌青石牌坊建设、沙河市与南和区交界处沙河市标的建设、多处村标建设、庙宇建设，参与了位于沙河市中心的杨春增烈士纪念碑修缮。2017年荣获"邢台市民间工艺美术大师（石雕类）"称号。

二、玉雕

【起源传承】

玉雕是中国最古老的雕刻品种之一。在距今五六千年的红山文化遗址中出土了玉龙、玉猪龙、玉龟、玉鸟、玉蝉、玉蚕、玉璧、玉环、玉管、玉钺、玉斧、竹节形玉饰、勾云形玉饰等玉器。在距今四五千年的良渚文化遗址出土有玉璧、玉琮、玉钺、玉璜、冠形玉器、三叉形玉器、玉镯、玉环、玉管、玉珠、玉坠、柱形玉器、锥形玉器、玉带等，玉镯和玉环造型丰富，制作精美，艺术性很高。周代是中国古代礼制形成和最兴盛的时期，这种礼制反映在用玉制度上，就是出现了一系列礼玉。这些礼玉形制不同，用途各异，名目繁多。其中最主要的是璧、圭、琮、璋、琥和璜，合称为"六瑞"。儒家学派将佩玉习俗在理论上给予肯定，提倡以玉比德，使佩玉制度化。玉器的制作风格，商代为圆雕与阴线刻相结合的制作风格，到周代形成了片状双面或单面双阴线雕刻为主的风格特征。这种风格持续至两周之间，从春秋中期开始，阴线刻逐渐向减地浮雕发展，至汉以后形成镂空和圆雕风格。

唐代人物玉雕作品多为佛教题材，主要是玉飞天人像。唐代玉飞天人像塑造出的娇柔妩媚女子形象，也是现实生活中美女的写照。宋代以后，玉器雕刻作品的突出特点是写实性较强，颇富情趣，表现在作品题材上，则是出现了大量人物花鸟形象的玉雕。宋代人物玉雕主要是各种形象的童子，这些童子塑造得非常活泼生动，其中最常见的是执荷叶的童子。元明清三代玉器的琢治技术达到历史最高水平，小如玲珑剔透的佩饰，大至宏伟壮观的玉山，无不精美绝妙，令人叹为观止。当时，琢玉主要在江南一带，而最重要的两个琢玉地是苏州和扬州。从制作风格看，由镂空和圆雕风格为主演变为以平面雕为主的风格，这种平面雕尤以浅浮、中浮、高浮为主，另外尚有少量线雕、圆雕、镂空等。

【 代表人物 】

李永增，男，1967年3月出生，沧州市献县人，河北省工艺美术协会会员，河北省民间文艺家协会会员，邢台市宝玉石雕刻鉴赏研究会会长，"邢台市民间工艺美术大师（石雕类）"，"邢台市工艺美术大师"，邢台市美术家协会会员。李永增自幼酷爱书画艺术，十几岁时经常为村里画板报，设计壁画，画照相布景，这为他日后从事雕刻事业打下了美术基础。20世纪80年代，在从事地质工作的同时，李永增接触到了玉石和玉雕作品，精美的玉雕作品对他的心灵产生了极大的震撼，他深深

图 2-2-2 李永增玉雕藕片

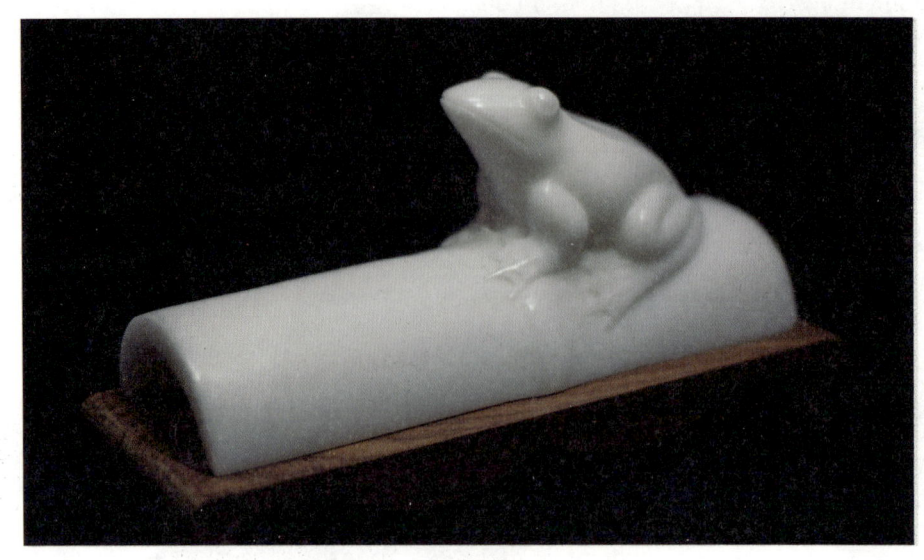

图 2-2-3　李永增玉雕作品《蛙趣》

地被博大精深的玉文化吸引。1990 年，李永增开始学习翡翠雕刻；1995年，对翡翠加工、设计、抛光进行系统的学习和研究。为了提升自己的翡翠雕刻技艺，他先后到广州、南阳、北京、曲阳等地拜访玉雕名师。后在"中华玉雕艺术大师""河北省工艺美术大师"魏现峰的指导和熏陶下，他在翡翠雕刻的设计造型上有了很大的提高，对雕刻艺术有了自己独特的理解和感悟。2017 年，其作品《共建新家园》入选《纪念邢台民建成立 60 周年书画摄影作品专刊》；2018 年，其作品《蛙趣》荣获第三届中国（潍坊）民间艺术博览会金奖，同年荣获邢台市文艺精品创作繁荣奖；2019 年，其作品《共建新家园》荣获第十六届中国人口文化奖民间艺术品类优秀奖。

三、木雕

【起源传承】

木雕是以雕刻材料分类的民间美术品种，一般选用质地细密坚韧、不易变形的树种进行雕刻。从雕刻技术上讲，有圆雕、浮雕、镂雕或几种技法并用的木雕，有的还涂色施彩用以保护木质和美化。战国和汉代即有大量木雕俑和动物雕刻。唐宋时，有人物、仙佛、鸟兽等木雕。明清时代，小型木雕摆件、建筑木雕装饰和木雕日用器物大为发展并形成地方特色，出现了不少以民间传说、戏曲、历史故事为题材的建筑装饰木雕作品；玩赏性木雕则注重发挥木质本身的美感，相形度势，因材得意，成为人们喜爱的艺术品。邢台背靠太行山脉，具有较为丰富的林木资源，孕育了无数奇特的根、木，成为根雕艺术的重要材料来源。这些树根木料，经过艺术家的雕琢，深受文人墨客以及广大群众的欢迎。

【代表人物】

1. 毛氏雕艺

毛氏雕艺是邢台一个民间木雕艺术的品牌，已传承四代，至今已有100多年。19世纪80年代，第一代传人毛玉秀在皇宫是一名技艺高超的修缮师，20世纪初回到家乡任县（今任泽区）岭南村，把一身的雕刻技艺传授给自己的儿子毛成海。在父亲的严厉督促下，毛成海博览群书，细心钻研营造和雕刻技艺，多有精品问世，闻名乡里。毛氏技艺的符号镌刻在了邢台众多的建筑之上，邢台火车站、西门里东口的中国银行等都是由毛成海参与设计完成的。第三代传人毛银箱对雕刻艺术表现出了极高的天赋，在家乡任泽区设

图 2-2-4　毛顺平木雕作品《佛手——成功》

计建造了众多仿古牌坊门楼，雕梁画栋，气势非凡。第四代传人毛顺平既传承了祖上精湛的雕刻技艺，又与时俱进开拓创新，以独特的设计理念和艺术构思，创作了众多艺术精品，2015年获得"河北省民间工艺美术大师（根雕类）"称号。他善于对腐根败木因材施艺，化腐朽为神奇，把北方的粗犷与江南的纤细融为一体，创造出极具艺术张力和本土特色的根艺作品，作品呈现出一种通传统、接地气、符合群众审美观的艺术气质。其作品《中西合璧》在第四届国际民间艺术博览会上荣获"京津冀联展银奖"，在河北省第三届特博会上荣获"最佳创意铜奖"，2016年荣获邢台市艺术繁荣奖；《佛手——成功》荣获襄都区"中国梦 我的梦"第三届手工艺作品展特等奖；《手工手杖》荣获2016年"邢台市十大旅游必购商品最佳创意奖"；《伟人像》入选2018年中共河北省委宣传部、河北省文联主办的"迎庆党的十九大——歌唱祖国、礼赞英雄"主题创作成果展演活动"民间工艺优秀作品展"并荣获2018年邢台市文艺精品创作繁荣奖；《牛气冲天》入围河北省百件艺术臻品最佳创意大赛。2018年，"毛氏根雕木雕传统技艺"入选邢台市非物质文化遗产名录。

2. 焦安世

焦安世，男，1954年出生于天津，1959年回到故乡南宫市。幼时上了两年小学，后在生产队参加生产劳动，后投师学木工，为日后做木雕工艺品打下了基础。"四清"时，天津美术学院师生组成的工作队来到焦安世的家乡，他主动学习了一些绘画基础知识。后来，他特意去天津艺术学院家属院干木工活，学习绘画。20世纪80年代末兴起了收藏的浪潮，

图 2-2-5　焦安世紫檀雕刻作品《观音》

图 2-2-6　焦安世海南黄花梨雕刻作品《貔貅》

图 2-2-7　焦安世紫檀雕刻作品《竹梅笔筒》

图 2-2-8　焦安世海南黄花梨雕刻作品《老子出关》

焦安世修复了许多有残缺的古董,并请焦宗淼、董毓明、马良辰等去南宫讲课,了解了很多传统文化知识。从那时起,焦安世决意从事雕刻事业。1988 年,他创办了雕刻作坊,2011 年又创建了南宫市雕刻研究所。

四、竹雕

【起源传承】

竹雕也称竹刻,是在竹制的器物上雕刻多种装饰图案和文字,或用竹根雕刻成各种陈设摆件。竹雕多是小器,但一器之微,往往穷工极巧,精雕细琢。中国是世界上最早使用竹制品的国家,竹雕在中国由来已久。

远古时期，人们已在竹制品上施加装饰、雕花，这便是竹雕的初级阶段。西周时期，大夫朝会手持竹制笏（又称手板）。战国时期，漆雕艺术繁荣，漆器的器胎，以竹片或积竹制成居多。成形的竹雕工艺始于唐代，专供人们闲暇时把玩欣赏。明清时期，文人画的勃兴，促进了竹雕与书画、雕塑艺术的结合，竹雕艺术达到鼎盛时期。

【代表人物】

赵怀强，男，1973年5月出生，邢台市南宫市人，"邢台市工艺美术大师"，邢台市工艺美术协会理事，河北省工艺美术协会会员。早年学习书画篆刻，将近不惑之年开始自学竹刻，创立不舍堂竹刻工作室，将

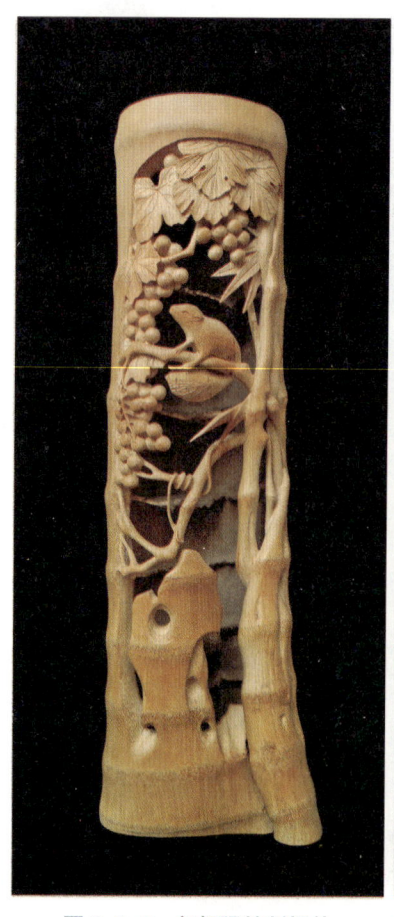

图 2-2-9　赵怀强竹刻摆件　　图 2-2-10　赵怀强竹刻《梧桐仕女臂搁》

图 2-2-11 赵怀强《留青竹刻荷塘牧牛图》

图 2-2-12 赵怀强《留青竹刻花好月圆》

图 2-2-13 赵怀强《红木镶竹刻留青梅花小鸟镇尺》一对

图 2-2-14 赵怀强竹刻《留青竹刻故乡情老墙》

图 2-2-15 赵怀强竹刻《韶华》

个人对竹刻的认识和感受总结为十六个字，即"锲而不舍、笃学求精，为学、为生、为乐、为梦"。2014年，赵怀强被收入近现代竹人名录《竹人后录》。2015年10月，其竹刻作品入选"中国邮政特种邮票"并发行。2019年8月出版的《留青竹刻的传承发展与创新创意》一书收录其十几件作品；国家级刊物《中国竹刻》一书收录其竹刻作品数件，其中《故园情》被用作篇首。其作品得到众多竹刻收藏爱好者的好评和收藏。

五、核桃雕刻

【起源传承】

山核桃工艺品制作技术是邢台市临城县民间流传的一种手工工艺，核桃雕刻作品采用太行山楸树的果实（俗称野生山核桃）为原料，利用其花纹、形状、色泽的自然形态，经精选、切割、去肉、制模、粘接、定型、粗磨、抛光、细雕等几十道工序制作而成。

据有关史料记载，临城县在盛唐时期就有艺人进行核桃制品加工，人们视核桃工艺品为吉祥之物，摆放在家中能合家幸福、平安逃灾、避邪、和美生财、逢凶化吉。解放后，临城县黑城村人闫振海、闫增林父子受祖辈口述，开始制作山核桃器物和把玩品。闫增林在潜心研究传统工艺的基础上，形成了一整套独具特色的山核桃工艺品制作流程，其作品获得了国家知识产权局颁发的四项实用新型和外观设计专利。2009年，闫增林成立了临城县古韵民间工艺美术有限公司，公司山核桃产品有收藏类、实用类、装饰观赏类、健身类等五大类200多个品种，并可根据用户创意制作各种形状、尺寸的自选工艺造型，在国内外有广泛影响，是临城县地方特色文化产品。

【艺术特点】

纯手工制作的山核桃工艺品具有天然、绿色、无污染，质地坚硬，防虫蛀，淋雨浸水不变形的特点；外观上呈现自然镂空效果，花纹优美、风格古朴典雅；产品存放时间越长久，光色越漂亮，极具艺术观赏性和收藏价值。

【代表人物】

闫增林，男，1963年9月出生，邢台市临城县人，河北省民间文艺家协会会员，"河北省民间工艺美术大师"，邢台市第六批非物质文化遗产传承人。他不仅创建了临城县古韵民间工艺美术有限公司、获得了四项国家专利，作品还曾多次荣获国家及省市级奖项：2011年9月，其山核桃工艺品参展首届中国核桃节；2012年，其山核桃工艺品《乾坤球》代表邢台市参展"中国国际旅游商品博览会"；2013年，其山核桃工艺品《马踏飞燕》获河北省特色旅游商品展暨第六届旅游商品大赛铜奖，其作品《长颈牡丹瓶》入选河北省旅游协会推荐商品。

图 2-2-16　闫增林山核桃雕刻作品

六、牌匾雕刻

【起源传承】

邢台牌匾雕刻历史悠久，自西周邢国传承至今，已有3000多年的历史。邢台市区清风楼券门上刻有"顺德府"三字，顺德府的行政建制存在于元明清时期，这块石刻是邢台市现存较早的匾刻。在邢台市所辖的信都区、宁晋县、清河县、广宗县均发现有清朝至民国时期的木质匾牌，说明邢台牌匾雕刻技艺十分成熟。2017年，牌匾雕刻被收入河北省级非物质文化遗产代表性项目名录。

【代表人物】

1. 邢台牌匾雕刻技艺

根据现存书面资料,邢台牌匾雕刻技艺已传承三代。第一代传人马宝玉(1913—2003年),邢台市清河县人,精于书画、音律等古典文化,在书法与刻字方面成绩斐然。第二代传人马良辰(1940—2006年),邢台著名书法家,将牌匾与碑文传统雕刻技艺互相借鉴,自成一体。第三代传人田兆信,师承马良辰先生,继承了传统雕刻工艺及技法,创造将书法中的枯笔笔法运用在碑文雕刻上,通过对阴刻底部的精妙处理而产生阳刻艺术效果,增强了作品的层次感和空间感。他雕刻了北京石景山匾刻、石家庄"裴艳玲大戏院"等匾刻精品。

2. 赵文桥

赵文桥,男,1970年9月出生于河北省隆尧县,从小酷爱传统艺术。1991年考入邢台师范专科学校美术专业学习,毕业后到晶牛集团工作,

图 2-2-17　赵文桥牌匾作品

并担任设计总监。工作期间搜集并整理民间木雕、石雕、砖雕图案及民间图腾纹饰的有关资料，掌握大量民间艺术，形成了自己独特的艺术风格。1998年成立了大阳玻璃总汇，开创了玻璃雕刻技术，运用于中式建筑设计之中，取得了良好的效果。同时广泛到太行山采风，搜集古民居建筑资料，融会到实际设计当中。2008年成立了燕赵文化艺雕发展中心，深入探寻古典民间建筑特色，并结合当代工艺，开辟了一条民间建筑工艺美术的发展之路。其间创作了大量木雕和石雕艺术作品，深受大众欢迎。2014年与邢台学院组建美术环境实验室，2015年当选邢台市民间文艺家协会副主席，2016年被评为"河北省民间工艺大师"。

第三节 编织

一、柳编

【起源传承】

柳编是以柳树枝条为原材料的一项传统编织手工艺。远古时代柳编已在中国出现，经过几千年的传承，这一技艺得到很大的改进，逐渐发展成熟。广宗柳编是流行于河北省广宗县葫芦乡辛庄村的传统编织手工艺，起源于清初，至今已有300多年的历史。广宗地处古黄河冲积平原，土地沙碱参半，为防沙抗盐碱，当地不少村庄在坑塘岸边、地头道旁栽种柳棵子，这为柳编业的发展打下了物质基础。广宗柳编制品以篮子、簸箩、八斗、盒子、矿工帽等实用器具居多，也有一些观赏性的工艺品，其形制并无定式，多依艺人的制作经验和实用需要而定。广宗柳编技艺以口传心授的方式在家族内部和师徒之间世代传承，一直未形成完整的文字材料。融自然美和工艺美于一体的广宗柳编制品精致实用，是当地民众十分喜爱的日常生活用品。改革开放前，农村人走亲戚时用柳编篮子装馒头，外祖母为外孙、外孙女庆生也用柳编制品装礼品。改革开放后，男女双方订婚时，有的男家用簸箩为女方送油条。如今，环保实用且具有观赏价值的柳编制品销售到了城市。

【艺术特点】

柳编所用原料有沙柳、白柳、杞柳、季柳等，柳条剥皮后表面光滑，色泽新润，既柔软又坚韧，编成品形状稳定，经久耐用。柳编技法十分丰富，不同的产品、不同的形制编法各不相同，包括劈条、上链、布套等辅助工艺和漂白、染色、着色、上油等装饰处理手段。柳编制品十分

图 2-3-1 柳编

讲究造型、款式和纹理的美观，成品以箩筐、提篮、簸箕、斗盆、箱包、椅凳、几架等实用品居多，也有一些制作更加精细的陈设品。这些制品具有很高的实用价值和较高的观赏价值，是富于民族特色的传统手工艺品。

【代表人物】

姜朝春，男，1957年4月出生，邢台市广宗县人，自幼跟随其父姜宗礼学习柳编技艺，为第十一代家族技艺传人，擅长编簸箕。高中毕业后正式进入柳编行业，1980年开始能够独立完成柳编技艺（绵柳）整套工序，自制镰刀、锥子（环锥、草锥）、计量、麻绳、线刀等工具，时常外出与同行交流，学习更加复杂的柳编制作工艺。其制品有簸箕、篮子、圆簸箩、方簸箩、盒子簸箩、盛面粉用的八斗、女子陪嫁的八角盒子，还有后来编织的矿工帽等，形式多样，技艺全面，制作精湛，传承能力较强，在当地有较高的知名度。2017年，姜朝春入选第五批国家级非物质文化遗产项目代表性传承人推荐名单。

二、毛线编织

【 起源传承 】

毛线、丝线编织是一种流行广泛的民间工艺，通过钩、织等技法，制成毛衣、帽子、裙裤、提包、坐垫等日常用品。毛线编织物具有轻软、保暖性好、花式繁多、经久耐用与随时可以翻新等特点。过去，人们用毛线编织毛衣、毛裤等衣物，随着社会的发展，人们生活节奏的加快，尽管毛线编织爱好者众多，精通者反而越来越少。如今，一些毛线编织爱好者别出心裁，把钩织技法和时尚元素相结合，钩织出手提包、玩偶和各种装饰物。

【 艺术特点 】

手工毛线编织分为织和钩两种技法，是利用丝线和棉线钩成编织品，产品组织结构随意性强，花色和规格多样，立体和平面均有，在民间广泛流传和发展，是深受广大妇女喜爱的手工艺术品。其中钩织的工艺技法为：编织者左手捏线，右手执钩针，通过缠绕和钩拉等手法，编织产

图 2-3-2 杜瑞红毛线编织人物

图 2-3-3　杜瑞红毛线编织菊花　　　　图 2-3-4　杜瑞红毛线编织草莓

品；工具简单，随时随地可以作业，编织技法多变，作品可以产生立体艺术效果。

【代表人物】

杜瑞红，女，1977年11月出生，邢台市平乡县人，手工毛线编织爱好者。她成立了个人工作室，并与平乡县妇联携手开展免费钩织培训，传播手工毛线编织技术。

第四节 土布纺织

一、威县土布纺织技艺

【起源传承】

威县土布纺织技艺形成于元末明初，距今已有600余年的历史，其传承方式为家人亲戚街坊邻居之间口传心授，无确切文字记录。由于土布纺织与农民生活息息相关，同时受自给自足经济的影响，土布纺织技艺世代相传，相互借鉴，技术广为普及，日益提高。

威县土布纺织技艺是劳动人民长年实践和智慧的结晶。它保留发展了中国传统纺织技术，承载了自元末明初以来各个时期的科技、艺术、民俗、信仰等传统文化信息，具有较高的历史文化价值，对研究中国纺织技术的发展脉络有着重要参考作用。2014年，威县土布纺织技艺被列入第四批国家级非物质文化遗产代表性项目名录。

【艺术特点】

土布纺织技艺非常繁杂，分多道工序，主要有搓花结、纺线、打线、浆

图 2-4-1　威县土布别花作品《长命富贵》

线、染线、络线、掏缯、闯杼、绑机、织布等。能织出平纹布和斜纹布，按图案分为方格布、条纹布、汉字布和花鸟鱼虫布；方格布又分斗式方格布、竹节式方格布和水纹方格布，条纹布可根据经线的颜色分为多种条纹布，汉字布可分为王字布、土字布、工字布、双喜字布，花鸟鱼虫布是把代表喜庆、吉祥、富贵的石榴花、荷花、蝴蝶等动植物织成图案。

【代表人物】

陈爱国，女，1970年出生，邢台市威县人，威县老纺车粗布制品有限公司总经理，是当地有名的"织布能手"。她组织成立了"冀南土布纺织博物馆"，为土布纺织技艺的保护和传播做出了积极贡献。多年来，她依托威县丰富优质的棉花资源，继承弘扬土布纺织手工技艺，全面掌握了搓花结、纺线、打线、浆线、染线、络线、掏缯、闯杼、绑机、织布等10余个工序的全部技术，同时又敢于突破传统织法，在当地率先突破"小作坊"模式，探索规模化发展，并不断创新花型款式，大力改进纺织技术，使土布纺织这一传统民族瑰宝充满时代气息、重现勃勃生机。

二、巨鹿手织汉锦技艺

【起源传承】

巨鹿手织汉锦又称手工织布，流行于邢台市巨鹿县及周边县市。根据史书记载，西汉巨鹿郡陈宝光之妻于汉宣帝（前73—前49年）年间曾在大司马霍光家传授蒲桃锦和散花绫的织造技术，她所用的绫锦机有120综120蹑，60日成一匹，匹值万钱，使巨鹿古地的绫、绢、缣等丝织品名扬天下，并一直延续到今天。2013年，巨鹿手织汉锦技艺收入邢台市级非物质文化遗产代表性项目名录，被中国老字号研究中心授予"古代贡品"称号。

【 艺术特点 】

手工织布的织造技艺极为复杂,从采棉纺线到上机织布,要经过大大小小 72 道工序,其中主要工序可概括为 15 道:轧花→弹花→纺线→浆线→屯线→落线→经线→刷线→做综→闯杼→掏综→吊机子→织布→了机。巨鹿手织汉锦使用 22 种基本色线,可以变幻出 1900 多种绚丽多彩的精妙图案。它质地柔软,手感极佳,无静电反应;色彩艳丽而不刺目,冬暖夏凉,透气性好;持久耐用,不起絮,不卷边。又因其线粗纹深,整个布面形成无数个按摩点,对人体皮肤起到意想不到的按摩作用,具有良好的保健和美肤作用。

【 代表人物 】

巨鹿手织汉锦技艺失传已久,后经过发掘研究整理,现已经传承三代,第一代传承人是任福巧,第二代传承人是侯永格,第三代传承人是邱敬双。

邱敬双,女,1976 年出生,邢台市巨鹿县人,在姥姥和母亲指导下学习织布,主动向民间纺织艺人学习,很快就掌握了织布技艺。当她知

图 2-4-2 巨鹿汉锦床上用品

道巨鹿汉代织锦时，下决心钻研恢复这一传统技艺。她认真思考，用心学习，聘请了织布专家、花型设计专家，一边革新纺织技术，一边研究传统品种。经过不懈努力，她终于恢复了手织汉锦技艺，并先后开发出了"喜上眉梢""人间彩虹""步步登高""双喜临门""喜上枝头""恭喜发财""锦上添花""喜庆宫灯"等八大系列100多个花色品种。为了进一

图2-4-3　巨鹿手织汉锦

图2-4-4　巨鹿五彩汉锦

步传承手织汉锦技艺，她成立了巨鹿县民间手工织布协会，组织起巨鹿县七夕乞巧土布工艺品专业合作社，以协会为平台，交流提高织布技艺，以合作求发展，带动村民致富，使巨鹿县堤村乡小王路村、野岔村、张王疃乡厦头村、阎疃镇林庄村、苏营乡苏营二村等28个自然村都成了远近闻名的土织布专业村。

三、沙河市四匹缯布纺织技艺

【起源传承】

四匹缯布是沙河十里亭镇及孔庄一带广泛流行的一种民间织造土布，因在织造过程中使用四匹缯分别给线格式而得名。清初，四匹缯布的纺

图 2-4-5　沙河四匹缯

织技艺传入沙河十里亭、孔庄一带，这个时期的纺织生产逐步利用了简单工具，后又经过历史的发展，才有了组合工具，但仍为手工纺织。20世纪六七十年代，这一带几乎家家户户织机响，四匹缯布纺织发展迅速。2007年，沙河市四匹缯布纺织技艺收入河北省非物质文化遗产代表性项目名录。

【 艺术特点 】

沙河四匹缯布的纺织过程全部采用手工方式，由多种颜色和经纬线织成不同图案，色彩艳丽，有大小点、枣花、拉不断、疙瘩眼等20多个花色品种，还有宝莲灯、石榴大开花、仙女散花、蚂蚁上山等具有故事内容的制品。四匹缯布可做成衣服、被褥面、沙发套、毛巾、枕巾、围裙，用于日常穿用。作为典型的民间手工艺品，曾代表河北省参加在日本举办的亚洲地区民间美术展。

沙河四匹缯布的传统纺织步骤包括棉纤维梳理、搓卷、纺穗子、拐线、煮线、染线、络线、绞线等多种工艺。所用器具有轧花机、弹花机、纺花车、拐子、绞绞、络子、织布机、缯、梭。

第五节　刺绣

一、刺绣

【起源传承】

邢台本土刺绣未形成独特的流派，但是在民间有不少心灵手巧的妇女擅长刺绣，一般是学习苏绣或京绣技法。

【代表人物】

李海珍，女，1949年11月出生于信都区张东村，邢台市信都区人。她自幼心灵手巧，喜欢刺绣，13岁就能绣制简单的小绣花品，为妹妹们绣花鞋、绣花衣服，为邻居绣猫头鞋和小孩衣服，是村里有名的绣花姑娘。1990年前在家搞机绣，被沙河外贸公司聘请为机绣培训教师；1991

图 2-5-1　李海珍刺绣作品《荷花》　　图 2-5-2　李海珍刺绣作品《孔雀》

年，被西安黄河公司与加拿大合资的工艺美术公司聘为技术厂长；2000年，因家中变故回到家乡，在邢台市总工会和邢台市妇女联合会开办的刺绣培训班任教师，与刺绣爱好者一起探讨刺绣技艺，刺绣水平得到不断提高。

图 2-5-1 李海珍刺绣作品《鸳鸯》

二、老虎枕

【 起源传承 】

老虎枕是我国民间传统手工艺品，即用布缝制的外形酷似老虎的枕头，惟妙惟肖，憨态可掬。主要流传在华北地区，特别是邢台市任泽区及周边一带，是为新生婴儿准备的，寓意吉祥平安。在任泽区用老虎枕的民间习俗已流传很久，当地流传有"摸摸虎头，吃穿不愁；摸摸虎嘴，驱邪避鬼；摸摸虎身，步步高升；摸摸虎背，荣华富贵；摸摸虎尾，十

图 2-5-2 任泽区老虎枕　　　　　　　　图 2-5-2 任泽区骆郑庄老虎枕

全十美""枕枕老虎枕，百病不缠身"的说法。

对于小一点的孩子来说，老虎枕俨然是一位看护着孩子的虎威大将军；对于大一点的孩子来说，老虎枕既是枕头又是玩具，玩上兴致来，还能当马骑，农村里的许多孩子就是在老虎枕的陪伴下度过快乐童年的。2011年，老虎枕收入任泽区非物质文化遗产代表性项目名录。

【艺术特点】

老虎枕色彩明快，做工精细，形象逼真，散发着浓郁的乡土气息，具有很好的观赏价值和收藏价值，是人们日常礼仪交往、装饰生活和寄托心思的民间工艺品。

【代表人物】

任泽区邢湾镇郑家庄村贾荫泽夫妇做的老虎枕远近闻名。老两口做这个手工活已有20多年了，从剪虎样、缝虎身、绣虎脸、扎虎爪，一刀一剪、一针一线都精心设计。他们在"老虎枕"的基础上又制作了"虎玩具""虎摆件""虎挂件"等，精巧逼真、造型各异，使古老的乡村艺术迸发出新的光彩。

三、虎头鞋缝制

【起源传承】

虎头鞋是中国民间传统手工艺品，又名"猫头鞋"，取其造型别致，比猫画虎之意。鞋头呈虎头模样，在鞋前脸儿和鞋帮上绣制虎或虎头图案，寓意希望孩子们长得虎头虎脑，用形象逼真的虎头图案驱鬼辟邪，保护孩子们没病没灾，健康成长。虎头鞋鞋底宽大，不仅穿着舒适、透气、吸汗、不臭脚，还便于孩子们练习走路。所以，在幼童一岁左右时，长辈们会给孩子穿虎头鞋，鼓励其勇敢地迈出人生的第一步。

邢台市各地都有为儿童制作虎头鞋的风俗，造型丰富多彩，设计粗犷夸张，主要有母子虎、麒麟虎、王子虎、鹊虎双喜等。如今的虎头鞋被赋予生命的色彩和灵性,成了寓意深刻的礼物和老一辈对后代深情的祝福。缝制和穿虎头鞋的风俗在隆尧一带流传很广,特别是县城周围更为盛行。"头双蓝(取谐音拦,即拦住不夭折),二双红(红能辟邪,可以免灾),三双紫落成(意即孩子在自家长大成人)"的俗语,讲的就是姑姑送虎头鞋给侄儿消灾辟邪的风俗。

【 艺术特点 】

虎头鞋在全国各地都有,其制作技艺已被列入非物质文化遗产。一双地道标准的虎头鞋必须全部用手工缝制,做工复杂,要经过打袼褙、纳鞋底、做鞋帮、绣虎脸、掩鞋口、缝合鞋帮鞋底等步骤,虎头上需用刺绣、拨花、打籽等多种针法进行修饰,鞋面的颜色以红、黄、蓝为主,虎嘴、眉毛、鼻、眼等处常采用粗线条勾勒,夸张地表现老虎的威猛。细心的人还常用兔毛将鞋口、虎耳、虎眼等镶边,红、黄、白色间杂,轮廓清晰,孩子穿上虎头鞋,兔毛随风飘动,虎头也有了动感。

【 代表人物 】

隆尧县郭园村的大学毕业生祝伟伟和妻子孔倩倩在祝伟伟母亲马海云和姐姐祝伟芳的帮助下,传承虎头鞋制作工艺,由手工制作发展为半手工半机械化制作,摸索、设计制作的儿童虎头鞋,图案新颖,用料考究,针法灵活细腻,惹人喜爱,产品销往河北省各县市。如今,小小的虎头鞋被他们做成了致富的产业,产品有龙鞋、凤鞋、鱼鞋、猪鞋、迷糊鞋等七大系列,50余种花型,带动本村和邻村100多人就业。

图 2-5-3 隆尧虎头鞋

第六节　其他手工技艺

一、沙河豆面印花技艺

【起源传承】

沙河城镇北街村的豆面印花始于明末，盛于清，被誉为民间传统印染工艺的奇葩，至今已有300多年的历史。它是以豆面和石灰粉做原料，通过花板印在老粗布上的一项手工技艺。2006年，豆面印花技艺被评为河北省非物质文化遗产代表性项目。

沙河豆面印花相传至今，主要印染被子面、褥子面、门帘、围裙、头巾及花布料等。明末第一代传人胡耕成从南方学来豆面印花技艺，并在沙河城开办"全兴号"印染作坊，印染的豆面印花布以花样繁多而不褪色著称周边各县市，且图案丰富多彩，外观素雅大方，意蕴幽远，装饰性极强，经洗耐用，穿着舒适。

【艺术特点】

沙河豆面印花的主要原料是靛，即从植物中提取的蓝色染料，还有当地产的优质大豆面粉和用太行山青石烧制的优质石灰粉，以及冀南一带出产的土白布和机织白布。

沙河豆面印花工艺简便，易操作。印染工序为：先在纸上描绘图案，用刻刀镂空，再刷以桐油，制成花板（也叫漏板）；再将白布用清水洗去浆粉，然后晾干，用烙铁熨平展，将白布铺在木案上；之后，把花板铺在白布上，将豆面和石灰粉按一定比例调成糊状，用毛刷将糙糊涂在镂空图案上；涂完糙糊后，将布料晾干，之后放进盛有靛蓝、碱面和石灰混合水的染缸染色，出缸后再晾干，用刮刀除去豆面，即显示出蓝地白花图案。

1982年，沙河城镇北街村印制的"凤凰戏牡丹"被子面、"麒麟送子"褥子面、"狮子滚绣球"门帘和"鹊上梅梢"围裙等制品曾被送到北京以及日本展出，受到专家们的好评。

【代表人物】

胡俭星，男，邢台市沙河市人，豆面印花技艺第八代传承人。

二、葫芦拼接

【代表人物】

张连忠，男，1979年3月出生，邢台市临西县人，天津市葫芦协会会员，"邢台市民间工艺美术大师"。张连忠从小酷爱书法和绘画。2010年初，朋友送了几个小葫芦，他把葫芦做成了小茶壶，又找了个大葫芦做成茶盘，开始了葫芦茶具的创新制作之路。他把通过各种渠道收集来的葫芦做成了茶杯、茶滤、茶叶罐、"茶道四君子"等，组合成了整套工夫茶具，给人以赏心悦目之感。一年后，他研究摸索出在茶具上烙画、压花、刻画，壶嘴、壶把改用镶嵌技术，使葫芦制品既实用又可收藏观赏。目前，张连忠已研制出几十款葫芦茶具。他制作的葫芦茶具，采用天然种植的葫芦为原材料，经过纯手工加工制作而成，是一种生态、健康、时尚的饮茶用具。2014年，张连忠葫芦茶具获国家专利，10月，荣获中国（聊城）葫芦文化艺术节优秀奖；2015年获第四届"中国金艺奖"国际工艺美术创新设计大赛金奖和保定葫芦文化节二等奖以及"老手艺、新创意"第三届中国葫芦大赛银奖；2016年获中国（天津）第二届葫芦文化艺术节金奖；2019年获"德龙杯"邢台文创和旅游商品创意设计大赛一等奖、中国（聊城）第十三届葫芦文化艺术节精品葫芦大赛二等奖。

图 2-6-1　张连忠葫芦拼接作品

三、孔明锁制作技艺

【 起源传承 】

孔明锁也叫鲁班锁、六子联方，民间也叫六子疙瘩、难人木、憋闷棍、憋死牛、摔不开等名称，是中国古代民族传统的土木建筑固定结合器，也是广泛流传于中国民间的智力玩具。2013年，收入河北省级非物质文化遗产代表性项目名录。

关于孔明锁的起源有多种说法：一是起源于中国古代建筑中的榫卯结构。相传，春秋末期战国初期的鲁班为测试儿子的智力，用六块木头制作成玩具，让儿子拆拼，儿子忙碌了一夜，终于完成。二是三国时期，孔明把鲁班的这种发明制作成玩具，让士兵在休闲时玩乐，人们把这种玩具叫作孔明锁。三是传说诸葛亮根据八卦学原理，发明了各种玩具，原创为木质结构，孔明锁是其中一种。第四种说法，是说诸葛亮的后代制作鲁班锁进行销售，为了提高家族的知名度，把鲁班锁改名叫孔明锁。鲁班锁在几百年前传到国外，1857年美国出版的《魔术手册》中就提到了这种玩具。

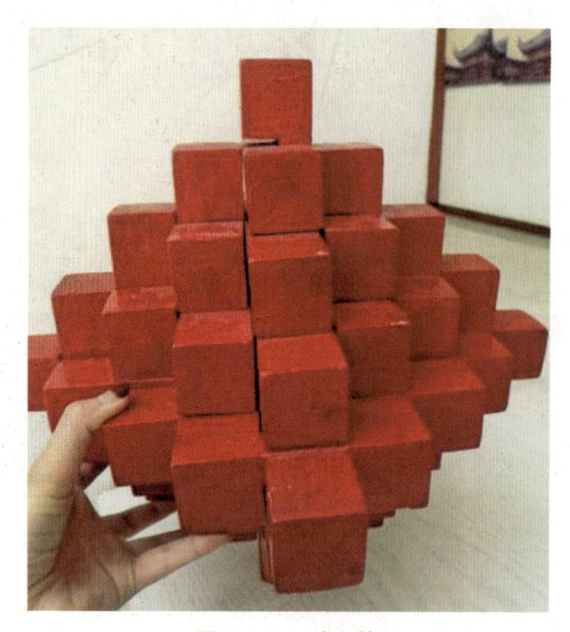

图 2-6-2　孔明锁

中华人民共和国成立前后，沙河市西崔村李振生（已故）从邢台一位木匠手中得到一种款式的孔明锁，在褡裢村一带流传；永年区白塔村周学重过继给褡裢村杨氏，改名里宝（已故），带来一款常见的孔明锁在民间流传。20世纪50年代，沙河一带农村一些木匠制作孔明锁，走乡串户在农村集市、庙会上销售。后经冶金部第二十冶金建设公司退休干部王树杰和褡裢村侯全辰创新推广流传至今。

【 艺术特点 】

孔明锁原创为木质结构，硬杂木、软木均可制成。硬杂木制作的孔明锁坚硬、耐磨、寿命长；软木易加工，制作的孔明锁可用于观赏。孔明锁是中国传统的木构结合器，起源于榫卯结构，不用钉、绳、粘合剂，内部凹凸部分（榫卯结构）啮合十分巧妙，外观看是严丝合缝的十字立方体。作为玩具，形状和内部结构各不相同，虽外观简单，其实奥妙无穷，是一种老少皆宜的休闲益智玩具。最常见的样式是六根（第一代、第二代）和九根（第三代或C类）木料构成，民间又在标准孔明锁的基础上派生出了许多其他高难度的具有观赏性的类型，比较常见的有几十种之多，如球形、棱形、方形、菠萝形、动物形、宝盒形、宝塔形、古建筑形、十字形、双十字形等。褡裢村侯全辰已经自创制作了115种六子联方类孔明锁，根据他的设计，可制作更多种外形相同、内部结构不同的孔明锁。

四、秸秆扎刻技艺

【起源传承】

秸秆扎刻起源于民间。在冀南平原，人们在夏秋时节抓蝈蝈或蛐蛐等擅长鸣叫的昆虫，并制作秸秆笼，把鸣虫放在笼中喂养，听鸣声，娱生活。心灵手巧的农民，能够用高粱秆制成各式各样的笼子。后来，这种民间技艺逐渐发展为秸秆扎刻。

【艺术特点】

秸秆扎刻是河北省的特色传统手工技艺，南宫秸秆扎刻是邢台市非物质文化遗产项目。南宫秸秆扎刻是用高粱秆扎刻，不用任何黏粘材料，完全凭一把刻刀，经过裁剪刻画，采用榫卯相互咬合将秆与秆连接，既坚固结实，又巧夺天工。

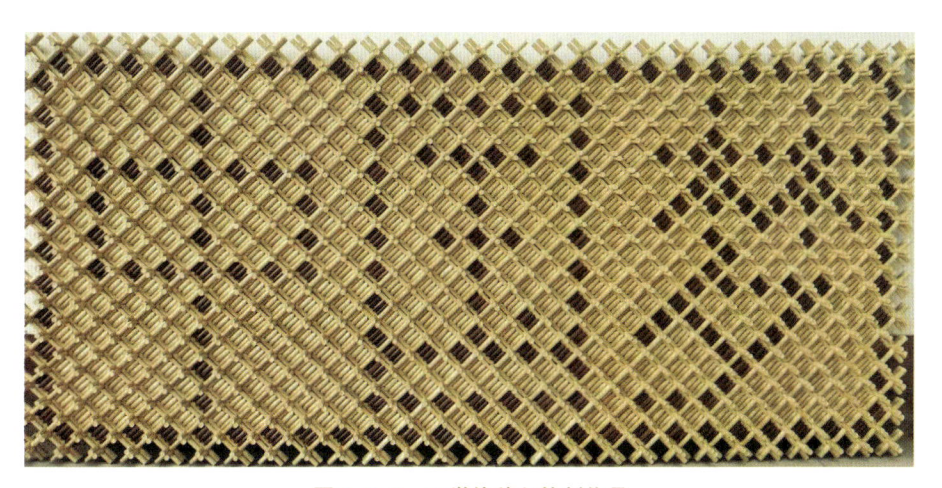

图 2-6-3　王学信秸秆扎刻作品

只能当柴烧的高粱秆，通过人们的巧妙构思，依靠灵巧的双手制成各式各样的花灯、鱼灯、跑马灯、仿宫灯等，在春节或庙会的花灯会上展示，博得人们的称赞和好评。蝈蝈笼的制作是秸秆扎刻的基础课、必修课，是高粱秆制作品的入门启蒙，是利用高粱秆扎刻榫卯相互咬合而成，小巧玲珑，坚固耐用。高粱秆灯笼、佛塔是由简单的高粱秆蝈蝈笼演变发展而成，是由几百个甚至上千个榫卯咬合连接，工艺较为复杂。从构图设计到制作，必须心无旁骛，精心雕刻。

图 2-6-4　秸秆扎刻作品

【 代表人物 】

王学信，男，1963 年 7 月出生，邢台市南宫市人，南宫秸秆扎刻传承人。自幼受父亲影响，酷爱秸秆扎刻技艺，决心把濒临失传的花灯制作技术传承下去，并在此基础上制作出了新颖的"中国结·中国梦"匾额作品，大大丰富了高粱秆工艺品的制作内容。他将简易的四柱高粱秆灯笼上加"金"字形灯顶，下加"土"字形底座，四柱榫卯连接，灯笼华丽，结实耐用。

五、线装书制作技艺

【 起源传承 】

线装书制作技艺是一种传统手工装裱技艺，它是我国传统书籍制作艺术不断演进的标志和形式。2016 年，南宫线装书制作技艺收入河北省级非物质文化遗产代表性项目名录。

　　我国古代的纸本书，经历了卷轴和册页两个阶段。卷轴由卷、轴、缥、带组装成，汉、唐只有这种卷轴形式的书。今天我们看到挂在墙上的轴画、书法，仍是卷轴装的遗风。晚唐以后，卷轴书向册页书过渡，其装订方法又有多种多样的演变，大体经历了经折装、旋风装、蝴蝶装、包背装，到了明代才正式出现了线装本的册页书。其中不少古旧线装书可视为文物，非常珍贵。线装书装订技艺在历经500多年的沿袭发展过

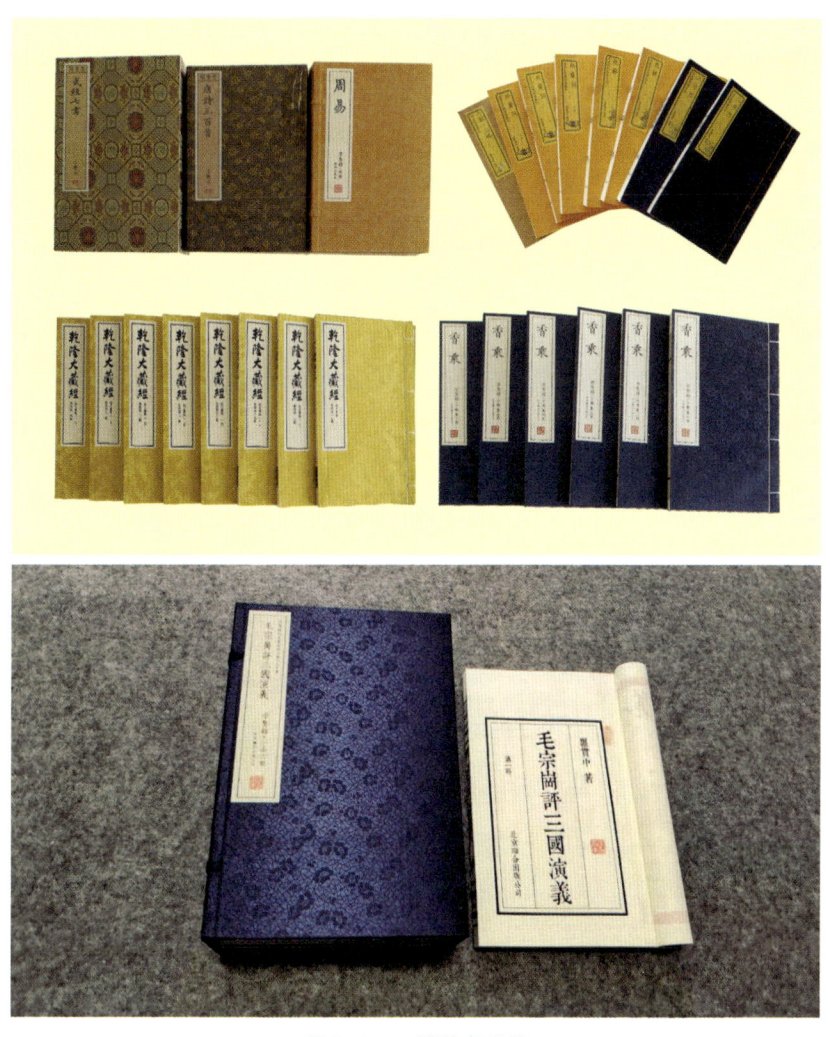

图 2-6-5　线装书成品

程中不断改进、变革与完善。南宫市线装书制作技艺源于明代，在明代出现了专门从事线装书的印制作坊。1944年，南宫小关庄村孟宪波到天津振记印刷局重新学习线装书制作技艺，返回南宫后开办冀南石印局，使南宫线装书制作技艺得以恢复。

【艺术特点】

线装书的生产，主要包括刻版、印刷、装订三个流程，是一项纯手工技艺，技术含量高。线装书外观古雅，文意隽永，适合收藏和作为礼品赠送。

【代表人物】

王立民，男，1966年8月出生，邢台市南宫市人，南宫线装书制作传承人孟宪波老先生的亲传弟子，邢台市非物质文化遗产项目代表性传承人。在南宫市成立河北华宝古籍印刷有限公司，专门从事线装书制作技艺的研究、发掘和弘扬。公司印制的线装书，除印刷环节部分使用影印技术外，装订工序全部手工进行。2014年，华宝古籍印刷有限公司被公布为河北省第四批文化产业示范基地。

六、宫灯制作技艺

【起源传承】

宫灯又称宫廷花灯，是中国彩灯中最富有特色的传统手工艺品之一。目前，邢台地区灯笼制作主要聚集在任泽区骆庄乡，其中达六庄是远近闻名的灯笼制作专业基地。该村有灯笼制作工坊100余家，产品远销北京、山西、陕西、内蒙古、湖北、湖南等十几个省区市。2013年，任泽区"宫灯制作技艺"被列入邢台市第四批市级非物质文化遗产项目名录。

宫灯在中国已经有上千年的历史了。相传，东汉光武帝刘秀统一天下、定都洛阳后，为了庆贺这一功业，在宫廷里张灯结彩、大摆宴席。一盏盏红灯笼光耀夜空，各呈艳姿，"宫灯"之名，由此而生。明代时宫灯制作技艺传入任泽区达六庄村，发展迅速，宫灯制作成为当地特色产业。

【艺术特点】

正统的宫灯造型有八角、六角、四角形，各面画屏图案内容多为龙凤呈祥、福寿延年、吉祥如意等。制作宫灯用料讲究，框架多用竹子、红木、檀木、花梨木等进行捆扎，外绷彩绘纱绢，下垂流苏，口饰金边。宫灯既有照明的实用价值，又有装饰的欣赏价值。目前制作的宫灯，除少量用木头架外，主要采用钢丝架制作。

图 2-6-6 任泽宫灯

【代表人物】

赵朝军、赵军平、达志现是任泽区宫灯制作技艺传承人，他们在继承传统宫灯制作技艺的基础上，进行创新改造，研发新产品，不断丰富宫灯产品样式，有效地扩大了宫灯产业的知名度和影响力。

第三章
民间乡艺

第一节　社火乡艺

一、泽畔抬阁

【起源传承】

泽畔抬阁是流行于邢台市隆尧县泽畔村的民间艺术，因为其神秘的制作工艺而享誉一方。抬阁又称抬角、抬歌、高抬、挠阁、脑阁、"高装"等，是传统节庆活动中的一种民俗巡游表演形式，在木制的四方形小阁里有两三个人扮饰戏曲故事中的人物，由别人抬着游行。据传，泽畔抬阁系明永乐元年（1403年）山西洪洞县马姓兄弟移民至泽畔落户后将山西故里一带的民间社火移植而来。它源于元朝末年的扛神像活动，后逐渐演变为抬由活人装扮的神。最初是两个人抬，后变为四人抬，再演变为现在的八人抬阁，逐渐成为一项百姓喜闻乐见的民间艺术形式，至今已流行500余年，2008年被列入国家级非物质文化遗产代表性项目名录。

【艺术特点】

泽畔抬阁来源于民间社火活动，其艺术特色非常鲜明。一是泽畔抬阁最基本的特征就是神秘莫测。演员表演时，一演员长时间在另一演员手掌之上作舞，或一演员肩扛一棵秫秸而另一演员则站在秫秸上长时间表演，新奇奥妙，令人叹为观止。二是造型别致，气魄宏伟。演员被众人抬起在半空中表演，配上鲜艳的服装，犹如仙女下凡。再加上排鼓、别杠开路，武术、秧歌、太平车、旱船、拉碌碡等断后，队伍庞大，气势雄伟。三是演员在表演时不念不唱，仅有头部、双臂的简单动作。扮相和造型多来自民间传说和戏剧。四是抬阁集中了戏剧、舞蹈、杂技、

图 3-1-1　国家级非物质文化遗产泽畔抬阁

美术、音乐等多个艺术形式。

【代表人物】

泽畔抬阁过去由马氏家族相传，第二十代传承人赵文治、肖老肥后，改为师徒相传，第二十一代传承人赵云山为国家级非物质文化遗产代表性项目泽畔抬阁传承人。

二、南鱼龙灯

【起源传承】

隆尧县南鱼龙灯作为一种民间舞蹈，发祥地是南渔村，流行于南渔村及周边村庄，是河北省非物质文化遗产。传说唐太宗时天上有一金角龙，专管民间降雨之事，由于与别人打赌，违背了玉皇意愿，违反天规，给民间百姓造成重大灾难，被玉皇斩首。金角龙觉得冤屈，便召集一些野鬼在京城生事，于是唐太宗向金角龙讲和，派唐僧去西天取经，来超度金角龙，封金角龙为神，享受民间香火。可这些野鬼进了城，贪图京城的繁华不肯离开，特别是过春节时，他们闹事生乱，敲诈百姓，非要金角龙的神灵出面制止不可。但是，金角龙过春节时也贪图玩乐，便要求百姓扎龙灯在城里舞起来，野鬼见了，以为是金角龙来了，迅速躲避。

这样，正月里玩龙灯以驱鬼辟邪就成了风俗。后来人们修建了奶奶庙，每年农历正月初二祭祀奶奶，同时在县城内的广场表演，以表达欣喜欢乐之情。

图 3-1-2　南鱼龙灯

【艺术特点】

舞龙灯时一般要舞红、黄两条龙，每条龙需要 12 人来表演，1 人手持绣球在前面引导，其余 11 人高举龙头、龙身、龙尾紧紧跟随其后，基本步伐有小跑和急走，龙身上下翻飞，非常壮观。在表演过程中还可以舞出各种花样，有龙盘柱、钻八节、钻二节，还有绞龙、双龙对翻；经过改进，在表演时还可以喷火喷水。舞龙灯与其他舞龙的不同之处是"灯"，尤其在晚上表演，龙身里的灯一亮，更具观赏性。

【代表人物】

很早以前的传承情况无从考究，老艺人能追忆起的传承情况是从清朝嘉庆年间开始，传承到现在已是第八代，且均为师徒传承。

三、黑城牛斗虎

【起源传承】

"牛斗虎"在临城县传承已有 140 多年。在 19 世纪 70 年代，一对仝姓的年轻人从山西来到临城做生意。闲暇之时，经常和这里的年轻人一同娱乐，他们把山西当地的这项民间艺术传到临城，"牛斗虎"便成了临城群众喜爱的民间娱乐节目。如今，临城县黑城乡王家庄村每年正月初五进行"牛斗虎"民俗表演。

【艺术特点】

"牛斗虎"一般由5人进行,先前所用道具是找两个栲栳头,每一个上面挖核桃大小的两个窟窿就是牛眼、虎眼,把两个老丝瓜插在一个栲栳上象征牛角,用布缀在栲栳上并且在布上描绘出牛和虎的花纹,再在牛和虎的脑袋里点上两支蜡烛,从牛眼虎眼里透出光来,形象逼真,煞是好看。现在,老艺人把"牛斗虎"的舞蹈动作进行了规范,对道具也进行了深加工和仿真改造。

演出开始后,一个牧童率先出场,踢腿舞拳。之后,一只凶神恶煞般的老虎出现,它发现了活蹦乱跳的牧童,乐得合不拢嘴,立刻开始捕食前的热身运动。紧接着,老虎一跃而起扑向牧童。突然,一头牧牛迅速从旁边蹦出,极力保护牧童。老虎勃然大怒,疯狂撕咬牧牛,牧牛奋起自卫。经过几个回合争斗,牧牛越战越猛,老虎落荒而逃。

"牛斗虎"舞蹈表演中的配乐全部采用打击乐,锣鼓铿锵有力,气氛紧张激烈,动作招式紧凑,进退有序,虎有虎势,牛有牛劲,颇具情趣。"牛"气势磅礴,动作刚劲,粗犷剽悍,以进攻为主,主要动作有吃草、舔背、肩扛、角顶等;"虎"则轻盈矫健,招式以防为

图3-1-3 黑城牛斗虎

主，主要动作有扑、跳、蹲、蹦、滚、躲、缩、尾扫等。

"牛斗虎"源于生活，是土生土长的民间舞蹈，反映了当地百姓对勤劳善良者的赞美，对邪恶残忍者的鞭挞，彰显了不畏强暴、敢于胜利的斗争精神。

四、西张村跳世平

【起源传承】

"跳世平"是一种边唱边舞的民间艺术，流传在内丘县城北、泜水河南岸的西张村一带，2017年1月被列入河北省第五批非物质文化遗产代表性项目名录。这种民间艺术主要是春节时在家庭祠堂中演出，表示对祖先的缅怀，对美满生活的寄托，祈求五谷丰登，追求爱情幸福。

"跳世平"与明代皇家祭祀有着密切的联系和历史渊源。李氏家谱、家庙镶石及石柱铭刻记载，李氏三世孙李真曾救过明成祖朱棣的命，朱棣做了皇帝后，对李氏宗族大加封赏。四世孙李伴哥曾是明宣宗朱瞻基

图3-1-4　西张村跳世平

的伴童，朱瞻基赐其银两回乡兴建家庙。在祭祀祖宗时效仿皇家配以舞乐，形成了"跳世平"。

【艺术特点】

内丘县西张村"跳世平"灵活多样、娱乐性强，具有独特的乡土风味。从形式上说，载歌载舞，边舞边唱，表演动作优美大方，腔调悠扬婉转动听，简单易学。从内容上说，句式有长有短，根据节奏有时加入具有地方特点的方言或道白，表现出浓郁的地方韵味，戏文多是歌唱妇女追求爱情、向往自由、空房思夫等。"跳世平"的表演者不受人数、年龄限制，但女性不得参加，生、旦、净、末、丑都是由男性来扮演，男扮女装是最主要的艺术特征。因为"跳世平"原本是为了敬祖，在家庙中表演，女性地位低下，不准进家庙拜祭。后来，演变为在外面演出。一般以8至10人搭班子，根据唱词、情节和角色可以增减变通。为了更形象化，旦角需要在双腿上绑上木制的小脚，在裙裾下展示三寸金莲，如此增加了表演难度，却提高了艺术效果。表演者年龄可大可小，可以边走边舞，也可以扎场表演，内容有传统剧目，也有随着时代变迁增加的新内容。

【代表人物】

"跳世平"由内丘县西张村李氏家族传承，至今已经传至第十七代传人李恒坤。2014年，李恒坤被认定为省级非物质文化遗产传承人。

五、龙化迎火神

【起源传承】

正月十三龙化迎火神，已经流传500多年，2016年被列入邢台市级非物质文化遗产代表性项目名录。

龙化村所迎的火神是邢台市区火神庙的火德星君，原名叫罗宣，被姜太公封为火德星君。传说明朝天顺年间，龙华村（20世纪80年代初改为龙化）火灾频发，于是村民举行仪式，把顺德府（现邢台市）火德星君请来灭祸消灾，保佑平安。自从将火神引进村供奉，就再没发生过火灾。连外村人都知道龙化的火神灵验，时常来龙化火神庙烧香叩拜祈求平安。

【 艺术特点 】

龙化迎火神活动分为五个环节，整个仪式庄严隆重，壮观宏大。

环节一，迎火神神驾。正月十三早晨，会首带领村民和村里的唢呐班、扇鼓队、秧歌队、轿夫、旗手、炮手等一行队伍，携带香箔，举旗抬轿，锣鼓齐鸣，去往村东桥头迎接火神驾到。到达以后，炮手鸣放鞭炮，众人叩首跪拜，会首躬亲接驾，念迎驾词。

环节二，迎回火神升帐。迎驾礼毕，会首捧着火神神像，率领村民按原路返回村中的火神庙前，庙前张灯结彩，帐幔彩旗随风飘扬，村民分两排站立左右，肃静不语，轿夫将火神塑像安放在有"火德真君之神位"的神龛之上，开始摆香案上供。先将四碟八碗十二架供香放置供案上，然后再用点了红点的大白馒头和面蒸的鸡、鸭、鱼、猪头等各种面塑进行供奉，蜡台、香炉、铜磬按序摆放。

环节三，祭拜火神。会首率众焚香叩拜，随后会首手捧酒杯向火神

图 3-1-5　龙化迎火神

塑像敬酒三杯，以示虔诚恭敬，并向火德真君祝祷。

环节四，示谕村民。祝祷完之后，会首宣告火神爷驾到，并示谕村民：（火神）掌天宇火星，主全村火政，理百家火事，欢迎乡亲们拜谒。

环节五，乡艺表演。鸣礼乐，放鞭炮，锣鼓齐鸣。随之开始了各种娱乐表演，有打扇鼓、拉碌碡、划旱船、跑驴舞等乡艺表演，还有弦管乐、唢呐独奏、戏剧清唱、三句半等，直到正月十五祭拜火神达到最高潮，晚上燃放烟花礼炮。

祭拜火神从正月十三一直持续到正月十六，其间，火神神案前由会首委派乡亲轮班值守，日夜点着蜡烛，香火不断，朝拜者络绎不绝。正月十七清晨，会首率村民将火神像送至村东路口，点燃香箔，鸣放花炮，焚烧牌位、画像。众人面向东方叩首，送火神爷返回邢台火神庙。

六、崔路闹元宵

【起源传承】

闹元宵是中国节日民俗活动，起源于汉代。正月是农历的元月，古人称夜为"宵"，所以称正月十五为元宵节。正月十五夜是一年中第一个月圆之夜，也是一元复始、大地回春的夜晚，人们对此加以庆祝，也是庆贺新春的延续。自明永乐年间，信都区崔路闹元宵活动一直传承下来，2016年被收入邢台市非物质文化遗产名录。

【艺术特点】

崔路闹元宵活动从正月十四至正月十六持续进行三天，刘、王、赵、姚各个家族以姓氏结社，各社有自己的会首。届时，家家户户点燃黏米面油灯，在雕刻精美的大门口和大街上挂起红灯笼。晚饭后，孩童手执令旗在前引领本社的巡游队进行"提灯会"，沿村中街巷巡游。各社先在本家族巡游展演，之后去其他家族"送灯"。巡游时，前方锣鼓开道，随后是舞龙，还有扭秧歌、太平车、拉碌碡、骑毛驴等民俗表演，队伍的最后方是浩荡的提灯人群。正月十五晚上，各个姓氏提灯的人列为一队，

图 3-1-6 崔路闹元宵打花棍

分别在本姓氏大会首的带领下，按照顺序转全村中十四座庙宇，祈愿五谷丰登，六畜兴旺，人丁康宁，生活幸福。正月十六深夜，点燃花杆，祭祀火神，花杆上的烟花璀璨绽放，漫天华彩，美不胜收。崔路闹元宵活动具有浓郁的农耕社会特色，反映了人们对美好生活的期盼，彰显了邻里守望、和睦相处的优良传统。

七、划旱船、跑驴舞、拉碌碡

划旱船、跑驴舞和拉碌碡是广泛流行于邢台地区农村的社火形式。

划旱船，是汉族民间舞蹈的一种形式。相传，远古时代，大禹曾经在邢台古地的大陆泽一带治水，尧命禹一面治水，一面大力制造船筏，拯救灾民。洪水退后，船筏便搁置在陆地上。农民每于耕作之暇，在空场上推船玩耍，叫作"跑旱船"。后世改用布帛或彩纸糊船，并吸收现实生活中采莲的动作，因而得名为"采莲船"。划旱船演出形式大同小异，女子双手持竹木制作的船形道具，艄公持橹在旁做划船状，边行边舞，似行于水上。有的单独表演，有的与"地秧歌"混同表演。划旱船主要有开船、划船、在风浪中颠簸和顺水急驶等舞蹈表演。表演诙谐幽默，深受群众喜爱。

跑驴舞是一种民间舞蹈，起源没有确切的记载，是民间社火的主要组成部分。邢台地区民间的跑驴舞与跑旱船有相似之处，跑驴舞的道具为竹、木、秫秸、纸或布扎制并施以彩绘的"驴"。"驴"的腰部留有开孔，表演者在开孔内站立并用彩带将"驴"固定于腰间或肩部，便于将"驴"提起和在表演过程中舞动。跑驴舞表现小媳妇走娘家和农村老汉老大娘的故事情节较为普遍，表演时由一名表演者骑"驴"，不时模仿犟驴做出一些滑稽、幽默的动作，其他演员围绕"驴"做出牵、拉、追、拦、打等动作，活灵活现表现出犟驴的神态和赶驴者的执着，使观者捧腹大笑。跑驴舞的表演者都是男性。跑驴舞民间生活气息浓郁，颇具地方特色。

图 3-1-7　跑驴划旱船拉碌碡

拉碌碡起源何时，不见明文记载，但从歌舞内容和形式上看，和宋代已经兴起的"村田乐"有些相似之处。地处华北平原、古黄河岸边的邢台地区，农耕历史悠久，历代农民打场、轧地要用碌碡，"拉碌碡"便从"村田乐"发展变化而来，成为表现农家劳动生活的

图 3-1-8　押石村拉碌碡

一种艺术形式。表演时，一老汉手拖犁地鞭，在后面赶碌碡，念白"叫你纺花不纺花，给个碌碡叫你拉"等语句；男扮女装的老婆儿在前面拉一个彩布或彩纸糊起的大碌碡，在鼓乐声中边舞边唱，舞姿滑稽逗笑。中华人民共和国成立后，人们多是改写唱词，利用拉碌碡文艺形式，配合进行社会形势和政策宣传，促进了其发展革新。

八、临西县西马村跑竹马

临西县西马村跑竹马，起源于明朝万历年间，讲的是明代武戏《马芳困城》，具体内容是明朝万历年间年仅10岁的皇帝登基即位，外戚李梁意图谋反篡位，大将徐元召、杨波力保年幼的皇帝，与李梁等反派作斗争的故事。在明朝时期形成的这个项目目前只流传于临西县西马村，世代传承，已有300余年历史。每年的正月十六，村民为庆祝新年，都要在打麦场上或者一个大院子里表演跑竹马，全村的男女老幼一起热闹一番。

跑竹马道具主要是竹马。一般是用竹皮或者竹篾扎起骨架，骨架扎好后，糊制马头、马身，马头与马身用花布连接，跑动起来马头富有动感，形象逼真。用纸裱糊好后，再经过彩绘，彩绘的图案不同，有龙、凤等吉祥象征物。将马鬃粘贴在马头上部，做出马鬃的样式。马身下面要做一个裙围子，可以用纸，也可以用布料。竹马分为前后两半，跑竹马的时候，表演者站在竹马中间，竹马挂在表演者的腰上，使表演者如骑马状，可以在队伍的前后左右来回自由地跑动，在跑动中，还做出马尥蹶子踢人的动作，以增加跑竹马的趣味性。目前保存着八个竹马的骨架。马颈系铃，有的表演者身上系响铃，跑动时发出有节奏的响声。

舞蹈特点是表演者既要扮演骑马者，又要模拟马的动作，两者之间的律动完全不同，却要配合协调。主要动作是上半身表演不同人物骑在马上的各种姿态和表情；下肢用颤动的小步，平稳的快步，前踢、后蹬及蹲步等模拟马的各种动作。竹马可自由转动，表演者可在"马"上做各种姿势，如倒立、盘坐、倒骑、侧躺等。

图 3-1-9　临西县西马村跑竹马

　　跑竹马的表演形式简便，动作也比较简单，跑动时，以走场为主，还有很多阵子，包括"蛇蜕皮""龙摆尾""铁锁子褉儿""大叉花""齐王点兵""十字梅花""鸭蛋葫芦""分马叉花""剪子股""小叉花""四门斗""爪角车""引马""卷拨儿""跑圆场"等10余种场图。表演时，伴奏乐器大多使用锣、鼓、镲、大笛、小笛、笙等，也有用唢呐吹奏民间乐曲的。伴奏音乐最早不详，配合跑竹马者的表演和故事情节，鼓乐节拍明朗，轻重快慢有序，强弱急缓鲜明。

第二节 庙会乡艺

一、尧山庙会

【起源传承】

尧山，又名唐山、宣务山等，位于河北省邢台市隆尧县城西北6千米的山口镇山口村南、北两侧。尧山属太行山支脉，东北—西南走向；有南北两峰，南峰称尧山，北峰称宣务山，合称尧山。尧山山脉占地总面积为4.8平方千米。尧山，是孕育和承载尧山文化的历史名山。有关史料记载，尧，为上古时期的贤明君主，称陶唐氏，名放勋。北魏武定三年（545年）《开府彭公建庙碑》记载："惟兹宣务，陶唐采封。"认为河北隆尧县为"尧始封之地，国号陶唐"，山因而取名为唐山或尧山。北魏成书的《十三州志》是一部记载全国地理情况的著作，其中就记载"尧纳舜于大麓"，即今天的尧山。为纪念尧帝，自汉代至民国年间，在尧山上建立尧帝碑记和庙宇，广大民众在尧山的山顶上进行祭祀活动。

自古以来，特别是唐代至元代时期，在尧山形成了纪念尧帝为主的庙会祭祀传统，庙会期间各种祭祀活动十分兴旺。特别是随着隆胜寺的修建、宣务山石窟的开凿，在朝拜祭祀尧帝的同时，又增加了佛教文化的活动内容，形成早期的尧山庙会形式。当地名士赵渔将尧帝神化，与玉帝、孔圣人同供在"三天阁"内，又增道教、民间众神，正式立尧山庙会，确立四月初一为尧山庙会的正会。后又增添了正月十六、六月初一、十月初一、腊月初一等四个庙会。其中四月初一为最大的传统庙会，会期历时半月余，方圆百里的善男信女和众多商贾云集尧山。

【乡艺活动】

尧山庙会是融民间艺术、宗教信仰、物资交流、文化娱乐为一体的民俗文化活动。尧山庙会中有地域特色的民间祭祀活动，以尧山敬神的跑功为特色，跑功没有固定模式，动作套路可随心所欲地变换花样。在跑功中还有演唱，其形式分两人对唱、轮唱、齐唱等，跑功的唱词通俗易懂，朗朗上口，合辙押韵，具有鲜明的地方特色。在跑功的队伍中既有六七十岁的老太太，也有二三十岁的少妇，她们可以连续跑功、唱念数小时。

庙会有各种乡艺文化活动，有来自各个地域的地方戏曲，如河南豫剧、河北梆子、威县乱弹等剧种；还有百姓喜闻乐见的扭秧歌、踩高跷、划旱船、拉碌碡、二鬼摔跤、武术及锣鼓表演等。在庙会上有许多地方民间手工艺品，如糖人、面人、面老虎、风筝、风车、模壳等等。

图 3-2-1　尧山庙会上出售的葫芦工艺品

【代表人物】

刘永庆，男，1937年出生，邢台市隆尧县人。1986年，刘永庆夫妇向隆尧县文保所申请，经河北省文物局批准，在宣务山上重修了赵渔当年的"书房楼"。20多年来，先后投资180多万元，恢复庙宇10余座，对宣务山庙会的复兴起到重要作用。

二、神头庙会

【起源传承】

神头庙会又称扁鹊庙会、鹊山庙会，是由古代祭祀扁鹊活动发展演变而来的内丘县风俗，2006年收入河北省非物质文化遗产代表性项目名录。

内丘鹊山作为华夏医祖扁鹊生前封地、逝后葬地、扁鹊中医药文化发祥地，有着全国最大的扁鹊祭祀庙群。相传，扁鹊在秦国被害后，其头被安葬在鹊山脚下，当地的焦子村和郎家庄合二为一改村名叫"神头村"。人们在此为扁鹊建庙立祠，世代祭祀。内丘扁鹊祭祀活动可追溯到战国时期，至今约有2500年的历史，最初是以朝山拜圣形式祭祀神医扁鹊而兴起的群众性聚会，后演变成崇拜扁鹊及后土神的庙会，即鹊山庙会。汉代道教的兴起，使鹊山祠由单一祭祀扁鹊变为供奉多路神仙。这种变化，对鹊山庙会的形成也起了锦上添花的作用；经不断地演变、发展，鹊山庙会形成了具有多种文化内涵的传统庙会。

【乡艺活动】

鹊山庙会一年数次，其中三月初一庙会规模最大，十月初一庙会次之。每逢三月初一，庙会人山人海，车水马龙，因此会期也不断延长，庙会的起止日期逐渐提前，从二月初二开始，到三月初二才算结束，历时一月。十月初一庙会会期一般三至五天；其他庙会会期只有一天，赶会人员范围较小，外地人一般不来参加。

图 3-2-2　神头庙会民俗——打扇鼓

　　三月初一庙会期间，在朝拜、祭祀扁鹊的同时，还常常要举行一些内容丰富的宗教仪式，其中有为神的诞辰举行的祀典，有为官府和民间信徒举行的斋醮，以祈求社会太平、风调雨顺或祈福消灾，还有民间的烧香拜神等活动。今天，官方斋醮已经不再举行，而民间祭祀和烧香拜神却逐渐增多。此外，每届庙会期间还会举行一些丰富多彩的娱乐活动，其中有外地为庙会助兴而奉送的民间艺术表演，也有祭祀者自发组织的各种活动，如抬扛箱、推太平车、划旱船、跑竹马、拉碌碡、扭秧歌、扇鼓舞、杂耍等。为接待来客，鹊山祠附近的神头村、西营村几乎家家都设茶棚，形成了独特的茶棚文化。

第四章 民间鼓乐

第一节 鼓舞

一、秦王破阵鼓

【起源传承】

秦王破阵鼓流行于沙河、武安、永年一带的洺水流域,俗称武社火,现传承于河北省沙河市白塔镇南金紫村。2017年,秦王破阵鼓被收入河北省非物质文化遗产代表性项目名录。

秦王破阵鼓源于邢台市沙河一带的民间传说:唐初,李世民奉命平定战乱,在沙河孔庄岳山与刘黑闼展开决战。交战之时,李世民令沙河百姓击战鼓以壮军威,三军将士奋勇激战终破敌军。当地百姓为了纪念这次胜利,把战场演练的这支破阵击鼓之乐代代传承。

【艺术特点】

沙河秦王破阵鼓吸收了《秦王破阵乐》中开场鼓乐的气势和风格,在原有的鼓乐中糅进了宫廷的乐谱,婉转动听,高昂而又极富号召力。

秦王破阵鼓有三个章节。第一节为《破阵》,用鼓声表现秦王破阵杀敌,战马奔腾,枪箭交错,洺水咆哮,瞬间敌军葬于水中的场面。第二节为《还朝》,表现秦王征战获胜后,百姓出迎,欢歌笑语,庆祝胜利的盛大场景。第三节为《盛世》,体现李唐建国,贞观之治,社会祥和,路不拾遗,百姓安享太平,表达了人民对太平盛世康宁生活的向往。千余年来,沙河百姓用当年的鼓谱敲出心中的畅想,又改编成了武社火流传至今。

演练时,秦王破阵鼓演员身着黄色古装,脚穿战靴,队形视场地情况呈三角形或一字形依次排列。主鼓手背后插着绣有"秦王破阵鼓"字样的彩旗，八名配鼓手分列两侧，敲镲的表演者分列外围，八名手拿小镲的表演者随后，随着主鼓的鼓点，边敲边舞。

二、招子鼓

【起源传承】

隆尧招子鼓主要流行于隆尧县千户营村及周边村庄，大约在明代永乐年间成形。古时，因隆尧县澧河、滏阳河、午河、小漳河一带地势低洼，三年两年闹水灾，每当河流泛滥，人们就敲鼓召集民众，以不同的鼓点说明灾情的大小、急缓，并在决口的地方树起高高的招子，让人们明白抗洪地点。后来，人们为了活跃生活，在春节时展演招子鼓，它就逐渐成为当地民间社火的内容之一。2008年，隆尧招子鼓入选国家级非物质文化遗产代表性项目名录。

【艺术特点】

招子鼓表演形式灵活，舞姿优美，不受时间、地点、场地的限制，队伍可大可小，人数可多可少，多则五六十人，少则二三十人。表演者腰系扁形鼓，背插高约五尺的木棍，木棍顶端扎有俗称"鼓招子"的彩色鸡毛掸子。表演中，舞者时而大幅度劲摆，时而小幅度快抖，顶端掸子随之突突颤动。舞蹈豪放洒脱、刚劲舒展、生动有趣，分为行进表演和定点表演两种方式。行进表演时，队伍分为两大部分。第一部分一般由四路纵队组成，中间是两队小鼓，两侧各有一队大铙或大钹，总指挥手持令旗，掌握着队伍前进的速度和节奏，另有两名丑角手持小扇、脚踩鼓点节奏在鼓队中来回穿梭、逗乐，别有情趣；第二部分是一部机动车（过去用马车），上架一面直径1.5米至2米的大鼓，由四人轮流或同时击打，两侧有四至六面小马锣，车头上方插一面鼓会的会旗，队伍在阵阵雄壮的鼓声中行进，集表演、音乐于一体。定点表演时，大鼓和马锣停在表演场地一侧，小鼓和大钹大展雄威，队形在有力的鼓声中展示无穷的变化。场图包括二龙出水、五股穿心、插花、跑对角、串八字、

图 4-1-1　招子鼓

大围场、龙盘柱等多种样式，表演以小碎步、蹲步为主，风格飘逸优美，动作变化多端，给人以强烈的美感享受。

三、黄巾鼓

【起源传承】

广宗县黄巾鼓，是广宗县的传统鼓乐舞蹈，源于东汉末年的黄巾起义。起义领袖张角以打醮聚众，起义军以击鼓助威，黄巾鼓作为战场助威鼓便应时而生。由于黄巾军信奉太平道教，黄巾鼓声撼天动地，能够烘托战场助威的浓烈气氛，故黄巾鼓又叫太平战鼓。黄巾军起义失败后，黄巾鼓演练者为避官府抄拿，遂将其改名为"文鼓"，黄巾鼓在当地民间流传下来。后来，当地百姓每逢春节和庆典时进行表演，用鼓声祝福太平盛世，祈愿风调雨顺。2009 年，广宗县黄巾鼓被列入河北省非物质文化遗产代表性项目名录。

图 4-1-2　黄巾鼓

【艺术特点】

　　黄巾鼓展演形态有三步，一为出场，执黄巾鼓队旗者领队，其余随后；二为演奏，队旗居后，大鼓居中，鼓铙镲十六人呈"八"字形列于大鼓两侧，引锣在前，在队形摆布过程中奏"布阵"序曲，而后演奏正曲；三为收场，将"八"字形变为"二"字形站于大鼓前，在变幻行进过程中奏"荣归"尾曲，持引锣者引导谢场。黄巾鼓正谱共八节三十二番，完整演奏需十八分钟。演奏撼天动地，铙镲清脆悦耳，节奏急如狂风暴雨，缓如潺潺流水，演奏气势和音乐效果相得益彰。演奏者身着黄色服装，头扎黄巾，以示当年的黄巾军，其意义和目前一些打击乐队的黄衣服装饰有本质的区别。

四、鸳鸯鼓

【起源传承】

　　据《邢台县志》记载，明末清初时期，李氏四口人来到薛家屯村定

图 4-1-3　鸳鸯鼓

居，每到过年过节，一家四口便会在门口敲镲打鼓，庆祝节日的到来。鼓声回荡在山中，格外好听。乡亲们都纷纷前来向其学习敲鼓，而这家人则来者不拒，一时之间，这套鼓法成了全村家家户户过年过节必备的节目，一直流传至今。后来，老两口相继去世，为纪念父母，儿子儿媳将鼓命名为"鸳鸯鼓"，象征着父母坚贞不渝的爱情。2017 年，鸳鸯鼓被列入邢台市非物质文化遗产代表性项目名录。

【 艺术特点 】

鸳鸯鼓最大的特色在于其鼓点节奏是二重奏形式表演，主鼓先敲鼓点，副鼓紧跟着再演奏一遍，镲为伴奏乐器，音声相和，前后相随，层次分明，多而不乱。鼓点分快点、慢点，鸳鸯花，莺花杈，行礼鼓，对庆五大部分，快点表示催马助威，慢点表示点兵点将，鸳鸯花表示鸳鸯叫阵，莺花杈表示花枪并打，行礼鼓表示依仗行礼，对庆表示庆贺胜利。表演时，队伍中间放一面大鼓，以鼓点指挥着整个队伍的演出。三个配鼓手站其身后，左侧和右侧各有十个配鼓手一字排列，队形整齐。两队的外围，十个敲镲者依次排列，站在副鼓手一旁。所有鼓手跟随主鼓鼓点，边敲边舞。

【代表人物】

李树贵（1943—2022）年，男，邢台市襄都区人，薛家屯鸳鸯鼓传承人。在传承老辈鸳鸯鼓的基础上，李树贵融合当地其他鼓种，丰富了曲目内容，使其变化繁多，鼓点节奏层次分明，顺序流畅。

五、长信排鼓

【起源传承】

长信排鼓是襄都区历史悠久的传统鼓乐，起源于明代，兴盛于清代，流传于长信、石相、口头等邢台东北部乡村一带。明初，每逢干旱年，村中一户从山西洪洞县迁来的林姓人家便会带领族人求天赐福，偶得天降甘霖时，村民就认为是上天赐福于百姓。为了感谢天地，敬拜神灵，林氏家族的长辈用干椿木合成圆筒形，两头钉上牛皮，敲打狂欢，以示感谢，这就是最早的排鼓。2007年，长信排鼓收入河北省非物质文化遗产代表性项目名录。

【艺术特点】

长信排鼓属集体表演项目，少则十几人，多则上百人。表演器具以鼓、锣、钹为主，其中鼓又分为大鼓、中鼓、小鼓。根据表演规模，所用表演器具数量不等。表演者身着古战服，按阵形排开，大鼓指挥，小锣引导。表演时，鼓乐齐鸣，节奏变化多样。表演者随着鼓点变化，不断变换队形，由二人对敲到四人对敲，再到"四门到底""十字披红""双插花"等。队形变幻无穷，群情激昂，使人眼花缭乱。

长信排鼓表演形式灵活，鼓声铿锵有力，场面气势磅礴，富有艺术性和表现力，是一种群众喜闻乐见的民间艺术，也是一种健身娱乐的文化形式，在当地具有广泛的群众基础。

图 4-1-4　长信排鼓

【 代表人物 】

长信排鼓明代至清中期的传承谱系早已丢失，清代末期重新记载传承谱系。第一代传承人为林卫新，第二代传承人为林永成，第三代传承人为王明礼，第四代传承人为林春增，第五代传承人为王国强。

第二节 民乐

一、太平道乐

【起源传承】

太平道乐也称太平古乐,发祥于广宗,被誉为道教音乐的"活化石"。太平道乐源于东汉末年黄巾起义,是在起义的舆论发动过程中形成的。自汉末至今,在邢台广宗、巨鹿、平乡等地传承延续了1800多年,并不断得到补充、发展与完善,吸收佛教音乐和宫廷音乐的成分,更多地吸收融合这一带地方戏曲和民间小调的韵律,逐渐形成一套经乐与器乐组成的完整的太平道乐。经过普查,太平道乐有伴弦曲牌48首、器乐曲牌41首、打击乐曲牌45首,共计181首,其中失传47首。另有辗转传世的手抄《太平道乐工尺谱》一册。2008年,太平道乐被列入国家级

图 4-2-1 太平道乐

非物质文化遗产代表性项目名录。

【艺术特点】

乐器以管、笙、笛、箫为主，以坛鼓、云锣、铛子等为辅，曲风韵腔质朴，明亮。管发声清澈，起领奏作用；笙起控制乐曲曲调高低的作用，俗称乐器之母；铛子起控制节拍的作用，使其有板有眼，听起来更有层次感；箫、坛鼓等都属配器，配合主旋律合奏，使音质更加浑厚。演奏形式分为两种：一种为静乐，演奏时或坐或立；一种为动乐，边吹奏边行进，又称舞乐或道舞。流传下来的曲谱主要有《太平十八番》《三仙曲》《朝天子》《经堂乐》《玉芙蓉》等，是我国古代文化遗产中珍贵的民族音乐瑰宝。

太平道乐传承形式主要是师徒相承，师傅收徒弟要从道德、技艺等多方面进行较长时间的观察和考验。师傅向徒弟传授技艺的基本方式是口耳相传、口传心授，道教徒称为"口口递"，即师傅一字一板地吹或唱，徒弟一字一板地学。教授的不是简谱，也不是工尺谱，而是用方言单字"冬、浪、里、得、龙、格、当"哼唱的口传谱，俗称"龙格谱"。

【代表人物】

张玉保，男，1947年出生，邢台市广宗县人。精通太平道乐的吹奏乐器、打击乐器的演奏和道教书法、经典、剪纸艺术等，是太平道乐第二十代弟子，也是广宗太平道乐代表性传承人。

二、妙义清心歌

【起源传承】

妙义清心歌是邢台市级非物质文化遗产。它起源于康熙年间，以《道德经》为根本经典，同时吸收了儒家的伦理道德观念，以教化人心为主，目的在于使人懂得为人处世的道理。其表现形式以60个古韵为基调，按照各种词牌、韵律组成唱腔，歌词浅显易懂，长歌短话，读起来朗朗上口，唱起来委婉动听。内容一般是劝人向善，教化人心，以达到弃恶从善、净化心灵的目的。古色古韵的唱腔，加上木鱼、板鼓的协奏，深受广大民众的喜爱。

【 代表人物 】

1. 张荣坤

张荣坤，男，1957年9月出生，邢台市隆尧县人，妙义清心歌第三代传承人。其父张玉种承接其爷爷张连魁。100多年以来，他们秉承主旨，孝顺父母，家庭和合，敬拜天地，顺和自然，和睦邻里。

图 4-2-2　妙义清心歌

2. 王玉珠

王玉珠，女，1942年1月出生，邢台市隆尧县人，妙义清心歌传承人，承接其婆母四大荣。

第五章
民间戏曲

第一节 地方戏剧

一、威县乱弹

【起源传承】

威县乱弹因起源于河北省邢台市威县而得名，是国家级非物质文化遗产。乱弹是清代康熙末年兴起的地方声腔剧种，至嘉庆、道光时已形成独特的风格。京徽合流以后，乱弹脱颖而出，自立门户。它分东西两路，在唱腔板式上，各有千秋。东路乱弹的活动范围是邢台、邯郸以东，石德线以南及鲁西北一带。西路乱弹的活动范围是山西上党以东及石家庄地区东北一带。20世纪二三十年代是乱弹的发展时期，班社众多，名伶辈出。1949年后，威县组建了专业性的乱弹剧团，农村业余剧团也相继出现。1954年，藁城县改兴华乱弹剧团为"日新乱弹剧团"。1955年，隆尧乱弹剧团成立。1957年，山东省临清市乱弹剧团成立。2008年，威县乱弹被列入第二批国家级非物质文化遗产代表性项目名录。

【艺术特点】

威县乱弹的演出剧目大都取材于历史演义及古代传奇、杂剧等，以反映帝王将相、宫廷纠纷的戏为主，剧目有300多个。乱弹的唱腔高亢，朴实，乡土气息浓厚，为广大群众喜闻乐见。演唱上近似丝弦腔，但较丝弦腔更为浑厚、粗犷。威县乱弹的唱腔与伴奏采用"支声复调"的多声部音乐表现形式，每个声部在整体制约下独自进行，形成独特而微妙的旋律对比效果，这在中国戏曲声腔中是独一无二的。常用板式有慢板类、二板类和散板流水类，以"二鼓头""一鼓头""慢乱弹""流水板"为主。

图 5-1-1 《威县乱弹》

【代表人物】

威县乱弹的代表人物有王金海、孟宪坤、孟宪东、吴青山、宋长岑、孟凡真、赵合增等。

1. 王金海

王金海，男，艺名"小老王"，1922年出生，邢台市威县郭村人，家境贫寒，9岁入戏班，12岁登台演出崭露头角，轰动一时。拜宋长岑为师，自1936年跟随"凤艺班"在冀南鲁北一带演出，得到许多名演员的指教。王金海嗓音嘹亮，吐字清晰，唱腔粗犷醇厚，声情并茂。

2. 孟凡真

孟凡真，男，1942年出生，邢台市威县人，第三批国家级非物质文化遗产项目威县乱弹代表性传承人。1957年加入威县乱弹剧团，拜孟宪东为师，学习排演了《临潼山》《满江红》《宝莲灯》等剧目，扮演重要角色。1959年，他演出的《杨金花夺印》获邯郸专区汇演

图 5-1-2 威县乱弹省级传承人赵合增在《杨金花夺印》中饰寇准

图 5-1-3 威县乱弹《梨乡情》剧照

一等奖；1968年，他参加了在山西太原、大寨的慰问演出；1980年演出的《王怀女》在河北电视台、中央电视台播放。

孟凡真专攻花脸行当，基本功扎实，声腔高亢激越，节奏明快，吐字清晰，拖腔流畅，表演细腻，具有浓郁的地方色彩，能演出多个乱弹传统剧目和现代剧目，代表性剧目有《王怀女》《杨金花夺帅》《红灯照》《八一风暴》等。他保留着威县乱弹部分剧本、剧照、演出合影、曲谱以

及威县乱弹剧团各时期的演出记录等资料，自己绘制了威县乱弹代表性脸谱30余个。

3. 赵合增

赵合增，男，1964年3月出生，邢台市威县人，河北省音乐家协会会员，威县乱弹代表性项目省级传承人。他师承王金海、杨寿福，工老生、小生，擅长演出的剧目有《高平关》《杨金花夺印》《汴梁图》等，2006年获得河北省优秀表演奖，2014年获得"我要上春晚"邢台赛区十优节目奖。

二、威县乱弹推偶戏

【起源传承】

威县乱弹推偶戏源于明代，是一种独特的民间艺术表现形式。据威县河里庄村李氏乱弹老艺人世代相传，推偶戏是该村李氏老祖宗李七老于明朝永乐年间从山西洪洞县迁民时，用洪车子（因源于山西洪洞县而得名的一种木推车）推来的"玩意儿"。起初只有威县鱼台村有推偶戏，到了明代正德年间，六世李岳在河里庄村教戏传艺时将推偶戏带到该村。到了清代中叶，推偶戏先后流传到威县鱼堤、银边庄和小张山村。相传，银边庄村的推偶戏是从鱼堤整箱买走的，小张山村的推偶戏是在200多年前由河里庄村李氏作为一个老姑奶奶的阴婚（未婚而亡的成年女性按活人出嫁仪式嫁给已死亡的单身男性称为阴婚）陪嫁传到小张山村郭姓一家的。

"文革"时期，小张山村乱弹推偶戏作为"四旧"被扫除而消失，银边庄村乱弹推偶戏在20世纪80年代初被带到山东而消散遗失。进入21世纪后，原籍河里庄村的威县文化馆工作人员李双旭经过不懈努力，终于恢复了推偶戏。

【艺术特点】

乱弹推偶高约0.7米，生、旦、净、丑行当齐全。表演者左手抓推偶主杆，右手五指操纵两根小木杖配合左手做表演动作。舞台宽2米，高1.2米，纵深0.9米。推偶表演者多为2到3人，伴唱及演奏人员在舞台后面，演唱剧种为威县地方戏——乱弹，其声腔高亢激越，表演拙朴，能演出《铁冠图》《李翠莲上吊》《斩小白龙》《收潼关》等40多部戏。

【代表人物】

李双旭，男，1949年出生于威县河里庄村一个乱弹世家，是东西两路乱弹名家传人。退休后致力于筹建威县乱弹纪念馆，他历经数年，几经波折，终于在一位小学老同学郭瑞明的帮助下，寻到了仅存的五只明清时期的乱弹推偶头像，又数次赶赴威县银边庄村向该村唯一健在的乱弹推偶戏老艺人宋之良学习推偶的制作和表演技巧。

经过不断地摸索和实践，终于在2019年10月威县乱弹纪念馆开馆

图5-1-4 李双旭恢复制作的乱弹推偶

之际，年已七旬的李双旭老先生将一套明清乱弹推偶完整修复、展出，并在2020年威县春节联欢晚会上和家人一同表演了乱弹推偶戏。

三、南路丝弦

【起源传承】

丝弦又名弦子腔，是河北省的古老剧种之一。丝弦起源于明朝万历年间，是元、明弦索腔的遗音，故古称"弦索腔"，用琵琶、三弦伴奏。在发展过程中，受到了昆曲、河北梆子、京剧不同程度的影响。由于流传地区的不同，形成了东、西、南、北、中五路。南路丝弦又称弦子腔、平乡丝弦，活跃于冀南、豫北、鲁西和晋东南地区。

清代早期，南路丝弦开始在平乡民间演唱、流传。康熙、雍正年间，宫调与越调两种声腔逐渐结合，南路丝弦在艺术上日趋成熟。清末至民国初年，邢台、邯郸两地兴起20多个班社，是南路丝弦的鼎盛时期。解放后，相继成立了一批专业剧团，演出的剧目不断增加，演出的区域也逐渐扩大。

南路丝弦传承有序。清道光十七年（1837年），平乡南路丝弦第一次成班，班主不详，学员有庞志新、庞二黑等。光绪二十二年（1897年）再次成班，班主、教师均为庞志新。民国二十六年（1937年）第三次成班，班主司章保，教师司南祥、田文友、庞月法，琴师庞计增。民国三十七年（1948年）第四次成班，班主庞责章，教师田文友等人。1956年，平乡南路丝弦剧团举办戏训班，由关新斗、董朝凤、赵凤山任老师，学员有马俊改、曹楼、李胜利、贺文田、张孟仁、时秀考等人。目前，年轻的南路丝弦演员主要有范书改、栗艳峰、庞月芳、张建芬、张红甫、李献磊、霍现武、张凤山、郭庆兰、王朝英等。

【艺术特点】

南路丝弦曲调婉转高昂，有"九腔十八调，七十二哼哼"之称。唱腔独具特色，全部音域为两个八度，下方八度用真声，上方八度用假声，唱腔最后一句常以六至十二度向上跳翻高，然后用假声下行急进甩腔。这种尾腔翻高的唱法，具有极为浓郁的地方色彩，是南路丝弦唱腔独有的特点。

南路丝弦戏的伴奏乐队分文武场。文场包括弦索（俗称土琵琶）、月琴、大三弦、小三弦，即常说的四架弦，因此谐音"丝弦"（四弦）。武场包括板鼓、大筛锣、大铙、哑钹、手锣等，还有大镲、大鼓、碰钟等。后来，又相继增添了二胡、曲笛、扬琴等乐器，乐队音响逐步丰富起来。

南路丝弦表演热烈、火爆，乡土气息浓厚，热烈火炽，粗犷豪放，动作夸张，以身段动作、面部表情和手指动作等完成戏中角色形象的塑造，刻画人物细腻，崇尚技巧，各行当都有不同于其他剧种的程式动作。南路丝弦的行当分生、旦、净、丑诸行，以花脸、花旦、老旦等行当表演更具特色。生、旦崇尚技巧，表演细致；花脸动作夸张，粗犷豪放；丑角幽默诙谐。

四、隆尧秧歌戏

【起源传承】

隆尧秧歌戏，俗称隆尧秧歌，原称隆平秧歌。诞生于明末清初，是由古代当地劳动人民在插秧、收获、劳作时的稻歌演变而来。于嘉庆年间形成组班登台巡演，至今已有400多年历史，是河北省古老的地方剧种之一。隆尧秧歌戏鼎盛时期主要流行于河北省南部和石家庄的部分县、市以及邻近冀南地区的山西省和顺县，山东省聊城市、夏津县等地。现仅有40多名民间艺人组班3个，活动于其发祥地隆尧县和周边的巨鹿县、任泽区、宁晋县以及石家庄市的赵县等。2006年，隆尧秧歌戏列入第一批国家级非物质文化遗产代表性项目名录。

【艺术特点】

根据表演特点和地域的不同，隆尧秧歌又分为南、北、中三路。隆尧秧歌的主要特点：一是表演舞台性，行当齐全，唱、念、做、打完善，

图 5-1-5　隆尧秧歌戏

不同于民艺舞蹈扭秧歌。二是地域乡土性，表演风格饱含乡土气息。三是剧目丰富，有剧目 200 余出。四是语言通俗，唱词、道白朴实生动，口语民风浓，唱腔简单明快。五是伴奏简易，前期只有武场乐器，以鼓、锣、镲、梆为主，后期增添弦、笙、笛等文场乐器。

【代表人物】

1. 吴年成

吴年成，男，1942 年出生，邢台市任泽区人。第二批国家级非物质文化遗产项目秧歌戏（隆尧秧歌戏）代表性传承人。吴年成 1952 年进入石家庄前进秧歌剧团，随其伯、父、著名隆尧秧歌戏艺人吴喜堂学艺，主攻武生，后随其姑姑、隆尧秧歌戏第六代传人吴淑英学艺，主攻武生、导演，为隆尧秧歌戏第七代传人，并随著名京剧红净何月楼学习武功，后进入石家庄市丝弦戏校拜郝横莲为师，1960 年至 1963 年在岗南水库河北调剧团（原石家庄市同顺秧歌剧团）担任演员，1963年至1988年在隆尧县秧歌剧团任演员、导演,1988年至2004年在隆尧县电影院工作。其武功根底深厚、扎实，尤以《截江夺斗》中的赵云、《蜈蚣岭》中的武松等角色而闻名。代表剧目有《闹大厅》《抓阄》等。

2. 刘巧菊

刘巧菊，女，1942年出生，石家庄市高邑县人。第二批国家级非物质文化遗产项目秧歌戏（隆尧秧歌戏）代表性传承人。刘巧菊1955年3月考入河北省隆尧秧歌团，拜秧歌著名艺人、名丑（兼青衣）第六代传人杨保田为师，初学小旦戏；1958年进入冯村戏校秧歌班学习小生、武生、须生；1959年至1966年、1976年至1989年在隆尧县剧团任演员，为隆尧秧歌戏第七代传人。其嗓音清晰纯正，唱腔、道白通俗易懂，优美动听，表演细腻，善于刻画人物内心情感，并擅长甩发技能。代表剧目有《彩楼配》《罗通征北》等。

五、临城南调

【起源传承】

南调又称河南调，流行于临城县西部山区赵庄乡一带，是在河南南调基础上，结合临城地域特点形成的地方戏，现已成为省级非物质文化遗产。南调在清末传入临城，迄今已有100多年历史，全靠一代代人口传身授，深受群众喜爱。

【艺术特点】

临城南调演出所用的服装道具与现代豫剧基本相同，其所用的功法如手、眼、身、步也都能与现代豫剧功法接轨，但有些唱法与现代豫剧有明显的区别，具有自身的显著特色。

主要乐器有板胡、二胡、笙、三弦、低音胡、竹笛、唢呐、点、鼓、锣、手锣、梆子等。临城南调所用乐器中，独有一种打击乐器——点

（铜器），在剧情或演出的特定环境里替代梆子，在演奏时表现出一种特殊风韵。

常用板式也非常丰富，有10余种，包括《头板》《二板》《原板》《慢原板》《飞板》《栽板》《家伙腔》《手锣穗》等。

常用的曲牌有《一马三箭》《搭九架》《大开门》《小开门》《野鸡穴窝》《小花园》《五字开门》《六字牌》《大二板》《大摆门》等。常演戏目为《燕王扫北》《辕门斩子》《秦琼投朋》《敬德背鞭》《五女兴唐传》等。

图5-1-6　临城南调

南调音乐和唱腔古老而纯朴，音调高低起伏悬殊，要求演唱者吐字抑扬顿挫，干净利落，快板要起伏激扬，慢板需优雅流畅，既悦耳动听，又将戏剧人物刻画得淋漓尽致。

【代表人物】

于正路，男，1955年出生，邢台市临城县人，临城南调第一批省级非物质文化遗产项目代表性传承人。他是临城南调第四代传人，除戏曲表演外，还学习了多种乐器的演奏，集演员、导演、编剧、演奏于一身，尤其擅长丑角表演，较系统地掌握了临城南调的各种板式。他现在是赵庄南调剧团的领头人，致力于临城南调的抢救整理和发展工作，挖掘整理了古装戏《于宽搬妻》《劈灵棺》《敬德背鞭》等三部，自编了古装戏

《子龙出世》,自编了现代戏《母子情》和《阵地》,改编了古装戏《牛做媒》,改编了现代戏《二拜高堂》和《四只眼的故事》。1999年他获邢台市小康建设文艺调演二等奖,2003年获邢台市小戏小品调演三等奖,2007年《母子情》获邢台市小戏小品调演编剧一等奖。

六、沙河皮影戏

【起源传承】

沙河皮影戏流行于邢台市沙河市高庙村、郭荣庄村、下解村,以下解村皮影戏和高庙村皮影戏最为活跃。下解村皮影戏以老淮调为主,随着明代移民迁移而来,已有300多年历史,至清代康熙、嘉庆年间达到鼎盛。高庙村皮影戏自邯郸肥乡皮影戏传承而来,源于20世纪40年代末,发展成熟于50年代。沙河皮影在发展过程中吸收了邢台南关皮影的一些艺术元素,保留着许多原始的文化元素,如皮影演奏的马号,相传来源于元军使用的马号。明清时期,顺德南关皮毛业快速发展,贸易带来文化的昌盛,当时顺德城内有各种皮影班,顺德府南关皮影吸收各地传统戏剧的精华,形成南关老戏皮影。

2013年,沙河皮影戏入选第五批河北省非物质文化遗产名录。2021年,沙河皮影戏入选国家级非物质文化遗产代表性项目名录扩展项目名录。

【艺术特点】

沙河皮影戏的影人造型粗犷

图 5-1-7 沙河皮影戏的影人

古朴，采用牛皮刻制，许多地方不用刀刻，而直接用彩绘，这种雕、绘相结合的手法是冀南皮影的特色之一，从中可以明显感受到宋代中原皮影"绘革"的遗风。主要打击乐器有鼓、锣、钹、鼓板、剪板。剧目口传心授，表演口语化，通俗易懂，体现了中国皮影戏的早期风貌，基本上保留了原生态的表演形式。

【代表人物】

任连会，男，1926年出生，邢台市沙河市人，老淮调皮影戏第十二代传人。熟练掌握老淮调皮影戏的唱法以及司鼓、大锣、执杆等全部技艺。他的唱腔洪亮高亢、清澈婉转。演出的人物活灵活现、形象逼真，可演出30余部传统剧目，在沙河及周边一带享有盛名，人们为他起的艺名有"喊破天""唱不够""亮金嗓"等。

七、临西二呼噜

【起源传承】

二呼噜是由四股弦、落儿腔等剧种的唱腔融会变通而来的传统戏曲剧种，因其主要伴奏乐器是一种自制的发音近似"呼噜"之声的"二呼噜"，故得名。二呼噜于清末民初发源于邢台地区临西县张白地村，该村已有五代艺人，演唱二呼噜已有上百年历史。20世纪60年代，有一班青年人开始学唱。周边的馆陶、清河、邱县等县的少数村庄也有人来张白地村学唱二呼噜。

该剧种流行区域较狭窄，演唱范围东抵卫运河，南达山东冠县桑河镇，西到邱县香城固以西，北至威县邵固、清河孙庄，方圆百余里。历史上无专业班社，只有农民自娱性的业余演出组织，除年节化妆演出外，平日也为村民婚丧嫁娶唱"清音桌"。

【艺术特点】

二呼噜的剧目，多移植于其他剧种，据统计，有《辕门斩子》《血汗

图 5-1-8　临西二呼噜梁祝选场《十八里相送》，右一为传承人刘秀菊

衫》《王子荣掉印》（即《双合印》）《宝莲灯》《双喜合》《宋江杀楼》《小姑贤》《吕蒙正赶斋》《卖妙郎》等 21 出。四股弦的剧目，二呼噜可以一字不动地搬演，只改动唱腔即可，艺人谓之改嘴。

唱腔属板式变化体，有慢板、散板、三板、翻腔、娃娃、垛子、念板等，以及哭迷子、含韵、栽板、留板等辅助性板式。用大笛（唢呐）吹奏的曲牌有《大摆门》《二板揣》《打水牌》《研磨牌》等。乐队由八人组成。文乐有二呼噜（后为板胡代替）、二胡、笛子、笙、唢呐，武乐有板鼓、大锣、镲、小锣等。

【代表人物】

1. 张思爱

第一代艺人叫张思爱，绰号"干巴脸子"，随母到张白地村落户。张思爱是一位会唱四股弦、落儿腔、河南曲子等剧种的艺人，多才多艺。

他将这些曲调糅杂在一起，加以变通，用自制的拉弦乐器"二呼噜"伴奏，在村里教会了张克俊、张学江、张思存、张思春等人，组成子弟班进行演出。

2.张克俊

张克俊，绰号"老套子"，工旦行，在当地小有名气。

八、任泽区吵吵戏

【起源传承】

吵吵戏也称"说好会"，是邢台市任泽区境内具有地方特色的曲艺类表演形式，地域特色浓厚，在本地颇有影响。因形似吵架，故名吵吵。任泽区吵吵戏起源于明末清初，经与民间顺口溜、数来宝相结合，逐渐形成"吵吵"。流传在天口、望马台、南西和平乡县周庄一带。主要剧目有《妯娌俩打集》《大房瞧丈母娘》《途中乐》《卖甜桃》《五大劝》《刘顺诓媳妇》等。板式为七字律，有时用三、六字开头。近代较为出名的"吵吵"班为东望马台的"实劝班"，由该村老艺人赵志进和赵全志组织，活动在任泽区、南和区和平乡县。

【艺术特点】

吵吵戏的表演形式简单，一人或多人登台，以说为主，剧词似顺口溜，带韵脚，偶尔有几句插话，多用民间小调、方言俚语，具有浓郁的乡土气息。手锣伴奏，多为独幕剧，表演时间长达四个小时，短则八分钟，内容随意，百姓身边事皆可入戏。表演者男扮女装，身着过膝的偏襟女衫，扣上系一红手帕，以长把葫芦瓢做发髻，以红辣椒为耳饰，太阳穴贴两个黑膏药以示泼辣，随手一把破蒲扇，边说边扭，随口把看见的熟人编进唱词。吵吵戏风格热情奔放，诙谐幽默，深受群众喜爱。

第二节　地方曲艺

一、威县梨花大鼓

【起源传承】

梨花大鼓，也叫犁铧大鼓，因演唱者手持犁铧片伴奏而得名，以邢台地区的威县、新河、南宫为中心，风行华北。梨花大鼓历史悠久，产生于明代中期，是在"大秧歌"的基础上逐渐演变发展而成的一种说唱形式，距今已有400余年的历史。清朝嘉庆年间，邢台籍梨花大鼓艺人威县王奎山、临西吕连山和李明山、清河徐靠山和临城冯云山，时称梨花大鼓的"五大山"，把梨花大鼓的发展推到了一个高峰。民国后，梨花大鼓在威县及周边地区的鲁西北、豫北、太原、石家庄、保定等地广为流行。这时期，梨花大鼓艺术不仅有了很大的提高，而且演唱队伍不断壮大，名伶辈出，盛极一时。中华人民共和国成立后，梨花大鼓得到空前繁荣，仅威县就呈现出孙家班、魏家班、郭家班三足鼎立的局面。2008年，梨花大鼓被确认为邢台市级非物质文化遗产、河北省级非物质文化遗产、国家级非物质文化遗产。

【艺术特点】

梨花大鼓主要分南口、北口两大流派。南口调流传广，影响大，早期原唱快口，唱腔流畅动听。北口流行于鲁西北、河北南部一带，俗称"老牛大捽缰"调，曲调质朴，吐字夯实有力，富于乡土气息。梨花大鼓的音乐唱腔基本上可归纳为慢板、快板、散板等形式，伴乐最初为两枚犁铧片和书鼓，后来将犁铧片改为铁片或铜片，并增加三弦伴奏，一般1人演唱或2人对唱，2人至3人伴奏，唱词基本上为七字句和十字句。演

图 5-2-1　威县梨花大鼓

唱时右手执鼓槌击鼓，左手操月牙板敲击演唱，乐师以三弦伴奏。到 20 世纪 70 年代后，增加了四胡、二胡、扬琴等伴奏，丰富了演奏效果和表现力。梨花大鼓曲目丰富，传统优秀剧目有大部书 50 余部，比较著名的有《包公案》《薛仁贵征西》《香岁帕》等。

【代表人物】

1. 张君立

张君立，女，1958 年 2 月出生，河北省威县人，梨花大鼓李明山系传人，是梨花大鼓代表性项目传承人、中国曲艺家协会理事、河北省曲协副主席、第四次全国文代会代表。1983 年，她拜著名梨花大鼓艺人孙金枝为师。从事梨花大鼓艺术 30 年来，除年复一年的演出外，她一直致力于整理梨花大鼓的材料和培养新人，对梨花大鼓的革新、传承起到巨大的推动作用。

2. 宋录良

宋录良，男，1952年8月出生，邢台市威县人，他6岁拜梨花大鼓艺人王立全为师学梨花大鼓，是孙金兰之子，孙金枝的外甥，是邢台梨花大鼓"五大山"之一的清河徐靠山一支的传人，擅演梨花大鼓传统长篇书，进行梨花大鼓段子编撰与唱腔改革。

二、徘徊村扇鼓腔

【起源传承】

扇鼓腔是一种流传已久的民间小调，表演时以扇鼓相伴，边鼓边舞边唱，故得名。相传，扇鼓腔在徘徊村建村时已有，距今已经有500多年的历史，每逢年节，好者便闻鼓而聚。2016年，收入邢台市非物质文化遗产代表性项目名录。

【艺术特点】

扇鼓腔表演朴实粗犷豪放，诙谐幽默，富有夸张性。其唱腔欢快、

图 5-2-2　徘徊村扇鼓腔

喜悦，发音清脆，节奏紧凑，前后贯通，多四句一拖腔，既善叙事，又宜抒情。语言声韵方面，使用方言，以通俗易懂的民间小故事为唱词，有自己独特的风格。演员身着戏装，扮相有老翁、老妪、相公、闺秀、和尚、道士等，分生、旦、净、末、丑等角色。主奏乐器为牛皮扇鼓、锣、铙、镲、大马锣等打击乐器，边舞边唱。表演形式灵活多变，有群舞、独舞、双人舞、三人舞等。其舞蹈动作不拘一格，或滑稽可笑，或潇洒大方，或委婉动人。表演时不需搭设戏台，在田间街头随时可以进行。

图 5-2-3　徘徊村扇鼓腔

【代表人物】

赵先书，男，1952 年 12 月出生，邢台市信都区人。2006 年，赵先书开始着手重振扇鼓腔，搜集演出服装道具，自制扇鼓十六面，集资购买乐器，搜集整理旧剧本，排练经典剧目，请名师指导表演。带领本村扇鼓腔队员到周边的龙泉寺乡、皇寺镇等地演出，参加文化庆典、门市开业、红白喜事等活动，扩大了扇鼓腔艺术的影响，提高了扇鼓腔的社会知名度，受到观众及社会各界人士一致好评。

后记

邢台精神的最佳载体

路少河

由邢台市文联、邢台市民协策划的《邢台民间文艺博览》即将与大家见面了。当读完这套图书的初稿，我沉浸在书中所描述的邢台美妙的民间故事、独特的民间技艺、特有的民俗风情之中，不但深感邢台这片土地的神奇和美丽，更为自己家乡文化的博大精深而骄傲和自豪。

邢台地处冀南，西接太行之形胜，东连齐鲁大地之广袤，属于华北平原的一部分，由于这里是古黄河的流经之地，是中华民族的发祥地之一，所以也产生了大量的、丰富的、属于这一区域的原生态文化，其民间故事、民间风俗和民间工艺特色最为鲜明，形态最为古老，文化积淀最为深厚。

邢台民间文艺有一个积累沉淀的过程，是邢台人民的成长轨迹，是邢台的背景色彩，是深入到骨子、浸透到血液里的东西。邢台民间文艺根在传统，因历史而厚重，因历史而丰富。几千年来，邢台人民不仅创造了光辉的英雄业绩，而且创造了独特的地域文化，培植了"土厚水甘，人物产于其间者多实少浮，民俗淳厚，人心古朴。质厚少文，气勇尚义。丈夫相聚游戏悲歌慷慨。男勤耕稼，女修织纫，急公后私，尚于周恤，燕赵慷慨之风犹存"（《顺德府志》）的独特风俗。演绎出了勤劳朴实、善良忠厚、无私奉献的卧牛精神，坚韧不屈、百折不挠、艰苦奋斗的太行精神，崇尚科学、开拓创新、求真务实的郭守敬精神，灵动清澈、生生不息、活力无限的百泉精神等。而这一切，都体现在邢台的民间文艺、民俗文化和特殊技艺之中，形成了邢台独有的文化遗产，也正是有了这些民间文艺的填充，才使得人们庸常的日子充满了诗性，变得意味深长。它们就是邢台精神与邢台风土民情的最好载体，是邢台这片土地的灵魂，是邢台独具特质的、时代人民共同营造的精神家园；彰显着邢台独特的气质和魅力，是一种独特的、能够增强邢台人民凝聚力、归属感和认同感的精神动力源泉。

这套图书努力从各种民间文艺中，去挖掘属于邢台人民创造的、适应社会精神需求的活态文化，让这些根植于民间的瑰宝更真实地展示出来。这也是我们当初为什么要做这项工作的一个初衷，现在，它基本实现了这样的一个目的，读着这些稿子，我的心也释然了。

编撰一套全面反映和展示邢台民间文艺的图书，是我 2014 年 9 月任邢台市民协主席时就有的一个心愿，力争为保护、传承和发展邢台民间文艺事业做点实实在在的事。这些年以来一直都没有停止过，不管工作怎样变动，不管有多少困难。我一直认为自己在做一件很有意义的事，甚至是一件很高尚的事。更有幸的是，在搜集、挖掘、整理编辑过程中，让我更多地接触和认识了我市研究邢台历史文化的冀彤军、李振旭、黄俊里等老师，同时也被他们深深地感动着。他们不但是辛勤的耕耘者，更是默默的奉献者。从他们身上，我感受到三点感人之处：一是参与搜集、挖掘、整理、编辑本套图书的专家学者，都把研究民间文艺作为人生的一大追求，只争朝夕，乐此不疲，其求索和奉献精神难能可贵；二是这些老师学者不畏艰险，顶酷暑，冒严寒，在邢台西部山区、中部平原以及东部接近齐鲁大地的几个县开展"民间文化长征"，其艰苦卓绝之奋斗精神，令人感佩，值得称道；三是他们不以文化使者的身份居高临下，而是根植于民，与农民群众交朋结友、称兄道弟，成为百姓的贴心人，这种密切联系人民群众的精神和实践值得称颂。

这套图书的出版既有利于展示邢台人民创造的文化瑰宝，也有助于我们进一步认识邢台文化，也将极大增强邢台的文化实力和竞争力，增强邢台人民的文化自信。

这套图书收集、编纂的内容力求全面、系统、广泛，虽然题材并不

能涵盖或穷尽邢台的山山水水,风土人物,民间艺术,难免有遗珠之憾,但每一篇文章好比是一扇扇的窗,从中可窥见邢台人文精神的内涵和深度。为更直观地把民间文艺做成一个区域名片,书中选择了一些图片,力求从形式上文图并茂,内质上尽善尽美。

这套图书的问世,得到了河北省民协、邢台市委宣传部、邢台市文联等部门的大力支持和帮助,得到了郑一民主席、杨荣国主席、睢金山主席、霍会敏主席等领导的亲切关怀和指导。郑主席、杨主席从一开始就对本书的编撰大纲提出了建设性意见,睢主席从项目筹划到经费落实倾注了很多心血,霍主席更是给予多方关注和重视,经常召开会议进行调度和安排,并亲自为该书撰序。这套图书的问世,也得益于社会各界和广大民间文化人士的倾情支持。在此,谨致以崇高的敬意和真挚的感谢。

文化是民族的血脉,文艺是人民的精神乐园。愿邢台民间文艺这颗融民间传说文化、民俗风情文化、手工艺文化于一体的宝贵明珠,代代传承,更加璀璨!

(作者系邢台市文联原二级调研员、

邢台市民协名誉主席、

邢台市书协主席)

邢台民间文艺博览

风土民情

黄俊里 王俊静 编著

路少河 主编

学苑出版社

图书在版编目（CIP）数据

邢台民间文艺博览.风土民情/路少河主编；黄俊里，王俊静编著. —北京：学苑出版社，2024.1
ISBN 978-7-5077-6858-9

Ⅰ.①邢… Ⅱ.①路…②黄…③王… Ⅲ.①风俗习惯—介绍—邢台 Ⅳ.① I218.223 ② K892.422.3

中国国家版本馆 CIP 数据核字（2024）第 038293 号

责任编辑：任彦霞
出版发行：学苑出版社
社　　址：北京市丰台区南方庄 2 号院 1 号楼
邮政编码：100079
网　　址：www.book001.com
电子信箱：xueyuanpress@163.com
联系电话：010-67601101（营销部）、010-67603091（总编室）
印　刷　厂：北京兰星球彩色印刷有限公司
开本尺寸：710mm×1000mm　1/16
印　　张：53.5　本册 22.5
字　　数：749 千字　本册 326 千字
版　　次：2024 年 3 月第 1 版
印　　次：2024 年 3 月第 1 次印刷
定　　价：198.00 元（全 3 册）

《邢台民间文艺博览》编委会

顾　　　　问　睢金山

编委会主任　霍会敏

编委会副主任　马建英　路少河

主　　　编　路少河

副 主 编　冀彤军　李振旭　黄俊里

编　　　委（按姓氏笔画排序）

马建英　王俊静　刘重刚　孙宗新

李振旭　张雪洲　苗　莉　高玉昆

黄俊里　韩　平　韩　冰　睢金山

甄中慧　路少河　霍会敏　冀彤军

总序一

认识邢台的书

郑一民

这是一部认识邢台的书,也是一部让人精神振奋、爱不释手的读物。

认识邢台有多种渠道,让人精神振奋、爱不释手也有许多方法,乡友路少河先生奉献给读者的法宝是《邢台民间文艺博览》。

何谓"博览"?古今中外一网打尽也。翻阅《邢台民间文艺博览》,就是一部具有这种内涵与价值的宏著。全书共三卷,一是民间故事,二是民间艺术,三是风土民情;内容涉及神话传说、风物特产、名人逸事、艺术奇葩、百工巧匠、节日习俗等,几乎囊括了人生与社会的各个领域。它所讲述的虽只是历史沉淀在邢襄大地上的物质与非物质文化遗产,却是人们认识邢台、解析邢台历史文化密码和地域民族精神特质的工具与钥匙。

俗话讲,拿来那些世人皆知的文化符号容易,若挑选出世人应知的文化符号并砌筑成放射着光芒的宝塔却很难。实现这一目的,不仅需要长期钩沉史海和田野,还要对各种史料进行去伪存真,反复比较筛选与推敲,才会使一部新著产生普及价值和时代意义。《邢台民间文艺博览》一书,通过一篇篇充满浓郁乡音乡情的故事,一项项凝聚着邢襄先人智慧与创造的五彩缤纷的民间艺术,一个个传承千百年的令人陶醉与向往的民间节日与婚丧习俗,把邢台的山川风情、人文历史、当代风貌汇聚成一个认知指南,似画卷一样图文并茂地介绍给世人,使读者犹如畅游在神奇与"乡愁"的海洋,沉浸在中华优秀传统文化构筑的宝塔与殿

堂……

在建设文化强国的伟大征程中，科学梳理总结地域民间文化各种事象并分类诠释，不仅具有地域民族民间文化史志价值和弘扬优秀传统文化的典型意义，也是在实现中华民族伟大复兴中塑造和唱响地域文化形象的战略之举。此事虽然很多地方都在做，但填补邢台这项文化建设空白的却是路少河与冀彤军、李振旭、黄俊里等诸多专家学者。他们独辟蹊径，觅"孤本""善本""珍本"于史海，汇精华与奇葩于大成，用砥砺学品和对家乡的爱，把心中的憧憬与追求化为现实，展现了当代文艺工作者勇于担当、敢于创新的品格与风采！

在国际语境中，人们把民间文化称为"人类文化之母""生发百艺之根"。一个国家，一个民族，一个省份，一个地区，文化之根在民间和传统。无论哪一个时代，没有根的营养，花树不会繁茂；不吸收外来的雨露阳光，瓜果不会香甜。今天的所谓传统，都有一个吸收、容纳、化合、凝聚的过程，没有一成不变的传统，也没有一成不变的当代。历史的花果曾经滋养过从前的人，今天的花果既要在根上生长，又要接纳与时俱进的时代风，经受过今天的雨雪风霜，吸收过今天的雨露阳光，才能使传统更茁壮、更芬芳、更辉煌！

《邢台民间文艺博览》作为一部内容厚重、解析深刻的地域民族民间文化志书范本，既是数以百计文化工作者多年发掘、整理、研究成果的荟萃，也是各位主编辛勤耕耘、升华创新的硕果。在该书即将付梓之际，主编路少河先生盛情邀我写序，欣然提笔写了上述话语，既是共勉，也是自励。

祝贺作者，祝福邢台。愿优秀传统文化的智慧与荣光在当代邢襄大地上——太行泉城，美丽邢台，不断谱写出令海内外瞩目的诗性华章！

（作者系中国民协顾问、河北省民协原主席）

总序二

民间邢台的鲜活血液

霍会敏

在邢台实施文化兴市战略,集中塑造"太行泉城、美丽邢台"城市品牌的当下,由邢台市文联、邢台市民间文艺家协会策划,路少河主编的《邢台民间文艺博览》行将面世,此乃邢台民间文艺文化史上的一件大事,很值得庆贺。

民间文艺是历史遗留下来的璀璨明珠,源远流长。民间文艺是流布久远、代代相传的民间精华,更是地域历史文化的重要组成部分。民间文艺源于生活,扎根于民众,经受了历史长河的洗涤和检验,具有极强的生命力。它通过世代传承沿袭,根植于民间深厚的土壤中,散发出特有的乡土气息,高度概括地体现了人民群众对自然、社会、生产、生活的真知灼见和深邃智慧,描绘出民间文化多姿多彩的艺术画卷,谱写出辉煌灿烂的文明篇章。

邢台历史悠久,人杰地灵,太行竞秀、百泉竞流,太行和泉水成就华北有史第一城。千百年来,人们在这块肥沃美丽的土地上,用辛勤和智慧,孕育衍生了丰富多彩的民间文化艺术,在这古老的历史长河流淌,碧波涟漪,意味深长。这些民间文化艺术,反映了邢台不同历史时期的民俗民风,体现了人们寄托着的希冀、仰慕以及对美好未来的企求。

随着时代的发展,现代科技日益发达,这种古老的民间文艺受到新文化潮流的猛烈冲击,一些民间文艺面临着传承青黄不接、后继乏人的局面。作为一名邢台人,我们有义务和责任去抢救和保护这些非物质文化遗产，让现代青年和下一代人充分认识古老的民间文化艺术的价值，从而更好地去传承和沿袭。

路少河在宣传文化部门有着30多年的工作经历，他任邢台民间文艺家协会主席时，由他首倡、发起的一件事，就是搜集、整理、编著《邢台民间文艺博览》，对邢台区域中的民间文艺做一次全面系统的集成式汇编，这无疑是对民间文艺文化传承、弘扬的一大贡献。我觉得，如果有更多的人来关注民间文艺，研究民间文艺，传承民间文艺，民间文艺这棵参天大树一定会根深叶茂，欣欣向荣。

在这套图书的编纂过程中，全市民间文艺家深入邢台各地基层一线，从民间故事、民间风土民情、民间艺术入手，详尽描写了流传于邢台地区的民间技艺、故事、演艺、工艺、谚语、民俗、节日习俗等，在此基础上编成了这套图书。这套书力求图文并茂，客观地反映邢台民间文艺深厚的底蕴，体现出古老邢台的地方文化特色。

这套图书详细描述了邢台民间文艺和各种有文化内涵的技艺，这是我所看到的记录邢台民间文艺品种最多、最详尽、最生动的一套图书。作者对每一品种都做了详明的介绍：考证了发生年代，描绘了基本情态，论证了主要特点，探索了流播地域，指明了传承情况，论述了文化价值。作者对邢台民间文艺研究的深入，令人钦佩；对家乡文化的一片深情，溢于言表。

在经济社会加速转型的时代背景下，《邢台民间文艺博览》的出版，对传承地域历史文化、促进民间文艺研究、讲好邢台故事，厚植城市精神、共建温暖之城，叫响"太行泉城、美丽邢台"城市品牌必然会有重要和积极的意义。

本书主编少河同志邀我作序，自以为才疏学浅，难堪重任，但他的一片诚挚之意和作者的奉献精神，使我大受感动，于是欣然受命，勉力为之。不当之处，还望各位贤良斧正为盼。

（作者系邢台市文学艺术界联合会党组书记、主席）

目 录

写在前面的话 / 001

第一章 岁时节日

第一节 春节 / 006

祭灶 / 006

扫房子 / 008

蒸馒头 / 009

请神灵 / 010

贴春联 / 011

贴窗花、"福"字和挂吊笺儿 / 012

年画 / 013

包饺子 / 014

守岁 / 014

放爆竹 / 015

起五更 / 016

拜年 / 017

走亲戚 / 018

破五 / 018

老鼠娶媳妇 / 019

第二节 元宵节 / 021

放焰火 / 021

　　　　　猜灯谜　　　　　　　　　　　　　　/ 022

　　　　　吃元宵　　　　　　　　　　　　　　/ 023

　　　　　烤柏灵火　　　　　　　　　　　　　/ 024

　　　　　拉死鬼　　　　　　　　　　　　　　/ 026

　　第三节　填仓节　　　　　　　　　　　　　/ 028

　　　　　画囤　　　　　　　　　　　　　　　/ 028

　　　　　仓官爷扛粮　　　　　　　　　　　　/ 030

　　　　　蹦囤　　　　　　　　　　　　　　　/ 030

　　第四节　龙头节　　　　　　　　　　　　　/ 031

　　　　　推头（理发）　　　　　　　　　　　/ 031

　　　　　民间传说　　　　　　　　　　　　　/ 032

　　　　　节日习俗　　　　　　　　　　　　　/ 033

　　第五节　清明节　　　　　　　　　　　　　/ 034

　　第六节　端午节　　　　　　　　　　　　　/ 036

　　第七节　七夕节　　　　　　　　　　　　　/ 038

　　第八节　中秋节　　　　　　　　　　　　　/ 040

　　第九节　重阳节　　　　　　　　　　　　　/ 042

　　第十节　寒衣节　　　　　　　　　　　　　/ 043

　　第十一节　冬至节　　　　　　　　　　　　/ 044

　　第十二节　腊八节　　　　　　　　　　　　/ 046

第二章　生辰寿诞

　　第一节　生育　　　　　　　　　　　　　　/ 050

　　　　　有喜　　　　　　　　　　　　　　　/ 050

　　　　　分娩　　　　　　　　　　　　　　　/ 051

　　　　　撞名　　　　　　　　　　　　　　　/ 052

　　　　　坐月子　　　　　　　　　　　　　　/ 054

出生禁忌	/ 054
布喜	/ 055
瞧月子	/ 056
十二晌	/ 057
婴幼儿抚育	/ 059
过百日	/ 059
第二节 祝寿与过生日	**/ 061**
抓周	/ 061
祝寿	/ 062
第三节 贺老号	**/ 065**

第三章　婚丧嫁娶

第一节 婚嫁礼俗	**/ 068**
相亲	/ 068
传帖	/ 070
送婚帖	/ 072
结婚登记	/ 073
做新被	/ 073
婚前筹备	/ 074
迎娶	/ 076
婚宴	/ 078
闹洞房	/ 079
回门	/ 080
谢媒人	/ 082
宴请新人	/ 082
送夏	/ 083

第二节 特殊婚姻 /084

- 入赘 /084
- 续弦 /085
- 续亲 /085
- 改嫁 /085
- 复婚 /086
- 娃娃亲 /086
- 换亲与转亲 /087
- 冥婚 /087

第三节 婚俗传说 /088

第四节 丧葬礼俗 /090

- 倒头 /090
- 装裹 /091
- 撑忙的 /092
- 停尸 /093
- 报庙 /094
- 报丧 /095
- 挂幡 /095
- 戴孝 /095
- 送魂 /096
- 入殓 /096
- 吊孝 /097
- 糊纸扎 /098
- 刨坟 /098
- 点主 /099
- 埋葬 /100
- 烧七纸 /101
- 守孝 /102

第四章　居住习俗

第一节	村落规模	/ 104
第二节	居住地的选择	/ 106
第三节	房屋式样与格局	/ 108
	平房	/ 108
	抱厦房	/ 109
	瓦房	/ 110
	楼房	/ 110
	建筑格局	/ 110
	泰山石敢当	/ 112
第四节	建房	/ 113
	选址	/ 113
	挖土方打基础	/ 113
	砌墙	/ 114
	木作	/ 115
	抹顶	/ 117
第五节	房屋的装修和功能	/ 119
	墙壁抹灰	/ 119
	安装门窗	/ 119
	睡炕、锅灶	/ 120
	室内陈设	/ 122
	照明	/ 123
	神位摆放	/ 123
第六节	居住观念的变化	/ 124
	聚族而居成为历史	/ 124
	美观实用取代因陋就简	/ 124

	深藏不露被交通便捷和便利商租所取代	/ 125
	庭院种植物的变化	/ 125
	从坚守平房到乐住楼房	/ 125
第七节	乔迁与暖房	/ 127

第五章　信仰禁忌

第一节	神灵崇拜	/ 130
	天地神	/ 130
	土地神	/ 132
	灶神	/ 133
	财神	/ 134
	门神	/ 135
	山神	/ 136
	占卜神	/ 137
第二节	灵魂崇拜	/ 139
	祖先崇拜	/ 139
	鬼魂崇拜	/ 140
第三节	灵物崇拜	/ 142
	动物崇拜	/ 142
	植物崇拜	/ 143
	第四节　占验测卜	/ 145
	算命	/ 145
	占卜	/ 146
	看相	/ 147
	看风水	/ 148
第五节	邢台佛仙	/ 149
	说唱道情业的祖师——张果老	/ 149

八仙中地位尊贵的人物——曹国舅	/ 151
千手千眼观音——妙善	/ 152
财神、交通运输、采矿业的祖师——柴王爷	/ 153
下洞八仙之一、行气吐纳术的鼻祖——王乔	/ 155
中国喜神——和合二仙	/ 156
爱情、婚姻之神——牛郎织女	/ 158
金童玉女——周公与桃花女	/ 160
送子张仙、南音鼻祖"孟府郎君"——孟昶	/ 161
后赵神僧——佛图澄	/ 163

第六章　宗族礼俗

第一节　宗族关系　　　　　　　　　　　　/ 168
　　家族　　　　　　　　　　　　　　　　　 / 168
　　家谱　　　　　　　　　　　　　　　　　 / 169
　　家庭　　　　　　　　　　　　　　　　　 / 172
　　过继　　　　　　　　　　　　　　　　　 / 173
　　相处　　　　　　　　　　　　　　　　　 / 174
　　亲戚　　　　　　　　　　　　　　　　　 / 175
　　认干亲　　　　　　　　　　　　　　　　 / 177

第二节　日常礼俗　　　　　　　　　　　　/ 179
　　问候　　　　　　　　　　　　　　　　　 / 179
　　交往　　　　　　　　　　　　　　　　　 / 180

第三节　请客治家　　　　　　　　　　　　/ 182
　　待客　　　　　　　　　　　　　　　　　 / 182
　　教子治家　　　　　　　　　　　　　　　 / 183

第七章　饮食习俗

第一节　节日饮食　　　　　　　　　　　　／188
　　糖瓜　　　　　　　　　　　　　　　　　／188
　　饺子　　　　　　　　　　　　　　　　　／189
　　年糕　　　　　　　　　　　　　　　　　／190
　　元宵　　　　　　　　　　　　　　　　　／190
　　粽子　　　　　　　　　　　　　　　　　／191
　　月饼　　　　　　　　　　　　　　　　　／192
　　腊八粥　　　　　　　　　　　　　　　　／192
　　腊八蒜　　　　　　　　　　　　　　　　／193

第二节　风味小吃　　　　　　　　　　　　／195
　　苦累　　　　　　　　　　　　　　　　　／195
　　咸食　　　　　　　　　　　　　　　　　／196
　　锅贴　　　　　　　　　　　　　　　　　／197
　　饸饹面　　　　　　　　　　　　　　　　／198
　　焖饼　　　　　　　　　　　　　　　　　／199
　　大锅菜　　　　　　　　　　　　　　　　／200

第三节　地方名吃　　　　　　　　　　　　／202
　　猴爬杆　　　　　　　　　　　　　　　　／202
　　隆尧羊汤　　　　　　　　　　　　　　　／203
　　魏庄熏鸡　　　　　　　　　　　　　　　／204
　　隆尧素叠子　　　　　　　　　　　　　　／206
　　熏肉　　　　　　　　　　　　　　　　　／207
　　临城腌肉　　　　　　　　　　　　　　　／209
　　内丘挂汁肉　　　　　　　　　　　　　　／210
　　威县"牛舌头火烧"　　　　　　　　　　／211

广宗薄饼	/ 212
南宫熏菜	/ 214
临西饼卷肉	/ 214
临西空心挂面	/ 215
临西水波臭豆腐	/ 216
清河菜豆腐	/ 217
清河八大碗	/ 219
宁晋驴肉糕	/ 220
宁晋西关饸饹	/ 221
酥鱼	/ 222
南和小米煎饼	/ 226
邢台馓子	/ 227
任泽老炒肉	/ 228
隆尧煎饼菜	/ 230
缸炉烧饼	/ 231
羊肉米饭	/ 233
内丘菜卷	/ 234
邢台黑家饺子	/ 235
桐泰祥糕点	/ 236
沙河排骨	/ 237
冰花煎包	/ 238
内丘杏汤	/ 239

第四节 饮食习惯 / 241

餐制	/ 241
主食	/ 241
菜肴	/ 242
调料	/ 243
就餐	/ 243

009

第八章　服饰民俗

第一节	衣服	/ 246
	颜色	/ 246
	样式	/ 246
第二节	鞋帽	/ 249
	帽子	/ 249
	鞋袜	/ 249
第三节	发型首饰	/ 251
	发型	/ 251
	首饰	/ 252

第九章　集市庙会

第一节	集贸	/ 254
	开业	/ 254
	集市	/ 254
第二节	庙会	/ 256
	火神庙庙会	/ 256
	尧山庙会	/ 258
	鹊山庙会	/ 261
	小西天奶奶顶庙会	/ 266
	沙河九龙沟庙会	/ 268
	白雀庵庙会	/ 272
	一般庙会	/ 273
第三节	宗教仪式	/ 275
	烧香	/ 275

表"功" /275
打醮 /277

第十章　健身竞技与休闲

第一节　健身竞技 /280
　　沙河藤牌阵 /280
　　梅花拳 /282
　　任泽太极拳 /285
　　沙河九曲黄河阵 /287
　　威县十字八方拳 /290
第二节　休闲 /291
　　话说休闲 /291
　　休闲方式 /292
　　儿童游戏 /295

第十一章　方言俚语

第一节　方言 /302
　　问候语、常用语 /302
　　感受类 /303
　　名词类 /304
　　行为类 /306
　　食物类 /306
　　时间类 /307
　　动物类 /308

第二节　集贸俗语　　　　　　　　　　　　／309
第三节　农事谚语　　　　　　　　　　　　／312
第四节　生活谚语　　　　　　　　　　　　／315

第十二章　邢台民俗十大怪

第一节　闺女不用把年拜　　　　　　　　　／320
第二节　小米饺子出嫁菜　　　　　　　　　／322
第三节　大小便用"解手"代　　　　　　　／325
第四节　黄河顺德生小孩　　　　　　　　　／327
第五节　家家打井为免灾　　　　　　　　　／328
第六节　房梁挂帖写姜太　　　　　　　　　／330
第七节　发财要到南关外　　　　　　　　　／331
第八节　白纸印花供起来　　　　　　　　　／333
第九节　"胡瓜"说成黄瓜菜　　　　　　　／336
第十节　"老二"比"老大"更可爱　　　　／337

后记　邢台精神的最佳载体　　　　　　／338

写在前面的话

黄俊里

太平修史,盛世观风。风土民情文化可以说是人类文明的影像,是一个地方特有的自然环境下风俗、礼节、习惯的总称。它扎根群众文化生活的泥土最深,关联群众生活的范围最广,并伴随着社会进步、生产发展的脚步,有变迁地被固定和传承下来。同时,风土民情文化也是一种历史悠久、博大精深的文化现象,是社会意识的一种表现形态,是人类历史文化的凝聚。它涵盖了社会生产、生活的方方面面,体现了一个地区的人文精神和文化积淀。

随着现代文明大潮的席卷而来,有的风俗习惯、风土民情至今仍保持着新鲜的活力,而有些则日渐淡化了。留存的或淡化的,都是一种文化的积淀,都是一种值得关注的文化现象,若是拨开笼罩其上的迷信色彩,它们的内质却是相当美丽的,以至在今天仍然感染着我们的心灵。

邢台是中华文明的发祥地之一,几千年来我们的先民在这块土地上繁衍生息,拼搏奋斗,创造了丰富多彩、光辉灿烂的文化,而风土民情则是这个文化园地里的一朵绚丽的奇葩。在漫长的历史进程中,邢台文明与整个华夏文明同步发展,共存共荣,同时,又不断吐故纳新,与时俱进,以自己特殊的历史坐标、特殊的地域位置,形成了独特的民俗风情。作为邢台人,我们应该了解它,并且挖掘它在现实生活中的意义,让它发挥新的作用。

作为一个土生土长的邢台人,邢台的风土民情是深深地印在我的骨子里的。邢台独有的人文环境的熏染和风土民情的感染,让我从小就对家乡产生了一种深深的眷恋。这种家乡情结，不仅仅是对父老乡亲的一种眷念，更重要的是，在历史变革和传承中所维系的一种对家乡一草一木热爱的强化，在宗族观念和血脉认同背景下所产生的一种对家乡故土的确认。因此，写好家乡的风土民情，其实就是一种心灵的慰藉，一种精神的救赎，一种文化的记忆。

也正是这种乡情，使我牵挂，使我忧愁。留住乡愁，留住对邢台风土民情的热爱，成了我写好这本书的动力。

写好家乡的风土人情，对于我来说，是一种艰难的尝试。我努力使用白描速写的手法，靠自己浅薄的文字功底和对家乡的挚爱之情，完成一次对家乡的虔诚膜拜。无论如何，这也算是对关注邢台风土民情的人、对自己的平生爱好有一个很好的交代，也算是完成了一个期待已久的夙愿。

在从事文学创作的过程中，我发现，风土民情文化也是文学的源泉，是文学创作取之不尽用之不竭的资源，一个钟情于文学的人只有将自己的人生与民间大众融为一体，才会写出有生命力的东西。

关注地方风土民情，我在几年前已经开始，并早已撰写了一本十多万字的关于隆尧风土民情的书。但要从全邢台的视角撰写这样一部全方位、多方面的民俗书籍，对我来讲，虽有动力，更多的却是压力，深感力不从心。我曾经以为，文学创作是一件苦差事，但没想到风土民情的采编、收集、整理较之尤甚。文学创作可以天马行空，但后者必须真实、客观、准确、具体、全面，加之很多旧时的民俗早已销声匿迹。这些说起来似乎都在强调客观困难，但的确都是实情。

在编写过程中，可喜的是，近二三十年我们邢台偏爱民间民俗文化的有识之士，曾先后写出了好大一部分从不同角度反映民间风土民情文化内容的文章，这些文章对邢台风土民情文化的研究都做出了很大的贡献，也成了我可资参考的主要内容。他们的每一部著作仿佛都是一个阶梯，引领着我一步一步走回旧时岁月，翻阅着每一部专著，我总会发现一个又一个惊喜，得到一次又一次收获。一些老人的记忆，也让我获取很多第一手原始资料，加上我的人生经历以及所熟知的种种风土民情、风俗习惯，这才得以完成此书的撰写。

在区域范围上，这本书撰写的范围从市区扩展到 21 个县（市、区），尤其是按区域分为了西部山区、中部平原和东部冀鲁交界地带；在内容上，划分了岁时节日、生辰寿诞、婚丧嫁娶、居住习俗、信仰禁忌、宗族礼俗、饮食习俗、集市庙会、服饰民俗、健身竞技与休闲、方言俚语、邢台民俗十大怪等篇章。

正如古谚所说："十里不同风，百里不同俗。"虽然同属邢台区域，但各县、市、区间在一些民俗事象中都有着诸多细节上的不同。我在编纂过程中，除了做到统一记述外，还注意选取不同之处的典型细节分别记述。这样做头绪似乎清楚了，但文字上却难免有重复之处。再者由于资料的占有量不是十分充足，所以在其内容上难以体现全面性。

现在的书稿，只能是邢台风土民情的一个侧影。希望读者能通过只鳞片甲，窥一斑而知全豹，看到邢台风土民情的博大精深。

我对家乡的风土人情、民俗文化，了解还不是很多，在编写过程中受到了市文联路少河、民俗专家冀彤军等许多专家的鼓励和帮助，在此一并致谢。

我知道，由于我个人编纂能力所限及占有资料上的不足，这部书还有很多遗漏和欠缺，但我还是真切地希望这部凝聚着很多人心血的集子能够让世人关注与喜欢。

（作者系邢台市民协常务副主席、隆尧县作家协会主席）

第一章
岁时节日

第一节　春节

春节是我国最热闹、最隆重、最受重视的一个传统节日，也是象征团结、兴旺，对未来寄托新的希望的一个节日，邢台各地，一般称春节为"年下"或"大年"。在千百年的历史发展中，中国人春节的过法形成了一些较为固定的风俗习惯，在邢台一带，过年也有不少自己的特色。

祭灶

农历腊月二十三，是人们送灶王爷上天的日子。关于这一习俗，还有传说呢。

很久以前，有个女子叫丁香，嫁给了张大郎。过门后，丁香勤俭持家，日子越过越红火。没几年，骡马成群，鸡鸭满圈，家大业大，成了当地有名的财主。

日子好过了，张大郎却变了。看着自己的结发妻子丁香脸也黄了，眼也小了，怎么看都不顺眼，一心要把她休掉。

临走前，丁香绕着家院转了几圈，看着自己亲手置办的家业眼含热泪地说："我的财产跟我走，不是我的财产留下来。"说完，抱着自己心爱的花公鸡，牵着小花狗，出门而去……

几年后，丁香在另一个村庄，凭着自己的勤劳和智慧，又日渐兴旺发达了。丁香慈悲为怀、广施善心，经常施饭给过往的穷人，成了当地有名的活菩萨。

张大郎自丁香走后整日吃喝嫖赌，游手好闲，没几年光景，偌大的家业被他折腾光了，沦落到身无分文、家无片瓦的地步，自己只好沿街讨饭。

祭灶

  张大郎讨饭来到了丁香家门口，正遇到丁香家正在给穷人放饭。丁香抬头一看，吃了一惊，虽然张大郎蓬头垢面，但是仍能认出是自己的前夫，急忙让仆人把他领进餐厅。不大一会儿，仆人端来了一碗面条，张大郎拿起筷子一挑，满满一碗竟是一根面盘在碗中，这面叫蟠龙面。看着这碗面，张大郎恍然大悟，只有自己的妻子丁香才会擀这蟠龙面。想想丁香，看看自己，心中一阵疼痛，一头栽倒在地……

  丁香看到张大郎去世，吩咐家人厚葬。从此丁香也一病不起，不久便离开了人世。

  四周的百姓看到丁香这样的好人死了，纷纷点燃香火，跪拜苍天，祈求玉帝为丁香封神。

  玉帝看生前张大郎和丁香是一家，就封他为灶王爷爷，丁香是灶王奶奶。

  从此，每到过年过节，家家户户都要把灶神两口子请到家里贴在灶台上，在腊月二十三祭祀灶神。神像底部一边是只鸡，一边是条狗，并且不能是"鸡朝外""狗咬里"，意思是鸡往里刨财，狗咬外看家。

各家灶台角上供奉着灶王爷，中间是神像，两边是一副对联"上天言好事，回宫降吉祥"。邢台人多是女主人送灶神。她们把灶台打扫干净，贴上灶神像，备上糖瓜，跪在地上嘴里念叨"小年腊月二十三，糖瓜儿祭灶把嘴粘。你到天上言好话，抛米撒面你别谈"。祭灶结束后，把糖瓜等供品分给小孩子们，说是用糖瓜粘住他们的嘴，以防他们说不吉利的话。

糖瓜是一种麦芽糖，黏性很大，把它拉制成扁圆形就叫"糖瓜"。因为天气严寒，糖瓜凝固得坚实而里边又有些微小的气泡，吃起来脆甜香酥，别有风味。

腊月二十三，俗称"小年"，真正的春节即从此日开始，家家户户打扫卫生，置办年货。外出的要回来，全家在这一天团圆，邢台的好多地方还有"糖瓜儿祭灶二十三，媳妇不来把门关"的谚语。说的是新过门的儿媳妇，往往回娘家的次数比较多，在娘家待的时间也比较长，但即使婆媳关系再不好，也要在腊月二十三之前来婆家。如果超过腊月二十三来婆家，媳妇再有理也变成没有理了，人们不会同情的。因为人们认为，灶王爷上天还要汇报全家人口，媳妇在二十三天黑前必须回婆家，以免清点人口时缺人。由此可见历史悠久的祭灶习俗在人们心目中的地位。

邢台民间俗话说："糖瓜祭灶二十三，离年下还有整七天。"即这天为迎春日，也就是过年的实质性准备阶段。民谣说："二十三，糖瓜粘；二十四，扫房子；二十五，磨豆腐；二十六，蒸馒头；二十七，赶集上店买东西；二十八，把猪杀；二十九，打好酒；年三十儿，家家户户捏饺子；初一早晨，走街串门磕头作揖儿。"把迎春日这几天的活动说得非常具体明确。

扫房子

"腊月二十四，掸尘扫房子。"据史书记载，我国在尧舜时代就有春节扫尘的风俗，邢台是帝尧的始封之地，也是尧舜禅让的地方，估计这一风俗流传得较久。按邢台民间的说法：因"尘"与"陈"谐音，新春扫尘有"除陈布新"的含义，其用意是要把一切穷运、晦气统统扫出门。这一习俗寄托着人们破旧立新的愿望和辞旧迎新的祈求。每逢这一天，家家户户都要大开门窗，衣物、炕席都要拿出来晒一晒，桌椅箱柜，能抬出去的一定抬出去见见阳光，清洗各种器具，拆洗被褥窗帘，洒扫庭院，掸拂尘去蛛网，疏浚明渠暗沟。到处洋溢着欢欢喜喜搞卫生、干干净净迎新春的欢乐气氛。

蒸馒头

从腊月二十五开始，家家户户开始"蒸"，就是要蒸春节期间吃的馒头、肉馅素馅包子等干粮，以及上供用的花糕、枣馍馍、面刺猬。花糕的蒸法是和好白发面后，把一个馒头的面剂擀成厚厚的面饼，上面摆上红枣，盖上一个同样的圆面饼。在上层面饼上面中央，安放细面条做成的花瓣，或轧有花纹的小面片花，上面再放一个红枣，蒸熟即成。"糕"与"高"谐音，蒸花糕有盼望年年、步步高升的意思。面刺猬的蒸法是，用面剂揉成大致形状后，在脸部安两个黑豆当眼睛，用剪刀在其身上剪一些三角状的刺儿，背上驮小面团的是公的，小面团象征金银财宝；不驮面团的是母的。把两只刺猬放在门头上，让它们往家里驮金银财宝。邢台农村的传统习惯是，正月里一般不再蒸干粮，所以年前蒸的要保证差不多吃一个正月。邢台人好胜心强，这里蒸还有蒸蒸日上的意思。俗话说："不蒸馒头也要蒸（争）口气"，"蒸"和"争"是同音字。

蒸了馒头，紧接着是杀猪宰羊、蒸豆腐、炸豆腐、炸丸子、洗海带等，这些活需要两三天才能完成。

妇女在"蒸"的同

蒸馒头

第一章 岁时节日

009

时,男人则要赶年集、买年货,主要是鞭炮、烟花、糖茶、香烛、年画、吊笺儿、衣服鞋帽、柿饼核桃、花生水果、香烟酒类、干鲜蔬菜等一切春节要用的东西。

请神灵

腊月三十,农家都要请神灵,就是用新请来的神灵纸码——木版神像代替用了一年的旧神像。邢台农家都有一个固定的天地台设在上房前墙,这里是供玉皇大帝或天地十方全神的地方。比较讲究的家庭还要设天地龛,天地龛门口贴着对联:天高悬日月,地厚载山河。在天地台正中的木板上贴神像,像前摆香炉。在大年三十这天,就要在香炉里烧香,在香炉前摆猪头大供和花糕馒头。

在街门洞的墙龛里供门神像,门神画面人物有的是钟馗,更多的是美化过的唐朝的秦琼和尉迟敬德二位神将,也有的画面人物是更古老的神荼和郁垒。

天地

大门内影壁墙正中有个神龛,龛里供奉的是土地,两旁的对联是:土能产白玉,地可生黄金。影壁墙侧墙垛上面北背南供奉的是观音菩萨,对联是:西湖三月景,人间四时春。

除上述神灵外,有的家庭主妇还供奉关公或者各路仙家等。有的在自家车上贴车神像,在牲口棚供牛王、马王,在树上贴树神等。

除了这些,还要请家神,就是请祖宗灵魂回家过年的一种习俗,具体时间有开始蒸馒头就请的,有到年三十吃饺子前请的,一般是把家谱案子挂出来，挂在家中不很显眼的位置，表示把祖宗接到家里来了。每顿饭吃饭前都要先给祖宗上供，这样一直延续到正月十六。

贴春联

春联也叫"门对""春贴""对联""对子""桃符"等，它以工整、对偶、简洁、精巧的文字描绘时代背景，抒发美好愿望，是我国特有的文学形式。每逢春节，邢台城乡家家户户都要精选一副大红春联贴于门上，为节日增加喜庆气氛。

春联的种类比较多，依其使用场所，可分为门心、框对、横批、春条、斗方等。"门心"贴于门板上端中心部位；"框对"贴于左右两个门框上；"横批"贴于门楣的横木上；"春条"根据不同的内容，贴于相应的地方；"斗方"也叫"门叶"，为正方菱形，多贴在家具、影壁中，多为"福"字等。

贴春联

贴窗花、"福"字和挂吊笺儿

在邢台民间，人们还喜欢在窗户上贴上各种剪纸——窗花。窗花不仅烘托了喜庆的节日气氛，也集装饰性、欣赏性和实用性于一体。剪纸是一种很普及的民间艺术，千百年来深受人们的喜爱，因它大多是贴在窗户上的，所以也被称为"窗花"。窗花以其特有的概括和夸张手法将吉事祥物、美好愿望表现得淋漓尽致，将节日装点得红火富丽。

窗花的内容多为反映民间生活的，如织布图、磨面图等，是人们平时生活的写照；也有各种花草、动物、戏剧人物等，表现了人们的习俗和情趣。

在贴春联的同时，一些人家要在屋门上、墙壁上、门楣上贴上大大小小的"福"字。春节贴"福"字，是我国民间由来已久的风俗。"福"字指福气、福运，寄托了人们对幸福生活的向往，对美好未来的祝愿。为了更充分地体现这种向往和祝愿，有的人干脆将"福"字倒过来贴，表示"幸福已到""福气已到"。民间还有将"福"字精描细做成各种图案的，图案有寿星、寿桃、鲤鱼跳龙门、五谷丰登、龙凤呈祥等。

挂吊笺儿。一般在街门、屋门门头上贴挂彩色吊笺儿，也有在胡同、大街里横拉绳子挂的。吊笺儿有木版印制的，有剪纸的，也有布的；上

窗花

挂吊笺儿

有戏剧人物、吉祥词语。其用纸有整套红色的，也有彩色的，下边有尖角或吊穗儿，布质地结实，可以连年使用。

年画

春节挂贴年画在邢台城乡也很普遍，浓墨重彩的年画给千家万户平添了许多兴旺欢乐的喜庆气氛。年画是我国一种古老的民间艺术，反映了人们朴素的风俗和信仰，寄托着人们对未来的希望。年画，也和春联一样，起源于"门神"，以满足人们喜庆祈年的美好愿望。前些年，邢台县（今信都区）出现过几位画年画的专家，并且创作的年画在全国都有名气，他们画的胖娃娃、年年有余、迎春接福、五谷丰登各具特色。

民间流传最广的是一幅《老鼠娶亲》的年画，描绘了老鼠依照人间的风俗迎娶新娘的有趣场面。

年画

《老鼠娶亲》

包饺子

除夕下午，离家在外的游子都要不远千里万里赶回家来，全家人要围坐在一起包饺子过年。饺子的做法是先和面做成饺子皮，再用皮包上馅。馅的内容是五花八门，各种肉、蛋、海鲜、时令蔬菜等都可入馅。正统的饺子吃法，是清水煮熟，捞起后以调有醋、蒜末、香油的佐料蘸着吃。也有炸饺子、烙饺子（锅贴）等吃法。因为和面的"和"字就是"合"的意思；饺子的"饺"和"交"谐音，"合"和"交"又有相聚之意，所以用饺子象征团聚合欢；又取更岁交子之意，非常吉利；此外，饺子因为形似元宝，过年时吃饺子，也带有"招财进宝"的吉祥含义，包饺子意味着包住福运，吃饺子象征着生活富裕。一家大小聚在一起包饺子，话新春，其乐融融。

在邢台，除夕下午一项重要的活动，就是一家人围坐在一起包饺子，因为除夕晚饭和大年初一早饭都必须是吃饺子。

包过年饺子

守岁

除夕守岁是最重要的年俗活动之一，守岁之俗由来已久。除夕之夜，大家终夜不眠，以待天明，称为"守岁"。除夕（腊月三十，小尽为二十九）夜，是一年的最后时光，人们有守岁的习俗，也称"熬三十"。三十晚上吃饺子前，先给各路神仙及祖宗烧香、上供、点蜡碗（或点蜡烛）或油灯。在粮食紧缺的年月，不少人家吃黑面饺子，仅给神仙和祖宗煮几个白面饺子。吃过饺子一家人围坐在炕上开始熬三十。

在没有电视的年代，守岁就是一家人坐着说话，念叨一年来家里村里的事和新的一年的打算，或守着一些简单的酒菜消磨时间，终夜不眠。守岁含有人们不肯虚度岁月，珍惜时间的寓意。守岁的"守"，既是对将逝去的旧岁的留恋和总结，也是对即将到来的新年的企盼和希冀，更象征着把一切邪瘟病疫照跑驱走，期待着新的一年吉祥如意。有了电视，看电视节目、看春节联欢晚会成了守岁的主要活动，当然也有一些年轻人聚在一起喝酒、打扑克、打麻将通宵达旦，人们在欢乐和玩耍中辞旧迎新。

古时守岁有两种含义：年长者守岁为"辞旧岁"，有珍爱光阴的意思；年轻人守岁，是为延长父母的寿命。

放爆竹

邢台民间有"开门爆竹"一说，即在新的一年到来之际，家家户户

放爆竹

开门的第一件事就是燃放爆竹,以"噼噼啪啪"的爆竹声除旧迎新。爆竹亦称"爆仗""炮仗""鞭炮"。放爆竹可以创造出喜庆热闹的气氛,是节日的一种娱乐活动,可以给人们带来欢愉和吉利。随着时间的推移,爆竹的应用越来越广泛,品种花色也日见繁多,每逢重大节日及喜事庆典,包括婚嫁、建房、开业等,都要燃放爆竹以示庆贺,图个吉利。近20年来,市区为了减少污染,正在逐步禁止燃放爆竹,提倡电子爆竹,提倡文明过节。

起五更

大年初一凌晨,全家老小通通早起,称为"起五更"。洗完手脸,烧火煮饺子。饺子煮熟以后首先上供,一般用小碗,每个碗里盛几个饺子。先给"老天爷"上供,而后是灶王爷、财神爷等各路神仙,接下来是祖宗。不单要端上饺子,还要烧香,点蜡碗或者小红蜡。

初一凌晨的鞭炮声是辞旧迎新的第一个高潮,随着第一声鞭炮响起,千家万户鞭炮齐鸣,犹如狂风暴雨。吃饺子前要给自己家的长辈拜年,先到祖宗牌位前磕头,然后晚辈向长辈磕头。这里的晚辈是指儿子儿媳以及孙子重孙子等。磕完头,一家人坐在炕上吃饺子。"大年初一吃饺子——没外人"这句歇后语正说明大年初一是阖家团圆的日子,游子归乡,亲人相聚,这个时刻是绝没有外人的。吃过饺子,男女老少换上新衣服,儿孙们及媳妇们开始出去拜年。

过去,那些第一年的新媳妇出门拜年怕臊,常常是趁天不亮就走家串户,所以起五更也就起得格外早。现在起五更等天亮的时候,多数人家已没有了祭神祭祖的礼俗,初一早上起来,煮饺子,放炮,吃饺子,然后梳洗打扮换衣服,拜年开始。

大年初一有很多禁忌,这天忌打扫卫生,不能洒污水,倒垃圾,丢弃废物等;也禁忌恶声谩语,不准哭闹,不能大声呵斥;忌说死、破、烂、鬼等不吉利的字眼;忌讳打破碗盆等。

拜年

正月初一起五更后,第一件事就是拜年(向长者拜贺新年)。

拜年一般先从家里开始。家里的男子和成婚的女子要先到祖宗牌位神像前叩头,然后以家长辈序一一躬身叩首。长辈要给未成年的晚辈们发压岁钱。家中拜完年,就开始煮饺子,吃饺子。

此时,远远近近的鞭炮声响彻云霄,过年的欢乐气氛达到了极致。

吃罢饺子,除老人之外,家中长男要率兄弟侄儿们、婆婆带着儿媳妇们,走出家门,去给同宗同族的长辈们拜年。之后再给街坊邻居、亲朋好友的长辈们拜年,彼此相见称为"新年第一面",要抱拳作揖,口道"恭喜发财""给你拜年",互致祝福。

五更时分,家家门上的红纱灯发出朦胧的光色,烟花划破黎明的夜空,大街上拜年的人们已开始走动了,三个一群,五个一伙,进张家拜年,上李家祝岁。"过年好""拜年啦"的祝福声不绝于耳,见到长辈都要匍匐于地,跪拜一番。这边说:"大伯大娘,给您拜年了!"主人马上说:

拜年

"一说就有了，一说就有了，换支烟，吃颗糖。"那和谐祥睦的气氛感天地动神灵，连神龛中的土地爷都羡慕得直想来到人间，享受人们的贺拜。

如今，科技发达，拜年的习俗不断增加新的内容和形式：手机电话短信、微信、电子邮件、贺卡都可以给远方的亲朋互致问候。

另外，春节拜年有"两不拜"——躺床之人不拜，切记不要误拜——以防尴尬。

如果在过去的一年里，自己家中"老了人"（有人去世），儿孙辈不出去拜年，并且门上不贴大红对联和福字，用紫纸写对联。

春节拜年时，晚辈要先给长辈拜年，祝长辈人长寿安康，长辈可将事先准备好的压岁钱分给晚辈。据说压岁钱可以压住邪祟，因为"岁"与"祟"谐音，晚辈得到压岁钱就可以平平安安度过一岁。现在长辈为晚辈分送压岁钱的习俗仍然盛行。

走亲戚

从初二到初四，是亲戚之间相互拜年的日子。有的地方是正月初二为外甥给姥爷姥姥磕头拜年之日，正月初四是女婿给岳父、岳母拜年之日，也被称为"出嫁的闺女回娘家的归宁日"。也有的是初二拜岳父岳母，初三初四上姑母姑父、姥姥舅舅家拜年的。对于姑爷拜岳父岳母，一般都比较重视，尤其是结婚时间不长的新女婿，是必须要陪伴媳妇一起去的，甚至还要携带较重的礼物。

破五

正月初五，民间习惯称为"破五"，也称"崩穷日""送穷神"，是春节后的一个重要节日。

传说姜太公封老婆为穷神，并令她见破即归，人们为了避穷神，于是把这天称为"破五"。

还有一个略为不同的传说是，大年三十人们请神时，把脏神——姜太公的老婆给忘了。于是她气不过，便找弥勒佛闹事。弥勒佛满脸堆笑，就是不搭腔。这脏神气得捶胸顿足，七窍生烟。眼看事情要闹大了，弥勒佛才开口说："这样吧！今天是初五，让人们再为你放几个炮，包一次饺子，破费一次吧！"——这就是破五的来历。破五吃饺子，承载了人们期盼吉利、幸福的寓意。

大年初五这天，民间通行的食俗是吃饺子，俗称"捏小人嘴"。因为包饺子时，要用手一下挨一下地沿着饺子边捏。据说，这样可以规避周围谗言。吃饺子也承载了人们期盼吉利、幸福的寓意。初五清晨起，家家户户放鞭炮，尤其放二踢脚，被称作"崩穷"，即把晦气、穷气从家中崩走。老人们忌讳这一天串亲访友，也不准串门，说是走亲会把晦气带到别人家。又有人说，这一天是财神的生日，家家都要放鞭炮吃饺子迎财神。不管何种讲究，破五吃饺子，寄托着人们的新春期盼，那就是在新的一年里，不辞劳苦、勤勤恳恳便能过上好日子。

民俗专家说，破五吃饺子还包含有这样的意思：初五是牛日，休息四天以后破土动工，预示着咱们春耕即将开始了。

老鼠娶媳妇

邢台一带的风俗，正月初十是老鼠娶媳妇的日子，到了这一天，家家户户要捏饺子，饺子要捏紧，俗称"捏老鼠嘴儿"，意思是把老鼠嘴捏死，老鼠就不能咬东西了，家中一年都不会有老鼠。还有另外一层意思是祝贺老鼠娶媳妇，祈求老鼠不要糟害人。

传说，老辈的时候，天上的一棵枯草，随着风飘落到人间。后来这根枯草变成了一个老头儿。有一年，这老头儿上山打柴，不小心斧子从树上落下来，把地上的一个洞砍开了。洞里有一只小女鼠，老头儿很喜欢这只小女鼠，就把她带回家养起来了。过了一些日子，女鼠变成了一个如花似玉的鼠姑娘。鼠姑娘到了嫁娶的年龄，有许多男老鼠来求婚，都被她拒绝了。鼠姑娘发誓不嫁给老鼠，一定要嫁给世界上最有本领的人。

老头儿到外地寻找世界上最有本领的人。有人对他说："世界上最有本领的要算太阳，太阳一出来，全世界一片光明，如果没有太阳，世界就变得一片黑暗，世上万物都离不开太阳。"

老头儿来见太阳，他对太阳说："我有个如花似玉的女儿，要嫁给世界上最有本领的人，请你娶我女儿做妻子吧！"太阳说："我不是世界上最有本领的，我怕云，云一来就把我遮住了，云的本领比我大。"

老头儿来见云，云说："我也不是最有本领的，我怕风，风能把我吹散，风的本领比我大。"

老头儿来见风，风说："我也不是最有本领的，我怕墙，墙能把我挡住，墙的本领比我大。"

老头儿来见墙，墙说："我也不是最有本领的，我怕老鼠，老鼠能把我掏成窟窿，老鼠的本领比我大。"

老头儿回来对女儿说："世界上最有本领的是老鼠，你还是嫁给老鼠吧！"

老鼠姑娘找到一个年轻英俊的男老鼠，他们选了正月初十这个好日子，在夜深人静时举行了婚礼。

后来人们渐渐地就把正月初十这一天作为老鼠娶媳妇的日子。

在邢台，这一天还有好多的忌讳，一般不许动刀、剪子、针线、斧头等。各家的媳妇姑娘们都要把平时用的剪刀用红绳或红绸捆包起来，藏到抽屉里、褥子底下。村民们说，老鼠节这一天不能使剪刀，只要听不到剪刀的"咔嚓"声，家里一年就听不到"咔嚓咔嚓"老鼠嗑东西的声音。还有的村庄于老鼠娶媳妇这天很早就上床睡觉，也为不惊扰老鼠，俗称"你扰它一天，它扰你一年"。

第二节　元宵节

每年农历的正月十五日，春节刚过，迎来的就是中国的传统节日——元宵节。正月十五日是一年中第一个月圆之夜，也是一元复始，大地回春的夜晚，人们对此加以庆祝，也是庆贺新春的延续。元宵节又被称为"上元节"。

按中国民间的传统，在这天上皓月高悬的夜晚，邢台的人们要点起彩灯万盏，以示庆贺。出门赏月、燃灯放焰、喜猜灯谜、共吃元宵，合家团聚、同庆佳节，其乐融融。

放焰火

传说在很久很久以前，凶禽猛兽很多，四处伤害人和牲畜，人们就组织起来打它们。有一只神鸟因为迷路而降落人间，却意外地被不知情的猎人给射死了。

天帝知道后十分震怒，立即传旨，下令让天兵于正月十五到人间放火，把人畜财产通通烧光。天帝的女儿心地善良，不忍心看百姓无辜受难，就冒着生命危险，偷偷驾着祥云来到人间，把这个消息告诉了人们。众人听说了这个消息，就如头上炸响了一个焦雷，吓得不知如何是好。

过了好久，才有个老人家想出个法子，他说："在正月十四、十五、十六这三天，每户人家都在家里张灯结彩、点响爆竹、燃放烟火。这样一来，天帝就会以为人们都被烧死了。"

大家听了都点头称是，便分头准备去了。到了正月十五这天晚上，天帝往下一看，发现人间一片红光，响声震天，连续三个夜晚都是如此，以为是大火燃烧的火焰，心中大快。人们就这样保住了自己的生命及财产。为了纪念这次成功，从此每到正月十五，家家户户都悬挂灯笼、放焰火来纪念这个日子。

传统的元宵节是城乡重视的民俗大节，在县城元宵喧闹尤为热烈，它体现了民众特有的狂欢精神。元宵节所承载的节俗功能已被日常生活消解，人们逐渐失去了共同的精神兴趣，复杂的节俗已经简化为"吃元宵"的食俗。

邢台人民勤劳智慧，在长期的生产和生活实践中，不断发展创造，形成了独具特色的群众文化。有形式活泼、内容丰富的藤牌阵、击太平鼓、耍招子鼓，有独具地域特色的民间舞蹈扭秧歌、踩高跷、舞龙、舞狮等。每年的农历正月十五前后，这些异彩纷呈的群众文化汇聚成独具特色的邢台乡艺表演。每年元宵节前，邢台人民为庆祝元宵佳节的来临，经常举办全市规模的乡艺进城，以丰富节日期间城乡群众文化生活。

猜灯谜

元宵节又称"灯节"，夜晚观灯也是由来已久的习俗。过年时，城里乡下，大街小巷，纷纷挂起灯来，及至元宵佳节，邢台的人们会把上街观灯当作不容错过的娱乐活动。

猜灯谜又称"打灯谜"，是中国独有的富有民族风格的一种汉族民俗文娱活动形式，是从古代就开始流传的元宵节特色活动。每逢农历正月十五，邢台民间都要挂起彩灯，燃放焰火，后来有好事者把谜语写在纸条上，贴在五光十色的彩灯上供人猜。因为谜语能启迪智慧又迎合节日气氛，所以响应的人众多，而后猜灯谜逐渐成为元宵节不可缺少的节目。猜灯谜增添了节日气氛，展现了古代汉族劳动人民的聪明才智和对美好生活的向往。

关于灯谜，还有个有趣的故事。相传很久以前，有个财主，人称"笑面虎"。他见了衣着体面的人，就拼命巴结；见了粗衣烂衫的穷人，就吹胡子瞪眼。有个叫王少的青年，曾因衣服穿得破烂，一次去借粮时，被他赶出大门。王少回去后越想越气，于元宵之夜，扎了一顶大花灯，来到笑面虎家门前。这大花灯上题着一首诗。笑面虎上前观看，只见上面写着：

头尖身细白如银，称称没有半毫分；
眼睛长到屁股上，光认衣裳不认人。

笑面虎看罢，气得面红耳赤，暴跳如雷，嚷道："好小子，胆敢来骂老爷！"便命家丁去抢花灯。王少忙挑起花灯，笑嘻嘻地说："哎，老爷莫犯猜疑，我这四句诗是个谜，谜底就是'针'，你想想是不是？这'针'怎么是对你的呢？莫非是'针'对你说的，不然你又怎么知道说的是你呢？"笑面虎一想，可不是，只好气得干瞪眼，灰溜溜地走了，周围的人都乐得哈哈大笑。这事传开后，越传越远。第二年元宵，人们纷纷仿效，将谜语写在花灯上，供人猜射取乐。所以就叫"灯谜"。以后相沿成习，猜灯谜成了元宵佳节的重要活动内容之一。

吃元宵

正月十五吃元宵。"元宵"作为食品，在邢台也由来已久。多少年来，元宵的制作日见精致。光就面皮而言，就有江米面、黏高粱面、黄米面和棒子面。馅料的内容更是甜咸荤素应有尽有。甜的有所谓桂花白糖、山楂白糖、什锦、豆沙、芝麻、花生等。咸的有猪油肉馅，可以做油炸或炒元宵。素的有芥、蒜、葱、韭、姜组成的五辛元宵，有勤劳、长久、向上的意思。

做元宵

元宵的制作，多用箩滚手摇的方法。元宵大小似核桃，煮食的方法有带汤、炒吃、油氽、蒸食等。不论有无馅料，都同样的美味可口。目前，元宵已成了一种四时皆备的点心小吃，随时都可以来一碗解解馋。

烤柏灵火

正月十六，吃罢晚饭，邢台一带的乡下人家家户户要在自家大门口外点起一堆火——烤柏灵火（也叫"大门火""杂病火""大明火"）。这是正月里民间传统风俗之一。

烤柏灵火是有讲究的。其燃烧物大都是自己家里的草墩子、破筐子、旧笤帚、破扫帚、旧鞋帽等烂家什……但必不可少的是柏树枝。其意为烧掉旧的，换上新的——辞旧迎新。据说，篝火中柏灵枝的香味可以驱除瘟疫、杂病，旧鞋袜的臭气可以熏鬼，而烧掉旧帽子，则意味着除掉了"愁帽"，全年大吉大利。也有另一种含义，人们说，烧个墩儿生个孙儿，烧个筐儿添个妮儿。如果家里儿媳妇怀孕，老婆婆一定会怀着自己

烤柏灵火

的愿望，在火堆上烧想烧的东西。烧柏树枝则是去百病、驱百邪之意。

烤火也有说头。老人们说："烤烤腚不生病，烤烤腿能挑水，烤烤腰扭一遭，烤全身一年壮。"也有的说，"柏灵枝，火苗硬，烤过柏灵不生病""烤头烤脚，长生不老""烤背烤胸，百病不生"。又因为"柏灵"的旺盛火焰寓意兴旺发达、蒸蒸日上，于是年轻人又给烤柏灵火以新的含义："烤烤头，住新楼；烤烤腰，步步高；烤烤手和脚，生活更美好。"烤得火越多越好，小孩子要烤够百家的火方可健壮成人。一堆堆的火在各家门口陆续燃烧起来了。大姑娘、小媳妇、一群群小孩子，也陆续走出家门，这家门口烤烤腰，那家门口烤烤腚，嘻嘻哈哈好不热闹。

最馋人的在后头。柴火将要烧尽时，大人们还要拿来十五吃剩下的饺子，放在火堆里烧，说是吃后不冻耳朵。这时候，火苗越来越小，埋在火堆里的饺子熟了，用柴火棍儿夹出来，吹吹上面的灰，闻一闻，面味儿中带有柴灰味——风味独特！咬在嘴里，好香啊！

在邢台一带，自古以来还流传着烤柏灵火的传说呢：说是古时候在一个集镇上有个扎扫帚为生的孤老人，因为不小心划破了手指，鲜血滴在扫帚上，扫帚吸人血而成精。老人去世后，人死院空。春节前，一位卖花郎在集镇上遇到两个姑娘买花未付钱。正月十六集日，卖花郎发现了这两个姑娘，尾随讨花钱，两个姑娘进入老人的宅院不见了。卖花郎发现他的花插在破扫帚上，就想把花摘走，突然两个妖怪向他扑来，在这紧要关头，在民间巡查的太上老君出手除掉妖怪救了卖花郎。为了不让妖怪藏身，黄昏时，卖花郎按照太上老君点示，请乡邻一起动手，把空院中的破烂笤帚、扫帚弄到门外，点了柏灵火烧掉。从此邪祟再未发生。于是，正月十六夜烤柏灵火的习俗便流传了下来。

有人说，"柏灵火"因篝火中掺有柏树枝叶（俗称"柏灵枝"）而得名，"柏灵"一词，含柏叶具有灵气之意。古人称赞柏树说："经冬而不凋，蒙霜而不变，麇食柏而香，皆为天齐长。"认为柏树为神异之木，其香可以去邪秽、疗百病。邢台是尧帝的封地，是帝王之乡，远古时候，这里生长着蓊蓊郁郁的柏树林，并且还留下了许多和柏树有关的村庄和地名，如柏舍、柏人城、柏乡等。可见，这里是盛产柏树的。据说，正月十六这一天是尧帝陶唐氏的忌日，最初，人们用原始的方法纪念他，就于每年的正月十六，随手捡来一些树枝、树叶，点燃篝火驱邪祛病，祈求新的一年全家平安、五谷丰登。

正月十六的夜晚，天上的明月正圆，地上的焰火正红。当整个村庄笼罩在一片火海之中，烟雾升空，这时的乡村全部沉浸于温馨幸福中了，火光把街头、村头的黑暗荡漾开，把寒冷驱散，把污秽荡涤，歌谣声、欢笑声、风声、火的呼呼声融合在一起，形成一部民俗文化交响曲。

深夜篝火燃尽，一家人充分享受了柏灵火的欢乐和温馨之后，就回家睡觉了。每家的老太太便用灰烬撒一条弧线拦在家门口，意思就是把野鬼邪祟通通挡在门外。

拉死鬼

沙河市樊下曹村被评为"中国传统古村落"，与本村保留的传统民俗正月十六"拉死鬼"有关。"拉死鬼"类似傩戏，是一种娱神娱人的年俗活动。每年过春节村民都要把死去的亲人接回家过年，正月十六送走，他们担心那些无人祭奠的野鬼、厉鬼留在村中为害，所以十六晚上家家点火驱邪，把死鬼拉出去。

还有一种说法是，樊下曹村的先民过着典型的农耕生活，农耕主要依靠牲畜，家家户户都喂养牛、驴、骡子等牲口。但每当疫病流行，村里就会有大批的牲口死去，生产生活都会受到很大影响。村里人认为瘟疫是鬼怪作祟，于是希望将代表着瘟疫、疫病、灾难的恶鬼通通赶走，保佑人和牲畜健康！这反映了农耕社会的人们祈盼风调雨顺、五谷丰登和社会安宁的愿望。

"拉死鬼"开始时，由一群小鬼（代表好鬼，负责捉拿代表恶势力的死鬼）手持烧火棍，将死鬼（身穿白色的孝衣，画恶鬼脸谱，头上戴着又高又尖纸糊的帽子，上面绘有骷髅头图案，写有"死鬼"的字样，这个帽子是死鬼身份的标志）羁押游街。当鬼快要经过谁家的门口时，这家人就会赶紧点燃篝火，添草加柴，让火旺旺的，火着得越大越旺越吉

拉死鬼

利越好。当鬼跑过来了，就要点燃爆竹，让鬼在震天的鞭炮声中跑过，俗称"炸鬼"。

　　死鬼就这样在村子的大街小巷里被羁押着跑来跑去，一直要转完整个村子。最后在村外的田地里将死鬼的行头一把火烧尽，代表作祟的恶势力被赶尽杀绝，不会再祸害村里，整个仪式才圆满结束。随后，老街上还要上演精彩的烟火表演，点燃"老干"（杉树制作的杆，也称杉杆），燃放鞭炮，"抬黄杠"（一种乡艺表演形式），热闹非凡，以表达驱除瘟疫后人们的欢愉心情。

第三节 填仓节

农历正月廿五是仓官老爷为农家扛送粮食的日子。这一天也叫"填仓节""天仓节""添仓节",农家俗称"崩囤"。

填仓,是指农家往仓房囤子里增添粮食。当年要在原有粮食生产的基础上,增加收成,多多增产,这就寄托了人们对于来年粮食丰收的良好愿望。填仓节,在各地的过节方法也不尽相同。有的地方,填仓节这天,象征性地往粮仓里添加粮食,有的地方则在填仓节这一天吃春饼、煎饼和饺子,并把这些食物投入粮仓,名曰填仓、添仓。

在邢台西部山区,这天中午,家家都要蒸馒头和发面窝窝头。馒头做成"布袋""粮囤"的形状,窝窝头则是扣在"粮囤"顶上的"帽"。蒸的"布袋""粮囤"越多,仓官老爷送来的粮食就越多。也有的地方要用稀面摊成极薄的饼,中间裹以菜肴,卷而食之。如果民家娶有新媳妇,新媳妇要亲手将煎饼放到粮仓。

画 囤

在中部平原,每逢正月廿五这天,各个农户在早晨没出太阳前,全家就忙碌起来,在院内用草木灰画几个不同的像粮囤样的圆囤或者方囤状。并且先将草木灰放在簸箕里,一手端着簸箕,一手拿个小木棍边敲打边撒灰,逐渐撒出画成一个个圆的、方的囤,旁边再画个梯子状图。在每个格里撒进些麦粒、高粱粒、谷子、豆子或玉米粒等粮食,然后用砖将粮食压住,比喻压仓压囤。在每个粮囤的中心放些面条和铜钱,意喻五谷丰登、富富有余。画个梯子意喻粮囤高高,即大囤满,小囤流,生活越来越富足,好日子步步高。

填仓节画囤

关于这个习俗，还有一个传说。说是有一次，中国北方曾连续大旱三年，赤地千里，颗粒不收，可是皇家不顾人民死活，照样征收皇粮。因此，连年饥荒，饿殍遍地，尤其在年关，穷人更是走投无路，冻饿而死的不计其数。这时，给皇家看粮的仓官守着大囤粮食，看着父老兄弟们活活饿死，实在无法忍受。他毅然自作主张，打开粮仓救济灾民，把皇家的粮食抢运一空，救了一方灾民。但他向皇家不好交账，就在农历正月廿五放火烧仓，连同自己也被烧死了。人们为了纪念这位仓官，每到这一天都要进行祭奠、纪念活动，有的是用细炭灰或柴草灰在院内外打囤添仓，有的是向仓官画像焚香、点灯。后人为了纪念这名仓官，每年这天清晨，就用草木灰撒成圆圆的囤形的粮仓，有的还镶上花边、吉庆字样，并在囤中撒以五谷，象征五谷丰登，来表达人们填满仓谷救仓官的深情厚谊，逐渐形成了填仓节"画囤"的习俗。现在这些习俗已经消失，但填仓佳话却世世代代流传下来，提醒人们从这天起清仓扫囤，晾晒种子，整修农具，准备春耕。

仓官爷扛粮

晚饭前，女人们在仓官老爷的牌位前烧上香，摆上供品，跪在蒲团上，双手合十，口中念念有词："大囤尖，小囤满，发面窝窝扣仓眼。"其意是让仓官老爷送的粮食装满家里所有的粮囤。钱是必不可少的，于是又念道："金轱辘钱，银轱辘钱，金银财宝滚满院……"祷告一番之后，再把家中所有的房门、盛粮食的器具全部打开，好让仓官老爷顺利往家中运送粮食。

这天下午，还不许女人做针线活，说是怕缝衣针扎坏了仓官老爷的眼睛，看不到路。于是，女人们把家里的房门、二门、大门打开后，走出家门，来到大街上。这里一群，那里一伙，挤在一起叙说谁蒸的"粮囤"多、样子好。与此同时，仓官老爷正带着部下紧张忙碌地为各家扛送粮食……

崩囤

小孩子也跟在大人后面，向诸神磕头。最喜欢的是在神位前点蜡烛，小小蜡烛像孩子的小手指头，点亮，墩在香炉前。此时站在院中四下里看，屋子、院子的各个神龛中，烛光摇曳，充满了神秘感。顿时让人觉得神灵就在面前，于是大气不敢出，一切都悄悄地……生怕惊动了各位神仙。

这天傍晚，当大人们蒸好"囤"，烧上香，跪在仓官老爷的牌位前祈祷时，人们也仿佛看到了仓官老爷带着扛粮的队伍已经来到了家门口。此时，人们便悄悄地溜着墙根走——撞倒了肩上扛着布袋大步走进家中的仓官老爷那就不划算了……

晚饭后，人们又在院中放炮，也叫"崩粮仓"，意思可能是粮仓满得都崩了。

第四节　龙头节

农历二月初二是"龙抬头"的日子,是我国一个传统节日,名曰"龙头节"。这时正值"惊蛰"前后,大地回春万物复苏,蛰伏在泥土中的昆虫蛇兽,将从冬眠中醒来,农民告别农闲,开始下地劳作了。因此,这天也叫"春龙节""春耕节""农事节"。

传说此节起源于伏羲时期,因为他重农桑务耕田,每年二月二这天都要扶犁耕田。以后,黄帝、尧帝都仿效这一举动,民间渐渐就形成了节日。

民间传说,每逢农历二月初二,是天上主管云雨的龙王抬头的日子,从此以后,雨水会逐渐增多起来。因此,这天就叫"春龙节"。邢台附近一带广泛地流传着"二月二,龙抬头;清水下哩满街流"的民谚。

推头(理发)

每当龙头节到来,家家户户的男人们便走出家门去理发。因为有一句民谣说"正月里不推头,正月推头死舅舅",此说虽无根据,也很荒谬,但影响却极深,因此,在春节前无论多忙,人们都要抽出空来理一次发,然后就

龙头节理发

龙头节理发

要一直等到"龙抬头"的日子了。二月二理发,俗称"剃龙头",据说可以带来一年的好运,因此,这一天各个理发店的生意都特别好。

民间传说

关于龙头节的来源,在我国北方民间流传着这样一个神话故事。当年,武则天当上皇帝,惹恼了玉皇大帝,传谕四海龙王,三年内不得向人间降雨。不久,司管天河的龙王听着民间人家的哭声,看着饿死人的惨景,担心人间生路断绝,便违抗玉帝的旨意,为人间降了一次雨。玉帝得知后,把龙王打下凡间,压在一座大山下受罪,山上立碑:

龙王降雨犯天规,当受人间千秋罪;
要想重登灵霄阁,除非金豆开花时。

人们为了拯救龙王，到处找开花的金豆。到了第二年二月初二，人们正在翻晒玉米种子时，想到这玉米就像金豆，炒一炒开了花，不就是金豆开花吗？于是，家家户户爆玉米花，并在院子里设案焚香，供上开了花的"金豆"。龙王抬头一看，知道百姓救它，便大声向玉帝喊道："金豆开花了，快放我出去！"玉帝一看人间家家户户院里金豆花开，只好传谕，诏龙王回到天庭，继续给人间兴云布雨。从此，民间形成了习惯，每到二月初二这一天，人们就爆玉米花吃。

其实，在农历二月以后，"雨水"节气来临，冬季的少雨现象结束，降雨量将逐渐增多起来，这本来就是华北季风气候的特点。

节日习俗

在邢台平原一带，还有一种说法："新媳妇，不出正，出了正月妨公公。"春节前新娶的媳妇，在婆婆家过了正月十六就要回娘家去住一些日子，但必须在正月底前再赶到婆婆家。"妨"即有"妨碍"的意思，意思是作为新媳妇，如果正月三十前回不到婆婆家中，这一年你的公爹就会生病、出事、不安全……因此，新娶的小媳妇们每到正月底，无论路途有多远，天气多恶劣，总要再回到婆婆家，省得落下话柄。

在婆婆家住到二月初一，还得再回到娘家去。隆尧一带有俗话说："二月二，龙抬头，闺女不来娘发愁。二月二，炸油糕，闺女不来娘心焦。"

这一天，邢台一带家家户户还要吃面条、炸油糕、爆玉米花、摊煎饼，而这一天的饮食多以龙为名。吃面条名曰"挑龙头"，吃米饭是"吃龙子"，吃馄饨为"吃龙眼"，而吃饺子则叫"吃龙耳"。清康熙《唐山县志》记载："此日煎油饼、熏蝎子，儿童郊外放纸鸢。"这一天人们不动刀，面条是前一天擀好的，菜也是前一天切好的，意思是怕动刀伤到龙头。西部山区有俗话说："二月二，刮大风，拾柴火，摊煎饼。"这些习俗寄托了人们祈龙赐福，保佑风调雨顺、五谷丰登的强烈愿望。

第五节　清明节

清明节既是二十四节气之一,也是最重要的祭祀先人的节日,是祭祖和扫墓的日子。扫墓俗称"上坟",是祭祀死者的一种活动。

在邢台一带,按照旧的习俗,扫墓时首先要整修坟墓,其做法主要是清除杂草,培添新土,折几枝嫩绿的新枝插在坟上。这种行为一方面可以表达祭祀者对亡人的孝敬和关怀,另一方面,在古人的信仰里,祖先的坟墓和子孙后代的兴衰福祸有莫大的关系,所以培墓是不可轻视的一项祭奠内容。其次,扫墓时人们要携带酒食果品、纸钱等物品到墓地,将食物供祭在亲人墓前,再将纸钱焚化,然后叩头行礼祭拜。

清明节,按阳历来说,它是在每年的4月4日至6日之间,正是春光明媚草木吐绿的时节,也正是人们春游(古代叫踏青)的好时候,所以古人有清明踏青,并开展一系列体育活动的习俗。踏青除了欣赏大自然的湖光山色、春光美景之外,还可以开展各种文娱活动,增添生活情趣。

如今流行清明节扫墓,其实扫墓乃清明节前一天寒食节的内容,寒食相传起于晋文公悼念介子推一事。

相传春秋战国时代,介子推跟随流亡的重耳在外19年,有一次,重耳饿晕了过去。介子推为了救重耳,从自己腿上割下了一块肉,用火烤熟了送给重耳吃。后来,重耳回国做了君主,就是晋文公。在给各位功臣加官晋爵时,晋文公忘了介子推,介子推不在乎这些,背着老母躲进了绵山。晋文公想起此事,亲自带领手下上山搜索,没有找到。于是放火烧山,想用此法逼介子推出山,结果却把介子推和他的母亲活活烧死在山中,晋文公后悔不已。为了纪念介子推,晋文公下令把绵山改为"介山",在山上建立祠堂,并把放火烧山的这一天定为寒食节,晓谕全

清明节祭祖

国,每年这天禁忌烟火,只吃寒食。

慢慢地,寒食、清明节成了全国百姓的隆重节日。每逢寒食,人们即不生火做饭,只吃冷食。在民间,并不把清明与寒食分得很清。

因寒食与清明相接,后来就逐渐传成清明扫墓了。旧时扫墓,孩子们还常要放风筝。有的风筝上安有竹笛,经风一吹能发出响声,犹如筝的声音,据说风筝的名字也就是这么来的。

在邢台及其所属县,上坟烧纸钱讲究"早清明,晚十一(农历鬼节)"。扫墓烧纸在清明前十来天就开始了,闺女给爹娘烧纸则选择在清明节的前几天进行。而清明当天则只有男人给自己的先人去扫墓了。

2008年,清明节正式成为法定节假日,放假一天。

第六节　端午节

端午节为每年农历五月初五，又称"端阳节""午日节""五月节""五日节""艾节""端五""重午""午日""夏节"，本来是夏季的一个驱除瘟疫的节日。

端午节这一天必不可少的活动逐渐演变为吃粽子、赛龙舟，挂艾草、艾叶，佩香囊。

吃粽子和赛龙舟，是为了纪念楚国的大诗人屈原。据说，屈原投江后，当地百姓闻讯马上划船捞救，一直行至洞庭湖，始终不见屈原的尸体。那时，恰逢雨天，湖面上的小舟一起会集在岸边的亭子旁。当人们得知是为了打捞贤臣屈大夫时，再次冒雨出动，争相划进茫茫的洞庭湖。为了寄托哀思，人们荡舟江河之上，此后才逐渐发展成为龙舟竞赛。百姓们又怕江河里的鱼虾吃掉他的身体，就纷纷回家拿来米团投入江中，后来就有了吃粽子的习俗。

端午节在门口挂艾草，即将艾草用红纸绑成一束，然后插或悬在门上，也有原因。艾草代表招百福，是一种可以治病的药草，插在

端午节

门口，可使身体健康。艾草在古代就一直是药用植物，针灸里面的灸法，就是用艾草作为主要成分，放在穴道上进行灼烧来治病。有关艾草可以驱邪的传说已经流传很久，主要是由它具备医药的功能而来。邢台各地旧时有割艾枝、晒艾枝，以挂在门口祛阴辟邪的做法。

在隆尧一带，家有小孩儿的，习惯给孩子拴五彩线。五彩线的颜色为红、黄、蓝、白、黑色，按男左女右的传统，分别拴在孩子的手腕或手臂上。人们认为拴五彩线可以去瘤除灾，让孩子健康成长。

《唐山县志》载：此日有"妇人簪艾虎，儿童系彩缕，亲朋馈角黍（粽子）"等。《隆平县志》称此日"贴门符、食角黍，男带艾叶，女带艾虎，童男女佩香囊、五色丝线"。看来，这一习俗早就有了。

在邢台农村，忌端午节打井水，人们往往于节前提前打好，据说是为了避井毒。市井小贩也于端午节兜售樱桃、桑葚，据说端午节吃了樱桃、桑葚，可全年不误食苍蝇。刚出生不久的小孩子要在端午前后穿上"五毒鞋"，上面绣有毒蛇、蜈蚣、蜘蛛、蛤蟆、野猫五种人们认为最毒最脏的动物，故称"五毒鞋"。据说让小孩穿上"五毒鞋"，可以避免这五种动物的伤害，还能驱邪除病。由此看来，人们这是在运用"以毒攻毒"的方法，并且蕴含着一种与现代医学"免疫学"如出一辙的深邃思想，实在令人惊叹。

第七节 七夕节

七夕节，也称"乞巧节""女儿节"，专指农历七月初七这一天，是一个以牛郎织女的民间传说为载体，以爱情为主题，以女性为主角的节日。按照民间传说，七夕节表达的是已婚男女之间"不离不弃""白头偕老"的情感，恪守双方对爱的承诺，不是表达婚前情人或恋人的情感，这是在不同人生阶段的两种感情。因此"七夕节"也称为"爱情节"。

"天皇皇地皇皇，俺请七姐姐下天堂。不图你的针，不图你的线，光学你的七十二样好手段。"每当农历七月初七的晚上，邢台一带的农村妇女都摆好果盘，面向天空，喃喃自语，意思是向织女乞巧，希望学到她

乞巧节比赛

的技艺。也有的把针放在水碗里，视针影形状，以验各人女红的巧拙。还有的用七根丝线、七枚绣花针，在月下比赛穿针，以验巧拙。

七夕坐看牵牛织女星，是民间的习俗。相传，每年农历七月初七的夜晚，是天上织女与牛郎在鹊桥相会之时。

织女是一位美丽聪明、心灵手巧的仙女，凡间的妇女便在这一天晚上向她乞求智慧和巧艺，也少不了向她求赐美满姻缘，所以七月初七也被称为"中国人的爱情节"。

在邢台西部山区一带，千百年来流传着牛郎织女动人的传说。相传牛郎织女被王母娘娘分开以后，隔河相望，天长地久，玉皇大帝和王母娘娘也拗不过他们之间的真挚情感，准许他们每年七月初七相会一次。相传，每逢七月初七，人间的喜鹊就要飞上天去，在银河为牛郎织女搭鹊桥，让他们相会。

七夕夜深人静之时，姑娘媳妇们聚在一起，向天上遥望，人们还能在葡萄架或其他的瓜果架下听到牛郎织女在天上的脉脉情话。

第八节　中秋节

每年农历八月十五为中国传统节日——中秋节。八月为秋季的第二个月,古时称为"仲秋",因此民间称为"中秋",又称"秋夕""八月节""八月半""月夕""月节",又因为这一天月亮满圆,象征团圆,又称为"团圆节"。邢台各地有俗语说"八月十五云遮月,正月十五雪打灯",意思是说,如果中秋节是阴天,那么来年正月十五一定也是阴天。

传说元代末年,有一位反元起义领袖利用中秋民众互赠圆饼之际,在饼中夹带"八月十五夜杀鞑子"的字条,大家见了饼中字条,一传十,十传百,如约于这天夜里一起手刃无恶不作的"鞑子"(元兵),过后家家吃饼庆祝起义胜利,并正式称中秋节的圆饼为"月饼"。在后来很长的历史时期,甚至在20世纪末,许多月饼上还贴有一方小纸片!只可惜,近20年所产月饼已不见小纸片踪影,月饼所含代代相传的"文化密码"已经不存在了。

相传我国古代,帝王就有春天祭日、秋天祭月的礼制。在民间,每逢八月中秋,也有拜月或祭月的风俗。"八月十五月儿圆,中秋月饼香又甜",这句名谚道出中秋之夜城乡人民吃月饼的习俗。月饼最初是用来祭奉月神的祭品,后来人们逐渐把中秋赏月与品尝月饼作为家人团圆的一大象征,慢慢地,月饼也就成了节日的必备礼品。旧时,在邢台,有家庭条件差的农家因买不起"月饼",就买点红糖自己烙糖饼,还有的在饼正面撒点芝麻粒,吃起来又香又甜又软。

今天,月下游玩的习俗,已远没有旧时盛行。中秋是收获的节日,所以陈瓜果月饼赏月仍很盛行,人们把酒问月,庆贺美好的生活,或祝远方的亲人健康快乐,和家人"千里共婵娟"。

相传古代有一位丑女叫无盐,幼年时曾虔诚拜月,长大后,以超群品德入宫，但未被宠幸。某年八月十五赏月，天子在月光下见到她，觉得她美丽出众，后立她为皇后，中秋拜月由此而来。月中嫦娥，以美貌著称，故少女拜月，愿"貌似嫦娥，面如皓月"。

随着时间的推移，社会生活中的现实功利因素突出，岁时节日中世俗的情趣更加浓厚，以"赏月"为中心的抒情性与神话性的文人传统减弱，功利性的祭拜、祈求与世俗的情感、愿望构成普通民众中秋节俗的主要形态。因此，"民间拜月"成为人们渴望团聚、康乐和幸福的以月寄情的一种寄托。

第九节　重阳节

农历九月初九，为传统的重阳节，又称"老人节"。因为《易经》中把"六"定为阴数，把"九"定为阳数，九月初九，日月并阳，两九相重，故而叫重阳，也叫"重九"。

金秋九月，天高气爽，这个季节登高远望可达到心旷神怡、健身祛病的目的。

庆祝重阳节的活动一般包括出游赏景、登高远眺、观赏菊花等活动。《唐山县志》记载，旧时此日"蒸花糕，馈亲友，相约上尧山、宣务山登高赏菊"。九九重阳，因为与"久久"同音，九在个位数字中又是最大数，有长久、长寿的含义，况且秋季也是一年收获的黄金季节，重阳佳节，寓意深远，人们对此节历来有着特殊的感情，邢台一带习惯把农历九月初九定为老人节，已经形成了敬老尊祖之习，也形成了全社会尊老、敬老、爱老、助老的风气。

重阳最重要的节日活动之一即是登高，故重阳节又叫"登高节"。登高所到之处，没有划一的规定，在西部山区，登上山巅，神清气爽，天高云淡，心情舒畅。当然人们登高也不单是攀登而已，还要观赏山上的红叶野花，并饮酒吃肉，享受一番，使登高与野宴结合起来，更有吸引力。

关于登高习俗的起源，据说可能源自古代对山神的崇拜，以为山神能使人免除灾害。所以人们在"阳极必变"的重阳日子里，要前往山上游玩，以避灾祸。或许最初还要祭拜山神以求吉祥，后来才逐渐转化成一种娱乐活动了。（古代认为"九为老阳，阳极必变"，九月初九，月、日均为老阳之数，不吉利。故而衍化出一系列避不祥、求长寿的活动。）

第十节　寒衣节

农历十月初一,在邢台城乡被称为"寒衣节",也称"寒食节"。十月初一的寒食,指的不是"禁火寒食",而是上坟烧纸送寒衣寒食。人们认为此时已届冬季,天气变冷,阴间的鬼魂也要过冬御寒,所以有送寒衣之举。明代刘侗、于奕正所撰《帝京景物略》记载:"十月朔,纸坊剪纸五色作男女衣,长尺有咫,曰寒衣……夜奠而焚之其门,曰送寒衣。"

如今民间过寒衣节,主要是给死者烧纸送寒衣,有的"寒衣"是用黑光纸、蓝光纸折叠成衣裤形,有的干脆就烧黑光纸、蓝光纸。在外地工作或回故乡上坟不便者,便于夜间在十字路口焚烧,以寄托祭奠之情。民间有"早清明,晚寒食(寒衣)"之说。传说清明节是地府收鬼之日,天已过午鬼魂就收归地府,纸钱烧晚了,鬼魂就收不到了。十月初一下午放鬼,寒衣送的早了,照样收不到,所以说"晚寒衣"。

第十一节　冬至节

冬至，是我国农历中一个非常重要的节气，也是一个传统节日，隆尧一带有过冬至节的习俗。冬至俗称"冬节""长至节""亚岁"等。早在2500多年前的春秋时代，我国已经用土圭观测太阳测定出冬至来了，它是二十四节气中最早制订出的一个。时间在每年的公历12月21日或者22日之间。

冬至是北半球全年中白天最短、黑夜最长的一天，过了冬至，白天就会一天天变长。古人对冬至的说法是：阴极之至，阳气始生，日南至，日短之至，日影长之至，故曰"冬至"。冬至过后，各地气候都进入一个最寒冷的阶段，也就是人们常说的"进九"。我国民间有"冷在三九，热在三伏"的说法。还有民谣说："一九二九不出手；三九四九绕冰走；五九半，凌霄散；春打六九头；七九雁归来；八九杨花开；九九种大麦。"将整个冬天节令的变化说得一清二楚。

现代天文科学测定，冬至日太阳直射南回归线，阳光对北半球最倾斜，北半球白天最短，黑夜最长，这天之后，太阳又逐渐北移。

在邢台农村历来对冬至都很重视，冬至被当作一个较大的节日，曾有"冬至大如年"的说法，而且有庆贺冬至的习俗。人们认为：过了冬至，白昼一天比一天长，阳气回升，是一个节气循环的开始，也是一个吉日，应该庆贺。

现在，邢台农村还把冬至作为一个节日来过。有冬至宰羊、吃饺子的习俗。吃"捏冻耳朵"是冬至吃饺子的俗称。缘何有这种食俗呢？相传有一位医生曾在南方做官，他告老还乡时适逢大雪纷飞的冬天，寒风刺骨。他看见乡亲们衣不遮体，有不少人的耳朵被冻烂了，心里非常难过，就叫其弟子搭起医棚，用羊肉、辣椒和一些驱寒药材放置锅里煮熟，

冬至

阴极之至，阳气始生，日南至，日短之至，日影长之至，故曰"冬至"。

冬至节

捞出来剁碎，用面皮包成像耳朵的样子，再放入锅里煮熟，做成一种叫"驱寒娇耳汤"的药物施舍给百姓吃。服食后，乡亲们的耳朵都治好了。后来，每逢冬至人们便模仿做着吃，就这样形成了"捏冻耳朵"的习俗。人们还纷纷传说吃了冬至的饺子不冻人。

第十二节 腊八节

十二月初八（腊月初八）即是腊八节。腊八节在邢台有着很悠久的传统和历史，在这一天做腊八粥、喝腊八粥是邢台老百姓最传统也是最讲究的习俗。

据史料记载，喝腊八粥的历史，最早开始于宋代，迄今已有1000多年。每逢腊八这一天，不论富人还是穷人，家家都要喝腊八粥。最早的腊八粥是用红小豆来煮，后经演变，加之地方特色，逐渐丰富多彩起来。"腊八粥"又叫"七宝粥""五味粥"，不仅清香甜美，而且能畅胃气，生津液，因而颇受人们喜爱。随着时代的发展，花样越来越多的腊八粥已发展成具有地方风味的小吃。

腊八粥熬好之后，要先敬神祭祖。之后要赠送亲友，一定要在中午之前送出去。最后才是全家人食用。吃剩的腊八粥，保存着吃了几天还有剩下来的，却是好兆头，取其"年年有余"的意义。如果把粥送给穷苦的人吃，那更是为自己积德。

相传，在古印度北部，有个净饭王，他有个儿子叫乔达摩·悉达多，在他29岁那年，舍弃王族的豪华生活，出家修道，大约在公元前525年，彻悟成道，并创立了佛教。史传，这一天正是中国的农历十二月初八。佛教传入我国后，各地兴建寺院，煮粥敬佛的活动也随之盛行起来，尤其是到了腊月初八，祭祀释迦牟尼修行成道之日，各寺院都要诵经，并效仿牧女在佛成道前献一种"乳糜"之物的传说，煮粥敬佛。

在隆尧、柏乡、任泽、内丘一带，传说吃腊八粥是民女救刘秀时留下的习俗。刘秀与王郎作战时，有一次打得弹尽粮绝，逃进一个村子，找到一户人家，求主人给做点饭吃，女主人便将家里仅有的几样杂粮熬了一锅粥，刘秀饥不择食，吃了个饱。后来刘秀做了皇帝，想起民女给熬的粥，便派人请那位民女到官中熬制杂粮粥，供刘秀和官员们吃，逐渐成为习俗，流传至今。

邢台人吃腊八粥，是小米、绿豆、豇豆、麦仁、花生、红枣、玉米等八种原料配合煮成，熟后加些红糖、核桃仁，粥稠味香，寓意来年五谷丰登。

泡腊八蒜是邢台一带的习俗。把剥了皮的蒜瓣儿放到一个密封的罐子里，往里面倒入适量的醋，腊八这天封上，放到一个温度较低的地方。慢慢地，蒜瓣就会变绿，最后变得像翡翠一样通体碧绿。新年除夕夜，吃饺子的时候拿出来享用，碧玉般的蒜瓣配上深红的米醋，不仅十分地好看，而且爽口味美。邢台一带，都有腊月初八这天泡腊八蒜的习俗。

腊八，本身是个传统节日，又是年节的前奏，可以说腊八节拉开了春节的序幕。"小孩小孩你别馋，过了腊八就是年""吃了腊八饭，就把年来办"。腊八节后，春节将至，人们便开始购置年货，打扫卫生，布置居室，以崭新的面貌迎接"年"的到来。

第二章 生辰寿诞

第一节　生育

生育是邢台各地家庭中的一件大事，无论是对家庭而言，还是对宗族乃至社会来说，都是如此。过去生子增丁，添人进口，人人为喜，但在医药卫生不发达的情况下，又令人多有担心。围绕生子之俗，一为贺，二为忌，三为寿。所以有贺的仪礼、忌的陋俗，以及祝贺长命百岁的各种习俗。

有喜

有喜，就是说怀孕了。在实行计划生育以前，已婚的育龄妇女怀孕生孩子是任其自然的。由于当时劳动强度大，生活水平低，又缺乏必要的卫生保健知识，"小月"（即小产）现象时有发生。随着社会的发展，各种条件越来越好，"优生优育"的理念逐渐被人们重视，不少年轻的夫妇为了自己的下一代，准备工作从怀孕前就开始做了：加强饮食，调剂营养，戒烟禁酒，注意卫生保健，从怀孕到孩子出生，未来妈妈都是全家的保护对象。

生男孩还是生女孩，首先是家庭成员都关注的事，有从孕妇的外在表现观察的（如"酸儿辣女"，就是说孕妇喜欢吃酸的生男孩，喜欢吃辣的生女孩；如"男左女右"，即是孕妇不自觉地走路，先迈左腿的生男孩，先迈右腿的生女孩；还有"肚尖肚圆"，就是孕妇肚子尖生男孩，肚子圆生女孩），也有从孕妇脸上长不长褐斑来判断的（有褐斑的生男孩，脸上干净的生女孩），也有说孕妇的乳晕深、腹中线也较深的生男孩，乳晕浅、腹中线也较浅的生女孩，甚至有的还从腿部的浮肿情况去印证。

孕妇"有喜"后的禁忌也是相当多的。比如戒烟禁酒。比如孕妇不能吃驴肉、马肉、兔子肉,说是吃了马肉、驴肉会延长产期,像马和驴一样怀胎十二个月;吃了兔子肉生的孩子长豁嘴!当然,此说并无科学依据。

分娩

邢台一带,生孩子一定要在婆婆家或者医院里,无论如何是不能在娘家生孩子的,当然更忌讳在他人家中分娩。民间认为分娩会带来污秽之物,所以严禁外人在自己家中分娩,故而有"宁许死人,不许人生"的说法。也就是说,宁可让外人死在自己家中,也不愿外人的孩子生在自己家中。

中华人民共和国成立初期,由于医疗条件差,生孩子难产,大人孩子都保不住的事并不少见。个别做剖宫产手术的,老百姓叫作"开腔破肚掏小孩",在当时就认为是了不起的奇事。现在医疗条件好了,超重的婴儿多了,人们对孕妇剖宫产已习以为常了。

过去人们普遍重男轻女,分娩后对衣胞(胎盘)的处理也体现了这一点。生了男孩将衣胞埋在自家大门左侧,称家中有了顶门立户的男子

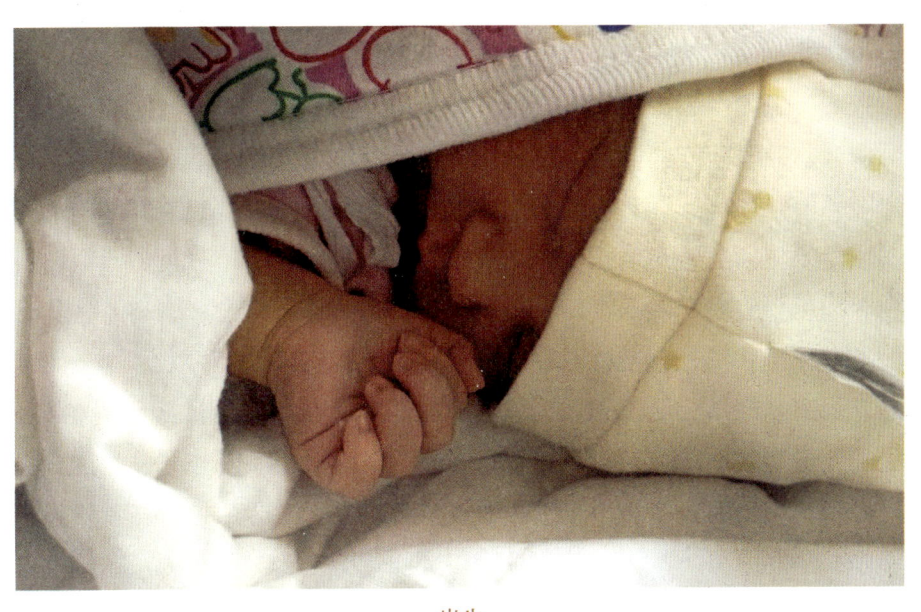

出生

汉，而生了女孩则将衣胞当脏东西丢弃掉。农村中一些上岁数人的这种做法也影响到了城镇。县城某私人妇产科曾有这样的规定：接生一个男孩收110元，接生女孩收80元。问其原因，只说生男孩大喜就多收点。其真实原因是生男孩的一般都将衣胞带走，而生女孩不带走衣胞，医生可自行处理，制药卖钱。

撞名

在邢台，乡下人给刚出生的孩子起名字，流行一种充满神奇色彩的方法——撞名。

撞名，也叫"撞幸"，即在孩子刚出生不久的某天早晨，孩子的父亲或爷爷奶奶要到大街上撞名。据说这撞来的名吉利，孩子命大、容易成人。出门撞见的第一个人就是给孩子起名字的人，要主动上前打招呼，请人家给自己的孩子起名。被撞者不能推辞，必须当时就得把名字起出来。被撞的人本来起大早是有自己的事情要做的，突然遇到这种事情，

撞名

一时也想不出什么，于是就说："叫小保吧。"意思是，保佑孩子成人。于是就有"李拴""张保"这样的名字，大都是拴住孩子性命，保佑长大成人之意。百日后，本家的要抱着孩子，拿着礼品，到给孩子起名字的人家认干亲，从此，孩子多了一对爹妈，多了一家监护人，日后必成大器。

也会出现另外的情况。由于起得早，在街上转了几圈，碰不到一个人，天亮前还要赶回去，那么，出门撞到的第一件事物也可做孩子的名字，于是就有石头、粪堆、柴火、老槐、狗剩之类的名字。

民间有种说法："胡叫八叫，阎王不要。"意思是名字起得越难听，孩子越容易成人。缺男孩的家庭，特别注意这一点。

据说有一年冬天，一家的女人生下一男孩儿。那时候乡下人没有钟表，估计天快要亮了，急忙包好孩子，抱在怀里，走出家门，来到大街上。此时，整个村庄被黎明前的黑暗笼罩着，寒风吹过树梢，家家户户大门紧闭，人们正沉浸在梦乡之中。抱孩子的人一边走一边四下张望，穿过几条大街，看不到一个人的影子，又不甘心回去，怎么办？正在思忖，只听"嘎吱"一声，从一家大门里走出一个背着书包的年轻女孩（这是起早到外村上学的学生），父亲见有了人，急忙上前说道："给俺孩子起个名！"

女学生不搭话，低着头大步朝前走。

父亲紧追："给俺孩子起个名！"

女学生仍不搭话，脚步更快了。

父亲跟在后面不肯罢休。

眼看就来到了村口，女学生见实在摆脱不掉，就扭回头说了声："俺不懂！"

父亲立即停住脚步，转身回家了，孩子的名字叫不懂。

另外，还有根据出生的季节、特殊的日子、弟兄里的排序或者吉祥如意的祝福决定乳名。所以，老辈人里就有好多叫"秋收""麦籽""冬至""布袋""小三""增寿""粮仓"等等。

也曾经有过这样的故事：一个冬天出生的孩子，家人抱着他出去撞名，结果转了一圈也没撞着，回家后看着孩子非常冷，家人就将他抱到灶台处取暖，于是这个孩子就叫灶火。

当然，这些撞来的名字，一般作为乳名，孩子长大后再起学名，也有一直叫到老的。

随着岁月的流逝，撞名这种古朴的习俗已经渐渐消失了。

坐月子

生育后的第一个月叫"月子"，"月子"里为防止产妇与婴儿受风，避免病疫，一定要"塞门闭户"，俗称"坐月子"。产妇要包上头巾，忌生冷，不可洗头，不可以穿针、缝纫刺绣，不可以操持家务，更不能外出。民间谚语说："生儿好比爬血山，满月才算过鬼关。"如果保养不好，就会落下病根，一生痛苦。民间重视产妇月子里的保养，一般要到婴儿满月时才能解禁。

产妇经过长时间的痛苦磨难，必须弥补生产时失血的亏损；要有充足的奶水哺育婴儿，也必须吃有补养的食品。民间流行产妇吃小米粥、白煮鸡蛋、挂面汤、芝麻盐，不让吃菜，也不让吃馒头等发面的食品。说吃了发面的食品会长肚子，体形不好。

坐月子的屋，外人不能随便进去，特别是第四天和第六天，怕得"四六风"，常在屋门外挂一个红布条做标示。最忌讳孕妇或孕妇的丈夫跟产妇说话，认为容易把产妇的奶水带走，使新生儿缺奶吃，俗称"坐嘴头儿"。一旦坐嘴头儿，要设法解，方法有几种：谁坐了人家的嘴头儿，谁把自己的裤腿撕开一个口，或与产妇换一换腰带，或给产妇一连送几天饭，直至重新下奶为止。

出生禁忌

孩子出生后的十二天内，最忌人探望的日子是第四天和第六天，怕生人来了，婴儿患"四六风"病。这两天任何人不可随便到孩子所在的屋子去，以免带来歪风邪气冲了孩子的性命，使小命儿夭折。于是村民也就形成了一种规矩：谁家生了孩子，不过十二天，不轻易到人家家里串门。乡下医疗条件落后，生了孩子只好用"避风"或"破风"的方法来保全孩子的性命。

村民张栓住媳妇曾生过两个孩子，均不过十二天就夭亡了，怀疑都是因受风而死。这一年，栓住媳妇又生一子，全家人视为珍宝，把屋里的窗户门头堵得严严实实，也不敢告诉外人自家得了儿子——生怕再受风。一至三天顺顺当当，四五两天一切正常。熬过第六天，就平安无事了。可房漏偏遇连阴雨，第六天又出了事：邻居粪堆儿娘不知栓住媳妇儿生了孩子，到栓住家去借筐。一边往门里走，一边高声喊："栓住家的，让俺用用你的筐！"说着就走进了孩子他们住的屋里……第七天，栓住的孩子突然发病，眼看又要命归黄泉，一家人急得疯了一般，急忙让人把粪堆儿娘叫来，给她一把剪子，让她铰自己的裤裆（俗称"破风"）来挽救自己孩子的性命。粪堆儿娘自知理亏，只好拿起剪子，铰了自己的裤子，露着屁股回家去了。

布 喜

妻子生小孩后，丈夫要在当日或第二日去丈母娘家告知。如丈夫没在家或有其他特殊情况不能去，也可由自己的兄、弟或叔、侄代去。俗称"布喜"。

丈夫去时带一个红包袱，里面包钱，钱的数目由出生婴儿的性别而定，男孩一百一，女孩八十八。到岳母家后，不用开口明说，只按俗约而行：生男孩，把包袱放在正房门口的八仙桌上；生女孩，则要把包袱放在做饭的锅台角上。其意不外是：男人上得桌面，女人只能上锅台。

岳母看见女婿放好包袱后，略寒暄几句，便急忙和面、支锅、点火、烙大饼，待到饼熟后，再用筷子在饼上面扎许多小洞。说是孩子娘吃了带洞的饼，奶眼儿通，奶水儿旺，喂的孩子白又胖。再煮上几个鸡蛋，包在红包袱里，让女婿拿回家去。

随之，丈母娘即赶紧准备去"瞧月子"。

瞧月子

在邢台农村，妇女生孩子后的第一个月要居家休养，俗称"坐月子"，故丈母娘去看女儿叫"瞧月子"。

丈母娘瞧月子是有固定的日子的，即孩子出生后的第三天和第八天。为什么选这两天，一般的说法是：过去因为农村医疗条件较差，女人生孩子得月子病丧命的不少，新生儿因得"四六风"死亡的极多，所以人们常说，女人生孩子是往阎王殿里转了一圈，小孩儿头七天的命也还在阎王手里攥着。丈母娘这两天去探望母子，以免除心中的挂虑。

丈母娘去瞧月子，所带的东西也很有讲究。第三天，老母鸡一只，给女儿补身子用，鸡蛋一百一十个或九十个，取其"一百一的好"和"命运久长"之意。来到亲家看到外孙（或外孙女儿），外婆首先要给孩子圆头：新生儿颅骨软，用手把头轻轻捏，使其圆满。然后再给孩子洗澡。以前农家大都在家里生孩子，有接生婆接生，不给孩子洗澡，等第三天外婆来后，才用温茶叶水或艾叶水给孩子擦洗干净，去掉身上的污秽，边洗边念叨："先洗头，做王侯；后洗腰，一辈更比一辈高；洗洗蛋，做知县；洗屁沟，做知州……"

第八天，外婆仍要带一些鸡蛋、芝麻盐去瞧月

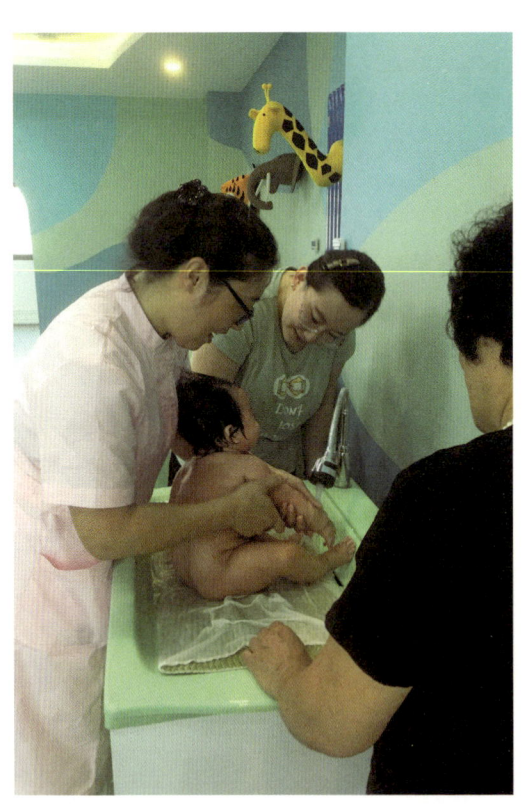

给婴儿洗澡

十二晌贺喜

子。看到一切情况正常后，两亲家随即议定日子，各自通知各自的亲友，准备排排场场地给孩子过"十二晌"。

十二晌

"十二晌"顾名思义：应在小孩出生后的第十二天过，但也不一定。如遇忌日（忌日分为年忌日和月忌日。年忌日为农历无春之年，即这一年没有打春日；邢台民间的月忌日是初五、十四、二十三，谚语有"初五、十四、二十三，新媳妇不走月忌天"之说）或其他情况，也可往后顺延数日。现在的人们为了简化繁杂的礼仪，逐渐地把"十二晌"和庆贺满月办在一起了。

用现在人的眼光来看，"十二晌"实际上就是欢迎小生命诞生的一场隆重庆典。

这一天，男女双方的众多亲戚、故朋好友、街坊邻居，带着礼品簇拥而来，贺喜声不绝于耳。大户人家有的在数百人之上。男方要在家里垒烟囱、盘大灶、租桌子、赁板凳。一时间，院里油气缭绕，大锅炖肉菜，小锅炸油条，白案垛馍馍，小灶出酒菜，桌子板凳整齐排列，碗筷酒具擦洗锃亮，其热闹程度仅次于娶媳妇。

　　在给孩子送来的诸多礼品中，最引人注目的还是外婆送的：首先是六双不同颜色、不同款式的虎头鞋。虎为百兽之王，穿虎头鞋，据说可去病辟邪，保佑孩子长命百岁。鞋上除了必有的虎头、虎眉、虎目外，还有莲花头、牡丹头、南瓜头……有歌曰：一对牡丹一对莲，养的孩子中状元；一对石榴一对瓜，孩子活到八十八。

　　其次便是给孩子做的迷糊鞋。其他鞋是鞋底、鞋帮儿分开做，然后缝在一起，可迷糊鞋的要求却是连帮儿带底儿一个囫囵个儿。鞋底儿再缀一缕彩缨，意思是：孩子刚刚来到人世，穿上此鞋可在阳间迷路（忘掉回阴间的路），能在此家扎下根儿。这里面还有个规矩：在众多鞋中，孩子首先要穿迷糊鞋，扎下根儿后，才能穿其他鞋。

　　邢台有些地方过"十二晌"时，娘家要抬四节盒子：一节鸡蛋，一节馒头、一节孩子的褥子［小褥子、一丈二尺（4米）布做屎布］、一节盛孩子的衣服及银钱、镯子。娘家妗子到门口围个裙子，到屋里解下，盖到孩子身上，算裙住了孩子，孩子容易成人。

　　这一天也是孩子出生后第一次穿衣服的日子。穿什么衣服也有个讲究：姑姑的袄，姨姨的裤，妗子的花鞋迷了路。意思是上身要穿姑姑做的红花袄，下身着姨姨做的青长裤。度其意无非是：红红火火过日子，清清楚楚长成人。头上戴一顶由花手绢、小毛巾扎成的"官"帽，盼长大后做大官、发大财。

　　婴儿床前，女眷们的赞誉声直到天黑；贺喜桌上，划拳行令响到半夜。这一天，所有的人都为这个新生命祝福，为这个新生命祈祷。

　　这古朴的庆典方式，至今还在乡间流传，甚至越来越隆重。

婴幼儿抚育

"三翻六坐八爬爬,九个月上学嗒嗒",是指婴儿三个月即可翻身,六个月便能坐稳,八个月就可以爬来爬去,九个月开始"咿呀"学语了。

孩子夜哭,多数是由于身体上的不适造成的。过去,家人遇到夜哭的孩子束手无策时,就找人写红帖,上面写上"天皇皇,地皇皇,我家有个夜哭郎,过路的君子念三遍,一觉睡到大天亮",家人把帖子贴在行人多的路口或十字街。

孩子在玩耍时,若突然跌跤、磕磕碰碰或受到惊吓,家长就地用手摸拉一下孩子的后脑勺,摸拉一下地,嘴里说着××上身来,连喊数遍。过后如果出现精神不振、昏睡等现象,要在晚上夜深人静时拿着孩子白天穿的衣裳到受惊吓的地方去"叫一叫",然后轻轻回到屋里,把衣裳盖在孩子身上,使丢掉的魂儿被叫回来,尽快让孩子安康。

孩子长到了换牙的时候,大人常告诉他们下面的牙掉了要扔到房顶上,上面的牙掉了要扔到瓦口坑里,这样牙齿长得快。其实这些都是无稽之谈,实际用意可能是让孩子们别忘了把掉下来的牙齿吐出来扔掉,千万别在嘴里噙着以免吞到肚里去。

孩子爱流口水(俗称"哈喇子")也是一种病,传说吃猪尾巴可治此病。所以过年杀猪时常把弄干净的猪尾巴送给有这种病的孩子吃。

过百日

孩子出生第一百天,家人都要庆祝一番。"百"是一个重要的数目,含有"圆满""完全"的意思,因此常把百日叫"百岁"。20世纪50年代,过百岁要给孩子穿百家衣、戴长命锁。百家衣是集各种颜色的碎布头连缀而成的,碎布头不一定来自百家,但敛布的家数是越多越好。穿百家衣是为了长寿,所以有的孩子一直穿到周岁才脱掉。长命锁是孩子长命百岁的象征物,一般为银质或铜镀银。锁上有文字图案,文字多是

百日照

"长命富贵""长命百岁"等吉祥词语,图案则是象征寿数绵延不断的饰物。穿百家衣已不时兴,戴长命锁也逐渐演变为戴小巧玲珑的玉坠或其他象征吉祥的工艺品。

百日这天照相是最流行的了,不管城镇还是乡村,这天都要把孩子打扮得漂漂亮亮,到照相馆去照一张"百日留念"。人们很珍视这张照片,因为对于大多数孩子来说,这是人生的第一次留影。

第二节　祝寿与过生日

生日，即指一个人出生的日子。传统上邢台各地以农历计算生日，并且一般是按虚岁计算。小孩子一周岁的生日称为"周岁"，有各种习俗。邢台人习惯把60作为祝寿的起点，民间有"不到花甲不庆寿"的说法。人们把60岁后的每5年称作"小寿"，每10年称为"大寿"。在邢台的传统中，生日要吃长寿面和鸡蛋。

长尾巴，邢台民间一般称小孩子或尚未结婚年轻人的生日，或者是长辈对晚辈说过生日，都称"长尾巴"。

抓周

小孩子周岁这一天，父母要摆出文具、玩具等让孩子随意"抓选"，通过选择的物品来测定孩子的志趣、喜好，预测将来的人生志向。通常，民间称这一活动为"抓周"。有趣的是，以前，抓周的物品也很有讲究，男孩子一般会摆放笔墨纸砚、算盘、尺子、印章等，而女孩子一般会摆放针线、刀尺等女红用品，这体现了农村历来的男女有别、重男轻女观念，认为男儿应当崇文尚武，女儿理应擅女红，守妇德。而今，抓周之物不再区分男女了，而且家长一般都希望孩子抓得书笔、钱币之类，也就是说，不论男孩女孩，都希望他们将来学业有成、富贵无忧。

周岁过后，生育庆贺礼俗就算结束了。但是，父母为了让孩子健康成长，还要进行各种活动以求小儿得到保佑，比如：吃百家饭、认干亲等。

抓周

祝寿

在邢台民间,60岁之前为"过生日",之后为"祝寿"。每逢60、70、80岁等称"大寿"。祝寿时,亲朋好友要随带必要的礼品——寿礼或寿联。更重要的是,对老人讲讲祝寿、宽慰、开心的话,使其愉快、长寿。

饮食方面,过生日只吃面条或煮个鸡蛋或买个生日蛋糕就行了,而祝寿一般要吃寿桃、寿面。寿桃被视为仙桃,面条取其绵长,都表示祝贺长寿。同时还送寿幛寿联,用来书写吉祥语。隆重的还设寿堂,摆寿烛,张灯结彩。寿星坐在正位,接受亲友和晚辈的祝贺。古时,拜寿礼还有主持者喊礼,辈分不同,拜礼也有区别。平辈只是一揖,子侄为尊长贺寿要四拜,有的还用寿盘盛鸡蛋四枚,或枣汤一碗奉于寿者。贺寿仪式完毕,共吃寿宴,饮祝寿酒。现在好多烦琐的礼仪都节省了。

给老人祝寿时,按照民间礼俗,就座时应该是"寿星"坐在上首正中。其余的客人,要按照年龄辈分就座,而不能像平常宴客一样让官大、

祝寿

钱多者坐尊位。"皇帝老子做客，东道主坐上"，这是民俗礼仪对座次安排的一般看法。虽然就座时大家会谦让一番，但最终还是要按照年龄辈分坐定。

寿宴上，依照习俗要对"寿星"敬酒，并说些祝贺的话。所致之辞可繁可简，简单的，说几句祝福的话即可，繁杂的可以历数当事人业绩，并表示大家的美好祝福。但切忌说不吉利的丧气话，否则会使老人感到有不祥之兆。敬酒时要顾忌到老年人的酒量和身体状况，切忌强行劝酒，以免伤害老人身体。

祝寿的宾客一般要携带寿礼，如寿桃、寿糕、寿面、寿烛、寿屏、寿幛、寿联、寿画等，字画多以松、鹤为内容；也可以送一些对方喜欢的有象征长寿图案的艺术品。当然，还可以送好酒、好茶、手杖等老年用品或服饰。现代社会，人们十分时兴送鲜花、花篮和盆花等，也有赠送代表健康长寿的文竹、万年青、小榕树、罗汉松以及菊花的。当然，辞别时，要向"寿星"及其家人再次道别，并祝老人健康长寿。

按照邢台民间传统，年轻人逢生辰只能称"过生日"，不能说"祝寿"，原因是怕"折寿"。一般60岁及以上的老人才有资格在生辰日接受祝寿。60岁以下的人过生日，多在早晨煮几个鸡蛋或买一些麻糖（油条），全家吃一顿就算过了生日，经济条件好一些的家庭，食品较丰富些。

"七十三、八十四，阎王不请自己去。"民间认为，孔子活了七十三，孟子活了八十四，这两个年龄为圣贤寿，意思是圣贤尚且没有活过这两个岁数，说明这是两个坎儿。所以，一般到了这两个岁数，老年人就有畏惧心理，儿女们一般也不在这两个岁数大张旗鼓地祝寿。

第三节　贺老号

在邢台的一些农村，旧时有送号的习俗，也叫"贺号"，又因为都是给上了年纪的人送号，所以也叫"贺老号"。这种号，一般都有些讲究。送号时，邀请村里的头面人物主持，并邀请乡亲们参加，从街的一头，大声呼喊为某人所送的号，被贺号的人则在街的另一头大声答应，目的是让全村人都知道。随后，被送号者还要摆酒席谢承。以前，一般都是给有头有脸的乡绅或家境比较好的人贺老号，被贺号的人会感到是一件很荣耀的事。

一般有功名的读书人和习武者以及绅士们，都讲究姓、名、字、号的完整。字，是名的延伸，是姓名符号的复合成分。取得冠"字"的资格，通常都在成年以后，俗语有"童子无字"之说。"字"是一种进入社会的标志。女子婚前称为"待字闺中"，也是这个意思。古人取"字"，注重与名的连带关系，比如：意义互补、兄弟排行、同义互训、反义平衡等，这是名字研究的重头内容，在这儿就不展开细说了。作为一种名字现象，中华人民共和国成立以后已不再提倡，但作为一种名字艺术，值得后人研究和学习。

号，是名字符号的又一种复合成分。号从意义上与名字并无必要的联系，它所反映和表示的是某个人的志向、情趣和某些实际特征。"号"分"自号""送号""法号"等，区别于"绰号"的是这种号并无贬义。比如：北宋文学家欧阳修自号"醉翁"，清代诗人袁枚自号"苍山居士""随园老人"，唐代诗人李白号"谪仙"，唐玄奘法号"三藏"，等等。

古时候，一些繁文缛节特别多，读书人之间在称呼上也大做文章，称字，是为了表尊敬，但时间长了之后，渐感称字还不够恭敬，于是又有了比字更表恭敬的号。

邢台民间的贺老号习俗由来已久，也被人们认为是源于文人之间的一种雅事，在漫长的历史过程中，逐渐演变成为子女均成家立业的老人，或事业有成的乡绅，或在村里担任一官半职的有头有脸的人物来贺号，所以被人们认为是人生的一件大事，甚至为贺老号摆酒席、敲锣打鼓、请戏班子的都有。

第三章
婚丧嫁娶

第一节　婚嫁礼俗

邢台民间对婚嫁一般看得比较重，古时有"六礼"之说，六礼即纳采、问名、纳吉、纳征、请期、亲迎。实际上经过多年的演变，民间约定俗成的婚礼习俗并不完全为这六礼所限，受西方文化的冲击，传统婚礼的元素日渐减少，比如传统中的凤冠霞帔、传统花轿越来越少，并且将相亲、订婚阶段的过程简化，比如将请期（商定迎娶日期）并于纳吉（送礼订婚）中。而亲迎之后的合卺（新郎新娘喝交杯酒）、闹洞房和婚后的"回门"等礼俗过程受到更多的重视。近二三十年，大部分婚礼结合了中国传统和西方仪式，比如婚礼中很重要的一环就是拍摄婚纱照，这在传统的婚礼习俗中是没有的。

相　亲

邢台一带有着很多有趣的民间习俗，婚配也很有意思。以前两个人的相识首先要经过媒人介绍，双方父母如果觉得两家门当户对，再让媒人带着男方小伙子到女方家或约定一个地方见面。邢台的好多地方还有一个说法是"腊月不说媒"，所以一到正月闲的时候会看到好多相亲见面的年轻男女。刚开始也是先问一些家庭个人情况。如果八字既合，接着便要相亲。相亲是在媒人介绍的基础上，男女双方通过会面走访，互相审视人品，察看家况，俗称"看对象"或"相媳妇"或者叫"寻（xín）媳妇儿""寻婆家"。

古时民间，男女之间的彼此了解主要依靠媒妁之言。若男方欲对女方进一步探个究竟，往往采用"偷看"方式。偷看多由父母、尊长出面，或趁女子外出之机，悄悄跟踪窥视；或隐瞒真实身份，借口买猪、买牛

相亲

等，前往女方家中暗暗观察，旁敲侧击。一般人都忌讳自己的女儿被对方看到，如果男方偷看被发觉，女方认为很失体面，婚事可能产生麻烦，甚至陷于破裂。

20世纪以来，相亲之风逐渐普及，但婚姻当事人基本上还无权自己做主，多由父母、尊长越俎代庖。主要有两种形式：

一种是由男方父母或婶婶、姑姑等出面，择日走访女方家。女方家长一般都会让女儿出来露露面，如倒茶、点烟，男方家人乘势打量女子的容貌、身材、体态、举止等。西部山区个别地方，还有看女子手掌的习俗。相亲时的观手掌不像算命看相者那样考究、玄乎，通常只是根据女子手掌的软硬和皮肤的粗细来判断她是否有福气。手掌柔软、皮肤细嫩的就是好相，而骨骼突出、肌肉僵硬、皮肤粗糙的就是没有福气的恶相。还有一种说法是：女子屁股蛋儿丰满的，据说多是生小子的命；屁股蛋儿瘦小的女子，婚后容易生闺女。

另一种是男子本人由媒婆或尊长带着到女方家相亲，在观察女方的同时，也接受女方的审视。但男女两人并没有长坐倾谈，女子只是稍微现身一下，就又躲入内室。相亲俗称"看新媳妇"，一般是男子站在空旷处，闺女经过打扮后从旁边经过，短暂一现而已。与此同时，女方的父母及其他亲属也在观看男子。也有男方登门相亲时，女子先隐蔽窥视，若无异议，便出门倒茶，男子乘机瞥上一眼，若表示同意，就接过茶水。

无论何种形式的相亲，过去都讲究门当户对，现在主要考虑的是人的自身条件，包括年龄、相貌、学历、身材、职业、收入、性格以及人品等等。直白一点说，现在寻的是"人儿"，而不是"家境儿"，当然双方的经济状况、住房条件、家庭成员的组成，甚至家庭成员的社会关系也是影响婚姻的重要条件。用俗语说就叫："有寻（xín）爹的，有寻娘的，有寻拖拉机有寻房的……"

相亲完毕，男方如果感到满意，都会有所表示。一般是送给女子一个小红包，俗称"见面礼"，或者连女方家庭其他成员也要给上一份。在个别地方，男方家人还会留下来吃顿饭再走。相亲者若吃下对方做的点心、鸡蛋、挂面，即表示中意。也有的村在男青年临走前，姑娘会亲自泡一碗糖开水端给男青年喝，若男青年喝完这碗糖水，就算是表示满意；若喝下半碗，表示尚需请媒人中介磋商，留有进退周旋的余地；若只是象征性地沾一沾嘴唇或者根本没有喝，乃出于礼貌，表示不同意该门亲事。

男方上门相亲后，女方也会到男方家走走。但女子本人不能去，而由尊长出面。主要是察看男方的家庭情况，如家庭成员、环境、房屋、摆设等，男方家要设宴款待来宾并赠予礼品。若女方有意于此门亲事的，才留下吃饭。

如果双方都没有什么意见，就约定出去走走，买几件衣服，也是对双方进一步的考验。经过一段时间的熟悉，双方觉得都彼此欣赏对方，那么接下来就要商定传帖，就是确定婚约。

传帖

古代男女间的婚姻关系，常以婚约的订定为开始，此即所谓"传帖"，也是另一种形式的"订婚"。在农村，不少家庭还是将传帖作为结婚的重要程序，不过传帖的礼仪已日趋简约，通常是备几桌酒筵，除双方当事人外，请媒人以及比较知己的亲友，共同会餐，即席交换订婚物品，填写并交换帖子等。所谓交换物品，一般是赠送订婚戒、互相买的定情物等。席终人散，传帖仪式亦告成了。至于被邀请参加传帖的亲友，究竟是否应该送礼，这随各乡镇风俗习惯有所不同，不过就目前来说，大都是送钱，也有送花篮等。个别家庭大张旗鼓地搞，大摆酒席，大宴宾客，这样的形式受到大多数人的反感，正在逐步取消。

传帖仪式上，所交换的帖子是有一定写法和格式的，男方的帖是：

×××先生阁下：
　　久望名门欲结朱陈仰仗冰言敬求金诺
　　　　　　　　　　　　×××鞠躬

女方的帖为：

×××先生阁下：
　　不弃寒温谨遵台命
　　　　　　　　　　　　×××鞠躬

若再简单一些便将"久望名门欲结朱陈仰仗冰言敬求金诺"简写成"敬求金诺"，将"不弃寒温谨遵台命"也简写为"谨遵台命"。

按照民间乡俗，定亲应选择双月双日进行，寓意成双成对，但无论如何不能选择初五、十四、二十三这三个日子。

定亲仪式一般在男方家举行。在定亲这天，男方多数要请家族中颇有威望的长辈和至亲好友，一来向女方显示对两家进行联姻的诚心重视，二来主要是人多主意多，便于共同协商联姻当中的诸多事宜。女方由家中长辈（一般由婶子大娘、嫂子等人组成）与媒人一同去男方家定亲。主要任务是，尽可能详细询问、观察男方举止动作、家庭状况、收入来源、居住条件、为人处事等情况，并与媒人共同和男方协商结婚时，女方所要彩礼等事项。如果女方要彩礼过多，或者男方给的彩礼太少，均由媒人在中间进行协调。传帖这天，订婚的男女双方往往共同去购买物品，相互赠送。

吃过"传帖饭"后，标志着男女双方的婚事"停当"了。之后，男方要与女方说定娶亲的日期，以便女方做好各项准备工作。现今的婚姻虽属自由恋爱，自愿结合，但在乡村仍要走此过场，向人们公布两人联姻之事，以防他人说三道四，给两家的婚姻事宜带来不必要的麻烦。

传过帖后，男女双方基本上就属于"心有所属"，第一年麦收时节男方要去女方家帮忙收麦子，一年中没有什么理由在一起，因为双方能见到自己心爱的人，心里还是很开心的，干劲也十足。收完麦子，男方家人要邀请未过门的儿媳妇到家里来，一般的招待就是包饺子，再给点钱。其间两个村如果都有庙会，快过会的时候要把女方请来赶会，男方家里要给点钱去逛逛买点衣服什么的。到女方家里庙会的时候男方要拿着礼品到未婚妻家里去，再给未来的妻子点钱，数额多少一般都是依从本地乡俗。近十几年来，随着冀南农村男女比例的失调，这样的钱也有"水涨船高"的意思。

送婚帖

传过帖后，男女双方经过一段时间的观察、了解，如果双方都满意，征得家长同意后，男方根据女方的命相，请人择定吉期（俗称"选日子""看日子"），一般是找阴阳先生看日子。邢台农村结婚有讲究，忌讳无春之年，当年没有立春节气的年份被称为"黑年""寡妇年"。除了年外，月份也要根据两人的属相来定。另外，更讲究避开忌日，如初五、十四、二十三被民间认为是"黑道日"，是绝不可定为结婚日的。

结婚的日期先选定几个以后，由媒人将吉期通知女方，女方也根据自己的情况，选择出一个吉日良辰，之后，由男方正式向女方送婚帖。婚帖上写明迎亲日期、新妇冠带、坐帐、开面、梳妆、送亲男女眷的数目、上下轿时新娘面向何方及禁忌等事宜。

婚帖有正月送的，叫"整年帖"，也有时间紧的，送"对月帖"，即结婚前一个月和结婚日子相对应的那天送帖。女方接受帖子说明已经接受结婚事实，双方必须信守婚约，不能改变。日子确定了，这时候，男方准备以前说好的彩礼，送到女方家，然后两个人找一个好日子去办理结婚登记，再就是照婚纱照、买"三金"……至此，事情就进入了紧锣密鼓阶段，双方开始筹备结婚事项，男方还要布置新房，购置结婚家具，女方负责家庭日常用品，床单、被罩等用品，男方需要置办电视机、冰箱、空调、摩托车等大件东西。

结婚登记

符合法定结婚条件的男女，只有在办理结婚登记以后，其婚姻关系才具有法律效力，受到国家的承认和保护。

办理结婚登记手续是婚姻合法的标志。确定恋爱关系的双方，认为条件成熟后即可到当地民政部门办理手续领取结婚证书。最早的结婚登记手续较简单，男女双方到法定结婚年龄从本村（大队）或单位开介绍信到乡（公社）即可办理。通常是管民政的人员询问两人的情况，问两人是否自愿结婚，填好结婚证，然后男女双方各自按上手印，婚姻登记手续就办理完毕。20世纪50年代，农村文化程度普遍较低，把办理婚姻登记常简单说为"领证"。后来随着户籍管理及计划生育的严格化，办理结婚登记手续不但双方要开证明信，照双方合影照片，查验户口本，还要做婚前体检，接受婚前教育及计划生育教育等。

办理结婚登记手续有"登记不登空"的说法，即男方要给女方一定数额的钱财。此俗随地域、年代及经济条件的不同，所给的钱财在数量上差异很大。领取结婚证后，双方就成为法律上的合法夫妻了，然而在农村，传统的观念仍认为举行隆重热闹的婚礼才是真正的结婚。

做新被

娶亲之日的前几天，男方家将弹轧好的棉花分一半给女方家送去，另一半留着自己家准备做新被。做新被也要选一个吉利的日子，逢六或是逢八、逢九都行，但必须是结婚前几天做完新被褥新枕头。

做针线活时，还要选一个够宽敞的房子或院子，并且做新被忌用寡妇及怀孕妇女，一般都是提前通知好的左邻右舍关系比较好的，最好是儿女双全的或者是自己近当家（本家）的妇女。

枕头不缝口，被褥里放些大枣，取意"早子"；放些花籽，意思是"多子"；放些花生，取意"插花着生"，即又生男孩又生女孩；放上筷子，意思是"快生"；也有放糖果的，意思是小两口婚后的日子甜甜美美。做被褥至少做四被四褥，或六被六褥，一般都做成双数的，禁忌单数。

做新被

婚前筹备

在邢台，不论是农村还是县城，人们对"一辈子就这一回"的大事极其看重，很多家庭是竭尽全力而为，努力把婚礼办得红红火火，热热闹闹，有的则是大操大办。为反对铺张浪费，提倡移风易俗新事新办，政府曾号召各地建立"红白理事会"，但收效不大，多数是徒有虚名。在农村，一般都由本家族中一名德高望重、办事能力强的人担任总管，俗称"管事的"，也有请本村有经验、有组织指挥能力的人担任总管。在整个婚仪过程中，管事人会尽心尽力为主家把事管好，把事办圆满。管事人除了安排、指挥礼仪活动的正常进行，有权处理一些意外或纠纷，主家一般不直接干预，以体现主家对管事人的尊重。总管、副总管结合主家对"撑忙的"进行分工。这种分工较细，责任明确，并书于红纸之上，张贴在庭院的显眼处。一般要安排总管一人，副总管二至三人，会计一至二人，管库一人（负责烟酒糖茶瓜子食品等的保管），有邀客、安席、看客、端盘、布桌若干人，有小灶厨师、掌勺、配菜、大灶厨师，还有担水、烧水、洗碗、劈柴等人。碗筷碟盘及笼屉一般都有租赁，但是盘垒临时炉灶、炊具、桌椅是很繁杂的事，于是后来包括活动铁灶及锅盆、炊具、桌椅等一整套用具的租赁服务应运而生，为"办大事"的人家提供了方便。县城的公职人员或有条件的个体工商户，在操办婚嫁之事时，一般由机关领导或结婚人长辈的同事、同乡及好友组成一个临时班子，推举有职位又有组织能力的人担任总管，与农村办喜事的套路相同，只是因为大多在饭店举行婚宴招待客人，故而省去了采购、垒灶、准备桌椅及厨师上灶、端盘、洗碗等诸项工作。按照惯例，一般主家都邀临时班子的人到婚宴订好的饭店去"尝菜"一顿，一则检验一下宴席饭菜的标准，对饭菜的数量、口味等提出意见，以便调整；二是招待一下办事帮忙主要人员，当场明确一下人员分工，随后进入角色，各司其职，各负其责。

2000年以后，县城里婚礼酒席越办越大，消费档次越来越高。单就"指挥班子"来说，有的光名誉总管、总管、执行总管、副总管就多达二三十人，把那些能来参加婚宴的头面人物都委任个体面头衔，主家认为是装门面的事。

迎娶前一天，一些亲朋好友前来祝贺，并把礼金送来，都要礼节性地询问准备好了没有，用不用帮忙等，主人都一一热情接待。办婚嫁之事，男女双方都有一笔较大的开支，而且男方尤甚。旧社会农村中有俗话说："媳妇娶到跟前，至少一头牛钱。"一头牛，相当于一个农户的半个家产，按比例说，花费确实不小。然而，现在远比过去花得多，因为人们富裕了，喜事自然办得排场些，亲朋之间礼尚往来互送礼金也在情理之中。

办喜事送礼有两种情况：一是拿礼，即两家关系密切，一直"行往着"，红白喜事互相送礼金，真正的"礼尚往来"，现在收了礼，一定有回报之时。二是随份子，乡邻、同事为贺喜，一帮人聚在一起每人出一定数额的钱（或集体买礼品）送与婚家，到时喝喜酒，一般不回报。到后来，这种"随份子"也不再是每人几元钱或10元、20元的了，少则50元，一般100元，甚至200元，而且也成了礼尚往来的事了。

中华人民共和国成立初期，婆亲旧习未改，迎娶前一日，男方于北房正中间屋檐下设香案，置香桌，桌上放圣子（旧式织布机上的一个部件）、桃木弓箭、粮斗（内放红粮，红纸幔顶）。比较讲究的人家，要在院子里搭一喜棚，请吹打班唱戏。到60年代，婚嫁迎娶礼仪日趋简化。80年代，逐渐富裕起来的人们喜事也办得越来越大，筹备工作也越来越繁复，方方面面，事无巨细，诸如车辆调配、宾客接待、婚宴次序，以及放炮、傧相、照相、录像等都要周密安排，防止纰漏，确保喜事喜办，圆圆满满。

迎娶

结婚前一天男方家要找一两个"马子"去看路。有的村庄需要带一条烟一箱酒前去。主要是认认路，因为迎娶的车辆一去一回不能走"重道儿"，所以要把准备经过的路，包括大街小巷都看一遍，如果发现情况，当及时调整线路，做出应急处理。到女方家后，把结婚当天的细节事项说说，比如第二天娘家多少人送亲，迎亲车队几点到，几点上轿等，同时看看女方还有什么要求，协调双方结婚程序顺利进行。

从20世纪70年代的大花轿，80年代的自行车到90年代的吉普车，再到21世纪的高级小轿车，从中也能看到时代的变迁。既有以前的传统色彩又有现代的气息，现代又加了照婚纱照、婚车录像、军乐队开道等等。

结婚当天，男方家门口贴红对联、红"双喜"，挂红绸，红灯高悬。早饭后，迎亲队伍出发。队伍有娶亲花轿二乘（现在的汽车迎亲队伍，也要挑两辆好一点的车扎成"彩车"），前方有鞭炮开路，有锣鼓阵阵、唢呐声声的"吹鼓手"先行。去时，新郎乘坐较彩的一乘，另一乘由一"领礼的"长辈乘坐，车轿一到女方家，"领礼的"长辈任务完成，其下

迎娶

车时有的地方有人"闹"，要掏钱才能下车。新娘早起梳妆打扮、盘头，上轿前怀揣护心圆铜镜（又叫"照妖镜"）、大葱、艾枝，然后，用一面红头巾将头蒙起来，经三吹三打后上较彩的那顶轿或车起程，返程的轿或车不走来时走过的路，意思是"不走回头路"。

  来到男家村头和门首，鞭炮齐鸣，并按规定的时辰和方向落轿。下轿或车后，新郎进入洞房朝四墙角拉弓射箭，女方的车按原定方向停下，婆婆点燃草烧纸绕新娘所乘彩轿一周，称为"燎轿"，传说可以驱除邪气与不祥。三吹三打后，在鼓乐及鞭炮声中，由娶女客（读qie）和伴娘扶着新娘进入大门。新娘要"跨马鞍""踩红毡"，至院内摆设的香案前，与新郎并立，行拜天地之礼，天地桌上要放"斗"搁"秤"，拜堂时要"撒草料"，现在叫"撒彩纸"，也有的变为"撒糖果、大枣、花生"……主持仪式的大声呼唤亲属们掏拜钱，新娘给婆婆磕完头后，婆婆给新娘磕头钱，礼毕，新娘入洞房。

  结婚当天，好多地方还有抢娶的风俗。即同一天同村若有多家娶亲者，则认为谁抢在前头谁家吉祥。

农村婚礼

婚宴

　　婚宴是整个婚典礼仪中耗费人力、财力、物力最多的一项活动，它涉及的面最大、人最多，持续时间也最长。在乡村，烟酒的档次、饭菜的标准，说起来是"量力而行"，实际是不论财力，而是"随大溜"。标准定高了超出别人一截，说你"出风头"；标准太低了，说你"抠门儿""装孙子"。邢台的好多地方宴席讲究"八八席"，即八盘八碗。八盘一般是四个凉菜，四个热菜。八碗是红肉、白肉、酥肉、扣肉、豆腐、白菜、肉丸子、素丸子。

20世纪80年代以前的农村，因为贫穷，酒、饭、菜肴的标准都很低，摆样子的不少。拿做菜来说，凉菜是在盘子里搁上"咸豆子"（黄豆煮熟后，加佐料调拌而成），"咸豆子"上放些龙须、木耳或豆腐、肉丝等做"菜顶儿"或"菜头儿"。热菜则是用豆腐把碗喧起来，上面放几片肉。尽管如此，那时人们对"赴席"兴致很高，因为可以"解解馋"，可以敞开肚皮饱餐一顿。常有一些中老年妇女赴席时悄悄把一两个炸丸子兜回家的事。

随着经济条件的改善，农村婚宴饭菜的标准逐步提高，越来越实在，越来越排场，凉菜、热菜、鸡、鱼、肘子、盘子一层叠一层，非常丰盛，常常剩余不少。城镇的婚宴多数是在饭店举行，实行包桌，事先与饭店老板商议，一共多少桌，一桌多少钱。不算烟、酒、饮料，一桌一般在二三百元之间，后来的标准越来越高，而且都应着吉利数：如368元、468元不等，菜肴的配置讲究"八凉八热"，即八个凉菜，八个热菜，其中有整鸡、整鱼、焖肘子和四喜丸子这四个大菜。往酒席上上菜也是大致讲究顺序，最后是"四喜丸子"，"丸"与"完"同音，标志着菜已上完，该上饭了。主食一般是大锅菜。

在乡村，婚宴常是从上午开始，先开官席，再顺序招待宾客。

闹洞房

晚宴后开始闹洞房，娶亲三日内不分辈分大小，俗语叫"三天不分大小辈儿"。所以，不管嫂子、侄子，还是小姑子、小叔子，甚至一些乡亲长辈进洞房看看也是无妨的。尤其是农村的一些中老年妇女，对看新媳妇饶有兴趣，经常是成群结伙地挤进洞房，对新娘的长相、穿戴、新房的布置评头论足。闹洞房不光结婚的当晚有人闹，尤其是新郎的朋友们，不仅说笑嬉闹，而且让新郎新娘当众接吻、拥抱等。

新婚之夜，常由儿女双全的嫂子来铺被褥，被褥里放有枣、花生之类，意为"早生""插花着生"。嫂子来了先扫炕，一边扫一边念叨"东头扫，西头扫，闺女小子满炕跑；东头推，西头推，闺女小子一大堆"。

闹洞房

新婚夫妇睡下后，有青年男女窗下"听房"（听悄悄话）的旧俗。

回门

邢台各地有新娘子回门的风俗，即结婚后的第二天早晨，新娘家人去新郎家接闺女。也被称为"归宁日"，俗称"叫闺女"，有女儿不忘父母养育恩情、女婿感谢岳父母及新婚夫妇恩爱和美之意。新娘家人等一行人在新郎家宴罢后，接新娘回娘家，当天下午日未落前再送回去。三天过后，新娘回娘家先住三天，回新郎家住六天后，再回娘家住九天，取"先三后九，越过越有"之意。之后往来可以随便。

据说，从前有位大家小姐爱讲话，且一开口就没完没了，在走不动裙、笑不露齿的那个年代，她成了父亲的一个心病。母亲多次对她说："女孩子不宜多说话，将来嫁到别人家去丈夫会嫌的。"不久，小姐出嫁了，为了安分守己，她到丈夫家后一天一夜都不开口。这可急坏了新郎，莫非她是个哑巴？想来想去，丈夫决定一纸休书将她休掉。第二天一大早,丈夫请来一顶花轿,抬着小姐往娘家送。小姐心中很难过,快到小姐家时,见打猎的人举起猎枪在向一只正叫得漂亮的鸟瞄准,随后,枪响鸟落。小姐在轿中看得很清楚,长叹一口气道:"花红柳绿好毛衣,藏在深山谁能知。多言多语送了命,不言不语送回去。"丈夫听到小姐说话,吃惊不小:一整天都不曾听你讲一句话,还以为你是个哑巴。丈夫开始后悔,想转回去,但已到了小姐家门口。焦急中的他见到岳父、岳母脱口而出:"今天是'回门'。"果然,岳父家高高兴兴地迎接了他们小两口。从此,新媳妇回门就成了一种风俗流传至今。

还有种说法,说是古代女子很注意贞操观,整日独守闺房,游园时也有丫鬟相伴,不到出嫁时,异性想见她一面都难,更别说与男人有肌肤之亲。故在那个新娘子出嫁前大门不出、二门不迈的年代,新娘基本是处女。处女初夜时,处女膜损伤,比较疼痛,且新娘出嫁时大多是二八佳人,比较羞涩。新郎官又正是青春勃发的时候,也年轻,还不懂得怜香惜玉,娘家人担心新娘子受不了,所以把新娘子以想念父母的名义接回去"疗伤"。回门时,出嫁的新娘常被嫂子们叫到一边,悄悄地说些闺中密语,询问夫妻生活是否和谐美满之类,也教些夫妻生活的方法及女性卫生注意事项。新娘子回门在娘家至少要待一天,但不过三天,时间久了公婆又思念。现在的新娘子回门大多为一天,早上出,晚上回,叫"一天圆"。

新娘家老人心里非常重视回门,因此新郎事先无论是从思想上还是在礼品上都要有所准备,新郎的父母会为新娘回门准备好礼品,并教新郎一些礼节,争取给岳父岳母及家人、亲邻留下个好的印象。回到娘家,新郎、新娘首先要问候老人。这时,新郎就应改口,跟新娘一样称岳父母为爸爸、妈妈,要叫得自然、亲切,对待亲友和邻居也应表现出亲切热忱,彬彬有礼,见人先打招呼,以礼相待。就餐时,新娘要陪着新郎,一一向父母、亲友和邻里敬酒,感谢大家对自己新婚的祝福。

谢媒人

在包办婚姻盛行的时候，媒人自然也盛行。在旧时农村，媒人常是一些中老年妇女，人们叫她们媒婆。她们为别人撮合婚姻，从中得到好处。"热媒热媒，一天三回"，"媒人跑断腿，全是为了嘴"。过年给"十斤猪肉"作为对媒人的酬谢在当时也真是厚礼了。于是媒人常干些"昧人"的事，对男女双方两头儿瞒着，极力促成，致使一些婚姻从一开始就不和谐。随着社会的进步，自由恋爱者多了，但婚姻还是需要有人牵线搭桥，人们叫他们介绍人。介绍人有男也有女，有老也有少。介绍人促成一件婚事后，男女双方自然要感谢一番，送些礼物，这在习惯上仍叫谢媒人。谢媒人这件事常常是婚后进行，因为媒人在婚礼前还要为双方传话，娶嫁时媒人要陪伴。谢媒人的礼品过去是一篮子馒头，后来就多样化了，有送点心、水果的，有送烟酒糖茶的，也有送衣物等日用品的。很多夫妻就此与自己的介绍人保持着友好的关系，结婚多年还念念不忘，忆起往事常流露感激之情："当年我们两口子结婚还是你介绍的哩。"

宴请新人

请新媳妇，一般是那些与新媳妇娘家有某种亲戚关系的婆家、邻居或同村人，在婚礼后不久的某一天，选合适的一天将新媳妇请到自己家里设宴招待一番，目的是借此进一步明了相互之间的亲戚关系，日后好互相照应、互相帮助。

还有一种请新媳妇是在春节前后，不分家庭姓氏，也不因沾亲带故，只要是两家关系不错就可以。请客的主家事先分别通知几个新媳妇的婆婆，约在某天某顿饭（早、中、晚）一起到家吃顿饭。说是请新媳妇，其实这当中不光新媳妇，有结婚几个月或多半年的媳妇，有时还有已生小孩的。请新媳妇是个形式，为的是走个人缘，拉个关系，还有的是以前被人请过，现在请别人算是"还账"吧。

送夏

女儿出嫁之后的第一个夏天，农历夏至之后，娘家人携瓜果、点心及夏日用品至新郎家赴宴，称为"送夏"。

除了吃的东西以外，女方还要为女儿女婿家送去两把阳伞、两把扇子、一对凉枕、两床席子（一床棉席，一床凉席）、一人一身衣服，发展到现在，也有人家送电风扇、空调等夏季防暑降温的生活用品。一般送夏送的东西要成双成对，寓意"好事成双"。送夏选择的时间也很有讲究，一般选择农历的双日，而不是单日，如四月初二、初四、初六、二十六、二十八等。

女方家长送夏后，男方收到岳父岳母家送来的礼品，还要给女方"回礼"，不能让对方空着手回去。

送夏这一风俗，普遍流行于冀南平原的广大地区。

第二节　特殊婚姻

在千百年的历史演变中，人们受各种条件的限制，在婚姻形成的过程中，也产生了各种各样的婚配形式。

入赘

传宗接代的思想是入赘的主要原因，入赘俗称"招婿"，是男方到女方家入户，孩子随母姓。入赘得以延续的原因主要有两个：一是女方需要劳动力，需要养老接代；二是男子家贫而无力娶妻，只能以身为质到女方家完婚。

旧时，入赘的婚姻仪式通常比较简单，不事铺张。但也有个别殷富之家，先让入赘的男子来家居住，而令女儿到外祖母家居住，到了婚娶吉期，同样有花轿到外祖母家去迎亲，同样担嫁妆和鼓乐伴行，家中照样安排等新人的队列，同样鼓乐喧天、炮声震地、大宴亲友和宾客，用热闹的场面把入赘形式加以掩盖，使男子堂而皇之地娶亲，女儿照样坐花轿"出嫁"做新娘。

入赘的女婿叫倒插门，倒插门的女婿要改名换姓，即使不改名，起码也要换成丈人家的姓，所生孩子自然是丈人家的嫡传后了。由于习惯势力的影响，入赘的女婿常受家族的排挤、乡邻的歧视，并恶言相加，"小子小子真无能，更名改姓换祖宗"。社会发展到今天，真正封建家族伦理上的招门纳婿已不多见，常常是一些男青年结婚后自愿做上门女婿，不改名姓，对岳父母承担赡养义务。新时期以来提倡的男到女家结婚落户，作为一种新的社会风尚越来越得到人们的认可与赞许。

续弦

青壮年男子丧失配偶或离异后再婚，叫"续弦"。续娶的妻子有寡妇，有离异者，也有未出阁的姑娘。续弦时举办的婚礼一般都比较简单，经双方商定后，各种礼俗免除，由男方黑夜去车拉人，不送亲、不迎亲、不鸣炮、不宴请宾客。但如果女方是初婚的则女方家多要求"大办"。一样的隆重、正式。

续亲

小姨子嫁姐夫的婚姻叫续亲。男子丧妻后，留下孩子还小，岳父母怕女婿再娶他人后，孩子受委屈，将没出嫁的女儿嫁给他。也有小姨子念其姐夫人好，自愿做续弦的。

改嫁

寡妇改嫁，俗语说"往前走一步"。

旧时，寡妇改嫁时不许带走丈夫家的财物，可以带走的仍是当初带来的陪嫁妆产。

寡妇改嫁，都在傍晚或夜间。媳妇坐的是没顶轿，周围没有围布。还有的坐大椅或反坐方桌。上轿（椅、桌）均在村外的十字路口。不用鼓乐，不放鞭炮。下轿（椅、桌）时，双手端一斗粮食，转椿树，或者转碾道、转磨道。用这种办法使前夫的灵魂不再跟来捣乱。寡妇改嫁后，禁忌再到前夫家去。俗语："寡妇回房，家败人亡。"

受旧观念的影响，民间有"饿死事小，失节事大"的忌讳。受"从一而终""好马不吃回头草，好女不嫁二夫男"的"贞节"思想的影响，不少人视寡妇改嫁为大逆不道。因而在寡妇改嫁时，便有许多特殊的禁忌，并在风俗习惯方面明显地区别于正常的婚姻嫁娶。

新中国成立前，年轻的媳妇丧夫后，公公婆婆为不使自己的坟成为孤坟，常常阻挠儿媳改嫁，儿媳无奈，终身厮守，最后"老无所依"是不可避免的了。还有年轻的寡妇把希望寄托在幼小的儿子身上，孤儿寡母，无依无靠，艰难度日。邢台各地县志上对贞洁烈妇多有记载。

中华人民共和国成立后，由于婚姻法的贯彻执行和对性歧视、性压迫的批判，寡妇和离婚妇女的再婚已被社会所承认。因而，再婚方面的许多禁忌，也都消失或者明显地改变了。

复婚

就年轻人来说，也许有的并未充分了解就结婚了，结婚前看到的只是对方的优点，结婚后看到了对方的缺点，因为小事闹矛盾后会草率离婚，但经过一段时间后，理智渐渐恢复，觉得前夫（妻）是可以原谅的。而无论对于年轻夫妇还是中老年夫妇，再找另一半的时候，很难排除前夫（妻）在自己心目中的地位，也会有意无意拿对方和前夫（妻）比较，会念起对方的好。

当然，不少夫妇复婚的一个重要原因是为了孩子。做父母的都希望孩子能够幸福，能宽容另一半的就宽容了，从而可以给孩子一个完整的家。毕竟，随着年龄和阅历的增加，人们在面对婚姻时，实际、理智的成分越来越多。随着社会诱惑不断增多，人们对待一些错误也更为宽容，要求复婚就很正常了。

娃娃亲

旧时，在很小的时候就由双方父母约定（可以是口头约定，也有写成婚书的），等两个人长大，就组成家庭，共同生活。一般出现这种情况要么是双方家长关系非常好，要么是门当户对，有共同的利益需求。中华人民共和国成立后极少有这样的情况发生，就算有，等两个孩子成年后，是否依然坚持，也在两可之间。

在一些偏远农村地区依然有这种没有法律保障的定娃娃亲的风俗。究其原因有几点：首先是教育落后，致使很多人没有相关知识和意识；然后是相关法律法规宣传不到位；还有是传统风俗作祟。

如今，这样的婚配形式基本已经消失。

换亲与转亲

20世纪六七十年代，贫穷落后的农村有换亲和转亲的现象发生。一些讨老婆困难的男青年，就把自己的姐姐或者妹妹，嫁给对方，再把对方的姐姐或者妹妹娶过来，这样一来，双方都有了老婆，是为换亲。还有一种情况，就是三家或者三家以上，互相推磨似的，转着娶媳妇、娉闺女，这样也皆大欢喜，是为转亲。换亲和转亲主要是因为家庭比较贫穷，这样可以互相省去彩礼，减少费用。然而弊端是，相互之间交换关系，已失去了婚姻自主的意义，常有夫妻感情不和之事，一对闹矛盾会牵扯到另一对，为此，家庭悲剧时有发生。

冥婚

冥婚是为死了的人找配偶。有的少男少女在订婚后，未等迎娶过门就因故而亡。那时，老人们认为，如果不替他（她）们完婚，他（她）们的鬼魂就会作怪，使家宅不安。因此，一定要为他（她）们举行一个冥婚仪式，最后将他（她）们埋在一起，成为夫妻，并骨合葬。也免得男女两家的茔地里出现孤坟。还有的少男少女还没订婚就夭折了。老人们出于疼爱、想念儿女的心情，认为生前没能为他（她）们择偶，死后也要为他（她）们完婚，尽到做父母的责任。其实，这是人的感情寄托所致。另外，旧时人们普遍迷信所谓坟地"风水"，以为出现一座孤坟，会影响家宅后代的昌盛。当时有些"风水家"（古称"堪舆家"）为了多挣几个钱，也多竭力怂恿搞这种冥婚。冥婚多出现在贵族或富户，贫寒之家搞不起这种活动。

第三节　婚俗传说

在邢台一带，民间婚嫁的习俗风尚至今还沿袭着许多传统形式，如男方求婚时，要"下庚帖""送食箩"；新娘出嫁时，要"穿红袄""蹬黄套鞋""戴护心镜""蒙红盖头"；迎亲途中"鸣锣放炮"，娘家兄弟"送亲押轿"，遇到奇石怪树、井台磨坊，要贴"红喜帖子"；迎亲队伍"不能走回头路"；新娘到了夫家门口要"拉弓射箭""过马鞍""踩红毡"；新郎家门前要点"长明灯"、撒"门卫子"、竖"秆草个儿"；门头上要放"年糕"，天地桌上要放"斗"、搁"秤"；拜堂时要"撒草料"；新娘入洞房后，要面对墙角坐……

对这些婚俗习惯，邢台市西南一带的乡民父老，几乎个个都能说出个所以然来，因为"周公与桃花女"传说的发祥地就在这一带，这一传说与这里的婚嫁习俗有着直接关系。这里的周公村、大桃花村、小桃花村、石坯头村等村庄都因这个传说而得名。这些村落里，至今还保存着与传说有关的遗址实物。

在周公村，一些老人热心地讲起了传说：周公与桃花女是两个传奇人物，特殊的身世和机遇使他们获得了常人没有的本领，周公得到了天书的上卷《天文》，桃花女得到了天书的下卷《地理》，上卷可推算阴阳运转，下卷能破解沉浮祸福。两个人都用自己的本领为老百姓化危解难，成了人们心目中的神。但拥有天书上卷的周公还总想得到下卷，于是设下一个个玄机加害桃花女，结果被桃花女一次又一次识破。最后，周公竟想出了假意求婚的招，在迎亲的途中设下连环计欲害桃花女，结果又被桃花女个个破解。

有了这样一个颇具传奇色彩的故事做底蕴，邢台一带男婚女嫁便渐渐形成了特殊的习俗。比如，办喜事当天，迎亲的人们为了"避五鬼"

不能走回头路，遇上怪石、深井、石磨要贴红喜字，这样可以逢凶化吉、遇难呈祥。后来，人们又把新媳妇进夫家门"过马鞍"引申为"平平安安"之意，新媳妇足踏"红毡"喻为"越过越红火"，等等。

第四节　丧葬礼俗

在邢台农村历来实行土葬，因此有"入土为安"之说，并且崇尚厚葬，治丧过程也比较复杂。丧葬均为木棺，木材以木质坚硬的柏、樟为上等，红松、油松、槐等次之，以柳木的为最一般。讲究棺材板、棺材盖"独木"为好。儿女、侄、孙均戴孝，儿子百日不理发。一般要经过守灵、报丧、入殓、殡葬、圆坟、祭祀等主要程序。

倒头

在邢台大部分农村，人死称为"倒头"。倒头时应有儿女们守在身边，伺候到最后，听其遗嘱，为其送终尽孝，使其心灵得到最后的安慰，死而瞑目。如果有儿女未能见最后一面，那将被看作大不孝，也是人生的一大遗憾。人们忌讳说人死了，只能说"老了""没了""走了""不在了"。

老人"倒头"后，有破窗遮红的习俗，就是把其住的屋的窗户纸捅破，意思是说人临死那一刹那要放病、泄晦气，如不捅破窗户纸，容易留在屋里祸及别人。同时将屋里的所有红色东西用白纸贴住，说是鬼魂怕见红。镜子也要用白纸贴住，因为镜子容易反光，而鬼魂怕阳光。

老人"倒头"后，家人一边哭一边烧"倒头纸"，儿女们和亲友们都要大声哭喊。因为老人咽气前是不许家人大声哭泣的，这时候的爆发性的大哭是对死者的最初的悼念。

"掌忙的"乡亲燃放二踢脚，一是表示死者归西，二是向乡邻报丧。

装裹

　　装裹也就是寿衣，俗称"装老衣"。以前，长辈一般到迟暮之年，晚辈多为其做寿衣、打棺材、修墓穴，准备后事。富裕人家的寿衣、棺材用料考究，贫寒之家则难以讲究，极贫者仅用芦席或草苫一卷土埋了事。子女为年老的父母缝制或预先购置寿衣后，父母还要试穿，不合适的地方修改一下，直到满意为止。

　　死者将气绝时，家人急速给死者穿寿衣。穿衣时还要对死者像生前那样呼唤着、念叨着："爹（妈），给你穿衣裳，穿上衣裳再上路……看这衣裳多合身，伸腿吧，伸袖吧。"即使衣服不容易穿也不能说，说是一说就更穿不上了。未咽气穿上寿衣时，不穿鞋，只待咽气后，才将鞋穿上。所谓，一穿鞋就"走了"。装裹包括单衣、夹衣、棉衣，据说穿得越厚越好。

　　男寿衣一般是黑色或青色棉袍马褂，头戴帽，脚蹬棉布靴；女寿衣为蓝裙子、棕色袄或黑色袄，寿衣不分春夏秋冬，均为棉衣无扣。寿衣全用布条轻轻拢住，不系，取"带子"即后继有人之意，也有的说是系死了带子，死者难转世。

　　寿衣的颜色基本为紫、蓝色。男性头上要戴一顶蓝色的帽子。鞋必须是布底，底上贴莲花，表示脚踩莲花，修成正果。民俗有"脚蹬莲，上西天"等说法。无论在哪个季节去世，寿衣都是冬装。穿装裹时，不许亲人哭泣。同时，要马上把窗子打开，让煞气往外走。所谓煞气，按迷信的说法是指人死后的灵魂。人死后，其"阴魂"要从室内的某一孔道出去，有从窗户出去的，有从门出去的，有从门头窗出去的，还有从烟道出去的。如阴魂出不去，则对家人不利。

　　死者咽气后，没有合眼的，要将其眼睛合上，称为"掐眼"；没有闭嘴的，要将其嘴合住，称为"合口"。

　　给死者装裹好后，要赶紧把预备好的"噙口钱"放入口内。"噙口钱"也叫"口实"，是一枚铜钱或其他金属硬币，穿上红线，放入死者口内后,把红线另一端拴在寿衣布带上,防止溜入腹内,待入殓时抽掉红线。

关于往死者嘴里放"噙口钱"的事,民间有三种说法。一是把钱称为"宝",把钱放进死者嘴里叫"口中含宝",寓吉祥之意;二是说人辛劳一生,不管遗留多少,"噙口钱"是最后带走的"落头";三是说人死了就变成了"鬼","鬼"还要投胎再托生,再变成人,有了"噙口钱",来世不受穷。

民间还忌讳给死者穿带皮毛的东西,忌讳猫狗等动物走近,认为这样亡者来世将转生为动物。

撑忙的

撑忙的也叫"撑掇的",也就是帮忙的乡亲。总管事儿的有的地方叫管事儿的,有的地方叫总理,西部山区也有叫襄奉的。丧事从报丧、入殓,到出殡、下葬都需要乡亲们帮忙,孝子再多也没有亲自下手的,所

出殡

以农村绝大多数人家平时都注意搞好邻里关系，"道儿走宽点儿"，遇事才会有人帮忙。也有极个别的人，平时不注意积累人缘，或极端自私，从不帮助别人，这样的人家有事时，乡亲们就会袖手旁观看笑话。"你什么事都可以不用外人，你家埋人时总不能自己背着老人亲自埋了"，说的就是这种情况。据说有一个村的一家真的遇到这种事，没有几个人去撑忙，孝子便当街哭喊，逢人便磕头，苦苦哀求乡邻，最后乡亲们才帮忙把人埋了。

停尸

穿好寿衣后，在亡者居室朝门摆一张灵床，一般由临时卸下的门板搭成，床铺要四面不挨墙，尸体停放在两条长板凳支起的板床上，下面铺上谷草，谷草的根数跟死者的寿数相等，俗称"隐身草"。为什么要铺"隐身草"？过去传说，人死后"魂"就离开了身体，但他并不知道自己已经死了，只觉得很轻松，就到处游玩。为了使他玩得愉快，暂时不让他看到自己的遗体，就用这些谷草隐藏起来。另一种说法是，人死后两天以内鬼魂还不让进"阴曹地府"，在阴间也不能胡游乱逛，又不能附体，所以要铺上"隐身草"让他暂时藏身。

人死后，要把他的身体持顺好，使他仰面朝天躺着，用一张轻薄的黄表纸或白纸把脸盖上，俗称"苫脸纸"。人死后为什么要用纸苫脸，说法不一。一说是因为人死后脸色会变得难看，亲人们一看见他的面容，未免有些伤感或害怕，所以用苫脸纸遮住；一说是观察死者是否假死，若是假死，气出纸动，还可抢救复生；一说是遮挡尘土，防止噪声，有让死者安息之意。只有死人才能用纸把脸盖上，因此，人们非常忌讳活人用纸盖脸，怕惹来不祥。

将死者连同褥子放在灵床之后，朝门设香案于床前，香案上放面条一碗，称"倒头面"，摆放一些供品，桌上置长明灯，燃香，供死者牌位。灵床前的灯和香一直到起灵前不能灭，要一直有人续。因为人们认为，断香火就是断子绝孙。灵床两侧，孝子要"不离寸步"，眷属长跪，称为"守灵"。

报庙

停灵期间，死者的儿女、侄、孙等，分男女两拨，戴孝，在亡灵前磕头，分别由长子、长媳带领，到村里的土地庙为死者灵魂报到、哭奠，称为"报庙"。传说死者鬼魂在去见阎王之前，先被土地爷在土地庙羁押三天。故死者亲人为其鬼魂"报庙"。报庙时会哭的女人可以边哭边诉："小鬼哥，判官爷，老人病的日子多。应打两棒哩打一棒，应打一棒哩不打了。他（她）身子虚，你催慢点，走不动了你背着。"

报庙仪式结束后，孝子们要请村里有威望能操持事情的人，来主持办理丧事。先请"总理"一名，统管丧事，并由"总理"指定人员，分别负责内务和接待礼仪，然后由"总理"差人给亲友送讣帖报丧，搭设灵棚，一般是停灵三天，也有五天或七天的。

报庙

报丧

人死后，诸事准备就绪，家人就要选日子报丧，即告知亲友入殓、埋葬时间，以便亲友及时赶来吊唁。

旧时邢台好多地方的人常常骂那些行色匆匆、冲撞自己的人是"报丧"。因为根据当地的报丧的习俗，报丧的人必须来去急速，回来要向"管事的"汇报情况，如果有通知不到的亲属，还要另作安排。后来，路程较远的亲属，也有用电话、短信通知的。

旧时邢台的丧葬讣文是比较严格的。报丧用的讣文，一般只写亡人生前的官衔、品级，不直接称名讳。比如："不孝子孙某某等罪孽深重，不自陨灭，祸延显考，某大夫，其府君，痛于某年月日时寿终正寝，享寿若干岁，谨择于某年月日安葬。"最后要在讣文结尾写上"不孝子孙某某泣血稽颡"之类的文字。

挂幡

挂幡也叫"挂门头幡"，是一条用木棍挑起的、悬于死者家门口的节节相连的纸条。纸条顶端剪成尖状的说明是男的，剪成燕尾形叉状的说明是女的。悬挂时按男左女右，容易让人进门前就知道这家是死了男人还是女人。

戴孝

人死后，全家孝服，一般是"五服"内的都有孝，外人一般从所穿戴的孝服即着装打扮就可以看出服孝者和死者的关系。

孝子戴孝带（也叫"捆头布"），穿孝服，白布糊鞋。孝服无领无扣，不锁边，用布丈余。闺女、媳妇头戴手帕条（额前重叠，后有系带），身着大孝衣，白布糊鞋。儿女们穿孝衣均在腰间扎麻绳，象征披麻，现在一般都改成白带了。孝服一般都是宽大臃肿，也叫"丑孝"。

侄子、侄女头戴孝帽，在一侧扎孝条，孝衣有的与亲生子女的一般大小，有的略小。

孙子辈戴孝帽，曾孙辈和孙子辈基本一样，第五辈儿的要戴红孝帽，表示死者岁数大，为喜丧。

用白布糊鞋，一般是儿女，包括儿媳妇全糊，其他人只糊鞋面部分。所谓糊鞋，是用白线把白布草草缝上去。鞋上糊的白布不能用手撕下来，只能穿得使其自动掉下来，据说是谁的最先掉下来谁最孝顺，谁最有福。

丧事所用白布均由孝子负担，事后归服孝者所有。

送 魂

在邢台的临、沙、邢、内西部山区，亲人亡故后，停丧期间要择日送魂。其做法是：当夜深人静时，孝男持纸扎的送魂马和牵马童子，今有用纸汽车者，同行的人抬少半桶水，带些米、面、石灰、干草之类，点燃引魂草送至村外通县城的大路上，焚化送魂马和牵马童子，边点边默念"亲人走哇，亲人走哇"，最后将米、面、石灰或柴灰撒在路上。回程不可回头，人传以防亲人灵魂跟回家中。

入 殓

家人将死尸装入棺材，称为"入殓"。入殓时，先将棺材移至屋地上，棺材底下垫点东西，比如几块砖或者两条板凳，棺材内要预先装好所填镇物：谷草、烧纸、铜制钱（俗称"垫背钱"）。

棺材内的东西置办齐全后，由帮忙的乡亲将死者尸体抬入棺材内，尸体入棺后，于尸体两侧分置死者生前所爱之物、衣服、穿戴、饰物、生活用品和冥器等，一般为背下铺铜钱，头枕袄，脚蹬裤，有的入殓时还在尸体枕下垫一些带籽的棉花，取绵延有子之意，以求后代子孙人丁兴旺。死者如系女性，还要请其娘家人检视穿戴、铺盖，看有无异议。

入殓

然后死者的女儿用一块白布沾点水，象征性地给死者擦擦脸，这叫净面。整个过程中，孝子不得哭泣，以防眼泪滴入棺材中。这时如果死者的亲人都在场，入殓后即用铁钉将棺材盖钉死，这叫封口。如死者还有远在外地的子女等亲人尚未赶回来，则要暂缓封口，等他们赶回来与死者见最后一面后再封口。一切妥当后，孝男孝女们跪拜告别，举哀痛哭。

吊孝

从逝者去世、报丧、布置好灵堂停灵开始，就会有亲戚、乡邻陆续前来吊丧（烧纸）、随礼，最集中的是在出殡当天。按照邢台一带的习俗，灵堂布置好后不能关门，要把堂屋的门卸下来，过去都是木轴的双扇屋门，很容易拆卸。为防备灵堂内的遗体、供桌在院子里一目了然，会在灵堂的前屋檐下挂一幅写着挽联的帘子遮挡住灵堂门。

发表开吊时，在院门口放一面鼓，专人负责，来男的吊孝敲几下，来女的吊孝敲几下，都有规定，陪灵的孝子孝女们根据发出的信号，就

吊孝

知道来吊孝的是男的还是女的，以便做好准备。吊孝的进门后，要奏鼓乐，诵经文。亲友临吊多送花圈或祭礼（现金）。吊唁者女的一般带烧纸等物，先到灵前烧纸，再到死者灵前哭吊，一般都有人劝，一般关系的一劝即停；男的要到灵前叩头或鞠躬行拜，同时孝子匍匐灵旁跪拜痛哭。

糊纸扎

纸扎品种很多，一般有纸扎偶人、摇钱树、金山银库、金童玉女等，随着时代的步伐变化，纸扎逐渐演变为糊别墅、轿车、彩电、冰箱、电脑等。除了这些，还有孝男孝女们拄的哭丧棒、孝子举的雪柳、长子举的招魂幡，雪柳、招魂幡一般用柳木制作，招魂幡中间写着"×门孝子引魂入墓"。

刨坟

在农村，通行土葬之俗，称为"入土为安"。人死后，就要挖墓穴，俗称"打坑子"。墓子建在祖坟内，由下往上最顶端的坟墓即称"祖坟"，亦称"老坟"，是为家族立祖的坟墓。其下是其子孙的坟茔，每代一排，按大小自左而右排列。儿子的坟墓必须建在父亲的坟墓前面，有几个儿子就要留有几个儿子的空位。

打坑子一般雇人或请人帮忙。有的地方挖墓前，还要请阴阳先生，看哪天破土为宜，怎样破土等。破土前要给祖坟的每个坟茔烧纸。破土由长子到坟上按礼仪进行：在准备开穴的地方，先摆上供品，烧纸化钱，奠酒而祭，然后磕头并祷告来意，最后用镐头在四角各刨一下，称为"破土"。孝子破了土后，其他人就可以开挖了。

若是新开挖的坟，则要考虑日后夫妇并葬时的位置，若是夫妇已有一人在葬，则要遵照"男左女右"的规则在旁边另挖一穴，并将配偶的墓穴挖开一部分，露出棺材，以备合葬。

墓穴要求底部必须平整，下面要铺以黄沙，称为"铺金"。铺上黄沙后，要将踩在上面的脚印除去，以免鬼魂跟随。刨坟是丧葬中的一项硬任务，若赶上数九寒冬，须打透冻层，难度很大，时间又紧，所以刨坟的人要尽量安排年轻、身强体壮的人。为了避免耽误下葬，"管事的"让人带着烟、酒、菜、点心等去犒赏"刨坟的"，一是让他们抓紧时间按时完成任务，二是让他们吃点喝点，垫补一下。同时，坟穴刨好后，要安排人守护，即看坟的，以防有人恶意使坏，暗下镇物等，同时也防止动物从坟坑上跳过。迷信的说法是，有兔子、狗、狐狸从坟坑上跳过亡者会诈尸。

如果建新坟，则要请阴阳先生看风水。阴阳先生根据当地山脉河流的走向，按照堪舆学说，确定新坟的方位，称作"迁新坟"。迁新坟后，要在上面立祖（一般三至五服内长者为立祖对象）。立祖可将死者的父母或祖上的坟迁来。

点主

旧时，在沙河一带，士绅亡故，用木头刻逝者牌位，上书"×××

之神主",但神字右半部申字中间一竖和主字上面一点不写,等到埋葬前一天晚上行家祭时,请当地有声望的文士用红笔写上神的一竖和主上的一点,谓之"点主通神",今此俗已基本不存。

埋葬

出殡一般在午时左右,将棺材抬到大门外或街头已备好的架子上。各地出殡盛行用龙头凤尾大架子,其状如长形轿体,上有锡顶葫芦头金顶,四角男性死者用龙头龙尾,女性用凤头凤尾,周围饰以红、蓝、黄布帷幔,上绘各种吉祥如意的图案,这些器物均有人专门出赁。随着农村劳动力的减少和移风易俗观念的开放,现在都放在拖拉机(或专门租赁来的灵车)上拉着。起灵前,孝子跪在棺前痛哭。然后孝男孝女要绕灵三圈,男女分不同方向绕。绕灵完毕,孝子将已备好的瓦盆举过头顶摔碎,俗称"摔老盆",摔盆取义"岁岁(碎碎)平安",当然是摔得越碎越好。起灵(将灵柩抬起)后,吹鼓手前头引领,执事拿着纸钱,边走边撒,孝子手持引魂幡,在棺前边哭边走,其子侄辈左右扶持。女眷

下葬

棺后随行。在哭声和哀乐声中缓缓行进，一直送到墓地。

灵车至墓地后，首先放炮，跟随送葬的众乡邻将棺材由灵车上抬到墓坑，徐徐放下，此时要放一挂鞭炮，然后丧家主事人看好坟的方向，众人抬棺，将棺材缓缓放入事先挖好的墓穴，棺材摆稳后，把馅食罐放在棺材大头前，然后开始填土埋坟。往墓坑里填土由"揎忙的"进行，他们是真正意义上的"埋人的"，埋葬当日，只堆起一个圆锥形小坟头，由孝子将招魂幡插于坟顶之上，一边埋一边拔，一般都是拔三下，寓意后代的日子一代更比一代好。填埋的同时开始转坟，男的围坟正转三圈，女的倒转三圈，俗称"转灵圈"。同时拿哭丧棒的人把手中的哭丧棒先后扔到坟上。埋葬完毕，孝子要行谢乡亲之礼。

接下来是在坟前摆供祭祀，烧纸糊的车马（谷草扎的马和秫秸棍扎的车）、童男童女、彩电、冰箱、轿车、摇钱树等，同时还有亡故者的衣物，夹以冥币、烧纸进行焚烧。

烧七纸

葬后第二天孝子圆坟。举家上坟添土并摆供哭奠，俗称"服三"，又称"圆坟"。

此后每七天祭一次，民间认为，人死亡以后到转生完成之间有一个很短的缓冲期，称为"中阴"，时间很短，只有四十九天。必须在规定的时间内完成六道轮回，否则就会灭失。这四十九天中，除了极好的人可以立即升天，极坏的人立即下地狱外，绝大多数人要通过超度赎罪，才能投个好胎。也有民间传闻说人有三魂七魄，死后一年去一魂，七天去一魄，三年魂尽，七七满魄尽，所以要"烧七"和"三周年"，要在"七魄"没有散尽前由家人来超度，尽力改变他转生的类别。如果过了这四十九天再超度，只会增加他的福分，却不能改变他投胎的类别了。

民间还有另外一种说法，据说死者从去世之后，在四十九天内，每隔七天阎王要审问亡魂一次，共七期，又称"过七灾"。"烧七"若与农历的初七、十七、二十七相逢，谓之"冲七"或"犯七"，人们就会认为亡魂"逢七有灾，冲七有难"。类似的还有一种说法是，烧七遇到七和八的日子，阎王要拷打亡魂，遇到这种情况，要提前或推迟一天祭奠。

烧七日的计时方法是，从死者去世之日算起，每七天为一个祭日，分别为"头七""二七""三七""四七""五七""六七""断七"（亦称"尽七""满七"等）。

七个七日祭中"五七"最为隆重。传说"五阎王"喜欢闺女和鲜花。先人的女后人，一般是女儿，没有女儿的是儿媳、侄女、外甥女或妹妹，为其扎上五盆颜色鲜艳的纸花焚化送去以便先人过关。

守孝

周年忌日，死者的亲属同样带上供品和纸扎、烧纸上坟祭奠。传统的观念是居丧三年，这是古时候对孝子的要求，是对父母孝心的最好体现，也是对儿女是否孝顺的考验。居丧三年间不能外出做官应酬，也不能住家里，而是要在父母坟前搭个小棚子，"寝苫枕块"，即睡草席，枕砖头，而且要粗茶淡饭，不吃肉，不喝酒，不与妻妾同房，不洗澡，不剃头，不更衣。居丧期间出来做官，不仅官做不成，还要受到别人的耻笑、舆论的谴责，违礼者会自觉不安、内疚、自责。

现在看来，古礼要求的未免过于苛刻，不过上年纪的人对服丧期间的一些禁忌还是比较重视的，比如：戴孝要戴够一百天，一百天内不剃头，不参加娱乐活动，也不能去给办喜事的人帮忙。此外，当年春联不用红纸，而用蓝或紫纸，或不贴春联，年节也不给人拜年，闭门不出等。

第四章
居住习俗

第一节　村落规模

邢台同全国其他地区一样，自古人们择吉建宅，连宅成村，居村为民，繁衍生息。从邢台一带的历史发展来看，古代同现代相比，贫穷地区同富裕地区相比，村落规模的大小和村落的营建质量没有很大差别，即使有差别，也是西部山区和东部平原的差别。

历史上长期的封建土地私有制，制约了村落营建的合理布局，故直到今日邢台各地的村落还多呈不规则状态（中华人民共和国成立后新规划的除外）。清代以前村落的规模比现在要小得多，由人口（户）多少，完全可以推测出古代村落规模之大小。从村落的营建质量上看，因邢台西部山区东部平原，整体自然条件较差，历史上的村落与住房质量自然就好不到哪里，除县城和自然条件稍好的一些乡村，普通房宅概为土木结构、泥坯结构、石头结构。中华人民共和国成立前，平原地区农民住房多为土坯房，少数富户为砖房。东部各县的房居质量基本如此。

中华人民共和国成立后出现的几次大规模新房营建高潮，使邢台各地的村居状况发生了翻天覆地的变化。20世纪五六十年代各地大量拆除土房和土坯房，翻盖表砖房和部分卧砖房；七八十年代以后，大量建盖卧砖房和部分牵檐房；90年代大量建盖牵檐房和部分二层楼房；21世纪以来，普通平房的房间面积迅速扩大，内部结构向楼式化发展，许多甚至直接盖成了楼座子，楼房逐渐出现。如今邢台各地的村落和民居建设同历史上比较，已是全面改观：除极少数表砖房外，各地均是清一色的卧砖房。由于20世纪70年代以后，许多村镇实行规划建房，故很多不规则的村落格局，已被排列整齐、高度一致、大小街道平坦的新村所代替。并且，随时都可以看到幢幢农家小楼成排成片，甚至整村整庄，已规划、建成了全村性的二层楼房。今日新农村的功能亦远非古代村落所能比附：居住、医疗、商业、通信、交通、娱乐等项都有比较完整的体现。农村居民不仅在住房面积上超越城镇不少，而且在住房的总体质量上也同城镇日益接近，有一部分则超出城镇。

第二节　居住地的选择

邢台各地居住民俗的差距不是很大，尤其是现代，居住风俗和房宅式样，平原各县市的一致性日益趋同。

从古至今，邢台的人们对居住地点的选择是很重视的。古人言"宅，择也。言择吉处而营之"，人们总是把选择"风水宝地"摆到首要地位。在此观念指引下，人们一直沿用的择址标准为：

地势好，水源近。

在选择居住地的时候，一般习惯在地势平坦或稍高一些的地方，以求行动方便、通风防水。人们还要求离水井等饮用水源近一点。这主要是因为过去家家用水井绞水，一般都是公用水井，距离太远对生活会有诸多不便。河沿岸的居民，还会尽可能避开滩地建房，以防止夏季洪水漫灌房屋，冲毁房基，影响住房安全。

安全可靠。

一般选择"人烟稠密"之处营建房屋，认为群居可增强安全感。古人认为人多的地方人气旺盛，其后必然人丁兴旺、"多子多福"。同族同宗相邻而居（聚族而居），以此希望便于同族内的互助。同时选择居住的地点，往往都比较注重选择道德高尚、家教有方的人家做自己的邻居。

经济方便。

平原地区的居民，则要考虑房屋到自家土地的距离、道路交通、水井水渠等有关因素的影响。

其他因素。

建筑村落或宅院，人们往往选择北屋为正房，这是有其合理依据的。邢台地处华北腹地，冬天刮西北风、夏季多雨的气候特征，使得人们必须正视冬季的御寒问题，而北屋为正房，则正好解决了这一问题，居室冬暖夏凉。它还可以保证正房冬季大风和夏季雨水的通畅，维持农居的安全无虞。还有许多地方在选择居住地点时遵循着"宁在庙前，不在庙后；宁在庙左，不在庙右"，"宁在学房，不在庙堂"等传统。实质上也是追求人丁兴旺意识的反映。

第三节　房屋式样与格局

中华人民共和国成立前，邢台平原地区各村镇的宅院布局，以"四合院"为最高追求。人们一般以坐北朝南的北房为正房（北正房），另有厢房（东、西房）及南房，围筑成一个方正的四合院落。正房与厢房既可单独成幢，也可以北东、北西，或北东西房一体建构，还可以通过走廊将各房连接起来。

平房

这是最普通的农村住宅，其状似一个方形盒子，前山墙顶由向外突出二三寸（约 6.67～10 厘米）的青砖或者突出一尺（约 33.33 厘米）左

平房

右的椽子支托着房顶，形成一个房檐。20世纪70年代时，人们经常用自己打成的水泥、水椽，80年代则喜欢用小水泥板代替原来的木头椽。平房的房间数各地不一，一般有三、四、五、六间。在房间的布局上，三间房的开一个堂屋门，从堂屋内再分别向两侧房间各开一个小点的门，俗称"帘子屋"或"里间屋"。如果是四间房，一般开两个门，堂屋一个，组成三间"帘子屋"，套屋（耳房）开一个，单独成屋。如果是五间房组成时，一般开两个门，堂屋一个，两头套屋开一个；六间房时，最少需开两个门，堂屋一个，两头套屋任意开一个，或者盖成两个三间连着，一般住弟兄两个。一般每个房间都有窗户，有时套屋可以不安。

抱厦房

又叫"厦架房""牵檐房"等。其同平房的主要区别，是在阳面山墙之外再增加二檩宽度，由数根明柱支撑，形成一个独立的敞廊，廊顶和廊基（厦台）都与原房是同一个整体，可以防止夏季雨水溺进门窗内，窗前的廊台上也可以堆放一些物品。抱厦房与平房在房间数上的要求是

抱厦房

一致的，只是在开门方向上有所变化。三间房子可以都盖抱厦，中间开一个门；也可以盖两间抱厦，剩余的一间同厦台盖齐，房间在东头就朝西在厦台上开门，反之则朝东开门。四间房子可以盖抱厦，开门方法同三间一样；也可以盖四间抱厦，堂屋和套屋各开一个门。五间房子一般盖三间抱厦，中间开门成帘子屋，两头同厦台盖齐，东、西两头相对开门，这种叫"燕窝牵檐"。抱厦房的檩木是由明柱支撑的，明柱数量同梁数一样。20世纪80年代初，人们把小水泥梁同房屋里边的大（圈）梁连筑在一起伸出前檐，叫作"挑梁"，这样就取消了明柱。挑梁的抱厦上一般铺放水泥板，比较简便易行。

瓦房

主要是针对平房和抱厦房的顶子而言。如果是铺瓦的顶就统一称作"瓦房"。西部山区一般都是以山上就地取材的石片作瓦。瓦房一般都由青瓦或红瓦铺成脊状，以便迅速排泄雨水。由于瓦房的造价较高，普通百姓建盖较少，一般都是衙署大户才盖。

楼房

指的是两层和两层以上的房子。邢台历史上各地盖的都不多，主要是造价太高，普通百姓盖不起，只是一小部分地主大户才盖些楼房。20世纪80年代以后，邢台各地普通百姓的楼房日益增多，至今仍旧势头不减。

建筑格局

在邢台历史上，如果一个家庭不盖四合院，盖完北正房外，一般先盖东房，再盖西房。只盖一面厢房则盖东不盖西，因为人们认为东厢是少男地，西厢是少女地，如必须进行抉择，即多选少男地，古人的重男轻女思想由此可见一斑。在各房的比例上，北正房最高，东厢房须比北正房低两砖，西厢房又要比东厢房再低一两砖。长尊幼卑、男尊女卑的旧礼教思想，通过此种建筑格局得以反映。

过去，有的大户有两进甚至三进四合院，这就必须把中间房子的堂屋留作过厅或者留下居中位置专门建盖门楼。进大门后的二门、三门等门楼或过厅都是直进的对开扇门，头重大门楼则不能直进。如果是南北方向进出，必须将头重门楼对面用木板做成薄墙，挡住正面，从侧面一方或双方通过；或者开巽门，从东西方向进出。如若只盖门楼头，不管从哪个方向进出，则必须在门楼对面建盖影壁墙。普通人家因为院子太大，也有把院子分成两进的，一般是在院中央修一道墙，墙的中部盖门楼头或大门。

如果在自家宅院挖掘水井，其位置要在院落中心线东边一侧，传说那是龙地，水源充足，院落的西南角是盖猪圈的位置，但是圈棚高度不可太高，否则对家人不利；一般人家的猪圈都是"连茅"（厕所）统一建在院外适当地方。

北正房院落的大门大多开在院落的东南角，这里是八卦的巽地，故习惯称"巽门"。过去，因经济条件有限，普通人家大门口的"大门"，只不过是一面"栅栏"而已。平常的栅栏是先用木棍做成框架，再把秫秸、葛针、树枝等物别在或钉在框架上，一端套在或者绑在内侧固定的木桩上，早晚开关即可。一般人家都盖有质量不同的影壁墙。少数富裕人家，对大门比较讲究，要在门口盖一个高门楼、安装木制的大门，结实美观。

中华人民共和国成立后，特别是20世纪80年代后，随着经济水平的普遍提高和房宅数量的逐渐增多，许多小家庭建立不久就同长辈分居独住，这就使得人们已没有必要在小院中加盖配房、建成四合院，所以许多人家便只盖东厢房，并且把厢房最南面一间留作大门洞。经过绘制、粘贴墙面和安装铁、木大门，使大门既简捷实用又经济节约。虽然现在宅院的配房少了，但正房的面积却成倍增加，院墙的质量与高度也在提高，许多院墙同正房的山墙高度已是不相上下。无论是门楼还是门洞的规模与质量都大上档次，贴瓷砖或瓷砖壁画已经极为普遍，多数还贴上诸如"紫气东来""幸福之家"之类的瓷砖门楣联和各类瓷砖匾额。为了通过汽车、拖拉机等车辆,多数大门修建得都比较宽大,这就使得现在的大门非常美观气派。

泰山石敢当

在宅院外或街衢巷口建筑物附近或者墙上刻的小石碑,因碑上刻"石敢当"或"泰山石敢当"字样,所以叫泰山石敢当,是民间驱邪、禳解方法之一。泰山石敢当立于街巷之中,特别是丁字路口等路冲处被称为凶位的墙上。石碑上除刻有"石敢当"或"泰山石敢当"字样,在碑额上还有狮首、虎首等浅浮雕。

泰山石敢当习俗从内涵上体现的是"保平安,驱妖邪",此俗在邢台由来已久。

传说春秋时已有人书"石敢当"三字以守门户,敢当是所向无敌、敢于抵挡之意。唐代有碑上刻有"石敢当,镇厉鬼,压灾殃,官吏福,百姓康,风教盛,礼乐张",明确指出了其作用。后由于道教盛行,泰山是五岳之首,人们认为泰山威力无边,便将石敢当慢慢变成泰山石敢当,有人说此泰山石即代表泰山神,也有人说石敢当乃一石姓将军。至今此俗在邢台农村尤其是西部山区仍存在,不少村庄有石刻的"泰山石敢当"碑。

泰山石敢当

第四节　建房

在邢台各地，以北正房为主体的四合院式民居格式，以及建房风格、材料和房间功能，都是持续到解放初期才逐渐发生实质性的变化。

平原各地的房屋结构，从古到今基本上经历了土木结构、砖木结构、钢筋水泥结构三个主要阶段。无论采用哪种结构建筑房屋，最基本的施工程序大都一样。

选　址

即在村落或院落中选择营造房屋的最佳地址。这一步可简可繁，一般人都比较简略，自己认为合适就可以了；但也有的人家搞得比较繁杂，自己有了初步设想后，又找来"风水先生"，看风水，观阳宅，放罗盘，看地气。随着科学知识的广泛传播，这种情况在今天已经不多见了。

挖土方打基础

各地为了使住房牢固，对土方基础很重视。在土质比较好的村镇，土方工程一般不大，主要是挖出一个比墙基稍大一点的地槽，只要比砖墙稍宽大一些就行。房屋的高度越高，地槽就挖得越深。地槽挖成之后，经过夯打并抄平，四角钉上木楔挂线定标，即可摆砖叠砌墙基。

在地质松软的沙质地区，土方工程相对较大。人们先要下挖一米左右的地槽，而且槽宽要超出墙宽许多。地槽挖成以后通过两种方法打基础：一种是水灌法，指的是向地槽内灌水，而且地槽内专门有人来回水，刮平水槽内的沙土。如此连续进行。等槽内的水完全渗毕，沙基即如夯打一样，直接抄平砌墙就行。另一种方法是把黏土同白灰粉按一定的比例（有的还掺上沙子，俗称"三合土"）掺和后，填入地槽内，再打夯夯实，而后砌垒墙基。

砌墙

就是砖砌垒墙的过程。因为过去砌墙工匠都须手拿瓦刀，人称"瓦工"，故也称砌砖过程为"瓦作"。也有人把过去盖瓦房时的摆瓦过程称为"瓦作"，我们认为这种瓦作的含义过于狭隘。砌墙是建房过程中最重要的一道工序。砌墙从最基础的根基开始；各地台基高度有异，砖房基一般在9～12行，离河较近的村子要稍高一些。按门口的台阶算，有三、五、七步之分。完成基础后，如果是盖砖房，就继续搭架往上砌，这个砌山墙的过程叫"窜筒"。筒（山）高按室内从地面到小椽的高度，要求是1丈1尺（约3.67米）至1丈一尺五（约3.83米）。如果是盖土坯房或表砖房（外皮用立砖包裹，内衬用土坯），一般在台基上铺放一层与房

砌墙

基墙相称尺寸的苇秆或秫秸秆，而后再垒土坯或表砖，以便防潮。过去的房屋外墙，表砖是1尺5寸（50厘米）左右，内墙或坯墙是一尺二寸（40厘米）左右；现在的砖房山墙、外墙是三七墙，内墙是二四墙。

过去盖土坯房时，人们一般要用砖（一种比今天红砖略小的青砖）垒房子的四个角（砖腿），用来增加房子的稳定性。在中华人民共和国成立前，表砖房或极少数的跑砖房（卧砖表墙）是最好的房子，卧砖房十分少见。中华人民共和国成立后人民的生活水平和经济收入提高，20世纪70年代以后盖的砖房都是卧砖（基本上都是由转盘窑烧制的红色黏土砖），故现在人们已经统称"砖房"而不进行"表砖""卧砖"之分了。改革开放后的新房不论是平房还是楼房，都是越来越高大宽阔，现在平房的进深达12米，楼房的进深则到了15米。许多新房都在房基上打水泥圈梁（内有钢筋骨架），有的还要打两道梁或三道梁。砌墙完成就该进入下一道工序了。

木作

房屋大、小山墙的砌成，标志着砌墙程序的基本结束。此时，木作开始（这里指的是砖房），木作指的是建房过程中的木工工作部分。因为长期的摸索实践，建房规格早已约定俗成，主要只是说明盖"几檩"房，"掌作的"（指挥、工头）就会布置瓦作和木作分别投入工作。"檩"是房子的檩条，是架在梁上的横木。以北正房为例。梁在房顶上是南北方向摆放。檩是架在梁上东西方向摆入。一般说檩与檩之间的距离按小椽长度是三尺三（1.1米）（但因小椽要搭在檩条上，故实际距离就小于三尺三），"几檩"就是几个三尺三，所以，檩数越多，房子越深。"几间"或"几（个）梁"则是房子宽度的规格，一间屋两个梁再加一个边梁，就是房间数，如三间房四个梁（俗称"四梁八柱"），四间房五个梁。梁数和间数越多房体的宽度就越大。因为有固定的规格，在砌墙开始的同时，木作也就在附近的空地开始了，木工们先把木料（主要是梁、檩、小椽，有的当时做，有的事先定做）按规定长度打好。其后，再分别刨、凿、锛、楔，把木料做成需要的形状，最后再把加工好的木料按实际格式，在平地架装在一起备用。因此，尽管人们常说砌墙之后开木作，实际上却是木作高潮的开始。在盖土坯房和表砖房的时候，则是于基础完成后先行架装"四梁八柱"并用斜木支撑固定，然后再逐次垒砖（坯），把"八柱"（支撑梁、檩的立柱）包砌在山墙当中，这种先行竖（立）柱、上梁的运作程式，使得整个木架结构紧密地楔合为一个整体，坚固耐用，以至于发大水时，土坯与房顶都已经坍塌无余，房木架子却还巍然屹立。

因为木作（主要是上梁）是整个建房过程的高潮，所以主家、掌作和帮工们都格外重视，许多主家吊装"披红檩"（堂屋中心檩）的时间都是经人刻意挑选的，这时主人要鸣放纸炮，摆供香案，叩头求吉。人们把梁木升顶称为"上梁"，届时把已经标注了位置次序的梁檩（如东三、北三等）从架上分别拆卸下来，再依次用大绳拽吊安装。上梁的仪式，各地大同小异。每家的"披红檩"都贴写有"姜太公在此，诸神退

木作

位"的红纸平安符,还要把一个带红布条的小"木繒子"(老式织布机部件)用细红绳拴在檩上,平安符的两侧还要另贴上"金童扶玉柱,玉女架金梁"红纸吉祥条幅。披红檩要在其他檩木安放完毕之后才能吊装。上梁、安檩之后,再往檩条上铺放椽子。所有的椽子铺放完毕之后,木作过程基本结束。接着便是铺放秫秸或苇箔(有钱人家铺放方砖),而后再上一层"洼碱土",用碌碡压实。最后,用麦秸泥抹顶,房子的主体就完成了。

中华人民共和国成立前部分经济实力不足以及中华人民共和国成立后许多盖卧砖房的农户,都把木梁省去了,就把檩条直接搭在左右山墙上,叫作"硬扛山"。这样,虽然节省了购买木梁的资金,但上梁时的一套仪式却还是依然如旧。

另外,过去大户人家房子,有的小山墙(隔山)是通体窗格式,整个木墙面积很大,做工复杂,是建房过程中的又一项重要木作内容。

改革开放以来,楼房的建筑技术已经广泛用于平房建筑。许多平房的设计,都是采用楼房的多重套间结构,使厅、堂、厨、卫各自分离,既卫生又互不影响。20世纪80年代以后,许多家庭在砌墙之后,省去了上梁过程,在墙顶上打圈梁,而后在圈梁上直接安放水泥预制板。不少人家在土方工程中就挖、垒地下室,使平房的式样、标准同小二楼完全一致。也有一部分人家因财力或用途原因,把基础完全搞成了楼样(楼座子),以便日后"东山再起",直接接成二层。

抹顶

过去的房屋在完成上梁并铺上苇箔、"洼碱土"之后,为防止漏雨,还要抹一层麦秸泥,约有二指厚,因为隔水性较差,往后基本上每年都要抹一层,以至于有的老房子把麦秸泥抹到了一尺(约33.33厘米)多厚。为了增强防水性,许多人家就用陈年老炕的炉坯土抹顶,效果不错。中华人民共和国成立前的有钱人家和20世纪五六十年代以后的普通人家,都用炉渣(白)灰铺盖房顶,其厚度约在3寸(10厘米)左右。在春季，人们把拌好的炉渣灰摊在顶上，再用约4厘米见方的两根木条，错开钉在一起（后半部当手柄）连续抽打，把炉渣砸实，并且把灰浆拍出来，再用玻璃瓶子或光滑的扁圆石块来回蹭，直到蹭出亮皮。经过一春天的风吹日晒，房顶干透之后就特别平整结实，到雨季也就不漏雨了。后来，随着小二楼和楼式平房的大量出现，许多人家在使用楼板封顶之后，便都采用了一种更简便的方法——"打房顶"，就是把小石子加水泥拌和后浇筑2寸（约6.67厘米）左右的一层，使整个楼墙楼顶合成一体，防水抗震，一劳永逸。

第五节　房屋的装修和功能

前四道工序完成以后，工程进入最后一道工序——装修。中华人民共和国成立前，一般的劳动人民生活贫苦，许多人房无一间地无一垄，能有个简陋的小屋栖身就不错了，人们对房屋的装修基本不存奢望。

墙壁抹灰

邢台各地的许多人家，在房子的主体完成以后，一般是先对内外墙壁进行简单的掩抹。人们用稀滑麦秸泥在外墙上抹一层厚度2厘米左右的保护层，有条件的再抹一层白麦秸灰膏，以防冷风吹透和雨水浸坏墙体。室内墙壁的抹法跟外墙壁一样，但一般都加抹麦秸灰膏；对麦秸的要求也稍高一点，要挑选细白、光滑的。也有人用蒲棒（絮），但抹出来有小黑点。所以有钱人家一般都选用剪碎的白棉花和灰，以保证墙面的白洁。房屋的内壁抹上一层白灰膏，既可使室内白净，又可使墙壁不易蚀掉土。

安装门窗

对门窗扇安装整理也是装修的一项内容。因为新房的门窗框大都在垒墙之初安装，故主体完成后首先要安装门扇。一般人家都使用厚木板门，分两扇，厚1.5寸（5厘米）左右。两个门扇相加的宽度不可低于3尺3寸（1.1米）。门扇向外一面的中间部位钉有铁环锁钥，向里一面的中间或偏下部位设置木门闩。经济条件好一点的人家还要在堂屋门上安装简约的风门（镶板，上半部为方格窗式），单扇，向外开启。如果新房的窗户已经预装完毕，这时要检查其平整度，有被压弓、压裂现象出现，要及时采取措施校正；有安放不稳的要通过挤楔、抹灰等方法进行加固。老式的窗户基本上都是木棂方格窗，一般规格是四尺 × 五尺（约 1.33 米 × 1.67 米）大小；也有花格木窗及"翻天窗"或"支撑窗"等，但一般仅限于少数有钱的大户，数量很少。门窗安装的扫尾工作完成后，有的用墨汁涂黑一下门框，用大黄粉涂一下门扇，这项工作就算彻底完成了。

20 世纪 80 年代后，老式门窗基本被淘汰，新房差不多都使用西式门窗：薄镶板门，对开扇玻璃窗，而且门窗面积越来越大，并且门上也附带顶窗或偏窗。窗户也由两扇发展为三扇、四扇、五扇等，使得整个阳面墙几乎都被门窗所占，采光效果大为增强。现在门窗的质量也越来越好，由一般木料到松木再用铝合金材料，时下一部分人又开始使用塑钢门窗。门窗的安装方式也由随砌墙垒地变成了预留空口，最后安装。

过去人们对室内地面的处理都很简略，用打坯的"杵子"，有的叫"碴子"[即在 8 寸（约 26.67 厘米）左右的方底或圆底石臼上安有一个长丁字木手柄的工具]或小木夯，把地面砸实就行了。有钱人家普遍都墁一层方砖。

中华人民共和国成立后，特别是改革开放后，邢台各地对住房的装修已必不可少。不少外墙用水泥、水刷石、瓷砖甚至大理石包装起来。内墙在白灰（掺麻刀或玻璃纤维）抹光或水泥压光之后，再用涂料涂刷，有的则刮仿瓷涂料。富裕农村或城镇的不少人家，尤其是盖楼房的人家，还要贴壁纸或进行木装修。新房都是水泥、瓷砖或水磨石地面，部分楼房铺装的是木制地板。屋内的房顶也要用石膏板等吊顶或制作灯池、灯饰。屋内墙壁要装饰壁灯、壁画、条幅、博石架等。

睡炕、锅灶

在室内设施上，过去最基本的就是火炕、锅灶。以北正房为例，火炕都盘在东、西卧室的南面，高度以一立坯（一尺二，即 40 厘米左右）加一横坯（20 厘米左右）为概数，基本上就是在坐炕时，膝盖以下的小

睡炕和锅灶

腿高度同火炕高度持平。火炕的长度是整个房间的东西长度，宽度不定，以能横躺休息为准则。因为炕里留有烟道，故人们常以留几个烟道为宽度单位，叫"几洞炕"。如"八洞炕"就是内有八条烟道。烟道通过炕东（西）南角处的洞口同小山墙外面的灶台相通，只要烧火做饭，炊烟便通过火炕中的烟道经东（西）南角处进入南山墙中预留的烟囱道，由房顶的烟囱排出。这样，既可以使烟气能够及时排出，又可以保持火炕在饭后的温热不潮，对冬季睡觉尤好。过去的火炕都是用土坯来盘，下边用大坯支插烟道，上面用薄炕面坯平铺，最后用麦秸泥抹平整。平时，主要是冬季烧玉米秸等热炕取暖。也有一部分村庄，并不在堂屋盘灶台，而是在"抱厦房"的阳面外靠两边盘灶，再通过山墙与屋里的火炕连接。

在邢台多数村镇，锅灶都是在一进堂屋门的两侧贴墙角处，有用砖垒的，也有用坯垒的，高度和大小根据铁锅的大小来决定。一般用五印锅、六印锅的比较多。锅台的外侧底部中间留有小风口。用于安插风箱的风嘴，抽拉风箱鼓风。锅台的前方有火道穿墙与内室的火炕相通，借以排烟和热炕。也有在厢房等处另设厨房盘灶做饭。

第四章 居住习俗

121

人们信守东为大的古训，故堂屋东侧一间为上房上屋，由家庭中的最大长辈居住；其次是堂屋西侧第一间，为上房次上屋，由次辈居住，再次是东厢房、西厢房。南房一般作牲口棚、碾（磨）棚或帮工住房等用途。一些比较大的宅院要分两进、三进甚至更多，这种情况以最后院正房为上。

目前，因为家庭经济实力和审美意识的增强，人们普遍对平房和楼房布局进行了一个实用性很强的重要调整：新增或加大原来堂屋的面积，作为客厅使用，用于迎来送往和红白喜事的活动场地，这种情况在过去并不是很多。

室内陈设

中华人民共和国成立前，农村中的富裕户，居室内多布置成套的立橱（一般是两个立橱一个橱楔，三个配套的橱顶箱），立橱前面是立柜；还有迎门橱、炕橱、方凳、条凳、洗脸盆架、火盆架等。在迎门橱布置有梳妆镜、梳头匣、掸瓶、茶盘、茶壶、茶碗等。靠迎门橱上挂中堂画和条幅。堂屋内靠北墙布置有方桌、太师椅、条几，靠方桌的墙壁上挂中堂画和条幅。少数大地主和巨商有专门客厅，摆设更加豪华，有名贵瓷器、金银器皿和玩物等。

一般农户没有成套家具，只在居室内摆一个立橱、一个迎门橱、一个坐柜，俗称"半套家具"。穷苦农民的居室内，只有简单的破旧家具，有的甚至一件家具也没有，在放迎门橱的地方垒一个土台，以备放灯盏之用。

中华人民共和国成立后一个时期内，农民居室的摆设没有大的变化。20世纪60年代以后，城镇和农村中才出现了用人造板做的新式立柜、酒柜、高低柜、写字台等。80年代，祖祖辈辈住土屋、睡土炕、坐蒲墩的现象彻底改变，新式家具普及，组合家具流行，沙发、茶几、圆桌、折叠椅、双人床、席梦思床等进入普通百姓家。一些集镇和其他工副业较发达的村庄，不少家庭室内摆放了洗衣机、电风扇，甚至电冰箱。

为了不让传统的锅灶熏坏漂亮的住房和高档家具，许多家庭另盖了厨房，睡上床铺，有的还安装上土暖气，撤去了冬季室内取暖的煤火炉子。

为了美化居室，20世纪80年代许多家庭的中堂画已改为布轴画，墙壁上布置带框的玻璃画，少数人家在墙上镶嵌了瓷砖壁画，不少家庭摆设塑料盆景。

照 明

旧时，农村多用豆油灯、棉油灯、蓖麻油灯照明，灯头如火，灯光昏暗，少数富户用蜡烛照明。民国期间，随着"美孚牌煤油"的传入，少数富户或工商业者开始用煤油灯（分罩子灯、保险灯、提灯等）。演戏或集会用汽灯。

中华人民共和国成立前，个别工商业发达的地方有了工业用发电机，除作动力外，也用于电灯照明。机关、工厂、学校开始用电灯照明。20世纪60年代至70年代，农村先后都通了电，80年代电灯照明基本普及。不少家庭很重视灯饰，有的装了灯池，有的安了壁灯、顶灯、台灯。

神位摆放

受封建传统文化影响，农民的敬神求吉思想十分严重，不少家庭通过一定形式供奉各路"神仙"：土地神，供在一进家大门的影壁墙上；没有影壁墙的就供在门左侧内墙上。天地神，供在上方堂屋门左侧外墙中部（盖房时预留神龛或直接在此贴纸像）。全神（集各路仙道的名、像于一龛）供在堂屋正中。观音菩萨，供奉于影壁墙面北背南处。财神，因受传统的金银不露白思想影响，一般放在里屋的东北角等处。关公神，供奉在堂屋东北角一人高的后山墙上的神龛里，或专门制作的架板上。灶神，贴在灶台正上方的山墙上。门神，过年时贴在大门的门扇正面。信奉神道的人家，在过年过节或平时的初一、十五等时间，以中老年妇女为主，要焚香敬拜。现在这种传统的供奉仪式在一些地方仍存在。

第六节　居住观念的变化

聚族而居成为历史

经过长期的反封建斗争和中华人民共和国成立后的农村社会主义改造，封建宗法制度失去了存在的经济基础，传统的封建思想意识也日趋淡化，原有宗族中的族长也丧失了对宗族经济和宗族人口的支配权，作为独立经济单位的家庭规模越来越小，尤其是小家庭经济实力在不断增强，20世纪70年代后又实行了农村规划（分配宅基地），这就使得"张家胡同""李家院"之类的"聚族而居"已经不大可能。虽然现在也有四世共存者，但"四世同堂"却极少见。时下在邢台各地，已婚独生子女同父母分居另过的有相当比例，这在历史上是罕见的。

美观实用取代因陋就简

千百年来，由于受经济条件制约，邢台各地的人们不仅没有实力追求好的居住条件，也缺少比较实际的美宅理念。人们普遍以因陋就简为建房原则，以遮风挡雨为住房目的。中华人民共和国成立后，邢台县城及各乡镇的居住条件日趋改善。改革开放后的20年，从建房物资到建房思想更是大为变样，整个建房群体中传统的"因陋就简"思想已经基本消失，人们不仅追求住房的结实、实用，而且还注意房屋的美观。因而，平房和楼房的高度、跨度和进深度越来越大，内外装修的工序也越来越多。新建房屋不仅要盖出成人的居室，还要盖出子女的居室；不仅要有卧室，还要有客厅、厨房、卫生间或地下室；不仅要通过高门大窗采光取暖，还要安装锅炉暖气御寒保暖。总之，新建房屋功能越来越齐全，外观越来越好看，质地越来越高档，面积越来越大……

深藏不露被交通便捷和便利商租所取代

从历史上看，因为经济收入微薄，家财寡少，人们都害怕抢劫与盗窃。所以在选择房址时，也就都尽量避开大道、路口等要冲之地，极力恪守"深藏不露"的千年古训。改革开放后，商品经济的迅猛发展，在充盈人们钱袋的同时，也扭转了人们的房居思想：只要有选择的余地，人们都乐于把房院营建在村中央或村内外的大道、路口附近，以求交通方便，购销便捷。还有一个更重要的原因，就是为了经商盈利。许多家庭都把临街靠路的房间建成或改建成铺面房，自己或租给别人从事商业活动。这种情况在大村或经济发达的村镇更加突出，足见人们的思想观念变化之大。

庭院种植物的变化

千百年来，人们对庭院种植物的首选当属种树，希望通过种树取得部分经济收入，或将来木材自用节省一笔开支。有些不适合种树的人家，又以种植丝瓜、豆角等蔬菜为首选，供以弥补"糠菜半年粮"的饮食之虞。随着改革开放后经济收入的普遍增加，邢台各地的人们衣食无忧，因而对庭院种植物的选择就发生了很大变化：种树（以经济利益为目的）不再是首要的选择，瓜菜种植也不再是一种无奈的选择。人们把目光转移到了享受性、观赏性的香椿、葡萄、桃、李与各种花草的种植上，既愉悦身心、提高品位，又美化了居住环境。

从坚守平房到乐住楼房

虽然早在解放初期，"楼上楼下，电灯电话"就作为一种美好的憧憬深深印在人们的脑海里，但直至80年代以前，除电灯之外，其他两项对普通百姓而言还完全是可望而不可即的东西，而且许多农民（年岁越大程度越严重）还对楼居生活怀有一种天然的抗拒心理，认为那不是农民的生活，也远不如平房舒服自在。经过20年的改革开放，大量小二层楼出现这一鲜活现实，把楼居生活的优越性充分展示出来，使得农民特别是年青一代农民对楼居生活产生了全新感受。在15～45岁年龄段中的绝大多数人，已经成为支持楼居生活的最基本力量，只要条件许可，都会积极向楼房进军。

  总而言之，中华人民共和国成立后特别是改革开放以来，邢台各地的居住习俗，随时代变化而发生了很大改变，这是人民群众生活水平提高的重要标志。但是，在发展过程中各地独具特色的传统居住程式大量消亡，趋同性极强的现代居住习俗逐步占据主导地位，对民俗事业来说，不能不说是一大损失。

第七节　乔迁与暖房

在邢台平原地区，乔迁新居也有一套富有地方气息的独特礼俗。凡乔迁者，无论是住入新居，还是弟兄分家，都要进行"暖房"这一程序。住新居之前，要张贴大红对联，如"迁新居阖家欢喜，住佳屋蕴福潜祥"。同时供奉门神、土地神、灶王爷、财神等家神，鸣放花炮，安神镇宅之后，还要放鞭炮，设宴席，请乡邻朋友聚酒，称为"暖房"。

前来庆贺者，多赠礼幛，幛额联语大都为：乔迁之喜、福地祥天、裕逸康宁、芝兰锦方、庆云毓季、吉星悬宁等等。

因为新的房子没有人住过，所以刚住进去的人，都会觉得比较寒冷，不适应，这就是新房子缺少人气的关系，所以找亲戚朋友来新家聚聚，一方面联络感情，一方面可以夹带众人的运势来汇集人气，也能够增加好运道。

在暖房程序礼仪中，岳父母家来人祝贺是必不可少的，姑姑、姨姨家也不例外。这些主要亲属携带的礼品花样繁多。如：送枣糕儿（高）意为"步步登高"；送刷锅的刷子，送块发面（即蒸馍用的酵子），取其谐音为"发家"；送一大块豆腐，意为"福"气送上门；送一把豆芽菜，意为"根深蒂固"；送一块青石头，意为"奠基石"；等等。另外，亲友们还要送些锅碗瓢盆等生活用品，名为"添家"，即给这个新建家庭打好基础，以示长辈的关怀与希望。

乔迁标志着居住条件的改善，历来被视为人生喜事之一，无论新建住宅落成、购进新屋或租得新居迁入时，都要热闹地庆贺一番。

邢台旧俗，为了新宅安宁和避凶趋吉，迁居一定要选择黄道吉日，一般选在早晨或中午开始搬迁。首先要安好家神才能搬家具。搬家的人不可空手进入新宅，一定要手持财物，以兆新宅进财进物。户主走在前面，在鞭炮声中走进新屋，象征步步登高；家庭其他成员分别拿着粥盆、菜刀、火钳等，象征吉祥红火；众亲友拿着各种用具等随后相送入宅，意在祝愿主人发家致富。

暖房酒宴上宾主相互举杯敬酒，少不了要说些对新居赞美祝福的吉祥话。暖房一般规模不大、人数不多，大多是在盖房时对主家出过力、帮过忙的人，或者至亲与近当家（本家）的，大家欢聚一起，只图个热闹开心；仪式不算隆重，却增添了不少喜庆气氛。旧时农村规矩，盖房时若遇有不吉利的事，如撞伤、生病等，暖房的场面则要大一些，甚至放电影或请乐班来冲喜，以求得住进新居后的吉利和获得心理上的慰藉。

第五章
信仰禁忌

第一节　神灵崇拜

在邢台的广大农村，人们通常将与民间神仙信仰相关的活动、仪式等统用"香火"一词来表示。同时，农村存在着众多敬神礼佛的香客。他们在家里设置香案供奉着神仙，并且参与其他形式多样的香火活动。

民间崇拜一切鬼神，"遇庙就烧香，见佛就磕头"。但人们烧香磕头，大多带着明确的目的。神佛世界神官、鬼官有明确的分工，各自掌管不同的部门，使人们求神佛办事时，总是各拜各的神。于是，求神拜佛、磕头烧香的时候，敬仰的因素少了，实用功利的成分多了。

天地神

天地神俗称"天地爷"，家家供奉，神像贴在院中最显眼的北墙正中间神龛内或墙上。天地神像下面摆有上香上供的桌案（多为石桌或者砖砌的香台）。人们把天地神放在诸神之首祭祀。春节民间每天上供祭祀，首先祭祀天地神。天地神的主神是传说中的玉皇大帝，他是道教诸神中地位最高、职权最大的神。他的全称是"昊天金阙至尊玉皇大帝"，简称"玉皇大帝"。天地神像上写着"天地三界十方万灵真宰"十个字。"天地"就是指苍天大地。"三界"有两种说法：佛教认为三界指欲界、色界、无色界三界；民间所说的三界是指传说中的天界（天神居住的地方）、地界（人类居住的地方）、冥界（鬼魂居住的地方）。"十方"是指东南西北四方，加东北、东南、西南、西北四方，再加上下两方，合称"十方"。"万灵"，顾名思义，是指万物之灵。"真宰"就是主宰，这里指玉皇大帝。"天地三界十方万灵"就是玉皇大帝管辖的范围。

天地神左上角第二人为太上老君。太上老君就是《史记》中所写的老子。老子是春秋时楚国苦县（今河南鹿邑）人。传说他刚生下就有白发（少白头），于是人们称他"老子"。老子姓李，名耳，字老聃。传说，老子的耳朵长得特别，只有耳片，却没有耳郭，这种类型的耳朵就叫"聃"，这是称他"老聃"的原因。老子长期担任周朝藏书的史官，相当于西周国家图书馆馆长。

天地神

《史记》记载孔子向老子请教礼。老子说："您所说的人，他的尸骨都腐朽了，只有他的言论还在而已。况且君子遇到合适的时机就乘车做官，遇到不合适的时机就随遇而安。我听说，如今做生意的商人把货物严密收藏，仿佛什么也没有；君子有高尚的德行，而表面上好像很愚钝。抛弃您的骄气和过高的欲望、姿态之色和淫荡之志吧，这些对您的身体没有什么好处。我要告诉您的，就是这些罢了。"孔子离开周都之后，对学生们说："鸟，我知道它能飞；鱼，我知道它能游；兽，我知道它能跑。能跑的兽可用网捉它；能游的鱼可以用线钓它；能飞的鸟可以用箭射它。至于龙，我就不知道它是怎样乘风云而升天的。我今天看到的老子，他大概像是龙吧！"从孔子对学生的谈话看，孔子对老子是崇拜的，孔圣人崇拜老子，这也可能是人们供奉老子为神仙的原因之一。

《史记》记载老子活了160岁或200岁，这是正史记载最长寿的人。老子一生性情恬淡，只求长生不老，别无他求。他曾写下大名鼎鼎的《道德经》，道家奉为经典，老子也被道家奉为鼻祖。据考证，老子在今沙河市广阳山（今渡口村北）山洞中写下《道德经》五千言。今广阳山尚有老君洞。《道德经》是多神论道教圣典，这是人们供奉老子为神仙的原因之二。

老子道术非常。传说给他赶车的叫徐甲，给他赶车百年，他没给过工钱。某年老子出关远游，徐甲向他索要工钱。老子对徐甲说："以你的阳寿，早就不在阳间了，是我念你贫困，又无事可做，并给了你仙气，你才得以高寿，你不知感恩，还向我要工钱，好吧，让你回到阴间去吧。"老子说完，徐甲化为一堆白骨。函谷关尹喜看到此景，向老子求情，由他给徐甲工钱，让徐甲还生。老子停了片刻，默念咒语，徐甲复活。老子认为函谷关尹喜心善，收他为徒，尹喜也成了神仙。以上传说，说明老子道术高超，这是人们供奉他为神仙的原因之三。

土地神

土地神又称"土地爷"。传说中，土地神是玉皇大帝派往各地掌管一方山河大地的基层官员。《西游记》中那个矮矮胖胖，被孙悟空吆来喝去的小老儿，就是土地神的形象。

土地神像左方写着"土能生万物"，右方写着"地可发千祥"。神像上的土地爷面带微笑，一手拿龙头拐杖，一手托仙桃，身上还背着麦穗和高粱穗。因为土地生长五谷，负载万物，养育百姓，人们依赖土地而生存，因此地不分南北，村不分大小，户不分贫富，村村建土地庙，家家祭之。土地神成为村庄的守护神。宋代以后，无论城乡、学校、寺观、山区，皆有土地庙。人死后，族长率死者儿子辈到村土地庙报庙，其意是销去阳间户口，到阴间去报到。各户的土地爷神像一般贴在街门内不远的神龛或墙上。

邢台民间，土地神又称"福德正神"，是民间宗教信仰之一，供奉土地神的土地庙属于分布最广的祭祀建筑。传说，土地公本名张福德，自小聪颖至孝。36岁时，官为朝廷总税官，为官清廉正直，体恤百姓之疾苦，做了许许多多善事。102岁辞世。死后三天其容貌仍不变，有一贫户以四大石围成石屋奉祀，过了不久即由贫转富，百姓都相信是神恩保佑，于是合资建庙并塑金身膜拜，因此生意人常祭祀之。亦有说在他死后，接任的税官上下交征，无所不欲，民不堪命。这时，人们想到张福德为政的好处，念念不忘，于是建庙祭祀，取其名而尊为"福德正神"。土地神信仰寄托了汉族劳动人民一种祛邪、避灾、祈福的美好愿望。

明清以后，民间多以地方名人为土地神。

灶神

灶神，全衔是"东厨司命九灵元王定福神君"，俗称"灶君"，或称"灶君公""司命真君""九天东厨烟主""护宅天尊"或"灶王"，北方称他为"灶王爷"，为传说中管饮食之神。传说从魏晋起，灶神不仅掌管人间饮食，还代天监察人间善恶，并定时向天帝上报，掌人间祸福大权，故民间谨慎祭祀之。人们如果要祈福禳灾，便要对灶王爷恭恭敬敬，如不得用灶火烧香，不得击灶，不得将刀斧置于灶上，不得在灶前讲怪话、发牢骚、哭泣、呼唤、唱歌，不得将污脏之物送入灶内燃烧等，名目繁多。每年到了腊月二十三，灶王爷要升天报告一年的情况时，人们还要为灶王爷摆上供品，供上好吃好喝的，这就是所谓的祭灶。祭灶时，麦芽糖和酒是必不可少的，酒是为了让灶王爷喝得晕头转向，忘乎所以，而麦芽糖又甜又黏，把它糊在灶神嘴上，一来灶神嘴吃甜了，就不好再恶言恶语，只能说好话，二来麦芽糖粘住嘴巴，想说坏话也张不开口，只能说个含含糊糊。老百姓把"拿了人家的手短，吃了人家的嘴软"这一套人世生活经验，也用在了对灶神的供奉上。

灶神

古时祭灶不分身份的贵贱、高低，上至皇帝、大臣，下至平民百姓，对灶神都是毕恭毕敬。据有关资料记载：每年腊月二十三，清朝皇帝例行在坤宁宫大祭灶神，同时安设天、地神位，皇帝在神位前行九拜礼，以迎新年福禧。祭灶这天，坤宁宫设供案，安放神牌，神牌前安放香烛供品，殿廷中设燎炉、拜褥。像汉族民间一样，在灶君临升天汇报工作前，要用糖瓜封住嘴，以防他在玉帝面前胡说八道。祭灶时，宫殿监奏请皇帝到坤宁宫佛像、神像、灶君前拈香行礼。礼毕，宫殿监再奏请皇后依次向灶君等神位行礼。

财神

人们追求美满富裕的生活，与个人占有财富的多寡直接有关，因而财神便成为人们崇拜的偶像，故春节民间家家供奉财神爷。财神像贴在里屋光线比较暗的地方，表示财不外露。财神像下摆有上香上供的桌案。财神像上写着"鸿福齐天财神到，金玉满堂福星照"。

迎财神

财神又分为文财神和武财神两类。传说文财神是比干和范蠡。比干是商纣王的叔父，他率直纯真，公正无私，多次向纣王忠言直谏，激怒了商纣王，纣王将比干剖心致死。人们敬重比干，奉其为文财神。范蠡是春秋越王勾践手下大臣，他足智多谋，帮助越王成就霸业后，隐姓埋名，急流勇退，到山东定陶一带做珠宝生意，成为大富翁，人称"陶朱公"。他善于经营，得财有道，又仗义疏财，经常救济贫困，受到人们的尊敬，也被奉为文财神。

传说武财神为关羽和赵公明。关羽是一位义结千秋、忠正不二的英雄好汉。历代统治者用集"忠孝节义"于一身的关羽来"教化"臣民，维护封建秩序。明清时期，祭拜关羽的习俗在民间达到巅峰。民间认为信奉关羽，能治病除灾、驱邪避恶、招财进宝。关羽也是唯一被佛、道、儒三家崇拜的神。

关于武财神赵公明，据石旭昊所著《石勒皇帝与羯胡人之秘》一书考证，石勒称帝前向刘汉称臣，汉王刘聪封他为"赵公"；当他在邢台建都后赵称帝后，称"赵明帝"，"赵公"加"赵明帝"的"明"就是武财神赵公明。

在隆尧及其周边地区，民间多有供奉柴荣（柴王爷）为财神的，这是因为他从小经商，非常成功，当皇帝后，支持生产，扩展疆土，天下太平，民能五谷丰登，国能平安无患，使国家经济发展，人称他能干，能干即能生财，故把他也看作财神供而奉之。民间也称柴荣为天界主管财富的天富星或财富星、富贵星。

门神

门神作为道教和汉族民间共同信仰的守卫门户的神灵，人们都将其神像贴于门上，用以驱邪辟鬼、卫家宅、保平安、助功利、降吉祥等，是汉族民间最受人们欢迎的保护神。道教因袭这种信仰，将门神纳入神系，加以祀奉。

民间信奉门神，由来已久。自先秦以来，上自天子，下至庶民百姓，

皆崇拜门神。据《中国百神图》一书说，传说最早门神是神荼、郁垒；唐代又出现钟馗捉鬼的故事，钟馗逐渐成为门神。元代以后，又以唐代秦叔宝（秦琼）和尉迟恭（尉迟敬德）为门神，至今门神为秦琼、敬德。传说门神是具有驱邪魔、卫家宅、保平安、助功利、降吉祥等多功能的保护神。

门神

春节期间，家家第一件事便是贴门神、对联。每当大年三十日（或二十九），家家户户都纷纷上街购买对联、门神，有雅兴者自己也铺纸泼墨挥春，将宅子里里外外的门户装点一新，表达了汉族劳动人民一种辟邪除灾、迎祥纳福的美好愿望。

山神

古代山区人民将山岳神化而加以崇拜。从山神的称谓上看，山神崇拜极为复杂，各种鬼怪精灵皆依附于山。最终，各种鬼怪精灵的名称及差异分界都消失了，或者你中有我，我中有你而互相融合了。演变成了每一地区的主要山峰皆有人格化了的山神居住。有书记载："山林川谷丘陵，能出云，为风雨，见怪物，皆曰神。"尧

山神

舜禹时期即有"望于山川，遍于群神"的祭制，传说舜接替尧帝掌握政权后，曾巡祭名山大川。历代天子封禅祭拜天地，也要对山神进行大祭。祭山时大多用玉石和玉器埋于地下，也有用"投"和"悬"的祭法，即将祭品鸡、羊、猪或玉石投入山谷或悬在树梢。

邢台一带供奉山神的，多在邢台县（今信都区）、沙河市、内丘县、临城县的西部山区。

占卜神

邢台的有些农村，曾有一些算卦的家中供奉占卜神（东方朔）的神像和铜雕像。

《史记》将东方朔列入《滑稽列传》。《神仙世界》一书中说，东方朔父亲本姓张，天下张氏出清河，东方朔祖籍清河人也。《神仙世界》一书中还说，东方朔母亲生他时，正好是凌晨，东方渐白，因此改姓东方。他自幼聪明好学，博览群书，过目不忘，记忆力惊人。汉武帝任他为郎官，经常召他说笑话。东方朔从不巴结高官。某日，当一朝官说他是"狂人"时，东方朔说："像我这样的人，就是所谓在朝廷里避世隐居的人，古人在深山隐居，我在朝中隐居。"有一次朝廷集中博士们议论国事，东方朔在场。博士们联合起来，想难倒东方朔。有人问东方朔："你自认为才高超过苏秦、张仪，怎么混了几十年，官不过侍郎？"东方朔道："苏秦、张仪是什么时代，当今是什么时代，怎么可以相提并论呢？当时诸侯争霸，需要人才。当今天下太平，需要奴才，那些极力巴结上司的能官升高位，像我这样正直的君子怎能升迁呢？"东方朔的话说得那些博士们哑口无言！

某日，有一稀有动物出现在建章宫，众官不知道是什么动物。武帝听说好奇去看，问臣下是什么动物，都不知道。武帝问东方朔，东方朔说："这种动物没有臼齿，叫䮽牙。出现这种动物象征吉祥，预言匈奴将要归降。"大约过了一年，匈奴混邪王果然率民众十万归降汉朝。于是人们认为东方朔为神人。因为东方朔有预见性，故占卜者以他为占卜神。

武帝晚年好仙术，特别喜欢好谈论神仙的东方朔，升迁他为太中大夫。一日，武帝问东方朔："朕想让爱妾永不衰老，可以办到吗？"东方朔道："臣能办到！"武帝问："服什么药？"东方朔道："东北有灵芝草，西南有水中春天的鱼，可延年益寿。"武帝听了，非常高兴，赏赐东方朔不少财宝。

《神仙世界》载：东方朔死后，武帝召见善于天文星象的王公问："诸星是否都在？"答曰："诸星都在，独岁星多年不见，而今又出现了。"武帝长叹道："东方朔在朕旁多年，却不知他是岁星。"人间不知东方朔的情况，仙界知晓。西王母有一回下凡，东方朔偷偷从窗口窥看。西王母说："那个偷看的小子已经偷过我的仙桃三回了。"偷桃的名声虽不光彩，但西王母的仙桃是3000年结一回果实，连偷三次，东方朔也算很有能耐了。

除以上六种神外，民间还供奉井神、仓官、碾神、磨神、河神、马神、牛神、鸡神、药神、树神、草神、虫神、窑神、厕神、上房仙、车神等。

剖析春节民间供奉的诸神，有的神是虚构的，有的真有其人。农民把信奉诸神当作精神家园，反映了广大农民的功利思想和对美好生活的追求，并期望在生产、生活中得到诸神的支持和帮助。要特别指出的是，民间供奉诸神中的真实人物，他们是品德高尚、有功于国于民的英雄。崇尚这些英雄就是弘扬中华民族的精神美德，在供奉神的过程中尚有扬善弃恶的自我约束作用。

第二节　灵魂崇拜

在人们的思想中，灵魂观念和鬼魂观念有所不同，灵魂与肉体结合在一起，而鬼魂则是离开了肉体的灵魂，并且认为鬼魂有时可以变形，可附着于其他事物之上。同时，鬼魂与人的关系更是十分密切，可以给人带来灾难和益处，要使鬼魂给人带来好处，便要祭祀、崇拜鬼魂。家中的尊长死后，能成为家族或家庭的保护神，因此受到后人的隆重祭祀。为了使厉鬼不害人，古人想出了种种办法：或敬而远之，或退而避之，或驱而赶之。

祖先崇拜

祖先崇拜，或敬祖，是指一种宗教习惯，基于死去的祖先的灵魂仍然存在，仍然会影响到现世，并且对子孙的生存状态有影响的信仰。一般崇拜的原因是相信去世的祖先会继续保佑自己的后代。

邢台人认为，对已经去世的先人，也要像他们依然活着时一样地尊敬，在节日中要供奉、祭祀。对祖先的崇拜并不是一种宗教信仰，而是日常要遵守的行为准则。

祖先崇拜

对祖先的崇拜表现在定时扫墓、祭拜，在逝者下葬时，随同准备许多日常生活应用物品纸样，一同烧毁，如同送先人到另一个世界生活一样，并定时烧纸（送钱），甚至在不同季节送不同衣物的纸样烧毁。

祖先崇拜的对象主要是有功绩的远祖和血缘关系密切的近几代祖先。所以说，祖先崇拜也叫"灵魂崇拜"，是原始社会灵魂观念进一步发展后而出现的一种对死者灵魂加以崇拜的宗教行为。

鬼魂崇拜

鬼魂崇拜是原始宗教信仰极为普遍的信仰形式之一，是自然崇拜和动植物崇拜的进一步发展，也是原始人类社会自身进一步摆脱自然界束缚的一个重要具体体现。原始人类在同自然界做斗争的过程中，逐渐加强了自我意识，他们开始模糊地意识到自身的存在和作用，人类要想生存和发展不仅依靠自然，而且还需要依靠人类自身。不过，原始人类付诸这种认识的时候认为，人自身也应该有神灵，于是便出现了鬼魂观念，并出现了鬼魂崇拜。

自然崇拜之外，邢台民间传统的鬼魂崇拜还普遍存在，认为人死以后，灵魂仍在，并能祸福于人，因此产生了"招魂""祭魂"等礼拜仪式。

1. 招魂

灵魂是邢台民间的普遍信仰。人们认为活人有魂，魂是人的支柱，遂产生了许多"招魂"现象。幼儿受惊时，恐怕将其魂惊跑，大人即用手提幼儿的耳朵叫魂："××（名字）呀回家来！"在幼儿患昏迷不醒病症时，认为是丢了魂，于晚上夜深人静时，取其上衣到院中叫魂，边扬衣服边喊："×× 回家来！ ×× 回家来！"从院中一直喊到屋内将衣服盖在幼儿身上。灵魂崇拜还表现在丧葬礼仪等方面。

2. 祭魂

民间认为人死后灵魂不灭，其形骸入土，灵魂归天，有的鬼魂升天成神，有的在阴曹地府受阎王判官管制，有的沦为游鬼。所以，人们为了求福消灾，祈求鬼魂相助，不要加害于活人，延习祭祀鬼魂。通常还有宗庙祭拜，或上坟祭祀，以求祖先的灵魂保佑。

3. 驱鬼魂

民间认为鬼魂有两种，一种为善鬼，一种为恶鬼。为防恶鬼入宅，家家大门延续贴门神。传说古人在举行驱疫逐鬼的大傩仪式时，总要挥舞终葵（古时一种棒槌），久而久之，它成为驱鬼的象征。唐代文人虚构了钟馗捉鬼的故事，后来，人们多于除夕夜悬挂钟馗像于门的两侧以驱鬼。

第三节　灵物崇拜

灵物崇拜的各种形式作为一种民俗，随着历史的发展，有的消失了，有的发生了变化，有的被保存了下来。

邢台各地农村至今还广泛地存在着各种灵物崇拜。人们信仰与崇拜的对象可以说是漫无边际，应有尽有，涉及万事万物。不仅自然力和自然物如天、土、日、月、星辰、风雨、雷电、虹经常被作为崇拜的对象，而且山川、河流、火、石头、各种动物、植物甚至死人的"灵骨"、遗物也都受到崇拜。

动物崇拜

形形色色的动物崇拜，是人们在长期的生活实践中所建立起来的一种感情的表现。经过人格化以后，动物便有了神灵，为了不触犯神灵，祈求神灵的保佑，便出现了各种形式的动物崇拜活动。

在邢台农村，人们在众多的动物崇拜之中，对于狐狸和蛇具有特殊的兴趣。

在我们所见过的动物当中，没有什么动物比狐狸与蛇更有神秘色彩了。狐狸与蛇的形体、活动特点及与人的关系，使人们对于它们总是充满着恐惧、莫测和神秘的感觉。

过去，狐狸在农村的山区大多住在枯藤老树昏鸦的墓坑当中，往往在夜色的掩盖下和鬼火的闪烁中，神出鬼没，来去无踪。它在奔跑和活动时几乎不发出任何声音，也不伤人。因而人们就把它与无形无声的魂、精灵等连在一起，对狐狸多有传说。

在民间传说中，特别是认为千年得道的老狐狸能赋予人福祸。所以，人们常把狐狸称作"狐仙""胡仙""胡大仙",一般不直呼其名,也从不伤害它,见到狐狸认为是某种征兆,或喜或灾。如果狐狸跑到家中,全家人奉若神明,让其自由活动,有些人还立即双手合十做敬奉状。

人们认为得道狐仙通灵知世,能为人消灾治病,信奉者极多,过去在很多村庄中都有专为狐狸所立的庙。一般称作"狐仙庙""大仙堂",与山神、土地神同时祭拜,也有的把狐仙神位附在各大庙之中,一般不塑其像,立一木制牌位,上书胡仙、胡大仙之类。

有的村庄各家各户都信奉狐仙,以求保佑,特别是家中有人患精神疾病或心理疾病者,哭笑无常,是所谓邪病者,更需供奉狐仙以求保佑。

狐仙主命,主消灾治病,如有人求之而灵验,则一定要到庙中挂红悬额,还愿于狐仙。也有些地方供奉黄鼠狼,恭称为"黄仙""黄大仙"。

与狐狸一样,蛇也是颇具神秘意义的。

蛇,来去无踪,水陆两栖,有的还具有很大的毒性。它这些特征不能不使人感到它是具有某种神秘力量的。

而且,蛇不仅是十二属相之一,从形体上看,蛇与龙极为相似。这种相通性使它更具威力。因此,人们都认为蛇具有灵性,是某种精灵。它的意志就是仙家、神鬼的意志,邢台民间尊之为"山神",或称"神蛇""小龙""神虫",而不得直呼其名。假如冒犯了它们,会影响家庭的运势。

在邢台农村,除了蛇和狐狸以外,人们崇拜的对象还有老虎、狮子、凤凰、麒麟、乌龟等,甚至还有的地方崇拜黄鼠狼等。

植物崇拜

在民间的自然崇拜当中,植物崇拜也是一个极为重要的方面。在万物有灵的观念支配下,一些树木、花草被赋予了某种灵性与神力,在深井、老树之中,往往有神灵寄焉。树在邢台民间常被认为是神灵附着之地,那些高大茂盛、粗壮古老、形状怪异的树,更是带有某种神秘色彩,被迷信的人所崇拜、敬祀。其中,求儿女者有之,治病心切者有之,贫困潦倒者有之，渴望发财者也有之。有些地方的村民在生活中只要有点不吉利、不如意的问题，就想到附近的神秘的大树。

在隆尧县的泽畔村、西甫村、王贯庄，各有一棵老槐树，人们对村当中的老槐树有许多讲究。家里有了大事必要来求求老槐树，否则不会很顺利。人们都认为老槐树是树仙附身之地，不许小孩上树摇喜鹊，更不得乱砍枝叶。每到大旱，村中长者会拿上酒菜在树下求雨。村里的年轻人尽管不太在乎这些，但也不敢随意乱碰这些树。

植物崇拜之老槐树

由于相信树与魂灵有某种密切关系，所以邢台好多地方自古以来就流传着一种风俗，即在坟地上种植树木以安慰死者的灵魂。在民间土葬时，故人的坟上总是要种上一棵树，或插上一树枝，因为树是有生命的，人们以为这样可以引魂上天。而且，据说坟上植松柏能够保护尸体不被怪兽侵害。人们相信：坟地上树木的枯荣，反映着地下的亡灵安否。所以，毁坏别人家坟地的树木是极为犯忌讳的。

第四节　占验测卜

算命

算命，是推测人命运休咎之行为，属玄学范畴。研究算命的学术叫易学，也叫"命理术数"。其理论核心是阴阳五行、天干地支及八卦易经，理论系统较为复杂深奥。狭义的算命即是对人生辰八字（四柱八字）的预测，广义的算命则包含紫微斗数、面相手相、八卦六爻、奇门遁甲、六柱预测学等等。古代的占卜、青乌术、筮法，均属于算命。

因这门学问非现代科学范畴，且比较深奥、神秘，人们对此门学问缺乏正确了解，这便给了江湖术士宽泛的招摇撞骗空间。

算命

再之，由于预测术缺乏完善而严谨的科学理论，业界研习者水平参差不齐，半桶水者居多。有需求就有市场，社会上有不少人打着"易学预测"的幌子，冠上响亮的名号，且名号已不是古时的"半仙"了，而是与时俱进叫作"大师"。这些"大师"当中不乏一些游手好闲的小文化人或粗通一些易理知识的人，号称懂八卦、会看手相面相、能解灾避祸，实为招摇撞骗，凭三寸不烂之舌忽悠赚钱为生。学问不足但为了谋生唯夸夸其谈、故弄玄虚，搬弄些模棱两可的话语，扯上些迷信的东西，以此自圆其说，并借此牟利。

由于人们对这门学问缺乏正确的认识，且社会上装神弄鬼、故弄玄虚、招摇撞骗的"大师"泛滥，久而久之便使这门学问蒙上了迷信色彩。

现在社会上打着所谓"大师"幌子行骗的很常见，骗术五花八门、花样甚多。要注意的是，这些骗术里的很多说法在命理里其实都有它的或大或小的意义，不能说全都有错，只是算命师食古不化，囫囵吞枣，无法用其所认知的学问解释而已。所以，并非算命师爱骗人，而是他们自己也不懂。悲剧在于，通常缺少自信的人，比较会寻求算命的参考，结果却是碰到了骗子。所以，每个人都该建立自己的自信，算命只是一种参考工具，不可能无所不能，盲目的相信正是迷信的根源。

占卜

占卜是用龟壳、铜钱、竹签、纸牌等手段和征兆来推断未来的吉凶祸福，为咨询的人分析问题、指点迷津的方法，意指以小明大、以微见著，以微观与宏观的联系为原理。占卜所需的物质材料分两类：一类是显示卜兆及刻辞用的载体，即龟甲、兽骨等；另一类是整治甲骨及刻辞用的工具，有锯、凿、钻、刻刀等。占卜流行于全世界各个时代的文化中，而且方法多种多样。早期的占卜和宗教密切相关，其发展受到宇宙观和民族心理的影响。常见的占卜方式有询问性占卜（如中国民间的抽签）、鸡卜、鸟卜、鸟占、水占、星占、纸牌占卜等。这些占卜方法可信度虽不高，但在古代广泛流行。

普通的占卜，可以模棱两可，任人解释，可以以假乱真，怎么解释都行。

看相

看相指的是根据长相、气质、音容笑貌来判断和预知一个人的过去和未来。

古代人认为五行存于天地间，万事万物都具有这个特性，在此基础上形成的面相学说便是古典哲学系统中的一个部分。人秉五行而生，而五行有运动变化发展，利用这个理论，古人认为可以从面部特征透出的信息推测出一个人的命运和变化发展趋势。

相理是从出生之后，一方面指接收了父母遗传的身相，包括"面相""骨相""声相""手相"，另一方面由于后天的因素随着生命的过程会有不同程度的改变，这才是"命相"的总合。

江湖派的代表作有《麻衣神相》《柳庄相法》《神相全篇》《相理衡真》《平园相学》和《公笃相法》等，学术派的代表作有《人物志》《观

看相

人学》《人伦大统赋》《玉管照神局》和《冰鉴》，等等。

比如，古相书论眉说："眉为两目之华盖，实为一面威仪，乃日月之英华，主贤愚之辨别。"眉之重要性，亦不容忽视。眉，宜宽广清秀平长为上，对于粗浓逆乱凸出的眉，不是给人好印象的眉。眉毛疏而秀、平而阔、秀而长者性聪明；凸垂或低悬的眉毛遮盖着眼睛的，领悟力强，观察深刻；眉平直率，重实际；眉弯曲的人，敏感、爱美；眉毛粗浓的人，雄健、果敢、逞强；粗而浓，逆而乱者，性凶顽；眉中间相距极近的人，性暴躁、乖戾、心底狂莽狭窄；眉尾朝下者，性懦弱而悲观；眉尾朝上者，性格豪放而刚强。

看风水

风水指住宅基地、坟地等的地理形势，如山脉、山水的方向等。迷信的人认为风水好坏可以影响其家族、子孙的盛衰吉凶。

看风水也是堪舆术的俗称，是营建堂屋、庙宇、坟地以及修桥造路时的一种旧俗。营造之前，须请风水师（俗称"风水先生"）察看地形位置的来龙去脉，用罗盘校测方向，然后择日点穴，规划格局，卜吉择日动土。农村此俗甚为盛行。

关于"风水"这个词，一直以来我们都不是很陌生，但在我们的潜意识里，或多或少认为那是迷信。当今时代，科学技术日新月异，但也有很多科学不能解释的地方，我们不能说它是不科学的，因为它也有科学的地方，而风水正是如此。

风水其实是一种传统文化观、一种广泛流传的民俗、一种趋吉避凶的术数、一种有关环境与人的学问。从现代科学理论来看，风水学是地球物理学、地质学、环境景观学、自然生态建筑学、天体运行方位学等相结合的综合类科学。

第五节　邢台佛仙

古代，在邢襄大地上有很多美丽的神话，好多佛家仙人从邢台这块风水宝地成佛成仙。他们驾着云，带着一种美的生活追求，驰骋人间、天庭、阴曹。多少代人又不断地将他们想象、丰富、传诵：他们带着仙气，持着仙道，操着仙语，弄着仙术，云来雾去，在揭露尘世污浊，扶正祛邪，扬善惩恶。

说唱道情业的祖师——张果老

诞辰：十月初十

修炼道场：五峰山（今邢台张果老山）

仙家名号：八仙之一，道教称"果老仙翁"，是说唱道情业的祖师

皇封：银青光禄大夫，通玄先生

法宝：纸驴、金鞭

张果老（张果），本为邢州广宗的道人，他姓张名果，号通玄先生，是唐朝有名的炼丹家、养生家，还是一位哲学家。"老"字是人们对他的尊称，也是因为他模样长得老相，而且岁数很大。

唐初就有人说他得长生秘术，"自言数百岁矣"。等到唐明皇的使臣去请他入朝，他又自称："我生尧丙子岁，位侍中。"从尧至李隆基时，有3000来年。其实，尧是古时代传说中的炎黄联盟首领，当时是根本没有侍中这一官职的。此事到了当时被明皇十分尊崇的高道叶法善口里，说得更古远了，张果被说成是"混沌初分白蝙蝠精"所变，那他的岁数大得就不可胜数了。不过，张果的年岁的确是很大的。大名之后加个"老"字，还是当之无愧的。

张果以讲《阴符》而得到了唐玄宗的赞许。他著述颇多，有《阴符经辩命论》《黄帝阴符经注》《气诀》《丹砂诀》《太上九要心印妙经》《道体论》《内丹秘诀》《金龙白虎诗》《玄珠歌》《大还丹契秘图》。其中对有关"道"的阐释及炼养理论有其独特的见解，颇有哲义，故今一些研究者称他为"哲学家""养生家"等等。

张果老塑像

张果老的事迹在《大唐新语》《旧唐书·张果传》《太平广记》《明皇杂录》《宣室志》《续神仙传》《三洞群仙录》《高道传》《历世真仙体道通鉴后集》《顺德府志》《邢台县志》《广宗县志》《巨鹿县志》中都有记载。

《全唐诗》收有张果"登真洞"诗，诗云：

修成金骨炼归真，洞锁遗踪不计春。
野草漫随青岭秀，闲花长对白云新。
风摇翠篆敲寒玉，水激丹砂走素鳞。
自是神仙多变异，肯教踪迹掩红尘。

真洞即今邢台张果老山的"仙翁古洞"。张果老山原名五峰山，广宗道人张果在此隐居修行成为八仙之一。唐明皇李隆基敕封张果为仙翁，改邢州五峰山为仙翁山（俗称"张果老山"），并为张果修建了一座栖霞观，改观后的山洞为仙翁洞，并修建仙翁桥一座。从此，仙翁山成为邢州名胜！

张果老有一怪癖，平日他倒骑着一头白毛驴，日能行万里。当然这驴子也是一匹"神驴"，据说不骑的时候，就可以把它折叠起来，放在皮囊里。

由于张果老经常云游四方，在民间传唱道情，劝化世人，以后有人学着他的样子也唱起道情来，所以张果老便成了说唱道情业的祖师爷了。

八仙中地位尊贵的人物——曹国舅

诞辰：八月十五

法宝：云阳板

皇封：济阳郡王

曹国舅，名佾，亦作景休，为八仙之一。《宋史》称他为慈圣光献太后（邢台宁晋人）之长弟，故称国舅。曹国舅是道教八仙中地位尊贵的人物。尽管地位很高，被封为国舅，而且天资聪明，但是他并不喜欢享受富贵的生活，不喜欢利用特权，而是喜好道教的修行。

曹国舅有一弟自恃为帝室的亲戚，逞强行恶，抢夺百姓的田地据为己有，而且不法的小人多出自其门。国舅自始至终竭力规劝他，都不能使其改过自新，最后竟被其视为仇人。国舅说："天下之理，积善者昌，积恶者亡，这是不可更改的。我家行善事，累积阴功，才有今日之富贵。如今我弟积恶至极，虽然明里他能逃脱刑典的制裁，但暗里却难逃天法。如果一旦祸起，家破身亡，到那时想牵只黄狗出东门都是不可能的，我既感到耻辱又害怕真的会发生此事。"

于是他散尽家财，周济贫苦之人。最后，他辞别家人和朋友，身着道服，隐迹于山岩，修心炼性。数年之后，他已达到心与道合、形随神化的境界。突然有一天，汉钟离和吕洞宾游至他修道之处，问他："你闲居时修养什么？"国舅答："其他的无所作为，只修道而已。"二仙问："道在哪里？"国舅指着天。二仙问："天又在哪里？"国舅指着心。钟离笑道:"心即天,天即道,你已经洞悟道之真义了。"于是授他《还真密旨》,令他精心修道。不多久,他由汉钟离、吕洞宾引入仙班。

曹国舅事迹见于《纯阳帝君神化妙通记》《宋史》《陔余丛考》《历代神仙史》《神仙通鉴》等记载。

曹国舅证仙果后,亦有仙文集传留于世,诗曰:

物表英才性朴纯,天然气象妙精神。
眼空四海全无欲,心贯三才绝点尘。
帝赐金符微一笑,师传玉诀乐长春。
渊源慈父征唐德,积一皇后二仙真。

在民间的八仙形象中,曹国舅不是通常的道士打扮,而是仍然穿着他的官服,腰系玉带,手持玉板。他常执檀香云阳板,为人间喜庆敲得喜气洋洋,云散日出。

千手千眼观音——妙善

南北朝时期,群雄逐鹿中原,烽火连年不断。邢台南和县瓦固村有位叫妙庄严的农民,率领三千人马,扫平了古南和地域的草莽英雄,建立了兴林国。因其姓妙,俗称"妙庄王"。

妙庄王建都在古南和的前郭平、宋台村南瓦砾岗,为兴林国首府取名朝平。朝平城里,东西八大路,南北十二街,店铺林立,商贾云集;百姓男耕女织,安居乐业,一派升平景象。

妙庄王有三个女儿,长女妙音,次女妙缘,三女妙善即三皇姑。传说当年正宫娘娘宝英(南和县郄庄村人,小名郄武燕)梦花怀孕,于农历二月十九日生下一白胖女婴,取妙相善行之意,叫妙善。

三皇姑生性聪明伶俐,笃志行善。她不学描龙绣凤,而在宫中秘修禅事。16岁时,妙庄王要将她许配给宰相李龙之子李炳,她执意不从,夜逃皇宫,打扮成村姑模样辗转前行,于九月十九日来到了白佛村白雀庵，皈依了佛门。妙庄王厌憎佛教，下令火烧白雀庵，烧死尼姑五百名。三皇姑百感交集，放声痛哭，感动了太白金星，太白金星化作一只斑斓猛虎驮她上山。三皇姑先到尧山静修，后上井陉苍岩山，住下来潜心修炼，日日净手焚香礼佛，虔心悟道。九年后，于农历六月十九修成了正果，日赴千坛，眼观万里。

妙庄王火焚白雀庵，气病了国母，自己也整天神志恍惚，噩梦频繁，患了一种怪病——人面疮，在首府朝平城，求遍天下名医，不知所患何疾。三皇姑不计旧恶，化一"和尚"点化妙庄王，并亲献手眼治好了人面疮。

妙庄王感念三皇姑救命大恩，率百官来到苍岩山敕封三皇姑。本想将其封为"全手全眼"观音，因过分激动说成了"千手千眼"。尔时，三皇姑圣像展现空中，果然显出千手千眼法相，众呼为"千手千眼观音菩萨"显化。

自妙善后，源自古印度佛经的观音菩萨被彻底中国化了，并且演变成女性观音，引发了国人千年来的观音崇拜。大慈大悲救苦救难观世音菩萨为佛教六观音之一。

财神、交通运输、采矿业的祖师
——柴王爷

诞辰：农历九月二十四

神位：财神、交通运输业的祖师和保护神，矿工、窑工和穷人的保护神

法宝：独轮车

人世：后周皇帝

柴王爷，即五代后周柴荣，邢台隆尧柴家庄人，五代时期后周的皇帝，史称"周世宗"，杰出的政治家、军事家、统帅。柴荣，由于从小经商，非常成功，当皇帝后，又强大国家，富裕人民，受到人民的爱戴，而被民间奉为财神。民间称柴荣为天界主管财富的天富星或财富星、富

贵星。

在旧社会时，有许多柴王会，这是人力车车帮、运输业驾驶员的同业行会，在古代运输中主要工具是推车，在现代运输中主要工具是汽车。柴王是古代的财神，是后周皇帝，是大富豪之家。柴王推车中运输过茶、盐、伞、五岳（皇帝御封的五座大山——五岳，是东岳泰山、西岳华山、南岳衡山、北岳恒山和中岳嵩山的总称）。柴王是主管天界财富的天富星，是主管人间的财神，被人力车车帮、运输业驾驶员奉为同业行会的祖师爷、保护神。

柴王爷

财神是一个群体，是不同时代、不同地域所崇奉的神仙，是人们想发财致富的心理寄托。财神是公正、诚信、智慧、富有的化身。传说中的财神有赵公明、比干、柴王爷、关公等，其中柴荣属于五界财神中的文财神。

此外，柴王爷还是矿工、窑工、穷人、做苦力的保护神，这是"万物有灵"观念遗留下来的信仰习俗。苦力地位低，生活苦，渴望改变自己的命运，乞求平安，于是把精神寄托在神灵身上。

柴王爷出生在尧山南麓，年轻时推车经商，后成为后周皇帝。做皇帝时，他统一国家，发展经济，关心人民，爱惜将士，生活俭朴，是一位英明君主。人们供奉柴王爷为财神，穷人（窑工、推车人）的祖师爷、保护神。"矿工拜柴王，天天保平安"，这是一句流传在矿工中间的谚语。

随着交通运输业的发展，做司机的、做物流的，包括一些乘客都越来越乞求柴王爷保佑平安发财，另外那些开矿的、下矿井的、打工的、在外漂泊的等也越来越乞求柴王爷保佑平安发财。

关于柴王爷最出名的故事是柴王推车试赵州桥的传说。

相传鲁班修完赵州桥（实为隋朝尧山匠人李春修），柴荣约好老乡张果老欲试试是否坚固，张果老倒骑毛驴，驴背褡裢里放着"日""月"；柴荣推独轮车，车上装着"五岳名山"。二人一上桥，顿时压得桥直颤悠。鲁班赶紧跳到桥下，双手擎住。二人过了石桥，留下了驴蹄印和车痕。流行至今的《小放牛》中唱道："张果老骑驴桥上走，柴王爷推车轧了一道沟。"可巧，这张果老、柴荣、李春都是邢台人。

下洞八仙之一、行气吐纳术的鼻祖 ——王乔

世人都知道道教上洞八仙是指张果老、铁拐李、汉钟离、吕洞宾、韩湘子、何仙姑、蓝采和与曹国舅，也都知道张果老和曹国舅是出自我们邢台的两位大仙，其实在历史上还有下洞八仙之说。根据明朝《贺升平群仙庆寿》中记载，这下洞八仙是王乔、陈戚子、徐神翁、刘伶、陈抟、毕卓、任风子、刘海蟾。王乔的出名不仅仅因为他被列入下洞八仙，更主要是因为他乘鹤仙去的神奇历史和他的行气吐纳术，后者更被后世修炼家奉为圭臬。

王乔，相传是蜀人，在邢台为柏人（今隆尧柏人城）县令数年，后弃官在邢台隆尧的宣务山修炼道术，得道后骑白鹤升天。王乔的事迹在民间广为流传，是下洞八仙之首，是其中影响较大的一位。

邢台隆尧县域西部山丘坐卧，岗坡迭起，特立突兀的宣务山，雄踞群岗之中。这里有"五山"即尧山、宣务山、干言山、茅山、卧牛山。隆尧的山虽不高大，却典籍有名，这五座山崛起于冀南大平原上，也可称得上鹤立鸡群、一方独秀了。柏人城自春秋时期始建到废圮，历经春秋、战国、两汉数代，文化内涵相当丰富。它被誉为华北平原现存时代

最早、规模最大也最直观的残留古城池，距今已有2600多年的历史了，为全国重点保护文物。

北齐颜之推在《颜氏家训·书证》中记载他曾在柏乡为官，慕名来访隆尧宣务山，曾见柏人城内汉桓帝时柏人县民为县令所立碑铭，上刻："山有蠚莶（宣务），王乔所仙。"进一步印证了王乔在宣务山骑鹤升天的神话。晋葛洪所撰《神仙传》中也曾说："王乔为柏人令，于东北宣务山得道。"这些典籍和碑铭都说明，神话中的人物王乔曾经做过柏人县的县令，后来在宣务山修炼成仙，驾鹤升天而去。《全唐诗话》中还有马郁赠给韩定辞的一首诗："邃林芳草绵绵思，尽日相携陟丽谯。别后宣务山上望，羡君时复见王乔。"可见邢台宣务山就是传说中的柏人令王乔驾鹤升天之地。

王乔的事迹见于《淮南子》《艺文类聚》《仙赋》《颜氏家训》《神仙传》《王氏神仙传》《历世真仙体道通鉴》《楚辞》《顺德府志》《唐山县志》《隆尧县志》等记载。

中国喜神——和合二仙

诞辰：六月二十九

神职：中国喜神、婚姻之神

宝物：荷、盒

邢台任泽双蓬头村在唐朝前称双凤村，是因地形得名的。到了唐朝贞观年间，此村出了"哼哈"二仙，从不梳头，村名也以双蓬头传开来，沿用至今。

据传，当时留垒村有一名孤儿叫拾得，家庭贫穷，给地主放牛拾柴。偏巧，正南三里（1.5千米）的双蓬头村也有一位与拾得命运相同的孤儿，叫寒山。他们俩经常一块放牛放羊拾柴，感情深厚，亲如兄弟。

那时，这一带是大陆泽南端，经常发大水，河流纵横，长满荷花。寒山、拾得吃不饱，饿了就挖莲藕、摘莲子、捉青蛙，然后高兴地抱在一起哈哈大笑。每当他们开怀大笑时，就会刮起一阵旋风，聚来一堆柴火。他们用柴火把那些东西烧熟，就痛痛快快地大吃起来。

地主觉得此事稀奇，很想看个究竟，就带着几个人向他俩走来。他俩以为地主又来打他们了，于是就拿起莲蓬、白藕和青蛙，向东南方向跑走。他俩越跑越快，脚下竟升起一朵彩云，载着他们上天去了。家乡的人们为了纪念他们，就把他俩跑过的小路称作"神仙路"，并为他们修庙塑像，称"荷蛤二仙"。又因他们常在一块儿开怀大笑，所以又称他们为"哈哈二仙"。

和合二仙

和合的本义，系指《周礼·地官》"使媒求妇，和合二姓"之句，意思是做媒求亲，将两姓男女撮合在一起，和睦生活。谁知"和合二仙"深受广大民众欢迎，与福寿等神，成为吉祥如意的象征，已大大超出婚姻和合的意义。

以后，二人又辗转来到苏州西枫桥镇妙利普明塔院。寒山当了寺院住持、拾得为寺僧以后，此寺就更名为寒山寺。

唐朝天宝年间，张继赶考落第，夜宿枫桥寺，写出脍炙人口的《枫桥夜泊》一诗，更使寒山寺名扬天下。寒山无山，寒山有寺。寺虽不大，但钟声漂洋过海传异域；高僧虽少，但信徒异常崇拜。甚至传说拾得去了日本，在日本盖了拾得寺，与苏州寒山寺遥相呼应。

"和合二仙"如泣如诉的兄弟情深，使多少游子肝肠寸断。"和合二仙"的传说，越传越神。有人说他们是文殊、普贤下凡，所以经常眉开眼笑，至今已成为民间的笑神、福神、喜神、吉祥神。两个胖胖的仙童，一个红缎绿裤，手举一朵绽放的荷花；一个绿缎红裤，手捧一圆斋盒。两人都头梳丫髻，喜笑颜开，活泼可爱。正是：和气乃众合，合心则事合。世人能和合，快活乐如何？

清《四库全书》有寒山子诗集二卷，丰干、拾得各一卷。他们被誉为"诗菩萨""诗僧"。一般读书人常常仿效拟和赠唱。康有为吟诗赞道："钟声已渡海云东，冷尽寒山古寺风。勿使丰干又饶舌，化人再去不空空。"胡适也对寒山的诗推崇备至。

爱情、婚姻之神——牛郎织女

邢台一带，广泛流传着牛郎织女的传说。传说古代有个农家小伙子，叫牛郎。父母下世早，他便跟着哥嫂度日。哥嫂待牛郎非常刻薄，要与他分家，其他的都被哥哥嫂嫂独占了，牛郎只分得了一头老牛和一辆破车。

从此，牛郎和老牛相依为命。他们在荒地上披荆斩棘，耕田种地，盖造起茅草屋，营造成一个小小的家，勉强可以糊口度日。可是，除了那头不会说话的老牛外，冷清清的家只有牛郎一个人，日子过得相当寂寞。

有一天，老牛突然开口说话了，它对牛郎说："牛郎，今天你去碧莲池一趟，那儿有些仙女在洗澡，你把那件红色的仙衣藏起来，穿红仙衣的仙女就会成为你的妻子。"牛郎见老牛口吐人言，又奇怪又高兴，原来老牛是天上的金牛星下凡，因为在天上时知道织女心灵手巧，有意成全牛郎，故此告知。牛郎便悄悄躲在碧莲池旁的芦苇里，等候仙女们的来临。

不一会儿，仙女们果然翩翩飘至，脱下轻罗衣裳，纵身跃入清流。牛郎便从芦苇里跑出来，拿走了红色的仙衣。仙女们见有人来了，忙乱纷纷地穿上自己的衣裳，像飞鸟般地飞走了，只剩下没有衣服无法逃走的仙女，她正是织女。织女见自己的仙衣被一个小伙子抢走，又羞又急，却又无可奈何。这时，牛郎走上前来，对她说，要她答应做他妻子，他才能还给她的衣裳。织女定睛一看，才知道牛郎便是自己日思夜想的牵牛，便含羞答应了他。这样，织女便做了牛郎的妻子。

他们结婚以后，男耕女织，相亲相爱，日子过得非常美满幸福。不久，他们生下了一儿一女，十分可爱。牛郎织女满以为能够终身相守，白头到老。

可是，王母知道这件事后，勃然大怒，马上派遣天神、仙女捉织女回天庭问罪。

这一天，织女正在做饭，下地去的牛郎匆匆赶回，眼睛红肿着告诉织女："牛大哥死了，他临死前说，要我在他死后，将他的牛皮剥下放好，有朝一日，披上它，就可飞上天去。"织女一听，心中纳闷，她明白，老牛就是天上的金牛星，只因替被贬下凡的牵牛说了几句公道话，也被贬下天庭。它怎么会突然死去呢？织女便让牛郎剥下牛皮，好好埋葬了老牛。

正在这时，天上狂风大作，天兵天将从天而降，不容分说，押解着织女便飞上了天空。

正飞着飞着，织女听到了牛郎的声音："织女，等等我！"织女回头一看，只见牛郎用一对箩筐，挑着两个儿女，披着牛皮赶来了。慢慢地，他们之间的距离越来越近了，织女可以看清儿女们可爱的模样，孩子们也都张开双臂，大声呼叫着"妈妈"，眼看牛郎和织女就要相逢了。可就在这时，王母驾着祥云赶来了，她拔下头上的金簪，往他们中间一划，霎时间，一条天河波涛滚滚地横在了织女和牛郎之间，牛郎无法横越了。

织女望着天河对岸的牛郎和儿女们，直哭得声嘶力竭，牛郎和孩子们也哭得死去活来。他们的哭声，孩子们一声声"妈妈"的喊声，是那样揪心裂胆，催人泪下，连在旁观望的仙女、天神们都觉得心酸难过，于心不忍。王母见此情此景，也稍稍为牛郎织女的坚贞爱情所感动，便同意让牛郎和孩子们留在天上，每年七月七日，让他们相会一次。

从此，牛郎和他的儿女就住在了天上，隔着一条天河，和织女遥遥相望。在秋夜天空的繁星当中，我们至今还可以看见银河两边有两颗较大的星星，晶莹地闪烁着，那便是织女星和牵牛星。和牵牛星在一起的还有两颗小星星，那便是牛郎织女的一儿一女。

牛郎织女相会的七月七日，成群的喜鹊飞来为他们搭桥。鹊桥之上，牛郎织女团聚了！织女和牛郎深情相对，搂抱着他们的儿女，有无数的话儿要说，有无尽的情意要倾诉啊！

传说，每年的七月七日，若是人们在葡萄架下、葡萄藤中静静地听，可以隐隐听到仙乐奏鸣，那是织女和牛郎在深情地交谈。真是相见时难别亦难，他们日日在盼望着第二年七月七日的重逢。

今邢台存有圣母庙，每年农历七月七日有规模宏大的祭拜大会。邢台内丘县志有全国最早的乞巧节记载，邢台还出土了全国最多的七夕文物——摩柯罗。20世纪50年代，闻名海外的电影《牛郎织女》在邢台拍摄完成，邢台天河山被誉为牛郎织女故事的原生地。牛郎织女的故事在邢台源远流长，广为传颂，牛郎织女也被奉为民间爱情婚姻之神。

金童玉女——周公与桃花女

地点：邢台周公村、桃花村

神职：金童玉女、占卜业祖师

影响：北方汉族婚俗起源，常用词语"金童玉女""桃花运""不是冤家不碰头"的来历。

邢台市有周公村、大桃花村、小桃花村，相传是周公与桃花女传说的起源地。根据村中古代碑刻相关记载，周公原名周乾，桃花女原名尹桃花。中国北方汉族婚俗便起源于周公与桃花女的传说。

相传很久以前，邢台七里河岸边住着一个叫周乾的高人，人称"周公"，算卦开业30年，从无差错。一天，有位婆婆前来算命。周公掐指一算，说她的儿子石留柱出门在外必遭横死。石婆婆痛心彻骨，回家途中遇见桃花女。桃花女便教给她破解之法，救了石留柱。石婆婆见儿子活了命，便去找周公退卦钱。周公又给彭祖（一名仆人）算命，说他将不久于人世。桃花女也教给他破解之术。彭祖便依法祭拜北斗，得以延年益寿。周公顿生妒意，由妒生谋，便让彭祖做媒，要娶桃花女为妻。桃花女进门后，就像现实中的两口子经常拌嘴吵架一样，周公处处设计陷害她，都被桃花女识破。周公终于被桃花女的真情打动，二人成为一对恩爱夫妻，给世人留下一段完美

《周公与桃花女》书刊

浪漫的爱情佳话。后来尘缘已了，凡期已至，真武大帝将二人收回，成为真武大帝身边的金童玉女，听候差使，分掌威仪，记录三界中善恶功过。故事在民间流传久远，又给世人留下永远的悬念和幻想。

周公、桃花女的故事在邢襄民间广泛流传，影响很大，传统婚俗中的新娘披红盖头、跨马鞍等种种仪式，都起源于此。今邢台的周公村和桃花村的村民仍然祭拜周公和桃花女。邢台的北武当山是真武大帝的道场，传说真武大帝在此二次羽化成仙后，斩怪蟒、收金童玉女，后人为了纪念，修建了玄天真武观，此观在金代重修，今保存完好。由于周公和桃花女善于占卜，后来被后人奉为占卜业的祖师。不但如此，清代一些帮会还把他们奉为祖师。例如，义和团运动后期，增加了迷信色彩，其中就有祭拜周公与桃花女，称其为"周公祖""桃花仙"，并宣扬刀枪不入，人人身上贴有"周公祖封枪不发""桃花女化弹如泥"的符咒。

送子张仙、南音鼻祖"孟府郎君"
——孟昶

孟昶，邢台龙岗（今邢台）人，后蜀高祖孟知祥第三子。
诞辰：农历十一月二十三
神职：送子张仙、南音鼻祖"孟府郎君"

历史真实身份：后蜀皇帝

孟昶是五代十国（907—979年）时后蜀的一个君主，孟昶的妃子花蕊夫人很喜欢芙蓉花，孟后主就为美丽的花蕊夫人在城里城外种满了芙蓉花。孟昶即位第八年，作一篇24句96个字的《官箴》，颁给郡县，要求各级官员廉政爱民。后来宋太祖剽选其中4句16个字，令郡县刻石置于公堂。这16个字就是："尔俸尔禄，民膏民脂，下民易虐，上天难欺。"

宋朝军队打进后蜀，孟后主投降了，花蕊夫人也被俘虏了。宋朝皇帝赵匡胤见花蕊夫人十分漂亮，便收她做了自己的妃子。孟昶吃了宋太祖一顿饭，七天后便死掉了。

花蕊夫人被送宋官但不忘故主，绘孟昶画像私挂奉祀。每当夜深人静的时候，她就拿出孟后主的画像流泪诉说思念之情。不意被宋太祖发现，花蕊夫人急中生智说："所挂张仙，送子之神，蜀人皆知。"她谎称拜的是"张仙"，皇上也难得糊涂，竟封这个假"张仙"为"郎君大仙"，赐予享受春秋二祭。这条圣旨，被那些在宋教坊中的后蜀乐师先得到消息。他们原先也是"温衣美食四十年"的受益者，他们怀念故主，但又不敢公开表露，而今花蕊夫人欺君骗来个"郎君大仙"的封号和春秋二祭的最高待遇，就可以将错就错、大张旗鼓地年年祭祀，进而把他奉为乐神。此事从官中传到民间，被广泛供奉。祭拜孟昶便成为教坊传统而由世袭的乐师代代传承下来。

南音鼻祖"孟府郎君"以每年农历三月、四月举办南管乐神祭典，九月、十月则是秋季祭典。中国历史从春秋战国至今2000多年来，能够享受春秋二祭的只有孔子和关羽，孟昶享受的规格不可谓不高。

另一件值得一提的史实，就是《花间集》的出版。编者赵崇祚是孟昶属下的"卫尉"。孟昶热心此道并招纳天下文人学士于蜀中，"广会众宾，时延佳论"，才有这部词作名集的问世，它在中国文学史和音乐史中都占有重要的地位。另外，中国历史上第一副春联"新年纳余庆，佳节号长春"也出自孟昶之手，《孟子》被收入官方儒家经典，也是从孟昶开始。孟昶"好属文，尤工声曲"，《万里朝天曲》也出于他。

后赵神僧——佛图澄

《高僧传》卷九《佛图澄传》中记述：佛图澄是西域人，本姓帛氏。少年时出家学道，能背诵经文数百万言，善解文义。虽然没有读汉地儒学史书，而与诸位学者高士辩论质疑，全能符合理义，没有人能难倒他。他自说，曾两次到罽宾国学法，受诲名师。西域的人都说他已经得道。在晋怀帝永嘉四年（310年）来到洛阳，志弘大法。

佛图澄像

佛图澄善诵神咒，能役使鬼神。用麻油掺和胭脂，涂在手掌中，千里之外的事物，全部显现于手掌之中，就如面对一样。不仅他能看到，也能使持戒治斋的人看到。他听见塔铃之声就能断定事情的凶吉，没有一次不灵验的。他本来想在洛阳建寺弘法，但此时正逢刘曜叛乱，帝京动乱，因此，佛图澄在洛阳建寺弘法的大志没有实现。于是，他隐居山林草野之地，以观世态的变化。

后来佛图澄来到襄国（邢台），投奔石勒旗下，出谋划策，辅助石勒称帝，建立赵国。石勒登位后，对佛图澄十分崇敬，有事必先问佛图澄，而后才发令行动。石勒死后，石虎废除其子石弘，自称天王，对佛图澄更加敬奉。

佛图澄在后赵建武十四年（348年）十二月八日卒，享年117岁。他在赵国弘扬佛法，推行道化，所经州郡，建立佛寺，共有893所。追随他的弟子，常有数百，前后门徒，多达万人，而且门徒中高僧辈出。有关他的神异事迹，《高僧传》中记录甚多。

第五章　信仰禁忌

莫高窟初唐第323窟北壁东侧中部，以全景式连环画描绘了佛图澄的故事。此幅连环画共有四组画面，选绘了有关佛图澄神异事迹的三个故事，现从《高僧传》中节录译写如下：

1. 幽州灭火

《高僧传》中记述：一次，佛图澄曾与石虎共同坐在中堂之上，谈论经法。佛图澄忽然吃惊地说："变！变！幽州发生了火灾。"随即取酒向幽州方向喷洒。过了很久，佛图澄笑着对石虎说："现在幽州的火灾已经救灭。"

石虎觉得奇异，不太相信，就派遣使者前往幽州验证。使者回来对石虎说："那一日火从四大城门烧起，火势猛烈。忽然从南方飘来一层黑云，继而天降大雨，将火扑灭。雨中还能闻到酒气。"

莫高窟初唐第323窟北壁东侧中部四组故事画中部的两组画面是描绘"幽州灭火"的。

2. 闻铃断事

《高僧传》中有关佛图澄"闻铃断事"的神异事迹有几次。莫高窟初唐第323窟北壁东侧中部上层故事画，据敦煌研究院孙修身先生考证，是指"擒获刘曜"一事：光初十一年（328年），刘曜亲自率兵攻打洛阳。石勒欲亲自率兵抵抗刘曜，朝廷内外，文武大臣，无不劝谏石勒不要亲率出兵。石勒心意不定，因而前去拜访佛图澄，以决行动。佛图澄对石勒说："佛塔相轮上的铃声告知说：'秀支替戾冈，仆谷劬秃当。'这是羯语。秀支是军队，替戾冈是出征，仆谷是刘曜胡位，劬秃当是擒捉。此言是说：军队出征，刘曜必擒。"

当时，徐光听闻佛图澄的预言后，苦苦相谏石勒立即出兵。于是石勒留下长子石弘，和佛图澄共同镇守襄国，亲自统率步兵和骑兵，直指洛阳。两军激烈交战，刘曜军马大败而逃。刘曜落荒，乘马落入水中。石勒之子石堪乘机活捉刘曜，押送至石勒帐前。

此时，佛图澄用麻油胭脂掺和，涂在掌心，看到手掌中有许多人，其中一人被绑缚，朱红丝线束在脖子上。佛图澄因此告诉石弘："刘曜已擒。"佛图澄相告之时，正是刘曜被擒之时。

平定刘曜之后，石勒就自称赵天王，行皇帝之事，改纪元为建平，这一年是东晋成帝咸和五年（330年）。石勒登位以后，对佛图澄更加崇敬，事奉更厚。

此幅故事画上层画一佛塔，佛塔下是石勒拜访佛图澄，所描绘的就是佛图澄以铃声预言刘曜生擒之事。

3. 以水洗肠

《高僧传》上记述：佛图澄左乳房的旁边起先有一个小洞，直通腹内。有时佛图澄把肠子从小洞中取出来，有时佛图澄用棉絮把小洞塞住。如果想读书时，就把棉絮拔掉，洞中发出的光亮，使一室通明。逢到斋戒之日时，佛图澄来到河边，把肠子从洞口掏出来，用水洗净，然后再装进腹中。

莫高窟初唐第323窟北壁东侧中部故事画下层左侧，描绘的就是佛图澄在河边以水洗肠的情景。

4. 龙岗咒水

据《晋书·佛图澄传》记载，佛图澄在襄国（邢台）时，最有名的当为敕龙取水。当时襄国城堑干涸，石勒问佛图澄解除缺水良方。佛图澄说："今当敕龙。"虽然石勒以为佛图澄是在开玩笑，但佛图澄却说出了理由："水泉之源，必有神龙居之，今往敕语，水必可得。"当时，水源虽有数处，但都"久已干燥，坼如车辙"。佛图澄带领弟子数人来到泉源旁，自己坐于绳床之上，"烧安息香，咒愿数百言"。如此三日，"水泫然微流"。此时，一条小龙"长五六寸许，随水出来"。不久，"水大至，隍堑皆满"。佛图澄有很多的弟子，其中最著名的是道安和尚。

第六章
宗族礼俗

第一节　宗族关系

宗族是由几个核心家庭松散地组成，指拥有共同祖先的人群集合，通常在同一聚居地，形成大的聚落。一个宗族通常表现为一个姓氏，并构成居住聚落。

家族

家族是以父亲血统关系为基础而形成的，以婚姻和血缘关系结成的亲属集团，是社会的基本组织。一个家族包括同一血统的几辈人。旧时，邢台土著或外地迁入者定居一处，因人丁兴旺而发展为大家族，有的村即以姓氏命名。如郭村的郭家、陈家营的陈家、张家屯的张家、王家庄的王家，他们聚族而居，有族产、族规、族谱，家族事务由族长掌管。家道富裕而辈分高的族人也有一定发言权。在漫长的封建制度下，这种封建的父系家长制大家族始终留存着，不论大家族内部包罗的小家族、个体家庭有多少，始终保持着同姓一家族的观念。

在邢台，家族的亲属范围包括自高祖以下的男系后裔及其配偶，即自高祖至玄孙的九个世代，通常称为"本宗九族"。邢台农村所说的"当家子""当家世院的"是对家族的通俗说法，指的是同姓的一家人。同一个家族的人，是按照同祖同宗划分的。家族有"五服"的说法，"五服"内外分亲疏，"五服"是指高祖父、曾祖父、祖父、父亲、自身这五代父系血缘关系，五服之内的兄弟姐妹应该拜一个祖宗的。从另一个角度说，所谓家族，就是奉祀同一宗庙的家族分支，是以宗庙为中心聚集起来的人群，它是以血统为标准划分的。如果同姓而不同宗的就不是一个家族，常见社会交往中两个陌生人互通姓名后，如果同姓会说"咱们是一家子"，其实这只是想把关系拉近而已，两人未必有血缘关系。所以，一个村子里的同姓中就有相互独立的几个家族的情况。还有另一种情况，就是本村的两姓由于特殊的关系（多数是某姓祖上之子过继于另一姓人家）而联成一个家族，于是在本村范围内这两姓不分，如"刁黄不分""朱陈不分"等。通常情况下，婚丧嫁娶，"五服"之内参与活动，五服之外则自由参加。男女"五服"之内不准婚配。

传统的家族观念普遍都有，但一般的家族中没有明确的族长。那些族中长辈，德高望重者或社会上担任一定职务而说话"服众"的人常常是族中的领导者。族中的红白事要由这些人主持操办或征得他们的同意，过继、分家甚至家庭闹矛盾也要请"大辈儿"当见证、说和劝解。在家族观念的影响下，"当家子"关系一般较紧密，即使平时关系走得不近，遭到人欺负则会同仇敌忾，捍卫本族利益，即常说的"到关键时候还是一家子向一家子"。农村中的家族在村民生产生活中的互相帮助方面，在促进社会及家庭的安定方面都有积极的作用，但家族又容易形成帮派，容易被人利用，甚至会成为推广普及某项社会工作或落实某项政策的阻力。

家族中的辈分是严格的，但是有遗留的"穷大辈"之说。旧社会贫富不均，即使同一家族中也是一样。那些富户人家的子弟结婚早，生孩子早，不到20岁就当了爹，而穷人家的孩子有的30多岁才能娶上媳妇，如此循环，穷人的辈分就大了。

家谱

家谱，又称"族谱""宗谱"等，是记载某个姓氏家族子孙世系传承之书，具有区分家族成员血缘关系亲疏远近的作用，是一个家族的历史。它不仅记录着该家族的来源、迁徙的轨迹，还包罗了该家族生息、繁衍、婚姻、文化、族规、家约等历史文化的全过程。

家谱一般都有家规族训，对于规范人生和教育子弟有着积极的意义。家谱主要以文字内容为主，图片资料为辅，将图片、照片纳入家谱的意义在于，为家族传承提供了一个最直接的环境背景，使家谱不只局限在文字记录，整体概念也变得鲜明而生动起来。

只要是能让人对家谱有更进一步认识的古地图或老照片，均应该被收入家谱里，包括：

1. 老照片

家中存有的古老黑白照片、一家人的合照等，都有其历史价值，也是见证家谱的最原始材料。

2. 祖先图片（遗像、人物画、肖像画）

中国历代以来多有大量之人物画及肖像画，其中有大部分是为了纪念先人，或表达对圣贤亲人的追慕。也有些家谱将家族先人中显达之人，画出其仪容，置于卷首，以求达到光大族望，启迪后人的目的，有些也刊载一些先人手泽遗墨。

3. 风水图（祠堂图、墓图）

祠堂是供奉先人的地方，在古代更是家族聚会之所，所以一般的家谱均有记载和刊载建筑物版图、描绘实状，有些更是附刊墓图，有些甚至详记地理方位。人们相信一个家族的兴衰和祖辈所居住、埋葬的地点有很深的关系。这些都蕴含着丰富的"风水"内容，所以也被称为"风水图"。

4. 故居、村庄图

明清族谱中不但记述居址迁徙，很多富家所修的谱书中，还以精美的版图，印制出他们家族的庭院、楼阁、书斋、房舍等。

过去的家谱俗称"家簿"，只记嫡传男子，女人不上族谱。例如：某，系某之子，某之孙，某之曾孙也。妻某氏，生子几人，曰某（长子名）、曰某（次子名）……依次排下去。还有一种情况，例如：某，系某之子，某之孙，某之曾孙也。妻某氏，未生子嗣（指无男孩），又无过继

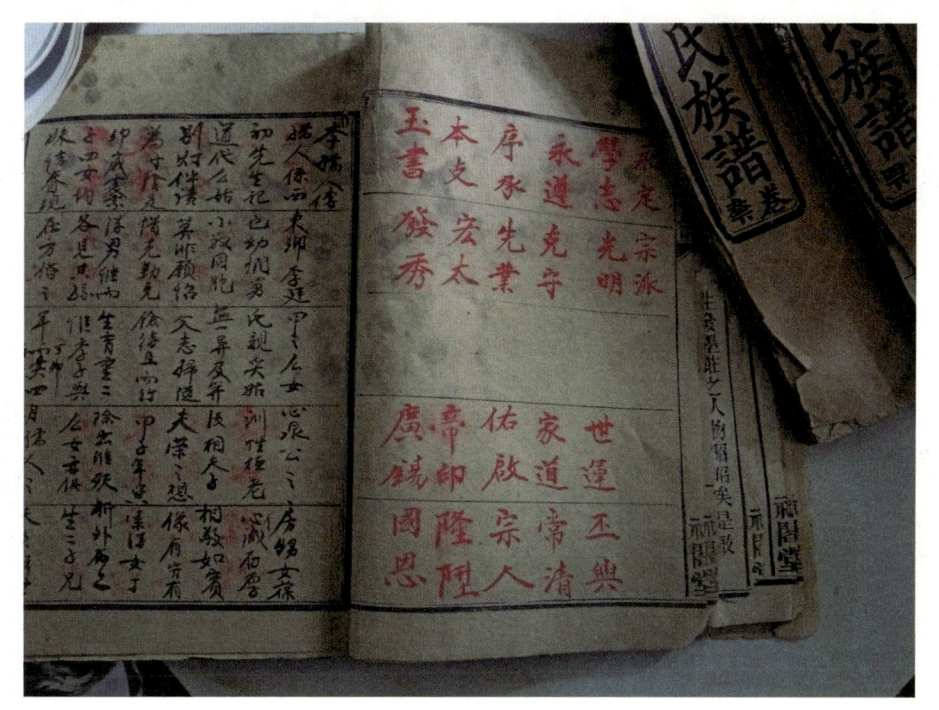

家谱

人，此一支绝。因此，家谱的记载上常见无儿子的过继儿子顶门户以传宗接代者。生几女，女嫁到何处，家谱一般不记载。男子未长大成人的（一般不过12）不记。

据传留下来的家谱载，写家谱的人对自己的列祖列宗极其尊重、虔诚，要沐浴焚香后才执笔。

新添人丁记入家谱叫作"续家谱"，一般每年年节举行。续家谱时，合族会聚，举行仪式，是一件庄重而严肃的事情。

目前，整个社会都在积极呼吁创建新型的家庭和睦关系，将敦亲睦族的传统精髓重新唤回到我们的现实生活中。对此，每一子孙都有着责无旁贷的历史义务和使命，当代表中国"家文化"的思想精髓，如尊祖、祭祖、弘扬优良文化和谆谆教诲等一系列传统离我们越来越远的时候，寄寓"家文化"思想最后一方心灵净土的族谱、家谱文化便是蓄养中国"家文化"源远流长的根本所在。

李氏祭祖活动

家庭

　　家庭是以婚姻、血统或收养等关系为基础的社会单位，成员包括父母、子女和其他共同生活的亲属。

　　家庭结构，邢台民间以前是崇尚大家庭。"五辈同堂"之家备受社会尊崇。穷苦人家一般祖孙三代共同生活者为多。20世纪50年代实行农业合作化后，由集体统一耕种，劳动统一安排，小家庭生活较为方便，故家庭规模日趋缩小，父子、兄弟多分灶而食。进入80年代后，以夫妻为主的家庭成为主体。

　　家庭管理实行家长制，家长即"当家的"，属于最高位，掌生产、财务、社交活动大权，故有"家有千口，主事一人"之说。家产，俗称"家业"，由家长掌握支配，父亲去世或年老不能管理后交于长子。

　　居住次序，家中尊者住正房东首，次者住西首，再次者住厢房。

家庭待客有"妇女不上桌，父子不同席"的说法。平日就餐，长辈居首，子女列下。大家庭则男女分桌，男用高桌，女用低桌。长辈饮食、病恙，幼辈须尽心侍候。长子在家庭中的地位仅次于父母，家庭成员恪守"有父从父，无父从兄"的古训。长辈与幼辈、兄长与弟媳忌嬉言，姑嫂、弟嫂之间言语无拘。新时期提倡男女平等，妇女地位逐渐提高，家庭中民主气氛上升，重大事情民主商定。"妇女不上桌，父子不同席"的旧俗渐趋消亡。对父母不尽赡养义务的子女，将受到社会舆论的谴责。以前，家产的继承权全归男子，长子长孙有特殊照顾。有女无男的家庭，多由其侄或"过继"的嗣子继承。无子无女者则由其本族近支继承。新时期实行男女平等，但在遗产继承上大部仍沿旧俗。

长期以来，人们受"不孝有三，无后为大"思想的影响，对自己家庭的传宗接代、接续香火看得很重，别说无子无孙，就是得子抱孙时间晚了也觉得是一大憾事。这些人认为，"三十不立子，巴结到老死，五十不见孙，到老不歇心"。

人多事多，分门独过往往是由于家庭矛盾引起。传统分家方式是请家族中有威望的长者主持，如兄弟分家，先盘点家产（包括内、外债务），再将家中的房产、债务、生产工具、生活用品等平均搭配，无异议后，一般抓阄，然后由中间证人写"分单"，以作凭证，主持人、证人落名、按手印，以后就开始各过各的日子了。

在农村，分家后的老人，如果年岁不算太大，双双俱在，且身体尚好，通常是自己单独过日子。如有一人过世或年岁已大且又失去自理能力，就到了吃"轮流饭"的时候了。或在一家居住，轮流管饭，或干脆都轮换起来。

过　继

过继，是传统宗族观念中的一种收养行为。大多数是为了延续男性继承人而为之。当一个家庭自己没有儿子而需要后嗣时，就从宗族或其他亲属中，收养一位男孩以维持祭祀香火或男性继承人。

有些地区生下小孩难养（好生病等），也会进行过继（形式上），认为这样孩子好养活些。

过继是封建社会的一种陋俗，"过继"在旧社会称"立嗣"，又称"承嗣"，它是指没有儿女的人或有女无儿的人以兄弟、堂兄弟等同宗人的儿子为自己儿子的一种做法，过继顺序一般先近支后远支，先侄辈后孙辈，是一种封建的亲属关系。它是我国封建社会的宗法制度下一种特殊的收养形式。

传统过继一般都举行仪式，请族中长者主持，过继人的生身父母参加，立"过继单"，过继人、亲戚、亲族均在"过继单"上签字画押。

现在随着计划生育政策的实施，有女无男户越来越多，人们已不再把只有女孩的家庭说为"老绝户"。女孩同样享有继承权，闺女为父母打幡送葬的也很多，因此，有女无男户也不再非抱养他人男孩以立门户不可，且儿子不及女儿更体贴孝顺父母，儿媳与婆婆的关系远不及女儿与母亲的关系好处，所以现在有"生小子长士气，生闺女是福气"之说。

相处

"家和万事兴。"过去有很多世代都不分家的大家庭，大家庭中封建家长制等级森严的遗风仍存在，家庭内部没有民主气氛。通常儿媳干在前头吃在后头，而且在公公婆婆面前不敢放声说笑。真心孝敬公婆的虽不少，但迫于家庭威严，唯唯诺诺强做殷勤的也不少。有多房儿媳的家庭中，每逢过年过节，当家人都为给各股的钱财多少而为难，媳妇们也因分发的不如意而委屈。几代人不分家，儿媳、孙媳都在一起过日子，情况会更复杂，关系就更难处了。

过去，农村的住房紧张，一个家庭中，新婚小两口一间屋子是理所当然的，但有了孩子，孩子多了、大了，夫妻二人另有五六个孩子仍挤在一个屋里睡在一条炕上是常有的事。冬天，不少家庭只生一个火炉，到时，公公、婆婆、儿子、儿媳、孩子都挤在一条炕上睡觉，显然很不方便，但实属无奈。

在一个大家庭中，不方便的事太多了，比如上厕所。过去农村通常是一户一个厕所，不分男女。为避免尴尬之事，使用厕所的人听到外面有脚步声常常咳嗽一声，或者使用厕所的人把腰带搭在墙上作为信号，以告知外面的人里边有人。

俗话说"三个女人一台戏"，家庭成员之间，婆媳、妯娌、姑嫂之间关系常是家庭矛盾的焦点所在。"亲兄弟，仇妯娌"，虽然描述得不一定准确，但也从另一个方面反映出妯娌关系的紧张程度。除却婆媳关系、姑嫂关系之外，妯娌关系也是一个家庭中最难解决的矛盾问题。"大姑子多亲戚多，小姑子多舌头多"，"清官难断家务事"，小到鸡毛蒜皮、一句闲话，大为财产分割、老人赡养，可以说是情况各异。这些矛盾，随着大家庭的解体、小家庭的普遍建立而明显减少。

关系最融洽的当属同胞兄弟姐妹之间。兄弟姐妹从小一起生活，有深厚的感情基础，也有互相包容的心，一般无拘无束，比较随意。嫂子与小叔子之间相对比较随便，可以不拘小节，能"说着玩儿"，俗有"闹婶子不闹大娘"之说。但弟媳与大伯子之间则拘谨得多，有"宁在老公公腿上坐，也不在大伯子跟前过"之说，至少说明弟媳与大伯子不能嘻嘻哈哈的。

亲 戚

亲戚一词通常用于称呼与自己家庭有婚姻关系的亲属。最初的亲戚是指"内亲外戚"，主要是对母亲、妻子一方亲属的称谓。亲戚一词泛指与自己的家庭关系比较疏远的亲属。一般来说，与自己同族同宗但血缘关系已经相隔两代以上的亲戚关系都以堂字相称。例如：叔叔的孩子或伯伯的孩子与自己就该互称堂姐、堂妹、堂兄、堂弟等，上一辈人里有堂叔、堂伯、堂婶、堂姑（指与自己的父亲不是亲兄弟亲姐妹的长辈），对下一辈人称呼堂侄（指其父与自己不是亲兄弟）。由姻亲关系产生的亲戚一般以"表"字相称：外嫁的本宗族女性的夫家亲戚、嫁入本宗族女性的娘家亲戚关系都在此列。例如：姑姑的孩子、舅舅的孩子、姨的孩

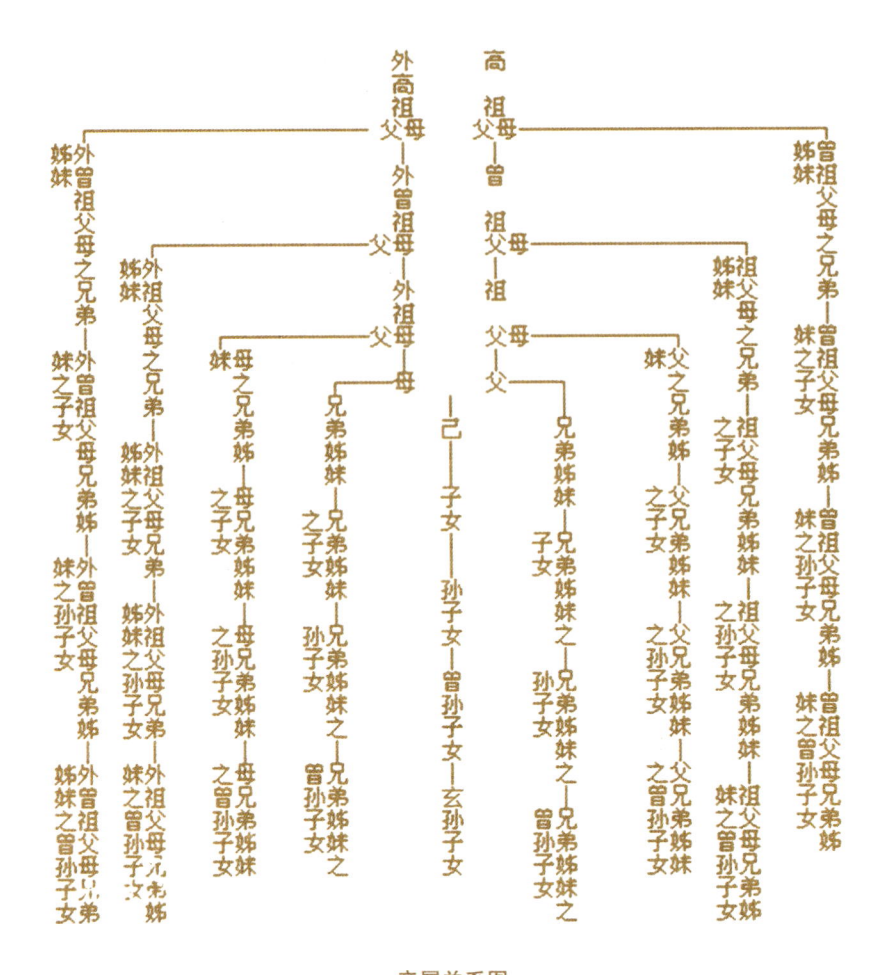

亲属关系图

子一般都称为表兄、表弟、表姐、表妹。与"堂"字一样,"表"字也广泛应用于姻亲关系产生的亲戚中的其他辈分的人,如表叔、表婶、表舅、表姨、表姑、表侄等等。

　　血亲中以姑、舅、姨最亲密。过去有"姑舅亲,辈辈亲,打断骨头连着筋;两姨亲不算亲,死了姨断了根"之说。近一二十年来,年轻的已婚男子与岳父母家来往胜于其他亲戚关系。亲戚之间多有经济往来,互相接济照顾,用人亲戚优先,拆借多向亲戚开口。俗称"是亲三分热""一丈没有一尺近"。其实这些人多是利用亲戚关系为自己谋方便或达到一种什么目的,"穷在闹市无人问,富在深山有远亲"。走亲戚最无拘束的当属外甥男女,"外甥是姥娘门上一条狗,吃了还要拿哩走",通常姥姥、姨对外甥男女的疼爱是真心实意,而妗子对外甥的态度就差一些,"实心眼的姥姥糊涂的姨,妗子是个清楚人儿"。

在传统的亲属称呼中,有"先叫后不改"的说法,即亲戚的关系以最原先的称呼为准则,即使后来再结亲戚关系仍不改称呼。于是就常出现一个家庭的两代人在对外某一亲戚的称呼中论成平辈的有趣现象。在家族、亲属或乡邻中,按辈分论起来,一些年轻人竟是某些中老年人的长辈。这些中老年人如果当众叫爷爷或叔叔(包括姑奶奶、姑姑等)觉得有点难堪,不叫吧,算是不尊敬,没大没小,于是就称"大辈的"。

另外,那些知己的朋友、同学、战友之间的交往,其亲密程度并不亚于亲戚,甚至成为莫逆之交,或拔刀相助,或慷慨解囊,两家成为患难与共的好关系。其实,亲友间关系好不好,就看"走"得近不近。"不来不去,不算亲戚","三年不上门,是亲也不亲"。

认干亲

亲戚中有一种特殊的关系,那就是干亲。民间独生子女,体弱多病的小儿,数胎夭折后的新生儿,老年得子……为求其健康成长,父母便将其"认"给人丁兴旺之家做"干儿子""干闺女"。

其目的一是怕孩子娇贵,不好生养,或是以前生子夭折,怕自己命中无子,借"认干亲"消灾免祸,保住孩子;二是孩子命相不好,克父克母,借"认干亲"来转移命相,以求上下和睦,家道昌盛。为了让孩子好养,"认干亲"一般都喜欢认儿女较多或贫寒的人家做干爹、干娘。因为儿女多的人家,孩子就像成群的小动物一样,容易长大;另外,贫寒的人家,小孩一般较多,又不娇贵,反而容易养活、长大。当然,也有两家为了增进彼此之间的感情,愿认对方儿女做干儿子、干闺女的情况。

邢台有好些地方称干爹、干娘叫"劳伯、劳姐"。

乡间习俗,一旦认干亲,凡事都须按乡间交往的一般程序进行,凡

认干亲

认干爹、干娘之后的孩子，过年、过节、寿诞、生日都要按乡间礼俗程序去做。做干儿子的，平时要照料上了年岁的干爹、干娘，尽一定的做干儿子的义务，从经济上也要给予一定的支持；而干爹、干娘对干儿子的娶妻、生子、盖房等重大活动都要过问，而且给予必要的支持与资助。

再就是结拜之谊，几个男孩或几个女孩关系比较投缘，一般都举行一些结拜仪式，或焚香叩头，或对天盟誓，也叫"盟兄弟"或"干姊妹"，互相之间称兄道弟或以姐妹相处，密切往来，胜过同胞。但也有随着时间的推移，感情淡了的，便成了"盟兄弟，狗臭屁，你不来我不去"。

近10多年来，认干亲之风很盛行。民间有"干爹，倒贴"的俗语，说有的干爹对干儿子或干女儿的宠爱胜过亲生，但是不一定会得到什么回报。有些成年人，因为特殊的原因，如感谢搭救、帮助之情谊把恩人认作干娘或干爹侍奉的，也有因特别宠爱人家的孩子而认作干儿子或干闺女两家结为亲戚的。这样的干亲，一般不举行仪礼，只是按知己的亲友来往而已。

第二节　日常礼俗

日常礼俗是人们在长期共同生活和相互交往中逐渐形成，并且以风俗、习惯和传统等方式固定下来的，是人们在社会交往中由于受历史传统、风俗习惯、宗教信仰、时代潮流等因素的影响而形成，既为人们所认同，又为人们所遵守，以建立和谐关系为目的的各种符合礼的精神及要求的行为准则或规范。

问候

日常问候和见面礼节是一种民俗语言现象，是社会文明的重要标志之一。问候语的主要功能是运用文明的语言行为来维护社会秩序，建立和保持良好的人际关系，避免交流中不必要的误会和冲突，实现成功交流的目的。

在农村，我们日常生活中耳熟能详的"吃了呗？""去街里昂？""去地里昂？"诸如此类的话，一天中不知要说多少次、听多少回，但并不觉得多余。两人见面微笑着互说"你好"的，虽然礼貌而高雅，却略显得过分正规、客套。

两人骑车相见，相互举手致意或点头问好。司机开车碰到相识的人，鸣喇叭示意表示友好。走路或骑车，要求别人给让路的，多说"借光"或"劳驾"等。向陌生人问路，先站定，骑车或开车问路先下车，然后视年龄适当称呼对方"大爷""大叔""大哥""大婶""大嫂""师傅""同志"等，先说"麻烦你一下"或说"请问"，然后再问话。如果问路的和被问的人都是男性，问路的过去先递上一支烟，给人家点着，然后再问路。熟人见面不招呼被认为是"大相"，问路时以"喂""哎"

招呼，乘车不下车，均被认为不礼貌。久别乍见先问好，二人交往较深的，还要询问工作、身体及家人的情况。

年岁大些的农村人，问路时一般不说"请问……"而是说"打听一下……"。两人同行或集市上遇到，打听对方情况时常常说："你是咱们哪村的？"这样显得近乎。

过去，在农村称"教书的""看病的""看风水的"为"先生"。

平时见面打招呼的称谓也是不断变化的。以前最常用的是"同志"，见到年岁大的喊"老同志"，年岁小的喊"小同志"。后来称谓变了，尤其是服务行业，客人大声喊"老板""老板娘"，喊女服务员"小姐"，后来"小姐"一词被污化，干脆喊"闺女"。服务人员对客人多称"先生""女士"。

在社会交往中，"经理"身份的人到处可见。对政府官员则在姓后加官衔，如"王部长""李局长"等。

进入21世纪以来，网络语言逐步在年轻人中间流行，相互之间称"帅哥""美女""MM""宝贝""宝宝"。他们相互之间说"拜拜"的要比说"再见"的多。

交往

邢台历史悠久，自古以来就是一个以重视人际关系著称的地域，所以几乎无一不依靠人际关系生活，无一不注重良好人际关系的建立。"要想人敬己，必先己敬人。"时代不同，人们的观念也会存在差异，会有很多因素的约束使得人际关系无法突破。在以前的农业社会中，邻居之间的关系非常好，尤其在农村，一家办喜事，全村的人都出动，而在当今的商业社会中，人们住在电梯公寓里，楼上楼下甚至都互不认识。

在邢台大部分农村，人们普遍重视邻里和睦，有"远亲不如近邻，近邻不如对门"之说。

农村中邻居间历来有"串门儿"的习俗，尤其是那些家庭妇女们，有事没事好聚在一起聊聊天，关系紧密的人有时候一天不知道见几次面，农村邻里之间一律按辈分称呼，凡同一个村的老乡都依"乡亲辈儿"论大小。

尊老爱幼是邢台民间传统美德。在日常的一些交往中，多数人会对老年人礼让三分，有的年轻人虽不情愿，也会为自己找个理由："那么大岁数了，不跟他一样儿。"接待老人，常考虑到老人的身体状况，一般不劝酒，且有"七十不留宿，八十不留饭"的说法。在农村，虽然不少人认为提倡的文明用语是客套话，自己没习惯，但对那些说话时满口脏字的也反感，认为是"说话带把儿"，粗野没修养。

邻里红白喜事、盖房等大事，均主动帮忙。遇生病或其他意外，邻里常买东西看望。邻居家夫妻打架、婆媳不和等主动劝解、说和。邻居间互借家什、工具等主动热情，借者则遵循"好借好还，再借不难"的准则，用后及时送还。米面油盐之类则"借轻还重"，例如借米借一平碗还一尖碗，以示友好。如果无故不肯借给别人家什或工具的，乡亲们会说他家"死门死户"。主动替邻居看孩子、照顾老人更是情理之中的事。

过去，谁家菜园无故被糟害或家什被别人昧起来不送还等，有时候主家心中有数，但是又没有十足的证据，为发泄愤懑，便上到自家房顶大声叫骂，乡邻们称之"上房骂大街"。有骂一顿饭工夫的，也有一连几个晚上连续叫骂的，虽然解决不了任何问题，但是一些泼辣的主妇们常乐此不疲。与上房骂街的形式相仿，有的人丢了衣裳、农具等，或者猪、羊、鸡、鸭等家畜家禽跑丢了，也到房顶去吆喝，不过都是善意地求助乡邻，以提供线索找回失物。村里有了广播喇叭后，房顶上高声寻物的已不多见。还有上到房顶喊家人吃饭也是很常见的。

农村盖房时都是问"撑忙的"，邻里同乡的瓦工、木工或壮劳力，应主家之邀去"撑忙"。妇女们则去帮忙蒸馒头做饭。虽然"撑忙的"不挑剔饭食，但主家尽力都是让吃好的，也就是"白馍馍肉菜"。老百姓都说"谁家也不会天天打井盖房"，所以一个村的只要问到，都会想方设法地去帮忙的。今天你帮我，明天我帮你，"礼尚往来"。

第三节　请客治家

邢台是礼仪之邦，在长期的生产生活中，对于生活中请客以及治家形成了独特的方式方法以及礼节和礼俗。

待客

过去在农村，老百姓待客，一般不准备烟和酒，只是尽力做些好吃的饭菜，如白面馍馍、捞面条、烙饼，最好的应该就是粉条猪肉菜，俗称"大锅菜"。

去别人家做客，通常在屋外打招呼，让主人有所准备。客人到，主人迎出来邀请客人进屋，让座、递烟、倒水……

从前农村家里的孩子多，家里有亲戚来，吃饭时先让孩子们出去玩，等亲戚吃完饭再让孩子们回家吃饭。做点好吃的，先让亲戚吃稠饭，吃饱，剩下汤的再让孩子们吃。

宴请宾客须安排座次，一般以面向门的一面为主宾席。"官场"则以职务高低排座次，职务高的坐上座，职务低的往下排，随从、司机坐在靠门的一侧。宾客落座，先倒水、上烟，然后上菜、上酒。每一道菜上来，要先摆在主宾前，主人适当介绍并要主宾先品尝。上菜时按传统习惯，就是注意鱼头一定要冲着主宾，并有"鱼头鱼尾"冲着的两人对干一杯酒的说法，在一些不严肃的场合，更有"头三尾四"的哄闹。

两人对饮，以先喝为敬。两人碰杯，自己的酒杯应低于对方的酒杯，以表示敬重对方。

在比较庄重的酒场上，为领导或长辈敬酒要起身离座，捧杯到领导或长辈座位面前，说些恭维或祝福的话，然后碰杯饮酒。而在一些较随意的酒场上，且圆桌又大，对饮的两个人不好碰杯，常是举杯示意，也有相互之间用酒杯碰一下酒桌，谓之"过电"表示碰杯的。

斟酒倒茶讲究"酒要满，茶要浅"，别人为自己斟酒倒茶时，要点头示意或道一声"谢谢"。特别注意茶壶放在餐桌上时壶嘴不能对着任何人。

客人吃好后，主人才能放下筷子。饭后让茶。客人告辞时，主人要挽留，客人常以"客不走，主不安"为客套话。主人送到门外说些"慢走""有空常来"之类的话，客人答以"请回""甭送了"等，主人目送客人走远后再转身回家。

教子治家

旧时，邢台市的广大家庭在教子治家方面，有着自己的传统方式方法和具体内容。

在农村，是血缘与土地把一家人扭结在一起的，三世同堂、四世同堂，一起生产，共同消费。孩子是依倚在父母、奶奶爷爷身边渐渐长大成人的。农村生活环境、农民思想意识、农家生活方式，对一个人的成长影响是巨大的。家长主宰一家事务。家长普遍认为家有家风，门有门风。故有"将门出虎子""有什么样的老子，就有什么样的儿"和"拙手笨脚的娘，培育不出会描龙绣凤的闺女来"之说。农家很少有成文家规、家教，但却有共同的、约定俗成的、代代相传的治家、教子方式方法。

1. 家风

在农村，长期以来，农民完全依赖土地，靠天吃饭，起五更，睡半夜，终日操劳，所收无几，生活十分艰苦。环境迫使人们渐渐养成勤劳、节俭和忠厚的优良品质。勤劳、节俭、忠厚是农民教子、治家的纲领。

过去，农民一年四季风吹日晒，暑去寒来，辛苦耕耘。农忙季节耕种收获，农闲季节男人们平整土地，垫圈积肥，拾柴烧火，修缮房屋，修理农具。女人们纺纱织布，缝补衣衫，碾米磨面，洗洗涮涮，拉火做饭。小孩子们很少上学读书。

农家的信念是：人不哄地，地不哄人。一分辛劳，换得一分甜。只有受得苦中苦，方可换来甜上甜。

农家人人深知手中的粮、棉是血汗换来的，从小教育孩子："一粥一饭，当思来之不易；半丝半缕，恒念物力维艰。"农村把糟蹋粮食看得很重，叫"造罪"，以造了罪要遭"龙抓"，或爷爷打屁股来吓唬孩子们。吃饭时讲究桌上碗底不剩一粒米。吃玉米面饼子怕掉渣渣，用双手捧着吃。如果屡教不听，家长会责备、训斥，说是"败家子""不成器"。对待粮食是这样，对待其他物件也必须十分珍惜。家长嘴边的话是"东西有限，必须省得用，省得吃，省得穿"。

农民多和土地打交道，种地是实实在在的事，来不得半点虚假，忠厚、诚实是农民的品质。

农家与社会交往面狭窄、稳定、持久。客观条件与经验使他们坚信待人必须诚实。遇事宽以待人，诚以待人，不与亲友"争高低论上下"，"让人一步道路宽"，"后退一步晴空万里"，"不做亏心事，不怕半夜鬼叫门"，"人敬我一尺，我敬人一丈"，就是他们的座右铭。

2. 家教

《三字经》《弟子规》宣扬儒家教育思想，在邢台民间流行甚广，影响深远，被官方、民间认为是良好启蒙读物。农家多取其精华，变为口头语言或小故事教育子女。这种教育是口头的，随时随地的，一点一滴的，反反复复的，日积月累进行的；这种教育如同毛毛细雨，滋润着人们的心田；这种教育又如同无形的刻刀，雕塑着每个人的心灵。母教子、婆传媳，言传、身教、耳濡、目染。

3. 家长制

旧社会农村家庭，多半是三世同堂、四世同堂的大家庭。遵循传统的伦理纲常观念，家业的所有权归家长一人所有。家长主宰一切家务。其具体表现如下：

（1）掌管家庭经济收支，统管粮棉等财物；掌管赶集上店卖出买进；掌管家庭成员所必需的开支。

（2）管教子女好好劳动，规规矩矩做人；惩罚家庭越规成员（训斥、打骂、罚跪）；指定子女婚事。

（3）父子关系。父子好比君臣，父亲的威严神圣不可侵犯。儿子必须事事顺从，越是富裕人家、人口多的人家，家长的地位越为显赫。

（4）婆媳关系。婆媳好比主仆。婆婆的话儿媳必须洗耳恭听。婆婆对儿媳的信念是"恶使（唤）三年，好使（顺从）一辈子"。

生活富裕人家多早婚，男孩子十五六岁受父母之命，便娶个比其大五六岁乃至七八岁的女子为妻。娶媳后，婆婆找了个帮手，有人伺候，自己就算"熬出来了"。

（5）花销。一般人家在秋收后、春节前，按照当年收成及光景情况，家长酌情给主要成员一些零花钱。

家长制是封建式小农经济的产物。如今，经济发展了，儿孙长大成人后对父母的依赖性小了，所以家长制已经逐渐消除。

4. 家规

旧时，家规多半带有封建性、强制性。如寡妇不准再嫁；媳妇有犯"三从四德"可休妻；从事剃头、修脚等社会地位低下工作的人死了不得入祖坟等。不一一赘述。

第七章
饮食习俗

第一节　节日饮食

邢台节假日期间的饮食习惯和风俗既和其他地方有相同之处，也有自己不同的地方。

糖瓜

"糖瓜祭灶，新年来到"；"二十三，糖瓜粘，灶王爷要上天"。每年腊月二十三，邢台民间都要举行祭灶的仪式，称为"祭灶节"。传说灶王爷端坐在百姓家里的厨灶中间，记录人们的生活起居、善恶行径，待到每年腊月二十三，便上天向玉皇禀报，所以人们都要祭灶，并用又黏又甜的糖瓜祭祀灶王，粘住灶王爷的嘴，让它"上天言好事，回宫降吉祥"。祭祀时，将供奉一年的灶神像揭下、焚化，算是送祭升天。所以，在邢台一带有个歇后语叫"灶王爷上天——好话多讲"。

"糖瓜"是一种用小米和麦芽熬制成的黏性大的糖，把它拉制成扁圆形就叫作"糖瓜"。冬天把它放在屋外，因为天气严寒，糖瓜凝固得坚实而里边又有些微小的气泡，吃起来脆、甜、香、酥、黏，别有风味。

糖瓜

糖瓜祭灶，预示着甜蜜春节的开始，这不仅是人们处理节日的一种方式，同时也是人们表达情感的一种方法，它充分体现了人们对美好生活的热爱和追求。

饺子

饺子是一种历史悠久的民间吃食，吃饺子也是人们在春节期间特有的民俗传统。因为取"更岁交子"之意，所以深受老百姓的欢迎。邢台民间有"好吃不过饺子"的俗语。每逢新春佳节，饺子更成为一种必不可少的佳肴。在邢台的民俗中，到了大年三十的晚上，最重要的活动就是全家老小一起包饺子。"年三十"守岁吃"饺子"，是任何山珍海味所无法替代的重头大宴，是新旧交替之意，也是秉承上苍之意，必须要吃的一道大宴美食。民间有俗话说："大寒小寒，吃饺子过年。"

饺子的谐音"交子"即新年与旧年相交的时刻。过春节吃饺子意味着大吉大利。另外，饺子形状像元宝，包饺子意味着包住福运。

做饺子皮首先是和面：小麦粉用凉水，在盆中揉成面团后，放置20分钟，让面团"饧饧"。好的口感一般要求面要和得硬一些，俗语有"硬面饺子软面饼"之说。然后是擀皮：把饧好的面团放在案板上，搓成直径2～3厘米的圆柱形长条。把柱条揪（或切）成长1.5厘米左右的小段，用手压扁，再用擀面杖擀成直径适度（4～7厘米）的、中心部分稍厚些的饺子皮。擀皮时，案板上要撒些干面（浮面），以防粘到板上。

做饺子馅：饺子馅主要分肉馅、素馅、荤素馅，肉和菜都要用刀剁碎，混合到一起拌一下，然后加入葱花、姜末、花椒面或五香粉、味精、盐、少量酱油、料酒之类的，之后朝一个方向搅拌均匀，后调咸淡。素馅不能用刀剁，要用刀切。

饺子的烹调方法，主要是煮、蒸、烙、煎、炸、烤。但过年吃的一般是煮的比较多。

邢台民间俗语"饺子就酒，越喝越有"，寓意日子越过越好。另有歇后语"大年初一吃饺子——没外人"。

年糕

年糕是春节时吃的应时食品，是一种用黏性大黄米或江米面加各种辅料蒸制而成糕，年糕有红、黄、白三色，象征金银。年糕又称"年年糕"，与"年年高"谐音，寓意着人们的工作和生活一年比一年提高。

年糕品种多，有枣年糕、豆年糕、年糕坨等。烹制方法多为蒸，也有用油炸蘸白糖吃的，均有香、甜、黏、糯的特点。

隆尧一带也有二月二炸年糕的习俗，就是以前在街边可以看到有类似炸油条的铁锅支在大炉子上，锅沿摆满了用油煎过的片状年糕，年糕表面被煎得焦黄油亮，吃起来外焦里糯，香甜可口。隆尧一带有俗话说："二月二，龙抬头，闺女不来娘发愁。二月二，炸年糕，闺女不来娘心焦。"

炸年糕

元宵

"元宵"作为食品，在邢台也由来已久。元宵是一种元宵节期间的传统小吃，属于节日食俗。元宵的做法是以馅为基础，先拌馅料，和匀后摊成大圆薄片，晾凉后再切成比乒乓球小的立方块。然后把馅块放入像大筛子似的机器里，倒上江米粉，"筛"起来，随着馅料在互相撞击中江米沾到馅料表面变成球状，就成了元宵。这种"滚"元宵的做法在邢台比较常见。

馅料的内容更是甜咸荤素，应有尽有。甜的有所谓桂花白糖、山楂白糖、什锦、豆沙、芝麻、花生、枣泥、果仁等。咸的有猪油肉、鲜肉丁、火腿丁、虾米等。素的有芥、蒜、葱、韭、姜组成的五辛菜馅元宵，称"五味元宵"，有表示勤劳、长久、向上的意思。

元宵大小似核桃，烹调的方法有带汤、炒吃、油氽、蒸食等。不论有无馅料，都同样的美味可口。

粽子

粽子传说是为祭奠投江的屈原而传承下来的，是中国历史上文化积淀最深厚的传统食品。邢台一带的粽子是北方粽子的代表品种，其个头较小，为斜四角形。在农村，习惯吃大黄米粽，黏韧而清香，多以红枣、豆沙为馅。

粽子

包粽子所用材料，邢台地区用得最多的是苇叶。北方苇子叶叶子新鲜，做出的粽子味儿香。以前，邢台的东部十年九淹，大片的地方都种的是苇子，人们就地取材，价格便宜。苇子叶缺点是叶子较窄，包起粽子来难度稍大。

月饼

月饼是古代中秋祭拜月亮的供品,沿传下来,便形成了中秋吃月饼的习俗。月饼在中国有着悠久的历史。月饼的形状圆又圆,又是合家分吃,所以它象征着团圆和睦,逐渐成为中秋节这一天的必食之品。

月饼内馅多采用植物性原料种子,如核桃仁、杏仁、芝麻仁、瓜子、山楂、红小豆、枣泥等,对人体有一定的保健作用,可以软化血管,防止动脉硬化,提高免疫力。

旧时,在邢台,有家庭条件差的农家因买不起"月饼",就买点红糖自己烙糖饼,还有的在饼正面撒点芝麻粒,吃起来又香又甜又软。现在,各种各样的月饼花样繁多,已经超出中秋特色饮食的范畴了。

月饼

腊八粥

腊八粥是一种在腊八节用多种食材熬制的粥,也叫作"八宝粥"或"五味粥"。吃腊八粥,用以庆祝丰收,一直流传至今。

邢台一带腊八粥的食材,和邢台当地物产相关联。一般配合初八这一天,以八样东西混合煮成。其中,米、胡萝卜、青菜为不可少的三宝。此外,还有花生(或黄豆)、绿豆、豇豆、麦仁、红枣等食材。八种原料配合小火慢煮,熟后加些红糖、核桃仁,粥稠味香,寓意来年五谷丰登。

在隆尧、柏乡、任泽、内丘一带,传说吃腊八粥是民女救刘秀时留下的习俗。刘秀与王郎作战时,有一次打得弹尽粮绝,逃进一个村子,找到一户人家，求主人给做点饭吃，女主人便将家里仅有的几样杂粮熬了一锅粥，刘秀饥不择食，吃了个饱。后来刘秀做了皇帝，想起民女给熬的粥，便派人请那位民女到宫中熬制杂粮粥，供刘秀和官员们吃，逐渐成为习俗，流传至今。

腊八粥

民间钟情腊八粥，除食俗之外，也确有些科学道理。腊八粥不仅是习俗和美食，更是养生佳品。

腊八蒜

泡腊八蒜是邢台地区，尤其是平原一带的一个习俗。就是在阴历腊月初八这天来泡制蒜。其实材料非常简单，就是醋和大蒜瓣儿。做法也是极其简单，将剥了皮的蒜瓣儿放到一个可以密封的罐子、瓶子之类的容器里面，然后倒入醋，封上口放到一个冷的地方。慢慢地，泡在醋中的蒜就会变绿，最后会变得通体碧绿，如同翡翠碧玉。

传说，以前每年腊八，各商号要算总账，结清一年积欠，债主也从这一天起开始和借债的打招呼，民谚称："腊八粥、腊八蒜，放账的送信儿，欠债的还钱。"蒜"算"同音，用腊八蒜当作催债提示，倒也含蓄到极致了，也算是难得的苦心。

到后来，人们忌讳

腊八蒜

第七章 饮食习俗

193

"算"字，所以每到年关，没人买腊八蒜，也没人卖腊八蒜，家家户户都是自己泡。

泡制"腊八蒜"得用紫皮蒜，紫皮蒜的瓣小，能泡透，蒜瓣硬绷瓷实，腌好后脆香。泡蒜用的醋最好用米醋，米醋的颜色淡，泡制出来的蒜才能是翠绿的，酸辣也适度。

泡制腊八蒜的方法比较简单：将蒜瓣切头，剥去老皮，洗净后晾干水分；将蒜瓣装入小坛子或是玻璃罐内，倒入米醋，没过蒜瓣；盖上盖子密封，放置在阴凉低温的地方，等到大年三十取出来吃就刚好了。

泡制好的"腊八蒜"除了配饺子吃，还有好多种吃法，可以烧带鱼，还可以炒肉片或者炒杏鲍菇，都别有风味。

第二节　风味小吃

邢台的风味小吃带有明显的地域特色和特点，原料易得，制作简便，特色鲜明，风味独特。

苦累

提起苦累，现在很多人都已不大吃了，有的人可能连听说过也没有。20世纪六七十年代，苦累是当时常吃的食物。之所以那时人们常吃苦累，是因为当时吃的紧缺，人们为了省粮，能用仅有的一点粮食吃到下一年，所以就变着法儿地吃糠糠菜菜。老百姓还总结出这样的顺口溜说："擀面省、烙饼费，蒸干粮不如馏苦累。"

为了能接济到夏季的新粮，春天人们常常把刚长出来的嫩树叶、嫩野菜采回家，稍拌点粗面或细面，蒸成苦累吃。像槐叶、槐花、榆叶、榆钱、柳絮、苣苣菜、麦荚子等都是做苦累的原料。到了夏季，像麻儿菜、大碗花叶、扫帚苗、苜蓿、蒲公英、豆角等，人们也用作做苦累的原料。秋季用来做苦累的原料也不少，像红薯叶、白萝卜缨、胡萝卜缨等。

苦累的做法很简单，

苦累

首先把野菜洗干净，然后稍微切一下，趁着野菜还湿漉漉的时候，在上面撒上一些干面粉。面粉的用量要掌握好，不能太多，否则容易结成面疙瘩，也不能太少，要一边撒一边拌，要让面粉充分地粘在菜上。然后用笼布包起，放箅子上蒸15～20分钟就可以了。吃的时候，再切点蒜末、放上适量的盐，有条件的话再滴上几滴香油，搅拌均匀就可以了。拌好之后，一股淡淡的野菜的清香扑面而来，使人食欲大开。

苦累也有好赖之分，像榆钱、胡萝卜条做的苦累都是上等品，那时如能吃上用榆钱或胡萝卜条做的苦累，吃起来准不亚于如今的面包、鸡蛋糕。所以，一到了有榆钱的季节，人们为了采榆钱，往往把榆树扒得树断枝残，惨不忍睹。苦累也有次品，比如槐花、槐叶做的苦累，不仅吃着不好吃，而且还有毒，吃多了就会脸肿，人们是不敢常吃的。

咸食

咸食是邢台及其周边地区过去流行的一种食品，不是什么美食，主要功能也不是果腹，而是解馋的。

咸食的做法很简单：将面粉、鸡蛋调成糊，里面放些葱花儿，加上适量的盐，平底锅（鏊子）刷些油，倒进面糊儿以后，用刮子不停地往前赶，直到将面糊儿摊成规则或不规则的圆形，有一韭菜叶厚薄，文火，片刻，一张焦黄、酥软的咸食做成了，再小心地用铲刀揭下来，沾上用醋、香油、蒜末调出来的汁一起吃，实在是美味至极，顺着嗓子眼儿滑过，舌头般的柔软，入口即化。

刚出锅的咸食外面焦黄，里面嫩滑，趁热吃最好。

咸食

邢台民间有"招待姑爷摊咸食"的风俗。所谓"招待姑爷摊咸食"，并不意味着咸食只有姑爷才能吃，只是说明姑爷在岳父、岳母眼里属于贵客。在生活条件不宽裕的年代，能拿出鸡蛋、白面和油来招待客人是很不容易的，由此表示岳丈家对姑爷的热情与诚意。

葱花摊咸食，是最基本的做法。实际上，很多蔬菜都是可用于摊咸食的，取材如何，完全在于个人的口味与兴趣。有一点，所谓"咸食"是真正尚"咸"的，"南甜北咸、东辣西酸"的俗语毕竟是有现实基础的。

所谓"一方水土养一方人"，饮食习惯与所在地域的物产、气候、民族等密切相关。一如山城成都的麻辣烫、新疆的手抓饭、西安的羊肉泡馍等等，咸食，也是小麦主产区的特色食品。

锅贴

锅贴是邢台一带颇有名气的大众风味小吃。邢台锅贴成品呈虎皮色，底面焦黄，两头留着口，露出里面鲜美的馅儿，又因其灌汤流油，吃起来外焦里嫩，混合着表皮的浓郁麦香、馅料的软嫩鲜香、底面的酥脆焦香，让人吃过了就不容易忘掉。

锅贴

早些年，邢台的锅贴据说是河北十种地方名吃之一呢！1934年，冯玉祥的厨师南宫人张汉英随军来到邢台，在邢台南关市场院开设了"六合居"饭庄，专做锅贴，并且以其选料严谨、制作精细、品质优美而闻名古城。他们做的锅贴外焦里嫩，香而不腻，因而吸引了牛城百姓。1956年公私合营，"六合居"并入邢台饭庄，1991年锅贴被评为全省优质风味产品。

锅贴的做法倒也简单，和饺子的做法类似。先和面，面和好后饧十几分钟，在此期间调馅。邢台锅贴的馅料可荤可素，可猪羊肉、可海鲜、可野味，尽在人的爱好而定。但多以猪肉馅为常见，根据季节配以不同鲜蔬。因为要用油煎，所以馅中不宜放油太多，以清鲜为宜。馅调好后，面也就饧好了，然后擀饺子皮。包时取一张饺子皮，放入馅，中间捏住成月牙形，两边留口，就可以了。然后就是煎制了。

在邢台，煎制锅贴是有讲究的，须用平底锅（鏊子），略抹一层油，将锅贴整整齐齐地摆好，要一个挨一个，煎时应均匀地洒上一些水，最好用有小嘴的水壶洒水，以洒在锅贴缝隙处，使之渗入锅底部为好。盖上锅盖，煎烙二三分钟后，再洒一次水。再煎烙二三分钟，再洒水一次。此时可淋油少许。约五分钟后即可食用。用铁铲取出时，以五六个连在一起，底部呈金黄色，周边及上部稍软，热气腾腾，为最佳。吃的时候，皮有脆有绵，馅亦烂亦酥，香气扑鼻，回味无穷。

除了火候，馅料的调配也是好吃的关键，邢台锅贴调馅的小秘方主要有：牛肉要加姜汁，猪肉要拌葱姜水，香油要多放，去腥才能彻底，质地才够润滑，千万不要加鸡蛋，否则馅太干无汁。葱姜水不妨多放，一斤肉至少要拌进半碗水，顺方向调匀，然后稍放冰箱冰过，会比较好包，吃的时候咬开也才会有汤汁。

饸饹面

饸饹（hé le）是邢台最常见的面食吃法之一。传统的做法是用一种木头做的饸饹床（饸饹床是专用工具），架在锅台上，把和好的面（通常做饸饹用的是红薯面、榆皮面、荞麦面）塞入饸饹床子带眼儿的空腔里，人在饸饹床子的木柄上使劲压，将饸饹直接压入烧沸的锅内，等水烧滚了，一边用筷子搅，一边加入冷水，滚过两次，就可以捞出来，浇上事先用豆腐或者肉、胡白萝卜等做好的"臊子"，就可以吃了。

条件差的年代，在邢台一带，饸饹面主要由红薯面做成，红薯是仅次于玉米、小麦、高粱的主要粮食作物。刚刨下来的红薯储存一部分，大部分要擦成片，晾成干，也叫"红薯干儿"。红薯干儿好保存，还可将其做成各种食物。煮在米粥中叫红薯干儿米粥；还可放在箅子上蒸熟当干粮，吃着又面又甜。再就是把红薯干儿磨成面，蒸成窝窝头，那窝窝头黑亮，筋道、香甜、可口，是窝窝头里最好吃的一种。最复杂的做法也最好吃的，就是把红薯面用开水做成烫面，趁热放在饸饹床里轧成圆面条——这就叫饸饹面。煮熟的饸饹面盛在碗中，再浇上一点葱花油之类的调料，那滋味远远胜过现在孩子吃的麦当劳、肯德基，可以用"无以言表"来形容。

每到哪个村儿过庙会，轧饸饹的、打烧饼的、卖凉粉儿的不绝于市，有道是"咯吱咯吱轧饸饹，歪着脖子打烧饼"。大人们舍不得，但总要花两毛钱给孩子买碗饸饹面尝尝……

焖饼

焖饼是邢台一带的特色食品之一，是经典的民间地方名吃。焖饼是采取焖的工艺，对烙好的饼丝进行加工烹饪的美食，也是邢台所有的饭店、饭馆家家会做的普遍饮食之一，更是邢台人喜爱的主食之一。

做焖饼主要有以下几

鸡蛋焖饼

个步骤：

1. 烙饼。和面烙饼，饼是"死面饼"，不需要发面，擀成圆形饼，注意烙饼时基本不需要加油，以饼薄为好，这样可使饼较软，软而不黏，香而不腻。做成焖饼时，脍炙人口。

2. 烙好的饼要切成饼丝。饼丝为一寸半厘为长宽，这是焖饼的基本特征。

3. 炒菜。菜并没有讲究，常见蔬菜、时令蔬菜，一般都可入作焖饼菜。饭店厨房大量做时，常用菜为白菜、豆芽、青椒、蒜薹等。

4. 焖制。菜炒到七八分熟时，加少许水，紧接着将饼丝倒入，先不必搅动。盖好锅盖，小火稍焖3~5分钟。起盖时，熄火，酱油、醋等各种调料酌量加入。

5. 炒匀。还有最重要的一步就是将菜、油水与饼丝炒匀。

美味无比的焖饼就此上桌。就一两瓣大蒜，软而不腻，鲜美爽口。

在邢台民间，吃焖饼还有个忌讳，就是每个人生日和重要的节日时不能吃焖饼，因为它有"焖病"的谐音，所以人们不在重要的日子吃，但这并不影响人们对焖饼的喜爱。

大锅菜

在邢台的传统风俗中，逢年节集会、婚丧嫁娶，在招待宾客的宴席中，最少不了的便是大锅菜了。

民间做大锅菜，用的是那种很大很大的大铁锅，铁锅固定在一个泥抹的大灶台上，旁边是风箱。五花肉切片，白菜、冬瓜、土豆切块，海带泡软，还有粉条、事先炸好的豆腐泡、素丸子等，以及葱、姜、蒜、大酱、盐等调味料。锅里倒上油，灶下烧上柴火，风箱呼哒哒一拉，火旺起来，油热后，放入花椒，再从酱罐中舀起一大勺酱放入油中，用大铁铲翻炒数下，在"滋啦啦"的响声中，浓郁的酱香很快就飘满了整个院子。酱炒出味后，放葱、姜、蒜、肉片下锅翻炒。然后锅中添水，放入粉条，拉满风箱，加大火力直至把水烧开，再把白菜、冬瓜、土豆放进去，加盐，水开后改小火慢炖。最后把豆腐泡、素丸子、海带放进去炖到软熟就可以停火了。

做好的大锅菜，再舀上半勺事先烹好的明油，热腾腾香喷喷，真让人馋涎欲滴。每人用青花粗瓷碗盛上一大碗，滴上几滴醋，就着自家蒸的新出锅的馒头，一口菜一口馒头，那滋味儿，真美！

应该说，大锅菜是邢台特有的风味家常菜，无论城里还是乡下，它都是人们餐桌上的最爱。它选料平常，做法家常，家家户户都可做，家家户户都会做。人们喜欢的正是这种用最家常的方法，把最平常的材料放在一起慢慢煨煮出来的浓厚滋味。因为这炖的过程中，那么多的食材已经彼此将对方的精华吸收进来，丰富了自己的味道，形成一种全新的味道。这就是大锅菜的独特之处。

第三节　地方名吃

邢台既有太行山区的山珍野味，又有众多河流泉区的鱼虾水鲜。由于历代厨师的精心研制和不断创新，形成了邢台菜肴的"选料广泛、注重营养、酱香醇厚、咸鲜微酸、精于制汤"的烹饪特点。

邢台地方小吃是邢台饮食文化的重要组成部分。深厚的文化底蕴和悠久的烹饪蒸煮史，造就了邢台独具特色的饮食文化，邢台饮食文化也是冀菜文化不可或缺的组成部分。

猴爬杆

鸡蛋炒饼丝在邢台一带有个很奇特的叫法，叫"猴爬杆"。当然，它和普通的鸡蛋炒饼并不一样，其特点是只见饼不见鸡蛋，吃起来却蛋香浓郁。

一般的饭店没有人愿意做这道"猴爬杆"，因为掌灶的都嫌它实在耗费工夫，耽误买卖。

"猴爬杆"炒饼的独特做法是：先准备一定的掺了食盐的蛋液，再准备一定数量的饼丝。将饼丝倒入准备好的容器里，然后浇入蛋液进行充分搅拌。完毕后，往炒勺里倒油，油热之后开始炒饼丝。炒饼丝讲究火候的把握，还要不停地颠勺翻炒，锅里的饼丝被大厨高高颠起，又稳稳落回锅中，十几分钟的时间里

猴爬杆

重复着同一个动作,直到把饼丝煎炸至酥脆甘香才出锅。出锅前,根据不同人的口味,淋上香醋、麻油,拌上蒜泥或葱丝、蒜薹丁。刚出锅的"猴爬杆"色泽金黄,吃起来外软里脆,松软鲜香,十分有嚼劲,而且咸香适口,越嚼越香,风味十分独特。

为什么炒饼丝叫"猴爬杆"这么个怪名字呢?原来,裹上蛋液的饼丝,经过在热油里煎炸后,饼丝里的水分被完全蒸发掉,互不粘连。再说蛋液经过高温煎炒,紧紧包裹在一根根酥脆的饼丝之上,就像一个个正在爬杆子的小猴。吃这种"猴爬杆"的绝配是一碗热腾腾的木须汤,口味最好是淡一些,不能重了。当嚼饼丝嚼得嘴里发干的时候,不失时机地喝一口汤,汤里的蛋花、肉丝、木耳、黄花菜等各种好滋味,便一股脑地丰富着味蕾,那种感觉相当美妙。

隆尧羊汤

隆尧历史悠久,人杰地灵,这里各种物产丰富,小麦、玉米、棉花、辣椒、大葱、藕等农产品闻名全国。这里的农民喜欢养羊,这里的人们更喜欢吃羊。因此,不知自哪朝哪代始,羊汤慢慢也就成了隆尧的第一名吃。

羊汤在隆尧周围方圆几百里是有名的。大约是因为羊儿从小到大都食草的缘故,羊肉给人的感觉是洁净和清爽。

隆尧羊汤

隆尧羊汤首先在选羊上很讲究,要选上等的羊肉。在配料上也很有一套,据说烧羊汤都是在夜间,老板要偷偷地放十几味中药和数种调料,至于加的什么,那绝对是秘密。隆尧羊汤是历史悠久的风味名吃,它以汤浓、味美、肉嫩,入口不腥不膻、肥而不腻著称。配上碧绿的芫荽、蒜苗,红亮亮的辣椒油,上好的醋等佐料就可以装盘了。

在多年的经营和琢磨中，隆尧人可以把羊身上的任何一个部位都做成一道菜。据说，在隆尧，稍微像样点的饭店，都可以做上百道不重样的羊肉类的菜。在这些菜中，最可称道的是全羊汤。这全羊汤的原汤就是加了十几种中药和调料一直煮了多少年的原汤，汤中的羊架子一直在替换，而原汤却一直在煮。煮出来的汤浓浓的，乳白色，像是新挤出的羊奶。那全羊汤之所以叫它为全羊汤，是因为在汤中既有从羊身上每一个地方取的一点肉，又有羊蛋、羊鞭、羊杂等，清淡，爽口，味美，营养丰富。喝上一口，有荡气回肠之感；喝上一碗，使人一下子精神百倍；喝上两碗，滋阴壮阳，补气通血。

隆尧人夏天喝羊汤，因为羊汤有清热解毒之功效。隆尧人在三九寒冬更要喝羊汤，因为羊汤有驱寒散湿之功效，更有温补脏腑之奇能。

羊汤能和气补血，更能滋肤养颜。走在大街上，看到那春风满面、光华四射、妩媚动人的女性，不用问，她一定是常喝羊汤！

隆尧人爱喝羊汤，因此，喝羊汤也就成了隆尧请客吃饭的代名词。隆尧人大都喜欢喝羊汤，而且这种习惯并不随着季节的变换而变化。

所以，多年来在隆尧一带流传着这样的俗语："吃了羊肠，不穿衣裳；吃了羊肺，不盖棉被；吃了羊肾，壮阳滋阴；喝了羊汤，美容健康；吃了羊胎，没病没灾；吃了羊鞭，益寿延年……"

魏庄熏鸡

魏庄熏鸡是隆尧的地方名吃，有色、香、味俱全的独特风味。熏鸡以肉质鲜美，色泽红润，味道醇香，油光发亮，保鲜保质期长，骨利、肉酥而互不脱落的特点，驰名冀南一带，被列为隆尧名吃。

魏庄熏鸡最好的是以重约半公斤左右的公鸡为原料，因为公鸡较之母鸡更具有"阳刚"之气。公鸡又以"本地笨鸡"为佳，那些养鸡场用配合饲料圈养的、商贩运来的草鸡、肉食鸡等都不如本地鸡肉有韧度。本地鸡又以小公鸡和老公鸡为主，小鸡吃起来鲜嫩可口，味美醇厚，香气宜人，几乎不用吐骨头；老鸡肉质较多，做出来后会很有嚼劲，吃起

魏庄熏鸡

来回味无穷，厚实弹牙，口感很棒，啃也啃不够。最诱人的莫过于农户在野外地里从小放养的、吃着虫子长大的本地鸡，无药害、无激素。

魏庄熏鸡制作的过程大致是这样的：杀完鸡，放入热水中氽烫2分钟。所谓热水，还要掌握好温度，一般在七八十度。浸透拔毛。鸡毛被拔光后，开肚，掏空五脏六腑，清洗后将鸡放入净锅内，加入老汤、葱段、姜块、肉料包（据说包含桂皮、肉蔻、陈皮等十几味香料、中药）、料酒、精盐、酱油烧开，改小火煮40分钟，煮熟后捞出放在熏箅上。熏锅内撒入白糖，放入熏箅，盖严盖，上火烧冒烟，熏至上色后取出，抹上香油即成。

魏庄熏鸡成品色泽栗红，风味独特，鲜香肉韧，嚼有余香，既可下酒，又可佐餐，实为宴请宾客之美味、馈赠亲朋之佳品。

魏庄熏鸡卤煮用料讲究，选用了十几种香料、中药做调料，根据季节的不同、鸡的老嫩，灵活掌握配料。比如花椒芳香健胃，大料芳香化湿，肉蔻温中补阳，沙参养胃生津，山楂消食化积，等等。用精心配制的调料、讲究的工艺，卤煮出的鸡肉酥而不散架，又没有那种汤水淋漓的感觉。熏蒸过程中还添加柏木、白糖，把鸡肉中多余的水分挤了出来，所以魏庄的熏鸡保鲜保质期长。

　　隆尧魏庄熏鸡以其味醇、质朴、实惠的风格，在餐桌上占据了一席重要位置，形成了一道亮丽的风景线。中国人与生俱来就有一种"无鸡不成宴，无鸡不尽欢"的情结，又因"鸡"与"吉"同音，逢年过节、招待亲朋自然也就少不了鸡了。魏庄熏鸡是隆尧人饭桌上的压席菜。来隆尧做客，如果酒桌上有一盘香气四溢、色彩红润的魏庄熏鸡端上来，那就说明你一定是贵客了。

隆尧素叠子

　　据说素叠子在明朝就有。有诗记载："煎饼薄薄一面焦，蒜葱海带精细挑，风味唯独隆平有，酸辣咸香任烹调。"据群众说，最初是因为当时民间生活条件比较艰苦，聪明的隆尧人便发明了这种类似于肉食的素食。虽说是素食，但吃起来咸香可口，嚼起来筋道味厚，软中有韧而富有弹性。随着时代的发展，素叠子成为一道风味独特的佐酒菜，成为隆尧人餐桌上必不可少的一种美食，因而在隆尧及其附近一带享有盛誉。

　　做素叠子要选上等的好白面、一等的红薯芡、当地的卫油、隆尧的鸡腿大葱，加以各种配料：姜、蒜、芫荽、海带丝等。

　　一切准备停当后，开始摊煎饼。摊煎饼是个技术活儿，既要掌握火候又要不间断地完成在鏊子上擦油、摊糊、抹平等各个环节。

隆尧素叠子

鏊子烧热后，先在上面涂抹一层卫油，以防煎饼粘在上面揭不下来。接着用勺子从面盆里捞一勺子事先搅好的面糊倒在鏊子中央，用刮子不停地往前赶，直到从鏊子的一边赶到另一边，整个鏊子上面摊得满满的就可以。

素叠子的外皮只取煎饼中间四四方方那一块儿，切下来的边角和调料一起伴随红薯芡变成了素叠子的"馅儿"。卷素叠子也是一道细活儿，手要匀，馅儿要实，卷出来的才美观。二十几个就可以排满一笼，够几笼了，就能上锅蒸，蒸素叠子基本上和蒸馒头差不多，掌握好火候就行。

因为它的主要工艺在"卷"和"蒸"上，所以，许多老百姓也把素叠子称为"卷蒸"。

素叠子是仅能在隆尧才能吃到的地方小吃，并且以县城附近村庄生产的为最佳。无论哪一种品牌的，其做法基本相同。

素叠子一年四季均可食用，相比之下，春、夏、秋三季冷食为上，隆冬季节热炒最佳。冷食时辅以佐料，以盐、蒜、醋、辣酱为主，再滴几滴香油，食之凉爽、利口、香辣适中。热食应切块，以猪油烹炒，佐以蒜、醋、隆尧鸡腿大葱，食之清香可口。

在隆尧的几十种小吃中，素叠子要算得上是物美价廉，绝对大众化的。这种纯隆尧式的特色风味小吃多少年来在隆尧人的宴席上随处可见，尤其是结婚喜宴上，都少不了由它来唱主角。现在吃素叠子不在乎解饿，只是领略它的风味，过过馋瘾。

在隆尧的传统风味小吃中，要讲风味，这外圆内实的素叠子味道最奇特；要讲传统，它更是千古不变，无论烹炸，还是煎炒，和荤的素的都能搭配。

熏 肉

邢台的熏肉有熏鸡、熏兔、熏猪肉等，单是熏猪肉就有熏猪头、熏猪脸、熏猪肘、熏猪蹄、熏猪杂等等，熏肉色泽棕红、皮肉剔透、肥而不腻、瘦而不柴、熏香沁脾，日食夜嗝。

熏肉

熏肉之所以味道肥而不腻，越嚼越香，是因为它做工精细，用料考究。做熏肉要分三步：

第一步是洗肉。选择新鲜的肉做原料，上面的毛要用火筷烫掉，再拿锤子捣，以便去掉毛根和褶皱中的污垢，然后再拿刮刀刮净刮白。其中污垢也是先烫后刮，不留半点脏物。最后放入清水中反复清洗。这种方法要比用沥青或松香去毛费事得多，但很卫生。如果是猪杂，洗不净会有异味。猪肚儿和肠子要用花椒、食盐、醋、碱等反复揉搓，直到把其中的污垢除净。

第二步是煮肉。煮肉是味道好坏的关键。在清水中加入老汤，再放些茴香、大料、花椒、桂皮、丁香、砂仁等十几味中药，另加大葱、大蒜、盐适量，最后加水淹住肉块，慢火煮开后，将肉块上下翻动，继续以慢火焖煮，每半小时翻一次锅，大约需煮二至四小时。由于是慢火煮肉，油层严严地盖在肉汤上，锅内佐料味能全部入肉，所以肉味香美，这是制作熏肉的关键。肝煮得最快，肝中间的血管不出血时就煮好了。猪嘴最省火，耳朵最费火。煮熟以后还要在汤中浸泡几个小时。

第三步是熏肉。把煮熟的肉从汤中捞出，然后晾干，待汁水控净后，再把肉放在铁篦子上，篦子下面一层放上白糖，用盖儿盖好，点燃锯末熏烤。锯末除了松木锯末不能用外，其他常见杂木的锯末都可用，就是玉米轴也可以用。要掌握好火候，火大则糊，火小则生。熏好后还要在肉皮上抹一层香油，这样，不仅味道香，而且久放不干。

邢台熏肉不仅皮烂肉嫩，表里一致，色泽鲜艳，味道醇香，肥不腻口，瘦不塞齿，风味独特，营养丰富，伏天能贮存一周不变质，而且具有开胃、去寒、消食等作用，深为消费者喜爱。

临城腌肉

临城人路焕京用这样的诗句描写临城腌肉：

轻烧文火酌蘸糖，盐浸油封坛子装。
最爱农家腌肉面，饱嗝三日有余香。

这首诗写的是临城腌肉，而这农家的腌肉，仿佛比任何美味都更具有家常的味道。

每年过年的时候，临城家家户户都会做腌肉，尤其是西部山区，那几天连空气中都飘满了炖肉的香味。

腌肉制作的过程大致是这样的：用那种偏肥的五花肉，切成大块，放在清水里泡一天左右，然后捞出洗净。炖肉一般用的是乡下的大铁锅、大灶台。"轻烧文火"炖到七八分熟捞出，略微控水，锅中

临城腌肉

水倒出，放入油热开，把肉沾上红糖放进油锅里炸，白色的肥肉一下子就变成了很有质感的酱红色。炸好的肉放进罐子里面，撒上盐，密封好就可以了。等平时需要吃的时候，从罐子里拿出一块切成肉片入锅烹炒。

临城腌肉肉色红润，口感微咸清爽、滑溜可口、鲜嫩无比，因此如今的临城腌肉，已被制成带包装的商品出售，走出了临城，走出了邢台。

内丘挂汁肉

内丘的地方特色美食不少，比如挂汁肉、烧肉汤、熏兔腿、菜卷子、炸鸡头等，但最有代表性的还是内丘挂汁肉。当地有句话叫"没吃过挂汁肉不算来过内丘"，可见其龙头老大的位置，颇有烤鸭之于北京，狗不理之于天津，肉夹馍之于西安的气势，属于地标级的美食。

挂汁肉历史悠久，底蕴深厚。据说在晚清庚子赔款之后，慈禧太后自西安回京，路过内丘时停留用膳。负责临时御膳的是地方厨师，他顾虑太后年高牙口未必好，于是加汤汁烹软炒肉进奉。慈禧品尝后称赞有加，问起菜名时，地方官员却并不知，于是召厨师觐见。厨师以肉中有汤，便回道："炒肉挂汁"，也就是如今的挂汁肉。

自从被慈禧太后赞赏之后，它便在民间发扬光大，历经百余年而不衰，如今已传承至第三代传人——内丘永盛魁饭庄的厨师张永刚。

内丘永盛魁饭庄，据说创建于清乾隆年间，是一家百年老字号。其主厨介绍说，挂汁肉的做法先是用取自当地黑猪的五花肉，剁成肥瘦相间的肉丁，再加入红薯芡粉抓匀；蒜、姜切末，葱切段备用。热锅凉油，待

内丘挂汁肉

油七成热时加入姜蒜末爆炒出香味,放入抓好的肉丁,翻炒;肉色渐变,放入蒸熟的槐茂面酱,这是因为蒸熟的酱不杂一丝苦味。翻炒几个来回后,放入葱段加花椒水、盐,略放酱油,翻炒几个来回,就可以点醋点香油出锅了。

挂汁肉这道菜主料、辅料比较少,程序也不复杂,不过要做好也是不易,主辅料、调味料的配比,火候掌握,烹饪时间,翻炒力度都很有讲究。初学时,只要这道菜超过三分钟出锅,师傅连尝都不用尝就知道不对味儿,挥袖子就走了。在这三分钟里,要掂着沉甸甸的大勺进行至少二十几次的翻勺,而且还夹杂着难度颇大的倒翻勺——这是厨师自我保护的一个技巧,因为油大,正面翻勺可能会溅出油星伤了厨师,而倒翻勺则不会,但它要求臂力很大。

当一锅酱香袅袅、色如琥珀的挂汁肉呈将上来时,大家都迫不及待地拿起调羹,一勺入喉,滑嫩的口感、略带酸头的酱香让人瞬间失神,肉丁肥瘦相间,既有瘦肉丝的质感又有肥肉膘的滑润;芡汤以酱香为主,醋酸为辅,间杂蒜、姜的香味调和,丰富而有层次,满足了味蕾由浅入深的层层需求。挂汁肉曾被接连授予"河北名菜""邢台十大名菜"的称号。

威县"牛舌头火烧"

火烧,在河北有多种,其中邢台市的"威县火烧"以其独特的工艺远近闻名。

威县火烧的特点是:用料考究、工艺特殊、味美层多、肉嫩皮酥。其工艺程序可概括为:和面、押条、成型、烘烤。每一道工序均有其独特之处。威县火烧采用吊炉烤制,烘烤时,木炭做底火,要柴硬火温;用火有讲究,须外高内低;生坯置炉内,须经四翻七转。刚出炉的火烧外皮焦黄,外酥内软,香而不腻,口感极好。

威县火烧是源于威县的一种特色面食。早在清朝中叶,威县火烧就以其独特的工艺、香酥的口感远近闻名了。

明朝初年,燕王朱棣起兵,号"靖难"之师,民间俗称"燕王扫

牛舌头火烧

北"。经过这次大的战乱，河北一带民生凋敝，人烟稀少。朱棣即帝位后，年号永乐。永乐二年（1404年），"迁山西民以实之"。随着山西移民的迁入，原由西域传到山西的以吊炉打烧饼的手艺也自然传到威县一带。明、清两代，中原工商业有了一定的发展，被称为畿南重镇的威县，大量客商来此经商。在这种情况下，原有的面食难调众口，精明的威县人独出心裁，融合北方的大饼（油饼、千层饼）与胡饼（烧饼）的工艺，采用吊炉（今青海、甘肃一带制作"锅盔"所用的吊炉）烧烤，创造了"火烧"的制作方法。火烧用威县的细白面与小磨香油为原料，佐以细盐、花椒粉，用吊炉烘烤，打成风味独特的"火烧"。因火烧与烧饼工艺接近，但口味、形制不同，故威县人用"火烧"名之。因状如牛舌，俗称"牛舌头火烧"。又因其发源于威县，威县在外地做此生意者居多，人们习称为"威县火烧"。清初，山东临清成为北方的商业重镇，威县火烧很快占领了市场，在直东交界各州县享有盛名。

民国初年，威县打火烧的名师以黄街石老美、西街和友林最负盛名。中华人民共和国成立前后，又有刘振英、李保海、马佩琴名重一时。20世纪八九十年代以来又涌现出李柱等一批后起之秀。改革开放以后，随着人民物质生活水平的提高和生活需求的改变，威县火烧又推出油酥火烧、糖火烧、馅火烧等新品种。现在，威县人民已把火烧生意做到西安、郑州、济南等地，使其在众多快餐名吃中脱颖而出，占有了一席之地。

广宗薄饼

广宗薄饼又称"风吹大油饼"。这名字的由来，应该是因为它的

"薄"吧——直径一尺半（约50厘米）的一张油饼，仅重三四两，可想而知其薄的程度——竟能够隔饼看报，真是比纸还薄了，怕是风一吹就跑了。若是用此薄饼做饼卷肉，那里面的肉透过薄饼显出一种诱人的色泽来，真是叫人顿生馋意。

广宗薄饼源于邢台市广宗县城东北的李怀村。从明朝中叶开始，李怀集市规模扩大，每逢集日，四方商贾云集，热闹非凡，而广宗薄饼在李怀集上以它独特的风味独树一帜，备受人们青睐，生意日渐兴隆，名声也越来越响亮。广宗薄饼在中央电视台"中国一绝"栏目中播出后，更是闻名全国了。

广宗薄饼不仅金黄透明，薄厚均匀，卖相极佳，更重要的是味香质软，极为可口。要做到这几点，可不是一件容易的事。广宗薄饼从和面开始就与一般的饼不同，它不是用手和面，而是用面杖搅面。夏天放入少量食盐，冬天则用温水和面，这样和出的面较柔韧。面和好后，用面杖将其从盆中挑到案板上，然后揪下拳头大小一块面，掺入适量面粉，稍揉片刻，用擀杖擀开，在上面撒上少许细盐，滴入几滴香油，再用擀杖甩制成直径约一尺半的薄如纸张的圆饼。然后，把擀好了的面饼用擀杖轻轻挑起，运用腕力轻轻放在抹匀油的鏊子上，开始加火。俗话说"三分和面七分火候"，这烙薄饼最关键的就是火候了。火大了，烙出的饼易黑糊干硬，不易入口；火小了，烙出的饼就成了"白秃子"，不但难看，而且外熟里生，不能吃。只有火候掌握好了，才能烙出面相好、味道佳的薄饼来。

广宗薄饼

南宫熏菜

南宫熏菜的特点是：入口香味浓郁，回味悠长，香而不腻，物美价廉。可做菜下饭，也可当作酒肴配菜。

南宫熏菜的做法是：选用优质猪肉，并按比例添加鲜鸡蛋、纯正绿豆淀粉、姜丝和小磨香油，搅拌成粥状，灌入肠衣，用配好佐料的汤煮熟。之后，再用松树锯末加上白糖在熏锅内熏烤，松树锯末的作用是上色（紫红色），白糖的作用是提鲜。最后在烤好的熏菜的外皮再抹上香油，就做好了。吃起来清香而没有腥味。一般在常温下放置三四天也不变味，深受群众欢迎。

南宫熏菜在制作时选择几分肥几分瘦的猪肉，哪个部位的肉先下锅，哪个部位的肉后下锅，以及佐料的搭配、熬制的时间、火候的把握、粉芡与肉的比例等都有讲究。目前，南宫熏菜也由原来的一种形式，发展为一系列熏制肉食品。

临西饼卷肉

临西饼卷肉有着悠久的历史文化和广泛的群众基础，因为饼卷肉食用时如吹喇叭，所以饼卷肉又称"吹喇叭"。

史载：明永乐十七年（1419年），京杭大运河沿岸人来船往，商贾云集，一派繁荣祥和景象。河岸小镇有两家摊铺隔街相望，一家卖大饼，一家卖牛肉。两家摊铺虽小，但靠着质量上乘，经济实惠，生意倒也兴隆。夏天的一个傍晚，一位膀阔腰圆、大汗淋漓的纤夫疾步来到肉摊前，买了二斤熟牛肉，转身来到饼摊前，将牛肉往饼案上一扔，叫道："老板娘！烙五张大饼，给俺卷上。"老板娘一脸疑惑，道："兄弟，这是啥吃法？"纤夫边用衣衫扇着肚皮，边瞅着俊俏精干的老板娘，哈哈道："把牛肉放到饼里，卷着吃，不中？"老板娘满面绯红，边笑着答应，边麻利地烙好一张饼，和切碎的牛肉卷成一个圆筒状，问："这中不？"纤夫也不吭，一把抓过早狼吞虎咽地吃开了，边吃边和老板娘神聊："这肉烂乎，香！哎，这饼么——绵软，好吃！卷到一块吃，过瘾！想当年，武二哥能吃上这么好的物，还不打死它两只老虎！"逗得老板娘嘿嘿直乐。

这里饼卷肉的美名从此一传十，十传百，渐渐就流传开了。饼摊、肉摊两家一合计，干脆并成一摊，起名饼卷肉。他们一起琢磨着肉炖得更香、更烂，饼烙得更薄、更绵，改进了饼卷肉的工艺，制成的饼卷肉更有风味了。

临西空心挂面

始创于明朝万历年间的河北省临西县尖冢镇空心手工挂面，空如竹、细如发、长如丝，直径均不超过1毫米，最细仅有0.1毫米，因其富含人体所需的钙、铁、维生素、蛋白质等多种营养成分，而成为古代进贡和现代人们争宠的佳肴，从而也成为拉动当地农民发家致富的特色产业。

临西县长期从事空心手工挂面制作的京卫空心手工挂面传承人介绍："尖冢手工空心挂面，以'大白芒'等优质小麦为原料，配以精盐、鸡

临西手工空心挂面

蛋、菜汁等天然原料，经过轧、切、拉等29道纯手工制作，是享誉周边县市的地方传统特色食品。"

近20年来，临西县为使尖冢空心手工挂面得以延续发展，为其申报了国家、省、市级非物质文化遗产，并注册了商标，鼓励当地农民依托传统手艺发展特色经济。如今，临西县已形成了以临西京卫手工空心贡面厂为代表的空心手工挂面加工企业、作坊百余家，直接带动当地10多个村庄2000余人就业，产品远销北京、天津、石家庄、济南等20多个大中城市。同时，临西县大力加强相关配套产业建设，在各级政府的大力支持下，建设了规模化生产场所。

临西水波臭豆腐

提起水波臭豆腐，可以说名声远扬，妇孺皆知。由于食者甚多，临西水波臭豆腐远销半个中国。臭豆腐的发展有着它深厚的历史底蕴和文化内涵。

说到水波臭豆腐，先要从西水村的沈氏家族说起。清康熙年间，沈家五世沈荣之子宗圣、宗孔、宗舜从清河县王官庄迁至临西（时为临清）

临西臭豆腐

西水波村。宗圣三兄弟的叔叔沈贵，少时较穷，流落江苏，逃荒时学到了做臭豆腐的手艺，并在家开起了臭豆腐坊。当时多为手工操作，规模很小，生产能力有限，产品靠车推肩挑，走村串巷外出推销。后来经过不断的实践创新，改进工艺，沈氏叔侄生产的臭豆腐达到了色、香、味俱佳，成为地方名品，名声日振，产品一直卖到西安。到清朝光绪初年，沈氏麒昌、麟昌二兄弟又带着几百年来的传统手艺在山东临清开创了"园香斋"酱菜厂，以生产臭豆腐为立厂项目，与临清"济美""茂盛"酱菜齐名，并被选为进京贡品进入"大内"，一直延续至民国初年。

如今，全村臭豆腐坊达到60多个。作坊增加，产量大增，销售看好，部分经营臭豆腐的农户致了富。这时，一些外地人纷纷到水波村聘师学艺，本村外出传授臭豆腐技术的人员也很多，手艺逐渐传到了隆尧、巨鹿、平乡、冀州、南宫、曲周、衡水、馆陶和山东聊城、德州、冠县等县市，产品销往江苏、沈阳、北京、太原、西安、济南、天津等地，水波臭豆腐从此"臭"名远扬了。

清河菜豆腐

在张氏的故乡清河，有一样特别家常却又特别有名的美食，其选料平常，制作工艺简单，特别是既可当主食，也可做菜肴，已经成为当地人十分喜爱的名吃，那就是清河菜豆腐。菜豆腐其实是一道粥，主要用黄豆和小米、菜叶做成，富含蛋白质、维生素、纤维素等，营养丰富，且口感极佳。

清河菜豆腐主要原料是蔬菜、黄豆及小米，春天的菠菜、野菜或榆叶、槐叶，夏天的根达菜、红薯秧叶等，秋冬的白菜帮、白萝卜缨、胡萝卜缨等，都可充作蔬菜。黄豆需数小时凉水浸泡，待外皮柔软，经小磨碾碎成豆糊，混同小米一同下锅，开锅后加上剁碎的菜末。熟后食用时，佐以酸辣小料。

因为磨豆子的时候用的小磨上面有一个手柄，用手拐来磨的，所以

菜豆腐又叫"拐磨子粥"。听当地人说，这菜豆腐其实是过去穷人发明的吃食。据说，以前清河县"城乡主食高粱、小米、玉米、豆类为副"，而"小麦除节日宴客食之"之外，日常仅有"富家、商家食之"。因为粮食不够吃，穷苦人家便想法把杂粮掺和上菜食做出花样来果腹，用小拐磨磨豆，

清河菜豆腐

煮开再下米称"甜磨子"或"磨糊子"。若把青菜叶剁碎放进锅里再加盐少许煮熟吃，菜少者称"菜和和"，菜多者就是"菜豆腐"了。

据传，北宋开国皇帝赵匡胤曾落难于清河，粮食断绝，清河百姓看在眼里急在心头。由于当时清河老百姓很穷，他们商量后，只能家家户户熬上一锅菜豆腐。官兵饱餐了一顿菜豆腐后，士气大振，又踏上行程。赵匡胤登基后，却一直未忘清河菜豆腐，把它封为"神粥""救驾粥"。这是关于菜豆腐最早的传说。

菜豆腐可以说是不大上台面的东西，但是它喝起来口感极佳，既有小米的清香，又有黄豆的浓香，再加上蔬菜的鲜香，而微咸的味道又将这几种香融合在一起，衬托得恰到好处。吃多了大鱼大肉、山珍海味的人们，偶尔换换口味，来碗菜豆腐，倒是别样的清爽滋味。而且这菜豆腐油而不腻，原料取自绿色植物，加工不添任何化学调料成分，堪称"绿色食品"。蔬菜（或野菜、树叶）维生素、矿物质和纤维素丰富，小米性暖，利于胃，黄豆富含高蛋白与钙质，又符合当前高蛋白、高钙质、低脂肪的饮食营养需求，加上取料平凡易得，价格低廉，所以深受人们喜爱。

清河八大碗

"清河八大碗"为清河地方名吃，是清河当地民众婚庆宴席或招待贵宾必备的当家菜肴。八大碗菜系包括鸡、鱼、猪肉、牛肉、羊肉、藕夹、豆腐夹、鹅脖、红烧丸子、水汆丸子、素丸子、木耳、鸡蛋、海带丝、面筋等十几种荤素菜肴原料，根据客人口味喜好荤素搭配成八种蒸制的碗菜。八大碗成菜特点：色泽红润、口感软糯、香味醇厚、回味悠长。清河八大碗选料多为当地特产原料，制作工艺简单便捷，菜肴经过炸制后入碗、兑汁、入笼、长时间蒸制，易于批量加工，经较长时间保存，不影响其成品色、香、味、形的质量，所以自古以来清河当地就形成了以八大碗菜肴成席招待宾客的习俗。如今随着时代的进步，八大碗菜系的内容增添了新的原料，制作更加精美。

在清河及其周边地区，每逢喜事、节日宴宾会客，最是讲究用八仙桌上八大碗，八荤一素。而八仙桌与八大碗的由来，传说与蓬莱八仙有关。

八大碗

相传八仙过海时无意间惹怒龙王，东海龙王便与之交战起来。因两边实力相当，八仙久战难胜，劳累疲惫，退居海滩稍憩，颇觉腹中空空，饥饿难忍，便分头寻食充饥，哪知一眼望去的海滩薄地，荒无人烟。除曹国舅一人未回，其余个个扫兴而归。

原来曹国舅一人不辞劳苦，远行至内地，忽闻一股奇香扑鼻，不觉垂涎三尺，立即寻香进入凡间一庄上，乔装成农家村夫在庄主宅院窥视，只见四方桌上八人围坐、诱人的菜肴一个接一个地上。国舅寻思道：我原乃朝廷国舅，宫廷菜肴我享用得发腻，农家菜肴我未曾见过，何不先让我大饱口福？忽想众仙友腹空我岂可独享，继而采带了七样菜肴，又想起仙姑不食荤，所以又为其独带了一碗素菜，计八大碗，并留言：国舅为众仙借菜八碗，日后定当图报。

从此以后人们为讨吉庆改方桌为八仙桌、坐八客、食八菜（八冷碟、八大碗菜）并一直流传至今。

宁晋驴肉糕

宁晋驴肉糕是产自宁晋的一种特色小吃，味道独特，软硬适宜，吃起来清香、鲜嫩、爽口。成品驴肉糕既可作家庭菜肴，又可以当作宴席上的美味。

驴肉糕的制作方法：先把驴肉切成肉屑，再拌上各种调料，如花椒、丁香、葱、姜、桂皮、香油、味精等，用开水弄成稀糊状，然后再加粉面、葵花子油，搅拌均匀后装入盆中、放进笼屉之中上锅蒸，蒸熟即可。这样制作的驴肉糕既软乎又有劲，切薄片而不松散，吃起来鲜香可口。

制作驴肉糕，虽然不是什么高精尖技术，但如何配料？烧多大火候？这里藏着很大奥秘，有很多学问。宁晋驴肉糕之所以特别受顾客欢迎，就是因为做到了八个字：配料合理、火候适当。

按照正宗宁晋传出来的做法制作出的驴肉糕味醇肉软、清香不腻、咸淡可口，色泽鲜亮，醇香扑鼻，味美可口，色香味俱佳。

宁晋西关饸饹

饸饹，也叫"河漏"，是将豌豆面、荞麦面、红薯面或其他杂豆面和软，用饸饹床子（一种木制或铁制的有许多圆眼的工具），把面通过圆眼压出来，形成小圆条。比一般面条要粗些，但比面条坚、软，食用方式和面条差不多。

宁晋西关饸饹是宁晋县的百年饸饹老店。西关饸饹始创于清光绪十八年（1892年），距今已有120余年的历史。因门店坐落于县城的西关街而得名。其所制作的饸饹，以荞麦面为主，配上肉码和料汤，吃起来别有风味。荞麦含有丰富的维生素及多种微量元素，有降血脂、降胆固醇、降血糖、软化血管、保护视力、抗菌、消炎的功效。所用猪肉全部选用后臀瘦肉，为人们提供优质蛋白质和必需的脂肪酸等营养成分。

百余年来，宁晋人精心研制，创造了独有的民间秘方和特别的制作工艺，形成了西关饸饹"面光滑有劲，汤味美鲜香，肉肥而不腻、瘦而

宁晋西关饸饹

不柴，筋道爽口、香色浓郁"的独特风味。吃在嘴里，美在心里，回味无穷，老少皆宜，百吃不厌，已成为百姓喜欢、社会认可的百年老字号。2012年，西关饸饹被河北省饭店烹饪餐饮行业协会评为"河北名吃"；2013年，西关饸饹制作技艺入选河北省非物质文化遗产名录。

酥鱼

酥鱼历来为人们喜爱的食品。酥鱼不但味道鲜美，还对人体有多种保健功能。经常吃酥鱼的孩子生长发育比较快，智力发展也比较好；经常吃酥鱼的人身体比较健壮，寿命也比较长。这不仅因为鱼含有十分丰富的完全蛋白质，而且它的脂肪含量较低，且多为不饱和脂肪酸，同时无机盐、维生素含量较高。吃酥鱼还能使人更漂亮，延缓衰老，这是因为鱼鳞胶原蛋白极易分解，容易被消化、吸收。

酥鱼

历史上邢台东部地区是十年九淹的大陆泽地区，富产鱼虾，所以鱼虾的做法也多种多样，形成了各地独具地域特色的酥鱼。

1. 隆平酥鱼

隆尧一带有漳、澧、泜、午、滏阳四五条河流过，低洼地带多有积水，甚至水绕村庄，芦苇丛生。旧时财主或几家联合租下公共水面，养鱼出卖。所以饭铺里有鱼肉菜肴，百姓偶尔也做几条鱼吃。隆平城里东南和西北角各有一处池塘，一个叫黑家塘坑，一个叫蚂蚱坑，终年不干，偶有鱼儿"泛坑"的景象，孩子们争相捕捞。只不过都是小鲫瓜子，刺多肉薄。对此，本乡人有个吃法：将鱼开剥，往锅里多添点水，放上葱、姜、花椒、大料、酱油和盐，多放些醋，炖上两三个时辰，那鱼骨鱼刺一起软烂，连骨带肉吃，谓之"酥鱼"，味道鲜美。

还有一种时令鲜鱼，名叫"鲋鲤儿"或是"石粒儿"（方言），秋后泜河涨水才有。那时，泜水顺着南城墙边的护城河，穿过南门石桥向东流淌（现在这条河道变成公路了），就有人在河里打上桩，挡上用高粱秸编的箔，叫作"鱼坝"。中间留个口，安进鱼篓子（方言称为"纽纽"或"不纽"），不大一会儿就可收回大半篓子。

这种小鱼白色，脊背上带有灰色条纹，两寸（约 6.67 厘米）来长，圆溜溜的，比火柴棍粗些。刚打上来时，小鱼活蹦乱跳，煞是好看。想吃的人端着盆子到坝上去买，担到街上的就不鲜活了。做的时候，不用开肠破肚，搅上面糊、葱花，摊成饼子，那年月吃起来很是稀罕。

2. 滏漳酥鱼

隆尧县的东部有两条河流，一条叫滏阳河，一条叫北漳河，在 20 世纪 70 年代以前，这里水源丰富、水脉很浅，一年四季水流潺潺，河里鱼虾很多，一拃长的鲤鱼、鲫鱼，一虎口长的黄鲇，活蹦乱跳的不知名的小虾小鱼多的是，一网下去收获的鱼虾就够炒一顿菜吃。

因为富水，这一带渔业也兴盛，久而久之，酥鱼成了这个地方的名吃，形成了有名的"滏漳酥鱼"，典型的有鲤鱼，还有鲫鱼、黄鲇、草鱼、鲢鱼等。

滏漳酥鱼的特点是：看起来就是一条鱼，鱼形完整，吃起来却骨酥刺烂，鱼肉香鲜，从头吃到尾，从骨吃完刺，一点不浪费。正宗的滏漳酥鱼不仅"鱼绝"，而且"味绝"，吃起来已不仅仅是"鲜"，而是"香"，已不仅仅是"好吃"，而是"食补"，而且常吃能形成感觉依赖，越吃越想吃。不仅做鱼时隔街闻香，而且料的营养和味道能渗透到每一根骨刺，被誉为"隆尧一绝"。

滏漳酥鱼的做法是：将一斤左右的鲤鱼剖洗干净，支一口锅把鱼一层一层码到锅里，配好佐料——主要是醋和盐、葱、姜、蒜等，款款倒进大锅里。然后点火，待烧开后，用锯末蒙在火上，形成小火缓缓熏烤锅底，锅里似开未开的样子，盖上锅盖，用一个专业的词叫"煨"，也就是文火炖十多个小时，到时再起锅，就骨酥刺烂。食客完全可以"大啖鱼肉三四斤，从此长做尧乡人"了。

其实，关于滏沣酥鱼，还有一个美丽的传说。据说，古时候有一位年近古稀的老宰相，娶了个名叫彩鱼的小媳妇。彩鱼年方二九，长得如花似玉。自从嫁给这位老宰相，虽说有享不尽的荣华富贵，可她总是闷闷不乐，暗暗埋怨父母不该把她许给一个老头子。

一天，彩鱼独自到后花园赏花散步，碰上了住在花园旁边的年轻帅气的家厨。这位家厨从小长在滏阳河沿岸，做得一手好吃的酥鱼。彩鱼和年轻的家厨一见钟情并相谈甚欢。从此，彩鱼常常偷偷地到花园里同家厨相会。

有一次，彩鱼对家厨说："你我花园相会，好时光总让人觉得缠绵难分。我有一计，可使咱俩天天都在一起。"家厨问什么妙计，彩鱼就如此这般地说出了自己的主意。原来，老宰相恐怕误了早朝，专门养了一只鸟。这鸟天天五更头就叫，老宰相听到鸟叫，就起身上朝。所以大家都把这只鸟叫朝鸟。彩鱼让家厨四更前就来用竹竿捅朝鸟，让它提前叫唤，等老头子一走，他俩就可团聚了。这天，老宰相听到朝鸟的叫声，连忙起身。等来到朝房门外，刚好鼓打四更。他想，这鸟怎么叫得不准了？就转身回了家，发现了真相，但他并没有声张，又上朝去了。中秋佳节，老宰相把彩鱼和家厨叫在一起，对二人说："中秋之夜月当空，朝鸟不叫竹竿捅。花枝落到粉团上，老姜躲在门外听。"家厨一听，自知露了馅，赶忙跪在桌前，说："八月中秋月儿圆，小厨知罪跪桌前。大人不把小人怪，宰相肚里能撑船。"彩鱼见事情已经挑明，也连忙跪倒在地，说："中秋良宵月偏西，十八妙龄伴古稀。相爷若肯抬贵手，粉团刚好配花枝。"老宰相听了哈哈大笑说："花枝粉团既相宜，远离相府成夫妻。两情若是久长时，莫忘滏河好酥鱼。"彩鱼和家厨听了，连忙叩头谢恩。

从此，彩鱼和家厨回到老家，开始以卖酥鱼为生，滏沣酥鱼就在这一带兴盛开来。

3. 南和"老拐"酥鱼

南和人有句俗语说："老拐不出屋，鱼肉香十里；吃了老拐鱼，便结一世亲；吃了老拐肉，便成一家人。"这里所说的"老拐"，就是"老拐肉食"的创始人薛秀民。

早年因足部烫伤留下残疾的薛秀民，人送外号"老拐"，是南和郝桥镇东薛屯人。这里与河为邻，酥鱼正是这里的传统名吃。史料记载："和阳（南和）食粮不愁菜，顺手河里把鱼逮。"在南和，鱼的吃法很多，酥鱼是百姓中最普通、最简单的一种做法。虽然酥鱼好做，但是真正做好了却不容易。

老拐酥鱼的做法是：一般选用一斤多重的鲜活鲤鱼，净洗后置于陶制大砂锅内，辅以多种配料以及数种中草药，由专人数小时观火、调火，精心炖制而成。直到慢火煨至骨酥刺软，即使再大的鱼骨也能酥烂，鱼形照样完整如初，鱼肉不碎不散，色泽黄亮、味道鲜美。

老拐酥鱼最大的特点是鱼骨、鱼刺全能食用，是老人、孩子补钙的首选。

4. 平乡酥鱼

平乡小酥鱼很有渊源。历史上，平乡一带属大陆泽，广袤百里，众水所汇，常年水灾，庄稼歉收，穷苦人家常常靠煮熟的小鱼充饥。随着生活的不断改善，小酥鱼的制作工艺越来越好，小酥鱼逐渐演变成了一种地方名吃。

平乡酥鱼"刺烂肉香形不散"是当地一绝，做酥鱼的历史可以追溯到唐宋时期，盛行于滏阳河两岸，光大于平乡城，尤其以北关为最。它制作工艺看似简单，但要想真正做好却也不易。从鲜鱼开剥到凉鱼，再到炒糖色掌控、开锅下鱼、文火慢炖要炖 3～4 小时，鱼刺肉烂又得鱼形不变。其放盐和配比中草药决定酥鱼味道，正是百家酥鱼百家味儿。最正宗的酥鱼一定要用砂锅和麦秸火，最后从锅中向盘碗叉放酥鱼做到装盘美观鱼不能碎也堪称技术活儿。

平乡北关酥鱼历史悠久、物美价廉、营养丰富，因肉香刺烂而老少皆宜，应当选平乡风味小吃之冠。其中最具代表性的是老平乡北关砂锅酥鱼。据不完全统计，北关制售酥鱼的有200余人，加上城关和齐庄等共有260余人之多。

平乡酥鱼富含蛋白质、脂肪、维生素、核酸和钾、钠、镁、锌、硒、碘等微量元素，加上汤料中的各种滋补调料，故有抗衰老、抗癌等作用；平乡酥鱼既是一道下酒菜，又是一样绝美的休闲小吃，以色泽黄亮、色香味美、骨酥肉嫩、溢香爽口、久吃不腻而著称，同时可做成咸、甜、鲜、麻、辣等多种口味，能让喜欢不同口味的人都赞不绝口。

南和小米煎饼

"二月二，刮大风，拾干柴，摊煎饼。"这是流传在邢台的一句关于美食与生活的俗语。

在南和，小米煎饼是家家户户都会做的主食。与五味调和的珍馐美馔相比，这份煎饼甚至上不得正席，只能甘为主食，但小米煎饼却包含了南和人太多的关于食物的理解。

小米煎饼又叫"小鏊煎饼"，前者指其原料，后者称其炊具。今天的小米煎饼，早已从"二月二"才可能吃到，变为日常饮食，其口味也稍稍发生了改变。今天的小米煎饼，径长半尺（约16.67厘米），色泽金黄，外焦里嫩。掰开一块来，热气裹挟着香气腾起，焦黄的饼皮里是蜂窝结构的松软的米瓤。为了增加口感，还特地添加了葡萄干、核桃仁。麦芽糖发酵产生的小米特有的气味与干果的醇甜，使人一吃便难忘。

南和小米煎饼的原材料一定要选南和当地产的小米，也被称为"南和金米"。磨好的小米面需提前发酵半个小时，在酵母菌的作用下，小米面的田野气息被彻底释放出来。制作煎饼的铁鏊子是专门的工具，圆形的鏊子如倒扣的头盔，中间深，四周浅，有盖，所以小米煎饼做成后如伞盖一般。制作要领是：把小米面均匀地摊在鏊子里，盖上盖子，5分钟即成，方便又快捷。可以说南和小米煎饼是用铁鏊子连蒸带烙摊熟的，一蒸一烙，亦蒸亦烙，这传统主食在传承中保持着数百年食物原本的味道。

邢台馓子

邢台馓子，形如栅木，条细心空，表面布满小米粒大小的小泡。同时，它环环相扣，丝丝相连；色泽嫩黄，光亮鲜艳；质地酥脆，香气浓郁；点火就着，入水即化，入口即碎。

做馓子和面是最关键的。将面粉加温水和溶化了的盐水，先后擩揉三次，将和好的面团压成3厘米厚的饼，用刀切条，再搓成筷子粗细的长条（不能搓断），放簸箩中如蛇形盘起，撒上半湿的小米面盖严（最多只能码三层，不然很容易粘连）。在温度30℃处饧上半个小时（夏天15分钟），就可炸制了。

从油盆中把饧好的面条抻细并缠在手臂上，绕个十来圈；另有一人手持一双长筷子，挑住缠好的面条两端抻开，面被抻得极细，然后先入油烫一下，立即两支筷子翻过，盘成绞丝，或将两支筷子合并，叠成扇状，再入油炸，成形后抽出筷子；不断翻动馓子，炸熟捞出。

炸好的馓子呈开张的小扇状，匀称的细条色泽嫩黄，表面布满小

邢台馓子

米粒大小的小泡，油润酥松，香气浓郁。微咸酥脆的馓子轻轻一碰即碎，在一片咔嚓声中，满口溢香，让人停不下嘴来。

馓子也叫"环饼"或"焦圈"，古时叫"寒具"。馓子的历史相当悠久，据说最早是回民发明的。"点心香，月饼美，回族的馓子甜又脆。"每逢开斋节、古尔邦节等民族节日，回族家庭都炸馓子招待客人，馈赠邻里。宋朝大文豪苏东坡在品尝了一位老婆婆做的馓子后，写下这样一首诗：

纤手搓来玉色匀，碧油煎出嫩黄深。
夜来春睡知轻重？压扁佳人缠臂金。

形象的比喻写出了馓子色鲜、酥脆的特点。

馓子可以干吃，也可以熬汤，水煮而不烂，还可以弄碎了做饺子馅吃。《本草纲目》中称馓子味甘咸，性温，有"利大小便、润肠、温中益气"之功用。用它和延胡索、苦子配伍，可治小便不通；用它和地榆、羊血配方，可治血痢不止。妇女产前吃馓子，有舒筋活血、松骨、催生之作用，产后月子里红糖泡馓子，利于散腹中之淤，有使筋骨"散而复聚"、强身康复之妙用。所以馓子一直以来都是老百姓的爱物。

邢台馓子以临西县的馓子最著名，大概是因为古时临西及相邻临清同属一地，有许多回族居民的缘故。这里历史上大运河漕运非常发达，商业贸易非常活跃。多年来，邢台馓子的原料及工艺都有了很大改进，现代馓子已不用米粉而改用面粉，而且除了加盐外，也可加糖或裹蜜而成甜食，相应的新品种也越来越多，但馓子的香酥清脆的品质没有改变。

任泽老炒肉

何谓老炒肉？老式炒肉之称也。原因之一是其做法近百年一贯制；再者，其味浓、色重、酱香，相对于现在以清淡为主的菜，称为老式也不为过。

任泽做老炒肉的饭店不少，但传统的有两家：大街石头饭店和王大黑饭店。两家饭店的店面都不太讲究，但老炒肉极正宗，烧饼和火烧也是饭店自做，人常常爆满。两家饭店的菜味大同小异，前者味重，后者味淡。

做老炒肉的工序并不复杂，肉以肥肉为主，先切片，然后抓芡、过油、爆酱，急火翻炒而成。为什么用肥肉？大概因物质匮乏年代，人们沾肉腥味儿少，多喜肥嫌瘦，故而用肥肉。肥而香是以前平民阶层对美食的首选。不过近几年老炒肉的选料也有所变化，已开始用瘦肉。之所以抓一下芡，是因为抓过芡的肉过油后膨胀、松软，装到盘子里衬堆儿，且吃起来不腻口、嫩滑。

炒老炒肉，有两道工序很关键，一是过油，一是爆酱。过油就是将抓过芡的肉放入滚热的油中，迅速翻转，然后篦出一大部分油，剩一小部分继续带肉快速翻炒，直至略微挂焦，然后将油篦净，肉待用。过油是个功夫活儿，它需要一定的腕力和巧劲儿，动作要干净利索，否则带油翻炒要引火烧身。要做好这道工序，不苦练两年翻勺是上不了灶台的。再说爆酱，这活儿要的是眼力，爆嫩了，只咸不香；爆过了，只苦不香。只有恰到好处，才能爆出酱的红色，酱香弥漫。

炒老炒肉，讲究一个快字。酱爆好后，要迅速将过好油的肉放入酱内快速翻炒，与此同时，抓一大把绿豆芽或葱花，扔到勺内，一同翻炒。绿豆芽或葱适合快炒，且白的绿豆芽或青、白相间的葱与酱红色的过油肉配在一起，其色诱人，其味馋人，的确不失为一道美味。

任泽老炒肉

吃老炒肉，其配食也很讲究，最好的配食是热烧饼和火烧。刚出炉的烧饼或火烧，加上刚出锅的老炒肉，其肉香、酱香与热烘烘的麦香杂糅在一起，其味美不胜收。

隆尧煎饼菜

隆尧东部和县城一带，红事的宴席虽然也吃热热闹闹的大锅菜，但这菜却又与别处不尽相同，因为菜里又多出一份内容——煎饼，于是这菜也被人们称为"煎饼菜"。隆尧的煎饼菜家喻户晓，属于大众美食系列。

煎饼菜也得要大锅熬制，所以又有人称之为"煎饼熬菜"。将白菜、粉条加上水放在大锅里面慢慢熬制，之后加入切成细条的煎豆腐，临出锅烹上一层香香的蒜瓣、葱花油，再加入用绿豆面和白面调和成稀浆摊成的薄煎饼，撒上果泡、素丸子，就可以大快朵颐了。

隆尧煎饼的做法大致是这样的：鏊子烧热后，先在上面滴几滴花生油或者黄豆油，以防煎饼粘在上面揭不下来。接着用勺子从面盆里捞一勺子面糊糊放在鏊子上，用刮子不停地往前赶，直到从鏊子的一边赶到另一边，整个鏊子上面摊得满满的就

隆尧煎饼菜

煎饼菜

可以了，然后再往鏊子底下加一把柴火。

摊煎饼是个技术活儿，既要掌握好火候，又要不间断地完成在鏊子上擦油、摊糊、抹平等各个环节。

刚摊好的煎饼又香又软又筋道，尤其是过红事儿摊的绿豆杂面儿煎饼，卷上大葱和咸酱，叫人舌底生津，总忍不住抓过来香喷喷、软乎乎地吞进肚子里。

不过，这煎饼菜最关键的是调味，最不能缺的是醋。一个高明厨师的高明之处就在于调味，同样的食材，别人做出来的不好吃，他做出来的却令人爱不释口，端起碗就舍不得放下。

缸炉烧饼

用火炉烧缸制作的烧饼，叫缸炉烧饼。其特点是：四角方形，鼓胀焦黄，层层皮薄，酥脆清香。用缸制作食品是一种很独特的方法，它利用了"缸"的光滑、耐火和厚度，烧出的烧饼不糊、面光，吃起来香、酥、脆。这种烧饼的做法在火候上极讲究，因缸里呈凹形，凉或热烧饼都要滑下来。缸炉烧饼形圆，上有花檐，大小同芝麻烧饼差不多。古人

缸炉烧饼

有诗赞缸炉烧饼:"城府千层四方方,芝麻万点心计长。奈何八卦炉中烧,纵到唇边更放香。"

缸炉烧饼所以香酥可口,主要是用料讲究,制作工艺要求严格。

用料:上等面粉10斤,以6斤面粉加花生油6两和温水和成水面,以4斤面粉加花生油2.2斤和成油面备用;称五花猪肉7斤,切成豆粒大方块,与纯香油1斤,适量葱、花椒、姜末、肉料、香菇末等搅拌均匀,直到有"沙沙"响声为止;芝麻1斤,用水浸泡,炒熟备用。

简单做法:将白面放入瓷盆中,取盐少许用凉水化开倒入面内,加水搅拌,糅合均匀,面团要较硬,放案板上擀成一指厚大片,倒上食用油手抹均匀,上撒白面,搓成小酥醅噜,再卷成长条,攥成拳头粗棒条,俩人对拽扯成直径5厘米的长条,置案上手截成段,逐段擀成长片,加入肉馅,两头回折,翻扣再擀长,两头对折成四角方形,摆齐洒水,以手在上抹成糊状,均匀地撒上脱皮芝麻,翻扣过去,手拍背面使芝麻长牢,用一小块面试擦生有炭火的炉壁,看面皮呈黄色即装炉加盖,10分钟左右即熟。

羊肉米饭

巨鹿、隆尧一带将新鲜羊肉、白菜和小米煮在一起，熬成稠米饭，名叫"羊肉米饭"，也称"羊肉小米粥"。羊肉米饭肉香而不腻，米肉相容，米含肉香，肉浸米甘，菜烂于米肉之间，糯粘成团，入口除香、甘二味外，还有一股鲜活的羊肉浓香，着附齿口，久留不去。

羊肉米饭最早起源于巨鹿小寨一带。小寨是著名的羊肉屠宰基地，由于家家户户做此生意，人们就将剩下来的羊骨大锅炖之，召集亲朋好友聚在一起啃羊骨、喝羊汤，也算是一大享受。巧手的主妇在喝不完的羊汤中放入了小米和白菜叶，小火熬制，直熬到汤汁收敛，小米干稠，使得羊肉米饭的滋味十足，鲜美异常，最是滋补健体、暖胃温脾的好饭食。

随着生活水平的提高，经过改良，人们在做羊肉米饭时无须羊汤，而是直接将新鲜羊肉、白菜和小米一起下锅。如此熬制的羊肉米饭味浓，鲜香，不腻，不稀不稠，颜色淡黄，完全没有羊肉的膻味，米香肉香凝为一体，口感甚佳，十分养人。

做羊肉米饭是很有讲究的。米要用当年的新谷米，肉要用本地的鲜羊肉，最好现宰现做，肥瘦相间。工序上也有讲究。先将羊肉洗净，切成一厘米见方肉丁，在锅里加水，将肉丁放入，不要放任何佐料，因为佐料可夺羊肉原味。先用大火轰，待水滚，压成文火。肉煮至八成熟，放盐，下小米。羊肉米饭以干稠为好，因此，用米量也是关键。米量小，做出的饭稀不挡口，失去独特风味；米量大则容易糊锅，做成夹生饭。下米后，用

羊肉米饭

文火熬，并不时用勺子翻搅，煮20分钟，待小米膨化成黏粥状，即可停火，焐上几分钟，羊肉软烂，小米干稠，盛到碗里团团紧簇。吃时，刚用筷子挑起，食欲便一触即发，直令人感叹这味道绵长细腻，又回味悠远。

内丘菜卷

内丘菜卷是道时令菜，只在初夏时节才能吃上。

这道菜卷所说的菜特指西葫芦，而西葫芦是当地初夏时令菜。虽说现在科技发达，随时可买到水灵鲜嫩的西葫芦，但对内丘人来说，初夏西葫芦做的菜卷才是真正意义上的菜卷——那经了风吹日晒，水润土养，合着时令栽种、采摘的西葫芦才得天地灵气，是它本该有的质感味道。

说起这道美食在内丘的普及程度，那就如同羊肉泡馍在西安、拉面在兰州，庄户人家都能信手拈来。

内丘菜卷的做法：将新下来的西葫芦擦丝，调入油盐；将烫面擀成圆饼状，不厚不薄；将调好的西葫芦丝放入面皮中层层卷起，想吃瓷实的就卷紧些，想吃松软的就卷松快些；卷好后切成两寸（约6.67厘米）长的段上笼屉蒸上15分钟，这中间捣头新蒜，倒碟陈醋，点上滴香油，且等着菜卷出笼。那热气腾腾、菜香阵阵的菜卷一揭蒸笼分明是鼓胀胀圆滚滚的，当家主妇们呵着气、扎着手一个个取出码上盘，菜卷便泄了股气，烫面皮和菜馅温存一处，作半透明状，隐隐地露出里面的嫩绿。

那色泽，莹润的烫面皮裹着水绿的西葫芦丝，沾上泛着金黄香

内丘菜卷

油花、底下沉着捣至透明的蒜泥的陈醋汁，真是赏心悦目。味道就一个鲜字，那是带着自然体味的鲜嫩。

吃菜卷也是各姿各态。有斯文的沾口醋汁吃口菜卷；有创意的直接舀一勺子醋倒进竖起的菜卷，大口大口吃得更过瘾；贪玩儿的孩子大多举着菜卷边吃边在大街小巷内呼朋引伴。放凉的菜卷面皮更劲道，更入味儿。真是热吃有热吃的味道，凉吃有凉吃的感觉。

邢台黑家饺子

邢台黑家饺子皮薄馅大，鲜、香、美，风味独特，问世七十余载，几经风雨，醇香不改，成为邢台饮食业的"老字号"。

邢台清真黑家饺子馆的创始人叫黑振斌，原籍临西县老黑庄村，黑家饺子馆的名字也由此而来。为了养家糊口，1932年，家境贫寒的黑振斌在马路街南后小河子（古城外河）搭了四间席棚的连家店开设了饺子馆，主营水饺。当时由于店小、门面简陋和大饭庄的排挤，生意极为萧条。1945年邢台解放后，政府对发展工商业非常重视，人民群众的生活大大改善，黑家饺子馆的生意渐渐好转，逐渐在饮食行业崭露头角。

黑家饺子之所以备受推崇，关键在于选料严格、配料合理、精工细作。在选料方面：必须用生长一年至三年的羊做肉料，其特点是肥瘦均匀、肉质鲜嫩，一般是鲜羊或闲母羊。根据时令选择时鲜菜蔬，例如春韭、夏瓜、冬白菜。制作面皮的面粉一律是富强精粉（72粉），其特点是面白耐用、成品率高、色泽美观。饺子馅的制作也非常讲究：选用肉料必须先改刀加工，一般规格为2～4厘米宽、10～12厘米长的长方形窄条，随后通过绞肉机绞一遍，把绞好的肉放上适量的盐进行搅拌，使肉丝互相连接为好，这叫肉坯。蔬菜择洗干净后要将水控净，方能切剁。在配料方面，要按照材料的性质、作用按顺序放入肉坯，调配料品种和计量也有严格要求。

包饺子要先和面，每斤面吃水量4～5两。和面要求三光：即面光、手光、盆光，还要软硬适当。根据四季气候的变化，对饺子面的要求也不同。冬季和软一些为好，夏季和硬一些为好。饺子皮要求四边薄中间厚，圆片形状。包饺子要求馅、面均匀，分量准，包合处严实，造型美观，不开不破。

煮饺子关键是火候，开始煮火候要旺要硬。煮饺子时必须用沸水（100℃），当饺子放入锅内要一顺劲地推转，火势要加旺，以免饺子沉底抓锅。当饺子浮上来或开锅后，火势逐渐减低，但锅内煮的饺子必须坚持沸水，要反复再煮3~5分钟，俗话说"三滚儿饺子两滚儿面"，熟透即可捞出。

桐泰祥糕点

桐泰祥糕点的特点可用酥、脆、香、甜、软五个字来概括。另一特点是"五多一好"，即酥货多、混糖多、品种花样多、江米货多、南材多，质量好。它的糕点制作以工艺精细，造型雅致，松爽适口，色味俱佳而闻名，堪称"邢台第一家"，深受广大群众欢迎。

桐泰祥糕点铺的前身为"凤泰祥""桐凤祥"。"凤泰祥"初创于1906年，创办人李玉田（原籍河南安阳人）自东自掌，糕点师是田魁，地址在邢台市府前南街。开始铺面不大，人员不多，但是由于生产的糕点质高价廉，获得了人们的信赖，打开了门路，就逐步发展起来了。据桐泰祥糕点师路金荣讲，从河南、山东，到河北，糕点制作共分四个帮，即开封帮、道口帮、临清帮、天津帮。而桐泰祥糕点属于开封帮，开封帮的第五代传人是田魁（即路金荣的师傅），田魁在"凤泰祥"一直干到1936年，以后"凤泰祥"的糕点师就是田魁的徒弟路金荣了。当时"凤泰祥"主营糕点，兼营面酱、酱油、醋和各种小菜，能生产40多种各色糕点，颇受顾客欢迎。

1944年，由于"凤泰祥"的掌柜给的待遇太低，糕点师路金荣和会计侯觐光商议，决定脱离"凤泰祥"，另在邢台市南关北大街开办"桐凤祥"糕点铺。

1950年，在人民政府的关怀下，在原"桐凤祥"的旧址，改名开设了"桐泰祥"食品店。当时只有职工十几人，但整日顾客盈门，买卖兴隆。1955年5月1日，"桐泰祥"食品店在邢台市饮食行业中，首先带头响应政府号召，实行公私合营，给全行业起了带头作用。到1965年，"桐泰祥"糕点铺合并到了邢台市食品厂。

1983年底，"桐泰祥"正式恢复开业。一方面，"桐泰祥"精心制作传统糕点，来满足广大群众需求；另一方面，为使传统糕点技艺不失传，路金荣师傅破除艺不外传的陋习，开门收徒，传授技术，使传统糕点技艺留传后世。

"桐泰祥"传统糕点开业以来，总是供不应求。每日一开门，人们便蜂拥而至，争相购买，整日门庭若市，生意甚是兴隆。

"桐泰祥糕点"是邢台久负盛名的传统名牌食品，至今已有80年的历史。

沙河排骨

沙河排骨是沙河宴席上不可或缺的一道菜，有红烧、清炖、清蒸、干炸、酱焖等烹饪手法，味道香咸、排骨酥烂、色泽金红、口感醇香、回味无穷。

它的出现和沙河市本地的主导产业——矿产业密不可分。沙河市矿产资源丰富，是全国50个重点产煤县（市）之一和著名的全国优质铁矿石产地。20世纪80年代初，私人矿业兴起，各个小矿井并起，星罗棋布，相应所需采矿人也增加。矿主雇佣的开矿工以四川等地的南方人为主，因

沙河排骨

此沙河市聚集了大批南方民工。他们喜食猪油，矿主为了满足工人所需，都会大批采购猪油。

当地屠户、屠宰厂所出售的猪油供不应求，价格一涨再涨，竟与精肉价格持平。考虑到价格因素，卖家多把猪膘单独剥离卖给矿主。而剩下的连骨带肉就作排骨卖掉。因为沙河排骨肉厚，存油脂，故汁浓味厚，非一般排骨可比拟。所以说沙河排骨严格意义上讲是一种特色食材，比起普通剔肉剔得相对干净的排骨，沙河排骨肉厚味醇，更加丰腴。

沙河排骨的做法：

1.葱切段；姜切片；排骨剁成4厘米长的块，洗净控干水分，加入少许酱油、水淀粉拌匀，用热油炸成金黄色捞出。

2.将排骨放入锅内，加入水（以漫过排骨为度）、酱油、料酒、精盐、大料、葱段、姜片，尝好味，用大火烧开后，转微火焖至排骨肉烂即成。

制作关键：排骨挂上淀粉后，要用旺火热油炸，油一定要热，多分几次下锅，这样排骨才炸得好。如油凉、火微，排骨炸不好，淀粉易脱糊，烧出的排骨乱汤，成菜不利索。

冰花煎包

煎包，作为民间的传统小吃继承了小笼包的传统特色，融蒸、煮、煎于一体，底焦脆、面软嫩，馅多皮薄、香而不腻，成为大众最喜爱的小吃之一。

在邢台，无论是城乡集市还是街边小摊，不难找出水煎包的摊点。乌黑的平底锅里金灿灿、油汪汪的煎包，锅子下面炉膛里燃烧的木柴的气息搅和着煎包迷人的香气，让人欲罢不能。手捧着刚出锅的煎包，咀嚼着金黄的饹馇儿，成为邢台人最佳的美食享受。

随着生活水平提高，煎包在大厨的手中不断改良创新，迎合着大众口味。冰花煎包就是煎包的一种，它的特点是：形似冰花，一面焦脆，三面软嫩，脆而不硬，香而不腻。

冰花煎包分肉、素两种，肉馅以猪肉大葱为主，素馅以时令蔬菜搭配。做煎包的要素离不开"调馅的配方、火候的把握"两大关键因素。

先说调馅，以肉馅为例，按十分肉六分菜的比例备好食材，所用猪肉必须是前膀肥瘦相间的部位，多选择那些纹理丰富，脂肪层多而且薄的，保证煎熟后有丰富的汁水，随后再用秘制调料将猪肉馅提前煨泡好，以此保证肉馅的鲜、香、嫩。等煨泡的猪肉馅彻底吸收各种调料的精华后，加入大葱，顺时针搅拌一个多小时，彻底将各种食材充分融合在一起。

火候的把握更是关键。平底锅刷油后，烧至七成热，小煎包一个个规律码放；等煎包底稍微有饹馇儿出现时，往锅里倒入用面粉和淀粉调好的面糊，浇至淹没煎包的三分之一处，盖盖，大火烧开；随后转为中火，约七分钟后，大火收汁；不多时，随着"吱吱"的声音，一盘焦脆软嫩的冰花煎包即告完成。

吃煎包就得吃热乎劲，现出锅现吃，底儿焦脆，面儿绵软，馅儿滑而嫩，汤汁浓而香，鲜香的肉馅裹着饱满的汤汁，层次浓厚的味道绕舌回环，悠然绵长。底部的冰花饹馇儿更是吃煎包的高潮，一半是绵软，一半是焦脆，可以用焦、脆、柔、甜、香、嫩、软这几个字来概括冰花煎包的滋味。

内丘杏汤

杏汤是流行于内丘县獐么乡及附近村落的一种烹饪美食，是招待亲朋好友的一道美味佳肴。具体配料有野杏仁、大豆、红豆、绿豆、土豆、麦仁、玉米糁、花生米、红薯、南瓜、豆角、各种干菜（蔓菁条、白萝卜条等）等近20种配菜。具体制作过程：将野杏仁磨碎成面，各种干菜用水泡起来，土豆、南瓜、红薯、豆角等都切成小块，准备适量凉开水。做杏汤的一个重要环节，就是调汤汁。在农家铁锅中放入适量的凉开水，把野杏仁面倒入锅中，然后就开始用饭勺不停地淘扬，这个过程需要近两个小时，并且要控制好火候，不能让汤沸腾，因为野杏仁是有毒的，在这个过程中野杏仁的毒性会随着水蒸气而挥发出去，等到锅中的汤散发出浓浓的甜味时，就停止淘扬，把不易煮熟的大豆、红豆、绿豆、麦仁、玉米糁、土豆块、红薯块放入锅中熬制，同时放入适量盐，慢火熬制 20 分钟左右，再放入泡制好的蔓菁条、白萝卜条、南瓜块、豆角等。最后，关火前撒一层翠绿的碎芫荽末。这样，一锅热气腾腾的杏汤就做好了。

其主要价值有：1.杏汤配料的多样性，足见民间饮食在用料方面的随意性之广博。2.杏汤作为地方特色小吃，其制作工艺有上百年的历史传承。3.杏汤具有较好的养生作用，能够润脾健胃、补虚疗肠、强身健体。4.杏汤弘扬了内丘悠久璀璨的历史，展现了农耕民族的饮食创造力。

第四节　饮食习惯

民以食为天，饮食在人们的生活中占有十分重要的位置。它不仅能满足人们的生理需要，而且具有十分丰富的文化内涵，饮食习俗还涉及饮食所用的器皿和场合等十分丰富的内容。

"人是铁，饭是钢，一顿不吃饿得慌"，不管怎么说，吃饭总归是生活中的头等大事。中华人民共和国成立初期，生产力低下，自然灾害不断，民众大多生活困苦，常年以粗粮为主，伴以糠菜，"糠菜半年粮"是真实的生活写照。20世纪的三年困难时期，粮食极度紧缺，以"瓜、菜"充饥，更有甚者，树皮、棉花落、花籽饼等都成为老百姓的充饥之物。由于棉花落有毒，所以有的人吃了以后，全身浮肿。

餐　制

一般为一日三餐，但从中华人民共和国成立至60年代，生活普遍困难，不少地方冬闲时改为一日两餐。以西部山区较为典型，常常是简单煮一锅土豆，一吃两三顿。农村的一日三餐中，早饭、午饭吃的较"实着"，因为上午、下午都要干力气活，晚饭吃得"马虎"，说是晚上睡觉不费劲儿。这与城市人因为时间紧早饭、午饭简单，而晚上有时间，所以晚饭吃得较讲究正好相反，而且20世纪五六十年代的农村里常有下雨天没柴烧，到晚上不做晚饭而饿肚子睡觉的情况。这都是穷困所迫，实属无奈。

主　食

20世纪60年代以前，邢台地区的粮食品种主要有高粱、谷子、红薯、玉米、小麦、豆类等。普通家庭常年吃粗粮、野菜。白面仅过年过节、待客走亲用，或麦收时节吃几顿。

农村以粗粮为主的年月，也讲究粗粮细作，变变花样，倒换着吃。那时的主食有：

粥，又叫"糊涂""白粥"，熬粥多用小米或玉米面。粮食困难时，也用"谷面"（谷子不去壳直接磨成面）、高粱面、山药面、玉米糁熬粥的。

菜饭，也叫"菜白粥"，即粥和菜加上盐煮成的一锅饭。比如清河菜豆腐就是这种菜饭的演变。做菜饭还常搁上红薯、胡萝卜或蔓菁，有的则搁上红薯片、萝卜条。

饼子，用玉米面或山药面、高粱面等做成。饼子做法有两种，即蒸饼子或贴饼子。蒸饼子就是把和好的面捏成扁圆的形状放在笼屉蒸熟；贴饼子则是把和好的面趁热锅贴于锅边，盖锅蒸熟，这样挨锅的一面烤成黄褐色，酥脆可口，故锅贴饼子有"一面蒸，一面烙"之诨名。贴饼子时，火候要掌握好，一定得热锅，不然贴不住。对此，人们还总结了一条歇后语"凉锅贴饼子——溜了"。

菜饼，用小麦面、玉米面或山药面掺各种蔬菜叶或瓜丝烙饼，蘸蒜食用。

包子，用南瓜、北瓜、萝卜等切成丝加上大葱、豆腐或肉做成馅，用玉米面、山药面等做皮，包成团子，也叫"菜团子"，蒸熟食用。后来粮食充裕以后，包子皮用白面，馅有菜馅、肉馅、枣馅、糖馅、豆馅等，用什么馅就是什么包。

杂面，把绿豆或黄豆和小麦混在一起磨成面即为杂面。杂面擀成面条即为杂面条。杂面汤是常吃的稀饭之一。

菜肴

20世纪70年代以前，邢台人多用白菜、北瓜、南瓜、茄子、豆角等熬菜，春天常吃西葫芦，夏天焯根达莛儿、腌莴苣为凉菜。一年四季食用白萝卜、胡萝卜、洋姜、疙瘩等腌制的咸菜和用萝卜叶、白菜叶做成的酸菜。那时糠菜半年粮。20世纪五六十年代，尤其是三年经济困难时期，每年春天"挑苣苣菜（挖野菜）"成了人们的一项度荒行动。苣苣菜已不是简单意义上的"菜"，人们是用苣苣菜加上一点点粮食做饭，大碗端着吃而充饥的。青黄不接时，人们吃干白菜和萝卜干，甚至胡萝卜缨儿。随着经济形势的逐渐好转，80年代以后的农村除传统熬菜外，还多用西红柿、蒜薹、茄子、菜花、土豆、芹菜炒菜，部分人家加肉炒。粉条、食用菌也成了家常菜。逐渐地，随着蔬菜大棚技术的推广，吃新鲜蔬菜已不分季节。

调料

食盐。在农村，老百姓把盐碱地的盐碱土刮起来加水过滤，放在锅里加热熬干或太阳下晒干，结晶出盐的颗粒。因为含有大量的硝，所以也叫"硝盐"，当时误说"小盐"。这种盐含有大量硝不宜食用，但老百姓还是拿它当盐食用。

面酱。将馒头发酵，加水稀释，阳光下照晒，每天用筷子搅和，以利于受光均匀，过些日子即可做成面酱。

食用油。最昂贵的调料，因为自家不能榨制，所以吃起来也就格外节省。过去做菜一般很少用油炒，多数是把菜放到锅里加热放盐，或放在笼屉里直接蒸熟，然后放盐，最后焌点油。吃香油就更节省了，从瓶子往外倒，唯恐倒多了，就用筷子插进油瓶，沾上几滴出来，在锅里涮涮即可。这样，一斤油吃几个月是很平常的事。后来，生活水平提高了，油也吃多了，也有了酱油（清酱），后来又有了味精等，越来越上档次了。

就餐

冬天吃饭时，一家人围坐在小方桌或八仙桌旁，没有桌子就放一块案板，大饭盆端上来放在上面，谁吃谁盛。春、夏、秋三季，一般都在

院里或堂屋里吃饭，放上地桌，桌上摆饭菜碗筷，四周放小板凳或蒲墩。20世纪中后期，在农村，成年男子有在当街吃饭的习俗。吃饭时，这些人每人端着一个大碗，碗里盛满饭，再夹上点菜，手里拿个贴饼子，蹲在自家大门口或几个人围在一起吃起来，边吃边聊，借家什、通见闻、说笑话，算是别具特色的一种餐饮文化，吃饭的同时，

蹲在家门口吃饭

交流了信息，安排了农活，还寻得了开心。后来，有条件的有了餐厅或客厅。吃饭就在餐桌旁，坐靠背椅或凳子。但大多数人还是在茶几上摆饭菜，坐沙发和矮凳吃饭。

　　不少村镇有农忙时给下地干活的人送饭的习惯，尤其是一些时间性强又不能中断的农活，例如浇地、打场等。所以就把饭菜给家人送到地里吃，或挑担，或提篮，常见三五个送饭的结伴而行。

第八章
服饰民俗

第一节　衣服

衣服是人类文明的标志之一，不同时代、不同区域的穿戴有其不同的特点，它和物质生活基础、意识形态、社会风尚、风土民情等密切相关。关于衣服，有谚语说"人饰衣裳马饰鞍"。贫穷的年代，人们用破衣烂衫遮身御寒；富足的时代，人们穿着讲究得体、舒适高雅、华丽时尚。

颜色

传统服色为青、蓝（常说毛蓝）、墨色（深灰色）、紫花（土褐色）等。紫花色是用一种含矿物质的红土所染，另有以天然紫花棉织成的粗布。成年男子多穿土粗布，夏天为白色，春季、秋季为紫花色和墨色，冬季一般为青色、毛蓝色。年轻女子传统服色多为粉、红、鱼白色（浅蓝偏白）、水白色（稍带蓝色的白色），还有黄叶绿、学生蓝等。旧时农村女子穿衣服有"红到四十绿到老"的说法，认为40岁以下可穿着红色，过了40不能再穿大红大紫，因为太过娇艳，而绿色及其他不艳丽的深色到老都能穿。"文革"时期，在大学解放军的热潮中一度盛行军绿色。尤其是青少年，无论男女都以穿着绿军装为时尚。1980年以后，中老年仍以灰、黑色为主，青年男女则色彩缤纷，变化较快。2000年以后，城镇一些中老年也新潮起来，开始穿着大红大绿或图案鲜艳的衣服。

样式

中华人民共和国成立初期，农村的一些老年人仍着中华人民共和国成立前服装式样，男女都穿大襟褂子、夹袄和棉袄，老头还有穿棉袍的。

中青年男女上衣绝大多数改为前开襟，即对襟褂子或袄。而那时结婚的新郎官仍有穿长袍大褂的。男女裤子样式相同，宽腿大裆，另上半尺（约 16.67 厘米）宽的裤腰。穿时将肥大的裤腰折叠抿紧，系上粗线织成的厚布彩带，俗说"延腰儿裤"。这种裤子前后不分，可以倒换穿。单层的裤子叫"单裤"，双层的叫夹裤，中间絮棉的叫棉裤。此外还有一种衩裤，又叫"套裤"，只有裤腿，没有裤腰，天冷时套在夹裤外御寒，看起来虽不雅，但对推车、挑担等脚力者尤为方便。20 世纪 50 年代的中老年人一般不穿裤衩，冬秋时节更没有内衣内裤之说。天冷的时候，贴身处穿一件破旧褂子，外面穿夹袄或棉袄，也有只贴身穿一件棉袄的，叫"空身袄"。为了御寒，男人腰里抽一条布带子叫"褡包"。中老年人及小孩子裤脚均习惯用一寸（约 3.33 厘米）多宽、二尺（约 66.67 厘米）多长的布带子锁起来，叫"扎裹脚"，也叫"扎带子"。衣服全是自家终身制，布料多为自产自织的土布。冬天上身是棉袄，下身是棉裤，外面不套褂子、裤子。这样的打扮被城里人称为"穿着撅屁股小袄子"，是典型的土气又落后的装束。姑娘们常是花棉袄、花棉裤，虽然颜色鲜艳，但仍没有脱离土气。50 年代以后，制服开始流行，一些学生、公职人员穿学生装、中山装。农村男女多是对襟褂子，颜料纽扣并不普及，常用布条缝成扣篾儿，挽成蒜疙瘩缀在褂子前襟上做扣子。60 年代以前，农村仍以土粗布为主，偶有绸缎丝麻之物。后来逐渐有洋布斜纹、卡其、哔叽、条绒、平绒等，进而又有了的确良、的卡、毛料。

　　从困难时期到 70 年代，棉布凭票供应，穿衣用布很紧张，人们对穿补丁衣服也就习以为常，"新三年，旧三年，缝缝补补又三年"。一件衣服常常是大补丁套小补丁，补丁摞补丁。有的新衣服先打上补丁，常见工作服上衣两肘处，裤子的两膝及臀部先缝上椭圆的大补丁。农村贫穷妇女置不起新衣，出门借衣穿是常事。

　　1978 年改革开放后，随着经济的不断发展和人们的思想解放，服装渐趋多样化，人们已很少自己做衣服，一部分人到缝纫店定做，绝大部分人一年四季买成衣。男式服装有西服、制服、夹克、牛仔服等，女子夏季则盛行裙装。裤子样式由过去的不分男女改为男裤从前面开口，女裤从侧面开口，进而女裤也改为前面开口，裤腿不但有筒型，也有肥宽的喇叭型，还有能显露轮廓的紧身型。女子服装样式一年一改，甚至一季一改，低领衫、超短裙、露脐裤……不胜枚举，男子也有穿着大红大紫的。追时髦者多为男女青少年或有条件的民营工商业者及一部分公职人员。80年代流行呢子大衣，90年代流行皮衣，以后又流行羽绒服。随着改革开放的深入，人们的服装更加丰富多彩，款式追求个性化，面料追求舒适感，而且讲究搭配、协调，款式各异、缤纷多姿的时装使富裕起来的人们越来越亮丽。买一套上档次的衣服花费几百元甚至几千元已不稀罕。

农村男子秋冬季穿制服、夹克或羽绒服，夏季多穿短衫、背心、裤衩，在非正式场合，光膀子的亦不少见。

第二节　鞋帽

帽子和鞋袜作为陪衬穿戴，邢台城乡讲究不多，但也有鲜明的地方特色，取材方便，冷暖适宜。

帽子

中华人民共和国成立初期，成年男子多剃光头，农民夏季多戴草帽，春秋季扎"白羊肚儿"毛巾，俗称"包手巾"，老年者多戴帽盔儿，冬季戴毡帽头、耳棉帽、栽绒帽，严冬时节一些人则戴皮帽，后流行夹帽、学生帽。20世纪六七十年代，戴绿色军帽很普遍，后又时兴八角帽、鸭舌帽，同时还流行戴耳套。耳套有动物皮毛的，有用毛线织成连在一起，戴在耳朵上同时兜住下巴的。90年代以后，毛线织的软帽男女老少皆有戴的。中华人民共和国成立初期，老年妇女戴黑平无檐帽。20世纪60年代后，妇女多戴围巾，有长条围巾能围住头和脖子，也有方围巾折叠成三角形，平时系在脖子里，天冷或尘土飞扬时绑在头上。八九十年代后，妇女戴帽子已不单单为了御寒，年轻女子戴的各式各样的帽子已成为一种装饰品。

鞋袜

20世纪五六十年代甚至70年代，农村人自己做鞋很普遍。开春时节打袼褙（将破旧布头用稀糨糊一层层抹起来晾干）、开底子（剪裁鞋底），伏天里趁气候潮湿搓麻绳纳底子，或是毛边底或是千层底，然后铰鞋帮绱鞋。这一整套活是过去农村妇女的基本功，也是一年四季不断的针线活。农村做鞋，一般都是黑色，最早鞋面用土粗布，后来逐步改用耐磨的重富呢、条绒等。样式有圆口、方口、尖口，有绑带鞋、懒汉鞋之分。因为干农活费力费鞋，过去农村衣破、鞋破的太常见了，尤其鞋破最为普遍。一双布鞋往往穿一两个月就破了，做一双鞋又较难，鞋底磨透的或鞋帮上有窟窿露着脚趾头的都是常事，到冬天没有棉鞋穿的也不是个别的。即使条件较好点的，一双鞋也是节省着穿，不等破了就又打包头又钉掌，想办法多穿一些日子。后来逐渐有了草绿色、白色、蓝色胶鞋。20世纪五六十年代的手工绣花鞋是女子出嫁时或过年过节走亲戚时才穿。鞋垫都是自家缀纳，手巧的则用割花工艺制造鞋垫，美观而耐磨。女人裹足是旧社会的事，但中华人民共和国成立初期四五十岁的妇女都裹过足，这部分人穿鞋就比较特殊，她们只能穿平底的小脚尖尖鞋，市场上偶有专为这部分人生产的尖尖型雨胶鞋出售。

六七十年代以后，塑料凉鞋及商品塑料鞋底的出现，使农村做鞋的工作量一下子减少了不少。做鞋也仅是买现成的塑料鞋底，自家绱鞋帮。接下来，人们开始购买皮鞋、布鞋、胶底鞋、棉鞋、旅游鞋等。

从90年代末开始，已很少有人自己做鞋了，通通穿起了"铺鞋"（鞋铺里卖的商品鞋）。"一双鞋，衬半截"，人们知道鞋的装饰作用，但是也都量力而行。然而那些小青年或青年学生常常以拥有一双名牌皮鞋或球鞋而自豪。年轻女子鞋的式样变化多，变化快，平跟鞋改成了高跟鞋，细高跟变成粗高跟，上半年流行松糕底，下半年又时兴尖尖鞋。一双鞋根本不等穿旧、穿坏，过了时就扔。倒是农村中的中年妇女穿鞋一般较"就搭"，过年过节走亲访友时换上新鞋，平时下地干活做家务，只要穿着舒适"得劲儿"就行。

起初人们穿袜子，不管大人小孩，也不管男女老幼，都是自家用粗布缝制，后来用棉线织袜成为一种手艺，俗称"织洋袜子的"，自家的棉线交与他们加工，织好后付加工费。织成的袜筒，有长筒和短筒，然后自己随脚大小而缝制。棉线袜亦不耐穿，穿不了多少日子就露脚趾头了。缝袜子"托袜底"（在棉花线袜底上衬上几层布而后纳结实），也是一种常见的针线活。70年代起，尼龙袜子因为耐磨普遍为人们所接受。接下来穿裙子的多穿长筒丝袜，颜色多为土黄色或肉红色。

第三节　发型首饰

邢台人的发型首饰和北方的大部分地区并无二致，基本上也是随着生活水平的变化而变化。

发型

20世纪50年代，农村中男子除少年儿童外基本上都是剃光头。那时的男孩也有剃光头的，也有在头顶留一片短发的，俗称"砂壶盖"，有的还在脑后燕窝处留下个小辫，叫"九十毛"。随后青年人开始留头，多是学生头、平头、偏分头、背头等。现在农村中，一些中老年人认为自己上了年纪，不讲究了，即把多年的长发剃去，变成光头。过去农村理发都是找会剃头的人用刀子剃，最初一些年轻人没有去城里理发的条件，就只好用剃头刀把头的下半部剃光，上半部拿剪刀剪一剪。后来个别人家买了推子，青年人互相理发，很少有进理发馆的。女子的发型变化多，五六十年代，多为齐肩短发或双辫，双辫长至腰部，也有到臀部的，或者是齐肩短发在侧面扎一小辫儿。中老年多为盘髻，即梳纂儿。近20年来，原梳纂儿者多剪为短发。80年代以后，女子时兴烫发，有"波浪""流云"等样式。90年代起盛行扎"马尾辫"，而后又流行散发披肩。如今，雨后春笋般的理发店、美容美发厅是青年男女经常光顾的地方。洗、剪、吹、烫、染发、焗油，极尽美化之能事。有的女青年头发越剪越短，而有些男青年头发越留越长，非近辨不分男女。追时髦的年轻人有的把头发染成黄、红、白、绿等颜色，极少数男子还有留披肩发的。

男子蓄须（留胡子）多见于中华人民共和国成立初期。当时，六七十岁的老头儿们都留胡子，以花白的山羊胡为多，黑色的一字胡、八字胡较少见。70年代以后，留胡子的人很少了，偶尔见到个别中青年男子留有齐刷刷的"一"字胡或经过精心修饰的黑戗戗、毛茸茸的络腮胡子，公众场合引人注目，也是一种潇洒吧。

首饰

中华人民共和国成立以后，一些老年妇女戴耳环、手镯、戒指或发夹，多为银、镀银制品。20世纪80年代以来，女子戴戒指、项链、耳环等又渐盛行。结婚前，女方向男方要"三金"，尤以条件较好的家庭为最，大多为赤金、铂金、宝石等制成。少数男子也有戴大戒指者，多是一些有钱人。如今，个别青年男子也扎起了耳眼，戴起了耳环。

第九章
集市庙会

第一节 集贸

集贸是指在组织或自发状况下，在一定时间间隔，一定地点，周边城乡居民聚集进行农副产品、日用消费品等商品交易的方式。

开业

商店、饭馆、店铺等开张时，邢台旧俗均择吉日摆香案祭神，祈神保佑，燃放鞭炮，然后摆酒答谢前来祝贺的人。改革开放以来，个体工商户像雨后春笋迅速发展起来，无论规模大小，开业时都要选择吉日，于门面处张贴"开业大吉"，门口摆放祝贺单位和个人送的花篮、镜匾、大盆的花卉等，燃放鞭炮，热闹一番。经营规模较大的还要搞剪彩仪式，老板发请帖邀各界人士参加并设宴款待祝贺者。

集市

在商业网点发达的今天，日用百货随时随地可以买到，然而过去人们主要靠集市搞物资交流。即使现在，一些农副产品如大宗的粮、棉、油料、瓜果等，主要还是靠集市交易，而家禽、家畜则非集市交易不可。牲口市、猪市、羊市、狗市、猫市以及鸡、鸭、鹅、鸟市，还有树秧市、菜秧市是不可能设在商场里的。人们赶集就是进行这类生产和生活的交流。集市有固定的日期，都按阴历，但集市的规模、繁华程度跟历史原因和现实条件有关。

随着经济的发展，除了传统的一些大集，不少较大的村镇都相继有了自己的集日，人们称为"小集儿"。这些集以买卖时令蔬菜、日用百货、瓜果秧苗等为主，交易时间也仅是前半晌。

在过去的集市交易中，常有一些熟悉行情的人"搬堆儿"，其实是"办趸"，即现买现卖，从中渔利。

在成批货物要出售时，例如整车的大蒜、成群的猪崽等，一些精明的卖主常安排家人充当"托儿"，在众人互相观望犹豫不决时，"托儿"煞有介事地争着挑选、付钱，从而打开销售局面。

货物上插根草棍表示此货物在寻找买主，例如卖自行车、三轮车或拖拉机等。如果卖主身边有两辆车，其中一辆插着草棍，明眼人一看便知，插草棍的车要卖，而另一辆是卖主自家用的，不卖，别人也不必费口舌询问。

第二节　庙会

庙会就是旧时设在寺庙里边或附近的集市，所以庙会都与寺庙有关。

庙会是大规模的集贸活动，届时商贾云集，常有高台戏助兴，并有马戏、杂技、歌舞等文艺演出，也有套圈、打气枪等商业性的游艺活动，庙会上常常是人山人海，水泄不通。传统庙会一般是一年一度，一连几天举行，老百姓常把去庙会说成是"上庙""赶庙"或"逛庙"。

火神庙庙会

每年的农历十月十八日，是邢台火神庙的大庙会。周边几十里甚至上百里的许多善男信女都会带着供品和香箔纸钱，来邢台火神庙里跪拜祭奠，求告火神爷保佑全家平安，场面非常热闹。

邢台火神庙，又叫"火神真君庙"，位置就在邢台市桥东区府前南街南端路东。它的始建年代为明代正德初年（1506年。又说建于天顺四年，即1460年），旧址在南瓮城内，清末民国时期又有不同程度的维修扩建，现有占地面积1771平方米，存有建筑6座，依然保留了明代的建筑风格。2001年被命名为河北省重点文物保护单位。

火神庙的主体建筑为真君宝殿，供奉火神真君，两侧有东西两座配殿：东配殿为药王殿，供奉药王孙思邈；西配殿为瘟神殿，供奉瘟神吕岳。另外内院还有奶奶殿、财神殿等。

据说，以前每年农历十月十六是火神出驾的日子。距城十里（5千米）二十里（10千米）村子里的人们，甚至邻县的人们都要赶来请火神。南关和城里的人们更不必说。他们一早便聚集在南门外，由南关有钱有势有威望的人为"会首"，组织火神出驾盛典。到了吉时，"会首"一声

邢台火神庙

令下，人们便把火神塑像请到搭好庙楼的架子上，前有鼓乐队鸣锣开道，庞大的仪仗队紧跟，随后是猪、牛、羊三牲祭品，再后便是火神的牌位及尊身。成千上万的老百姓手执香烛，虔诚地紧随其后。最后是各路社火，边走边舞，一直把火神请至"小河子"（现邢台大酒家附近）早已搭好的火神棚中。十月十八是正会，前来烧香磕头、求签卜卦的人络绎不绝，昼夜不断。火神棚前两台大戏对着唱，一天三场。外地赶庙会的人也很多，玩大马戏的、走江湖卖药的、拉洋片的、变戏法的、捏面人的、吹糖人的应有尽有。人们除赶会祭神外，还可以买卖东西，互通有无。一直到十月二十一，又要往回送火神。这比请火神的规模一点不小，请神的整套人马还要游完南关的主要街道，然后再把火神请回火神庙中，供奉起来。

在庙会期间，还有一项活动：打扇鼓。扇鼓，也叫"单鼓""太平鼓"。鼓作蒲扇状，铁框蒙革，鼓柄上套大铁环，表演者左手持鼓，右手捏鼓鞭，边打边舞边唱。跳法虽然不同，但节奏一致；腔调虽然各异，但都是一些祈祷神灵保佑、吉祥如意、劝人行善的词语。

火神庙内一通古碑上有"明正德初年，南马道之有石。其大如斗，其色如烟。侮之即疮，祷之即愈。其自生者应感亦然"的记载。这记载告诉大家：明正德初年（1506年），一天夜里，顺德府正南方向一个大火球从天而降，顿时火焰熊熊，红光闪闪。府城南关一带如同白昼。第二天，守城士兵在南瓮城马道上，看见一块黑里透红、通体光滑的巨石，将地面砸了一个大坑。消息传开后，市民争相观看。有人对其指点辱骂，顿时口舌生疮，疼痛难忍，向石跪拜祷告后立即痊愈。后来有人身上长了疮、疖，只要到石头前边行礼祈祷，疮、疖也会痊愈。几位迷信的人认为这是一块神石。自此，一传十，十传百，顺德府一府九县黎民百姓纷纷前来烧香祷告，求告神石祛病消灾，祈福求子。人们认为这是上天赐给顺德府黎民百姓的一块神石。联系到巨石降落时一片火光，认为是火神显圣，大家捐钱捐物，出资出力建起了这座火神庙。火神庙建成后声名远播，河南、河北、山东、山西方圆数百里的善男信女纷至沓来烧香许愿。

还有一个传说，说是民间过会，要搭棚，庙里没有苇席，火神真君便派人到一个贩卖苇席的大财主家借苇席。但这个财主非常吝啬，爱财如命，他哪里肯借？财主刚把来人撵走，家中便起大火，财主这才知道得罪了火神，便马上将苇席送到火神庙，很快火灭烟消。这个传说教育人们不可为富不仁，反映了人民大众的一种心声。

如今，火神庙庙会更是声名远播。每年农历十月十六至二十一日火神庙庙会期间，不仅举行迎请火神、火神出驾等祭祀活动，而且一连数日唱大戏、闹社火，庙内香烟缭绕，庙外鼓乐喧天，万民空巷，热火朝天。不仅邻近县市的善男信女来烧香许愿，远至河南、山东、山西等方圆数百里的香客也要远道而来参加祭祀祈祷活动。

尧山庙会

尧山位于河北省隆尧县城西4千米处，含南山尧山和北山宣务山，是帝尧陶唐氏的始封之地，历史悠久，文化积淀深厚。由于尧山在华北

尧山庙会

平原的腹地突兀而起，一峰独秀，格外引人注目，再加上是尧帝的始封之地，因而尧山兴起的庙会也十分有名气。尧山庙会以其独特的祈福敬神、亲友沟通、物资交易、民间娱乐和文化交流等功能而历久不衰。

尧山庙会以祭祀而兴，以求神拜佛而影响日大。祭祖是祭祀的主要活动之一。据史料记载：从汉代起，尧山顶上就建有尧祠，以后历代都在尧山上建有尧帝庙以及禹舜殿，每年官府和民间都要择良辰吉日上山祭祖。隋朝时，佛学翻译大师彦琮在宣务山上修筑隆圣寺。唐朝时，唐太宗李世民的第十子纪王李慎出任邢州刺史，为了在祖籍之地展示大唐王朝皇恩浩荡，不惜动用民工匠人，在宣务山上大兴佛事，开凿了千佛堂石室、多心经石室、同声谷石室，建塔立碑，摩崖造像，雕石刻经，使信佛、拜佛、念经还愿之风一时达到前所未有的高峰。明末进士徐养元在南山建尧帝庙，立南山庙会；独二魁赵渔在北山上修有三天阁、大悲殿、大佛殿等殿阁，立北山庙会。清朝康熙三十九年（1700年），刑部尚书王世祯的儿子王启纺做唐山知县时，又将尧帝庙改建于宣务山，祭祖和拜佛合一。之后，庙会从祭祀、拜佛逐渐发展到杂神信仰以满足大众需求。

尧山庙会每年有农历正月十六、四月初一、六月初一、十月初十、腊月初一共5次，其中规模最大的是农历四月初一，据说这一天是尧帝的生日。据清乾隆三十五年（1770年）柏乡县举人韩瑶所撰的《万古流芳》碑记载："迨至四月上旬，庙门洞开，则四方远近，百里内外，或乘车骑以奔驰，或携男女以徐步，或千人百人林林起会于庙顶，或五步十

第九章 集市庙会

步历历叩拜以谢神,迤逦而来,络绎不绝。"这是关于尧山庙会盛况的较早记录。

独二魁赵渔把尧帝与玉帝、孔圣人同供在"三天阁"内,又增道教、民间众神,使佛、道、儒相融合,从而使尧山庙会更深入民心,延续至今,经久不衰,涉及的地域进一步扩大。庙会涉及冀南及邻省近百万人参加,山上山下人潮涌动,香烟缭绕,纸灰飞舞,一直延伸到几千米外。人们虔诚地满怀希望登山朝圣,祈求一年的平安和幸福。《万古流芳》碑记载:"山顶筑有菩萨庙一座,感无不通,求无不应,凡为父母之疾,为儿女之厄者,处心祝祷,无不灵验,以故焚香还愿之人,无时不有。"

宣务山的最高峰叫猴祖峰(猴祖山),这是因为宣务山被称为苍岩山的皇姑下庙而称。旧时山顶有猴祖庙,其中供奉的"猴祖"系三皇姑的猿猴徒弟,得道后称"猿猴祖师"。这从苍岩山的碑文可以得到印证。通到山顶的老路因为是求神拜佛、游玩观光的必经之路,所以被称作"神道",因开采山石,"神道"和猴祖峰的位置古今相去不少。

宣务山上今存的大小庙宇很多,儒、佛、道等均有供奉,如:书房楼、三皇姑庙、三清殿、关帝庙、财神庙、观音庙、玉皇殿、药王庙等。

尧山庙会盛况宏大,几百里外的客商云集尧山,附近居民更是倾村出动,包括附近柏乡、任泽、巨鹿、平乡、广宗、临城、内丘、高邑、宁晋的人,甚至还有河北石家庄、唐山,山东,山西的。

庙会上,买卖东西、耍钱的地摊比比皆是,焚香烧纸、求神拜佛不在话下,算命算卦的生意更是火爆,耍枪耍刀耍猴儿、跑杂耍儿的更是吸引人的眼球,说笑声、喝彩声,一浪高过一浪。这种源远流长的传统习俗,经久不衰,保留至今。就是乞丐们也趁着热闹,趁着人们积德行善的空当,甚至不远几百里赶来,在人们必经之地找好自己的地盘,准备"发一笔小财"。

随着经济社会的发展,庙会和集市相融合,便出现了集求神、拜佛、娱乐、贸易于一体的空前繁荣景象。香客、游人众多,为香客、游人提供食宿的聚落式茶棚应运而生。

茶棚,顾名思义即烧茶舍水和小憩的地方,但是,聚落式茶棚是为满足外县村民食宿而建的。其建制是冀南式四合院，有神坛房、卧房、伙房、杂房及厕所、院门等，在宣务山的东南麓及附近各村。为了方便本地群众求神拜佛，各县村镇纷纷购买"飞地"，在宣务山东南建聚落式茶棚百余座，形成一个小村，街巷纵横、鳞次栉比。每年四月庙会期间，人声鼎沸，彻夜灯火，鼓乐喧天，香烟弥漫，热闹非凡。

　　来庙会的人们大多是带着祈愿而来。有的祈盼五谷丰登，有的祈盼生意兴隆，有的祈盼有个好的前程，也有的祈盼送子娘娘给久婚不孕的妇女"送"个娃娃。

　　尧山庙会上"抱娃娃"的故事在民间广为流传。一般由婆婆领着久婚不育的媳妇前来，到千佛堂石室东南角的准提塔前，一丈（约3.33米）高的准提塔上雕满了罗汉、菩萨等，婆婆抓一把石子掷上去，然后忙用偏襟的大褂去接，接住一个石子，便会有一个娃娃降生到自己家中。

　　庙会上，卖面老虎的、卖糖人的、卖酸枣面的、卖虎头鞋的，比比皆是，捏面人的、吹糖人的大显身手，跑功的、跳扇鼓舞的更是各显神通，这些形成了尧山庙会的一大特色。

　　庙会上各色小吃风味独具，十分诱人，尤以凉粉摊儿最为火爆，凉粉摊儿成了庙会上的一大亮点。

　　随着社会的发展，尧山庙会在保持历史文化内涵的同时，正在进行推陈出新，丰富内涵，注入新鲜血液，增添新的内容，使得庙会得以持久延续和发展壮大。

尧山庙会特产——面老虎

鹊山庙会

　　鹊山庙会（俗称"神头庙会"）是由古代的祭祀活动发展演变而来，

其历史源远流长。旧时庙会的内容以祭祀朝拜为主。经历代发展，庙会文化内涵逐渐丰富，至今已形成集祭祀朝拜、饮食服务、观光旅游、土特产及其他物资贸易于一体的综合性庙会。

1. 庙会的形成及发展

春秋战国时期，因赵简子赐扁鹊四万亩（约 26.67 平方千米）田于蓬山，故扁鹊多居住在此采药医人。他的医术医德在上层社会与民间都素享盛誉。扁鹊殁后，人们思其活人之功，在鹊山东麓所封之地立祠并祭祀。每到祭祀期，远近四方的人们执香币、奉牲醴前来致诚相拜，络绎不绝。这些活动就是原始庙会的雏形。

汉代，道教在我国上古巫祝的基础上，以一种正式宗教的形式出现，并在民间广为流传，得到很快的发展。魏晋时期，统治者对道教从理论和组织上加以改造利用，把道教的神仙信仰和儒家的忠、孝、仁、义、信结合起来，使道教成为统治阶级的御用工具。以后历代统治者都利用道教并加以推崇。道教的兴起，使鹊山祠由单一祭祀扁鹊变为供奉多神体系。这种变化，对鹊山庙会的形成也起到积极的推动作用。

祭祀活动使以盈利为目的的供品贸易和饮食服务业发展起来，继之

鹊山庙会

日常生活所需求的商品贸易亦应运而生。经过不断的演变、发展，鹊山庙会形成了具有多种文化内涵的传统庙会。

旧时，民间对于庙会涉及范围有一府九县之说，实际不只此数。除顺德府外，真定、广平两府部分县历代亦有众多的上庙者。其范围不只在距鹊山祠100多千米为半径的区域内。根据相关统计资料，鹊山庙会影响范围已扩展到北京、山西、山东、河南等邻近省市。

鹊山庙会一年数次，其中三月初一庙会规模最大，十月初一庙会次之。三月初一庙会古时从三月朔日起到望日止，后庙会起止日期逐渐提前，自二月初二开始，陆续到三月初二。十月初一庙会会期一般三至五天。

2. 历代祭祀活动

鹊山祠的祭祀活动有悠久的历史根源，根据碑刻记载可以上溯至战国时期。后周显德年间（954—959年），安国军节度使陈思让重修鹊山祠时，碑刻已有王称。宋嘉祐初年（1056年），宋仁宗患疾，遣使至庙求医，病愈，赐封扁鹊"神应"之号。由于扁鹊累受朝封，到祠祀典的规格较高。明成化二十三年（1487年）《重修鹊山庙记》载："迄今季春之月，有司岁以典礼从事，远近士女执香币、奉牲醴，以至诚悃者争先而趋。"清康熙五十八年（1719年）《重修鹊山后土诸殿碑记》亦载："至今二千余年，历代褒封，太府岁祭王之……"祭祀、朝拜扁鹊的人员层次上至朝廷，下至平民，无所不有。清内丘邑令施彦士曾赋诗记述庙会祭祀扁鹊之盛况：

> 夙闻上池水，今谒鹊王神。
> 榛楉千年寺，牲牢九县人。
> 是真风俗地，况值祓除辰。
> 盛会年年有，何妨听我民？

除碑刻所记太府、有司岁以典礼祭祠外，朝廷亦派员到鹊山祠致祭。元中统元年（1260年），宣差太医提点李国侦奉皇帝圣旨致祭五岳四渎，敬谒鹊山神应王祠，且申报谢。元中统三年（1262年），皇阙门逸士訾洞春特奉皇帝圣旨降祭东海渊圣广德王庙，敬谒致祭鹊山神应王之祠。元至元十七年（1280年），永宁王令旨，八班妃子懿旨，特差太医王口善降香致祭鹊山神应王之祠，以申报谢。元至元二十三年（1286年），皇太子……致祭……鹊山神应王之祠。

历代府县有司致祭均按定制规格施行。

3. 组织管理

每到庙会，香客众多，商贾云集，三教九流亦混杂其中。为保证庙会的安全、稳定，官府往往指令有司在庙会期间派员监会，维护秩序。众多的香客大多也有组织，能够保持庙会有条不紊。

香客组织。香客一般都有专门的组织，称之为"香会"，以某村或某社团为单位组成。香会成员从十几人到几十人，甚至上百人。各香会朝拜的日期、住宿地点、仪仗以及进香活动等一切事宜归香头统一安排。香客中也有少数没有组织的零散人员，到庙会时临时自愿结伴同行，活动由自己安排，不受约束。

茶棚。茶棚是为方便外地香客食宿而设的服务场所。内丘境内通往鹊山祠大路的沿途村镇多有设置，分居落式和临时性两种。

居落式茶棚是外地人购置地皮所建的永久性建筑，设有茶棚地，茶棚内饮食器具一应俱全，所有权均归修建者所有。会间由修建者占用，平时委托当地人照管，耕种茶棚地作为劳务报酬。

临时性茶棚是借用当地人的房舍，会毕将茶棚剩余粮米留与房舍主人，或随心留下一定的钱款作为占房报酬。这种借用关系世代沿袭，频繁改变者较少。

为方便管理，茶棚内食宿人员以信仰神祇或香会组织为单位。茶棚的负责人（会首）称为"当家的"，庙会间负责管理棚内的一切事务。其他香客食宿走留自便。各茶棚内都有一些不成文的规定，留宿人员自觉遵守。

除供食宿外，茶棚的另一功能是作为祭祀活动辅助场所。活动的主要内容是"说功"和"跑功"两种。

现在交通发达，沿路茶棚已不存在。居落式茶棚在土改时已经收归各村所有，只有临时性茶棚有增无减。会时，距鹊山祠较近的神头村、西营村几乎家家都设茶棚。

旧时，沿途较大的居落式茶棚有九里岗茶棚，祭祀地点附近有大红门茶棚、四家岭茶棚、四姑姑楼茶棚、奶奶殿西台茶棚等。

布施管理。旧时，庙会期间在献殿内摆放桌子，由庙内道士做司仪，大声唱念布施者姓氏、捐款物数目和祝福等吉祥语。所得款物供庙内日常开销及古建筑的修补。后来，所得用以庙会杂开和请戏班唱戏等项开支。

1985年始，香客所捐款项由文物主管部门设账统一管理，本着精打细算、量力而行的原则，全部用于庙内日常开支和保护、维修古建方面。

4. 娱乐活动

每届庙会都举行一些丰富多彩的娱乐活动，其中有外地为庙会助兴而奉送的民间艺术表演，也有祭祀者自发组织的各种活动。他们利用多种表现形式娱神，以抒发自己虔诚的敬神之心，因而在表演的形式和表述的语言方面均含有不少民间宗教信仰的内容。

艺术表演由各社团或香会自行组织，分散举行。庙区以内稍微宽阔的地方都被作为表演的"舞台"，你刚唱罢我就登场，几乎整天都不间断。

表演项目有抬杠、推太平车、划旱船、踩竹马、拉碌碡、扭秧歌、扇鼓舞、杂耍等。表演时祭祀者或锣鼓喧天，插花披红，或浓妆淡抹，装扮成生、旦、净、丑各种角色，十分投入。正会期至，由专人组织，将这些表演项目集中起来，前面配上三眼枪、彩旗、伞、锣鼓、骡马方队，以游行的方式进行表演，参加人员众多，场面壮观。这种多家团体联袂表演的形式，被称为"行会"。除此之外，还有唱戏、夸官、跑功等项目。

唱戏。请专业或业余戏班演出，在演出之前，先到各殿祭神，然后才可登台。一般演出喜剧，不演悲剧。每天两开箱，演三至七天不等。

夸官。将神祇的牌位请于备上马鞍的马上，前面由一人牵马，后面二人执镫扶住牌位，其他人前呼后应在庙市周游一圈，谓之"夸官"，意为为神壮威扬名。

小西天奶奶顶庙会

奶奶顶，山名，位于邢台市西南约45千米处，又名小西天，《邢台县志》上记载为栲栳红山、鼎梅山，主峰海拔1089米，孤峰接天，高耸入云，有"雷鸣阳光下，雨起半山间"之说，是我国北方著名的道教名山和旅游胜地。因山顶建有碧霞元君庙（俗称"奶奶庙"），当地百姓一般称之为"奶奶顶"。

该山是邢台县（今信都区）与沙河市之间的界山。山东部即是沙河市孔庄村（今属沙河市綦村镇辖）；山西南侧是沙河市蝉房乡的寨底村。从古至今，奶奶顶就有庙会，时间是每年农历二月十五到三月十五。一个月的庙会期间，香客从四面八方涌向山东侧的孔庄村北河滩上，有卖骡马的，有卖农具的，有卖布匹鞋袜、针头线脑以及山货的，十分热闹。

碧霞元君传说是东岳大帝的三女儿，是道教中的重要女神，除照察人间善恶之外，民间则多以送子奶奶供奉之。山顶有庙宇若干，然以碧霞元君庙为主。另有历代碑刻若干，其中有明代末年兵部尚书张镜心撰文的小西天建修圣母殿碑。

当地民间流传着许多关于碧霞元君的传说，最著名的是碧霞元君与真武大帝争夺奶奶顶的故事了。相传很久很久以前，真武道士应玉皇大帝之邀去赴宴，途中遇到一位老人。老人仰天长叹，泪流满面。真武问其缘故，老者哭诉：附近有个黑龙潭，潭里有一黑蛟龙，甚是凶狠残忍。恶龙时常兴风作浪，吞噬人畜，闹得方圆八百里百姓家破人亡。老者话音刚落，但见狂风大作，恶浪滔天，果然窜出一条黑色蛟龙，血盆大口中衔一小孩。真武气得火冒三丈，七窍生烟，抽出神剑便砍。一声霹雳，震耳欲聋，神剑不偏不倚，直劈黑龙颈部。一道闪电掠过，那黑龙顷刻坠落于地，一命呜呼。随即，黑龙的头上冒出一缕青烟，继而凝固成一座高山，就是现在的奶奶顶。奶奶顶与另一山峰的连接处仅有一米来宽，今人称为"大龙口"。当青烟化作山峰时，真武道士不禁由一阵惊异变为一阵欣喜，他口中念念有词，将神剑点化为旗杆，插在山的顶端上，便急急忙忙赴宴去了。

席间，真武道士绘声绘色地讲了途中所遇，并说他在山上插了一根旗杆为标志，这座美丽的山峰将永远归自己所有。三姑奶奶碧霞仙子听了真武的话，心里一阵酸楚，嫉妒极了。长久以来，她梦寐以求占据一座仙山，至今未偿夙愿，今日听说有这么一个好地方，便柳眉一皱，计上心来。她悄悄溜出宴席，来到山上，将自己的一只绣鞋埋在真武道士的旗杆下面，又悄悄地回到宴席上，不动声色地端坐在那里。

宴罢，各路神仙纷纷站起要走，猛然间碧霞仙子拦住真武道士争执起来，硬说那座雄山原本是她的，不准真武道士霸占，说她有绣鞋埋在山上为证。真武道士听了心中不信，又将斩杀黑龙经过讲了一遍。怎奈碧霞仙子伶牙俐齿，反诬真武道士是造谣、狡辩。官司打到玉皇大帝驾前，玉皇大帝派太白金星下界考察，结果真的在旗杆下挖出一只绣花鞋。真武道士立时目瞪口呆，碧霞仙子却洋洋得意，懵懵懂懂的太白金星便将山权判给了碧霞仙子。从此，三姑奶奶就占据了此山，并给这座山起了个名字叫奶奶顶。

奶奶顶庙会兴盛于何代，已无从查考，但从残存的碑文上可看到，奶奶顶在唐代就已成为我国一大名胜和闻名遐迩的佛教圣地。唐代开元名相宋璟（邢台南和人）亲游小西天，并奏闻皇帝，为雷音寺法主具那和宗明和尚封耕田若干，划定四至为域，亲书碑文以志之，现碑仍存。

明嘉靖年间，在顶峰上建起庙堂馆舍三十余座，最宏伟的是"玉皇庙""天仙玉女碧霞宫"和"睡宫楼"三座，其余均是中小型建筑。无论规模大小，这些庙堂馆舍大都富丽堂皇，耀眼生辉。周围群山之中分布着十六处大小不一、风格各异的建筑物。

现在的庙会仍是一种群众自发的祭祀朝山形式，庙会期间仍然人如潮涌，香火旺盛。

在以前人们精神文化匮乏的年代，庙会这一天，说书的、唱戏的、杂耍的以及其他各类摊点遍布山上山下，精彩纷呈，可以说是极大地丰富了人们的精神生活。山脚有戏班唱戏，各种民间的杂技、武术、魔术等杂耍艺人纷纷登场，老百姓花一点小钱，甚至不花钱就可以欣赏他们的节目,真是看不尽、逛不够、听不厌、玩不腻。还有多种特色风味小吃(金梨、核桃、柿饼、糖葫芦、棉花糖、各种烧烤等)、儿童杂耍(风车、面人、琉璃咯嘣儿、气球、各种玩具手枪、宝剑等)以及祈福拜佛的红烛、檀香等佛教用品。

沙河九龙沟庙会

赫山九龙庙,位于沙河市西部山区磐山(俗称"鸡冠山")脚下的九龙沟内。九龙沟风景区是一处集自然生态、人文景观于一体,以沟谷奇观为内容的旅游胜地,1992年被河北省人民政府批准为省级风景名胜区。景区面积约21平方千米。该景区周围有九条山梁,似九条巨龙盘旋延伸沟口,故取名"九龙沟"。景区依山傍水,沟前九龙潭澄碧,倒映一片蓝天;沟畔凉亭、山门、古柏森森,四季苍绿袭人。庙址山貌奇绝:殿前峻峰呈金鹏戏斗,殿后龙潭现天造飞瀑;仰首可观丹崖峭壁蓝天一隙,侧耳能闻暗桥流水叮咚传响。

九龙沟庙会

据志书记载：九龙沟元代已建有庙宇。明、清皇帝亲临祈雨祭祀并多次敕封修缮。今仍留有明成化之年御赐"护国灵侯"金匾。

关于赫山九龙庙，有一段神奇的传说。相传，元延祐年间，皇

沙河民俗抬九爷

王开科。陕西汉中府小侣村有一举子，姓杨名九思，年方十八，生得面红如玉，唇若丹朱，两道剑眉直穿入鬓，一双凤眼酷若寒星。杨九思自幼聪明绝世，饱读诗书，而且喜武成癖，故长到16岁已是文武全才。杨九思18岁这年，正值大比之年，九思辞别二老，直赴京城而来。酷暑六月，赤日炎炎，九思唯恐误了考期，路上日夜兼程，好不辛苦。一日，行至邯郸地界，九思已是唇干舌燥，大汗淋漓了。正逢郊野无村店，只得到株大树下暂且歇息。不多时，只见一挑担老妇蹒跚而来。此老妇霜鬓驼背，上身一件百衲衣，下穿破罗衫，毛底坤鞋长飞翅，见脚跟，露脚尖，抬腿三声叹。待老妇走近，九思心下纳闷，又觉渴燥难忍，于是躬身上前道："妈妈辛苦，在下乃上京举子。眼下烈日如火，实在渴燥难当，求妈妈赐碗稀粥，小生感恩匪浅。"老妇见此少年相貌堂堂，俯身相求，急忙放下挑子，一把将九思挽起，说道："哎呀，贵人既然口渴，只要不嫌我老婆子脏，稀粥只管喝去。"说着，舀过一碗双手递过。九思接过一饮而尽，顿时觉得清爽了许多，继而问道："妈妈，你偌大年纪，不在家中享福，却徒步挑担为何人送饭？"老妇见问，泪水夺眶而出，苦叹一声道："哎，是我造孽……"说毕，摇头挑担欲走。九思见状，知话中有因，上前拦住，再三苦求老妇讲个明白。老妇无奈，将心中苦楚一股脑倒了出来："老妇曹庄人氏，早年丧夫，膝下只有一子，全靠老妇纺线、织布赚得几个蝇头小利维持全家生计。老妇呕心沥血将儿子抚养成人，待娶了妻室，已是风烛残年，再也挣扎不动了。原指望儿来养老，不期

儿子不孝，儿媳又极为刁蛮，终日视老妇如草芥废物，恨不得让我早死，于是非骂即打，处处虐待。今日被逼给儿子、媳妇送饭，新罐好饭是给儿子、媳妇的，稀粥是老妇自己的。儿子、媳妇命老妇送饭时不得换肩，而且怕饭罐在前溅入唾沫、在后被屁熏着，必须用绣巾盖住。"

说毕，老妇已泪水满襟。待九思醒过神来，见老妇早已走远。九思按捺不住心头怒火，仰天大叫道："苍天在上，我杨九思若能化人为龙，必先抓其不孝之子和万恶之泼妇……"

行之半日，渐渐进入沙河县（今沙河市）褡裢地界。九思正欲歇息，突觉心口一阵剧痛，霎时额冷气绝。再看，万里晴空瞬间狂风大作，飞沙走石，乌云翻卷，天黑如墨，猛听震耳欲聋一声雷响，倾盆大雨便劈头盖脸直泻下来。雨中只见一条青龙腾云驾雾，从南而北，口中叼一汉子，利爪抓一妇人，飞速而去。青龙驾云西去亲择吉地，定赫山为安身之处。尔后，数次显灵并造福一方，百姓遂修庙奉之为神，人称此地为"九龙沟"。至明清两朝，九龙爷护国治水患、雹打御花园、揭榜救国母，故而大明成化、大清顺治以及乾隆数位皇帝屡有封赠且亲临御祭。自明以降，九龙神声震朝野，威名远扬。

封建时代，历任沙河知县都把九龙庙祭祀视为"官祭"。清康熙本《沙河县志》典祭条目下记载："九龙庙，县西渡口赫山下，有潭，相传龙潜于此。祷雨辄应……"

据志书记载，乾隆癸亥年（1743年）春，清高宗皇帝因求九龙神疗愈了痼疾，亲笔为赫山九龙庙写下御赐金匾"汤膳显绩"，并"从皇宫拨出专项黄金五十两，遣侍卫至沙河，缮新庙貌，以答庥嘉，以彰宠赐"（民国版《沙河县志》）。自此时起，九龙沟更成为大旱之年皇家官院为彰显"爱民"旨意而举办"御祭祈雨"仪式的重要场所。清乾隆时期，官方已将九龙沟九龙庙的祭祀活动推崇到极点，沙河历任知县都从县衙的银库中拨出"官银"到九龙庙实施祭祀。

清道光时期，由于历代修缮，赫山九龙庙已成为名贯冀南的八景之一。

在古代，沙河九龙沟庙会活动十分兴盛，数百年来一直波及相邻的顺德、彰德、广平三府诸县。

今沙河市褡裢村南也有九龙庙。其庙始建于元延祐二年（1315年）。据康熙十年（1671年）残碑记载，该庙原址位于沙河市境内流传最广的神话人物"赫山九龙神杨九思"的脱骨成神之地，大殿后遗存"赫山九龙神杨九思之墓"。因传说中的九龙神杨九思是六月十三在此脱骨化成神的，因此，每年农历六月十三，东部平原区的褡裢、中部丘陵区的全呼，以及西部深山区的九龙沟三处地方，会在同一天举办盛大的祭祀九龙神的庙会活动。届时，龙神庙前唱大戏、玩杂耍、表演民间娱乐节目，热闹非凡。

敬九爷

抬九爷

历史上沙河市全呼村与赫山九龙庙有一段姻缘传说，相传赫山九龙庙主神杨九思曾娶全呼村闺女岳金凤为妻。每年正月十四日，全呼村民常以请女婿回门过正月为名，兴师动众到赫山九龙庙抬九龙神像和岳氏神像，浩浩荡荡地到全呼村游驾。

沙河的九龙文化现象规模大、分布广，在沙河市境内盖有九龙神庙的村庄大约能占20%以上。近几年，沙河市境内广泛而深远的龙神祭祀活动文化遗产逐渐受到外界的密切关注和高度重视。2009年，沙河九龙祭祀仪式入选河北省非物质文化遗产重点保护项目名录。

白雀庵庙会

南和县白雀庵庙会始于南北朝时期，庙会规模宏大，历史久远。庙会跟观音菩萨坐禅白雀庵关系密切，有着深远的群众基础和浓厚的佛教色彩。

白雀庵位于南和县城东北10千米的白佛村，始建于南北朝时期。当时白佛村沟渠如织，水清草秀，绿树成荫，浓郁茂盛，成群的白雀翩翩起舞。当时江苏镇江德真法师参学到此，感叹南和白佛一带"不是江南，胜似江南"，于是发愿在此地建一座佛教圣地。由于当地白雀成千上万萦绕于梁，风景又如此秀美，有感于此就取名"白雀庵"。此后庵院香火鼎盛，到后期僧尼多达500余众，香客如流，参众如云。南北朝时期南和县出了个妙庄王，妙庄王在朝平县（南和县郭平一带）建立"兴林国"，妙庄王的三女儿妙善公主一心向善，出家白雀庵当了尼姑，开始了带发修行。

由于妙庄王与三公主意见不一，公主出家违反了妙庄王意愿，他便不辨黑白是非，派人一把火把白雀庵烧为灰烬，可怜500僧尼化为了孤魂游鬼。妙善公主得玉帝青睐，由玉帝派出的白虎驮到尧山，脱离了险境，后来又到苍岩山修道成佛。善有善报，恶有恶报，不久妙庄王得了一种怪病——人面疮。据说这人面疮就像那500个冤死的僧尼一样，是来向妙庄王讨命的。眼看妙庄王要一命归西，便在全国遍寻名医，可无论谁都治不好他的病。妙善公主不计前嫌，为普度众生，劝人向善，用善心感化芸芸众生，化身为一名道士，回到兴林国，亲自为妙庄王指点迷津，要用亲人的手和眼做药引子，并让妙庄王派人上苍岩山去寻找，说完飘然而去。妙善公主回到苍岩山后，毅然舍去双手双眼做药引子为父亲治病。妙庄王把病治好了，却深感罪孽深重，于是亲到苍岩山见到妙善，并封妙善"全手全眼"。由于当时值日星官耳听有误，把"全手全眼"听成了"千手千眼"。兴林国虽然地盘不大，可妙庄王也是一国之君，皇帝的话是金口玉言，一言既出不能收回，于是妙善便成了"千手千眼"。妙庄王回来后，重新修葺了白雀庵，并把冤死的僧尼召回白雀庵塑像供奉，而妙善公主修道成佛，被封为观世音菩萨，从此白雀庵供奉的"千手千眼"观世音菩萨就成了现在的形象。人们为了纪念、朝拜三皇姑妙善，也就在白佛村立了四个庙会，以供人们定期来进行朝拜。

"文革"期间，白雀庵被夷为平地。改革开放后，随着宗教信仰的自由开放，1986年9月经河北省人民政府批准，白雀庵恢复重建，造新如旧，并被开辟成新的道场，恢复旧制，使白雀庵庙会又重新兴盛起来。1988年，白雀庵被河北省佛教协会批准为"河北省南和县白雀庵女道场"。

白雀庵为河北省唯一一处佛教女道场，白雀庵庙会涉及5省27县上千万善男信女的宗教信仰。现有尼姑40余人住庵修行。

从1986年起，相继建设了大悲庵、地藏殿、大雄宝殿、天王殿、东西寮房、般若堂等殿堂。全年四个庙会，每个庙会会期均达15天左右。白雀庵庙会不但香客如流，参众如云，而且对活跃当地经济、促进经济发展及文化交流也起到了积极的推动作用。

白雀庵改革开放后第一代住持释能文法师于2002年3月8日圆寂，中国佛教协会副会长、河北省佛教协会会长净慧老和尚亲自主持茶毗仪式，得舍利数枚。释能文圆寂后，住持由其弟子释悟贵法师接任。

一般庙会

在邢台农村有一种传统的习俗，每个村子每年都有定时的庙会。相邻的村子不会同时举行，在相对的农闲时节，庙会成为他们自己的节日。在乡村，庙会是比过年还热闹的日子。

每逢庙会时节，村里张灯结彩，空地上用苇席搭起了戏台，台口用彩绸装饰，大红大绿的别有一番情趣。20世纪50年代的乡村还没有电灯，几只比马灯大许多的汽灯挂在戏台上，把乡村里平淡的日子都照亮了。

早期庙会仅是一种隆重的祭祀活动，举办的地点也多是在寺庙。随着经济的发展和人们交流的需要，庙会就在保持祭祀活动的同时，逐渐融入集市交易活动，举办地也迁到了集市，成为民间市集的一种重要形式。后随着人们的需要，又在庙会上增加娱乐性活动，于是就演变成今天的样式。

庙会一般在集镇上或附近的空场上举办。各个集镇庙会的基本内容都差不多：庙会期间，农户、商贩带着自己的农产品、土特产到庙会上进行交易；各路手艺人设摊展卖民间工艺品和特色小吃；民间艺人搭台表演歌舞曲艺……逛庙会的老百姓喜气洋洋地赶来采买物品，观看表演，品尝小吃，等等。乡村人把过庙会的日子称为"过会"，把赶庙会称为"赶会"。人们把赶庙会看得很重，虽然有很多农活待做，但是宁可放下手中的活计，也要去享受庙会所带来的那种欢娱。

乡村庙会，虽始终带着土味、野味，带着粗犷、散漫，但也在与时俱进，成为新时代交响乐中一个质朴的音符，给父老乡亲们带来物质与精神享受。

第三节　宗教仪式

庙会期间，在朝拜、祭祀的同时，还常常要举行一些内容丰富的宗教仪式。其中有为神的诞辰举行的祀典，有为官府和民间信徒祈求太平、风调雨顺或祈福消灾举行的斋醮，还有民间的烧香拜神等活动。

烧香

进香者一般有零散香客和某社团、香会组织的香客两种。零散香客进香比较简单，不用举行仪式，只是跪拜、烧香、献供，上随心布施以表示虔诚之心即告结束。有组织的香客先烧香、跪拜神灵，再由香头表诵。他们表诵的韵律一般比较简单、通俗，带有民间文学和神话传说的性质。部分香会表诵时由香头带领，香客齐声唱诵。表诵完毕再行献供、布施"香火钱"，最后在庙前举行文娱活动，称之为"陪功"，之后仪式才告结束。民间香客祭祀的目的五花八门，一般根据自己所求拜的事项，对烧香朝拜的神祇也有所侧重。进香者有为了祛病消灾的，有求子求女的，有祈福求财的，有求取功名的，其中也不乏事毕还愿者。

表"功"

香客们除了焚香叩拜、祈祷祀奉，还会唱也舞也，无不体现于一个"功"上。所谓"功"，是指他们的祀奉活动皆是为神建树功业。这个功字已成了香客们的专用术语。香客们把祀奉行动前的动员及头领的安排布置叫摧功。他们也说这是圣朝（神）在摧功，要他们这样做或那样办，还念念有词：

扇鼓舞——表"功"

圣朝以上来摧功，天兵天将齐出征。摧得紧，摧得蒙，小鞭儿打得呜愣愣。圣朝刑法不留情，摧得昼夜不消停。担子重，脚生风，一股浪烟到圣中（神庙）。

在神前表述一番叫"表功"，也叫"说功"。大凡上庙的香客都带些贡品什物、布施钱献给神，这就需要给神呈报，让神记上自己的功劳，以求神的保佑。比如任县（今任泽区）一位香客在神前表道：

表了一功又一功，一功一功往上升。俺是顺德府任县城，九郭宅大街老根营，十字大街有门庭，王门李氏赫赫有名。来给奶奶帮工程（捐献）。带来银钱十元整（人民币），也有粮米并花红（五色彩纸），也有金箔整锭封（焚烧品）。圣朝奶奶看分明，金笔写，银笔颂，朗朗大字写得清。上保安，下保平，保俺举家都太平。平平和和过光景，一家老小虎熊熊（健壮），一年四季无灾星。明里舍，暗里赠，也有吃来也有用。

香客们表完功，起身拂尘，然后排列成队走几圈，叫"圆功"，也叫"圆场"。圆功时，他们像了却了一桩心事一样，如释重负，感到很轻松。信步三五圈，念几声阿弥陀佛（佛语）了事。圆完功，莫算清，接下来为神跳舞助兴。这个活动叫跑功，或叫走功、扇鼓舞。跑功，一般是自由结合，或双人，或多人，大都手持扇鼓，打出节奏，边唱边跳。舞蹈的动作较简便，以十字步、叠脚跟为多。所唱内容不外乎表白、论理、争辩等，也有说经典故事的。

打醮

打醮是邢台民间群众的一种祈福迎祥、感谢神灵的活动，活动仪式非常隆重。打醮一般在冬天农闲时或者村里的庙会上进行。活动的主要目的是祈求神灵的保护，消灾祛病、祈福延寿、求财嗣子、健康平安、风调雨顺、五谷丰登等。通过举办打醮活动，表达当地百姓对神灵的尊敬和对美好生活的向往。

在邢台东部的任泽、平乡、广宗一带，打醮仪式尤其隆重，据说和黄巾起义源于此地有关系，每次都要请来道士和好多帮工，一系列的活动都做得一丝不苟。一次打醮活动历时三天，也有五天和七天的，并有吹鼓手、大戏相助，人山人海，十分隆重，并且各村轮流办事中都显得特别认真。

醮棚是进行打醮活动的场所，一般由村民在打醮之前临时搭建。醮棚的外观和内饰都由村民精心布置。醮棚整体上可以分为两部分，前面的部分为正殿，道士们在这里进行打醮仪式；后面的部分为中殿和后殿，摆放各位主神的神位，供人们祭拜。一般正殿供奉的是"天地三界十方万灵真宰之神位"，中殿供奉的是王母娘娘，后殿供奉的是玉皇大帝。

整个醮棚内部围墙都悬挂着神仙的画像，画像上的神仙形态各异，栩栩如生，令人驻足。这些画像均由当地民间艺人手工绘制，其艺术水准令人赞叹。除了神像以外，醮棚内部还有村民手工制作的很多彩灯、剪纸、条幅等，上面大多书写着"敬神""天下太平""风调雨顺"等祈福的语句。

在打醮过程中，从附近各个村庄赶来祭拜神灵的村民络绎不绝，对醮棚内的几百幅神像一一跪拜上香，其虔诚程度由此可见一斑。伴随着打醮活动，在醮棚内外还有许多其他的民间艺术形式，如"扭秧歌""抬黄杠""唱村戏"等。这些丰富多彩的民间活动，也为打醮法事增添了不少愉快的节日气氛。

邢台打醮以其原始性、奉献性（整个过程参观人员无须任何费用）、娱乐性而吸引着众多群众，其文化底蕴无比深厚。

第十章
健身竞技与休闲

第一节 健身竞技

健身竞技是体育文化的一种，是人们在各种健身活动中的自我创造、自我运动，是人们为了满足自我健身的需要、适应生态环境而创造出来的健身方式和过程，以及累积下来的物质与精神成果。

沙河藤牌阵

藤牌阵法是邢台市独有的、我国北方仅存的一种古代兵法实战阵法技术。2006 年，沙河藤牌阵经国务院批准列入第一批国家级非物质文化遗产名录。藤牌阵是一种历史内涵十分丰富的非物质文化遗产，它不仅代表了中华民族悠久灿烂的历史文化，同时也蕴含着中华民族不畏强暴、无坚不摧的民族气节和精神，更重要的是它对研究古代人文社会、古代军事、兵法战术等，具有十分重要的现实意义和突出的社会价值。

沙河藤牌阵自明代创立，至今已历经数百年的历史。明末，李自成率起义军攻打北京溃败南退，途中一义军将士化名"老拙"隐遁于邢台十里铺村，后来将藤牌阵传授给村民来护村、防身。由于某种不便言明的原因，留下阵法"只传男，不传女，只传里不传外，谁传外谁死"的训诫。老拙临死前才告诉弟子，他本是李自成的兵，他所教的乃是打仗的阵法。据专家以该人掌握的兵法知识判断，此人很有可能是李自成义军中一位高级将领。

清朝以前，这一阵法一直处于秘密传承状态，直到清末民国后，发展为半秘密半公开状态。制作藤牌的主要原料是北方太行山一带常见的藤条。藤条经过沤泡后变得柔软坚韧，即可编成一顶大圆形藤制品，中间夹上棉花之类的物料，尖顶部罩上画有虎头的生牛皮，一个藤牌就制

沙河藤牌阵

作完成了。藤牌阵使用的武器除藤牌外，还有短刀、三齿刀、长矛、木棍等，开战时常设为二人对打或多人对打或一人防守多人攻打。持藤牌、短刀者为守方，藤牌用于防御，短刀锋利可削铁甲，可谓攻防皆备。作战时藤牌兵左手持藤牌，右手持短刀，跳跃翻滚，迅猛向前，滚至敌人面前时，抡起右手所持短刀砍杀敌人。当遇大队敌兵袭来时，则使用密集队形擎起藤牌作为掩蔽，起到限制敌人弓马的作用。如果发现敌人散开，立即变为小队，每个兵卒活动的范围为八尺（约2.67米），进退灵活，尤适宜在旷野或山地作战。藤牌阵实战时的阵法变化无穷，常见的变阵有"一字长蛇阵""二龙出水阵""四门迷魂阵""五方梅花阵""八卦连环阵""九门穿心阵"等等。阵容可随实战需要扩大到千军万马。藤牌阵在对打竞技或集会表演时，有鼓乐伴奏。其器具有战鼓、大锣、大铙、镲等，鼓法有进军鼓、退却鼓、变阵鼓、得胜鼓等十多种。在300余年的历史中，藤牌阵传人出过不少武功高手。中华人民共和国成立后，在1982年邢台地区文艺会演中，十里铺的藤牌阵获得第三名的好成绩，从此才引起国家有关部门的重视。如今，藤牌阵面临灭绝，应该好好整理和发扬。

梅花拳

据《平乡县志》记载，梅花拳在明末清初传入当地。它融周易八卦于拳理，化阴阳五行于招数，文武双修，不断发扬光大。据《梅花拳根源经》和《梅花拳传承谱》记载：梅花拳第一代为收元老祖（虚拟），第二代张三省，传说在巫山羽化升天。前两代均以开法传道为主，且单一相传。自第三代邹宏义开始，才有文理武功的具体记载。

邹宏义，字光大，祖籍北直顺德府人。据《邹氏家谱》记载："我邹氏本北直顺德人，元顺帝时，我始祖为元内臣……至洪武年间，始祖改元而为明臣，辅理有功，荷蒙皇上洪恩钦赐世袭一等指挥职，镇守江南徐州府，代代相传，遂寄籍徐州……"邹宏义自幼天资聪颖，曾读书数载，然文事故重，武备亦不可不习，加上明朝末年世道混乱，家国流离，遂弃文习武，专心武学，开始曾习练家传武学，后得仙人张三省点拨度化，刻苦演练，寒暑不辍。

邹宏义极具悟性，创立了一整套别具一格的独特拳派，取名梅花拳。梅花拳自邹宏义始，才正式传播民间。清康熙年间，邹宏义的文武技艺

平乡梅花拳

已练至炉火纯青、出神入化的境界，名声大振。他为了将梅花拳推向社会，便离开徐州云游到开州（今河南濮阳），先后收蔡光瑞、王西征、孟有德为徒，尽授文功武法。三人艺业学成，便分路传拳授艺。蔡光瑞在开州收韩化礼、孙盘龙后，便北上开道传拳，途经内黄县时，收八里庄杨炳为徒，即后来康熙五十一年（1712年）的武探花。之后继续北上，来到顺德平邑（平乡县）马庄桥（后马庄）收张复为徒。遂在马庄传授武艺，后收徒孙李进德、徐进德、郑玉德。清康熙四十四年（1705年）蔡光瑞命李、徐、郑三人去河南迎请师祖邹宏义，这就是被武术界传为佳话的"三德"请师。邹宏义被请到马庄后，便定居下来，在此设场收徒，传拳授艺，一时从学门徒不下百人。

自此，梅花拳才正式在民间公开广为传播。一时间，平乡、广宗、南和、威县、巨鹿、鸡泽、曲周、永年、沙河、邢台等县武术爱好者纷纷来马庄拜师学艺。清乾隆九年（1744年），邹宏义之子邹文聚思父心切，遂率全家北上寻父，几经辗转，"头站南和三关店，二到广宗魏村，魏村无有站脚地，平乡马庄扎下根"（《根源经》记载）。邹文聚全家来到马庄时，其父已故去数年，遂在其父墓前祭拜之后，定居在后马庄，秉承父业，专心拳艺，以马庄为中心，把梅花拳推向冀、鲁、豫三省。

邹文聚在续写《邹氏家谱》时写道："于己卯年迁于平邑北十里许，马庄桥，人但知余自南而迁于北，不知余却归还故土也。"邹宏义之孙邹克让、邹克谐、邹克诚继承祖父遗志，终身传授梅花拳。据邹克诚碑文记载："邹克诚文武双全，以言武略，为国所共宗，足以辅世而强国，以言文教，化周易为神奇，可以测往而知来，支脉相传，渊源有序，受其教者十数省，被其德者亿万家。"

梅花拳特色：梅花拳布桩图形有北斗桩、三星桩、繁星桩、天罡桩、八卦桩等。桩势有大势、顺势、拗势、小势、败势等五势，套路无一定型，其势如行云流水，变化多端，快而不乱。

梅花拳是邹宏义始祖总结了集干支术数之精华，融阴阳生克之奥理，斗转星移，寒暑往来，天下始于一，成于三，行于五，定于七，终于九，万物通变之术，皆其术数也。外有五式开合，内有吐纳升降，风格独特，简单易学，常持久练，身强体健，神清脑灵。梅花拳以文养武，以武济文，吸收佛、道、儒之精华，是中华武术中文武双修的拳派。梅花拳具有独特的演练鼓乐。

梅花拳内容丰富多彩，梅花拳多以口传身授形式授徒，基本内容包括文理和武功两大类：

1. 文理："未学艺，先知理"。梅花拳的文理吸收了佛、道、儒三教的思想理论，融合了周易、八卦、阴阳、五行等精义妙法，讲究修身养性，炼神炼气，要求练功者身心并练、文武兼备，方可知"进退之中有妙招，趋避之内有利害"，"如天之无不覆，地之无不载"。

2. 武功：梅花拳的练习，首先要从基本功练起，其内容主要有拳法、腿法、腰法、步法等练习。武功锻炼的层次和形式分为架子、成拳、拧拳、器械四部分。梅花拳还以文养武、以武济文，其指导思想和套路均遵循中国传统文化"五行八卦九宫太极无极"原理，因此梅花拳又被誉为"文化拳"。

梅花拳的传承意义：

梅花拳是中国传统的武术流派之一。它经历了数百年来武林高手的不断锤炼，日臻完美，是增强体质、磨炼意志、振奋民族精神的一种手段；它简单易学、效果显著，长期以来在民间广泛流传；它文武并重，是中国著名之文武双修的拳派。

梅花拳不单有一套完整的拳术、套路和习练功法，还有一套系统的武术理论，这在中国武术史上是独一无二的，对弘扬中华武术精神和加强社会主义精神文明建设大有意义。1988年汉城奥运会上，受奥林匹克仲裁委员会之邀，中国梅花拳之梅花桩功作为中国民间竞技项目唯一代表在开幕式上进行表演，受到世界观众的喜爱。

自1991年以来，平乡县共举办"中国·平乡梅花拳联谊会"20多届。每逢正月十六日，全国各地及国外20多个国家的梅花拳弟子和爱好者到后马庄邹氏墓群寻根祭祖、切磋技艺、交流研讨。十几年来，平乡县多次组织梅花拳武术队参加省市及亚太武术交流会，并多次获奖。

2006年5月20日，梅花拳经国务院批准列入第一批国家级非物质文化遗产名录。

任泽太极拳

任泽的太极拳源自永年，师承杨、武，在100多年中，通过杂糅创新，形成了王氏、董氏等流派。目前全区约10%的人习练太极拳，成为邢台太极拳普及最广的一个区县。太极拳在任区源远流长，先后成立了王其和太极拳研究会、太极健身研究会、秦文礼太极拳研究会等多个协会组织。其中王其和太极拳研究会在2014年被国务院认定为国家级非物质文化遗产，并更名为王其和太极拳协会。

王其和太极拳起源于清末民初时期，是由太极大师王其和先生在长年习练杨式、武式太极拳的基础上，根据自己的体悟，将两拳精心相融而创编的一套新型拳式。该拳自创始以来，以其特有的魅力渐渐享誉武林，受到各级政府的重视和广大武术爱好者的青睐。现在，该套拳路已作为太极拳的一个重要流派载入《永年太极拳志》。

王其和，河北省邢台市任泽区邢湾镇环水村人。该地地处大陆泽腹地，自古以来民风剽悍，习武成风。在这种环境熏陶下，王其和自幼酷

王其和太极拳

爱武术，先随本村人习洪拳，功夫精湛，尤其使得一手好绳鞭。可他不满足于本乡拳艺，便走出家门，遍访名师。1914年王其和赴京，见到了杨式太极大师杨澄甫先生。因民国初年广府发大水时，在滏阳河搞水运的王家曾救过杨澄甫的妻儿老小，再加上王其和此时已具备扎实的功夫，所以一见面，王其和便得到了杨澄甫先生的格外器重和厚爱，并留在身边朝夕学艺。其间，王其和还经常得到杨健侯老先生和杨少侯先生的指教。杨家两代大师将其拳技奥秘倾囊相授，并将王其和视为杨式太极拳的重要传人。

在多年的悉心研练中，王其和先生根据自己的体悟，默识揣摩，融会贯通，逐渐形成了一套独具特色的太极拳套路。该拳路下盘结构严谨、步法灵活、转换自如，上身舒展大方、庄重柔和，整体拳架大小适中，圆满紧凑，练用结合，健身与实战完美统一。行拳时，以心行气，以意导形，内气发自丹田，沿经络节节贯穿，达于四梢，使气息通达全身，并回归于丹田。体用时，动作轻灵，外柔内刚，手法绵软，而发劲干脆，有着独特的太极韵味。

王其和太极拳在创编之后的很长时间内并无任何名称，王其和先生边练、边研、边传，只说是郝为真、杨澄甫等先生所传的拳。直到2000年，才统一称为"王其和太极拳"。

在百年的传承中，经该门派历代传人的潜心总结，该拳在拳架套路和拳理拳法上日渐丰富、完备。如今常练套路有：八十四式传统套路、四十式简化套路、三十八式快拳套路，还有刀、枪、剑等器械套路等。辅助练功主

王其和太极拳

要有无极桩、太极桩、独立桩、下势桩、四象桩、定步平衡功、定步旋转功、活步动练功。练功形式有定练、动练、反练、慢练、快练、散练、对练、内练。拳理拳法上的主要成果有"修炼四字要旨（德、真、悟、恒）""十字要诀（正、静、顺、轻、松、柔、圆、活、灵、空）"。这些成果不仅是门派的练功指南，也为丰富太极理论做出了积极的贡献。

该拳自创始以来，最早由任泽区传播到邢台地区巨鹿、平乡、广宗、隆尧、宁晋等县，并随着第三、四代传人交流范围的扩大，逐渐传入天津、山西、山东、江苏、浙江、新疆、东北、福建及台湾等地，习练者数以万计。随着交流的便捷和各类媒体的推介，王其和太极拳已广为海内外武术文化界所熟知。

王其和一生授徒众多，代表人物有刘仁海、王景芳、张金榜、吴振奎等。

沙河九曲黄河阵

九曲黄河阵是南汪村历史悠久的传统民间文化活动之一。数百年来，在春节文化活动中，九曲黄河阵一直放射着绚烂的光彩，对四周邻村有着较深的影响。黄河阵图既有较高的科学性，又有较高的艺术性。此项活动，充满了浓厚的神话色彩，1994年被载入《沙河市志》。

九曲黄河阵是古代兵家布下的一种易守难攻的阵式，因其阵像九曲十八弯的黄河而得名。

九曲黄河阵是用五根高杆、九根次高杆和三百一十五根桩木横竖各十八根插于土中，然后用横木串联起来的九个蜗牛状连环弯，从正上方看是一个面积324平方米的正方形，其中有九曲十八弯。

九曲四角和正中央有五根十米高的木杆，上面悬挂着红、黄、绿、紫、蓝五种颜色的方旗，上书东方甲乙木、南方丙丁火、西方丙辛金、北方壬癸水、中央戊己土，据说这个小乾坤是镇邪的。

在九曲每一弯的中心有九根次高杆，上挂九盏八角大灯笼。灯笼的八面书有隶体字：福、禄、寿、喜、富、安、康、祥、顺。其余的三百一十五盏悬于桩木上的五颜六色的灯分别环绕着九盏大灯,构成了颇为壮观的九曲黄河阵。

九曲黄河阵据民间传说是神话里的云霄、琼霄、碧霄三姐妹(又称"三架姑姑""三架奶奶""三位娘娘")所创。

听老人们说,九曲黄河阵是武王伐纣时遇到的奇阵。当时武王的兵马被纣王的恶阵吞噬了成千上万,无奈之时,姜子牙上昆仑山请出了道家的祖师爷才将此阵的死门堵死,活门打开。姜子牙得此秘诀之后,武王在伐纣的战争中步步取胜。这一传说在《封神演义》中是这样说的:赵公明被姜子牙用钉头七箭书射死之后,他的号称三道姑,即云霄、碧霄、琼霄的三个妹妹为报仇,用闻太师的六百大汉摆成一个九曲黄河阵。"此阵内藏先天之秘密,生死机关,外按九宫八卦,连环进退,井井有条。人虽不过六百,却胜过百万雄师。""此阵内按三才,藏天地之妙,中有惑仙丹,闭仙诀,能失仙之神,消仙之魂,陷仙之形,损仙之气,丧仙之原本,损仙之肢体。神仙入此而成凡,凡人入此而即绝。九曲曲中无直,曲尽造化之奇,抉尽神仙之秘,任他三教圣人,遭此也难

九曲黄河阵

逃脱。"为此，人们说这个阵营是一个恶阵。三位道姑为报一箭之仇，将玉虚门下的十二位真人，全部用混之金斗压入此阵，最后姜子牙只得上昆仑山请出道教的祖师元始天尊和老子才破了此阵。

又据民间神话传说，周公迎娶桃花女时，在黄土岗摆下"九曲黄河阵"，妄图置桃花女于死地。阵内有九个曲，道路曲曲弯弯，忽东忽西，忽左忽右，眼看走到黄河边缘，一转弯又插到黄河深处。九曲又称"九宫"：正西为总章宫，西北为总章左宫，西南为总章右宫，正东为青阳宫，东南为青阳左宫，东北为青阳右宫，正北为玄堂宫，正南为明堂宫，正中为太一宫。虽说弯弯隐水火，宫宫藏杀机，但都被桃花女一一闯破，花轿平安通过黄河阵。

以上两种传说，均出于殷纣王年间，可见九曲黄河阵这一民间艺术奇葩，迄今已有3000余年的历史了。

传说周公和桃花女是邢台西乡人，云霄、琼霄、碧霄是武安人。所以河北一带，尤其是武安、永年、沙河、邢台等县市很多村庄都会摆九曲黄河阵。那么九曲黄河阵何时传入南汪？为何只有吕街人会摆"黄河"？

明嘉靖年间，南汪村吕街，武家先人和吕家先人经常相随到黄河南做生意。有一次他们带着货物和其他商人一起乘船渡黄河时，船至河心，忽然狂风大作，河水咆哮，波涛翻滚，商船随着波浪颠簸转悠，摇摇欲坠。艄公掌舵不住，连连向客商呼喊，要他们赶快向龙王求救，不然将会船翻、货沉、人亡。众商客惊慌失措，乱作一团，一听艄公呼唤，纷纷跪下祈祷，哀求龙王保佑，说若能平安渡过黄河，必将"金龙大王"请到河北供奉，并许下搭"九曲黄河阵"愿。说也奇怪，许愿片刻，风平浪静，众商客平平安安渡到黄河北岸。众人上岸，面向黄河，长跪良久，其后共同商定推举买卖最大的南汪武、吕二位商贾主办还愿事宜，其他商客纷纷凑钱予武、吕。告别时，众人频频拱手，再三拜托。武、吕二人返回故里，告知家人，个个惊叹不已。那时吕街的武家是富户，吕家是大户，此事传开，无不震动，吕街人上下齐心，拟予鼎力相助。

翌年元宵节前夕，吕、武两家在邻里街坊的协助下，摆"黄河"、搭彩棚、请吹手。元宵节这天，恭请"金龙大王"就位，举行了还愿仪式。

这是南汪村摆"黄河"之始。

从此,老辈人流传下来,摆"黄河"能逢凶化吉,遇难呈祥,求啥得啥,黄河阵成了吉祥如意、国泰民安的象征。于是,南汪村和四周邻村的老百姓为了求财、得子、仕途、平安、多福、长寿、风调雨顺、五谷丰登……纷纷来许"黄河"愿,并有走"黄河"可以消病灭灾、交鸿运之说。因此,吕街摆"黄河"一直延传下来,至今已有470余年了。

九曲黄河阵,如今已不是厮杀的战场,而是欢乐的海洋、幸福的天地。

威县十字八方拳

威县有着崇文尚武的传统习俗,武术流派纷呈,有梅花拳、八卦掌、洪拳、查拳等拳种。威县作为义和团运动发源地而声名远播,享誉中外。

威县十字八方拳由来已久。据记载,清朝雍正年间,威县郏庄村冯世礼得到武林高人指点,习练十字八方拳,由此该拳种开始在威县及周边地区发展传承。

十字八方拳分布在今河北邢台、衡水及山东、河南等部分地区。在威县,十字八方拳主要分布在郭固村、马桥村、寺庄村、赵村、小河村等10余个村庄。

十字八方拳的特点是:讲究上崩下跳、里撩外划、左拦右架、前冲后突、闪展腾挪,手、眼、身、步、脚、肩、肘、腕、跨、膝招式变化多端。

十字八方拳分为十字拳、八方拳、小洪拳、六合单刀、六合双刀、春秋大刀、七十二路花枪、对练等。

十字八方拳作为我国古老的拳种,对丰富中国武术,研究武术历史具有重要的历史价值和文化价值。

目前,由于社会的变迁,能够全面掌握以十字拳为代表的武术种类的拳师已年迈或去世,许多技艺面临失传的境地,尤其是散手,具有一定的危险性,几近失传。十字八方拳与蔡家拳(南拳)和杆子有相似之处,对于其渊源、传承有待进一步研究考证。

第二节　休闲

现代人眼中的休闲是指离退休人员在家过清闲的生活，也指工薪族在工作之余及节假日自由支配自己的时间，休息、娱乐、健身、聚会，甚至外出旅游。但是，过去生产力低下的小农经济的农村，农民的时间虽然是完全由自己安排，可他们一年四季不得闲，除去雨雪天不能下地，每天都有活干。庄稼人没有法定节假日，更没有离退休之说，所以，那时农民的休闲与现代意义上的休闲是不一样的，基本上就是闲歇，偶尔也搞些自娱自乐的活动。

话说休闲

在邢台农村，农民向来有早起的习惯，一年四季早晨不按钟点，天亮就起床，夏季多数人喜欢早晨和傍晚干活，即使现在也是如此，正所谓日出而作日落而息。所以农民闲歇的时间主要是晚上，夏天也包括中午。

农村在没有电之前，人们没有电视看，就连一盏明亮的灯也没有，每当夜幕降临就有长夜难明的味道。吃过晚饭，女人们大多在油灯下纺棉花做针线，男人们消磨时光的方法就是闲歇。夏天，常见一帮男人聚在街头，或交流见闻，或说古论今，或讲一些五花八门的笑话。冬天，爱串门儿的则常到别人家闲坐，三两个人坐在凳上，脚蹬着煤火台，吧嗒着旱烟袋，歇到困了才散去睡觉。一些小青年不甘寂寞，常聚在街里玩耍、做游戏，包括摔跤、撞拐、捉迷藏等，最为典型的莫过于"开坷垃仗"，即在里外组成两个阵营，互相抛掷坷垃攻击对方，身强力壮的"勇士"在前沿发动攻势，个小体弱的"后勤"捡坷垃做供应，有时还组成更大规模的两个村之间的对攻。"开坷垃仗"的双方没有仇恨，不做面对面格斗，完全是一种粗野的游戏。夏天的中午，男孩子在村子外面的河里、河沟里、坑壕里游泳。冬季农闲之时，滑冰也是人们喜欢的项目。所谓滑冰，其实就是在冰上先奔跑加力，然后叉开双脚侧身在冰上溜一段距离，俗称"擦光溜儿"。而平时干活休息时，在地头场边"走四子""走九子"则是简单而方便的娱乐活动，不用器械，不用场地，在地上画出规则图形，随手捡几粒土坷垃或几片树叶、几节草棍就可玩起来。那些10多岁的男孩常结伙去地里"割草"。秋收时节，顽皮的孩子们摸瓜偷枣是常事，为了充饥在地里点燃柴火烧豆儿（毛豆）、烧棒子（嫩玉米），用土坷垃烧红薯更是一种野趣。孩子们在田间尽情地玩耍嬉戏、摔跤、拉勾儿。

休闲方式

在邢台，人们休闲的方式多种多样，一般以文明健康的娱乐活动为主。

1. 打扑克

打扑克是中青年人喜欢的一项娱乐活动，而且城乡都很流行。在农村，屋里、院里、街口、地头，到处都有打扑克的。在城镇，不单家属院、店铺前人们自由自在地玩扑克，甚至机关学校的公职人员也有时在午休时间玩上一把。过去，扑克的打法通常包括"打五十一""憋七""拱猪""打升级""五、十、K"等。

2. 打麻将

麻将，"文革"期间被当作赌具，打麻将被视为赌博。80年代以后，城乡打麻将成风。打麻将常有固定的牌友，一般不赌钱，但每次和了，带点刺激，一毛两毛，或一元两元的输赢是有的，属娱乐性质。真正用麻将赌博的都不在明处。推牌九、顶牛儿都是娱乐，利用这种形式赌博的也有。农村的老太太们则爱打纸牌。

3. 下棋

下象棋是一种比较高雅的娱乐活动，下象棋的人不分职业、职务，也不分年龄，更不分季节，棋逢对手，寻得开心，便达到了目的。从乡下到城里，下象棋很普遍，而且痴迷者也不少。走军棋、玩跳棋则是青少年们的一种娱乐。围棋很少见。

休闲——下象棋

4. 养花

农村养花一般养些档次较低、易管理的花卉，如美人蕉、月季、菊花等。近几年搬进新居的不少家庭买几盆上档次的发财树、富贵竹等大盆花卉摆放在客厅里，为新房的布置增色不少。

5. 养鱼

农村中养金鱼的较少。城镇居民则常在鱼缸里养些金鱼。夏日，每天早晨去河边捞鱼食成了一些养鱼人的活动项目。

6. 钓鱼

钓鱼是城镇中那些家庭条件较好又有闲情逸致的人的特殊爱好。钓鱼爱好者使用的渔具很讲究，每次行动常是几个人约好结伴而行。鱼塘里都是人工放养的鱼，专供垂钓者花钱寻开心。

7. 养鸟

养鸟是一种爱好，一般没有经济利益可言。养鸟多是养黄雀、白玉鸟、百灵鸟、鹦鹉、八哥，过去农村也有养麻雀的时候。

8. 养蝈蝈

人们用席篾插一小笼，将蝈蝈放在里面，雄的能叫，雌的长有个长尾，不能叫。人们一般把蝈蝈笼挂在房檐下，喂些菜叶或红薯叶，时常听到"咯吱、咯吱"的叫声。霜降以后，天气变凉，将蝈蝈放置屋里喂养，有的竟能养至冬天，绿色的蝈蝈变成棕褐色。冬天需把蝈蝈放在小葫芦里，葫芦上扎上通气的眼儿，放在暖和处。一些人常把盛蝈蝈的小葫芦放在炕头上的被窝里。

9. 放风筝

农村适宜放风筝，尤其是20世纪50年代没有电线杆，没有高大建筑，农闲时节，人们便在地里或场里放风筝。农村的风筝一般都是自己糊制，一些大风筝放飞到天上，全村人都能看见。风筝造型各异，以巨大的蜈蚣状最为典型，多数画有各种动物、人物，有的设计很科学、很巧妙。近几年来，春节期间卖风筝的多了起来，但不管城镇还是乡村，买风筝供孩子玩的是多数，成年人正儿八经放风筝的已不多见。

10. 上网

上网是21世纪以来青少年们所喜爱的休闲方式。不管是操纵家庭电脑还是进网吧消费，都有一些痴迷者。20世纪末的电子游戏机如今被电脑所替代，不少中小学生进网吧沉迷电子游戏而耽误了学业。

11. 歌舞厅

作为一种休闲方式，真正在工作之余自己掏钱去歌舞厅放松一下的人很少。进歌舞厅的人，一般是政界官员或商界人士，无非是应酬或交易，里面间或有不健康的消费。

12. 健身

温饱问题解决以后，人们开始注意健康投资。工作之余或节假日，不少人采取各种运动方式进行健身，散步、跑步、快走以及跳绳、打羽毛球等，或在社区的健身器材上锻炼，更多的是退休人员把健康当作头等大事，持之以恒地坚持锻炼身体，常常自发地组织在一起打太极拳、扭秧歌等。结合精神文明和小康村建设，不少村镇在街头设置了健身器械，农村生活在向城市化迈进。

13. 旅游

跨入 21 世纪以来，随着生活水平的不断提高和家庭经济收入的稳定增加，人们的消费观念也在发生变化，旅游逐渐成了休闲的热门。尤其在城镇，全家人自费外出旅游已不新鲜，常常利用节假日去游山玩水，驾私家车的，乘豪华长途汽车的，坐高速火车的甚至坐飞机的也有。

儿童游戏

1. 过家家

几个小朋友分别充当家庭不同角色，自编一些类似于成人的生活情节而演练。

2. 扣凉粉

玩沙土的一种。将细土装满小碗或类似的器物中，按实，迅速将碗扣于地上，再轻轻拿起小碗，即扣出凉粉状的土形。

3. 拍老窑

玩胶泥的一种。将胶泥和匀实，捏成窝窝状，口朝下使劲摔，口念歌谣，谁摔得响，为最好。

4. 挑花角

将一条细长的花线首尾相接，成一圆团，左右两手将线团捧起，并分别在中指、食指与无名指上绕一圈，然后左手中指顺右手中指将线挑起，右手中指再顺左手中指将线挑起，即组成一个图案。另一个人用双手手指按一定规则插入花线图案的空隙而后挑起，使图案变换，原来的挑线人双手腾下来再挑。可变换出"两条面""瞎搅针""乱菜疙瘩""飞机"等多种图案。

5. 背遭遭

多名儿童分成两队，每队选两个人，互相背驮对方快步走到目的地，你背我一段距离，我再背你回来，看哪一队先回到原地，为胜方。

6. 摸瞎瞎

一人蒙上眼睛，其余几个躲藏，蒙眼人根据动静判断人在何处，并伸手捉拿，被捉者不露声色，蒙眼人摸摸其身高、体形、头发判定是谁，如果错了重新开始，如果猜对则相互换角色。

7. 簸簸箕

两人面对面，双手与双手互相拉住，并左右晃动，嘴里念叨：簸，簸，簸簸箕，你过来，我过去。然后将一侧的手高举，形成拱门，两人背靠背翻转过去，接下来继续簸。

8. 炸油条

两人面对面，双手与对方互相拉住，并使一侧手高，一侧手低，形成一个立起来的圆圈，然后用圆圈从背后套住一个人，将其架起顺势向后翻转，被套住的人做一次后空翻，犹如油条在油锅里被翻转着挨炸一样。做几次后换人，轮流被"炸"。

9. 挤摞摞

冬天天冷，穷孩子为了御寒，几个人倚在墙角排成一行使劲朝墙角挤，并喊道：挤，挤，挤摞摞，挤出谁了谁尿泼儿，被挤出者，象征性地在地上蹲一蹲，然后重新参与；挤，挤，挤狗肉，挤出谁了谁后头，被挤出者又排到最后，继续向里挤。

10. 老鹰捉小鸡

几个人依次抓住别人的后衣襟排成一队，排第一个的人做母鸡，身后的为小鸡，另选一个人做老鹰。老鹰在母鸡前左右奔跑，想方设法捉到排在最后的一个小鸡。母鸡张开双臂并左右摆动，保护小鸡不被抓，众小鸡也在母鸡后面不断躲闪。若有小鸡被老鹰的手摸到，便算被抓住，就得退场。达到一定时间后，老鹰抓到的小鸡超过小鸡数的一半，老鹰胜；不到一半则母鸡胜。老鹰、母鸡、小鸡由游戏孩童抽签轮流担当。

儿童游戏——老鹰捉小鸡

11. 撞拐

由两人或多人参加，每个人都用一只手搬起自己的一只脚，膝盖在前，单腿向对手撞去，攻击力量大、坚持时间长者为胜方。

12. 跑马绳

游戏者手牵手分成两排，组成甲乙两队，离开一段距离，相向站立。甲方喊"鸡鸡翎"，乙方答"扛大绳"；甲方喊"大绳歪"，乙方喊"把你们的兵马叫过来"；甲方喊"叫谁啊"，乙方答"叫××（甲队中一个人的名字）"，然后选中的人跑步向乙方的"防线"冲去。如果冲破防线，则可以选乙方最有实力的一个人带到自己的一方。如果没冲破防线，则被俘虏，这个选手要加入对方的阵营。然后交换口令，继续进行。

13. 周毛儿

周毛儿即踢毽子。用一小块布，包上一枚铜钱，用针线缝牢，成为底座；上面缀上麻线就成毽子了。毽子的基本踢法，主要有"盘、拐、绷、蹬"四种，用脚内侧踢为"盘"，用脚外侧踢为"拐"，用脚面踢为"绷"，用脚掌踢为"蹬"，用脚趾踢为"挑"，用脚后跟踢为"磕"等。

14. 踢房儿

在地上画几个方格做房子，一只脚落地，沿地面踢瓦片或"团儿"（六个不同颜色正方形的小布片缝成一个正方体，里面装上谷糠或小石子，一般有拳头大小）依次序经过各格。若一次顺利通过，则划出一间房自己所有，别人再不能脚踏其中，只能单腿越过，瓦片或团儿也不能停至其中，但房子的主人可以在房中歇息。最后谁赢得"房"多谁胜。

15. 弹球儿

弹玻璃球儿。在地上挖一小坑，离坑一二米远画一横线为疆，参加者站在疆外，对着坑弹球儿，每个人都把自己的球儿往坑里弹，一次若不进，第二轮接着弹，直至弹进坑里。弹进坑者，立即在坑边用自己的球儿弹射别人的球儿。如果被弹射的球儿出疆，则归为己有；如果没有机会把别人的球儿弹射出疆，也要将离坑最近的一个球向远处弹射，阻止别人进球。

16. 推铁圈

又叫"推轱辘圈"，在 20 世纪六七十年代盛行。手捏顶头弯出合适角度凹槽的铁棍或铁丝，推一个直径 66 厘米左右的黑铁环向前跑。有的还在铁环上套两三个小环，铁圈滚起来，铁环哗哗作响。

17. 挑棍

准备几十根麦莛儿或细高粱秆，剪成统一长度。玩时将这一把"香"掐信举起，然后撒手，使"香"竖直戳下去，横七竖八散落在地上，之后开始捡棍，捡棍时手拿一根棍，然后去一根一根地挑，不能碰动未被捡的棍，若碰动了，则换人另捡，捡多者胜。

18. 跳皮筋

是一种适宜于儿童的民间游戏，可三人至五人一起玩，亦可分两组比赛，是在两脚交替跑跳中完成各种动作的全身运动，边跳边唱非常有趣。游戏时，先由两人各拿一端把皮筋抻长，其他人轮流跳，按规定动作，完成者为胜，中途跳错或没钩好皮筋时，就换另一人跳。皮筋高度从脚踝处开始到膝盖，到腰到胸到肩头，再到耳朵、头顶，然后举高"小举""大举"，难度越来越大，跳者用脚不许用手钩皮筋，边跳边唱着自编的有一定节奏的歌谣。跳皮筋有挑、勾、踩、跨、摆、碰、绕、掏、压、踢等 10 余种腿部基本动作，同时还可组合跳出若干个花样来。

跳皮筋歌词：

（1）小汽车，滴滴滴，马兰花开二十一，二五六，二五七，二八二九三十一，三五六，三五七，三八三九四十一，四五六，四五七，四八四九五十一，五五六，五五七，五八五九六十一，六五六，六五七，六八六九七十一，七五六，七五七，七八七九八十一，八五六，八五七，八八八九九十一，九五六，九五七，九八九九一百一！

（2）周扒皮，爱吃梨，昨天晚上去偷梨，我们正在做游戏，一把抓住周扒皮，用拳打，用脚踢，看你还偷梨不偷梨。

（3）一朵红花红又红，刘胡兰姐姐是英雄，毛主席号召八个字，生的伟大死的光荣。

（4）小皮球，圆又圆，阿姨带我去上幼儿园，我不哭，我不闹，阿姨夸我是好宝宝。阿姨的家，我知道，中山路十八号。

第十一章
方言俚语

第一节　方言

方言是地域文化的载体，某种意义上说，一个地方的方言土语流行语，就是这个地方的镜子。邢台历史上处于直隶、山东交界地带，且有两省六县的"飞地"夹杂其间，地理复杂，风俗特殊，所以邢台的方言具有"源流驳杂、语汇丰富"的特点。邢台虽距北京较近，但与普通话在发音上差别很大，语汇也有一定差别，但语法则差别不大。语音与山东西北部方言接近，某些语汇明显带有山西方音。无论中国的语言专家还是自称"中国通"的"老外"，面对满口土语、侃侃而谈的老农，往往也是"望土兴叹"，不知所云。邢台方言和这一地区的文化、风俗就好像一件件出土文物，既"土里土气，又高深莫测"。

邢台方言与普通话在语音方面有一定的差异。如它比普通话少了一个舌尖后浊辅音声母 r〔r〕；邢台方言中还多出了一个舌面浊辅音声母和一个舌根浊辅音声母（ng）。如邢台方言把"肉""人"读作〔lou〕〔ln〕。

问候语、常用语

揍啥（做啥？）

慢儿、慢儿来（语调上扬。什么？）

啥哎、啥个、啥也哎（什么？怎么？）

揍啥来、揍慢儿来（干什么呢？）

吃蓝拜、起蓝白（吃了吗？）

谁（四声）也哎、谁呀（谁 yɑi？）

揍慢儿（语调上扬）哩（做什么呢？）

猫（mao）猫（看看）

曾么结、增么着（怎么样，不友好含义）

孤蛹（动一动）

喃汉（那里）

感受类

歇得（dei）、不赖（很好）

真得（dei）（正好）

能（四声）得（dei）（非常好）

顶得（dei）（恰好）

得（dei）劲儿（舒服）

楚贪、区坦（舒服，宽畅）

恶应（隔应，讨厌，含让人恶心意）

挫恶（恶轻读。低）

矬子（矮个子）

汉们（爷们）

撑劲嗯（有钱，摆谱）

柴（四声）（不正经，偏指于好色，区别于隆尧、内丘一带的柴指弱小、不漂亮之意）

展挂（漂亮，指活做得漂亮较多）

瓜净（同上，指劳动成果漂亮）

长短……（无论怎样）

不淤群（不合群）

现眼（丢人现眼）

眼子（是非不清，吃亏而不知的人）

酿人（那样人。急读，贬义，形容人品很差）

血淋乎辣（音：斜吝虎皃。好多血，很可怕）

邪呼（音：歇虎。耐性差、不经疼痛，含义可推而广之）

迪留、踢六（向上提）

出溜、楚驴（往下滑）

摆置、掰即（ji）（办，解决）

呲毛（音：此帽儿。次，差劲）

更么（赶紧）

得（dei）意儿得（dei）（故意地）

老丝、广（老是，总是）

牢西（xi）（老实）

样方儿（好看，漂亮）

柔头、远呼（软和）

和柔（空荡荡的）

漫羡（自我表现）

行一（习以为常，习惯）

名词类

条句、条住（笤帚）

干健儿（干活）

扫句、扫住（扫帚）

饮句、炊住（炊帚）

洋茄子（气球）

它拉儿（音：塔兒儿。拖鞋）

营营儿、老阳儿（太阳，阳光）

胳拉拐（膝盖）

颜脸盖、月拉盖（额头）

胳拉窝（腋窝）

瓢（舀子）

胰子（香皂）

铺团子、铺潭子（板凳，草制，较低）

玉子（褥子）

铺的（di）（褥子）

盖的（di）（被子）

二布搅［半薄半厚的（衣服或被子）］

瓮（水缸）

筲、斗子（桶）

且答子（自行车前梁上挂的袋子）

窝单儿（大包袱）

茅子（厕所）

手把掌儿（手套）

都地（地上，大地）

排子车（qie）（手推车）

荆笆（手推车上面为载货而加高的栏板）

三马（三轮车）

撞屋（东西屋配房）

割情（下雨开始掉点儿）

nia 花（棉花，威县东北地区方言）

家北、家南、家西、家东（自家村子的北、南、西、东之外，指方向）

吐沫（唾液）

哈拉拉（哈喇子，口水）

鼻子桶、鼻静［鼻涕（湿）］

鼻子疙渣［鼻屎（干）］

赤嘛虎（眼屎）

耳遂（耳屎）

打涕粉（喷嚏）

棱子（冰雹）

第十一章 方言俚语

305

行为类

颤颤（无理搅三分）

降（xiang，训斥）

孤堆（蹲着，蹲下）

拉臭臭、拉粑粑（解大手）

鞠敛（卷曲）

臭长兴（臭美）

罗罗、拉拉（商量，讨论）

拉管（讲故事）

遥达（到处）

恶（e）整（蛮干）

一工劲（一直，一气呵成）

吃没没（吃奶）

确确（折中）

股丢下（蹲下）

冷子（冰雹）

食物类

居（ju）（煮）

糊（hu）（煮）

腾（teng）（蒸）

馏（蒸）

榨（zha）（煮，专指煮老陈腌咸菜）

卷子、馍馍、干粮、干的（馒头）

黄菜（大白菜，东南部分村庄用此叫法）

饹馇儿（食物碎屑或者挨锅近糊的部分）

麻糖（油条）

果子（油条，也指点心）

细果子（点心）

气布袋、荷包（布袋状油条里放鸡蛋）

萝北（萝卜）

黑笋（海带）

粉欠（淀粉）

棒子（玉米）

茄夹、茄和（类似茄盒，茄与肉末间隔蒸制而成）

宫酱子、小拐磨、拐磨子（黄豆磨半碎状和米、菜、粉条等煮制的地方食物）

那够（又称"苦累"，青菜加面粉蒸制的食物，前面常冠以青菜名，有名家考证来源于满族，满语，待定）

老咸菜、老陈咸菜（萝卜等腌制后煮熟放置半干状的咸菜）

尿（sui）包（膀胱）

熏菜、髓包肉（膀胱内放肉的一种地方熟食，类似火腿）

时间类

那会儿（片刻之前）

过会儿、待会儿（片刻之后）

夜呵（昨天）

前夜呵、前事呵（前天）

大前夜呵、大前事呵（大前天）

今儿（今天）

起五京（起五更，清早）

早起（早晨）

枪昂（早晨）

气老饭（上午九时许）

晌户（中午）

过晌儿（下午）

天西（下午）

蚂蚱眼（黄昏，天色将黑未黑）

黑呀、黑家（晚上）

半黑呀、半黑家（半夜里）

下二点（半夜两点左右）

赶明儿（明天）

过明儿（后天）

大过明儿（大后天）

夜呵黑家（昨晚）

前夜黑家（前天晚上）

大前夜黑家（大前天晚上）

年是（去年）

前年（二年前）

大前年（三年前）

来年、过年（明年）

七功夫（吃功夫，花费时间）

户昂（晚上）

夜儿户昂（昨天晚上）

动物类

米米蛾（蝴蝶）

马螂（蜻蜓）

夜猫子（猫头鹰）

长虫（蛇）

夜白乎（蝙蝠）

学壁虎子（壁虎）

第二节　集贸俗语

集贸活动中的俗语、谚语、惯用语，很多是深刻的商界感悟。其中有经商者的信条，有做生意的准则，有成功人士的经验总结，也有失败者的肺腑之言，有买卖双方不同角度的感受，更有局外人客观而公正的评说。

诚招天下客，誉从信中来。

和气生财。

和气买卖赚人钱。

一回生，两回熟，三回见面是朋友。

不打不相识。

买卖不成仁义在。

买主卖主，衣食父母。

货真价实，童叟无欺。

店大欺客，客大欺店。

开店容易守店难。

书呆子经商，老本儿赔光。

奸商奸商，无奸不商，无商不奸。

买卖人嘴没实话。

河里没鱼市上瞧。

不怕不识货，就怕货比货。

人比人该死，货比货该扔。

货比三家。

走得到，买得俏。

一分钱，一分货。

邢台民间文艺博览 —— 风土民情

货无大小，缺者为贵。

货有高低，客无远近。

便宜没好货，好货不便宜。

图贱买老牛，买了老牛卧墒口。

老王卖瓜，自卖自夸。

卖瓜的说瓜甜，卖醋的讲醋酸。

有同行没同利。

同行是冤家。

货卖一张皮。

一眼看高，一眼看低。

巧买的哄弄不了拙卖的。

南京到北京，买的没有卖的精。

褒贬是买主，喝彩的是闲人。

上赶着不是买卖。

买起不买落。

先卖出，后买入。

早晚市价不同。

货卖街头死。

当乡人不买当乡货。

当乡货不卖当乡人。

买卖不养当乡人。

萝卜快了不洗泥，萝卜慢了代削皮。

卖饭的不怕大肚汉。

本小利微，本大利宽。

无本难求利。

树倒气死主，房倒气死客。

宁可卖了悔，休要悔了卖。

宁要跑了，不要少了。

有钱不买半年闲。

经纪向贩子，老婆向汉子。

一手交钱，一手交货。

清楚算账，糊涂结局。

吃亏沾光在明处。

赊三不如现二。

卖酒的朝提壶的要钱。

宁买输眼货，不买便宜嘴。

买不来有钱在，卖不出有货在。

小本儿买卖，赚起了赔不起。

一秤买，百秤卖。

紧提油，慢提酒。

赔本赚吆喝。

明赔暗赚。

薄利多销。

买卖不让寸地。

三年学个手艺人，十年学不了个买卖人。

第三节　农事谚语

邢台人民在长期的生产劳动过程中，积累了大量的关于气象、物候、农事的谚语，成为长期指导农事活动的生动教材，即使有的不尽合乎科学，有待在实践中进一步验证，使之更加丰富、可靠。

一年四季在于春，一日之时在于晨。

一场春雨一场暖，一场秋雨一场寒。

麦怕二月雪。

春雪填满沟，小麦要减收。

二月下雪，小麦吃苦，早锄两遍，可以弥补。

春分前后怕春霜，一见春霜麦苗伤。

春分雨多，有利春播。

小麦怕春旱，谷子怕急雨。

春分麦起身，一刻值千金。

要想粮棉丰，土地早平整。

浇水不整地，费水费工又碱地。

瓜地铺石沙，结得粪筐大。

碱地逮着苗，能和好地摽。

要想沙出金，还得肥水跟。

庄稼一枝花，全靠肥当家。

土闲三年变粪，粪闲三年变土。

半年的锅头当年的炕，熏透的烟囱发苗壮。

要想庄稼长得凶，一家一个沤粪坑。

新土填得多，大长胡萝卜。

种地不换茬，枉费犁和铧。

龙生龙，凤生凤，好种才有好收成。

有钱买种，无钱买苗。

买种省了钱，减产后悔晚。

纺好线，用好棉，好种壮苗长满田。

好种出好苗，好苗多结桃。

不怕草荒苗，就怕苗荒草。

两头去，中间留，玉米苗子黑油油。

小麦棉花常规种，去杂去劣还能用。

玉米种，种一辈，接着再种坏了事。

宁愿饿断肠，不能吃种粮。

丰收之年，不收无苗之田。

种棉不用问，多上草灰和羊粪。

拆墙土，草木灰，多往棉花地里推。

大粪长瓜鸡粪辣（椒），羊粪长得好棉花。

种地选好种，等于多两垄。种地不选种，一年退二成。

谷雨前后，撒花种豆。

春分时节，果树嫁接。

春分天暖花渐开，牲畜配种莫懈怠。

春分天暖花渐开，马驴牛羊要怀胎。

牲口栏里勤打扫，一年四季疾病少。

猪瘟病毒传染快，眼赤无神爱昏呆。

羊圈瘟病易发生，圈干防雨病无踪。

兔瘟蔓延危害大，春秋两防不怕它。

黑夜下雨白天晴，收的粮食没处盛。

春雨满街流，收麦累死牛。

有钱难买五月旱，六月连阴吃饱饭。

铺上热的不能躺，田里庄稼才能长。

三年两头倒，地肥人畜饱。

秋天深耕田，赛过水浇园。

深耕细耙，旱涝不怕。

麦收隔年墒。

种成的麦，锄成的秋。

一到"立秋"，高挂锄钩。

白露早，寒露迟，秋分种麦正当时。

脚踏麦垄手摇耧，两眼不住看稀稠。

"头伏"萝卜"二伏"菜。

杏子黄，麦上场。

四月"芒种"刚搭镰，五月"芒种"不进田。

人勤地出宝，人懒地长草。

湿锄豆子干锄花，不湿不干锄芝麻。

种田不上粪，等于瞎糊混。

不怕家里没囤，只怕地里没粪。

正月怕暖，二月怕冷，三月怕霜，四月怕风（指小麦生长期）。

今冬麦盖三层被，来年枕着馒头睡。

春打六九头，遍地走黄牛。

第四节 生活谚语

生活谚语是人们在生活中提炼出来的反映各种生活常识、生活情趣、养生方法的谚语。包括衣食住行、育花养鸟、生老病死等各种知识的谚语。它涉及的方面很广，有天文、地理、时令、节气、花鸟虫鱼等多方面。

寒从脚起，病从口入。

早晨起得早，八十不觉老。

冬吃萝卜夏吃姜，不用医生开药方。

笑一笑，十年少；愁一愁，白了头。

若要人不知，除非己莫为。

良药苦口利于病，忠言逆耳利于行。

狭路相逢勇者胜。

刀不磨要生锈，人不学要落后。

世上无难事，只要肯登攀。

学如逆水行舟，不进则退。

唱戏的是疯子，看戏的是傻子。

物以类聚，人以群分。

三人同心，黄土变金。

若要人下水，自己先脱衣。

晴天也需带雨伞，免得下雨湿衣衫。

靠山吃山，靠水吃水。

好话不背人，背人无好话。

穷不离猪，富不离书。

君子待人，平淡如水。

端别人的碗，要服别人管。

兔子不吃窝边草。

嫁出去的闺女，泼出门的水。

不怕慢，只怕断。

性急吃不了热豆腐。

吃一堑，长一智。

人穷志短，马瘦毛长。

前人栽树，后人乘凉。

吃不穷，穿不穷，打算不到要受穷。

远亲不如近邻。

三个臭皮匠赛过诸葛亮。

人不可貌相，海水不可斗量。

人怕没脸，树怕没皮。

酒多伤身，气大伤人。

来说是非者，必是是非人。

吃了人的嘴短，拿了人的手软。

跟着好人学好人，跟上巫婆会跳神。

为人不做亏天事，半夜不怕鬼叫门。

牵牛要牵牛鼻子，打蛇要打七寸。

有理走遍天下，无理寸步难行。

儿孙自有儿孙福，莫为儿孙作马牛。

有福不用忙，没福跑断肠。

出门上路看风向，吃饭穿衣量家当。

吃饭还是家常饭，知冷还是结发妻。

天上下雨地上流，小两口打架不记仇。

好钢要用在刀刃上。

打铁要趁热。

宝剑不磨要生锈，人不学习要落后。

好记性不如烂笔头。

不见兔子不撒鹰。

师傅领进门，修行靠个人。

一物降一物，卤水点豆腐。

大鱼吃小鱼，小鱼吃虾米，虾米吃污泥。

瞎猫碰上死耗子。

来得早不如来得巧。

人生一世，草木一秋。

好狗不占当道。

好事不出门，坏事行千里。

不当家不知柴米贵。

树大分叉，儿大分家。

少时夫妻老来伴。

阎王好见，小鬼难缠。

丑媳妇迟早要见公婆。

朋友妻不可欺。

礼多人不怪。

伸手不打送礼的。

人比人，气死人。

染坊里退不出白布。

不是一家人，不进一家门。

儿不嫌母丑，狗不嫌家贫。

久病床前无孝子。

亲兄弟明算账。

三翻六坐九来爬，十个月能叫爹妈。

家有一老，胜过有宝。

严是爱，松是害，不管不教要变坏。

富养闺女穷养儿。

人要衣装，佛要金装。

三分人才，七分打扮。

人是铁，饭是钢，一顿不吃饿得慌。
盖锅煮皮，敞锅煮馅。
男怕穿靴，女怕戴帽。
牙疼不是病，疼起来要了命。
不抽烟，不喝酒，病魔见了绕着走。
眼不见为净。
捂捂盖盖脸发黄，风吹日晒身体强。
有钱难买老来瘦。
有借有还，再借不难。
人要脸，树要皮，不要脸了了不得。

第十二章
邢台民俗十大怪

第一节　闺女不用把年拜

在邢台市不少地方有出嫁的女子不给娘家长辈拜年的民俗。这一习俗的形成，考证起来，还有一个动人的故事。相传百里为王的时候，在清河县刘保庄西北有个李子花村，一刘姓人家有个秃姑娘，满头满脸秃疮疙渣子，十人见了九人恶心，她却不知害羞，整天唱着："柳叶青，柳叶黄，朝廷选我当娘娘。柳叶黄，柳叶青，朝廷选我当正宫。"

一天，秃姑娘正拿着瓢搋面，听说村里来了皇上选美的轿子，就把瓢扣到头上，跑去看热闹。选美的钦差一眼看见了她，便指着说："这姑娘入选了。"原来南海大士给皇帝托梦，让他选头上扣瓢的秃姑娘。秃姑娘被选进宫后，皇上就照南海大士的指点，叫她用金盆洗头，银盆净面。她一洗头，从头上掉下一个金瓢来，露出了漆黑的头发，再也不秃了。

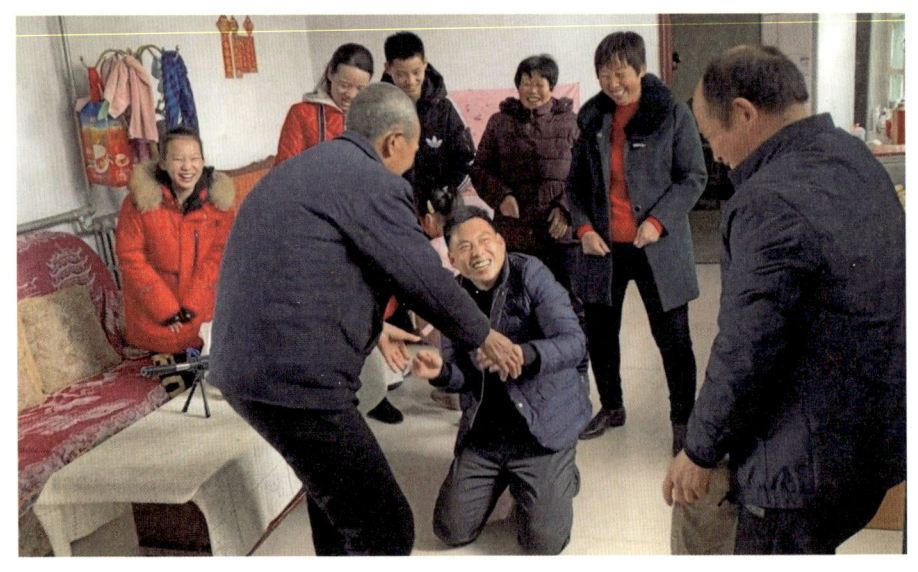

女婿拜年

她又一净面，从脸上掉下一片银瓦来，露出了嫩生生的粉脸，比天上的仙女还美，当即被皇上封为正宫娘娘。

秃姑娘当了正宫之后，娘家的两个侄子大青和二青，就仗着姑姑的势力胡作非为起来。每逢乡里娶亲的轿子在李子花村路过，他们就把新娘子抢进府里。刘娘娘闻知此事，就乘一顶乡下娶亲的小轿子下来查访。轿子一进村，就被大青、二青抢到府里去。掀开轿帘一看，轿里坐的竟是姑姑刘娘娘，二人吓得急忙跪地求饶。刘娘娘说："看在姑侄份上，饶你两个不死，抬起头来。"他二人抬起头，刘娘娘拿出一个火筒，把他俩的眼睛拧了下来，疼得他二人嗷嗷直叫。刘娘娘严惩家侄，为民除害的事，受到了乡亲们的称道。每逢过年娘娘回娘家省亲，男女老幼甚至族中长辈都前来参拜，娘娘没有机会给长辈们拜年。从此，清河县境留下了出嫁后的女子不给娘家长辈拜年的风俗。后来，这一民俗又传至其他各县。同时，婿以妻贵，故女婿到丈人家都坐上把椅子。

第二节　小米饺子出嫁菜

广宗县北边不少村庄，每到正月十六这天早晨，差不多家家都吃"珍珠元宝饭"。所谓"珍珠元宝饭"，就是小米饭内煮饺子。这个风俗是怎么来的呢？里面含着一段有趣的故事：

明朝成化年间，广宗城南李家庄有个姓李的姑娘，父母死得早，从小跟着哥哥嫂子过日子。当地人说，这姑娘原来是天上侍奉王母娘娘的仙女，由于她受不了天宫清规戒律的束缚，羡慕人间的自由，王母娘娘把她贬到凡间，并且还让她生了一副丑模样，脸又黑、脚又大，眼睛眯成一条缝。别看模样长得丑，她却是心灵手巧。她用剪刀剪窗花，右手铰、左手丢，丢下来的花花草草落地就能生根；丢出的纸蝶、纸鸟儿，拍拍翅膀就能飞走。她的嫂子心眼小，嫌她吃得多，嫌她长得丑，又想到日后还得为她花钱置办嫁妆，横挑鼻子竖挑眼儿地嫌她。

有一天忽然传来消息，说在京城做大官的崔恭要在故乡挑选一位夫人。应选那天，姑娘们一个个打扮得像花儿似的，看热闹的就更多了。好家伙，城里街上，你拥我挤，人山人海，热闹极了。李家的这个丑姑娘也想进城看热闹，她嫂子没好气地挖苦她说："也不照照镜子看看你那模样儿，莫非你也想当什么夫人？哎呀呀，除非等日头从西边出来！"这姑娘没敢言语，忍着满肚子的委屈进了城。只见大堂正中端坐着一个人，人们说那就是在京城做尚书的崔恭，文官武将分列两旁，又有那么多卫士守护着，好不威严。再看堂前有一通躺倒的大青石碑，宽有二尺（约66.67厘米）多，长有八九尺（约2.67～3米），碑的两端有专人守护着。这时，一个管事的大声向众人喊道："为了表示大家的一片诚心，凡是应选的都得先往这石碑上行磕头礼，谁能一下子把石碑碰坏，谁就有希望入选。"话音刚落，下边的人就望着那巨大的石碑议论纷纷。有的说："谁

小米饺子

的脑袋也是骨头和肉长的,把头碰烂也休想把石碑碰坏!"有的说:"天下没有那么傻的姑娘,今天恐怕选不成了!"那些花枝招展的姑娘们都悄悄往后闪,独有李姑娘心里暗想:"自己生来命苦,从小没有父母,回到家里说不定又会挨嫂子的奚落,倒不如碰死在这里……"于是便迈开大脚板"噔噔噔"来到碑前,以袖掩面,一头撞向石碑,只听"扑哧"一声,石碑竟被撞了个大窟窿,她的头却没有留半点伤痕。原来这是一个用纸糊成的假石碑。这时候,堂下一片欢腾。崔尚书见这女子对自己一片真诚,又听说她心灵手巧非同一般,便当场选为夫人。李姑娘回到家里,她嫂子对她也不另眼相待了,连声说:"怪不得人们都说我妹妹有福哩!好妹妹呀好妹妹,千错万错都是嫂子的错,嫂子我太对不起你了!"姑娘却说:"父母死得早,嫂子把我拉扯大也不容易,今后我还得报答你对我的养育恩情哩!"

婚期定在正月十六这天。正月十五的晚上,李家姑娘做了个梦,梦里王母娘娘对她说:"你不仅心灵手巧,还能受屈忍耐、宽以待人,你已立功赎罪,玉皇大帝还要给你降福,到娶亲那天,你在娘家先吃一碗小米饭，到路上吐出来的米粒就会变成珍珠……"

正月十六这天，花轿临门，锣鼓喧天，吹吹打打，好不热闹，村上的男女老少都来为李家姑娘送行。一路上，姑娘不断把金黄的小米粒从轿里吐出来，说来也真怪，那米粒一落地就变成闪闪发光的珍珠，路旁的大人小孩儿你拾三颗我拾两颗，都高兴得不得了。

在广宗城北一带，按老习惯，新娘子下轿后头顿饭吃的都是饺子，婆家听说新夫人福气大，吃小米能吐珍珠，就把头顿饭改成了小米饭煮饺子。吃饭时打开锅一看，锅里的饺子成了一个个银元宝，小米粒变成了一粒粒晶莹的珍珠，村里人都说这位新夫人有福气。从那以后，每到正月十六这天早晨，不少村里家家吃"珍珠元宝饭"，意思是想借这个缘由图个吉利。

第三节　大小便用"解手"代

元末明初，由于十几年的战乱，加上自然灾害和瘟疫流行，真可谓天灾人祸，生灵涂炭。明军将元军赶到漠北后，北方地区尤其是河北、河南、山东一带出现了许多无人区，真是"白骨露于野，千里无鸡鸣"。明朝建立以后，当务之急是恢复和发展农业生产，这首先需要解决的是劳动力和土地的问题。针对这种情况，明朝政府采取了移民垦田的政策，即把"地狭人众"的山西地区农民迁移到地广人稀的河北、河南、山东等地。但故土难离，人们谁不留恋自己的家乡呢？这时，明朝政府广贴告示，欺骗老百姓说："不愿迁移者，到山西省洪洞县大槐树下集合，须在三天内赶到，愿迁移者，可在家等待。"人们听到这个消息后，纷纷赶往大槐树下。晋北人来了，晋南、晋东南人及其他地方的人也来了。第三天，大槐树四周集中了十几万人，他们拖家带口，熙熙攘攘，暗暗祷告上苍，祈求保佑他们平安无事。突然，一大队官兵包围了大槐树下手无寸铁的百姓，数员武将簇拥着一个官员，那官员大声宣布道："大明皇帝敕命，凡来大槐树之下者，一律迁走。"这道命令似晴天霹雳，人们都惊呆了，但不久就醒悟过来，自感受骗了。人们有哭的，有叫的，有破口大骂的，有呼儿唤女的，有哭爹叫娘的，但这一切都无济于事。接着，官兵强迫人们登记，发给凭照，每登记一个，就让被迁移的人脱掉鞋，用刀子在每只脚小趾上砍一下做记号，以防逃跑，人们的哭喊声惊天动地。至今，移民后裔的脚小趾甲都是两瓣复形的，据说就是砍了一刀的缘故。

官兵强迫百姓登记后，为防止逃跑，把他们反绑起来，然后用一根长绳联结起来，押解着移民上路。人们一步一回头，大人们看着大槐树告诉孩子们："这里就是我们的老家，这就是我们的故乡。"至今移民后裔不论家住何方何地，都说大槐树处是自己的故乡，就是这个道理。由于移民的手臂长时间被捆着，胳膊逐渐麻木，不久也就习惯了。以后，移民们大多喜欢背着手走路，其后裔也沿袭了这种习惯。

在押解过程中，由于长途跋涉，路上就经常有人要小便。这时，只好向官兵报告："老爷，请解手，我要小便。"次数多了，这种口头的请求也趋于简单化，只要说声"老爷，我解手"就都明白是要小便。此后，"解手"便成了小便的代名词。

移民到了新的居住地点，到处一片荒野，只好用自己辛勤的双手建屋造房，开荒种地，不论干什么，都会联想起故乡的山山水水。为了寄托对故乡的苦恋，人们大多在自己新居的院子里或大门口栽种了槐树，以表对故乡的留恋和怀念之情。

第四节　黄河顺德生小孩

邢台市区有一条东西走向的河，邢台市民把它理解为大黄河的孩子，所以称它为"小黄河"，以区别于我国的第二大河——黄河。这一民俗的来历，与王本固有关。王本固字子民，邢台县（今信都区）人。他一生为人厚道，为官廉洁，重于民事，史书上称"本固历事三朝，伟节丰功，昭为耳目"。

明嘉靖二十三年（1544年），王本固考中进士，授乐安县令。该县傍海，自然灾害频繁，且苛政如虎，百姓苦不堪言。本固到任后，处处体察民情，果断地罢免贪官，严惩乡间劣绅，革除了暴政。他还采取奖励农桑、提倡捕捞、举办学校等益民措施，数载间人民乐安，百废俱兴，一派升平。嘉靖皇帝对此极为赞赏，封其为监察御史，派他赴陕西、四川操办军务。后倭寇入侵浙江，他奉旨赴浙，果断地协助浙江总督消除了倭寇这一大祸患。后来，本固历任南京右佥御史、左副都御史、刑部左侍郎，最后官至吏部尚书。

明万历年间，邢台遇大水，城府左近，一片泽国。身居要职的王本固知道后，当即上书万历皇帝，建议火速调集民众治理。皇帝误将奏折中的"黄水"看作"黄河"，即责成工部、户部治理。于是，西起孤山洼（大石头庄西北），东接牛尾河的人造河道"小黄河"迅速挖成。工程竣工后，王本固受到工部弹劾，指责他治水未治黄河，而是去治理自己的故乡邢台。本固明知道皇帝看错了奏折，但不能明说，便顺水推舟地说邢台这条河叫作"小黄河"。因本固德高望重，历嘉靖、隆庆、万历三朝，世有"德高不骄、位高不尊、功高不傲、矢心报国"之美誉，万历皇帝也未追究。从此，邢台"小黄河"的名称即流传开来。

第五节　家家打井为免灾

中华人民共和国成立前，邢台市区有家家打井的民俗，堪称一怪。这一民俗的形成与明朝太监刘瑾有关。刘瑾字春华，陕西兴平人，明朝正德时的太监。刘瑾擅长媚上谄佞，故正德帝封其为司礼监兼九千岁，又蒙太后宠爱认刘瑾为螟蛉义子。刘瑾有一个干儿子是顺德府（今邢台市）东门里路北的刘玉龙，勾结官府横行乡里，抢男霸女，为非作歹。

顺德府城之中只有刘府近旁有眼大井，井水甘甜，城内百姓都在此打水。刘本好色之徒，爪牙投其所好，为利用此井猎艳将井圈入后院，

大杂院里的井

限定少妇少女方准进院打水。去刘府打水的女子有姿色者多被凌辱，为此引起全城民愤。然刘家势大、靠山硬，百姓敢怒不敢言，被迫无奈只有家家凿井。后来，家家有了井，谁也不进刘府的门。

刘玉龙恶名远扬，邢台有胆识之士就告了御状。皇上钦派张九成查办此案。张九成亦知刘某势大、靠山硬，为避免打草惊蛇，避开顺德绕道广府（今永年区）下马。为查详情，独身微服私访顺德。到达后，免不了在刘府的东邻西舍问长究短，被刘府爪牙发觉，揪入刘府施以严刑，打入水牢。

吉人自有天相。张钦差被抓入府时，一丫鬟隔窗望见此人相貌堂堂、温文儒雅，严刑之下不畏淫威，既不像歹徒又不是本地人。丫鬟也是被骗而来的，饱受虐待凌辱，因此窃得牢门钥匙，开了牢门摸进水牢。夜黑寻不见绳子，万般无奈只得脱下鞋袜，解开紧缠金莲的裹脚布系下牢中。钦差正盼人搭救，忽觉额头垂下布条，迅即双手抓紧布条，双脚蹬壁爬上牢口，又被女子挽上牢沿，扶出牢门送出。张钦差逃出虎口，顾不得刑后疼痛、腹内饥荒，忙奔上大道。张九成将养数日，未等痊愈即起程顺德，回往刘宅，擒住刘玉龙，锁入囚车，解京问罪。百姓闻讯奔走相告，鞭炮齐鸣，全城欢庆。

刘玉龙作恶多端，唯有逼使邢台城区家家凿井，日久成俗，遂为顺德独特一景。民间有俗语："顺德府里有一景，家家户户有眼井。"

第六节 房梁挂帖写姜太

在邢台农村，人们盖房上梁时都在大梁正中间贴上"姜太公在此，诸神退位"的帖子，传说这个习俗也有它的来历。

姜太公就是姜子牙。传说在很久以前，姜子牙奉师命下山，有两个使命：一是辅佐周文王灭殷，二是掌管"封神榜"代师封神。经过连年征战，周武王灭了殷纣王，建立了西周政权；同时将殷、周双方在战争中阵亡的"封神榜"上标名挂号的将士封了神，使他们各自有了归宿，只是最后剩下财神还没封。为什么呢？这是姜子牙给自己留下的，因为他掌管"封神榜"有权。不料就在他即将归位之时，从桌子底下钻出一个人来，大叫："姜子牙！这财神应该让我来做！"姜子牙吓了一跳，定睛一看，原来是赵公明。说起这个赵公明来，与姜子牙大有关系。当年姜子牙率军伐纣时，曾和赵公明对过阵。赵公明神通广大，武艺高强，姜子牙手下的许多有名上将、山野神仙都奈何他不得。最后还是求助于散仙陆压设计害死了赵公明。不知怎的在封神时却把他忘了。此时与姜子牙争神，子牙呢，只好拱手相让了。这是因为姜子牙秉性忠厚，若非两国相争，决计不会害死赵公明。但事已至此，只好以让位来弥补自己的过失，了却这一笔人情债。可是把财神让给赵公明之后，自己又位封何处呢？正在一筹莫展之际，一抬头看见屋顶上的大梁，心里顿时有了主意："我何不当个梁神，反正自己对功名富贵并不放在心上，当不当财神无关紧要，能使天下百姓家宅平顺、安居乐业才是自己心目中的一大乐事。"

于是姜子牙就成了民间传说中的梁神，又因为姜太公的让位，赵公明则成了民间传说中的财神。屋梁上贴"姜太公在此，诸神退位"，就是那时起相沿而成的民间习俗。

第七节　发财要到南关外

中华人民共和国成立前，邢台南关最繁荣，商家云集，人来人往，其他三关比较萧条。邢台有个好南关，人人皆知。民谣道："顺德府（今邢台市），好南关。张果老，一肩担。"传说张果老是邢台市广宗县人，学道成仙以后，种了韭菜，挑到山西太原去卖。这天他夜间起身，四更天到达山西太原府南门外，天尚未破晓，月明星稀，城门紧闭。张果老以手叩门，惊醒了太原府南门守军头目郭少心、秦没肺。这两个小子见一个老头这么早敲门很不高兴，然而经张果老再三请求，才把他放进城去。张果老进去之后，大声吆喝："卖草咧，穿肠草咧！"太原的人们听见这么早就有人来卖草，而且叫"穿肠草"，纷纷围来观看。一个白发老者忍不住问道："你这不是韭菜吗，怎么说是穿肠草？"张果老笑而答道："吃了我这穿肠草，强身健体，包治百病。"人们见这个老人风趣和蔼，菜又新鲜，于是争相抢购，转眼之间，一担韭菜卖得净光。于是张果老便每天挑了韭菜到太原去卖。到第五天，又轮到郭少心、秦没肺两人值班，张果老的叫门声惊醒了他们的好梦。这两人一看又是张果老，气就不打一处来："哪里来的这个糟老头，每天这么早叫门，不让人睡觉？"张果老听他们出言不逊，但还是赔笑答道："我从顺德府挑了几百里路赶到这里，你们行行好，放我进去，卖了还要早点赶回去呢！"这两人一听哈哈大笑："老家伙，你骗谁，谁相信你能从几百里外顺德府担韭菜来这里卖？要是这样，太原府的南关你也可以挑走了。好了，你先在外面凉快凉快，等爷们再睡一觉起来再说。"这两个小子打着哈欠又去睡觉了。等他俩醒来一看，坏了，太原城原来繁华的南关不见了。原来，张果老一怒之下将太原府的南关担回了顺德府。据史传，太原从此就没有南关了。

顺德府的南关既有如此不凡的"来历"，则在南关发财应该是顺理成章的事了。其实，早在清代，顺德南关就是繁华的商业集散地。据《邢台市志》记载，清穆宗同治二年（1863年）开始建成的南关围寨墙为"砖石，周七里，高2丈2尺，基厚3丈2尺，顶宽1丈2尺。北接大城墙西、南、东三隅共6道寨门，上起阁楼"，可见其规模。在相当长的时间内，南关比城内繁华。据康熙《县志》记载，当时"城中居民稀少而南关之民多至两倍……居民多不在城内……风气偏重于南……城中渐空，南关渐众"。清朝人谷鸣球描述当时的南关为："南关为九首冠，盖通行之路，百产菁华聚会之区，烟火万家，客商辐辏，畿南重镇，天府娩雄矣！"这些记载都说明南关长期以来就是手工业、商业中心，交通的咽喉，邢台最繁华的地段。至民国期间，南关有了更大发展。据市志载："民国四年（1915年），县工商会长康伟联系工商界人士，将马路街以南辟为市场，南关一带商号鳞次栉比，商贾云集，工商贸易空前繁华。"南关历史上是皮毛集散地，皮毛加工和集散中心就在这里，许多年龄较大的市民还记得中华人民共和国成立前后邢台南关皮毛作坊的盛况。同时，南关还是牲畜、棉织印染及各种手工业的中心，产品远近闻名。许多街、巷就是以当时主要出售的商品命名的，如马市街、牛市街、羊市街、花市街等，就是当时牛、马、羊和棉花的交易中心。靛青是当时主要的染料，靛市街就是当时染房和染料的集散地。

  据《邢台地名志》记载，邢台南关的繁荣是有其地理、历史原因的。南关位于七里河北岸，是古城通往中原的南大门，作为居民聚落，其历史可能比邢台城发展要早，所以形成了南关繁华的商业优势。这一优势一直保持至今。据说明朝时为了繁荣旧城，曾采取措施，把当时每月六集全部集中在南关改为把每月十七、二十二、二十七三个下半月的集市移入城内。但这种措施并不奏效，城中的集市人气不足，交易不旺。久而久之，城中的集慢慢又并回了南关且历经数百年不衰。

  时至今日，随着人们消费观念的改变，大规模的现代超市应运而生，南关一带的重要地位已不及从前。但那一带仍是小摊贩的集散地，在那里做个小本生意，仍然具有较大的优势。

第八节　白纸印花供起来

顺德（今邢台市）旧俗，每到年节，百姓家家户户都要买来（人称"请来"）白纸印制的"神码"，张贴各处，烧香膜拜，以求神灵保佑，使来年五谷丰登、招财进宝、吉祥如意、阖家平安。这种"神码"大都以木质或石质刻板，由农家土制。制作工艺非常原始，版刻好以后，全家老少齐上阵，印的印，晾的晾，干后就直接拿到集市上席地而卖了。这些"神码"颜色以红、绿、黄、蓝为主，偶尔也有黑色出现，图案多种多样。如玉皇大帝就有一人独坐、和王母娘娘同坐、和诸神同坐几种形象。灶王爷有时是一人独坐，也有和灶王奶奶同坐的。门神多是钟馗形象，也有秦叔宝和尉迟敬德二人形象的。财神则是赵公明等。这些"神码"印制虽然粗糙，但线条粗犷，形象生动，内容丰富，充满乡土气息。

还有一种与"神码"关系比较密切的物品就是"神灯"了。因为它们大都点亮在"神码"之前。"神码"因它们而显得尊贵，它们则以"神码"而得以现身。"神灯"是一个陶制的平底小碗，中间凸起悬空一个穿

白纸印花（一）

白纸印花（二）

灯捻的圆孔。它有两种，一是如前所说平底一层，灯火较低，只供在门神、土地等品位较低的神像前。另一种是在前一种基础上加一个底座，于是灯火就显得高了。这种常常供在"天地桌"上（玉皇大帝）、南海观音等"神码"前，并且有时多个并列。每到春节，人们把往年收好的"神灯"找出来，清理干净，穿上用棉花捻成的灯捻，浇上一些棉花籽油，就可以点了。旧时农村落后，一到晚间，四面漆黑，没有月亮的夜晚伸手不见五指，故小孩子特别喜欢过年。年节期间，这些小灯点起来，孩子们从燃烧的棉花籽油中闻到了年的气味，感受到了光明的欢乐。虽然这些灯亮不了多大一会儿（油耗干了自然就灭了），但孩子们此时都已睡着了，留在他们心中的仍然是一片光明。

　　农民，尤其是中老年妇女，敬神是很虔诚的。每年喝过腊八粥之后，就开始准备"年下"的物品了，但真正接触"神码"还是从腊月二十三"祭灶"开始。据传"灶王爷"是玉皇大帝派驻各家负责保护和监察的神，属于常驻大使，而每年的腊月二十三是灶王爷上天述职汇报的日子。到了这一天，各家都预备了丰盛的供品，最有特点的是糖瓜，据说这是为了粘住灶王爷的牙，不让他到天上说坏话。另外有的还加上骑乘的"纸马"与草料和灶君"神码"一同焚烧，送之上路。到了年三十，各家开始将请来的"神码"四处张贴。玉皇大帝地位最高，供奉于全院中的"天地桌"前。南海观音救苦救难，供奉于内室。同时，又"请来"一个新的灶王爷"神码"贴在灶前，意为灶君述职之后返回原任。其余土地、仓神、门神、财神都各归各位，各享祭祀。敬神仪式最隆重的要数"初一"起五更，各位神灵面前灯火通明，各种供品琳琅满目，家人焚香叩首，顶礼膜拜，此时鞭炮齐鸣，烟花映红了夜空。在整个年节期间，各位神灵都享受供奉，但隆重程度皆不如此了。过年期间再一次较大规模的敬神仪式在正月十五。据说这一天是火神节，各地的火神庙热闹非凡，夜间再次燃放烟花爆竹。到第二天，正月十六，最后一次供奉之后，将远道请来的诸神的"神码"连同烧纸一同焚烧，意为节日过完了，送诸神返回天庭，俗称"送神"。而本地诸神仍留本位，各司其职。"神码"虽在，但除非特殊节日，一般也不再供奉。

白纸印花（三）

近10多年来，随着新时期人们观念的转变，像过去那样虔诚敬神的少了，程序也日渐简化。但"神码"的种类似乎更多了，甚至连汽车、摩托和家用电器上也有张贴，但就是张贴者本人也说不出是什么神了。

第九节 "胡瓜"说成黄瓜菜

后赵王朝的建立者石勒，本是入塞匈奴十九种之一的羯族人。他在襄国（即今邢台）登基做了皇帝后，为显示其尊贵，把羯族人称为"国人"。可是襄国一带的人们却不那么称呼，他们都把羯族人叫作"胡人"。石勒对这个贬称颇为恼火，就定了一条法令，严禁人们说"胡"字，不论说话还是写文章，谁要是犯了这个禁忌，就有杀头之罪。

说也凑巧，有一次石勒皇帝在单于庭召见地方官时，看到襄国郡守樊坦穿着结了补丁的破衣服来见他，劈头就问："你为什么衣冠不整，褴褛来朝？"樊坦被这个突然的责问吓慌了，急不择言，忘了避讳，脱口说："胡人无道，衣物俱被掠尽。"谁知石勒听了，不但不发怒，反而安慰樊坦说："他们抢了你的东西，由我还你就是了。"这时樊坦才知道自己犯了禁忌，吓得面色如土，急忙叩头请罪。石勒这时装出宽宏大量的样子，也不再怪罪樊坦。但事情并没有完结，石勒为了进一步试探汉族官吏对羯人是否真心尊重，就在召见后例行的"御赐午膳"时，指着桌上饭菜中一盘胡瓜问樊坦："卿知此物何名吗？"樊坦是个老儒生，向来为官清正，布衣素食，对常吃的胡瓜菜是很熟悉的。但他这时看出石勒是故意提问，心里有所警惕，便恭恭敬敬用四句诗答道："紫案佳肴，银杯绿茶，金樽甘露，玉盘黄瓜。"

黄瓜，原名"胡瓜"，来自西域。樊坦避讳不敢再说"胡"字，把胡瓜改称"黄瓜"，相传这名字就是从那时开始的。

第十节 "老二"比"老大"更可爱

外地一般以"老大"为尊称，清河、临西二县则不然，这一带习惯以"老二"为尊称。这种情况主要表现在对男性的称呼上，如二哥、二叔、二兄弟、二大爷等等。如果称呼别人"大哥""大叔"等，则不免招人白眼，甚至惹人生气。这种习俗是怎么形成的呢？说起来话就长啦。原来，水浒故事在这一带流传既深且广。清河是武松的诞生地，境内的武家村，全村皆姓武，据说是武松的故乡。毗邻的山东阳谷县的景阳冈，则是他"精拳打死山中虎，从此威名天下扬"的地方，至今遗迹尚存。武松身材魁伟，武艺高强，见义勇为，勇猛无比。他斗杀西门庆，醉打蒋门神，夜走蜈蚣岭，智取二龙山等是妇孺皆知的。因为他排行老二，所以人们习惯称他"英雄好汉武二郎"。而武松的哥哥武大郎，则是一个世间少有的窝囊废。他身体矮小，懦弱无能，胆小怕事，终日受气。关于武大郎，民间流传着许多歇后语，诸如武大郎玩夜猫子——什么人玩什么鸟，武大郎坐天下——没人敢保，武大郎耍杠子——上下够不着，武大郎放风筝——出手不高，等等。久而久之，武大郎和武二郎的典型形象在人们的心目中扎下了根：一个是无所作为的人物，一个是英雄好汉。所以，一些争强好胜的人都自比"老二"，即使一般低能的人也不愿与"老大"为伍。与陌生人搭话"二哥""二叔"一类被认为是尊重，而叫"大哥"这样的称呼，则被认为是侮辱。

即使是现在，在年岁稍大的人们中间，特别是乡下，大都还是喜欢把自己唤作"二哥""二大爷"的。

后记

邢台精神的最佳载体

路少河

由邢台市文联、邢台市民协策划的《邢台民间文艺博览》即将与大家见面了。当读完这套图书的初稿,我沉浸在书中所描述的邢台美妙的民间故事、独特的民间技艺、特有的民俗风情之中,不但深感邢台这片土地的神奇和美丽,更为自己家乡文化的博大精深而骄傲和自豪。

邢台地处冀南,西接太行之形胜,东连齐鲁大地之广袤,属于华北平原的一部分,由于这里是古黄河的流经之地,是中华民族的发祥地之一,所以也产生了大量的、丰富的、属于这一区域的原生态文化,其民间故事、民间风俗和民间工艺特色最为鲜明,形态最为古老,文化积淀最为深厚。

邢台民间文艺有一个积累沉淀的过程,是邢台人民的成长轨迹,是邢台的背景色彩,是深入到骨子、浸透到血液里的东西。邢台民间文艺根在传统,因历史而厚重,因历史而丰富。几千年来,邢台人民不仅创造了光辉的英雄业绩,而且创造了独特的地域文化,培植了"土厚水甘,人物产于其间者多实少浮,民俗淳厚,人心古朴。质厚少文,气勇尚义。丈夫相聚游戏悲歌慷慨。男勤耕稼,女修织纴,急公后私,尚于周恤,燕赵慷慨之风犹存"(《顺德府志》)的独特风俗。演绎出了勤劳朴实、善良忠厚、无私奉献的卧牛精神,坚韧不屈、百折不挠、艰苦奋斗的太行精神,崇尚科学、开拓创新、求真务实的郭守敬精神,灵动清澈、生生不息、活力无限的百泉精神等。而这一切,都体现在邢台的民间文艺、民俗文化和特殊技艺之中，形成了邢台独有的文化遗产，也正是有了这些民间文艺的填充，才使得人们庸常的日子充满了诗性，变得意味深长。它们就是邢台精神与邢台风土民情的最好载体，是邢台这片土地的灵魂，是邢台独具特质的、时代人民共同营造的精神家园；彰显着邢台独特的气质和魅力，是一种独特的、能够增强邢台人民凝聚力、归属感和认同感的精神动力源泉。

这套图书努力从各种民间文艺中，去挖掘属于邢台人民创造的、适应社会精神需求的活态文化，让这些根植于民间的瑰宝更真实地展示出来。这也是我们当初为什么要做这项工作的一个初衷，现在，它基本实现了这样的一个目的，读着这些稿子，我的心也释然了。

编撰一套全面反映和展示邢台民间文艺的图书，是我2014年9月任邢台市民协主席时就有的一个心愿，力争为保护、传承和发展邢台民间文艺事业做点实实在在的事。这些年以来一直都没有停止过，不管工作怎样变动，不管有多少困难。我一直认为自己在做一件很有意义的事，甚至是一件很高尚的事。更有幸的是，在搜集、挖掘、整理编辑过程中，让我更多地接触和认识了我市研究邢台历史文化的冀彤军、李振旭、黄俊里等老师，同时也被他们深深地感动着。他们不但是辛勤的耕耘者，更是默默的奉献者。从他们身上，我感受到三点感人之处：一是参与搜集、挖掘、整理、编辑本套图书的专家学者，都把研究民间文艺作为人生的一大追求，只争朝夕，乐此不疲，其求索和奉献精神难能可贵；二是这些老师学者不畏艰险，顶酷暑，冒严寒，在邢台西部山区、中部平原以及东部接近齐鲁大地的几个县开展"民间文化长征"，其艰苦卓绝之奋斗精神，令人感佩，值得称道；三是他们不以文化使者的身份居高临下，而是根植于民，与农民群众交朋结友、称兄道弟，成为百姓的贴心人，这种密切联系人民群众的精神和实践值得称颂。

这套图书的出版既有利于展示邢台人民创造的文化瑰宝，也有助于我们进一步认识邢台文化，也将极大增强邢台的文化实力和竞争力，增强邢台人民的文化自信。

这套图书收集、编纂的内容力求全面、系统、广泛，虽然题材并不

能涵盖或穷尽邢台的山山水水，风土人物，民间艺术，难免有遗珠之憾，但每一篇文章好比是一扇扇的窗，从中可窥见邢台人文精神的内涵和深度。为更直观地把民间文艺做成一个区域名片，书中选择了一些图片，力求从形式上文图并茂，内质上尽善尽美。

这套图书的问世，得到了河北省民协、邢台市委宣传部、邢台市文联等部门的大力支持和帮助，得到了郑一民主席、杨荣国主席、睢金山主席、霍会敏主席等领导的亲切关怀和指导。郑主席、杨主席从一开始就对本书的编撰大纲提出了建设性意见，睢主席从项目筹划到经费落实倾注了很多心血，霍主席更是给予多方关注和重视，经常召开会议进行调度和安排，并亲自为该书撰序。这套图书的问世，也得益于社会各界和广大民间文化人士的倾情支持。在此，谨致以崇高的敬意和真挚的感谢。

文化是民族的血脉，文艺是人民的精神乐园。愿邢台民间文艺这颗融民间传说文化、民俗风情文化、手工艺文化于一体的宝贵明珠，代代传承，更加璀璨！

（作者系邢台市文联原二级调研员、

邢台市民协名誉主席、

邢台市书协主席）